FOLIO POLICIER

Larry Beinhart

Reality show

Traduit de l'américain par Francis Kerline

Gallimard

Titre original :

AMERICAN HERO

Larry Beinhart, né en 1947, est américain et vit à Woodstock, dans l'État de New York. Il a été récompensé par le prestigieux Edgar Award. *Reality show*, adapté au cinéma par Barry Levinson sous le titre *Des hommes d'influence*, avec Robert De Niro et Dustin Hoffman, et publié par les Éditions Gallimard en 1995, a été accueilli comme un « livre révélation » sur le dessous des cartes de la fin du XXe siècle. *Le bibliothécaire* a reçu en France le Grand Prix de littérature policière 2006.

À mes enfants — James Irving Beinhart et Anna Genevieve Beinhart — qui ont eu la chance, comme moi, de naître dans un pays remarquable, sûr et riche. Et à mon épouse — leur mère — Gillian Farrell — une femme extraordinaire.

Ceci est une œuvre de fiction. De nombreux personnages publics apparaissent dans le texte. Leurs dires et leurs actes ici rapportés sont des produits de l'imagination de l'auteur, lorsqu'ils ne sont pas de notoriété publique.

Certains penseront peut-être que la limite entre les faits et la fiction est difficile à cerner. Disons pour leur gouverne, comme le fit ABC Television dans son avertissement à *The Heroes of Desert Storm* : « Le film de ce soir est basé sur des événements authentiques. Il mêle des bandes d'actualités et des reconstitutions romancées avec des acteurs et des participants réels. Dans un souci de réalisme, aucune distinction n'est faite entre ces éléments. »

REMERCIEMENTS

Merci à la bibliothèque de Woodstock et à ses bibliothécaires — surtout Judy Fischetti — qui m'ont procuré la plupart des ouvrages, films et bandes vidéo dont je me suis servi pour écrire ce livre.

La majorité de nos informations provient de bribes sonores prédigérées ou d'articles superficiels. Lorsque nous avons besoin d'approfondir un sujet et d'y réfléchir un peu sérieusement, les bibliothécaires sont notre meilleur recours. Souvent même notre seul recours, en tout cas le seul qui soit à la disposition de l'Américain moyen. Ils méritent notre soutien.

Merci également au lieutenant-colonel en retraite des marines Ky L. Thompson, qui a eu la bonté de lire le manuscrit et de corriger mes plus grossières inexactitudes militaires.

CHAPITRE 1

Il se prenait pour la réincarnation de Machiavel. Un théoricien de la politique. Un maître ès intrigues. Le mec le plus finaud et le plus impitoyable de l'empire.

Car il s'agissait incontestablement d'un empire. Par bien des côtés, le plus grand que le monde eût jamais connu — bien qu'il eût été de très mauvais goût de l'avouer dans les milieux politicards sélects. Rien à voir avec un petit royaume à la Borgia, un fief riquiqui à la Médicis ou quelque autre minirépublique italienne... Autant comparer un éléphant à une fourmi. Non, la seule échelle de comparaison possible eût été Rome — au temps où Rome était la définition même de l'empire.

Et il était le faiseur de rois — un roi sans couronne, peut-être, mais tout de même numéro un sur son territoire, chef des armées, avec des milliards à claquer et le pouvoir de créer la richesse ou de supprimer la vie. Le rêveur sur son lit était le conseiller du roi — ce que Nicolas Machiavel lui-même, le vrai, n'avait jamais été en réalité.

Bien qu'il fût en plein délire — sous les effets conjugués d'une grave maladie, de puissantes drogues, à la fois violentes et soporifiques, et de la peur, car il savait sa mort imminente —, ses pensées n'avaient rien de déraisonnable. Elles reflétaient la réalité — une réalité en version colorisée, un peu remaniée sans doute, mais néanmoins exacte et vérifiable. Il aurait eu exactement les mêmes pensées s'il avait été chez lui, en bonne santé, entouré de parents, d'amis, de sycophantes, de complices, de quémandeurs, de magouilleurs, de cireurs de pompes, d'imitateurs, d'arrivistes, de marchands de pouvoir et de milliardaires, dans une garden-party à l'américaine, style barbecue du 4 juillet — avec poulet, côtelettes, pastèques, gnôle on-the-rocks et bibine dans le seau à glace.

« Il dort », fit doucement l'infirmière. Elle n'était pas très jolie, mais propre sur elle et blanche. « Il va se réveiller. »

Le visiteur l'interrogea du regard.

« Vous pouvez attendre ici, dit-elle en désignant une chaise près du lit. Si vous voulez », ajouta-t-elle avec quelque méfiance. Ce n'était pas un de ces hôpitaux publics avec règlement et horaires de visite stricts, où les toubibs et même les filles de salle enrégimentent les patients, leur famille, leurs amis et relations avec une autorité de maton.

« Il m'a demandé ?

— Oui, répondit-elle. Il a dit que c'était important. Très important... Mais il n'a pas précisé », reprit-elle aussitôt pour bien montrer qu'elle n'en savait pas plus qu'elle ne devait.

Le visiteur réfléchit. C'était un homme très occupé. Très, très occupé. Peut-être le plus occupé de l'empire. En ce moment. Le type qui mourait avait été un ami. Un collègue. Un membre de la même équipe gagnante. Il se dit qu'il pouvait lui consacrer une dizaine de minutes. Si le rêveur se réveillait et parlait, alors ce serait mission accomplie. Sinon, il aurait fait sa B.A. et pourrait repartir la conscience tranquille.

Le patient s'appelait Lee Atwater. Il se mourait d'une tumeur au cerveau.

C'était une ironie du sort tellement vicieuse que même ses ennemis s'abstenaient d'en pisser de rire. Et ses ennemis le haïssaient. Il avait pratiqué le sous-entendu, la demi-vérité et la désinformation politique avec un brio dévastateur pour exploiter les vilenies de la société américaine, surtout le racisme. Le racisme avait toujours été efficace mais demandait à être manié avec précaution et doigté. Le moribond pouvait, sans forfanterie excessive, se considérer comme l'artisan de l'élection de George Bush à la présidence en 1988. Avant qu'Atwater ne lançât sa campagne, Bush plafonnait à dix-huit points dans les sondages. Avant qu'Atwater ne concoctât l'événement médiatique qui avait entraîné Dan Rather dans une attaque contre le vice-président d'alors afin que celui-ci pût répliquer, Georgie avait une réputation de ringard. Un gars incapable de prononcer une phrase complète cohérente si elle n'avait été prérédigée, qui était mouillé jusqu'au cou dans l'Irangate et traînait des casseroles plus grosses que lui. Et c'était avec ce tocard — de bonne race peut-être, mais tocard nonobstant — qu'Atwater avait gagné la plus grande course du monde.

Les secondes s'égrenaient. Il y avait des nuages gris derrière la fenêtre. Un temps d'enterrement, songea le visiteur. Il n'était pas là depuis une minute et s'impatientait déjà. Il aurait dû penser à emporter son téléphone cellulaire dans la chambre. Ah, bon Dieu, comment avait-il pu oublier ça ? Quelle pomme ! Son téléphone cellulaire, une ou deux secrétaires et un Portafax, voilà ce qu'il lui aurait fallu. Le temps est précieux pour un type très, très occupé. Lee aurait été le premier à le comprendre.

Atwater continuait à méditer sur l'homme qu'il avait fait roi et qu'il allait devoir laisser se dépatouiller tout seul désormais. Bien que ce fût Bush le président et qu'Atwater ne fût que le conseiller — mourant, par-dessus le marché —, que ce fût Bush qui entrerait dans l'histoire tandis qu'Atwater devrait s'estimer heureux de figurer seulement dans une note en bas de page et que ce fût Bush enfin qui détenait le pouvoir alors qu'Atwater ne pouvait que faire des suggestions sur la meilleure façon de l'employer — un filet de voix émergeant lamentablement d'un chœur cacophonique —, Atwater se considérait toujours comme le protecteur de George. C'est assez commun chez les consultants politiques. Idem pour les avocats avec leurs clients, les médecins avec leurs patients, les impresarii avec leurs poulains. Ils s'imaginent que la clientèle est un produit incapable de se débrouiller sans leur aide, qu'il faut diriger, commander, dorloter, protéger. Quand la clientèle fait ce qu'on lui dit, elle réussit, elle prospère, elle survit. Quand elle ignore les conseils, c'est le bordel, tout tourne de travers et elle ne fait que compliquer la tâche du mentor, quel que soit son titre.

Des dizaines de versions différentes de cette éternelle histoire défilaient comme un zapping incessant dans l'esprit d'Atwater. Tout un assortiment d'images. Il était Merlin, avec baguette magique, robe et chapeau pointu, pour le présidentiable Arthur. Cus D'Amato pour Mike Tyson. Brian Epstein pour les Beatles. Livia pour l'empereur Tibère. Sa mission n'était pas seulement d'élever le roi sur le trône, mais encore de le protéger — oui, monsieur, même par-delà la tombe. Comme un ange gardien. Pas comme un simple mortel. Comme un esprit capable de surgir de l'au-delà. Une main brandissant une épée, tel l'archange Gabriel descendu des cieux... Oui, quelque chose comme ça, comme l'immortalité. Parce que, s'il était capable de ça, il les enfonçait tous, il était plus fort que la mort.

Bon, ça suffit maintenant, se dit l'homme sur la chaise près de la fenêtre. J'ai fait mon devoir. Il y avait presque trois minutes qu'il était là. Il se leva.

Atwater n'avait pas bronché. Ce qu'il avait à dire était encore englué dans la torpeur et la morphine. Le visiteur, passant à côté du lit, posa les yeux sur le corps avachi et la tête bandée de la créature gisant devant lui, naguère pleine d'exubérante vitalité, d'intelligence et de méchanceté, au regard perçant et à la langue acérée, sur laquelle le néant commençait maintenant à étendre son emprise. Sous le drap, Atwater serrait le poing.

Le visiteur ne trouvait pas les mots. Que peut-on dire à un grabataire qui se tait, qui ne voit rien ? Il n'était pas de ces types qui s'évertuent à parler aux gens dans le coma, comme dans les séries télé : « Oh, je sais qu'il m'entend, j'en suis sûr... » Donc, quelle que fût la raison pour laquelle Lee l'avait fait venir, ça attendrait... plus tard, l'Autre Monde, le paradis, l'enfer, Washington en été, n'importe ! là où les politicards morts allaient en ce millénaire. Il opina du bonnet et s'apprêta à quitter la chambre.

Chez Atwater, le personnage de Merlin s'éveilla. Comme par magie, il s'arracha à la somnolence de ses sens endormis — ou peut-être ouvrit un passage entre les sens et le sensé. Atwater prit conscience de la présence de son invité. « Jim, murmura-t-il, Jim. »

James Baker, secrétaire d'État, s'arrêta, la main sur la poignée. Il se retourna. Atwater avait toujours les paupières closes, mais il respirait plus fort et sa main semblait bouger.

« Lee ?

— Ahhh. » Un râle, un grognement, une semonce. Baker s'approcha du lit et Atwater ouvrit soudain les yeux. Des yeux de vieux faucon. Pleins de malice et de fierté. « Écoute, dit-il. George...

— George quoi... »

Baker eut l'impression de voir les pensées d'Atwater s'afficher comme sur des cadrans dans ses yeux, et ce qu'il y lisait ressemblait à ceci : *Je peux dire ce que j'ai sur le cœur. Baker ne pourra pas s'en servir contre moi en retournant au bureau parce que... (ricanement...) je serai mort avant.* « George, dit Atwater, est un tocard. Ambitieux, intrigant, revanchard, mais n'empêche... Et il va plonger, Jim. S'il ne...

— Plonger ? Qu'est-ce que tu veux dire ?

— Dans les sondages », répondit Atwater comme on énonce une évidence, puisque rien d'autre n'importait. « Et s'il ne réagit pas, la réélection... » C'était difficile, après le pilonnage que Reagan d'abord, Reagan ensuite, puis Bush/Quayle avaient infligé à l'opposition, d'imaginer que la réélection pût ne pas être dans la poche.

« Ne t'inquiète pas pour ça, fit Jim, sûr de lui. On veille au grain.

— C'est mon boulot. Ma mission. » D'une main, Atwater agrippa Baker par la manche et l'attira vers lui. Il avait une méchante haleine. Rance, fétide. Nom de Dieu, pensa Baker, ils pourraient quand même lui brosser les dents et lui filer un coup de badigeon. « J'ai un plan. » Atwater leva son autre main, celle qui était crispée sous les couvertures. Elle tenait une enveloppe froissée. « Si Georgie plonge, ouvre ça. C'est le contre-feu, l'ultime instrument de la victoire.

— Eh, merci, fit Baker avec diplomatie. J'en parlerai à George. Il sera touché de savoir que, dans ton état, tu penses à lui.

— Arrête tes conneries. Je pense à la victoire. N'oublie jamais ça, Baker. Il n'y a que deux choses... vaincre et mourir. » Il gloussa. « Ne lui montre pas maintenant. Même toi, ne regarde pas encore. Attends...

— Attendre quoi ?

— D'être dans la merde et d'en avoir besoin.

— C'est comme un sou magique dans un conte de fées, quelque chose comme ça ?

— Quelque chose comme ça.

— Pourquoi je peux pas regarder tout de suite ?

— Parce que tu penseras... » — il s'interrompit pour reprendre son souffle — « que c'est dément. Et ça te fera peur. Mais c'est tellement sensé, tellement logique que tu ne pourras pas résister à la tentation et tu t'en serviras trop tôt.

— Et alors ?

— Et alors ça ne marchera peut-être pas.

— Comme le coup de la poule aux œufs d'or ou des trois vœux ?

— Exactement », fit Atwater avec des airs d'halluciné en fourrant l'enveloppe dans les mains de Baker, qui n'avait aucune idée de ce que ça pouvait être. « C'est du grand art. Le président adorera. Quand tu auras compris que ce n'est pas dément. Pas dément du tout. »

CHAPITRE 2

Je suis un authentique héros américain. Vraiment. Voilà ce que je suis.

D'abord, considérez que je suis fondamentalement un petit mec. Je ne parle pas de ma stature physique, je ne veux pas dire par là que je suis mal foutu. Je veux dire que je suis un type ordinaire. Donc, me voilà, un type ordinaire. Je n'ai pas l'intention de changer le monde. Pas l'intention de devenir une grosse pointure. Je n'ai pas de compte à régler. Je suis juste un mec qui a un boulot à faire et qui essaie de le faire de son mieux. Enfin, mon boulot, lui, n'est peut-être pas ordinaire, ça, c'est vrai. Je suis un privé. Une fouine. Un détective. L'étoffe dont sont faits les rêves. Les livres, la télé, le cinoche.

La différence entre moi et eux, les gars qu'on voit d'habitude à la télé, c'est que je ne suis pas un misanthrope à la petite semaine qui bosse dans une soupente pouilleuse au-dessus d'une blanchisserie ou un play-boy avec une Lamborghini qui joue les détectives, comme ça, pour prendre son pied. Je roule pour une grosse corporation. Pas du niveau Fortune 500, mais pas loin. Notre siège social national est à Chicago. On a des bureaux dans vingt-deux villes américaines et quatorze pays étrangers. Une affaire dans le genre Wackenhut ou Pinkerton, vous voyez. Tout ce dont les clients ont besoin en matière de sécurité, on s'en charge. Systèmes d'alarme, véhicules blindés, interventions armées vingt-quatre heures sur vingt-quatre, protection commerciale, on fait tout. Et l'ensemble du personnel est intéressé au bénéfice. Par exemple, si vous souhaitez profiter d'un des multiples services que nous proposons, je peux empocher une commission rien qu'en vous présentant à la boîte, bien que ce ne soit pas du tout mon job.

Je travaille ici, à Los Angeles. Parfois à Hollywood. Parfois dans la Vallée. Même à l'est de L.A. Mais pas trop souvent. On suit le fric. J'ai bossé pour la Bank of America, la Gulf Oil, Toshiba, Matsushita, Hitachi, Boeing, Kmart, dans toutes sortes d'endroits. Si on fait les divorces ? Si on lorgne par les trous de serrure ? Je veux, mon neveu ! Mais, attention, quand quelqu'un nous met sur un divorce, c'est au bas mot pour une affaire d'un million de dollars. Il faut voir les choses en face. Supposons que vous vouliez faire suivre votre conjoint. C'est un boulot à temps plein, généralement, parce qu'il n'y a pas d'heure pour baiser. En fait, ça se passe même généralement en dehors des heures de service habituelles. J'ai filé un mec, une fois. Sa femme croyait que c'était un adepte du jogging matinal. À quatre plombes et demie, il était dehors, en coordonnés Yves Saint-Laurent et Asics Gel III. Plutôt des horaires de coureur de fond de culotte. C'est quoi, déjà, cette vanne idiote ? « Je bande tellement au lever du jour que la lune a intérêt à se voiler. » Bref, il rentre sur le coup de six heures, six heures et demie, pique une tête sous la douche, et au boulot. Quelle distance il court, d'après vous ? Environ quatre cents mètres, pas plus. Sa copine l'attend au coin de la rue. Un break Dodge marron, pas chic du tout, mais fonctionnel. Ils font ça dans la bagnole. Puis elle l'emmène à une demi-borne de là, pour qu'il puisse rentrer au pas de gymnastique. Histoire de se faire une seconde petite suée pour masquer la première. Futé. Vous n'imaginez pas combien de divorces commencent par : « J'ai senti l'odeur de cette salope sur lui. »

Je m'égare, mais c'est pour mieux vous fixer les idées sur la nature de mon boulot et le genre de boîte pour laquelle je turbine. Je parlais d'argent. Prenons un exemple : pour un divorce, vous demandez une surveillance de vingt-quatre heures sur vingt-quatre. On facture ça aux avocats 60 dollars de l'heure, par tête de pipe, plus les frais. Ça vous fait un minimum de 2 880 dollars par jour, 20 160 dollars par semaine, 86 400 dollars par mois. Et vous pouvez facilement doubler le chiffre. Pour un simple QBQ. (Comprenez : Qui Baise Qui.) Vous vous doutez bien que personne ne dépenserait un tel paquet de fric pour un divorce où il n'y aurait que quelques centaines de milliers de dollars en communauté de biens. Non, il faut qu'il y ait un sérieux magot à la clé.

Combien je palpe, personnellement ? Dans les 22 dollars de l'heure au total, en comptant les congés payés et congés maladie. Avec d'honnêtes prestations sociales : médecin, dentiste, retraite. À ce qu'on m'a dit, ça représente 33 % en sus de notre salaire pour la compagnie.

C'est moins qu'une paie de vrai flic. Mais les conditions de travail sont meilleures. Voilà pour la compagnie.

En ce qui concerne la taule, c'est un immeuble de bureaux typique de L.A. Un parallélépipède de verre avec des vitres teintées. Rien ne peut nous distinguer d'une quelconque autre entreprise. Rien, vraiment. J'ai toujours une bouteille de bourbon pleine de thé dans le tiroir de mon bureau, mais uniquement pour déconner, pour jouer les détectives de série télé. Pas question pour moi de picoler au bureau, ne serait-ce qu'à cause des analyses d'urine auxquelles on est soumis régulièrement. Tiens, c'est encore un des services que nous proposons. Détection de drogues pour tout votre personnel, ou pour qui vous voulez, urine ou sang. On fait des tests pour l'alcool, la marijuana, les opiacées, la cocaïne, les barbituriques, les amphétamines. Spectre large ou ciblé, au choix.

Les bureaux sont modulaires. Pas de murs, des cloisons. Tout est standard : tables, chaises, téléphones. Éclairage au néon. Pas folichon, mais pas sinistre non plus. Je verrais plutôt ça comme un avantage, d'ailleurs. C'est bien pour l'Américain moyen, ça le met à l'aise. Je dirais que la banalité même du lieu a quelque chose de rafraîchissant.

Si je raconte tout ça d'entrée de jeu, c'est dans un souci de crédibilité. Parce que c'est une histoire incroyable. Complètement incroyable. Je fais ce boulot depuis dix ou quinze ans. Toujours pour la même compagnie. On me photographie deux fois par an. Je suis fiché. Vous pouvez jeter un œil à la liste de nos clients — gros cabinets d'avocat, grosses sociétés, grosses compagnies de disques et de ciné.

Je venais juste de terminer une enquête sur un détournement de fonds pour un important cabinet d'agent de change. Je mettais la dernière main aux paperasseries en transcrivant mes notes manuscrites sur notre réseau informatique à partir du terminal de mon bureau.

C'est alors que Maggie Krebs est entrée. Maggie est l'une des dix plus belles femmes du monde. C'est officiel. C'est écrit dans le magazine *People*. Vous la connaissez sous le nom de Magdalena Lazlo, star de cinéma. Pour moi, elle est Maggie Krebs, divorcée. Je l'ai aidée à obtenir son divorce et à conserver sa fortune.

Ce n'est pas tous les jours qu'on voit débarquer dans nos burlingues maussades un pareil blot de glamour haute tension. Bon nombre de stars sont le produit de leur encadrement — maquilleuses, coiffeurs, couturiers et chirurgiens esthétiques. Le produit de notre imagination, en quelque sorte. Mais Maggie est toujours égale à elle-même, à l'écran comme à la ville, avec ou sans chichis.

Bref, la voilà qui se pointe dans mon bureau. Tout le monde, hommes et femmes, la reluque au passage.

« Salut, Joe », dit-elle.

Elle me regarde droit dans les yeux, me sert un échantillon de son fameux sourire, de sa fameuse voix — on peut entendre tout ce qu'on veut dans cette voix, elle parlait comme ça dans *Over The Line* — et boum, je suis bon à ramasser à la cuillère. J'essaie de ne pas le montrer, mais je suppose qu'elle sait parfaitement l'effet que son « Salut, Joe » peut produire. Comment l'ignorerait-elle ? C'est son métier de ramollir les durs à cuire et de regonfler les chiffes molles.

« Salut, Maggie », je réponds. Je parle d'une voix basse et posée. Non que je me prenne pour John

Wayne ou je ne sais qui, mais pour m'éviter de chevroter comme un môme de quatorze piges.

Elle regarde autour d'elle. Puis elle se penche vers moi : « Joe, il y a un endroit où on peut bavarder ?

— On a une salle de conférence. » Je parviens à m'exprimer sans trop d'effort, ma respiration est redevenue normale.

« Eh, Joe, dit-elle, vous avez cinquante *cents* ?

— Ouais.

— Alors, pourquoi ne pas m'inviter à boire un jus quelque part ?

— Maggie, vos désirs sont des ordres. »

Quelques précisions concernant ce court passage dialogué. Premièrement, sachez que c'est du mot pour mot. C'est un don que j'ai. Pas pour les textes écrits, là pas du tout, mais pour le langage parlé, oui. C'est comme une mémoire photographique. Donc, chaque fois que, au fil de ce récit, je rapporterai qu'un tel a dit ceci ou cela à tel autre, ce sera aussi fidèle qu'une transcription de bande enregistrée effectuée par nos services spécialisés.

Deuxièmement, dans la vie réelle, nos répliques ne sont pas toujours aussi spontanées.

Troisièmement, je ne connais aucun endroit à Los Angeles, ni même peut-être en Amérique, où l'on puisse se faire servir une tasse de caoua pour vingt-cinq *cents*. Vous la trouverez plus facilement à cinq dollars. Visiblement, ici, Maggie me la joue badine. En fait, ainsi que je l'ai découvert plus tard, ses deux répliques sont tirées d'un script sur lequel elle a travaillé. C'est une expérience assez plaisante que de se trouver face à une star de ciné en chair et en os qui vous parle comme si vous étiez son partenaire dans un film. J'en connais plus d'un qui aimeraient emporter ce souvenir dans leur lit, même pour leur dernier sommeil, si vous voyez ce que je veux dire.

Quatrième et dernière précision, il y a quelque chose qu'elle ne sait pas forcément, mais qu'elle soupçonne peut-être, c'est que toutes nos salles de conférence sont truffées de micros, façon Maison-Blanche sous Nixon. Tout ce qui se passe dans une salle de conférence d'Universal Security est enregistré. Le magnétophone fonctionne en permanence. La vidéo peut être intermittente ou continue, c'est selon. Idem pour l'analyse de stress vocal.

Nos bureaux et téléphones personnels sont sur écoute, mais pas toujours enregistrés. Le principe est : « Faisons-nous gratuitement à nous-mêmes ce que nous facturons aux autres. » De la résidence surveillée en entreprise, en quelque sorte.

On monte dans sa Cadillac et on laisse ma vieille tire au parking. Qu'une star de son envergure roule en Cad a de quoi surprendre, mais c'est un cadeau de General Motors. Un truc promotionnel. Ils s'imaginent que la nouvelle Seville peut rivaliser avec les Mercedes, BMW, Lexus et autre Infiniti. Je trouve que c'est une chouette caisse. Décapotable. C'est elle qui conduit. La capote est baissée.

Elle ne parle pas beaucoup dans la voiture. Elle allume l'autoradio. De la country. C'est pour moi. Ça vous montre la classe — et la mémoire — de la dame. Un jour, pendant sa procédure de divorce, elle m'a demandé quel genre de musique j'aimais. Je le lui ai dit. Ce sont Hank Williams, Johnny Cash, Ernest Tubb et Patsy Cline qui m'ont permis de revenir indemne de la guerre. Sans blaguer. Tous les bidasses de mon bataillon qui écoutaient du rock sont morts. Sauf deux d'entre eux. Mike Galina est toujours dans un hôpital militaire, sans yeux ni jambes. Paul Frederic Hight est revenu lui aussi avec des morceaux en moins — de son corps, de son esprit et de son cœur — et a calenché cinq ans après son retour au pays. Overdose accidentelle ou suicide. Qui peut le dire ? Qui peut le juger ? Trois des Blacks ont survécu. Ils n'écoutaient pas de rock non plus. Deux sont revenus junkies et j'ai perdu leur trace. Mais Steve Weston est revenu entier. On boit un godet ensemble de temps en temps. On ne parle pas beaucoup. On boit, c'est tout. Il écoutait de la country, comme moi, ou de la soul, comme les siens. Ce qu'il préfère, cependant, c'est le gospel.

Elle me regarde du coin de l'œil, sourit et touche ma main.

Elle gare la bagnole dans un parking à quelque distance de la plage, à Venice. On descend et on fait quelques pas. Elle me prend le bras. Ça me donne l'impression de mesurer un mètre quatre-vingt-dix et d'en jeter un max. Il y a un bistrot marrant qui sert des cappuccini au coin de la rue, où on peut siroter son jus au frais en regardant la comédie humaine défiler sur la promenade. Venice Beach est l'endroit idéal pour contempler l'humanité dans ce qu'elle a de plus comique. C'est toujours ici que la télé vient tourner les scènes d'extérieur pour faire un montage sur L.A., avec les nanas qui font du patin à roulettes en string, les culturistes et tout le tremblement.

Mais on ne s'arrête pas, on traverse la promenade. Arrivée sur la plage, elle fait une halte pour enlever ses godasses. Est-ce que ce sont les films qui nous font ou nous qui faisons les films ? Je m'explique : ce geste qu'elle vient d'avoir, sa façon de s'appuyer sur mon bras, de retirer ses chaussures et de les tenir d'une main par les lanières, c'est plein de grâce, de féminité. Féminité, voilà, je ne trouve pas d'autre mot. Et en la voyant faire, je crois voir une scène de film. Comprenez-moi : a-t-elle appris ça en regardant les mêmes films que moi ou est-ce un de ces gestes féminins essentiels que les metteurs en scène et les actrices s'efforcent de capter pour l'écran ?

Faites un gros plan de sa main sur mon épaule quand elle s'appuie sur moi.

On marche vers la lisière des vagues. Elle a les pieds nus, moi j'ai mes Florsheim. Je porte le costard et la cravate, bien sûr, c'est la tenue réglementaire de la compagnie, sauf mission spéciale. C'est pour ça, voyez, que j'ai l'impression d'être dans un film, c'est ce qui m'empêche de me faire mon petit délire et de croire qu'elle est là pour moi. Le costard, c'est ma conscience professionnelle qui ressort. Souvent les clients nous emmènent dans des endroits bizarres, à l'écart, pour nous parler de leur affaire. Pour différentes raisons. Le besoin de discrétion, la gêne. Parfois, c'est parce qu'ils se font leur cinéma, eux aussi, et qu'ils veulent la cape et l'épée.

Au bord de l'eau, où le sable est humide et compact, elle me dit :

« Joe, j'ai besoin d'aide.

— C'est pour ça que nous sommes là.

— Non, pas eux. Pas tous les autres. Seulement vous.

— Dites-moi quel est le problème. » Je suis un homme de la compagnie. Et depuis un bout de temps déjà. On a des primes d'ancienneté en plus des augmentations annuelles automatiques, je cotise à la caisse de retraite et j'ai des parts dans la société.

Et elle voudrait que je me désolidarise de la boîte ? Tu parles.

« Promettez-moi une chose, reprend-elle.

— Quoi ?

— D'écouter ce que j'ai à vous dire. Si vous ne pouvez pas vous en charger sans en référer à votre société, oubliez que nous avons eu cette conversation. Vous leur raconterez que c'était le premier anniversaire de mon divorce, que j'ai voulu vous remercier et qu'on s'est contentés d'un café parce que je suis au régime. Quelque chose dans ce goût-là. »

Je m'apprête à lui donner ma parole. Toujours le même topo : on commence par leur donner sa parole et on leur explique petit à petit que, dans leur intérêt, la compagnie doit être tenue au courant. C'est fastidieux, mais c'est la base du métier.

« Non, dit-elle, promettez-le-moi en me regardant dans les yeux. »

Alors, je la regarde dans les yeux. J'ai déjà regardé des tas de gens dans les yeux. Des embobineurs, des cinglés, des joueurs, des présidents de société, des avocats. Tous ceux qui vous disent que les yeux sont les fenêtres de l'âme ont de l'âme à vendre. Sauf dans certains cas. Par exemple, quand vous regardez dans les yeux d'un gosse qui va mourir et qui le sait. Là, vous voyez son âme foutre le camp. Oui, vous la voyez vraiment se barrer. Et les fenêtres se ferment. Comme si quelqu'un rabattait de vieux volets hors d'usage. Ce qui était transparent devient opaque. C'est un peu la même chose face à une femme que vous désirez plus qu'il ne le faudrait. Et je ne parle pas seulement de sexe. C'est plus que ça, je parle d'une véritable faim, d'une faim irraisonnée. Elle vous ouvre les yeux et ils vous disent : « Regarde bien au fond. » Vous avez beau savoir que c'est une actrice et qu'on lui file un cacheton de 1,3 million de dollars par film, d'après le dernier bulletin de presse, pour faire exactement la même chose devant la caméra, vos propres yeux peuvent devenir les fenêtres de votre âme, vous dévoiler tel que vous êtes, et elle n'a plus qu'à vous harponner. Je suppose que c'est dans l'ordre des choses. C'est la nature humaine qui nous fait réagir comme ça, parfois.

Je lui dis :

« Si je ne peux pas m'en charger, j'oublierai.

— Joe...

— Allez-y, je vous écoute, je fais, agacé.

— Il y a un an, j'ai signé pour un film. Avec John Lincoln Beagle comme réalisateur. Vous connaissez son travail ? »

J'acquiesce. Tout le monde le connaît. Même ceux qui ne vont jamais au ciné. Comme Spielberg, Lucas, Lynch, Stone.

« Nous sommes tous les deux chez RepCo[1]. On forme un lot. Réalisateur, star, scénariste. J'ai lu le script. Ça m'a plu. Ce n'était pas du pipeau, pour une fois. On ne me demandait pas seulement de montrer mes seins et de remuer le derrière en faisant semblant de trouver ça super. Ça me classait parmi les actrices sérieuses. C'est le film que je devrais être en train de tourner maintenant. En ce moment même. Puis le projet a été annulé.

— Mais ça arrive souvent.

— Oui, c'est vrai. Mais, cette fois, ça n'aurait pas dû. Tout était au point. L'équipe était au complet, le studio était loué, on avait un producteur. Le budget

1. Agence d'artistes. *(N.d.A.)*

était bouclé. Et brusquement tout s'écroule. L'explication officielle, c'est que Beagle est malade. Je n'en crois pas un mot. Je suis certaine de l'avoir aperçu une ou deux fois près de sa propriété de Napa Valley. Il a une vigne là-bas. Moi aussi. Et puis, entre le moment où le contrat a été signé et son annulation, je l'ai vu se détacher mentalement du projet. À notre première entrevue, il était tout feu tout flamme. Ce film était la chose à laquelle il tenait le plus au monde. Et il était très intéressé par moi.

— Comment s'appelle le film ?

— *Pirandello.*

— Ah.

— Vous savez qui c'est ? Un dramaturge. Italien. Mais ce n'est pas sur lui. C'était un titre de travail. Pas un titre définitif. À notre seconde entrevue, il avait la tête ailleurs. Il était préoccupé par autre chose. Or il n'y a rien, à Hollywood, qui puisse préoccuper un metteur en scène davantage que son prochain film.

— Tout de même, s'il est malade... Supposez qu'il ait le sida. Un type qui va mourir peut se soucier d'autre chose que de son prochain film. » Les jeunes qui vont mourir et qui le savent pensent d'abord à l'injustice de leur sort. Ou bien ils essaient de se convaincre qu'ils vont s'en sortir. C'est peut-être ce qu'il y a de mieux à faire, au fond, refuser de croire qu'on va partir. Je ne sais pas bien ce que pensent les vieux quand ils sont sur le point de crever. Je n'ai pas vu beaucoup de vieux crever.

« Un metteur en scène qui sait qu'il va mourir s'en soucie encore plus, dit-elle. Bon sang, ce n'est pas seulement son prochain film, c'est son dernier.

— Où est-il, en ce moment ?

— Introuvable.

— J'ai lu quelque part qu'il travaillait avec les Japonais sur la télé haute définition.

— J'ai lu ça aussi. Mais il aurait répondu à mes messages.

— Vous en êtes sûre ? »

Elle me prend le bras. On marche un peu et elle me dit :

« Quand quelqu'un vous ment, vous le savez.

— Je me le demande...

— Oh, Joe », soupire-t-elle en me serrant de plus près. Je suis bonne poire dans ces cas-là, je l'avoue. « Je suis une femme. Les hommes sont censés me mentir. Je suis une jolie femme, je suis censée adorer ça. Je vis à Hollywood où la vérité est un lapsus. Vous pensez bien que je m'en ficherais. Je voulais ce film. On me l'a retiré. Et on me ment, on me cache les vraies raisons. D'abord, il y a une question d'argent. S'ils annulent parce que Beagle est malade, ça tombe sous le coup de la clause de dédit. Elle n'est pas dans tous les contrats, mais dans celui-là, oui. S'ils annulent parce que Beagle a changé d'avis ou travaille sur un autre film ou n'importe quoi sauf cas de force majeure genre raz de marée, tremblement de terre, cyclone ou déclaration de guerre, ils doivent me payer une grosse indemnité.

— Combien ?

— Grosso modo, ça me coûte dans les sept cent cinquante mille dollars.

— Compris, ça vaut le coup d'attaquer.

— Joe, il y a autre chose. On s'est foutu de moi. J'ai voulu savoir ce qui se tramait, quel jeu ils jouaient. Et mon propre agent, Bennie Hoffrau, m'a envoyée paître. C'est assez difficile à encaisser, je vous assure. J'ai voulu en avoir le cœur net, savoir ce qui, à ses yeux, était plus important que moi. Je suis allée voir Hartman...

— Hartman ?

— David Hartman est le patron de RepCo. Ce qui fait de lui l'un des trois ou quatre types les plus influents de la profession. Nous avons déjeuné. Nous avons parlé de tout sauf du sujet qui nous intéressait. Ça se passe souvent comme ça, remarquez. Entre la poire et le fromage, il me dit : "C'est vraiment pas de chance pour ce pauvre Linc..."

— Linc ?

— C'est ainsi qu'on appelle Beagle dans l'intimité. Bref, je m'apprête à lui répondre : "Oui, n'est-ce pas ? Qu'est-ce qui lui est arrivé au juste ?" Mais ce que je n'avais pas remarqué, c'est que Tom Cruise arrivait derrière moi. Du coup, David est obligé d'éluder la question et je suis obligée de faire semblant de rien, moi aussi, de faire comme si on parlait de la pluie et du beau temps. David avait parfaitement calculé son affaire et choisi d'aborder la question à un moment où il savait que nous ne pourrions pas en discuter. Que d'efforts pour ne rien dire !

« Le lendemain de mon déjeuner avec Hartman, Bennie m'appelle. Il a un scénar pour moi. Un film sur la Seconde Guerre mondiale vue de l'arrière. Avec moi, Gena Rowlands et Bette Midler. Pas mal, hein ? Vous vous souvenez du film *Les Plus Belles Années de notre vie* ?

— Oui », dis-je. C'était censé être un titre ironique. L'histoire de trois types qui partent pour la guerre et qui, à leur retour, s'aperçoivent que les plus belles années de leur vie, c'est la guerre qui les leur a offertes. Ils n'oseront jamais faire un film sur le Viêt-nam avec un titre comme ça.

« Celui-ci est un remake. Du point de vue des femmes. Comment elles s'épanouissent, en dépit de leur malheur, pendant que les hommes sont au loin. Une belle idée, un joli scénario. Avec une femme comme metteur en scène, Anita Epstein-Barr. Elle n'est pas mauvaise. Ce n'est pas le film de Beagle, mais c'est un gros truc. Assez gros pour m'éviter de repenser trop au film qui s'est envolé. Alors, j'ai dit à Benny : "Je te remercie beaucoup, je suis très contente, je le ferai mais, à propos, qu'est-ce qui est arrivé à John Lincoln Beagle et au film que je devais tourner ? "

« Et Bennie me répond : "Maggie, ma petite, sois gentille, tu veux ? Va faire ce film avec Midler et Rowlands, on n'a pas vu une distribution féminine pareille depuis *Les Sorcières d'Eastwick*, et mêle-toi de tes oignons. On s'occupe très bien de toi."

— Ce qui est vrai, dis-je.

— Ce qui est vrai, admet-elle. Un peu trop bien, même. Je connais Bennie. S'il n'y avait pas eu d'embrouille, il m'aurait dit... » Et là, elle se lance dans une imitation de Bennie Hoffrau. Je n'ai jamais rencontré le bonhomme, mais je suis sûr que c'est extrêmement fidèle. « "Où tu vas, là, cocotte ? où tu vas, oh ? Tu perds un contrat, on t'en file un aut'. Qu'est-ce tu veux de plus ? T'as du boulot ? Eh alors, fais-le, puréééé ! C'est le principal, non ? Va faire ton film, ramasse la monnaie et garde ta culotte dans les lieux publics, c'est tout ce qu'on te demande." Il aurait réagi exactement comme ça. Je n'exagère pas. C'est une caricature vivante d'impresario. S'il s'agissait d'une simple magouille hollywoodienne, s'ils essayaient simplement de me rouler pour une question d'indemnité, voilà ce qu'il aurait dit.

« Deux nuits plus tard, poursuit-elle, je suis allée à une réception et j'étais un peu stone. Bennie était là. Je parlais à Janice Riley. C'est une très vieille amie. Je lui dis : "Tu vois, ce type, c'est mon agent. Il s'occupe très bien de moi, mais il me ment. Ça me fait beaucoup de peine. Tu crois que j'ai tort de m'en faire ?" Janice m'a demandé des précisions et je les lui ai données.

« Le lendemain, Bennie me convoque dans son bureau. Bonne fille, j'y vais. "Je t'ai dit d'oublier le film de Beagle. Il n'y a aucun mystère dans cette annulation. Il est tombé malade. Je peux te montrer le certificat médical. Je suis sûr qu'il va se rétablir dans un futur proche. Je peux pas te donner de détails, je les connais pas et on s'en fout. Tu es virée du film Rowlands-Midler. Désolé. Ne discute pas. Laisse tomber. Rentre chez toi. Prends des vacances. Repose-toi, va coincer la bulle au soleil, respire un bon coup, et oublie tout ça. Je t'enverrai quelques scénarios qui pourraient t'intéresser. À ton retour, y aura un joli petit film qui t'attendra."

« Il y a des gens, continue-t-elle en me regardant dans les yeux, qui sont capables de vous dire en face : "Vous ne travaillerez jamais plus dans cette ville" et votre vie est foutue. David Hartman est de ceux-là. Alors, je l'ai bouclée et je suis partie.

— Ça me semble raisonnable. Pourquoi remettre tout ça sur le tapis aujourd'hui, avec moi ?

— Joe, je vous en prie, laissez-moi finir. Et, si vous pensez que je n'ai pas complètement tort dans cette histoire, il faudra que je sois un peu plus qu'une simple cliente pour vous.

— Qu'est-ce que je dois être, Maggie ? »

Elle m'observe. Avec ses talons, elle est plus grande que moi. Mais là, pieds nus sur le sable mouillé, elle a les yeux juste un peu en dessous des miens. Je suis le premier à détourner le regard.

« Bon, finissez votre histoire, dis-je.

— Eh bien, j'ai laissé tomber. Puis, trois jours plus tard, ma bonne, Anita... vous vous souvenez d'elle ?

— Oui.

— Elle me dit : “Vous vous rappelez Mr. Beagle, quand il est tombé malade et que vous y avez pas cru ?” Je lui ai répondu aussitôt : “J'y ai cru”, mais sans trop de conviction, parce qu'elle savait très bien ce qu'il en était. “Eh ben, ma cousine, elle travaille pour Mr. Beagle. Je la vois demain. J'y demanderai pour vous.”

— Ouais ? Résultat des courses ?

— Elle a été reconduite à la frontière.

— Quand ?

— Le lendemain matin.

— Estimez-vous heureuse qu'ils ne vous aient pas inquiétée pour avoir employé une clandestine.

— Ce n'est pas une clandestine.

— Non ? » Là, je décroche. Je ne comprends plus. C'est pourtant très clair.

« Elle est en règle. Elle a une *green card*. Un numéro de sécurité sociale. Tout ce qu'il faut.

— Qu'est-ce que vous voulez ? je lui demande.

— Je veux savoir ce qui se passe.

— Ce n'est pas malin, je lui dis. Ils vous ont fait passer un message. Si vous fermez les yeux, ils prendront soin de vous. Si vous faites des vagues, ils vous briseront.

— Dites-moi une chose, Joe. Vous êtes un mec. Un vrai. Pas un acteur qui joue les durs. Qu'est-ce que vous feriez ?

— Je ne sais pas, Maggie. Je ne joue pas dans la même division que vous.

— Si quelqu'un vous arnaquait de sept cent cinquante mille dollars, vous le laisseriez s'en tirer sans réagir ?

— Peut-être pas. Mais il y a des avocats pour ça.

— Écoutez, je sais ce qu'est Hollywood. Il n'y règne pas exactement un climat de franche camaraderie. Mais j'ai l'impression d'avoir signé un contrat pour nager avec des piranhas et de m'apercevoir brusquement que le grand requin blanc croise dans les mêmes eaux. J'ai besoin de savoir ce qu'il y a là-dessous, Joe. Est-ce que je peux leur faire confiance ? Est-ce que ma carrière est foutue ? Est-ce que j'ai un ennemi inconnu ? Est-ce qu'il y a une sombre magouille dont j'ignore tout ? Est-ce que le cinéma est fini pour moi si je dis un mot de trop ? Est-ce qu'ils vont me faire disparaître comme Anita ?

— Qu'est-ce que vous attendez de moi ?

— Je veux que vous démêliez ce sac de nœuds. Je veux que vous me protégiez. Je veux que vous veilliez sur moi, Joe.

— Pourquoi moi ?

— Est-ce qu'ils peuvent vous acheter ? » me demande-t-elle d'un air entendu, comme si elle connaissait le rôle que je suis censé jouer.

« Je sais pas. » Je souris. « Personne n'a jamais vraiment essayé.

— S'ils essaient, promettez-moi de venir me trouver d'abord pour une contre-proposition.

— Ça sera facile.

— Pas sûr. Mais je ne laisserai personne surenchérir sur ce que je peux vous donner.

— On va régler ça à l'agence. Je vais faire rédiger un contrat. »

Ça risquait de lui coûter un joli paquet de fric. Je tentai de chiffrer la commission à vue de nez. Mais la présence de Magdalena Lazlo si près de moi paralysait mes facultés de calcul mental.

« Je ne veux pas que vous leur parliez de cette enquête.

— Comment je pourrais le cacher ?

— Officiellement, je vous engage comme garde du corps et chauffeur. Vingt-quatre heures par jour. J'ai besoin de protection. Vraiment. C'est sérieux, Joe. Ne leur parlez pas du reste. C'est faisable, non ?

— Maggie, vous ne vous rendez pas compte de tout ce que requiert une enquête comme celle-là. La main-d'œuvre, l'équipement, les contacts, l'organisation, les informateurs. Il faut une grosse compagnie pour faire ça correctement. » Tout ça, évidemment, fait partie de notre baratin commercial. On sert toujours ces salades aux clients potentiels pour leur éviter de se laisser tenter par une petite officine qui casse les prix. Faut dire ce qui est.

« Et vous, vous ne vous rendez pas compte de leur pouvoir. Considérez RepCo comme l'Exxon du show-bizness. Une pieuvre. Ils ont des relations partout. Si votre compagnie sait sur quoi vous travaillez, RepCo le saura aussi, en quelques heures.

— Nous garantissons toujours une discrétion absolue. Question de réputation. C'est la base du métier », je proteste. Encore du baratin.

Là-dessus, elle m'embrasse. Vingt dieux, elle est peut-être plus jeune que moi, mais elle a vu plus de films et elle a sûrement plus d'entraînement. En tout cas, elle s'y prend bien mieux que moi. Et puis, je suis un type ordinaire. Que voulez-vous ? moi, quand Magdalena Lazlo m'embrasse, j'oublie qu'elle est Maggie Krebs, divorcée. Je suis un pauvre Joe comme tant d'autres — avec une queue deux fois plus grosse que ma cervelle. Et avec elle, ça prend un sens encore plus fort, plus important qu'une simple affaire d'hormones. Comment m'expliquer ? Ça prend un sens, voilà, je ne peux pas dire mieux.

Ensuite, je mets la main dans ma poche. Je vous ai raconté que les clients nous emmenaient parfois dans des lieux inattendus pour parler, à l'écart de nos micros et de nos caméras encastrées. Nous avons donc l'habitude de porter un mini-magnétophone sur nous en permanence. Je le sors et je le rembobine.

« Si on s'asseyait ici pour laisser le bruit des vagues effacer notre conversation ? dis-je.

— Ça peut se faire, Joe », répond-elle.

Quand la bande est revenue au départ, j'appuie sur le bouton d'enregistrement et je pose le magnéto sur le sable, avec le micro face au Pacifique. On s'assoit. Côte à côte. Maggie me prend la main. Elle me tient dans le creux de sa paume. C'est comme si elle m'emmenait dans son film. Et c'est une superproduction, avec un chef opérateur et un metteur en scène de premier ordre, le gratin d'Hollywood.

CHAPITRE 3

Melvin Taylor était l'un des directeurs d'Universal Security. Il faisait son chemin lentement mais sûrement. Il n'était pas capable de se faire mousser par un coup de génie et n'avait pas la bosse du commerce qui eût fait de lui un grand manitou. Mais il avait l'œil et veillait à ce que tout baignât dans l'huile sous sa direction. Comme dans beaucoup de grosses sociétés, la route qui va des petits aux grands bureaux est longue et sinueuse. Taylor avait turbiné pour la compagnie à Columbia, Caroline du Sud, à Nashua, New Hampshire, à Austin, Texas, à Minneapolis, Minnesota, à Phoenix, Arizona. Avant l'étape finale, la promotion au quartier général de Chicago, il y avait deux bureaux-tests, qui faisaient figure d'ultimes épreuves qualificatives : Los Angeles et Dallas. Trois ans plus tôt, Taylor avait été parachuté à L.A. Il surveillait personnellement toutes les opérations importantes en cours.

À l'instant où il apprit qu'elle était venue, Taylor demanda les enregistrements de la visite de Magdalena Lazlo à U.Sec. Il la regarda marcher dans le couloir — d'étranges mouvements saccadés en noir et blanc —, filmée en images sautées pour économiser la bande. C'était un document, non de l'art. Arrêt sur image. Retour. Redémarrage. Chez qui allait-elle ? Il entretenait le suspense.

Il aimait retarder le plaisir. Il faisait de même après son dîner, avant d'allumer son cigare. Il le taquinait, cherchait des raisons de patienter, vérifiait que le cendrier était bien à la bonne place et que le cigare qu'il avait choisi n'était pas trop sec, hésitait entre allumette et briquet, se versait une tasse de déca, observait la moue de réprobation de sa femme... n'importe quoi pour faire durer le temps.

Il fréquentait un tandem de masseuses vietnamiennes. Mère et fille. Enfin, c'était ce qu'elles prétendaient. Il ne leur avait jamais demandé leurs papiers d'identité et n'avait jamais vérifié. Puisqu'elles le disaient... Il allait les voir une fois par semaine. Le mardi, de 17 h 30 à 19 heures. Elles lui faisaient un massage et une branlette. Elles commençaient vers 17 h 38 — le temps pour lui de se déloquer, de s'installer sur la table et de se taper une lichette de brandy. Leur boulot consistait à le faire bander et à le maintenir dans cet état — plus ou moins — jusqu'à son éjaculation une heure plus tard. C'était l'ultime exercice, se disait-il avec fierté, de la jouissance retardée.

La voilà qui se rapproche. Stop. Rembobinage. Redémarrage.

La jouissance retardée était, dans l'esprit de Taylor, le précepte essentiel de la civilisation, tant dans le groupe que chez l'individu. C'était — de toute évidence — ce qui avait fait la supériorité des races européennes. L'actuel déclin de l'Amérique et la montée en puissance du Japon s'expliquaient par l'oubli de cette leçon simple et fondamentale. Ne mange pas ton dessert avant de l'avoir mérité. Ne claque pas ton fric avant de l'avoir gagné. Ne prends pas ton plaisir avant d'avoir prouvé que tu es capable de le dominer.

Encore plus près. Stop. Rembobinage. Redémarrage.

Plus près. Stop. Non. Trop tard. Il avait sauté une image. Elle entrait dans le box de Joe Broz. Taylor l'aurait parié. Il avait retenu son souffle. Maintenant il respirait, en jubilant.

Un code visuel minuté apparaissait dans le coin inférieur gauche de chaque plan. Il indiquait l'heure d'enregistrement et non le temps écoulé sur la bande. Taylor passa sur le magnétophone. L'enregistrement audio des employés d'U.Sec. était intermittent. Des études montraient qu'une surveillance impromptue du personnel permettait de contrôler le comportement de celui-ci avec presque autant d'efficacité qu'un filmage continu, pour un coût sensiblement réduit.

L'ennui avec ce système, c'était qu'on pouvait se faire surprendre dans n'importe quelle situation, avec ou sans froc.

C'était un enregistrement mono. La seconde piste était utilisée pour un code minuté semblable à celui de la vidéo. Ça permettait des recherches et des identifications beaucoup plus rapides. Taylor entra le code vidéo dans le magnétophone.

Puis il inspira profondément et ferma les yeux. Il compta à rebours mentalement. C'était une technique qu'il employait au cours de ses exercices sexuels hebdomadaires. Il avait découvert que c'était un excellent moyen d'apaiser l'excitation. Il le faisait parfois avec une telle concentration que le tandem mère-fille devait le besogner avec énergie pour le garder en forme.

Il rouvrit les yeux. Le code indiquait « 14 : 28.16 », le voyant rouge signifiait « prêt ». D'une main, il appuya sur le bouton PLAY du magnétophone et, de l'autre, sur le bouton PAUSE du magnétoscope pour obtenir un semblant de synchronisation.

Il regarda Magdalena Lazlo se jucher sur le coin du bureau de Joe Broz. Comme si elle avait rejoué une scène d'un vieux film de Marlène Dietrich — à moins que ce ne fût le noir et blanc qui donnât cette impression. Aux yeux de Taylor, Broz, bouche bée devant elle, avait l'air à peu près aussi intelligent qu'un bœuf des Carpates.

« Salut, Joe, dit Magdalena, vous avez cinquante *cents* ?

— Ouais », dit Broz. Quelle repartie, songea Taylor.

« Alors, pourquoi ne pas m'inviter à boire un jus quelque part ?

— Maggie, vos désirs sont des ordres. »

C'était tout. C'était tout ? Et ils étaient partis... mais où ? Et pour faire quoi ? Pour dire quoi ? Était-elle sous surveillance ? Vingt-quatre heures sur vingt-quatre ? Il sortit son dossier, avec une sensation très désagréable au creux de l'estomac, et l'ouvrit. Eh non, elle n'était pas filée. Évidemment. Il était bien placé pour le savoir. Il s'était nommé lui-même responsable de la sécurité dans cette affaire.

Oh, ils en avaient discuté en conférence et avaient décidé par consensus qu'une surveillance totale serait une perte de temps et une mesure improductive parce que Lazlo avait la réputation d'être égocentrique et très susceptible. Mais si quelque chose d'important leur échappait et que l'opération tournait mal, il pouvait dire adieu à sa promotion à Chicago. Il pouvait très bien être muté à Newark comme responsable de la sécurité d'un supermarché.

Pourtant, tout n'était pas noir.

S'il s'avérait que cette Magdalena Lazlo continuait à faire des remous autour de cette histoire John Beagle et qu'elle y avait mêlé Joe Broz, ça signifiait que, cette fois, le Joe était vraiment dans la mouise. Et ça, c'était un moment que Mel Taylor attendait avec bien plus de patience que ses bouffées de nicotine ou ses éjaculations. Il y avait vingt ans qu'il rêvait de voir Joe Broz mettre le pied dans la merde.

CHAPITRE 4

Le coup du « ne regarde pas » est vieux comme le monde. Dieu a laissé Loth quitter Sodome en disant : « Ne regarde pas derrière. » La femme de Loth s'est retournée et a été changée en statue de sel. Orphée est descendu aux Enfers pour ramener sa femme d'entre les morts. Hadès, le dieu du monde d'en bas, lui a dit : « Ne regarde pas derrière toi avant d'être dehors. » Orphée a regardé et a perdu sa bien-aimée. Pandore, la première femme sur terre, avait une boîte. Elle était prévenue : elle ne devait pas l'ouvrir. Elle l'a ouverte et tous les maux de l'humanité en ont jailli. Quand une histoire est aussi pérenne et fondamentale, il y a une raison. Toute culture, dans sa sagesse collective, sait que certaines choses ne sont pas destinées à être regardées. Dans les contes, elles apparaissent comme des objets magiques ou mythologiques. Mais nous savons tous que ces contes sont des paraboles, des enseignements par l'exemple, que nous entendons dans l'enfance ou, du moins, avec un état d'esprit d'enfant. Nous les apprenons sur les genoux de notre mère, comme des préceptes généraux qu'il nous faudra suivre tout au long de notre existence pour pouvoir survivre.

James Addison Baker III, secrétaire d'État, était originaire du Texas et sortait de Princeton. Il connaissait sa Bible et les mythes païens classiques. Il n'était pas complètement hermétique à l'avertissement ancestral.

Mais Baker était un rationaliste et se comportait rationnellement. En public et en privé, il traitait le surnaturel, le paranormal, le mythologique — à l'exception du christianisme, bien sûr — avec dérision. Sur le mode : « Pauvre Lee, tous ces médicaments lui ont fait perdre les pédales. » Ou : « Bah, faut le comprendre... une tumeur au cerveau ! Il me donne cette enveloppe comme si c'était la boîte de Pandore en disant : "Ne regarde pas." »

Donc, comme de bien entendu, il l'ouvrit à peine eut-il franchi le seuil de la chambre. Appelons ça une gestion du temps efficace. Puisqu'il n'avait ni téléphone cellulaire, ni document officiel à consulter, ni secrétaire à qui donner des ordres, les 420 secondes que représentaient le trajet jusqu'aux ascenseurs et la descente constituaient un laps de temps idéal pour parcourir le dernier mémo de Lee Atwater, ce moribond pathétique qui tentait d'influer sur le cours des événements par-delà la tombe.

Il lut d'abord en silence.

James Baker était un homme public depuis fort longtemps et, à ce titre, cultivait une extrême réserve dans ses déclarations et veillait à ne jamais prononcer un mot plus haut que l'autre. On avait dit de lui : « Baker est incapable d'exprimer la passion. » Ou encore : « Quand on est assis en face de Baker, on a l'impression de regarder un voile de soie noire... De temps en temps, un sourire froid... Il maîtrise le discours avec des phrases parfaites, des paragraphes parfaits, des pages parfaites[1]. »

Il appela l'ascenseur tout en lisant. Quand les portes coulissèrent, il entra sans lever les yeux. Il avait conscience de ne pas être seul. Il y avait là un brancardier en blouse verte et un patient sur un lit à roulettes, et tous les systèmes de surveillance fonctionnaient. Pourtant, il lâcha : « Bordel de Dieu. » À voix basse, mais parfaitement audible. « Bordel de Dieu, il est devenu fou. »

Puis il ajouta, en silence cette fois : *Ce bout de papier ne devra jamais, jamais voir le jour. Il faut le détruire*. Il avait raison. Toutes les frontières permettant de faire la part entre la pensée mesurée et la pensée aventureuse, entre la conduite sensée et l'acte délirant, la spéculation nécessaire et la prospective échevelée, le confidentiel et le public, étaient battues en brèche. Les militaires, par exemple, consacraient beaucoup de temps à l'élaboration de scénarios conditionnels. Qu'adviendrait-il *si* « il y avait une contre-contrerévolution russe et qu'ils lancent des missiles sur la Moldavie, l'Ukraine et Berlin » ? *Si* « il y avait une violente agitation sociale aux États-Unis » ? *Si* « la Chine déclarait la guerre au Japon » ? Ce ne sont que des hypothèses d'école dont la finalité est de prévoir un semblant de parade au cas où l'impensable se produirait. Quiconque a un peu de jugeote devrait être capable de comprendre ça ! Eh bien, non ! Pour peu qu'un de ces documents fût éventé par quelque peigne-cul libéral, les médias réagissaient comme si le président avait envisagé personnellement d'ouvrir des camps de

1. Maureen Dowd et Thomas Friedman, *New York Times Magazine*, 5/6/90. (*N.d.A.*)

concentration pour tous ceux qui n'avaient pas voté Nixon en 1968. Quand un homme de pouvoir racontait une blague salace ou fourrait sa queue dans la boîte de quelque Pandore à la retape ou manifestait de l'agacement à l'égard d'une personne ou d'un groupe en termes ethniques, ça devenait un scoop susceptible de démolir sa carrière, voire le régime tout entier. Surtout si, dans le camp adverse, il y avait un Lee Atwater pour tirer les ficelles. Ce mémo, cette bafouille, appelons ça comme on voudra, était une pure folie. Si on laissait courir le bruit qu'un membre de l'administration avait pu avoir de telles pensées, ils pouvaient tous faire leurs valises.

Cependant, James Baker ne le brûla pas, ne le déchira pas, ne le mangea pas, ne le jeta pas dans le broyeur le plus proche. Il le glissa dans sa poche. Et le garda.

CHAPITRE 5

Maggie habite près de la plage. À Trancas, juste au-dessus de Malibu. J'habite Sherman Oaks. Les deux sites sont en Amérique. Je plaisante.

Je vous brosse le tableau. Moi dans mon trois-pièces — chambre, salle de bains, séjour — en train de faire mes bagages. Deux grandes valoches. Parce que j'emménage chez Maggie. Comme je ne sais pas exactement ce qui m'attend, j'emballe un maximum de trucs. J'hésite sur l'artillerie. Mais, puisque j'ai vu grand pour les fringues en embarquant mon plus beau costard et mes maillots de bain, je décide de ne pas faire de détail non plus de ce côté-là : je prends le Glock 17 avec un étui à l'épaule, un Star 9 mm avec un étui à la cheville et le petit Beretta 92, que je peux caser à l'aise dans le bas de mon dos. Les trois fonctionnent avec des munitions 9 mm.

J'ajoute mes nécessaires de parfait détective. La compagnie nous recommande de les emporter en mission chaque fois que c'est possible. Ce sont trois kits standard. Le SD — système défense — comprend : le CMS-3, qui détecte les fréquences radio, les mouchards HF et les émetteurs ; le DL-1000, un autre détecteur de micros, portatif et passe-partout ; un détecteur d'armes ; un brouilleur de lignes téléphoniques et un appareil à repérer les numéros d'appel. Le kit numéro deux contient des gadgets plus actifs, « pour faire aux autres ce que vous ne voudriez pas qu'ils vous fassent ». Un EAR-200, qui permet d'écouter à travers les murs ; un microphone parabolique longue distance ; un système de repérage des véhicules ; un logiciel qui vous interdit l'accès à votre PC ; un démarreur de voiture télécommandé, pour les vrais obsédés de la sécurité — eh oui, il y a des gens qui ont besoin de ça, parole ; un appareil photo infrarouge Minox avec flash infrarouge ; des microphones, des émetteurs et des enregistreurs miniaturisés. Le troisième kit comporte un revolver paralysant, une bombe paralysante, un bouclier intérieur pare-balles pour attaché-case et un assortiment d'assommoirs en tous genres.

Tout cet équipement impressionne le client. C'est ce que nous disent les commerciaux de la compagnie et, d'après mon expérience, c'est tout à fait vrai. Les gens qui nous engagent sont des pékins qui se paient des Mercedes et des Porsche — ils aiment les hochets. Et puis, ça fait remonter du pognon. On facture tout. « Vous désirez que j'inspecte vos lignes téléphoniques, monsieur ? » Vous sortez un CMS-3 à 3 000 dollars et vous fixez le tarif : 150 dollars l'heure d'utilisation. Ils comprennent. Ou vous leur vendez l'appareil. C'est comme la pub Honda : « La voiture qui se vend elle-même. » Ça les fait bicher, ce genre de jouets. Vous voulez écouter à travers les murs ? Entendre ce qu'ils disent quand vous sortez de la pièce ? Savoir ce que fabrique votre femme quand vous n'êtes pas chez vous ? Vous n'imaginez pas combien un mec se sent macho quand il peut transformer son attaché-case, qui est normalement plein de paperasses et de chiffres, en un bouclier capable d'arrêter un 357 Magnum. C'est un machin à 150 dollars. Les hommes de terrain comme moi raflent dix pour cent sur tout ce qu'ils vendent.

Je continue à planter le décor, histoire de montrer à quel point mon appart' est petit et minable. Il n'y a rien à voir. Sauf peut-être sur le mur. J'ai un tableau intéressant. C'est une huile originale, figurative. Une femme portant un bébé, debout dans une vigne californienne. En rentrant du Viêt-nam, j'ai rapporté les affaires d'un petit gars. L'armée a des circuits spéciaux pour ça — bien sûr, tout a été prévu. Mais ce gars-là, Kenny Horvath, c'était un pote et il est mort avant ma démobilisation. Alors, j'ai rapporté ses affaires et sa mère m'a filé le tableau. C'est Kenny qui l'a peint. La femme sur la toile, c'était sa nana. Le bébé était à lui aussi. Mais, déjà avant sa mort, elle l'avait plaqué pour un autre gus. À présent, c'est la seule tache de couleur dans la pièce.

Il y a une photo noir et blanc d'une femme sur mon bureau. Je ne sais pas pourquoi je la garde. Les décorations militaires sont dans le tiroir. Il y en a deux. L'une est à mon père, l'autre à moi. Les guerres sont différentes, mais les médailles et les écrins qui vont avec sont toujours les mêmes.

C'est une pièce solitaire. Je sais. J'entends même les ferraillements de sommier de l'étage en dessous. Je les entends de mémoire.

Maintenant, le contraste. Je pourrais faire un plan de coupe sur le trajet en voiture. Mais je préfère passer directement à la séquence suivante.

Imaginez une journée de grand soleil. À l'intérieur des terres, du côté de L.A., c'est la grisaille, mais ici la brise marine a balayé le smog. Les rouleaux du Pacifique déferlent. Deux ou trois gosses font du surf. Ils sèchent les cours, ils devraient être à l'école. Un petit vieux promène son chien. Il lance un bâton. Le clébard pique un sprint. Le vieux se souvient de ses jambes d'antan, de son exubérance, de ses escapades. Il est tout content de voir quelqu'un courir à sa place. Une pin-up, qu'on croirait sortie d'une pub pour un club de gym, fait du jogging le long de l'eau.

Il n'y a qu'une seule rangée de maisons entre la route côtière et la plage. Elles sont toutes dûment clôturées, avec grille métallique à l'entrée, circuit de télévision intégré et serrures électroniques. La baraque située à gauche de celle de Maggie est la réplique d'un manoir de style Tudor. À droite, c'est une hacienda. Celle de Maggie est une villa californienne moderne, avec une allée circulaire et un jardin planté de milliers de dollars sur pied, sous forme de cactus et autres plantes tropicales. La porte d'entrée, cinq fois trop grande, est en bois exotique et garnie de cuivres astiqués comme des sous neufs.

Elle a engagé une nouvelle bonne, qui vient m'ouvrir. Elle m'attendait. Ça aussi, ça en dit long sur Maggie.

« Bonjour, monsieur Broz. »

C'est une femme d'un certain âge. La cinquantaine, à vue de nez. Une Irlandaise, avec l'accent du terroir. C'est une clandestine, elle, ainsi que je le découvrirai plus tard. Mais elle s'en tamponne, elle sait parfaitement que la police des frontières ne va pas débarquer dans le quartier pour l'agrafer et qu'aucun flic ne s'avisera de l'arrêter au coin de la rue pour lui demander ses papiers.

« Vous pouvez m'appeler Joe, dis-je en regardant autour de moi.

— Nous verrons plus tard.

— D'accord. Et moi, comment dois-je vous appeler ?

— Mrs. Mulligan.

— Il y a un Mr. Mulligan ?

— Il y avait. Il est mort.

— Désolé.

— Pas de quoi. Personne ne le regrette. En tout cas, pas moi. Bon, décidez-vous : vous entrez ou vous admirez le paysage ?

— Je vais entrer. Merci.

— De rien. Asseyez-vous dans la salle de séjour. Madame sera là dans une minute. Vous voulez boire quelque chose ? Je vous propose pas la goutte, c'est trop tôt, mais un jus d'orange, ça vous irait ? Fait maison. Madame ne supporte que les jus faits maison. De fruits et de légumes. Et vous pouvez avoir de l'eau de six pays différents, avec ou sans bulles. En Irlande, elle tombe du ciel et elle est gratuite.

— Un jus de fruits fera l'affaire.

— Bon. C'est du boulot, m'enfin, je suis payée pour », soupire-t-elle.

Et elle me plante là. Je jette un coup d'œil alentour. La salle de séjour fait deux étages de haut. Un escalier descend d'une sorte de mezzanine avec balustrade, distribuant plusieurs pièces, sur deux côtés et demi, et surplombant un mur en pierres — ou fausses pierres — orné d'une cascade et de plantes dans des niches. En bas, il y a un bassin avec des poissons.

Le quatrième côté, face à la mer, est presque entièrement en verre.

Sous la mezzanine, plusieurs portes ouvrent sur d'autres pièces. Une cuisine, une salle à manger, une salle de projection.

Il y a deux tableaux aux murs. L'un est dans le style pointilliste français. L'autre fait penser à un vieux chromo en trois dimensions. Il ressemble au couple Dieu et Adam de la chapelle Sixtine, à cette différence près qu'Adam est ici Elvis et que Dieu tient une boutanche de Coca. Je m'approche. Il y a une paire de lunettes 3 D à l'ancienne, en carton, pour l'admirer dans toute sa splendeur. C'est un original de James Trivers.

J'ai l'impression d'avoir déjà vu tout ça, à part le tableau. Pas dans une vie antérieure — je ne donne pas dans le mystique —, mais dans un film ou une série télé. C'est peut-être l'œuvre d'un décorateur qui travaille aussi pour le ciné ou d'un architecte qui puise son inspiration dans les films hollywoodiens.

Mais tout cela ne m'apprend rien sur ce que je cherche. La voilà. Elle entre. Elle descend l'escalier. Pieds nus, jean, chemise en coton. À l'aise, relax, impeccable. La chemise a une coupe masculine, mais ce n'est pas une chemise de mec, c'est la sienne. C'est alors que je comprends ce que je cherchais : des signes d'une présence masculine. Vit-elle seule ?

En principe, nos rapports sont strictement professionnels. Mais en principe seulement. Comment réagirai-je si son jules rapplique ? Si elle rentre d'un dîner en ville avec de la compagnie pour la nuit, ou d'un déjeuner avec un coquin pour une petite séance en matinée ? J'aurai l'air de quoi ?

Je suis un pro. Et depuis belle lurette. Mais j'ai cessé de l'être dès le début de cette affaire. Sur la plage. Quand j'ai effacé la bande. Truqué le magnéto.

Cédé à la parano d'une cliente. Quand j'ai fait passer ses intérêts avant ceux de la compagnie et aggravé mon cas en rédigeant un faux rapport. Pourquoi ? Parce qu'elle m'a embrassé ? Peut-être avais-je déjà craqué avant, quand elle est entrée dans mon bureau avec ses airs de star de ciné — ce qu'elle est — et en employant des mots qui semblaient sortir d'un dialogue de film — ce qui était le cas.

« Salut, Joe, dit-elle. Ça me fait du bien de vous savoir ici.

— Ouais. C'est une belle maison. Vraiment chouette.

— Merci », me répond-elle, droit dans les yeux.

Je détourne le regard. Les choses ne sont pas irrévocables. Je peux encore revenir à la raison et rectifier mon rapport en expliquant que, à mon arrivée chez elle, elle m'a demandé d'enquêter sur certaines autres choses. C'est toujours possible. Je peux retomber sur mes pattes.

« Il va falloir me montrer tout ça. Y compris le circuit électrique. Enfin, si vous savez où c'est.

— Je sais.

— Et passer en revue le système de sécurité. J'ai aperçu les caméras en entrant. On va inspecter le périmètre ensemble.

— Le périmètre ?

— Déformation professionnelle. Certains clients aiment m'entendre parler ce langage. Ça les rassure de savoir que le responsable de leur sécurité est un ancien marine.

— Ça me rassure aussi, dit-elle.

— Et euh... y a-t-il quelqu'un d'autre qui... » — j'essaie de garder un ton neutre, mais j'ai la gorge sèche, je ne me reconnais pas — « ... qui habite ici ? En ce moment ?

— Joe... » Elle marque un temps d'arrêt pour me forcer à la regarder. « Il n'y a personne.

— Ça simplifie les choses.

— À part Mrs. Mulligan », précise-t-elle. Évidemment. Ma question ne visait pas la mère Mulligan et elle le sait très bien. « Maintenant, il faut trouver un endroit où vous caser, reprend-elle.

— D'habitude, on loge le chauffeur-garde du corps dans un appartement au-dessus du garage. Il doit bien y avoir ça ici.

— En effet.

— J'en étais sûr.

— Mais je pense que vous serez mieux dans la maison. Il y a une chambre libre en haut.

— Et où se trouve votre chambre ?

— En haut. Deux portes plus loin. Vous vous sentirez mieux comme ça ? »

Deux portes et quelques mètres entre nous. Si je me sentirai mieux ? Je me sentais très bien quand j'étais dans la Vallée en plein smog pendant qu'elle se gobergeait ici en bord de mer avec les rupins. Maintenant que je sais qu'il y a une chambre libre à côté de la sienne, que je pourrai y déposer mes affaires et m'y pager, il n'y a probablement plus aucun endroit sur terre où je puisse dormir en paix. Il n'y a qu'une seule chambre au monde où je me sentirais bien.

« Ce sera parfait, dis-je.

— Joe. » Elle s'approche de moi et pose une main sur mon bras. « Ce qui doit advenir adviendra.

— Pour vous, c'est facile à dire.

— Vous croyez ?

— Je vous ai préparé du jus d'orange à tous les deux ! » gueule la mère Mulligan. Une voix venue de loin, comme une corne de brume, la nuit, sur une côte rocheuse.

« Merci, Mary », répond Maggie.

Le jus est un peu plus frais que la température de la pièce. Doux et parfumé. Du nanan pour mon pauvre gosier desséché.

« Merci, Mary, dis-je.

— Z'avez décidé où c'est que vous allez dormir ?

— Oui.

— Bon, je me charge de vos bagages. Enfin, tout bien considéré, j'aimerais autant que vous les portiez vous-même. Vous êtes pas très grand, mais vous m'avez l'air d'un solide gaillard. »

Je m'exécute. D'abord les valoches. Puis les mallettes des kits. Elles sont sous clef et je prie Mary de ne pas les ouvrir. Elle déballe mes frusques, vite fait, bien fait. « Je vous laisse vous occuper de ça, dit-elle en découvrant les flingues. On est en Californie, ici, au bord de la mer, pas dans un bas quartier de Belfast.

— C'est de là que vous venez ?

— Non. Je suis de Roscommon, au milieu du pays. C'est moins dangereux, mais aussi pauvre. »

Quand nous redescendons, Maggie est au téléphone. Lovée sur le divan, les pieds repliés sous elle. J'attends.

« Je veux inspecter le périmètre », dis-je quand elle a raccroché. Je souris. Elle sourit aussi. C'est notre première blague complice.

« J'ai du travail, répond-elle. C'est-à-dire que j'ai des coups de fil à passer en faisant semblant de parler de la pluie et du beau temps, histoire de me tenir au courant, de savoir qui fait quel film et qui couche avec qui pour décrocher quel contrat. Vous voulez que je partage les derniers potins d'Hollywood avec vous ?

— C'est bon.

— Mary peut vous faire la visite. Sinon, vous avez quartier libre.

— Vous avez quelque chose de prévu pour la journée ? À part les coups de fil.

— Dîner chez Morton... Mon Dieu, si seulement les endroits branchés pouvaient avoir une table à la hauteur ! Vous n'êtes pas d'accord ?

— Je n'ai jamais mangé chez Morton. Afin qu'il n'y ait pas d'équivoque entre nous, sachez que, quand je sors, moi, je mange mexicain et en choisissant un resto où même les Mexicains peuvent se payer le menu.

— Excusez-moi, Joe. Je ne voulais pas...

— ... me rappeler que vous êtes riche et pas moi. Que vous êtes... » — je mate le living-room avec ses six mètres de hauteur de plafond, sa vue imprenable sur l'océan et sa cascade intérieure — « une vedette de cinéma et moi un pauvre type en chair et en os. Pas de problème en ce qui me concerne. Je sais parfaitement qui je suis. Mais vous, essayez de vous en souvenir.

— Il y a... » Elle glousse. Comme une fillette. Il est fort possible que tout chez elle soit parfait. Il est également probable que je suis actuellement victime d'un dérèglement hormonal qui perturbe mes perceptions sensorielles. Laissez-moi posséder cette femme pendant vingt ans et je vous assure que je finirai par lui trouver des défauts et que son délicieux pouffement commencera à me taper sur les nerfs. Ça ne rate jamais.

« Il y a... ?

— Des films sur ce thème. La femme riche et son chauffeur. Si vous tenez à prendre les films comme repères. »

Là, je sens que je craque. Je vacille sur mes bases. Il est temps de me ressaisir. « C'est ce que vous voulez ? qu'on joue un rôle ?

— Vous êtes un type sérieux, Joe. En chair et en os. C'est pourquoi je vous ai fait venir. Je tâcherai de ne pas l'oublier.

— O.K. », dis-je.

Comment je dois prendre ça ?

« Bon, faut que je passe ces coups de fil, reprend-elle comme pour s'excuser.

— Tenez-moi au courant de votre emploi du temps. Je serai à vos côtés. C'est pour ça que je suis là. C'est pour ça que vous m'avez engagé. » Car elle m'a bel et bien engagé. Elle a signé un contrat avec la compagnie et reçu en échange une nomenclature des tarifs — petite délicatesse de la comptabilité destinée à rappeler au client que tout service supplémentaire fourni en matière d'équipement et de main-d'œuvre lui sera facturé. « Aujourd'hui, je vais commencer par inspecter les lieux et voir si j'ai des recommandations à faire. Ce soir, je vous conduis à votre dîner et je vous ramène. Sauf contrordre de votre part. Si vous le permettez, j'aimerais consacrer le temps mort à quelques activités personnelles. Je cours et je fais divers exercices pour me maintenir en forme. Même si je n'en ai pas l'air.

— Vous allez attendre deux heures devant chez Morton pendant que je dînerai ? Oui, évidemment...

Voyez-vous, je... je n'ai encore jamais eu de chauffeur personnel. Je me suis souvent fait conduire, bien sûr. Les studios envoient toujours des limousines. Mais les chauffeurs... j'ai beau être polie avec eux, leur parler, essayer de savoir leur nom et ceux de leurs enfants, me montrer sympathique, humaine, ils ne sont pas vraiment... Enfin, ce sont des hommes, bien sûr, mais pour moi ce sont avant tout des chauffeurs. Alors que vous, je vous considère d'abord comme une personne.

— Trop aimable. »

Voilà un truc qui m'épatera toujours. J'ai déjà travaillé avec des stars. Ça ne les gêne pas du tout de demander à leurs meilleurs amis de les balader, d'astiquer leur bagnole et de poireauter pendant deux, quatre ou six plombes devant un restaurant. Elles s'imaginent que leurs copains d'enfance devraient leur être reconnaissants du boulot qu'elles leur donnent, quel qu'il soit, surtout quand ils n'ont rien d'autre à faire que de glander dans leur coin avec *La Vie intime des célébrités* en guignant les miettes du dessert. N'oubliez jamais que star veut dire étoile, que le soleil est une étoile et que, pour le soleil, la seule finalité des planètes est de tourner en orbite autour de lui.

Mrs. Mulligan ne connaît pas les lieux beaucoup mieux que moi. Elle n'est là que depuis quelques jours. Un mur d'enceinte court tout autour de la baraque, même du côté plage, mais sans gêner la vue. La terrasse et le living-room étant surélevés, on ne le remarque même pas.

Le portail est grillé de fer et la porte donnant sur la plage en bois épais. L'un et l'autre sont reliés au système d'alarme et au circuit intérieur de télévision.

Je remarque tout de suite qu'ils n'ont pas été achetés chez nous et que la maintenance est assurée par une société concurrente. Aucun système ne protège le mur lui-même. Il me suffit de quelques secondes pour le franchir. N'importe quel intrus pourrait en faire autant. Nous avons des formulaires et des fiches techniques pour nous guider dans ce genre de vérification et les informations peuvent être analysées par ordinateur. En réalité, l'analyse se fait à la tête du client, selon son niveau de parano et de solvabilité.

C'est à Miami que j'ai fait mes classes dans ce domaine, vers le milieu des années 80, à l'époque de la grande panique, du temps des Marielitos, des Colombiens, des Jamaïcains, quand on ne parlait que drogue, fric, règlements de comptes et que tout le monde se préparait à la guerre civile en regardant *Deux flics à Miami*. On a transformé quelques bicoques en véritables forteresses électroniques privées, avec des appareillages démentiels. Il était clair que ces gens avaient à la fois le besoin et l'envie de tuer.

Mais, dans le milieu où évolue Maggie, j'ai plutôt l'impression que l'idée de meurtre se limite à quelque coup de téléphone sournois visant à assassiner le film d'un rival. Bien sûr, il y a aussi, parmi les richards, des allumés qui forcent la dose sur leur drogue récréative préférée, qui pètent les plombs pour une raison ou une autre et cherchent à se nuire réciproquement. Mais ces gens-là ne sautent pas par-dessus le mur. Ils sont déjà dans la place. Ce n'est ni Miami ni le Viêt-nam, ici. Je ne risque aucune attaque à la mitraillette ou au mortier. Je ne serai pas obligé d'appeler l'armée de l'air en renfort.

On ne déploie pas la grosse artillerie ici, on est entre amis, mais on frappe juste, et dans le dos.

Il n'empêche que ma petite inspection m'a vanné. Je suis en nage. Je grimpe dans ma piaule pour enfiler un short et un tee-shirt. Quand je retraverse le living, Maggie est toujours au bigophone, préoccupée. Elle me fait un vague signe de la tête. Je sors sur la terrasse, je descends l'escalier extérieur, je passe la porte de derrière et me voilà sur la plage.

Chez moi, il faut que je prenne la bagnole pour aller dans un parc ou du côté de Mulholland. Je baigne dans mon jus pendant tout le trajet de retour et, pour peu que je sois pris dans un bouchon, je passe plus de temps au volant que sur mes pattes. C'est ça ou courir dans les rues en respirant les gaz d'échappement. Je me tape sept ou huit bornes dans les canyons, avec des montées et des descentes. Ici, où c'est plat, je compte pousser jusqu'à dix ou douze. Je peux en faire plus — et, parfois, quand il le faut, je le fais.

Je me retourne. J'aperçois Maggie sur la terrasse. Elle est toujours au téléphone, mais elle m'observe.

Je pars au galop pour tenter de chasser son image de mon esprit. En vain. Elle ne cesse d'apparaître en surimpression sur mon écran mental et nous jouons des scènes ensemble. Tantôt des scènes de sexe, tantôt des trucs beaucoup plus compliqués. À la longue, elle finit par s'effacer, l'écran se brouille et ce sont alors des photos de guerre qui défilent, comme souvent quand je cours. Ça ne mange pas de pain. Parce que ce ne sont que des photos. Il n'y a pas les bruits. Ni les odeurs. Ça n'a rien à voir avec ces cauchemars qui vous glacent le sang, vous réveillent dans un grand cri et vous laissent pantelant, les oreilles bourdonnantes et les narines gonflées de toutes les petites puanteurs propres aux massacres. Les corps calcinés, les sacs de peau crevés qui vomissent leurs boyaux. Non, c'est juste une série d'images. Du cinoche. Du toc. Parfois, quand ça devient trop obsédant, ça ressemble à une espèce de carte stylisée dans un jeu vidéo et j'essaie de repérer le sentier qui me sauvera la vie. Le sentier que j'ai réellement pris. Là, juste devant, en contournant cette mine, de l'autre côté de ce piège à rats, derrière cet arbre. Je veux montrer le chemin aux autres, mais je ne peux pas. La survie est une affaire personnelle.

À mon retour, je sue comme un bœuf et les images ont disparu. Il n'y a plus que la plage et les villas cossues autour de moi. Maggie, debout sur sa terrasse, me regarde.

Quand j'arrive, elle s'est envolée. Tant mieux. Je me sens plus à l'aise pour ce que j'ai à faire — deux cents flexions, cent pompes. Je peux en encaisser plus, mais à quoi bon ? Je me demande encore pourquoi je m'impose cet entraînement. Les marines ne vont pas me rappeler pour une autre guerre.

À la fin de la séance, elle est revenue. Elle se fend d'une risette.

« J'ai besoin d'une douche », dis-je.

La salle de bains est grande comme une chambre de roi. Et ce n'est que la salle de bains des invités, pas celle de madame. J'ouvre le robinet à fond et je me glisse sous la douche. Elle est brûlante. La pièce fume. La flotte me dégouline dans le dos. Je me frotte. J'attends que Maggie ouvre la porte et se profile dans la vapeur. J'attends en vain.

J'arrive à me sécher et à me fringuer à temps pour Ray Matusow. Il est là pour vérifier s'il y a des micros dans la taule. Je pourrais m'en charger moi-même, mais c'est plus impressionnant et plus cher de faire venir Ray. En outre, il est plus calé. C'est l'un des meilleurs dans sa partie. Je n'ai pas averti Maggie de sa visite parce que, à supposer que quelqu'un écoute — ce qui est possible, bien que j'en doute —, il est contre-indiqué de le rencarder. Il y a essentiellement deux méthodes pour détecter les micros. L'une est un test d'impédance : y a-t-il une résistance anormale sur une ligne ? L'autre est un test d'émission. Vous faites un bruit, vous prenez un récepteur ou un jeu de récepteurs et, simultanément, vous balayez toutes les fréquences appropriées pour voir si votre bruit est retransmis.

Ray fait les choses bien. Il vérifie tous les téléphones et tous les endroits que nous choisissons normalement pour poser des mouchards : les conduits, les chaînes stéréo, les lampes, tous les appareils électroniques. Il inspecte les bagnoles. Ça lui prend quatre heures.

« Impeccable, annonce-t-il.

— Beau boulot. Merci, Ray », dis-je. Un souci de moins pour Maggie. Ça signifie également que, si les pensées qui me trottent dans la tête viennent à se réaliser, nous aurons le privilège de faire la chose en toute intimité.

Elle s'habille pour dîner, se maquille, se pomponne.

« Vous vous êtes donné tout ce mal pour impressionner quelqu'un en particulier ? je lui demande.

— Tous. Nous nous observons tous.

— Efficace.

— Merci, Joe. »

Il y a trois tires dans le garage. Sa Porsche, la Seville et ma vieille Ford. Nous prenons la Porsche. Devant chez Morton, elle s'excuse à nouveau de devoir me faire attendre.

« C'est la vie, je réponds.

— Votre place devrait être à l'intérieur avec moi », ajoute-t-elle en sortant de la voiture.

À quoi je réplique : « Y a intérêt ! » — mais à mi-voix, quand elle est trop loin pour m'entendre.

Après le dîner, je la trouve un peu effacée. Elle est toujours souriante, mais nous ne prononçons pas un mot. Elle allume la radio. Coup de pot : c'est Patsy Cline.

Mary Mulligan ne semble pas nous avoir attendus. Je ne m'en plains pas. On se sent seul dans cette grande maison vide. Il y a même un clair de lune sur les eaux. Reflets argentés. Moutons blancs.

Si je pouvais écrire moi-même le scénario, je serais grand, mince et élégant. Je serais Fred Astaire, je la prendrais dans mes bras et je l'emmènerais en valsant sur la terrasse. Nous danserions, nous danserions...

Mais je suis petit et massif. Massif comme un mur de briques. Elle pose un impalpable baiser sur mes lèvres. Un baiser d'excuse, un baiser qui signifie : « T'es mignon, mais tu ne me sauteras pas ce soir. » Nous avons tous appris ce baiser-là très tôt. Ce n'est pas celui que je préfère. Mais je sais parfaitement l'identifier.

Elle monte. Je la regarde s'en aller.

Puis je suis le mouvement. Malgré tous mes footings, mes pompes et mes flexions, mes jambes me pèsent comme du plomb. J'ai des artères de vieillard et l'ascension me coupe le souffle. En me déloquant, je me fais l'effet d'un vrai schnock.

Impossible de dormir. J'essaie de visionner de mémoire tous les événements de la journée. Depuis le début. Les valises, les pensées qui m'ont traversé l'esprit et les glandes, le trajet en voiture, l'arrivée devant la maison, tout. La bonne. Les bagnoles. Le jus d'orange. La conversation avec Maggie. Mot pour mot. Le jogging. L'inspection de Ray. Maggie Krebs s'habillant pour dîner et devenant Magdalena Lazlo, vedette de cinéma. L'inspection de Ray. Il y a quelque chose qui cloche avec Ray. Je ne sais pas quoi. Je me repasse le film.

Maintenant, il doit être au moins quatre heures du matin. Je suis entortillé dans les draps, j'ai balancé les couvrantes et essayé toutes les positions imaginables pour dormir. Sans succès. La conscience de la proximité de Maggie cogne dans ma tête comme des vagues contre une falaise. Je renonce à fermer l'œil. J'ouvre la mallette du kit numéro deux et sors mon CMS-3. Je vais reprendre une à une toutes les manipulations de Ray pour essayer de comprendre ce qui me turlupine. Ça m'occupera et ça me permettra au moins de penser à autre chose qu'à Maggie. J'enfile un jean, un tee-shirt et je descends, pieds nus.

Je commence par les téléphones. C'est le plus facile.

D'après mon CMS-3, il y a un micro dans le téléphone.

CHAPITRE 6

Il y a deux couchettes dans la cabine présidentielle du *Air Force One*. Quand Barbara Bush ne voyage pas avec son mari, le plumard supplémentaire est pour Jim Baker.

« Bushie, dit Jim en retirant ses godasses et en s'adossant aux oreillers calés contre la tête de lit, j'étais à Houston, l'autre jour... » Ils aimaient tous deux évoquer le Texas, et avec l'accent — une sorte de complicité virile, qui renforçait leur synergie. « Y a un brave gars qui s'amène et qui me dit comme ça... » C'était le début d'une blague paillarde. Ils adoraient les blagues paillardes. Mais il fallait faire méchamment gaffe aux oreilles indiscrètes avant de les raconter. Si par malheur quelque fouille-merde de la presse entendait George Herbert Walker Bush dire : « Question : vous savez pourquoi le bon Dieu a donné des chagattes aux femmes ? Réponse : pour que les hommes aient une raison de leur parler », on pouvait être sûr que, dès le lendemain, tous les peigne-culs libéraux ameuteraient les médias en les accusant de misogynie, de sexisme, de révisionnisme et de tous les crimes de l'humanité.

« Tu sais quoi, dit Bush, c'est une question d'image. Parle-moi franchement... t'étais... enfin, avec lui et maintenant t'es... » Il voulait dire « avec moi », mais n'acheva pas. Baker comprit à demi-mot. Il avait l'habitude. Bush terminait rarement ses phrases. Il s'exprimait par bribes, par à-coups. *Lui*, c'était Ronald Reagan.

Baker avait commencé sa carrière politique avec George Bush. Il était son directeur de campagne à l'époque où celui-ci briguait l'investiture républicaine contre Ronald Reagan en 1980. Sentant le vent tourner, il avait changé son fusil d'épaule et visé la vice-présidence pour son poulain, le dissuadant d'attaquer son rival trop ouvertement et obtenant qu'il se retire de la compétition plus tôt que prévu. Les hommes de Reagan furent si impressionnés par son habileté qu'ils lui proposèrent de retourner sa veste pour devenir leur chef d'équipe. Il accepta. Tout comme Bush accepta la place de numéro deux. Dans la Maison-Blanche de Reagan, Baker était un personnage plus puissant que le vice-président Bush.

« T'as vu les sondages ? » reprit Bush. Comprenez : *Je me casse la gueule dans les sondages, mais Reagan, lui, est toujours incroyablement populaire et je fais exactement ce qu'il faisait, tu peux m'expliquer ça ?*

« Bushie, mon pote, je vais te dire... », fit Baker en achevant de retirer ses bottes de cow-boy — des bottes à huit cents dollars, faites pour aller avec un costard de banquier à fines rayures mais néanmoins *Texas*, si vous voyez ce que je veux dire —, « ce type pouvait sortir toutes les conneries qu'il voulait. Si on avait eu un crétinomètre pour mesurer la quantité de conneries qu'il était capable de débiter à la minute, il serait dans le Livre des Records. » Il ôta sa seconde botte et remua les orteils. Pas d'erreur, les bottes de cow-boy, même du meilleur faiseur, sont vraiment un supplice pour les panards.

« Le show est dans combien de temps ? demanda Bush.

— Cinq heures », répondit Baker.

Bush soupira. C'est dur d'être président. Bien plus dur que d'être acteur. Parce que les acteurs ne sont pas sous les projos en permanence et qu'on ne leur cherche pas des morpions dans les trous de nez. Tant que leur cote est bonne. Le Président a des rendez-vous à longueur de journée. Puis son hélico le transporte jusqu'à *Air Force One*. D'accord, il a un avion entier à sa disposition, avec une tripotée de larbins prêts à satisfaire ses moindres caprices, mais après deux, six ou huit heures de vol, il est obligé d'en redescendre, la mine réjouie, en affectant d'être parfaitement reposé et pétant de santé, de ne pas avoir le mal de l'air et d'être content de se trouver là — où que ce soit. Il ne suffit pas de se faire ripoliner avant de passer devant les caméras, il faut surtout être capable de dormir n'importe quand, indépendamment de son rythme biologique personnel, tout le problème est là.

« C'est le moment de prendre une *blue bomb* », dit Bush. Il sortit l'Halcion[1]. Ils en consommaient tous les deux. Sur la recommandation de leurs médecins, évidemment. C'est un hypnotique, cousin chimique du Valium et du Librium, ayant l'avantage, paraît-il, de ne pas se fixer dans l'organisme, ce qui évite en principe à l'utilisateur de rester dans les vapes trop longtemps après la prise.

1. Le somnifère le plus prescrit dans le monde en 1990. Il fut interdit en Grande-Bretagne en octobre 1991. *(N.d.A.)*

Baker remplit deux godets de Chivas pour faire passer la pilule.

Bush était toujours sur les nerfs. Il est difficile d'imaginer qu'un président puisse ne pas l'être. Même quand il y a des sujets de réjouissance — coupes sombres dans le budget, déconfiture des Ruskofs, court-circuitage du Congrès démocrate, montée dans les sondages, déculottée des cocos en Amérique centrale —, il se trouve toujours un emmerdeur pour râler, se plaindre, pleurnicher et cracher dans la soupe. Et puis, il y a les médias qui cherchent perpétuellement à monter en épingle de nouvelles affaires en clamant que la solution de la crise est de la responsabilité exclusive du président.

« Face d'ananas, maugréa Bush.

— Je comprends que tu l'aies mauvaise », dit Baker. Il savait que Bush était mécontent du procès Noriega. Bush avait envoyé des troupes déloger le dictateur trafiquant de drogue du Panama. Il avait déclenché une véritable guerre pour ça et approuvé personnellement le nom du projet : Opération Juste Cause. Un grand nom, qui voulait tout dire. Ils avaient ramené cet enfoiré à Miami. L'endroit idéal pour juger un dealer. Et ce putain de procès traînait en longueur. Avec tous leurs chipotages procéduriers, appels, vices de forme et Dieu sait quoi, on n'en voyait pas la fin. Et plus ça durait, plus ça devenait embarrassant. « Le procureur est un brave type, affirma Baker pour rassurer son patron. J'ai vérifié auprès du ministère, on n'en a pas de meilleur. Pas de meilleur. Ça prendra le temps qu'il faudra, mais notre petit gars va nous arranger le coup. »

Bush se leva pour enfiler son pyjama — un cadeau de Barbara pour son élection, en flanelle blanche imprimée de phoques qui faisaient tourner de petits présidents sur leur nez.

« Tu veux que je te raconte ce que j'ai entendu à Houston ? » demanda Baker.

Pas de réponse. Il servit une nouvelle rincée.

Bush prit son verre. Le 747 fendit le ciel nocturne, immense oiseau puissant et sûr. Il fallait ça pour assurer la sécurité du Chef du Monde Libre. Mais, avec l'effondrement de l'Empire du Mal, le « Chef du Monde Libre » perdait de son prestige. Il serait bientôt temps de lui trouver un nouveau nom. Chef de... ? Ce serait aux nègres habituels de plancher là-dessus. Les mots, c'était leur boulot.

« Merde, dit Bush, il va me manquer. »

Atwater était mort deux jours plus tôt. Les toubibs avaient inséré des granules radioactives dans son cerveau. Ça avait marché. Ils avaient réussi à détruire la tumeur, ainsi qu'une quantité indéterminée de cervelle saine. Mais, presque aussitôt, une autre tumeur était apparue ailleurs. Les médecins avaient estimé qu'il n'était plus en mesure de recevoir une nouvelle giclée de radiations et il leur avait claqué entre les pattes.

Baker leva son verre. « À Lee.

— S'il était là, reprit Bush, je pourrais faire tout ce que je veux. Lee pouvait abattre n'importe qui. C'était un méchant. »

Là, les propos présidentiels étaient lourds de sous-entendus. Il faut les replacer dans leur contexte. Comme cela arrive périodiquement à tous les présidents, il se sentait vulnérable. La situation n'avait rien de désespéré, mais on ne pouvait pas dire que tout baignât dans l'huile d'amande douce. L'économie battait de l'aile, son fils trempait dans une affaire de pots-de-vin, le Japon et l'Allemagne contestaient l'hégémonie américaine, le chômage augmentait et, surtout, on lui manquait trop souvent de respect. Face à une opposition musclée, les choses pouvaient facilement tourner à l'aigre. Non que les démocrates fussent assez futés pour sortir de leur chapeau un adversaire à sa taille, mais on ne sait jamais, ils pouvaient faire une erreur et tomber sur un gagneur par hasard. Baker supputait que cette indéfinissable anxiété avait été provoquée par la mort d'Atwater. Comme si de nouvelles règles du jeu lui interdisaient désormais d'utiliser sa botte secrète ou l'obligeaient à affronter l'ennemi à armes égales.

« Paraît qu'il avait de la religion vers la fin, je suis content », fit-il.

On eût cru entendre la dernière strophe d'une vieille chanson populaire édifiante.

C'était peut-être l'Halcion. C'était peut-être le Chivas. Baker se sentait détendu, fort et maître de lui. Ses orteils ne lui faisaient plus mal et son estomac se dénouait. « George, reprit-il, j'ai quelque chose à te dire.

— Quoi donc, Jimbo ? demanda Bush en se pelotonnant sous les couvertures présidentielles marquées du sceau des États-Unis.

— Juste avant de mourir, il m'a fait venir. Il avait soi-disant un message.

— Qu'est-ce qu'il avait à te dire ?

— Eh bien, il m'a donné quelque chose. Son dernier plan de campagne. Son ultime plan de campagne.

— Ça concerne un candidat démocrate ?

— Ça nous concerne. Je dois t'avouer que ma première réaction, en le lisant, a été de le détruire. Parce que ça me semblait dément. Mais je l'ai gardé. C'est d'une logique implacable. Mais c'est l'idée d'un fou. Je pense.

— Tu l'as ici ? »

Baker s'extirpa du pieu de Barbara, décoda la serrure de son attaché-case et en sortit les papiers pliés et roulés. L'espace d'un instant, il regretta d'en avoir parlé, puis il dit : « Personne n'est au courant, à part toi et moi. » Et il tendit la bafouille à George Herbert Bush, qui alluma sa lampe de chevet, chaussa ses lorgnons et prit connaissance de la dernière grande magouille de Lee Atwater[1].

1. Le lecteur aura peut-être remarqué qu'il y a deux types de caractères différents. Ils correspondent à des temps différents. À un moment donné, les deux facettes de l'histoire se rencontreront et s'imbriqueront. Alors, pour l'essentiel, un seul type de caractères sera utilisé. *(N.d.A.)*

CHAPITRE 7

Vous avez déjà eu l'impression de marcher sur la tête ? De voir le monde entier changer d'un instant à l'autre ?

Je m'explique. Je vous donne un exemple. 1967, Viêt-nam. On est une bande de bleus, frais émoulus de Parris Island. Les marines vont dans le Corps I. C'est le secteur nord du Sud Viêt-nam, il comprend cinq provinces de Quang Tri à la zone démilitarisée. La ville de Hue, la vieille capitale impériale, et Khe Sanh font partie du Corps I. On est maigres et teigneux, rien dans la tête, tout dans les balloches. On est un film de John Wayne — les marines ont débarqué et on est là pour cogner. Évidemment, la première chose qu'ils font à notre arrivée, c'est de nous parquer à Danang pendant une semaine pour nous trier. On n'a rien à foutre, on glande, on prend des murges, on se bagarre, on regarde passer les linceuls en se disant que les mecs emmaillotés dedans étaient sûrement des imprudents. Sûrement pas des marines.

Enfin, on reçoit notre affectation. Ils nous expédient à Khe Sanh, à la pointe nord-ouest du pays. Ce n'est pas ce qu'on appellera plus tard « le siège de Khe Sanh ». Ça, c'est en janvier 68.

Ils nous envoient en patrouille. Des missions d'une journée, d'habitude. Parfois, deux ou trois jours d'affilée. C'est humide. Pluie et brouillard. Le pays est une vraie forêt vierge. Avec des montagnes abruptes. Des tas de ravins. Au début, rien à signaler, sauf que quatre mecs ont la fièvre et auraient besoin de pénicilline. À part ça, on a tous les pieds qui commencent à pourrir, mais personne ne sait ce qu'il faut faire. J'ai seize ans, les autres dix-huit ou dix-neuf en moyenne, le lieutenant vingt-deux, vingt-trois à tout casser. On est tous dopés à la testostérone, ou au machisme, appelez ça comme vous voulez, et on s'emmerde à cent sous de l'heure. C'est bien plus chiant que de glander chez soi un mardi soir sans une thune.

Troisième semaine de patrouille. Maintenant, ils laissent les bleus marcher devant. Le troisième jour, c'est mon tour. J'ai les jetons. Mais il ne se passe rien. Sauf qu'il pleut. Tout est mouillé. On grimpe, on descend. On dérape, on glisse, on est de plus en plus mal dans nos pompes et, avec le temps, l'attention et la peur diminuent. Mais on revient toujours dans le périmètre. Vivants. Maintenant, je sais que je suis immortel. Je suis trempé, vanné, j'ai mal aux couilles et aux pieds, mais je suis immortel. Quatrième jour, je marche en deuxième position, oh, peut-être un ou deux mètres derrière le premier. La matinée traîne en longueur. Toujours pareil. Le crachin. Dans les clairières, la visibilité doit être de huit ou neuf mètres, pas plus. Ici, en pleine forêt, on n'y voit pas à trois mètres.

Le premier homme n'est qu'à quelques pas devant moi. Tout à coup, je vois un fil, juste devant son pied. Le temps s'arrête. Je sais que le fil est connecté à une grenade. Je sais aussi que la grenade est connectée à une patrouille de Viets, des tueurs comme nous, qu'ils sont eux-mêmes connectés à une armée et que nous sommes tous, eux comme nous, connectés à la même chose, une bête géante qu'on appelle guerre. À partir de cet instant, tout est à jamais différent.

C'est un peu ce qui se passe avec ce micro dans le téléphone. Ce n'est qu'un petit bout de fil électrique, que je n'ai même pas vu, que j'ai seulement détecté au moyen d'un appareil, mais ce fil, je le sais, est connecté à une table d'écoute, et cette table d'écoute est connectée à une organisation, peut-être Universal Security, elle-même connectée à quelque chose d'autre, probablement plus important, parce que U.Sec. ne fait rien pour elle-même, elle travaille toujours pour quelqu'un, pour une autre organisation. Il y a une puissance quelque part, une grande bête, qui nous regarde. Je viens à peine d'entrevoir son existence.

CHAPITRE 8

Air Force One s'éleva au-dessus des turbulences. En bas, c'était l'orage, la tempête. En haut, un genre de paradis. Un cocon d'acier proche des étoiles. Un whisky excellent. Une clape délicieuse. Des serviteurs aux petits soins. James Baker regardait le président lire le mémo de Lee Atwater. Quand il eut fini, George Bush commenta la chose en ces termes : « Bordel de Dieu » — ceux-là mêmes qu'avait proférés son secrétaire d'État. Ils étaient vraiment sur la même longueur d'onde.

« Tu l'as dit, approuva Baker.

— Qui d'autre a lu ça ?

— Seulement toi et moi.

— Au moins, il ne tourne pas autour du pot. Il tranche directement dans le vif. Quand Lee Atwater tire au but, ça dégage, ils ont intérêt à baisser la tête dans les gradins.

— Exact.

— D'après toi, ça tient debout ou c'est juste un délire de gâteux ?

— Je te l'ai dit, Bushie, je n'en sais rien. C'est évidemment une solution extrême.

— L'extrémisme n'est pas un vice, quand il est au service de la vertu.

— Je vais te dire une bonne chose, personne d'autre ne doit poser les yeux sur ce mémo.

— Tu as raison. Laisse-moi juste le relire. Et je le déchire. »

Ce n'était pas une longue dissertation. C'était un texte bien tourné, bref et sans fioritures. C'est comme ça qu'il faut rédiger un mémo, si on veut vraiment influencer un président. Ils sont toujours en train de penser à trente-six choses à la fois, il faut éviter les idées complexes.

Bush le relut donc. Il dit trois choses à voix haute : « Hollywood ? », « Déchire ça » et « Bordel de Dieu », puis l'Halcion eut raison de lui. Il s'endormit avec le mémo serré dans les mains. Baker pionçait déjà.

L'équipage avait l'habitude d'écouter la cabine présidentielle. Non par malice, mais par zèle, pour être prêt à servir le verre ou la collation souhaités avant même qu'on les lui ait demandés. Un bon larbin doit être capable de devancer les désirs de son patron. Ils s'appliquaient à ne pas écouter, à ne pas entendre même, les propos qui ne leur étaient pas destinés, à la manière des coursiers de théâtre, qui ignorent poliment les roberts de ces dames quand ils doivent entrer dans leurs loges.

Lorsque Stan, le chef steward, entendit le double ronflement, il sut que ses deux passagers étaient dans le cirage. Il se pointa en silence pour ramasser les verres et les assiettes sales, et border les roupilleurs au cas où ceux-ci se fussent endormis sur les couvertures.

Il trouva le président avec des lunettes sur le pif, la tête sur l'oreiller et le mémo de Lee Atwater à la main.

Il retira délicatement les lunettes. Bush, enschnouffé par le somnifère et le whisky, ne remarqua rien. Alors, Stan prit le mémo.

Il y jeta un rapide coup d'œil. Juste pour savoir où le ranger.

MÉMO DE : L. A.
POUR : J. B. III / PVYS

LA GUERRE a toujours été une option politique valable, de tout temps et dans toutes les sociétés. Nous, qui avons grandi dans le Sud, savons rendre hommage à nos...

Ce qui frappa Stan fut PVYS. Il avait déjà eu entre les mains des documents avec les mentions Secret, Top Secret, Confidentiel Défense ou Ultra-secret, mais c'était la première fois qu'il voyait Pour Vos Yeux Seulement. Il fut si impressionné qu'il ne remarqua pas le J. B. III. Pensant bien faire, avec vraiment les meilleures intentions du monde, il plia soigneusement le papier et le rangea dans l'attaché-case du président.

Le lendemain, à leur réveil, ne voyant pas le mémo d'Atwater, le président et le secrétaire d'État supposèrent respectivement que l'autre l'avait déchiré. Puisqu'ils étaient convenus que personne ne devrait le voir.

CHAPITRE 9

Frank Sheehan arriva de Chicago par avion.

Sheehan était l'un des huit directeurs généraux d'Universal Security. Cinq d'entre eux s'occupaient de domaines clairement définis : Comptabilité et Affaires financières, Marketing, Direction et Formation, Relations avec le gouvernement, Outre-Mer. Les trois autres travaillaient pour un service appelé Affaires spéciales. C'était le service de Sheehan.

C'était un balèze qui avait joué au football à l'université et pendant une saison chez les pros. Il croyait au sport parce que ça trempe le caractère. Il pesait dix kilos de plus que son poids de forme mais, d'après lui, son mètre quatre-vingt-cinq et demi pouvait le lui permettre. Frank avait envisagé, à une époque, d'entrer au séminaire. Mais il était « trop masculin ». Tout le monde le lui disait. Et il ne regrettait pas de s'être rangé à cet avis. Il avait choisi d'entrer à la CIA. En gros, il estimait que les aspirations de l'Agence rejoignaient celles de l'Église, quoique, par moments, certaines pratiques vicieuses et peu catholiques vinssent ébranler sa foi. Mais il comprit vite, surtout après une brève assignation comme sous-chef de service à Rome, qu'il eût été confronté aux mêmes cas de conscience s'il avait été un agent de l'Église catholique. Les grands avantages de la CIA, à part la liberté sexuelle, étaient que le boulot était mieux payé et qu'on y apprenait des techniques transposables ultérieurement dans le secteur privé, où la paie était encore meilleure.

Il avait été débauché de l'Agence et recruté dans la compagnie par le légendaire Carter Hamilton Bunker, fondateur et coprésident d'Universal Security. C'était C. H. en personne qui avait envoyé Sheehan à L.A. pour surveiller Mel Taylor et lui faire comprendre l'importance de l'affaire. « Soyez notre porte-drapeau, fiston, notre porte-drapeau ! » lui avait-il dit, texto. Il y avait, dans l'élocution et l'attitude du patron, quelque chose qui donnait toujours à Sheehan l'impression de parler à Dieu — pas le Dieu catholique, c'eût été blasphématoire, mais Dieu revu et corrigé par John Huston.

Sheehan était arrivé sans prévenir. Mais Mel Taylor ne se serait pas élevé si haut dans la société s'il n'avait été constamment à jour dans son travail. Son dossier était impeccablement ficelé. « Impeccablement » est peut-être un grand mot, il y avait quelques zones d'ombre, inévitablement, mais l'essentiel était au point.

« Je ne suis pas venu pour m'immiscer dans vos responsabilités, dit Sheehan à Taylor. Dans cette affaire, c'est vous qui menez la barque. Je suis simplement là pour tenir le patron au courant. »

Taylor interpréta ces paroles ainsi : *Si quelque chose tourne mal, tu l'as dans le cul.* « Pas de problème, assura-t-il. En fait, je suis content que vous soyez ici. Les conseils d'un superviseur sont les bienvenus sur ce coup-là. » Ce qui voulait dire :

Maintenant que t'as fourré le nez dans le dossier, c'est comme si tu l'avais contresigné, et tu l'auras dans le cul aussi.

Frank sortit le stylo-plume à quatre-vingt-dix-sept dollars que sa femme lui avait offert pour leur vingt-cinquième anniversaire de mariage et l'étui en cuir armorié avec bloc-notes intégré qu'elle lui avait offert pour le vingt-troisième. Il les disposa soigneusement devant lui avec toute la majesté qui convenait à son rang. « La seule chose qui détonne un peu, c'est cette embrouille avec Joseph Broz et Magdalena Lazlo. À ce que j'ai cru comprendre, elle est venue ici, elle l'a invité à boire un café et l'a engagé comme garde du corps. Vous avez décidé de cacher à Broz qu'elle était surveillée par nos services ?

— En effet », répondit Taylor. Il était inutile de nier ou de raconter des salades. C'était noir sur blanc dans le dossier qu'il avait lui-même concocté.

« Pourquoi ça ? » demanda Sheehan avec douceur. Car, malgré sa carrure, il était doux. Comme beaucoup d'agents ou d'ex-agents de la CIA. Plus épais vers le milieu qu'au niveau des pectoraux, plus large des hanches que des épaules. Toujours bien coiffé. Amateur de chemises à carreaux pour les barbecues des dimanches d'été. Doux et ordinaire. Ce qui ne signifiait pas qu'il fût incapable de donner l'ordre de virer quelqu'un ou, en d'autres circonstances, de le supprimer. Il avait fait les deux.

C'était une décision qui pouvait briser la carrière de Taylor. Elle enfreignait plusieurs règles établies. Et pas des règles bidon, des trucs importants. Certes, toutes les règles pouvaient être enfreintes, mais à condition d'avoir de bonnes raisons et de le prouver par le résultat.

« Je vais être franc avec vous, commença Taylor. Nous avons plusieurs restrictions dans cette affaire. La première est que personne ne veut m'expliquer de quoi il retourne. Tout ce qu'on m'a dit, c'est que, si quelqu'un s'intéresse de trop près à ce que fait John Lincoln Beagle, nous devons en rendre compte à votre bureau et au client. Pas à son secrétaire. Pas à son assistant. Uniquement à lui, en personne. Si je savais ce qui doit rester secret, je pourrais séparer le bon grain de l'ivraie. Mais je ne le sais pas. Maintenant, si vous avez l'intention de me mettre au courant, j'apprécierais beaucoup, mais, quoi qu'il en soit, nous exécutons les ordres. » Sous-entendu : *Si quelque chose foire parce que nous ne savions pas ce qu'il fallait surveiller, c'est ta faute.* « Le second point est que tout ce boulot est C. C. » En principe, le travail n'était pas cloisonné à U.Sec. mais parfois, à titre exceptionnel, le label « Classé Confidentiel » faisait interdiction aux employés de parler à quiconque des affaires sur lesquelles ils planchaient, même à leurs collègues. Le service Direction et Formation trouvait que c'était bon pour l'esprit de corps et le service Marketing estimait que c'était « porteur » pour l'image de la compagnie. « J'en ai déduit que l'impératif numéro un dans ce boulot était le secret.

— Je n'ai pas consulté le dossier de Joe, reprit Sheehan, mais, si ma mémoire est bonne, il est chez nous depuis longtemps. Ce n'est pas rien. Vous pouvez me faire monter son dossier ? S'il y avait une raison de se méfier de lui, il aurait déjà été viré, non ? Il me semble que vous auriez pu l'employer comme agent double.

— Frank, je vous le répète, cette affaire exige une discrétion maximale. » Mel appela miss Sligo, sa secrétaire, par l'interphone. C'était une femme très compétente, actuellement plongée dans la lecture du magazine *Première*, après avoir fait le vide sur son bureau. « Broz, Joseph, dossier personnel, ordonna Mel.

— Donc, il a commencé par demander un criblage de la maison ?

— Oui, répondit Taylor. Par chance, il a requis les services de l'homme qui avait lui-même posé les micros. Une situation idéale pour nous, puisque le gars était déjà dans le coup.

— Sacrée coïncidence.

— Pas du tout. J'avais choisi Ray pour l'installation parce que c'est notre meilleur spécialiste. Broz le sait.

— Et si Broz découvre le coup fourré ? S'il s'aperçoit que Matusow l'a baladé ?

— Qu'est-ce qu'on risque ? Il viendra se plaindre en disant que Ray a bâclé le boulot. Parfait. On y retourne et on retire un ou deux micros. »

On frappa à la porte. Taylor ouvrit. C'était miss Sligo, avec le dossier personnel à la main. Taylor le prit, referma la lourde et le tendit à Sheehan.

« Vous avez l'air de sous-entendre que Joe pourrait nous doubler, c'est ça ?

— Eh, c'est une jolie femme, fit Taylor. Les jolies femmes peuvent amener les hommes à faire toutes sortes de choses. Pensez à l'entretien initial. Où est la bande ? Il a prétexté que les piles étaient mortes... Un peu léger, vous ne trouvez pas ? »

La première chose que regarda Sheehan fut la copie du livret militaire de Joe. « Le vieux » — c'est-à-dire C. H. Bunker, descendant des Bunker de Bunker Hill et lointain cousin d'Ellsworth Bunker, ambassadeur au Viêt-nam pendant le conflit — « aime bien les héros de la guerre. Surtout les marines. Il a toujours insisté là-dessus avec Rob Bloch. » Bloch était le directeur général du marketing. « "Dis-leur que nous avons plus de héros de la guerre que Wackenhut ou Pinkerton. Dis-leur que c'est ici qu'il y en a le plus, après le cimetière national d'Arlington. Dis-leur qu'on leur affectera un gars qui a reçu la Silver Star en donnant son sang pour son pays. Si ça ne suffit pas, dis-leur qu'on leur enverra un titulaire de la Médaille d'Honneur. S'ils ne signent pas avec ça, c'est que ce ne sont pas de bons Américains et on ne veut pas d'eux." Je l'ai entendu dire ça une bonne centaine de fois. Ça devrait vous fixer les idées, Mel. En plus, Broz est dans la compagnie depuis plus longtemps que vous.

— Je vais m'aventurer en terrain glissant », reconnut Taylor. Ce qui signifiait : *Je suis déjà en terrain glissant, alors autant l'admettre.* « J'ai des doutes sur la loyauté de Joe Broz. » Pour la première fois, il se demanda s'il ne prenait pas ses désirs pour la réalité. C'est traître, le désir. N'outrepassait-il pas l'objectif de sa mission en donnant la priorité à son objectif personnel — qui consistait à lâcher assez de mou à Broz pour qu'il dévisse ? En termes de déontologie, si.

Sheehan continua sa lecture. Il vit ce que Broz avait fait après son service militaire et fronça les sourcils. Il sauta quelques pages et, parcourant le C.V. de Joe chez U.Sec., trouva ce qu'il cherchait. Il s'interrompit et leva les yeux. « C'est bien ce que je pensais. Ce nom me disait quelque chose. Il a travaillé pour mon service. » De nombreuses missions tombaient sous la juridiction des Affaires spéciales pour des raisons diverses, simplement parce qu'elles ne cadraient pas dans les catégories habituelles. Le fait qu'une mission dépendait des Affaires spéciales ne signifiait pas nécessairement qu'elle avait une dimension politique, réclamait des qualités particulières ou présentait un caractère dangereux. Mais c'était souvent le cas. « Vous avez beau être son supérieur hiérarchique, vous avez intérêt à ne pas vous tromper.

— Je sais qu'il a de bons états de service en apparence, mais j'ai un pressentiment.

— Intéressant.

— Disons que c'est un petit test pour lui. Un petit piège. Écoutez, Frank, de la façon dont je vois les choses, nous gagnons sur les deux tableaux. Si elle lui demande d'enquêter sur Beagle, il est tenu d'en référer à la compagnie. Formulaire JO.C1[1], en triple exemplaire — un pour le bureau, un pour le client, un pour l'agent. S'il ne le fait pas, la baraque est tellement truffée de micros que nous le saurons, je vous le garantis. Et si, pour une raison ou une autre, j'ai l'impression que le matériel audio ne suffit pas, j'ai prévu un plan de secours. Une double surveillance. S'il est loyal, ça roule. Sinon, eh bien, nous ferons d'une pierre deux coups.

1. Tous les contrats de U.Sec. comportent une section stipulant les objectifs de la mission afin que chacun, surtout le client, soit fixé sur la nature du travail. En cas de changement d'objectif, on remplit un formulaire JO.C1 précisant en quoi ce changement affectera la facturation, le tout assaisonné d'un peu de jargon juridico-financier pour parer à un éventuel contentieux. *(N.d.A.)*

— C'est vous qui tenez les ficelles, mon vieux. Je voulais seulement vous faire savoir que cette affaire était particulièrement suivie par C. H. À vous de prendre les dispositions nécessaires.

— Vous voulez que je lui mette un ou deux hommes de plus dans les reins ? Pour le fliquer ? Enfin, *les* fliquer, je veux dire.

— Mel, laissez-moi vous donner un conseil d'ami. Ne vous plantez pas dans cette affaire. Traitez-la comme l'affaire la plus importante de votre vie et vous serez sur la bonne voie. Mais si ça foire, vous serez dans une sacrée merde. Je vous dis ça en ami, vraiment. » Traduction : *Je ne suis pas du tout ton ami. Si tu déconnes, je ferai tout pour t'enfoncer parce que ce sera mon seul espoir de sauver mes billes*.

Taylor pigea parfaitement le sous-entendu. « Je vais doubler les effectifs. Tout se passera bien. » Et s'il s'avère que Broz est un traître, ajouta-t-il en pensée, je te jure qu'il va en chier. À ce moment-là, Taylor songeait seulement à la carrière de Broz. Il voulait le faire virer. Lui sucrer ses points de retraite. Malgré le mystère inhabituel qui entourait cette affaire, il n'avait aucune raison de se douter que les enjeux étaient d'un tout autre niveau. Pas encore.

CHAPITRE 10

Après avoir trouvé le premier micro dans le téléphone, je déniche les autres. Puis j'emmène Maggie sur la plage, au bord de l'eau, pour la mettre au courant. Sa première réaction est d'appeler U.Sec. pour se faire rembourser.

« Impossible, dis-je.

— Ce type est incompétent, proteste-t-elle.

— Au contraire. Voilà le hic. Oublier un micro, c'est une erreur toujours possible, même pour Ray Matusow. En oublier huit, ça ne peut pas être une erreur. C'est un fait exprès. Ça signifie qu'il est des leurs. Il y a des gens qui vous espionnent pour une raison X et Ray travaille pour eux.

» Je le connais bien. On bosse ensemble depuis huit ans, lui et moi. C'est un ancien du FBI. Il est veuf, il a un gosse à la fac et s'est remarié avec une femme qui a deux moutards. Il a une baraque avec pelouse et arrosage automatique. Il a une maison de campagne au bord d'un lac dans les Sierras. Il a un livret d'épargne, il compte sur ses primes d'ancienneté et il tient à sa retraite. C'est un employé modèle. S'il a fait ça, c'est parce qu'on le lui a demandé. Parce que la compagnie le lui a demandé. U.Sec.

— Eh bien, qu'ils aillent se faire voir ! Je vais exiger qu'ils me rendent mon fric et, s'ils font des histoires, je leur envoie mes avocats.

— Pas si vite, dis-je. Il se passe quelque chose d'anormal. Il y a un conflit d'intérêts. U.Sec. ne peut pas accepter de travailler pour vous tout en vous faisant surveiller...

— Évidemment, il y a un conflit d'intérêts !

— Mais ça ne se fait pas.

— Ne soyez pas naïf, enfin. Ce ne sont pas des anges dans votre corporation. Ils se fichent pas mal de l'éthique, du moment qu'on les paie.

— Je ne dis pas que personne ne le fait, je dis que c'est idiot d'agir comme ça. C'est suicidaire. Si le bruit courait que nous espionnons nos clients, on n'aurait plus qu'à fermer boutique. Plus personne ne nous ferait confiance. Non, il y a forcément une autre raison. Une raison impérieuse.

» Obliger Ray Matusow à travailler contre moi et à me mentir, c'est de la folie. C'est contraire à tous nos principes. Nous sommes censés nous tenir les coudes, former une équipe unie. Si nous devions nous méfier les uns des autres, ce serait le bordel au sein de la boîte, ça ne marcherait pas. Je vous assure, pour prendre un tel risque, il faut vraiment qu'ils aient une très, très bonne raison. J'émarge à la compagnie depuis un sacré bout de temps. Je n'ai jamais trahi aucun secret et je vous garantis que j'ai fait des trucs pas clairs pour eux. Je suis un homme de confiance. Pour qu'ils me mettent hors du coup, je vous le répète, il faut qu'ils aient une très, très bonne raison.

— Je vous avais dit que c'était sérieux.

— Ouais, en effet.

— Mais vous ne m'avez pas prise au sérieux. Vous attendiez de voir par vous-même.

— Ça fait partie de mes attributions.

— Vos attributions, c'est de travailler pour moi. Il me semble qu'il est grand temps de mettre ça au clair.

— Oui, miss Lazlo. Je travaille pour vous. Justement. Je suis un professionnel. Et j'ai l'intention de régler cette question en professionnel. Si vous demandiez à votre avocat d'engager un procès que vous seriez sûre de perdre et qui nuirait à votre carrière, il serait de son devoir de refuser.

— Et je le virerais aussi sec.

— Peut-être. Peut-être pas. Si vous demandez à votre concessionnaire Porsche de déconnecter vos freins parce que vous voulez vous entraîner à conduire sans, il sera obligé de refuser. Si vous demandez à votre médecin de vous prescrire de la morphine parce que vous aimez ça, il refusera. »

Ici, on peut avoir l'impression que je brode, que je ne lui ai pas vraiment dit ça sur le moment, que ces brillants exemples me sont venus après coup. La vérité est que les clients nous demandent souvent de faire des trucs dangereux, illégaux ou simplement idiots. La direction a donc mis au point une série de réponses toutes faites qu'ils nous enseignent pendant des séminaires et mon petit laïus est une resucée presque textuelle des fiches de mise à jour que nous insérons périodiquement dans notre manuel.

Elle me regarde.

« Pardonnez-moi, Joe, dit-elle avec sincérité mais sans contrition excessive. J'ai été... » — elle cherche un mot — « incorrecte. Je vous ai traité comme un domestique. »

Voyant que j'ai l'avantage, j'enfonce le clou. « Vous devez comprendre que, quand je parle de Ray Matusow, de primes d'ancienneté et de capital retraite, je parle de moi. Si je suis aussi affirmatif en disant qu'il ne trahirait jamais la compagnie, c'est parce que je suis dans le même bain. Moi aussi, je risque gros. Si je les trahis pour me ranger dans votre camp.

— Je m'en rends compte. J'ai peut-être sous-estimé cet aspect de la question. Je me suis dit que vous étiez un adulte, un homme responsable, capable de prendre ses propres décisions. Je ne vous ai ni supplié ni forcé.

— Autre chose encore. Les gens de U.Sec. n'aiment pas qu'on leur marche sur les pieds. Ils punissent les traîtres.

— Les traîtres... Tout de suite les grands mots !

— Maggie, regardez-moi. » Cette fois, c'est mon tour. Je la prends par les épaules et je la mate dans le blanc des yeux. « Vous ne comprenez pas qui nous sommes. On est mal fringués, on courbe l'échine et on se met aux ordres du premier pékin qui fait reluire sa monnaie. Mais derrière l'épaule de chaque gars de la compagnie il y a le FBI, la CIA, des flics et des politiciens. On a tous bossé dans le service. Ceux qui ont un certain âge ont fait leur tour de piste au Viêt-nam. On a du sang sur les mains. On s'est trimballé des M-16 et des grenades, on a posé des mines claymore. On a vu nos copains mourir et cracher leurs tripes. Ne nous sous-estimez pas. Les vrais durs ressemblent rarement à Sylvester Stallone ou Arnold Schwarzenegger.

— En d'autres termes, vous reculez. C'est bien ce que vous êtes en train de me dire ?

— Non. Je suis en train de vous dire que, si nous continuons, nous allons devoir jouer serré, vous et moi. Écoutez, je peux me tromper, peut-être que, derrière tout ça, il y a simplement un mec avec qui vous n'avez pas voulu coucher et qui a le bras long, ou sa femme qui croit que vous l'avez fait, mais ça m'étonnerait. J'ai plutôt l'impression que je risque ma place dans cette histoire. Au minimum. Évidemment, pour vous qui touchez un million trois par film, l'enjeu n'est peut-être pas énorme. Mais pour moi, si. J'ai tout investi dans ce boulot et depuis longtemps. Je joue gros sur ce coup-là.

— Très bien, qu'est-ce que vous voulez, Joe ? Allez-y, dites-le-moi. »

Elle respire fort et moi aussi. Il y a de la brise, et les embruns sont frisquets, mais nous sommes tous deux salement réchauffés.

Si j'avais des couilles, je lui répondrais du tac au tac que je veux la renverser sur le sable, la pénétrer et me balader bras dessus, bras dessous avec elle en crânant devant le monde. Mais je me contente de lui dire : « Je veux que vous preniez la chose au sérieux. Que vous *me* preniez au sérieux. On marche ensemble. Sinon, engagez quelqu'un d'autre et laissez-moi reprendre mes enquêtes habituelles sur les fraudes, les arnaques et les adultères.

— Je suis d'accord », dit-elle. Je la tiens toujours par les épaules. Regard croisé électrique. Nos yeux sont comme aimantés. « Je suis prête à vous prendre au sérieux. Je l'ai toujours fait. » Le voltage augmente. Elle entrouvre un peu plus la porte : « C'est tout ? demande-t-elle.

— Non. Bien sûr que non. »

Je l'attire contre moi. Lentement. Nos yeux sont rivés. Elle ne dit ni oui ni non. Je perçois la chaleur de son corps avant qu'il ne me touche. Le vent agite ses cheveux, les ébouriffe, je les sens sur mon visage. J'ai connu des femmes, j'ai été dans leur bouche et ça m'a fait deux fois moins d'effet que le contact des cheveux de Maggie ondoyant dans la brise. J'ai toujours les mains sur ses épaules, je l'attire lentement... Ici, je dois vous dire un truc. Quand je voyais des westerns et des films de guerre, étant môme, je détestais les scènes de baisers. On peut revenir aux fusillades, s'il vous plaît ? Aujourd'hui encore, l'amour, même le sexe, à l'écran m'emmerde. Mais avec Maggie, c'est tellement romantique, tellement cinématographique que je me dis que ça va changer et que, la prochaine fois que je verrai des acteurs se rouler une pelle, je marcherai à fond. Du moins, c'est ce que me suis dit sur le moment. Parce que rien n'a changé. L'amour au cinéma m'emmerde toujours autant. Ces trucs-là, il faut les vivre de l'intérieur, c'est pas du sport-spectacle. Et là, je suis en pleine réalité. Trancas, l'océan Pacifique, les vagues, les vents, une lumière grandiose, une femme sublime. Mes mains sur ses épaules. Ses lèvres près des miennes. Tout près. Le courant circule. Des particules subatomiques, des électrons, un champ magnétique, que sais-je ? La frontière qui nous sépare n'est pas plus épaisse qu'une feuille de papier.

Et nous la franchissons. Ses lèvres sont sur les miennes. C'est notre second baiser, mais cette fois c'est moi qui en ai pris l'initiative. J'ai eu cette audace. J'ai quarante balais et je compte les baisers comme si j'en avais quatorze. Les corps suivent les lèvres. Se touchent. Ses mamelons se durcissent et ses hanches s'abandonnent, se collent contre moi. Je bande et je sens qu'elle le sent. Sa bouche s'ouvre, juste ce qu'il faut, douce, parfaite.

Et, soudain, elle recule. Sans brusquerie, mais avec détermination.

« Non. Je suis désolée. Non. Je ne peux pas.

— Pourquoi ? » C'est une plainte, un gémissement. J'ai envie de me conduire comme un ado, de la traiter de tous les noms qu'on lançait aux filles qui nous faisaient ça, qui nous allumaient et nous laissaient pantelants, la queue entre les jambes.

« Je ne sais pas. Nous devons d'abord...

— Nous devons d'abord quoi ?

— Découvrir ce qui se trame, Joe. Avec cette menace qui plane sur moi, je... je suis incapable de prendre une décision. Comprenez-moi, Joe, vous ne m'êtes pas du tout indifférent. Au contraire. Je vous assure. Mais je n'ai pas l'habitude de coucher avec le premier mec qui me plaît. C'est tout. Je vous prends au sérieux, vous savez, très au sérieux et, si nous couchons ensemble, ça deviendra encore plus sérieux. Parce que vous n'êtes pas du genre à vous rhabiller en douce au petit matin et à vous éclipser sur la pointe des pieds pour ne plus revenir, en me laissant faire semblant de dormir. »

Bien sûr que je suis, ou que j'ai été, ce genre de mec. Et, bien souvent, je n'ai même pas pris la peine de sortir sur la pointe des pieds. Avec bon nombre des femmes que j'ai connues, j'ai simplement posé mon fric sur la table et je me suis barré, sans me cacher et sans scrupules. Mais, en l'occurrence, elle a raison. Avec elle, je ne serai pas ce genre de mec.

J'essaierai de rester près d'elle aussi longtemps que je pourrai.

Je joue le rôle de chauffeur-garde du corps. J'ai déjà porté cette casquette. Quand nous allons quelque part, je taille une bavette avec les autres membres du personnel de service pour voir ce que je peux glaner.

Maggie fait la gueule. L'idée que quelqu'un est constamment en train de nous écouter — pas seulement quand on parle, mais quand on mange, quand on chie, quand on pisse, ronfle, grogne, pète ou chante sous la douche — est une épreuve pour les nerfs. Pour se changer les idées, elle s'active. Elle lit des scénarios, fait la tournée des popotes, déjeuners et dîners en ville, picole. Elle va voir ses avocats, ses comptables, des producteurs, des financiers. Ça me botte, parce que presque chaque déplacement est pour moi une occasion de rencontrer quelqu'un. La plupart des habitants de L.A. conduisent eux-mêmes mais, à défaut de chauffeur, je peux tchatcher avec le maître d'hôtel ou le voiturier. Quand on va chez un particulier, je branche la bonne, la cuisinière ou le jardinier. Ils sont tous fiers de leur patron, vedette ou brasseur de fric ; ils ont tous des histoires à raconter et prétendent être dans le secret des dieux.

Un serveur de chez Morton, pendant une pause, m'explique en long et en large comment Brian De Palma a plaqué sa gonzesse. Je lui demande s'il connaît Beagle. « Beagle ? Bien sûr, il vient souvent ici. Du moins, il venait. On le voit plus. Il est malade. » Quand je lui demande ce qu'il a, le gars inspire profondément, tire une tronche apitoyée et me répond : « D'après toi, mec, hein ? D'après toi ? »

Maggie m'envoie chercher des sapes, qu'elle a préalablement choisies, chez Simonette. Une vendeuse nommée Tama me dit que Vanessa Swallow, la chanteuse pop, est une lesbienne qui aime les godemichés attachables. Tama jure avoir vu personnellement Vanessa en fixer un sur elle dans l'arrière-boutique afin que la couturière puisse prendre des mesures et lui confectionner des dessous adaptés à l'instrument. Je l'interroge sur Beagle. Elle me dit qu'elle ne l'a jamais vu dans le magasin. Puis elle me demande si je peux lui rendre un service. « Quel genre ? » dis-je. Eh bien voilà, elle a un fiancé, enfin ils ne sont pas encore vraiment tout à fait fiancés, elle l'aime plus que tout au monde mais il n'y a pas d'exclusivité entre eux, sexuellement parlant, si je vois ce qu'elle veut dire, il a énormément de talent, il est très intelligent et il a écrit un scénario qui serait parfait pour Magdalena, absolument parfait, si je pouvais le montrer à miss Lazlo, juste le laisser traîner sur la banquette arrière, vous comprenez, ce serait génial pour eux deux, parce que, dès que Magdalena le lira, elle sera enchantée d'être celle qui l'a découvert.

Quand nous voulons parler, Maggie et moi, nous allons sur la plage ou nous mettons de la musique à plein tube. Si c'est à moi de choisir, c'est de la country. Nous murmurons devant les baffles. Elle dit que Hank Williams l'énerve. Hank Junior la gonfle parce qu'il alterne le pire et le meilleur. Elle aime Willie, et me rappelle chaque fois qu'elle l'a aimé avant moi. Mais le plus souvent, elle piaffe. Elle en a marre d'attendre.

Au moins une fois par jour, j'ai droit à l'histoire de Nick Jackson avec sa gerbille dans le trou de balle, et toute personne qui me la raconte m'assure qu'elle la tient personnellement du toubib qui l'a retirée du célèbre rectum ou d'un toubib très intime avec celui qui a pratiqué la gerbillectomie.

Aaron Spelling donne une petite soirée. Le chauffeur qui amène Kenneth Branagh sort avec une nana qui, dit-il, est la meilleure amie de la bonne de Melanie Griffith. Il me confie que, pendant sa grossesse, Melanie a fait des exercices spéciaux pour pouvoir baiser avec Don Johnson immédiatement après l'accouchement. Elle ne pouvait pas se passer de sexe, même pour un jour seulement. Je lui demande s'il connaît Beagle. Il me dit ouais, il l'a conduit une fois. Quand ? Oh, il doit y avoir deux semaines de ça. Et il se portait comment ? Il avait la forme ? « Il paraît qu'il est malade, me répond-il, mais il en avait pas l'air. Un peu pâlot, peut-être, mais pas malade. Il s'est engueulé avec sa meuf. » À propos de quoi ? « De leur fils. Beagle lui a offert un jouet de guerre, une poupée GI Joe ou un truc comme ça, et sa femme est devenue verte. Les gosses aiment ça, qu'il lui a dit, le Beagle. Je m'en fous, qu'elle lui a répondu. Ouh, putain, elle l'avait mauvaise. Tu parles d'une connasse. Une bonne femme qui cause comme ça à son mec, ce qu'il lui faut, c'est une paire de baffes, vite fait, pour lui remettre les idées en place. M'enfin, c'est pas mes oignons. Je suis là pour conduire, pas pour critiquer. »

Quand Maggie émerge, elle est en compagnie de Kenneth Branagh. Ils s'arrêtent pour papoter une minute. Je ne peux pas les entendre, mais ils semblent très intimes. Elle lui touche le bras. Elle rit comme elle sait si bien le faire. Il lui fait la bise et elle colle son corps contre lui — assez longtemps pour qu'il sente que c'est un corps.

Je prends la chose calmement. Du moins, j'essaie. Je lui ouvre la portière sans rien dire. Dans Sunset Boulevard, elle met un CD. Pas de la country. Du classique. Elle augmente le volume. Puis elle dit :

« Ne me regardez pas comme ça.

— Comment ?

— Comme si vous étiez mon père ou mon mari.

— Je ne suis ni l'un ni l'autre.

— Exact.

— Vous êtes une grande personne, indépendante, qui m'embrasse de temps en temps sur la plage...

— Deux fois.

— Oui. Deux fois.

— Arrêtons ça, Joe. Ça ne peut plus durer. Vous ne pouvez pas me suivre partout comme un petit chien. Branagh est un homme brillant. D'ailleurs, pour votre gouverne, sachez qu'il est marié et amoureux de...

— Ils sont tous mariés et amoureux de leur femme. Vous me prenez pour qui ? Vous voulez entendre des enregistrements de maris comblés ? J'ai des tas de bandes avec des mecs qui disent : "J'aime ma femme, mais elle suce pas comme toi, chérie." Un jour, j'ai enregistré la femme du P-DG de MacGregor Defense Industries, elle parlait au professeur de tennis de sa fille, elle disait : "J'aime mon mari, sincèrement. Mais son machin est plus petit que le tien." Être amoureux de sa femme, ça veut rien dire...

— La question n'est pas là. La prochaine fois qu'il fera un film — et il va en faire d'autres — il faudra qu'il ait Magdalena Lazlo à l'esprit. Même s'il ne fait que citer mon nom au passage, en discutant d'un projet, c'est déjà ça de pris. C'est comme ça que ça marche. Et s'il faut que je presse un bout de sein contre lui pour me rappeler à son souvenir, eh bien, je le ferai. Ne soyez pas naïf.

— C'est ce que vous avez fait avec moi, Maggie ?

— Fichez-moi la paix. Ramenez-moi chez moi. »

Le lendemain, elle sort seule en voiture.

Elle rentre à l'heure du déjeuner. Je suis assis dans la cuisine, boulottant un sandwich sans appétit. Elle me file un paquet. Elle m'a acheté un lecteur laser et quatorze CD de Willie Nelson. Pendant que je les regarde, elle va dans le living-room. J'entends l'album *Stardust*. Ce n'est pas de la country, mais c'est Willie. Il chante de vieux standards romantiques. Je vais la rejoindre. Au moment où j'entre dans la pièce, elle traficote quelques boutons — c'est un lecteur programmable — et le disque saute directement à la dernière chanson : *Someone To Watch Over Me*[1].

Comme le dit Maggie, cette situation a servi de sujet à de nombreux films.

Mais ici, c'est la vie réelle et, dans la vie réelle, la fille riche ne tombe pas nécessairement amoureuse du chauffeur.

1. *Quelqu'un pour me protéger. (N.d.T.)*

CHAPITRE 11

Gary Trudeau, dans sa bande dessinée *Doonesbury*, a brocardé la syntaxe chaotique du président, qu'il faisait passer pour un homme incapable de construire une phrase tout seul. La chose était observable non seulement quand il prenait la parole *ex tempore*, mais même lorsqu'il préparait ses déclarations. Pour le prouver — sinon à Trudeau, qui n'était pas là pour le voir, du moins à lui-même et à son entourage —, il décida de rédiger ses propres remarques pour un groupe de républicains du comté d'Orange et de Los Angeles.

Il avait pris des notes. Il voulait vérifier certains points et demanda à sa secrétaire de les sortir de sa serviette.

La secrétaire attitrée du président était malade. Sa remplaçante attitrée était en vacances. La remplaçante attitrée de la remplaçante était assignée à une autre tâche. Il restait Carol Boomsliter, qui appartenait à l'équipe de secrétaires de la Maison-Blanche mais n'avait jamais été directement au service du président. Elle faisait de son mieux, en conformité avec sa devise personnelle : en cas de doute, redoubler de zèle.

Les notes de Bush étaient un vague gribouillage au dos d'une enveloppe. Miss Boomsliter, qui souffrait de constipation, refusa de croire que les réflexions présidentielles se limitaient à ces quelques bribes, même pour un discours mineur reprenant point par point les vingt autres qui l'avaient précédé. Elle se mit donc en devoir de fouiller la serviette et, pour la première fois depuis quatre mois, le mémo d'Atwater refit surface. Un simple coup d'œil suffit à effrayer la donzelle. Non pas à cause de son contenu. Comme tant d'autres employés du gouvernement, elle était depuis longtemps arrivée à la conclusion que les contenus étaient toujours dépourvus de sens. De même que Stan le steward, elle était habilitée à manipuler des documents Top Secret, voire Ultrasecret et même, théoriquement, PVYS, mais elle n'avait pas du tout envie d'être accusée de fourrer son nez dans un PVYS qui ne lui avait pas été remis par une personne autorisée. Or, elle l'avait bel et bien entre les mains ; il y avait ses empreintes digitales dessus ; il lui fallait prendre une décision. Contrairement à Stan, elle remarqua qu'il n'était pas adressé à Bush mais à J. B. III. Bien sûr, elle savait qui c'était et elle ne doutait pas que le président fût autorisé à le lire mais, dans ces cas-là, il valait mieux prévoir le pire. Supposons que J. B. III l'ait égaré et demande une enquête. Le FBI se pointe, le trouve dans la serviette du président, vérifie les empreintes... et les emmerdements commencent. Elle ignorait comment on efface des empreintes sur du papier et, quand bien même l'eût-elle su, elle savait aussi que la police avait le chic pour dénicher les indices les plus inattendus et que les criminels finissaient toujours par se faire coincer. Elle choisit donc de jouer franc jeu.

Elle tendit à George Bush l'enveloppe avec les gribouillages, puis le mémo d'Atwater soigneusement replié, en s'excusant de l'avoir vu et en jurant ne pas l'avoir lu.

Si sa secrétaire attitrée avait été dans la pièce, il lui aurait demandé soit de le classer, soit de le déchirer. Si Baker avait été dans la pièce, le président le lui aurait sans doute passé. Mais, privé de ces deux options, il traita la chose comme un de ces mille et un détails qui empoisonnent la vie des chefs d'États — faut-il mettre les chaussettes noires à droite ou à gauche des chaussettes bleues dans le tiroir de la commode, faut-il classer « Mc » avant « Max » dans les listes alphabétiques de contribuables et dans quelle colonne doit-on ranger les amendements que je récuse ?

Bref, n'ayant personne à proximité sur qui s'en décharger, ne sachant pas au juste s'il voulait le déchirer ou le relire une dernière fois et n'ayant aucune idée de l'endroit où il fallait le ranger, George Bush fourra négligemment le mémo d'Atwater dans sa poche — où les bruissements et l'épaisseur du papier lui rappelleraient constamment son existence.

Ainsi l'avait-il sur lui lorsqu'il grimpa dans son hélico.

Ainsi l'avait-il toujours lorsqu'il monta à bord d'*Air Force One*.

C'était un vol de travail. Plusieurs membres de son cabinet étaient du voyage, chacun avec des dossiers importants à lui soumettre. Il y avait aussi son attaché de presse, son directeur de campagne, Kenny Moran — un transfuge de Gallup, officiellement attaché au ministère de l'Agriculture —, et le chef du Parti républicain du moment, qui avait organisé le meeting de souscription de la Côte Ouest, où ils se rendaient tous présentement.

Les cinq heures de vol passèrent vite. Ils avaient du pain sur la planche. Les nouvelles n'étaient pas franchement catastrophiques, mais pas vraiment réjouissantes pour autant.

Les avocats de Noriega se décarcassaient pour dégeler ses avoirs. Ça retardait le dénouement du procès et, tant que Noriega ne serait pas condamné, l'invasion du Panama menaçait de tourner à la farce. L'économie était déprimante. Elle stagnait. Le scandale des emprunts à terme traînait en longueur, on parlait maintenant de centaines de milliards de perte. Le fils de Bush — pourquoi les fils des grands hommes, à part lui, évidemment, sont-ils toujours des ratés ? — était mouillé jusqu'aux yeux dans l'affaire. Quand des gens étaient assez couillons pour filer leurs éconocroques à une banque appelée *Silverado*, comme le film du même nom où tout le monde se fait descendre, il ne fallait pas ensuite qu'ils vinssent se plaindre d'avoir perdu leur fric. Heureusement, les péchés du fils ne semblaient pas rejaillir sur le père. Normal. Après tout, Jimmy Carter avait bien survécu à Billy Carter et Reagan aux frasques de sa progéniture. Mais ça pouvait changer. Un adulte peut toujours être tenu responsable de ce qu'il a fait de son pénis. La balance des paiements continuait à pencher du mauvais côté. Le déficit continuait à augmenter.

En deux mots, c'était la douche froide. Au bout de quatre heures environ, il eut l'impression d'être debout sous une bâche en attendant une éclaircie, juste à la verticale d'un petit trou par où la flotte s'infiltrait et lui dégoulinait dans le cou. De plus, il avait envie de pisser.

Ce qu'il fit.

Pendant sa courte absence, le téléscripteur codé cracha enfin le fax qu'ils attendaient. Ce fut la première chose qu'il vit à son retour, en remontant sa braguette. Moran, assis à côté de l'imprimante, couvait la dépêche des yeux.

« Quoi de neuf, Kenny ? demanda Bush.

— Je suis désolé, monsieur le président, mais il semble que vous ayez encore perdu un quart de point.

— Moi ? Moi personnellement ?

— Oui, monsieur. Mais ce n'est qu'un quart de point.

— Mais c'est la tendance. C'est ce qui compte. C'est ce que vous m'avez toujours dit, les gars, pas vrai ? Surveillez la tendance.

— Oui, monsieur. Je ne suis que le messager.

— Vous êtes plus que ça. Vous êtes le magicien qui lit dans les entrailles.

— Hein ? »

Le président se laissa tomber sur sa chaise. « Sortez. Tout le monde dehors. J'ai besoin de réfléchir. » Ses assistants comprirent qu'il ne fallait pas le prendre au mot. Ils étaient à cinq mille mètres d'altitude.

Quelques minutes plus tard, il passa dans la chambre à coucher pour changer de chemise et de costard. En transférant le contenu de ses poches, il tomba sur le mémo. Par désœuvrement, ou plutôt parce qu'il rechignait à rejoindre les autres et leurs mauvaises nouvelles, il le déplia et le relut.

Cette fois, l'idée ne lui parut pas si démentielle.

Et le défunt Lee Atwater promettait de faire ce dont aucun être vivant ne semblait capable : il offrait un moyen de renverser la tendance une fois pour toutes en donnant un grand coup de balai dans tout ce merdier.

Le mémo faisait référence à une personne en particulier, bien connue d'Atwater et présentée comme le facteur clé de la réussite du plan. Bush n'avait jamais rencontré le bonhomme en question. Pas encore. Mais, par une étrange coïncidence, il devait justement avoir un entretien avec lui au meeting de souscription qui aurait lieu dans — le président consulta sa montre, sentant que le 747 amorçait sa descente — vingt ou vingt-cinq minutes.

Maintenant, on peut aussi supposer que toutes ces coïncidences sont sans importance. Que l'idée était dans l'air. Et qu'elle devait se réaliser nécessairement un jour ou l'autre, même si le papier sur lequel elle était explicitée avait été déchiré, perdu ou oublié. Le support n'était rien, seule comptait l'idée elle-même.

CHAPITRE 12

Maggie veut de l'action. Je comprends ça. Moi aussi, je veux de l'action. Mais on ne peut rien faire. Du moins, c'est ce que je pense. Tant qu'on ne fera rien, ils nous laisseront tranquilles. Dès qu'on bougera, ils réagiront.

Pour me calmer les nerfs, je force sur les exercices physiques. En plus du jogging et des exercices au sol, j'ai repris mon entraînement au dojo — une salle située dans un minicentre commercial à deux niveaux, typique du quartier coréen : quincaillerie soldée, cartes, tabac, manucures et pédicures, poissonnerie. Le dojo a un nom, mais les habitués disent simplement : chez le Sergent Kim.

Je n'ai pas connu Kim au Viêt-nam. On en raconte des vertes et des pas mûres sur son compte. On dit qu'il peut tuer d'un geste. Nous pouvons tous tuer à mains nues. Tous ceux qui ont appris les arts martiaux ou le corps à corps — les Bérets Verts, la Delta Force, même les marines du contingent — connaissent des coups mortels. Kim était en liaison avec un service de renseignements. Quand on capturait des Viets qui avaient l'air de savoir quelque chose, on faisait venir Kim. D'habitude, pour faire parler les prisonniers, on les embarquait dans un hélico et on en balançait un dans le vide, histoire de mettre ses copains en condition. Kim n'avait pas besoin de ce cinéma. Même pas besoin de dégainer. Il se servait de sa main magique.

On alignait les gars et notre Coréen entrait en scène. Il n'est pas très grand, mais on voyait tout de suite que c'était un mauvais. Il s'approchait du premier prisonnier, le touchait et le mec tombait raide mort. Les autres se mettaient à table aussi sec. Il devint vite légendaire et bientôt n'eut même plus besoin de tuer. Du moins pas toujours. Il lui suffisait d'être le sergent qui avait la mort au bout des doigts.

Ici, une petite explication s'impose. Quand on voit ce genre de scène au ciné, on pense tout de suite que le tueur est une brute, un vicelard. Eh bien, en l'occurrence, c'était faux. Kim n'est pas comme ça.

La plupart des gars avaient honte du Viêt-nam. Ils détournaient la tête. Moi pas. J'étais patriote. Je le suis resté. J'ai passé du bon temps là-bas. J'aimais le Viêt-nam. Même au combat. Ça me plaisait de jouer les héros.

C'est peut-être pour ça que je ne détournais pas la tête. J'ai beaucoup réfléchi à ce qui s'est passé. Nous nous sommes gourés sur le Viêt-nam, de même que vous vous gourez sans doute sur un mec comme Kim. Le général Westmoreland disait des trucs comme : « Les Orientaux ne donnent pas à la vie la même valeur que les Occidentaux », ou : « La vie est abondante, la vie est bon marché en Orient », ou encore : « Dans la philosophie de l'Orient, la vie n'est pas importante. »

C'étaient des conneries. Ce sont peut-être ces conneries qui nous ont fait perdre la guerre.

Le fait que Kim était capable de tuer un homme de face, les yeux dans les yeux, ne signifie pas que la vie était sans valeur pour lui. Ça signifie que Kim était franc. Pour Westmoreland, l'unité de compte était le cadavre. Il a créé des zones de feu à volonté, dans lesquelles tout ce qui bougeait — homme, femme, enfant, bétail — était présumé hostile et devait être abattu ; il a défolié les forêts et bombardé à tout va. Pour lui, oui, la vie était sans valeur, sans importance. Attention, je ne dis pas que nous n'aurions pas dû faire ces saletés. Nous étions des soldats. Nous étions là pour tuer l'ennemi. Et nous en avons tué autant que nous pouvions. Mais n'allons pas raconter maintenant que nous attachions plus de prix que les Viets à la vie.

Le rez-de-chaussée du dojo est ouvert au grand public. On y enseigne le *tae-kwan-do* et les femmes peuvent suivre des cours de self-défense. Dans le vestiaire, il y a une cage d'escalier qui monte à l'étage, avec une affichette : R.D.T. — ACCÈS RÉSERVÉ AUX MEMBRES. (Une blague que j'expliquerai plus tard.) C'est une sorte de club privé, pluridisciplinaire, voué au combat.

C'est la troisième fois que j'y viens cette semaine et je me rends compte que j'ai une idée derrière la tête : j'ai envie de demander conseil à Kim.

J'enfile ma tenue et je monte.

Je vais trouver Kim, je le salue et je lui explique que je veux lui parler. Je le mets au parfum de mon boulot avec Maggie et je lui fais part de mes inquiétudes, rapport au double jeu de Ray. Kim a une gueule typique de Coréen, stoïque, dure. Impossible de lire ses pensées. Pour lui faire comprendre ce que je ressens, je lui parle de notre expérience commune :

« Tu te souviens, dans la jungle, quand les oiseaux s'arrêtaient de chanter. Eh bien, c'est ça que j'entends... le grand silence.

— Pourquoi me dire ça à moi ?

— Je soupçonne presque tous ceux qui pourraient m'aider d'être dans l'autre camp. Je ne peux pas me servir du téléphone. Je ne peux pas demander du renfort. Je ne peux pas bouger. Je suis coincé.

— Ahhhh. » Réaction très orientale. « Tu veux de la salade zen. D'accord, je connais la musique. Toi, daim qui voit tigre. Daim pas pouvoir bouger parce que, si tigre entendre bouger, tigre frapper. Mais daim obligé de bouger parce que sinon, tôt ou tard, tigre frappera. Ô homme blanc, tu as compris la leçon ? Il est dur d'être daim dans la jungle. Mieux vaut être tigre. Voilà pour les conneries. » Il se marre. « Les Américains, ils voient *Kung Fu* et *Karaté Kid I, II, III*, et ils s'imaginent que le professeur d'arts martiaux est un gourou qui les guide dans la vie. Eh, Joe, tu sais ce que j'enseigne, moi ? J'enseigne la castagne, c'est tout. T'es un brave mec, Joe. On va boire un verre ? On va se taper une bière et grailler du poisson chez mon neveu. Tout frais, super.

— Non, merci, ça ira.

— Je bois de plus en plus tôt dans la journée. Seulement de la bière, évidemment.

— Je vais te dire un truc, Kim...

— Viens, on va dans le bureau. »

Je le suis.

« J'ai l'impression d'être tombé dans une embuscade, dis-je. Et ça me fout les jetons. J'aurais dû me méfier. Au Viêt-nam, je faisais gaffe, je sentais toujours venir les coups fourrés. Tu comprends ? »

Il me désigne un siège et sort deux cannettes de Harp Lager d'un petit frigo. « Les Irlandais, ils font de la bonne bière. Bois avec moi et je te donnerai un bon conseil. » Il décalotte les boutanches, m'en passe une et attend que j'aie avalé ma première gorgée avant de continuer.

« OK. Je vais te raconter une histoire zen. » Il s'envoie une rincée et soupire de plaisir. « Les Irlandais. Y a pas meilleure, comme bière. À une époque, je suis allé apprendre les arts martiaux chez un maître japonais. Un grand, très coté. Il me raconte une histoire. C'est un samouraï qui va picoler, une nuit. Il se torche. En rentrant, y a une bande de malfrats qui lui sautent sur le poil dans une allée. Sont huit ou dix. Le samouraï est un grand combattant. Il se démonte pas, il cogne. Il en tue sept, les autres se barrent. Le lendemain, il va se vanter devant son prof et le prof lui dit : "T'es un idiot. Un vrai samouraï aurait deviné l'embuscade et il serait rentré par une autre allée."

» J'ai réfléchi à ça, poursuit Kim. Je déteste les histoires zen. Trop japonais. Si j'étais ce samouraï, je dirais : "Va te faire foutre, grand maître. Je suis un samouraï. J'aime me battre. Je me suis bien marré. Et je suis pas un idiot, parce que la bagarre, y a que ça de vrai, et gagner seul contre huit, c'est balèze." » Il s'enfile une autre goulée. Avec jouissance. Il me regarde, attend que j'aie bu à mon tour et reprend : « T'as du pot que je suis pas jap.

— Pourquoi ?

— Si j'étais jap, je te dirais d'aller confesser ton erreur à ta compagnie et de redevenir loyal. » Il rit. Un rire dur. « Je les adore, les Japs. *Haï !* Je suis un homme de Toyota. Je laisserais Toyota me foutre un levier de vitesse dans le cul si ça faisait de meilleures bagnoles. Tas de connards. Les Coréens sont mieux. Même les Américains sont mieux. Chacun pour soi. Très intéressant. »

Je soupire. Ce n'est pas exactement l'entretien que j'espérais. Kim rote. Il me sourit. Le dessus de son bureau est jonché de papelards. Il en écarte quelques-uns et déballe un gros bouquin broché. *L'Art de la stratégie — une nouvelle traduction du classique de Sun Tsu, l'Art de la guerre*. Il me le tend. « Cadeau, dit-il, je te le donne. Nouvelle traduction. Très joli. Idéogrammes d'un côté. T'aimes la philosophie orientale, Sun Tsu est super. C'est le meilleur. Un Chinois. Tu peux commencer à n'importe quelle page. Tiens... » Il ouvre le livre au hasard et, sans regarder, plante son index au bas d'une page. Il lit : « *La stratégie du positionnement évite la Réalité et favorise l'Illusion*. Prends-le.

— Merci », dis-je, incapable de refuser le cadeau, bien que j'aie d'autres éditions du même livre.

Il sèche le reste de sa bibine d'un trait et me toise comme si j'étais un invité désobligeant jusqu'à ce que j'aie fini la mienne. Puis il range soigneusement les deux cannettes vides côte à côte et nous retournons au dojo.

Kim frappe dans ses mains. Tous les regards se tournent vers lui. Il fait signe à un grand Black tout en os, au crâne rasé. Je le connais vaguement. Il se fait appeler Hawk. Comme dans la série télé. Il jure même que c'est lui qui a inspiré le personnage de la série. Je suis sceptique.

« Hawk, tu vas te battre contre Joe. *Light contact* seulement », dit Kim.

Hawk me lance un regard de caïd. Je lorgne vers Kim. Je ne suis pas prêt pour ça. J'ai le bide gonflé de Harp Lager.

« Yo, frangin, dit Hawk, tu t'amènes ou tu veux que je te cogne par-derrière ? »

Je me retourne. Nous nous avançons sur le tapis. Les autres nous cèdent la place illico. Nous nous saluons. La bière gargouille dans mes boyaux. Position d'attaque. Et c'est parti.

Hawk frappe le premier, histoire d'annoncer la couleur. Pas de doute, je suis surclassé. Il est plus rapide, plus fort, plus habile. Le *tae-kwan-do* utilise beaucoup les coups de pied et il y a toute une série de techniques pour les assener avec un maximum de puissance. Leur exécution requiert une grande souplesse. Le morphotype de Hawk est beaucoup plus adapté que le mien à ce genre d'exercice et c'est bientôt l'avalanche.

J'esquive comme je peux, en bloquant avec mes avant-bras, mes épaules, mes cuisses, pour essayer de protéger mes points vulnérables : les yeux, la gorge, les aines, les genoux. Un méchant coup de latte traverse mes défenses et me touche à l'estom. Je recule. Je sens la bière qui remonte.

Le *light contact* n'est pas si *light* que ça.

Les moniteurs d'arts martiaux considèrent que la douleur est formatrice. Comme les instructeurs des marines. Et de nombreux parents. Je dois reconnaître que la dégustation gratuite qui m'est offerte augmente mes facultés de perception. Je suis obligé de me concentrer et je commence à cerner un peu mieux le jeu de Hawk. Il n'a pas l'intention de se contenter d'une simple démonstration. Je suis sûr qu'il va profiter de la première occasion pour me balancer son panard dans le lard à toute volée. Il a la haine.

Je tente une attaque. Il esquive et me retourne une manchette sur la nuque. Je rate ma parade. Le salaud, il frappe dur. J'encaisse mal. Il veut enchaîner avec un coup de pied à l'aine.

C'est sa spécialité. Pleine puissance.

Je bloque avec ma cuisse. Oh, pétard, il a du jus, le mec, et il le sait. J'accuse le coup. Je suis encore plus lent qu'au début.

Il remet ça. Une variation sur le même thème. Une mandale, dans les yeux cette fois, pour me plier en deux et m'exposer au coup de pied qui va suivre. Là, j'ai la certitude qu'il va viser mon genou. Une certitude instantanée. Ça ne s'explique pas. En une fraction de seconde, je vois clairement ce qui risque de se passer. S'il touche mon genou, il va le péter — ou, en tout cas, me blesser — et le match sera fini. Il aura gagné et me présentera des excuses hypocrites pour m'avoir estropié.

Au lieu de reculer pour protéger mes yeux, je fonce tête baissée, préférant morfler sur le haut du front. C'est une tactique aussi périlleuse pour lui que pour moi. Si je suis trop lent ou s'il vise trop juste, je vais prendre ses doigts en plein dans les châsses. Mais, d'un autre côté, le crâne est un morceau d'os très dur : c'est dangereux de frapper quelqu'un sur le crâne avec le tranchant de la main ou les phalanges. S'il cogne à pleine force en visant mal, il peut se casser quelque chose.

Il vise bien. Mais pas assez. Ses phalanges raidies heurtent l'os juste au-dessus de l'œil. Mon arcade sourcilière éclate. Le sang pisse. C'est impressionnant mais sans gravité. Kim n'arrête pas le combat. En fait, il me semble même l'entendre ricaner.

Hawk s'est fait mal. Son rythme est brisé. Je ne suis pas perdant dans l'affaire.

J'ai retourné sa feinte contre lui. J'ai l'avantage. Mais il ne s'en rend pas encore compte. Il est abusé par la vue de mon sang.

Au lieu de changer de tactique, il s'obstine dans son idée de me péter le genou. Or je le vois venir. Je suis déjà trop près de lui. C'est son erreur. Il arme sa jambe mais j'anticipe, je lève le genou à la hauteur du sien. Les deux se percutent — avec toute la force qu'il a mise lui-même dans son coup. Je me laisse tomber sur le tapis et catapulte le mec par-dessus moi en me servant de son propre élan. Je l'attrape fissa, m'agenouille sur lui et fais le geste de lui taillader la gueule d'un coup de griffe. Le bout de mes doigts touche ses paupières.

Kim claque dans les mains pour clore le match.

Nous nous levons. Salut rituel. Je saigne. Hawk a mal à la pogne. Kim s'en va. Il a autre chose à faire. Je suis censé avoir appris quelque chose... Si je n'ai pas compris, la faute est à l'élève, non au maître. Le maître n'a plus rien à dire. À moins qu'il n'ait simplement voulu me faire sentir que mes questions à la con l'avaient gonflé et m'inviter par une dérouillée à fermer ma gueule. Tout est possible.

« Tu crois que t'es un méchant, hein ? dit Hawk.

— Assez, je réponds.

— Pas autant que moi. Si je suis à ta place, je te crève les yeux avant que t'as le temps de te relever.

— Peut-être bien. »

Il sourit. Il a une large bouche et de grandes dents. Ça lui donne un air presque sympa. « Allez, ducon, sans rancune. » Et il me gratifie d'une de ces vieilles poignées de main démodées de frères de race, bras levé et coude replié, avec torsion du poignet. J'ai été au Viêt-nam. Ils faisaient tous ça. C'est vieux jeu, je sais. Aujourd'hui, ils se contentent de signes de reconnaissance avec les doigts. Des rites de gang. Vous connaissez, vous avez vu ça dans les films.

Je rentre à la baraque.

Maggie se prépare pour une importante réception.

L'hôte est Jon Peters, qui vient d'être engagé par Sony pour diriger Columbia Pictures. Salaire officiel : 2,7 millions de dollars, plus une participation aux bénéfices. Il y a des milliers de gens à Hollywood qui peuvent dire : « Non. » Il y en a des centaines qui peuvent dire : « Je marche » ou : « J'approuve » et favoriser une initiative. Mais il y en a seulement une poignée qui peuvent prononcer le mot magique — « Go » — pour que les vingt, trente ou quarante millions de dollars nécessaires à la réalisation d'un film se débloquent et que le premier tour de manivelle soit donné. Ils ne sont peut-être que cinq ou dix. Quinze au maximum. Quel que soit leur nombre, ils seront tous là ce soir.

Maggie est entre les mains de son coiffeur. Il s'appelle Fredo. Je le regarde travailler quelques instants. Ni lui ni elle ne me remarquent. Il dégoise sur la vie sexuelle des stars — sans manquer d'évoquer, une fois de plus, l'histoire de la gerbille. Il jure que son petit copain est le coiffeur perso du toubib qui a extirpé la bestiole.

« Fredo, cessez vos potins et faites-moi belle », dit Maggie — comme si elle ne l'était pas et que ça la terrifie tout à coup.

Je la laisse affronter son angoisse dans le miroir et je sors.

Quand elle descend, un peu plus tard, elle est éblouissante. Un canon, des pieds à la tête : cheveux, maquillage, fringues, godasses. Je ne m'y connais guère en sapes, mais je suis certain que sa robe coûte la peau des fesses. Du « fait main », dans un tissu incroyable. Je ne sais pas qui est le couturier, mais il connaît son affaire : la coupe est d'apparence très simple, tout le chic est dans le tomber, dans sa façon d'accompagner les mouvements du corps. Un coup, je ne vois que le galbe de ses seins, un coup, ses guibolles, puis je me retrouve à mater la forme de son pubis, qui disparaît aussitôt.

De mon côté, en revanche, je ne suis pas à mon mieux. J'ai un sparadrap sur le sourcil, un œil au beurre noir et je traîne la patte. En me voyant, elle tire une drôle de gueule. Par prudence, nous sachant sur écoute, elle met un disque avant de m'en parler. Elle s'inquiète de mon état. Je lui réponds que ça va. Sans autre explication. J'en suis encore à me demander si Kim est simplement devenu alcoolo ou s'il a un os dans le pâté de tête. *La stratégie du positionnement évite la Réalité et favorise l'Illusion...* Qu'est-ce que ça peut bien signifier ?

« Je préférais que vous soyez un peu plus présentable, dit-elle.

— Eh, je suis votre garde du corps. C'est un excellent look pour un garde du corps.

— Ce n'est pas drôle, Joe.

— Mais si, c'est drôle.

— J'ai envie de vous mettre du fond de teint pour cacher ces ecchymoses.

— Maggie, vous êtes la plus belle femme que j'aie jamais vue. Magnifique.

— Est-ce que j'ai l'air d'une déesse ? Parce que c'est ça, la question. La beauté ne suffit pas. Je n'oublierai jamais le premier directeur de casting qui m'a dit : “La beauté ne suffit pas, cocotte. Des belles nanas, y en a plein. Écoute, t'as un corps et je peux te proposer des cachetons dans le nu.” Je lui ai répondu : “Non merci, très peu pour moi.” Il m'a dit : “T'as tort de le prendre de haut, cocotte. Marylin l'a fait, Basinger l'a fait — crois-moi, c'est une occase en or pour toi.” Et il a ajouté : “T'y viendras. Dans six mois, dans un an, dans deux ans, tu te déloqueras. À bientôt.” Je ne savais pas que les gens pouvaient être aussi grossiers.

— Vous y êtes venue ?

— Non. Je ne ferai jamais ça, je le jure.

— Pourquoi ?

— Vous croyez que des millions de gens vont payer pour avoir le privilège de me reluquer ? Pour lorgner la forme de mes nénés — qui, soit dit en passant, n'ont jamais été remodelés par la chirurgie esthétique et ne peuvent donc pas rivaliser avec ceux de Melanie Griffith ? Vous croyez qu'un producteur serait prêt à miser des millions de dollars sur moi ? Je suis sexy à ce point ?

— Oh... C'est une question d'argent. J'aurais dû m'en douter.

— Allez vous faire foutre », réplique-t-elle — mais en souriant.

Chez les gens de la haute, on ne mélange pas les torchons et les serviettes. Je ne suis que le chauffeur et, à ce titre, je suis relégué à l'office, avec les domestiques des autres visiteurs. Ça cancane un maximum. J'ouvre les esgourdes, je suis là pour ça. Puisqu'on est chez Peters et qu'il est le nouvel homme fort de la ville, tout le monde parle de lui. Dans l'ensemble, ce sont de vieux ragots. Comment il a servi de modèle à Warren Beatty pour le personnage de *Shampoo*, le coiffeur très hétéro qui a couché avec tout le monde à L.A., y compris Nancy Reagan. Plusieurs chauffeurs sont des femmes. L'une d'elles dit : « Pauvre Lesley Ann Warren, elle me fait pitié. Non seulement elle a épousé le dernier des porcs, mais, en plus, ils font un film sur elle et ils lui filent même pas le rôle. C'est Goldie Hawn qui joue Lesley Ann Warren. Faut le faire ! » Ils enchaînent sur la légende de Peters, qui a fait son chemin dans le bizness à coups de quéquette et est devenu le producteur de Streisand après l'avoir enfourchée.

J'essaie d'orienter la conversation vers le mystérieux Mr. Beagle. Rien de très nouveau, toujours les mêmes rumeurs. L'un assure qu'il a une maladie du côlon et qu'il n'ose plus se montrer en public parce qu'il schlingue. Un autre évoque une sombre magouille nipponne, consécutive au rachat de Columbia par Sony : Beagle aiderait les Japs à mettre au point des programmes de télé destinés à inonder le marché américain pour couler l'économie hollywoodienne.

On me ressert des histoires que j'ai déjà entendues vingt fois : il a le sida, il travaille sur un projet ultrasecret de télévision HD qui va révolutionner la technologie électronique — toujours au service des Japonais, évidemment.

La réception se déroule à l'intérieur et à l'extérieur. De l'endroit où nous sommes situés, je peux surveiller partiellement ce qui se passe dans le jardin. De temps en temps, j'aperçois Maggie. Elle m'a l'air très allumeuse. J'ai l'impression qu'elle fait de l'œil à tous les mecs qui passent. Elle se laisse frôler. Elle sait y faire, la bougresse. Ça me fout les boules.

Un des chauffeurs s'approche de moi en douce.

« Tu t'intéresses à Lincoln Beagle ? me dit-il avec la bouche en coin, comme James Cagney dans un rôle de prisonnier ou un espion dans un vieux film d'Hitchcock.

— Oh, je suis juste un fan, je réponds. J'aime ce qu'il fait.

— Hu... hum.

— Pourquoi ? Tu sais quelque chose ?

— Je le connais. » Il cligne de l'œil. « Si je te disais que Lincoln Beagle travaille sur... Tu vas pas me croire... T'es prêt à entendre un truc dingue ?

— Je pense.

— Je crois pas. Tant pis, je te le dis quand même. Mais accroche-toi. Beagle travaille sur la réincarnation de John Wayne.

— C'est une bonne idée. Y aura sûrement des rôles pour lui.

— Il faut que tu comprennes un truc. L'Âge d'Aquarius est terminé.

— Ouais, je le savais.

— C'était l'âge du spirituel. Nous sommes entrés dans l'Âge de la Néoscience, la science nouvelle qui est au-delà de la science. L'art, la spiritualité, la technologie et la biogénétique vont s'unir en une nouvelle synthèse. Ils parlent tous de la télé HD, mais c'est rien, ça. La réalité virtuelle, oui. Tu te balades dans tes rêves, les yeux ouverts, tu peux les toucher, leur parler. Jusqu'ici, Hollywood a fabriqué des stars en utilisant des artifices, la pub, le maquillage, la chirurgie esthétique. Mais c'était hasardeux et trop cher. Perte de temps. Maintenant, ils vont remonter à la source. Ils vont prendre les restes des plus grandes stars du passé et les recréer par la génétique et les microsciences. C'est là-dessus que Beagle travaille en réalité. La réincarnation de John Wayne. Tout le reste, c'est un écran de fumée. »

CHAPITRE 13

Le président Bush a rarement été présenté comme un raciste ou un antisémite. Mais nous devons à la vérité de préciser qu'il est pour le moins ethnocentrique et préfère évoluer dans des sphères choisies. Imaginez des cercles concentriques — comme dans les illustrations des anneaux de *L'Enfer* de Dante — et considérez que le cercle le plus large, l'ultime limite, englobe les Blancs anglo-saxons protestants. Les cercles intérieurs, à mesure que vous vous rapprochez du centre, représentent successivement : les individus de sexe masculin, qui portent un costume et une cravate, ont beaucoup d'argent, jouent au golf, sont dans les affaires, sont issus d'un milieu riche, appartiennent à l'establishment de la Côte Est, ont fait leurs études à Yale, sont membres de la société secrète Skull and Bones, forment la seconde génération des anciens de Yale.

Il était donc ravi de se rendre à une souscription dans le comté d'Orange, cette réserve située au sud du comté de Los Angeles où vit en liberté une espèce parfaitement conservée de gugusses qu'on pourrait prendre pour des clones de Bob Hope si celui-ci n'était pas marrant et avait le nez droit. Ils se nourrissent de cocktails, presque exclusivement des martinis, aiment le Parti républicain autant que le golf, désapprouvent l'érotisme mais savent apprécier les jolies filles, dansent sur de vieux airs de Lawrence Welk, savent que nous avons perdu le Viêt-nam à cause des médias et la Chine à cause de traîtres infiltrés dans le Département d'État. Ils n'ont pas de fromage blanc dans le cerveau et se méfient encore des communistes, étant entendu que les réformes de Gorbatchev ont toujours été une ruse pour nous inciter à désarmer. Disneyland est dans le comté d'Orange.

Dans ces conditions, un rapprochement entre Bush et Hartman — en qui Bush allait bientôt avoir une confiance aveugle — ne pouvait pas être le fait d'un heureux hasard. La rencontre avait été minutieusement préméditée et provoquée par Hartman — lequel ne se doutait pas, cependant, de la véritable finalité de ladite rencontre. Parce que, derrière tout cela, il y avait le génie, ou la folie, de Lee Atwater.

On ne peut pas comprendre David Hartman sans se référer à Lew Wasserman, de MCA Inc.

Lew Wasserman est aux agences artistiques ce que Henry Ford est aux automobiles : non pas le meilleur dans sa partie, mais le premier à avoir su transformer une activité essentiellement artisanale ou conviviale en une gigantesque entreprise multimilliardaire.

Pour que Hartman pût avoir le sentiment d'être le plus grand impresario de l'histoire de l'humanité, il lui fallait surpasser Wasserman.

À l'instar de tous les affairistes avides de réussite en Amérique, Wasserman était un fin tripatouilleur en politique. Il avait des billes dans chaque camp et arrosait tout le monde. Agissant toujours dans l'ombre, il avait le bras tantôt bien plus long, tantôt bien moins qu'on ne le pensait. Il aimait entretenir le mystère à ce sujet et sa tactique portait ses fruits. Si la MCA ne gagnait pas toutes les petites batailles décidées par le gouvernement, elle remportait presque toutes les grandes. Elle piétinait joyeusement la loi antitrust et nouait avec les syndicats des liens tellement favorables pour elle qu'il était impossible de ne pas flairer la collusion, le dessous de table, la prévarication en tout genre. La justice fourrait souvent son nez dans les petits papiers de la MCA mais, soit qu'elle fût fondamentalement honnête, soit que son influence fût encore plus étendue qu'on ne le racontait, il n'y eut jamais d'inculpation — tout au plus un vague redressement fiscal par-ci, par-là.

Hartman, lui, avait toujours adopté un profil bas en politique. Du moins jusqu'alors. Parce qu'il n'était pas encore de taille. Mais le moment était venu de franchir le pas, de passer du stade de simple agent à celui de gros poisson. Pour accéder à la cour des grands, il lui fallait des occasions. Certaines impliquaient de lourds investissements japonais, d'autres d'éventuelles infractions à la loi antitrust. Dans tous les cas de figure, il avait besoin de solides contacts à Washington pour assurer ses arrières. Oh, il n'avait pas la prétention de mettre le président dans sa poche ; c'eût été présomptueux, naïf et, disons le mot, grossier. Non, tout ce dont il rêvait, c'était de pouvoir composer un numéro à Washington avec la certitude que quelqu'un lui répondrait.

Il avait senti le vent tourner en 1988, quand Reagan était hors course et Wasserman embringué dans le financement de la campagne de Dukakis, le *perdant*.

Malgré les gesticulations de quelques célébrités conservatrices, qui n'étaient là que pour amuser la galerie, il manquait un grand manitou du show-biz dans l'entourage du Parti républicain. Hartman ne se contenta pas de lâcher du fric à Bush et à ses sbires. C'eût été naïf, ils l'eussent traité comme une pute traite un micheton. Hartman voulait des relations. Il voulait que le cercle des intimes connût son nom et le considérât comme la principale courroie de transmission entre Hollywood et Washington.

Hartman avait compris que l'homme à séduire était Lee Atwater et il s'était arrangé pour le rencontrer en 1988. Il l'avait invité à déjeuner et avait hautement loué sa créativité, lui affirmant qu'il était un génie de la politique comme Hitchcock avait été un génie du suspense et Elvis un génie de la musique : tous trois avaient élevé au rang de beaux-arts des formes d'expression jusque-là considérées comme mineures. Sachant que les trois livres de chevet d'Atwater étaient *L'Art de la guerre, De la guerre* et *Le Prince*, il lui avait dit que ses conceptions stratégiques lui rappelaient Sun Tsu et que personne depuis Machiavel n'avait fait montre d'un tel sens politique. Après l'élection, Hartman avait organisé pour Lee une tournée de conférences qui, outre une immense fierté, lui avaient rapporté une dizaine de milliers de dollars chacune, plus les frais. Pas mal pour une heure ou deux de verbiage. Bref, Hartman avait réussi son coup : il avait désormais ses entrées à la Maison-Blanche.

Et voilà que la funeste tumeur au cerveau avait tout foutu par terre.

Avec Lee au cimetière, comment recréer une passerelle entre L. A. et Bush ? À première vue, l'homme clé était Ronald Reagan. Compte tenu du passé hollywoodien du personnage, les tactiques d'approche étaient faciles. Mais rien ne prouvait que l'ancien président fût le meilleur moyen d'entrer en contact avec le nouveau. N'oublions pas que Reagan avait infligé une sévère déculottée à Bush aux primaires de 1980 et que, pendant toute la durée de sa vice-présidence, l'ami Georgie avait dû essuyer la merde de son patron. C'est souvent rancunier, les anciens vice-présidents. Hartman était bien placé pour le savoir : il l'avait été lui-même du temps où il bossait chez Ross-Mogul, qui était à l'époque la troisième plus grosse agence de la profession. Le président, Allen Ross, avait été un vrai père pour lui, il lui avait permis de gravir rapidement les échelons et d'étouffer un maximum de blé. Ce n'est pas pour autant que Hartman allait lui pardonner d'avoir été un jour son supérieur. Chaque fois que RepCo piquait une star à Ross-Mogul, Hartman pissait de bonheur ; et le jour où le chiffre d'affaires de RepCo dépassa celui de Ross-Mogul fut le plus beau jour de sa vie.

Hartman avait donc choisi de joindre Bush par l'intermédiaire d'Arnold Schwarzenegger. Schwarzenegger, un homme rusé et ambitieux qui s'était forgé un nom en combinant astucieusement une volonté de fer, un caractère de cochon et une consommation de stéroïdes dans des proportions encore jamais atteintes, avait lui-même des aspirations politiques et cultivait ses relations avec un soin jaloux.

Arnold avait cité deux ou trois fois le nom de David à la Maison-Blanche, en suggérant à Bush de le rencontrer et en laissant entendre que le bonhomme pouvait être un bailleur de fonds de l'envergure de Wasserman. Peu après l'une de ces allusions, le président avait lu le mémo de Lee Atwater et tenu le raisonnement suivant : si Hartman, qui semblait jouer un rôle essentiel dans le plan, se révélait être un de ces arrivistes bruyants et fâcheux, il laisserait tomber. Il enverrait aux oubliettes les élucubrations, saugrenues mais alléchantes, de son défunt conseiller. D'une certaine manière, c'était ce qu'il souhaitait et c'était pourquoi il avait exigé de choisir lui-même le lieu de la rencontre, espérant confusément que la présence rassurante des gens du comté d'Orange l'aiderait à détester l'impresario.

Hartman menait toujours une petite enquête préalable sur les personnes avec qui il voulait traiter. Et il avait une règle : ne jamais sous-estimer l'autre. Par principe, il supposa donc que le président était un homme madré, manipulateur et vindicatif, exactement comme lui-même. Il demanda à son meilleur lecteur de lui préparer une synthèse de toutes les biographies de Bush et se prépara à singer les manières d'un banquier de la Côte Est. Il dressa une liste des sujets de conversation à éviter et de ceux qu'il était de bon ton d'aborder. Par exemple, il ne dirait pas un mot de la bar-mitzvah prochaine de son fils et des folles dépenses prévues pour sa célébration. En revanche, bien qu'il détestât le golf, il était prêt à parler green, bogey et birdie. Il mettrait une sourdine à sa passion pour le kendo et reprendrait le jogging.

Air Force One atterrit à l'aéroport John Wayne du comté d'Orange à 18 heures, heure locale, 21 heures, heure standard Est. La flicaille et les agents de sécurité rapprochée poireautaient à côté de la limousine de service. La route avait été dégagée d'avance. Le président était attendu pour le dîner dans dix-huit minutes et on fonça. Il sortit de la bagnole en se tenant droit comme un i et en souriant jusqu'aux oreilles. Le mec en grande forme, plein de vitamines. Il fit signe aux caméras en disant : « Hello, Californie ! Ravi d'être ici. J'aimerais avoir le temps de faire une partie de golf. Si ce n'est pas possible, Dan [Quayle] jouera à ma place. » Il leva le pouce et entra.

Il avait cinq personnes à saluer sans faute. Les quatre premières étaient de gros pourvoyeurs des campagnes précédentes — deux caïds de la finance et deux représentants de l'industrie militaire et aérospatiale. La cinquième était David Hartman.

Bush fut agréablement surpris. Si on lui avait présenté un groupe anonyme en lui demandant de désigner lequel des gus était le Juif ou lequel était l'impresario, il en aurait été incapable. Hartman avait le look parfait : une calvitie naissante, un air sérieux mais bon enfant, des rides sur le front. Il portait un costard gris très simple, une chemise blanche, une cravate neutre et, à part une alliance en or et une montre Patek Philippe du modèle le moins ostentatoire, il n'arborait aucun bijou. Même son élocution était irréprochable. Ni argot, ni yiddish, ni intonation snob.

Bush tâta le mémo dans la poche de sa veste, encore indécis. Hartman n'était pas le type répugnant qu'il avait craint, mais, vu l'énormité du plan d'Atwater, il fallait se garder de précipiter les choses.

Il s'absorba donc résolument dans ce qu'il avait à faire dans l'immédiat. Serrer des mains, sourire, cligner de l'œil, lever le pouce. Tous les membres de l'assistance avaient casqué 5 000 dollars au minimum, et plus souvent 10 000 ou davantage. Ils avaient bien droit à un petit contact charnel, histoire de rentrer satisfaits chez eux. Il attaqua son discours — dont il n'avait pas écrit un mot mais qu'il trouva assez proche de ce qu'il avait envie de dire — avec une ferveur raisonnable.

Le dîner était à 20 heures, heure locale, 23 heures, heure standard Est. *Air Force One* devait décoller de John Wayne à 21 heures, heure locale, c'est-à-dire minuit pour l'horloge biologique du président. Son agenda prévoyait un entretien avec le directeur de la CIA à la Maison-Blanche à 9 heures du matin, standard Est, avec l'ambassadeur de l'ex-URSS à 9 h 16, puis avec un représentant minoritaire de la Commission judiciaire du Sénat pour la désignation des juges fédéraux. Le seul moyen de survivre à un tel emploi du temps était de s'écrouler sur le plumard présidentiel dès que le 747 décollerait et de pioncer jusqu'à l'atterrissage à Washington, à 8 heures, standard Est. Le corps humain est récalcitrant à ce genre de traitement. Prévoyant, le président s'envoya un Halcion avec son dessert, une crème brûlée, calculant que les effets du somnifère se feraient sentir dès qu'il monterait à bord du zinc.

Au moment de tirer sa révérence, pendant qu'il distribuait ses dernières poignées de main, le secrétaire du comité de souscription du Parti républicain californien lui apprit que Hartman venait de faire une donation de 100 000 dollars. Bush fut impressionné — non seulement par la somme, mais par la discrétion du donateur qui n'avait pas agité son chèque sous son nez en faisant admirer le chiffre à la cantonade. L'idée qui lui trottait dans la tête depuis le début de l'après-midi s'imposa finalement.

Il invita Hartman à l'accompagner jusqu'à son avion.

Hartman avait entre douze et dix-huit minutes pour s'en faire un ami. Il avait une longue expérience en la matière, c'était plus de temps qu'il ne lui en fallait. La première chose qu'il dit fut : « J'ai un aveu à vous faire, monsieur le président. Ma conversion au Parti républicain est assez récente. » Bush connaissait la chanson. Reagan, Heston, Sinatra et des tas d'autres étaient d'anciens démocrates. « Je n'avais pas l'esprit partisan. J'ai consacré le plus clair de ma vie au travail, à l'élan économique du pays. » Toujours les mêmes conneries. « En fait, je suis resté neutre jusqu'en 1988. » Là, le petit père Bush dressa l'oreille. Les loquedus qui se disaient « démocrates reaganiens » — expression poilante —, il y en avait une tripotée. Mais jamais personne ne s'était présenté comme un « démocrate bushien ». Hartman était le premier. « Mr. Reagan ne m'impressionnait pas beaucoup. Mais vous, monsieur, oui. » De la musique pour les oreilles du président. Il en avait marre d'être traité comme une pâle copie de son prédécesseur alors que, dans le tandem, c'était Reagan le fantoche, Reagan qui avait roupillé tout au long de ses deux mandats, sans jamais lire aucun dossier, ne se réveillant que quand les caméras tournaient et se rendormant dès qu'on coupait l'image. « Je ne veux pas vous embarrasser, mais je vais vous dire pourquoi. Ce n'est pas pour votre bilan, qui est sans doute le meilleur de tous ceux qui ont occupé vos fonctions. C'est surtout et avant tout parce que vous êtes un héros de la guerre. »

Le président écarquilla les mirettes, avec une modestie feinte.

« Pour moi, poursuivit Hartman, nos plus grands présidents furent Ike et Jack Kennedy. Johnson, Carter, Reagan ne m'intéressaient pas. Je ne savais pas pourquoi, jusqu'à ce que vous arriviez. Là, je me suis demandé : qu'est-ce qui le différencie d'un Reagan ou d'un Dukakis ? Eh bien, je vais vous le dire. George

Herbert Walker Bush, Dwight David Eisenhower, John Fitzgerald Kennedy ont été au cœur de la bataille. Car enfin, voyons les choses en face, où était Ron Reagan quand le monde était en guerre ? Il était à Hollywood, avec des draps propres et des jolies filles. Ses uniformes étaient repassés chaque matin dans les pressings de Santa Monica. Vous, vous étiez au casse-pipe. Le plus jeune pilote de la Navy. Vous avez risqué votre vie. Vous savez ce que ça signifie.

— Ah, c'était autre chose en ce temps-là ! » fit le président. Puis, ainsi que Hartman l'avait prévu et espéré, il demanda : « Vous avez fait l'armée ?

— Oui, monsieur.

— Hum, vous êtes un peu jeune pour avoir connu la Guerre mondiale, où avez-vous combattu ?

— J'étais un marine, monsieur. En Corée. »

Bush buvait du petit-lait.

« Héhé, les marines ne sont pas toujours tendres avec l'armée de terre » — petite plaisanterie entre vrais hommes — « mais, bon Dieu, personne ne peut reprocher quoi que ce soit aux marines des États-Unis. Parlez-moi de votre service, Dave. Et oubliez les "monsieur le président". Appelez-moi George.

— Je vous avouerai, monsieur, qu'il m'est difficile d'appeler George le commandant en chef. Je suis resté trop marine dans l'âme pour ça.

— Bah, détendez-vous, Dave. Qu'est-ce que vous avez fait pendant votre service ? »

Hartman comprit qu'il tenait les bonnes cartes. Le jeu évoluait comme il l'attendait. Il sortit son atout. « J'étais dans l'aéronavale, monsieur. Pilote de chasse.

— Sacré nom d'une pipe ! » fit le président. Il ne lui était jamais venu à l'esprit qu'un impresario juif de Hollywood pût avoir été pilote de chasse dans la marine en Corée. « Combien de missions ? Combien d'avions descendus ?

— Cinq seulement.

— Comment ça se fait ?

— J'ai dû piquer sur l'océan. Je n'avais pas été touché, mais j'avais un problème de carburation et le moteur avait pris feu. Je me suis éjecté. Il était moins une : pendant ma descente, j'ai vu mon zinc exploser. Heureusement que les copains des secours en mer sont intervenus. J'ai été repêché par un hélico de la Navy. Vous savez mieux que moi, monsieur, ce que c'est que d'attendre sur un océan gelé en se demandant si on vit le dernier jour de sa vie. Je me suis amoché le dos en touchant l'eau et, comme ils n'ont pas réussi à me remettre sur pied, j'ai été démobilisé.

— Alors, je pense que vous comprenez à quel point il est essentiel d'avoir une Amérique forte ?

— C'est fondamental. Non seulement pour l'Amérique, mais pour toute l'humanité. »

Ici encore, on peut s'interroger sur l'importance des coïncidences, en ce sens que le biais choisi par Hartman pour gagner la confiance du président touchait directement aux questions que celui-ci voulait aborder avec lui. Mais on peut aussi penser que tous les trois — le troisième étant Atwater — étaient déjà sur la même longueur d'ondes et que le président aurait persisté même si Hartman lui avait parlé de problèmes bancaires, des valeurs familiales ou de son attachement au libre-échange.

« J'ai un projet, reprit Bush. Vous vous souvenez de Lee Atwater ?

— Très bien. Je l'admirais beaucoup.

— Il a rédigé un mémo. C'était un bon ami. Un sacré numéro. On a passé de bons moments ensemble et il pensait le plus grand bien de vous. Vous saviez qu'il jouait du blues à la guitare ?

— C'était un homme remarquable.

— C'est un scénario hypothétique. Il a dit, avant de mourir, que vous étiez l'homme fort d'Hollywood. Quand un ami rédige un mémo sur son lit de mort, il faut faire ce qu'on a à faire. Je dois vous demander de me jurer le secret.

— Vous avez ma parole. En tant qu'Américain. En tant que marine.

— La parole d'un marine U.S., on peut difficilement exiger plus », répondit le président.

C'est peut-être à ce moment que l'Halcion commença à faire effet. En tout cas, c'était ce qu'avait prévu le président lui-même dans ses estimations.

Il chercha ses mots. Comment formuler les propositions d'Atwater ? Soudain, il se demanda s'ils étaient enregistrés. Non par quelque espion étranger, mais par ses propres hommes. Songez à ce qui était arrivé à Nixon. Il y avait des oreilles partout. Bien que Baker et lui eussent résolu de ne montrer le mémo à personne, il considéra tout à coup que c'était le meilleur moyen. Ce serait plus clair, plus commode et plus sûr. Il mit la main dans sa poche.

« Je voudrais que vous regardiez ceci », dit-il en tendant le papier à Hartman.

La limousine franchit la grille et entra dans l'aéroport. Hartman lut pendant qu'ils traversaient la piste.

Il avait admiré la manière dont Atwater avait démoli Dukakis. Lee avait deviné que l'Amérique de 1988 voterait *pour* le drapeau et *contre* les Noirs, qui étaient tous des obsédés sexuels, et avait organisé sa campagne de telle sorte que les électeurs crurent que là était le véritable enjeu. Une idée de génie, se disait Hartman.

La plupart des gens sont soit dénués de toute faculté de penser, soit trop paresseux pour s'en servir. Ils se drapent dans le manteau de la morale conventionnelle et prennent la sentimentalité primaire pour une attitude raisonnée. Lee n'était pas tombé dans le panneau. Bien joué.

Mais ce mémo classait Atwater dans une tout autre catégorie. Il transcendait les notions de rigueur intellectuelle et morale. Ici, il n'était question que d'audace et de clairvoyance. Atwater prouvait ici qu'il avait parfaitement assimilé Sun Tsu, Clausewitz et Machiavel. S'il avait été là, Hartman lui aurait tiré son chapeau et se serait incliné comme l'élève s'incline devant le maître.

Mais Atwater était mort et enterré. Hartman ne croyait pas aux fantômes. Il rendit hommage au maestro d'une autre façon, en étant le premier à ne pas dire : « Bordel de Dieu, Atwater a pété les plombs » en lisant sa prose. Il se tourna vers le président. Il aurait pu lui dire : « George, je ne sais pas si vous avez déjà eu recours aux services d'un agent. Nous prenons dix pour cent. Sur tout. » Mais ce n'est pas ce qu'il lui dit. Il pensa à Oliver North et se redressa autant que le lui permettait la banquette de la limousine, dans une posture pseudo-militaire. « Monsieur, déclara-t-il en portant la main droite à la hauteur de ses sourcils pour saluer, vous me faites un grand honneur en me donnant l'occasion de vous servir et de servir mon pays. Merci, monsieur. »

CHAPITRE 14

L'événement de la saison est la bar-mitzvah de David Hartman Jr, fils de David Hartman, patron de RepCo, l'agent le plus puissant et le plus impitoyable d'Hollywood. Une liste de deux cent cinquante invités triés sur le volet a été dressée. Vingt d'entre eux seulement sont des amis du gamin de treize ans. Les autres sont dans le bizness. C'est l'invitation la plus recherchée de toutes, celle qui définit qui est qui, la Liste des Listes.

Rien que le prix de la bouffe, d'après les journaux, se chiffre à plus de 100 000 dollars. Le coût global de la réception est difficile à calculer. Le programme des réjouissances prévoit des numéros de Michael Jackson, Bobby et plusieurs autres amuseurs dont je n'ai jamais entendu parler. Impossible de savoir si ces gens factureront leur prestation, s'ils fourniront leurs propres musiciens de scène, roadies, preneurs de son, accessoiristes, rayons laser.

Un des thèmes de la fiesta — du moins pour les mômes — est le Ninja. Les mauvaises langues racontent que c'est pour Hartman une manière peu élégante de se mettre en valeur, dans la mesure où il est adepte du kendo, l'art japonais de l'escrime. Son gourou, ou professeur, est un sabreur nippon du nom de Sakuro Juzo. D'après les ragots, la passion d'Hartman pour le kendo lui a été dictée par sa rivalité avec Michael Ovitz. Ovitz pratique l'aïkido, un art martial inventé dans les années 40, également au Japon. Chaque fois qu'il parle arts martiaux, Hartman affirme que le kendo, la voie de l'épée, contient les vrais enseignements du buchido, la voie du samouraï, et que tous les mouvements de l'aïkido sont des dérivés viciés des mouvements conçus pour l'épée.

Hartman est le principal instigateur d'un film intitulé *American Ninja* avec, en vedette, Sakuro Juzo dans le rôle d'un maître ninja japonais entouré de jeunes disciples américains qui se lancent dans une gymnastique pratiquement surnaturelle au service de la vérité, de la justice et des valeurs américaines. Un inoubliable chef-d'œuvre confié à David Geffen, que Hartman décrivait comme une synthèse de *Batman* et de *L'Équipée sauvage* adaptée aux années 90, enrichie des enseignements spirituels de l'Orient.

Là encore, ce choix s'explique en partie par sa rivalité avec Mike Ovitz, qui s'est efforcé de faire de son professeur d'aïkido, Steven Seagal, une star de cinéma.

D'aucuns nipponophobes paranos ont accusé Hartman d'avoir des motivations plus sinistres que la simple rivalité avec un concurrent. Il serait en réalité au service de maîtres japonais désireux de créer une nouvelle mythologie, une illusion de coopération américano-japonaise dans laquelle les Japonais seraient les gourous des Américains, réduits au rang d'élèves. Pour les Japonais, chez qui tous les rapports humains sont hiérarchisés, la chose a un sens, en effet. On impute évidemment à Hartman des arrière-pensées bassement mercantiles. Avec ce film et les coups de pouce qu'il file à Sakuro Juzo, il se pose en ami des Japonais qui, reconnaissants, le choisiront comme intermédiaire et négociateur lorsqu'ils achèteront l'Amérique, une situation extrêmement juteuse en regard de laquelle les plus grosses fortunes d'Hollywood ne sont que du soluté de clopinettes.

Sakuro et ses meilleurs élèves, dont certains arrivent directement du Japon, vont faire une démonstration de kendo. Il y aura des cours pour les enfants de tous âges sur l'art de se rendre invisible, d'infiltrer les forteresses orientales, de tuer sans faire de bruit et autres délicieux divertissements pour gosse de treize berges.

La tortore sera américaine et japonaise. On a fait venir des cuistots du Japon. Leur grand truc, c'est de servir le sushi vivant — une spécialité très en vogue à Tokyo, paraît-il. Le menu comportera également du fugu, un poisson dont l'ingestion entraîne la mort par paralysie s'il n'est pas préparé dans les règles. Un mets parfaitement illégal aux États-Unis.

La réception sera filmée en 35 mm, avec sept caméras, sous la direction de Marty Scorsese. Vilmos Zsigmond sera chef opérateur. Ça fait un peu rigoler en coulisse parce que Hartman, dit-on, a débuté en produisant des films de bar-mitzvah.

C'est la première fois que Maggie doit rencontrer Hartman depuis le déjeuner dont elle m'a parlé. C'est aussi un événement mondain qu'elle aborde comme une sportive avant une compétition. La préparation prend plusieurs jours. Il faut choisir les fringues, procéder aux essayages, changer d'avis, corser l'entraînement physique pour affermir et amincir une silhouette déjà parfaite, rallonger le temps de sommeil pour avoir l'air radieuse et détendue.

Elle épluche la liste des invités et s'attelle au téléphone. Elle vérifie tout : qui a divorcé récemment, qui est encore marié, qui aime parler de ses enfants, qui préfère oublier leur existence. Il y a quelques noms qu'elle ne connaît pas, surtout des Japs de Sony, Matsushita et Musashi. Elle se rencarde en détail : viennent-ils d'Osaka, de Tokyo ou de la cambrousse, sont-ils maqués, voyagent-ils en famille, jouent-ils au golf ou au tennis ? Bien qu'elle ait une mémoire d'éléphant, elle note tous les renseignements sur des fiches.

Avec toute cette activité, je suis relégué au second plan. Ce n'est même pas moi qui la conduirai à la réception. Les limousines sont fournies par les grands studios. La bamboula commencera en début de soirée.

Je pourrais avoir quartier libre, comme la mère Mulligan, et sortir en ville. Je me tâte : je ne serais pas contre l'idée d'aller me dénicher une pute qui ressemblerait vaguement à Maggie, même couleur de cheveux, même coupe, buste de forme et de taille comparables...

Mais je n'en fais rien. Je reste à la baraque. Je fais péter une fiole de bourbon et je bouquine le Sun Tsu que m'a offert Kim.

En fait, je lis *L'Art de la guerre* depuis que Preston Griffith m'en a filé un exemplaire à Saïgon en 1970. Griff émargeait à la CIA et fumait de l'opium. Il disait qu'il avait fait flinguer des tas de gens. La lecture de Sun Tsu le plongeait dans un profond désespoir. Mais il pensait que, pour un type comme moi, c'était un bouquin salutaire.

Il a été écrit entre 480 et 221 avant J.-C. C'est très oriental. Au premier abord, on y comprend que dalle, on pense à un radotage de cartomancienne. « La Nature est l'Obscur et la Lumière, le Chaud et le Froid, le Système du Temps. » Ou encore : « Qui est sûr de capturer ce qui est attaqué attaque ce qui n'est pas défendu. » Par-dessus le marché, toutes les traductions diffèrent, ce qui fait qu'on ne sait jamais si c'est bien ce que le mec a vraiment dit. À supposer qu'il ait dit quelque chose.

Seulement, on était au Viêt-nam. On avait la force de frappe, la logistique, l'organisation et le pognon. Sur le papier, on avait même la supériorité numérique. Et pourtant, on se faisait mettre une pâtée par le général Giap, qui était un lecteur de Sun Tsu. On avait perdu la Chine contre Mao Zédong, qui lisait également Sun Tsu. On s'était fait rétamer en Corée par d'autres généraux qui, eux encore, lisaient Sun Tsu.

Alors, je n'avais pas le choix. Même si ça ressemblait à une recette de bouillie pour les chats, il fallait que je pige. Quand j'ai eu mes galons de sergent et des hommes sous mes ordres, j'ai commencé à mettre en pratique les enseignements du Sage dans la mesure de mes possibilités. Et ça a marché. Ça m'a aidé à sauver des gars et à dégommer des ennemis. Quand on avait un capitaine qui s'obstinait à enfreindre les préceptes de Sun Tsu, on avait de gros emmerdements et beaucoup d'entre nous passaient l'arme à gauche.

Dès les premières pages, je me méfie de la nouvelle traduction. Elle me déplaît même franchement.

Sun Tsu a écrit sur la guerre. La vraie guerre. Ce livre remplace *Guerre* par *Stratégie* et se présente comme « Le Manuel de négociation et de lutte d'influence le plus lu dans le monde ». Il est fait pour les hommes d'affaires qui veulent se persuader que le bizness est une guerre, que les avocats, les financiers, les agents de change sont des soldats et qu'il n'y a pas de différence de nature entre un tic nerveux et l'obligation de finir ses jours sur une chaise roulante dans un hôpital militaire, avec une infirmière pour vous torcher le cul et changer la pipette qui vous pend à la queue. Mais, si je refuse par principe de comprendre ce qui est écrit, alors je suis aussi aveugle que les mecs qui nous commandaient au Viêt-nam. Donc je m'accroche, avec la patience de l'ignorant écoutant le sage.

La phrase que Kim a désignée est : *La stratégie du positionnement évite la Réalité et favorise l'Illusion.* Elle est dans le chapitre 6 qui, dans cette traduction, s'intitule : « Illusions et Réalité (Le Recours au camouflage) ». La traduction standard est : « Faiblesse et Force ». Commentaire du traducteur : « L'idée de créer des illusions pour obscurcir la réalité est une manœuvre tactique spécifique destinée à maintenir l'adversaire en situation de désavantage constant. »

La maison est bien vide sans Maggie.

J'essaie de rester sobre et j'y parviens presque. Je vais regarder les films de Maggie en vidéo dans la salle de projection. La bouteille m'accompagne. Je somnole. Je me réveille vers trois plombes du mat'. Faut que je pisse un bock et j'ai un sale goût dans la bouche. La maison est toujours vide.

Peu après une bagnole se pointe. Ce n'est pas la limousine. Maggie ne rentre pas seule. Je ne suis pas là pour la surveiller. Il ne faut pas que j'aie l'air de l'espionner, ce serait une mauvaise tactique. Je monte dans ma piaule. Je laisse la porte ouverte pour pouvoir entendre et je vais regarder par la fenêtre, pour voir dans quelle tire ils sont venus. Une Ferrari blanche 348. Décapotée.

J'entends la lourde, un bruit de pas... puis des rires. Elle semble allumée. Je ne peux pas m'empêcher d'aller mater par la porte entrebâillée de ma chambre. Elle est un peu débraillée. Je suis comme un vieux mari jaloux qui épie sa jeune et joviale épouse. Ses mamelons sont tendus. Érigés et saillants. Est-ce l'effet de l'air frais et de la balade en décapotable ? Ou est-ce à cause du mec qui l'accompagne ? Jack Cushing. Un jeune premier qui joue les pilotes, les soldats, les rouleurs de mécanique de tout poil et aime se montrer sans chemise devant la caméra. Ses muscles sont impeccablement dessinés. Je suppose que, dans son genre, il est aussi beau qu'elle. Il a les yeux formidablement bleus et se fait coiffer lui aussi par Fredo.

Ils parlent de la réception, d'untel qui a dit ceci et de tel autre qui a fait cela. Mais l'arrière-plan est toujours le même : il a envie d'elle et elle hésite encore. Il la veut tout de suite et elle veut se faire flatter, admirer, porter aux nues avant de passer à l'acte. Apparemment, les ragots d'Hollywood n'ont pas exclu Maggie de la Liste des Listes. Au cours de la soirée, la fameuse actrice-devenue-réalisatrice lui a tressé de telles louanges que sa copine du moment s'est barrée avant le dessert. Quelqu'un, dont je n'ai pas saisi le nom, a dit à Maggie — devant Melanie Griffith — qu'elle avait le physique le plus photogénique de tous. Melanie l'a eu mauvaise et a agité ses nibards devant quiconque lui adressait la parole. En racontant l'histoire, Maggie se sent obligée de faire une imitation de sa rivale. Saisissant.

« Est-ce que les tiens sont vrais ? demande le Jack.

— Pur sucre, répond-elle. Cent pour cent naturels, sans additifs de conservation.

— Je le crois pas. Ils sont trop bien. Laisse-moi toucher pour voir. J'ai des doigts infaillibles, tu sais. Ils me trompent jamais.

— Je veux respirer l'air de l'océan », dit Maggie.

Elle file sur la terrasse.

Je ne les entends plus. Je sors de l'ombre et je vais me poster sur la mezzanine, d'où je peux les apercevoir. La brise marine joue dans sa chevelure. Je suis en plein cauchemar. Il s'approche d'elle, lui touche les cheveux. Elle réagit bien. Il pose une main sur son dos, descend jusqu'à la hanche... Elle s'écarte. Mais pas trop. Ils sont côte à côte. Puis il se plante en face d'elle et, lentement, la prend par l'épaule et la tourne vers lui pour la forcer à le regarder. Elle baisse les paupières. Il lui soulève le menton du bout des doigts. Et voilà ! Les yeux dans les yeux. Merde. Il va l'emballer. Dans ces cas-là, de deux choses l'une : soit on dit : « Coupez », soit le plan suivant est classé X.

Ça y est. Il l'embrasse. Elle se laisse faire.

Mais merde ! Y a une erreur dans le script ! J'ai déjà joué cette scène avec elle.

Il la prend dans ses bras, se colle contre elle. Elle plaque ses seins contre ses pectoraux. Il sent ses mamelons, son ventre contre son torse de culturiste pomponné. La douce rondeur de son bas-ventre contre sa bite, dure ou non. Son pubis contre la cuisse qu'il frotte tendrement entre ses jambes. Et il lui met la main au cul.

Il se déhanche, se vautre contre elle et elle suit le mouvement. J'ai la bouche sèche et le cœur en surchauffe. Il faudrait que je me casse vite fait, que j'aille me planquer loin d'ici, très loin. Mais je suis cloué sur place. Hypnotisé.

Il soulève sa robe. La peau de ses jambes est lisse et blonde dans le clair de lune. Il l'embrasse dans le cou, puis sur les épaules.

Elle le repousse. Haletante. Elle a les yeux qui brillent, les lèvres humides.

Elle rentre dans la baraque. Il la suit. Ils laissent la lourde de la terrasse ouverte pour que l'air de la nuit apaise leur fièvre. Et ils remettent ça. Plus lentement, mais avec autant de ferveur. Complètement ivres de sexe. Je regarde un film porno avec deux superstars d'Hollywood. Heureusement que je n'ai pas un flingue à la main.

Il dégrafe sa robe, qui glisse de ses épaules. Une peau sublime. Il laisse errer sa bouche de son cou à sa clavicule. Il baisse la robe un peu plus. Elle se laisse déshabiller jusqu'à la taille, mais couvre ses seins avec ses mains. Mi-nue, mi-défensive.

Maintenant, il tombe à genoux et achève de défaire sa robe. Ses mains remontent, caressantes, des chevilles aux fesses, et il commence à lui baiser le ventre. Elle soupire de plaisir. Je la maudis. Et le voilà qui promène son museau vers la fine paroi de dentelles qui voile le pubis. Il insinue sa langue entre le tissu et la chair. Elle pose les mains sur la tête du fouineur et se cambre, anticipant le plaisir à venir.

Elle a les yeux fermés.

Puis elle les ouvre. Et elle m'aperçoit.

Je suis là, sur la mezzanine, je l'observe. Dieu sait ce qu'elle voit dans mon regard.

« Arrête », dit-elle à Jack.

Il émet un bruit de gorge et insiste.

« Arrête », répète-t-elle.

Il s'obstine. Elle recule. Il s'accroche. Elle lui agrippe le visage et le repousse.

« Qu'est-ce qui te prend, merde ? dit-il.

— Arrête.

— Magdalena chérie... », il roucoule, de sa voix la plus sexy.

Il lève les yeux et voit qu'elle ne le regarde pas. Elle regarde en haut. Il fait de même. Et me repère.

« Merde, qui c'est ?

— Mon...

— ... chauffeur et garde du corps », dis-je.

Elle est plantée là, les tétons dressés, vêtue d'une simple petite culotte, le bas-ventre encore humide de salive.

« Débarrasse-nous de lui, reprend-il.

— Oui. Joe, laissez-nous.

— Non », je réponds, à ma propre surprise. Je crois que je perds les pédales.

« Nom de Dieu, vire ce connard, dit Jack.

— Je ne peux pas, fait Maggie.

— Bien sûr que tu peux.

— Joe, laissez-nous. S'il vous plaît.

— Impossible.

— Écoute, mec, la dame t'a dit de nous laisser. Alors, casse-toi. Ou je te fous dehors. »

Je descends lentement les marches. Je devrais m'en aller. Elle n'est pas à moi. Elle ne m'a pas invité. Pendant leurs premiers ébats, Maggie s'est échauffée et a légèrement transpiré. À présent, la brise sèche sa moiteur et sa peau est constellée de chair de poule. Je n'ai jamais vu une peau aussi vivante.

« Casse-toi, pauvre type. »

Je réponds non, malgré moi.

Tout le monde, à Hollywood, pratique un art martial. Jack fait du *taïjutsu.* C'est ce qu'on enseigne à Ninja, l'école d'arts martiaux la plus en vogue de L.A., dirigée par Sakuro Juzo.

Je suis plus court sur pattes que Jack, j'ai quinze ou vingt balais de plus et l'épaisseur de ma carrure me donne l'allure d'un petit gros. Et puis, en cet instant précis, son cerveau lui est descendu dans les couilles. Il pense pouvoir me régler mon compte avec une de ces prises ninja qu'il apprend depuis six mois. Il se met en position. Frappe vite. Maggie crie : « Non ! » Je bloque. Je lui rentre dedans. Je suis plus à l'aise dans le corps à corps. Je lui balance un direct du feu de Dieu dans le plexus solaire.

Et c'est fini.

Jack est au tapis, gueule ouverte, cherchant de l'air. Je le ramasse et le charge sur mon épaule, comme un pompier. Il étouffe. Ça fait toujours ça quand on se prend un mégapunch dans le plexus solaire : l'air est évacué d'un coup, les poumons se rétrécissent comme des ventouses et on n'arrive plus à les regonfler. Du moins, pas tout de suite. Et c'est très impressionnant, même si ça vous est déjà arrivé précédemment, ce qui ne doit pas être le cas pour Jack.

« Laissez-le, Joe, dit Maggie. Il est blessé. Gravement blessé.

— Non », je réponds. Parce qu'il ne l'est pas. Je le sais. Je le transporte jusqu'à la bagnole. Maggie trottine derrière moi, nue. Je crois qu'elle apprécie la scène. Moi aussi... maintenant. Je dépose le jeune premier à côté de sa Ferrari. Il commence à reprendre son souffle. Son érection est définitivement passée.

« Vous avez les clés de contact ? je demande.

— Va te faire foutre. Je te tuerai. Je vais te coller un procès. T'es mort, t'es un homme fini dans cette ville... Bande de cons...

— Vous allez attraper froid », dis-je à Maggie.

Et je la raccompagne à l'intérieur.

CHAPITRE 15

Mardi, 17 heures. Mel Taylor se rendit à Little Saigon. Les deux femmes l'attendaient en bavardant et en riant, avec ce charme inimitable des Vietnamiennes.

Il se demanda une fois de plus pourquoi les Américaines n'étaient pas comme ça — exotiques, érotiques, inventives, toujours aimables et proprettes, prêtes à se mettre en quatre pour plaire à un homme, bref, soumises et compétentes. La plupart des gens râlaient contre la guerre. Chaque fois qu'on voyait un ancien combattant à la télé, au ciné ou aux infos, il faisait la gueule, il jouait l'accablement. Mel n'était pas comme ça. Il avait eu ce que les Anglais appellent une « bonne guerre ». Ses années passées à Saïgon avaient été, par bien des côtés, « les plus belles années de sa vie ». Incontestablement. Les nanas, la bouffe, la belle vie. Au Viêt-nam, il était riche. Il avait des domestiques : un cuisinier, un boy pour le ménage, un autre pour la lessive. Il était puissant, il avait une maîtresse en or, dévouée, silencieuse, qui ne lui demandait même pas d'être fidèle. Et maintenant, en Amérique, qu'est-ce qu'il avait ? Un micro-ondes, un Hoover, un Westinghouse et une épouse.

Mel était en avance. Pas plus de trois ou quatre minutes, mais tout de même. Il bandait déjà dans son froc quand il entra. C'était anormal. En principe, il lui fallait de délicats attouchements papillonnants pour faire jaillir le sang dans les cellules spongieuses de son pénis, qui enflait et se raidissait progressivement ; il lui fallait un bain chaud dans une jolie bouche, où il pouvait mesurer le grossissement de son *Dasein* contre la langue, les dents, les joues et la gorge — la gorge, unité de mesure élitiste attestant le degré de sa puissance : même Mama-san, qui avait une longue carrière dans les braguettes, devait reculer sa prise quand il déployait la plénitude de son être.

Taylor avait écouté la bande. Inlassablement, des jours durant. L'enregistrement de la nuit où Magdalena Lazlo s'était ramenée avec Jack Cushing, quand Joe Broz lui était rentré dans le lard. La nuit où les micros avaient capté les gémissements consentants de Magdalena sous les caresses lascives et passionnées de Joe. Ça avait duré des heures. Râles de plaisir, cris d'orgasme, petits bruits humides, murmures d'encouragement, d'acquiescement, soupirs d'assouvissement.

Autre jour, autre bande. Ils avaient envoyé Mary Mulligan dans la nature et ils en avaient remis une couche. Le premier jour, ils avaient commencé fort, dans l'urgence, pour terminer calmos, sensuels et tendres. Le lendemain, ils avaient fait le contraire : une entrée en matière dans le style pastel, bisou-bisou, et un finale sauvage, bestial. Taylor aurait juré pouvoir les entendre transpirer.

À un certain moment... Il ne savait pas pourquoi il se rappelait particulièrement ça, pourquoi il faisait une fixation là-dessus — peut-être parce que c'était venu comme un cheveu sur la soupe, comme une tache de couleur vive, un jouet bariolé au milieu d'un paysage couleur chair... À un certain moment, donc, Maggie avait dit en pouffant :

« Tu sais ce qui va me plaire le plus dans notre liaison, Joe ? Tu sais quand je vais vraiment prendre mon pied ?

— Non.

— C'est quand je vais t'habiller.

— Oooh, non, pitié.

— On va commencer par ces horribles chaussettes de sport. Fini, les chaussettes blanches, sauf pour courir. Ensuite, on va te trouver des sous-vêtements, des cravates, des chemises, des pantalons, des chaussures et je vais demander à Fredo d'arranger ta coiffure. »

Et c'est là qu'ils étaient en ce moment. Taylor le savait. Ils étaient finalement sortis de la maison, après deux jours derrière les volets fermés sans autre interruption qu'un footing sur la plage et une baignade. Il les faisait filer par deux mecs. D'après leur dernier rapport, Maggie avait emmené Joe dans une boutique pour hommes très sélecte de Rodeo Drive, à 14 heures.

Taylor se déloqua. Il entassa ses fringues sur une chaise dans un coin. Mama-san les plia soigneusement. Fifille-san s'extasia respectueusement devant son organe et il se dirigea vers la table de massage. À chaque pas, sa bistouquette tendue bondissait et retombait de côté en décrivant une amusante sinusoïde, plus ample à droite qu'à gauche. Il se hissa sur la couche.

Mama-san s'empressa de lui servir son brandy, qu'il avala d'un trait avant de s'allonger, la tête sur l'oreiller. Le drap était juste à la température du corps, il était propre et crissait.

« Oh, vous êtes très fort aujourd'hui, capitaine Taylor. Très puissant », dit la fille. Il avait été officier de réserve, était entré dans l'armée avec le grade de lieutenant et avait récolté des galons de capitaine au Viêt-nam.

« Oh la la, oui. Vous êtes un hercule, renchérit la mère.

— J'ai peur de toucher », minauda la fille.

Baratin d'entôleuse, assurément, mais quelle importancc ? Pcrsonnc nc leur demandait d'être sincères, leur rôle était seulement de mettre le mec à l'aise, pour qu'il se sentît fort, viril, respecté et puissant.

« N'aie pas peur, fit la mère. Regarde, je vais te montrer. »

Elle prit les mains de sa fille et les posa sur le pénis raidi.

Au premier contact, à leur grande surprise à tous trois, il se mit à éjaculer.

Jusqu'alors, il avait toujours fallu une heure entière. Et pour un tout autre résultat : un jet net et vigoureux, aérien comme le pipi d'un moutard démailloté et couché sur le dos, dont la trajectoire atteignait la poitrine de Taylor, quelquefois même sa tête. Une éjaculation grandiose de seigneur.

Mais là... là, c'était un ridicule suintement. Ça dégoulinait lamentablement du gland par molles secousses jusqu'au tarissement. Des postillons. Aucune sensation d'orgasme. Rien à voir avec la jubilation de ses fusées habituelles, ces instants d'éternité jouissive. Rien de rien. Il eût éprouvé plus de plaisir en pissant un bon coup.

Taylor était furax. Il se sentait floué.

« Vous avez salopé le travail ! brailla-t-il. C'est votre faute ! »

Elles marmonnèrent quelque chose en vietnamien. Et gloussèrent. Des gloussements que Taylor trouva tout à fait inconvenants en la circonstance. Même vexants. Elles se foutaient de lui. Elles se foutaient d'un Américain ! Il sauta de la table et les regarda de haut. « Pauvres connasses, vous avez tout fait rater. » Mama-san voulut s'excuser, mais Taylor lui coupa la parole. « Si tu crois que je vais payer pour ça, tu te fous le doigt dans l'œil jusqu'au coude ! »

Il s'ensuivit une discussion pour savoir s'il payait à l'heure ou à l'acte. Les plateaux de la balance s'équilibraient, les torts et les raisons étaient partagés, et un arbitre extérieur aurait pu facilement trancher la question par un jugement équitable : « Les filles, vous lui remettez une tournée, et Mel, tu leur files une rallonge pour la peine. » Mais leurs gloussements, d'un côté, et sa menace de ne pas payer, de l'autre, avaient envenimé le débat. Ce n'était plus un conflit personnel, ce n'était plus Mel contre les nanas, c'était micheton contre michetonneuse, mâle contre femelle, Blanc contre Jaune, l'Amérique contre le Viêt-nam.

Le ton monta. Ça risquait de tourner vite au vinaigre, quand un jeune Viet élancé franchit le seuil de la porte. Il avait une grande balafre en travers de la tronche et un nunchaku à la main. Truand, maquereau, justicier, mari ou frangin, impossible de le savoir. Mais là n'était pas la question. La question était d'allonger le fric et de se tirer en douce.

D'habitude, Taylor payait avec sa carte Visa et la facture apparaissait sur son relevé mensuel comme une note de restaurant raisonnable. Dans le ménage, c'était toujours le mari qui raquait, si bien que sa bourgeoise n'avait aucune raison de lui demander pourquoi il dépensait deux cents dollars chaque semaine dans le même resto vietnamien. Et quand bien même eût-elle manifesté cette curiosité, Mel avait une réponse toute prête. Il allait retrouver là des anciens copains de l'armée pour évoquer le bon vieux temps, chacun casquait en liquide et il faisait passer le tout sur sa carte. Il expliquerait alors à sa Silvia que c'était une astucieuse manipulation grâce au crédit de trente jours, sortirait sa calculette et lui clouerait le bec avec une éblouissante démonstration de fiscalité appliquée.

Taylor n'avait pas l'intention de rester debout, à poil, le pubis couvert de sperme en état de gélification, en attendant qu'une petite frappe asiatique balafrée eût fini de passer sa carte Wells Fargo Visa au crible de son terminal à clavier et validé la transaction. Il n'avait pas non plus l'intention de payer la somme totale, s'il pouvait l'éviter. Il sauta donc dans ses sapes, fouilla ses poches, en extirpa une poignée de billets de vingt, qu'il chiffonna et jeta à terre. Puis il mit le cap sur la porte. Fifille-san les ramassa avec la rapidité d'un serpent, les déplia et les compta. Le truand barra la porte. Il n'y avait que quatre biffetons. Grognements. Il en sortit d'autres. Mama-san les lui prit de la main avant qu'il n'eût le temps de les froisser et de les larguer à ses pieds. Il y en avait quatre-vingts de plus. C'était tout ce qu'il avait, à part un peu de mitraille. Apparemment, ça leur suffisait, parce qu'elles le laissèrent partir.

CHAPITRE 16

Le président décida de lui laisser le mémo. C'était la solution la plus simple à ses yeux. Si Hartman avait pris des notes, il y aurait eu deux documents compromettants. Bien sûr, il aurait pu se fier à sa mémoire, mais la mémoire est parfois traîtresse. Et puis, *Air Force One* était sur le point de décoller.

Franchement, George Bush était content de s'en débarrasser. C'était comme un diablotin dans sa poche, un mauvais génie qui lui rappelait constamment sa présence en suppliant qu'il le libère. Eh bien, maintenant, le diablotin était lâché dans la nature et ce n'était plus son problème. Si Hartman pouvait l'apprivoiser et le rendre utile, tant mieux ; sinon, Bush oublierait son existence. Ce n'était qu'un bout de papier. Personne ne pouvait prouver que Bush l'avait eu sous les yeux. On ne pouvait même pas prouver que c'était Atwater qui l'avait écrit.

Hartman comprit que c'était la plus belle occasion de sa vie.

Il se réserva une journée entière. Pas de rendez-vous. Pas de coups de téléphone. Pas de conférences. Pas de lettres. Pas de contacts. Pas d'interruptions. Pas d'avocats. Pas de lectures. Rien.

Pour vous faire une idée du caractère exceptionnel de cette résolution, sachez qu'il n'aurait jamais songé à se réserver une journée entière pour mourir — ou pour accoucher s'il avait été une femme.

Il commença par se rendre au dojo. Dès l'aube. Là, il s'exerça au kendo, d'abord en groupe, avec les élèves les plus matinaux, puis seul avec le gourou, Sakuro Juro, pour apaiser son corps et faire le vide dans son esprit. De tels efforts physiques et mentaux étaient douloureux. Hartman aimait souffrir. Ce ne fut qu'après avoir parfaitement assimilé, savouré et *transcendé* sa douleur qu'il regagna son bureau pour sortir le mémo du coffre où il l'avait planqué, le relire et le méditer.

Il savait que l'affaire n'était pas dans le sac. Loin de là. Il allait devoir retourner devant le président pour lui dire : « Voici comment nous pouvons procéder. » Non que Hartman craignît les rencontres au sommet. Il avait l'habitude de traiter directement avec les décideurs — et c'était le cas ici. Mais, généralement, il avait plusieurs cartes dans son jeu : quand Columbia refusait un projet, il le proposait à MCA et, si MCA ne l'achetait pas non plus, il pouvait encore le vendre à Paramount, MGM ou Disney. Cette fois, il n'avait qu'un seul interlocuteur possible.

À moins qu'il n'en trouvât d'autres... Qui sait ? Il rangea cette pensée dans un compartiment soigneusement verrouillé de son cerveau, en haut du lobe gauche.

Il rumina, jeta des idées sur un papier — qu'il déchirerait avant de partir —, gambergea sur le sens de la guerre. À l'instar d'Atwater et de Sakuro Juro, il était un disciple de Sun Tsu. La phrase qui lui vint à l'esprit était : « La guerre n'est qu'une série de mensonges. » Ça le fit rigoler doucement.

Il lui sembla qu'il fallait agir dans quatre directions : choisir un metteur en scène, garder le secret, manipuler les médias, contrôler l'argent.

Le choix du metteur en scène était primordial. De préférence un réalisateur-scénariste. Ça éliminerait déjà un intermédiaire. Le réalisateur élaborerait l'idée générale, le scénario et une première adaptation destinée à accrocher le président.

Il lui fallait un plan de bataille pour préserver le secret. En temps normal, lorsque Hartman traitait avec un grossium, il réunissait une équipe et faisait du « brainstorming » : on agitait des idées, on débattait, on se critiquait mutuellement, on envisageait les conséquences possibles, etc. Mais, ici, c'était une autre paire de manches : la règle numéro un étant le secret, il valait mieux que chacun ignorât ce que faisait l'autre.

Chaque fois qu'une nouvelle personne serait mise partiellement dans la confidence, la machine sécuritaire devrait entrer en action. Cette personne serait filmée et écoutée, ainsi que ses associés, amis, amants et parents. Il faudrait fliquer quiconque saurait quelque chose. Hartman avait déjà espionné des gens par le passé, y compris, bien sûr, au sein de sa propre équipe. Toutes les grosses agences, et même les petites, avaient été créées par des mecs qui s'étaient installés à leur compte en piquant les clients de leurs anciens patrons. C'était ainsi que Hartman avait fondé RepCo et il n'avait pas du tout envie qu'on lui fasse le même coup. Chaque fois qu'un de ses agents avait des velléités d'indépendance, il le faisait filer et mettait son téléphone sur écoute. Si la surveillance prouvait que ledit agent envisageait une entourloupe, on appliquait le traitement approprié : tantôt une cuillerée de miel — une augmentation, une nouvelle bagnole, un bonus, c'est-à-dire une démonstration des avantages de la loyauté —, tantôt une louche de vinaigre — renvoi sans préavis, assorti d'une mise en garde à ses clients potentiels, leur expliquant que le traître avait été viré pour indiscrétion et les avertissant que, si d'aventure ils avaient recours à ses services, ils seraient définitivement tricards chez RepCo. Tout cela pour dire que Hartman était tout à fait au parfum des techniques de surveillance et savait très bien ce que ça coûtait : un maximum.

Il s'était fixé une règle : ne jamais mettre d'argent dans un film. Ça faisait partie de la culture d'entreprise de RepCo. Si un agent se surprenait à dire : « Je crois tellement à ce projet que je vais le produire moi-même », il valait mieux pour lui que ce fût un mensonge. Quand c'est votre propre fric qui est en jeu, l'appât du gain, l'angoisse, le doute obscurcissent votre jugement et vous font perdre le sens de l'objectivité.

Mais il n'y a que les imbéciles qui ne changent jamais d'avis. Il était peut-être temps de franchir le pas. Jusqu'ici, il était resté au-dessus de la mêlée, se contentant de palper ses dix pour cent quoi qu'il advînt — succès ou déconfiture —, bien en sécurité sur les gradins. Le moment était peut-être venu de descendre dans l'arène.

Il gambergea, se tâta, puis... renonça. C'eût été un bon test, d'accord, mais le meilleur moyen de se prouver à lui-même qu'il était meilleur que *les autres* était encore de se battre avec *l'argent* des autres.

Parce que, côté fric, il allait lui en falloir un paquet. Un gros paquet. Un million de dollars par-ci, deux millions par-là et, dans certaines situations, carrément des milliards. Ce serait le plus grand film jamais réalisé. S'il voyait le jour. Au total, ça représenterait des centaines de milliards. Le gouvernement fédéral aurait-il les reins assez solides ? Probablement non, se dit-il, ils étaient trop nuls sur les questions budgétaires. Autre problème : il faudrait travailler en association. Sauraient-ils jouer leur rôle ? Ne jamais se fier à la compétence supposée du client.

Deep Throat disait : « Suivez l'argent[1]. »

Pour Hartman, il était hors de question que ça se terminât comme le Watergate. Personne ne devrait être en mesure de retrouver la piste de l'argent. Les politicards avaient retenu la leçon. Ils l'avaient prouvé avec l'Irangate, en démontrant qu'un peu de flou artistique et beaucoup de démentis officiels suffisaient à calmer le jeu. Les gens continuaient à demander : « Que savait le président et quand l'a-t-il su ? » alors que la réponse était évidente et incontournable : il en savait autant qu'il le voulait et au moment où il le voulait. C'est-à-dire qu'il avait probablement tout su dès qu'il s'était réveillé de sa sieste. Et le vice-président Bush, qui, lui, ne faisait pas la sieste, avait certainement tout su depuis le début.

Ils s'en étaient tirés, mais pas avec les mains propres. Le problème de Hartman était donc le suivant : comment soutirer clandestinement des milliards au gouvernement sans que les médias, et même le gouvernement, s'en doutent ?

Il avait l'intime conviction que la manipulation des médias ne serait pas une difficulté majeure.

Mais il savait aussi que c'était la principale crainte du président et de ses hommes. Ils n'avaient pas la même expérience. À Hollywood, la presse était abso-

1. Dans le film *Les Hommes du président* (1976), avec Robert Redford, Dustin Hoffman et Jason Robards Jr. Également fondé sur une histoire vraie. *(N.d.A.)*

lument aux ordres. Personne n'en avait peur. Si un reporter s'avisait de dire un mot plus haut que l'autre ou avait le malheur de se montrer critique, il était viré purement et simplement. Par sa propre rédaction. Les politiques, quant à eux, voyaient la chose d'un autre œil. Pour eux, les journalistes étaient des carnassiers, des chacals qui, lorsqu'ils attaquaient en horde, étaient capables de terrasser des buffles et même des éléphants.

S'il parvenait à comprendre pourquoi le monde du show-biz appréhendait les médias si différemment du monde politique, alors il pourrait trouver le moyen de manipuler l'information. Peut-être que la solution était d'envoyer un attaché de presse hollywoodien à Washington.

Pourquoi pas ? Voilà l'idée : traiter le problème comme un problème cinématographique. Les esprits les plus créatifs du monde étaient à Hollywood, parce que c'était là que se trouvait la plus grosse galette. Hartman avait un déjeuner prévu le lendemain avec Mike Medavoy, président de Tri-Star. Il lui dirait que ça pouvait être un bon sujet pour... Val Kimer ? Non. Michael J. Fox ? Oui. Évidemment ! Medavoy voudrait un film de Michael Fox. Ils évoqueraient quelques noms de scénaristes et à peine auraient-ils terminé leur salade à l'huile de noix et au vinaigre de mûres que le projet serait mis à l'étude. Avec la thune de Tri-Star.

Génial.

Faire la même chose avec le sujet suivant : « Un attaché de presse d'Hollywood va au Viêt-nam. » Pour Oliver Stone ? Non. Stone n'était pas prêt à refaire un film sur le Viêt-nam. Ça sonnerait faux. Pour Alec Baldwin, en présentant la chose comme un drame, non une comédie, et refiler le bébé à Columbia en leur promettant une vedette jeune, belle et sexy dans le rôle féminin. Une nana susceptible de tenter Peters. Il faudrait des auteurs intellos dans les deux cas, de ces emmerdeurs qui foutent toujours des *thèses*, des *questions fondamentales* et du *vécu* dans l'eau de rose.

Hartman chercha des noms.

Il en trouva un qui pouvait résoudre le problème du fric : Ed Pandar. Pandar était un chercheur brillant et monomaniaque qui pondait des scénarios assommants. Quand Hartman avait un peu de temps, ce qui était rare, il adorait les lire. Ils abordaient des sujets auxquels personne n'avait jamais pensé, toujours minutieusement exacts et criants de vérité. C'était justement ce qui les rendait assommants. Ils étaient englués dans la réalité. Aucune histoire ne peut décoller en prenant appui dans la mare indécrottable des faits ; aucun dialogue ne peut fonctionner s'il nécessite d'interminables scènes d'exposition.

Hartman décida de dénicher un client susceptible d'engager Pandar pour élaborer un script sur l'art de berlurer les Fédés de... un chiffre au pif... 10 milliards de dollars. Sous prétexte de concocter un scénar sur l'arnaque du siècle, Pandar rechercherait une méthode, plusieurs méthodes, pour transférer en lousdé quelques milliards du Trésor américain sur des comptes privés. Avec Pandar — qui était cliniquement fou mais rigoureusement vériste —, on pouvait être sûr que l'entourloupe serait transposable dans le concret.

Pandar ne saurait jamais sur quel scénario il travaillait en réalité. Aucune des personnes enrôlées ne saurait, ne pourrait même soupçonner ce qu'elle magouillait en réalité. Hartman se frotta les mains. Quel cerveau ! Il était fier de lui.

Il restait à sélectionner un réalisateur. Était-il possible que le réalisateur fût tenu dans l'ignorance ?

Il en connaissait des tas. Il les connaissait tous. Leurs forces et leurs faiblesses, leurs vices et leurs vertus, leurs styles et leurs possibilités. Il envisagea, entre autres, Lumet, Demme, Coppola, Spielberg, Lucas, Stone, Pollack, Pakula, Scott (Ridley), Scott (Tony), Lean (David, mort), Michael Mann, Stephen Frears, Robert Redford. Il avait besoin d'un metteur en scène doté d'un génie intuitif mais aussi d'un sens commercial aigu. Un type novateur, capable de gérer une énorme production en hommes et en matériel, très organisé mais prêt à improviser. Le choix ultime serait dicté moins par le talent que par la trempe et le culot.

En clair, le mec devrait régler le plus grand, le plus formidable film de l'histoire du cinéma — sans jamais pouvoir en revendiquer la paternité. Un film dont la réalisation exigerait des destructions et des morts. Ce qu'il fallait, c'était un mégalomane amoral, acceptant de rester dans l'ombre.

Une fois le problème posé en ces termes, le choix était évident. John Lincoln Beagle. Ce grand gaillard dégingandé qui, du temps où il était étudiant en cinéma, avait trouvé un job d'été à Disney World où il jouait le rôle du Grand Méchant Loup.

John Lincoln Beagle serait le prochain lecteur du mémo.

CHAPITRE 17

Les bureaux d'Universal Security à Los Angeles sont situés dans une tour de verre de quarante-sept étages au centre du quartier des affaires, cette petite portion de L.A. qui ressemble réellement à une ville. Ils occupent principalement les quatrième, cinquième et sixième étages. Le box de Joe Broz, par exemple, est au cinquième, à côté de la salle de conférence 2 et du centre de formation. La réception est au quatrième, la cantine au sixième.

Les bureaux des huiles, en revanche, sont au quarante-quatrième, orientés vers l'ouest. C'est assez haut pour dominer le smog et offrir une vue sur l'océan. À la nuit tombée, le panorama vaut le coup d'œil : un réseau géométrique de lumières, véritable marque de fabrique des films situés à Los Angeles, de même que les gratte-ciel de Manhattan sont celle des films new-yorkais. Les seules lignes courbes sont les autoroutes et la côte. Au cœur de l'immeuble, il y a une pièce sans vue appelée le Cube.

C'est une pièce suspendue à l'intérieur d'une autre pièce construite selon les règles en usage pour la réalisation de cabinets protégés dans les ambassades des États-Unis. Malgré son surnom, il s'agit en fait d'un parallélépipède, plus long que large, plus large que haut. L'espace périphérique est suffisamment vaste pour permettre une inspection de tous les côtés, y compris la base et le sommet. Ces secteurs, collectivement dénommés « le fossé », sont sous surveillance vidéo. Les murs du Cube comprennent également des branchements internes qui diffusent toute une série de signaux et produisent des bruits très énervants dans le fossé. Des alarmes résonnent dès qu'on essaie d'introduire un équipement enregistreur ou émetteur dans le Cube.

Un BZX-7000 soumet la totalité de l'espace intérieur à un balayage électronique systématique qui interfère avec toute tentative d'enregistrement. Sécurité supplémentaire pour parer à toute éventualité : la seule et unique porte est entourée d'un puissant champ magnétique capable d'effacer n'importe quelle bande introduite clandestinement. C'est le seul dispositif qui ne soit pas branché en permanence : il ne peut fonctionner qu'à la demande puisque le Cube est souvent utilisé pour l'audition d'enregistrements secrets.

Cette technologie est partiellement soumise à autorisation légale et ne peut être exportée qu'avec une licence spéciale. Mais les caractéristiques du Cube ne sont pas secrètes. Au contraire, Universal Security s'en sert pour sa publicité. On peut le louer pour 2 000 dollars de l'heure. Ça peut sembler chérot pour une pièce plutôt exiguë et étouffante. Mais les clients qui l'utilisent ont toujours un sens élevé de leur propre valeur. Ils en redemandent. Les Rolls-Royce, les jets privés, les call-girls de luxe vous donnent le sentiment d'être riche. Le Cube vous donne un sentiment plus précieux et plus rare : celui d'être important.

La porte de cette mini-forteresse est à un mètre au-dessus du sol. Les utilisateurs sont escortés dans le fossé par un garde muni d'un escabeau. Dès que le client a refermé la porte, le garde retire l'escabeau, l'emporte et retourne à son poste, dans la pièce extérieure.

On était samedi. Les deux hommes assis dans le Cube avaient des vêtements ordinaires mais hors de prix. David Hartman s'habillait dans une boutique de L.A. appelée DownEast, qui vendait des fringues faites pour donner au type qui les portait une allure de Bostonien pur jus, plein aux as depuis quatre ou cinq générations et dont la famille avait cessé de travailler bien avant l'invention du cinéma. John Lincoln Beagle était cinéaste ; son style était plus bohème : jean, chemise western, ceinture navajo avec boucle en turquoise et bottes de cow-boy — environ 2 500 dollars pour l'ensemble. Mais il fallait compter 800 billets rien que pour les bottes, cousues main, ce qui n'était pas une folie parce que le pauvre Beagle avait les pieds sensibles : les godasses de marque, même les plus chères, lui faisaient toujours mal. Ajoutez 960 dollars pour la boucle de ceinture.

Le mémo de Lee Atwater était dans la poche de la veste Whittier & Winthrop à 1 800 balles de David Hartman.

La porte du Cube se referma.

« Ouah, quelle installation ! dit John Lincoln Beagle. J'adore. J'aimerais bien m'en servir comme décor. Mais qu'est-ce que vous pouvez bien avoir à me dire qui réclame un tel luxe de précautions ? Vous voulez faire main basse sur Columbia ? Sur Sony ? »

David Hartman mit la main dans sa poche, en sortit le mémo de Lee Atwater, le déplia et l'étala sur la table.

Dès l'instant où il quitterait cette pièce, Beagle serait filé et écouté par des agents d'Universal Security. Sa baraque et son bureau seraient sous surveillance. Ses amis et sa famille seraient filmés.

Hartman poussa le mémo devant Beagle.

On y lisait :

MÉMO DE : L. A.
POUR : J. B. III / PVYS

LA GUERRE a toujours été une option politique valable, de tout temps et dans toutes les sociétés. Nous, qui avons grandi dans le Sud, savons rendre hommage à nos guerriers et à nos héros militaires. Même quand ils sont vaincus ! Pourvu qu'ils aient été de braves et valeureux combattants. Toi et moi, nous avons été élevés dans le culte des Lee, des Jackson, des Beauregard. Mon premier président fut Eisenhower, le *général* Eisenhower. Kennedy fut un vaillant soldat. Bush fut un vaillant soldat. George Washington était le *général* Washington. Andrew Jackson était le *général* Jackson. Les deux grands noms de l'histoire d'Angleterre sont Nelson et Wellington. Les héros de la France sont Charlemagne, Napoléon et de Gaulle.

Après le Viêt-nam et dans l'ombre de l'arme atomique, la guerre a cessé d'être une option politique. Le recours à la guerre eût même été considéré alors, à juste titre, comme un suicide politique.

Puis Maggie Thatcher nous montra la voie.

Il est important de se rappeler que la carrière politique de Thatcher était virtuellement finie.

Qu'elle était au plus bas dans les sondages. Que toutes les prédictions donnaient le Parti conservateur perdant pour les prochaines élections.

Alors, elle a eu sa guerre des Malouines. Elle s'est rallié son pays. Elle a gagné. Pour elle, la guerre a été un salut politique. Elle est devenue une héroïne. Elle a été réélue. Elle a été le Premier ministre britannique le plus durable de l'histoire moderne.

De toute évidence, je n'ai pas été le seul à prendre acte de cet événement et de ses résultats. Il a changé notre attitude à tous. Principalement celle de Mr. Reagan. Il a eu son aventure en Libye, son baroud hasardeux au Liban — rapidement et judicieusement avorté —, son invasion de la Grenade.

Ces affaires militaires n'ont causé aucun dommage en termes de politique intérieure.

Cela prouve qu'un président américain peut partir en guerre et survivre politiquement. C'est une option. Mais est-ce une option qui mérite d'être essayée ?

Nous sommes encore loin d'avoir remporté des succès comparables à ceux de la Dame de Fer avec sa « splendide petite guerre ». La Libye, le Liban, la Grenade et le Panama ne nous ont pas fait de mal, mais ne nous ont pas rapporté grand-chose.

Pourquoi ?

Parce que nous n'avons pas pleinement assimilé le fait que la guerre moderne est un événement médiatique. Nous n'avons reconnu cette dimension médiatique que partiellement, surtout dans la politique militaire de l'après-guerre du Viêt-nam. Il est de rigueur de dire que nous avons perdu le Viêt-nam à cause des médias. Non seulement cette conception est pratique parce qu'elle permet de blanchir ceux qui portent réellement la responsabilité de la défaite, mais encore elle entraîne une déduction évidente, claire et logique : c'est sur les écrans de télévision (et dans les médias de moindre importance) autant que sur le champ de bataille que se gagne la guerre. C'est désormais une profession de foi des militaires.

« *Vous savez que vous ne nous avez jamais battus sur le champ de bataille* », dit le colonel américain.

Le colonel nord-vietnamien réfléchit un instant et répondit : « *C'est possible, mais c'était hors de propos.* » (H.G. Summers, *De la stratégie : Analyse critique de la guerre du Viêt-nam.*)

Les Vietnamiens ont perdu toutes les batailles. D'après nos militaires, les Américains ont même remporté l'offensive du Têt. Pourtant, cette bataille est sans conteste celle qui a permis aux communistes de gagner la guerre.

Les militaires n'ont compris que la moitié de l'idée. Or le concept doit être appréhendé dans son entier : il ne s'agit pas de gagner la guerre sur le champ de bataille *et* dans les médias, il s'agit seulement de la gagner dans les médias. On peut perdre sur le champ de bataille. Si on gagne dans les médias, on *a gagné*. La guerre n'est pas partiellement un événement médiatique. Elle est complètement un événement médiatique.

Si le président choisit l'option Thatcher pour conquérir ou reconquérir sa popularité — à savoir : partir en guerre pour se faire réélire —, il doit comprendre que la chose est à gérer comme un événement médiatique. Lui et Mr. Reagan ont utilisé la guerre. Ils ont eu l'intelligence de confier la logistique et le combat aux forces armées professionnelles. Ces forces armées ont fait ce qu'elles ont fait avec un succès raisonnable. C'est-à-dire qu'elles y sont allées en bon ordre, ont agi avec méthode, ont gagné le combat, ont eu peu de pertes et ont caché les linceuls aux caméras. Sauf au Liban, évidemment.

Mais ils n'ont pas confié la guerre médiatique aux professionnels. (Cela est particulièrement étonnant de la part de Mr. Reagan, qui aurait pu avoir une meilleure intuition. On peut mettre en cause son intellect, sa force de travail, mais son intuition, jamais !)

Qu'est-ce que la guerre ? Pour toi ? Pour moi ? Pour le peuple américain ?

La guerre, c'est John Wayne. C'est Randolph Scott. C'est Rambo, *La Guerre des étoiles, Apocalypse Now*, des linceuls sur CBS. La guerre n'est pas une réalité. C'est de la télévision et du cinéma. Même pour ceux qui l'ont faite. Quels que soient leurs souvenirs, ceux-ci ont été remplacés par ce qu'ils ont vu ensuite à la télévision. Même s'ils ont été « désillusionnés » par le Viêt-nam, les films entretiennent leurs illusions. Comme l'a prouvé Mr. Reagan, les gens préfèrent une bonne histoire solide à une vérité complexe et difficile à cerner.

La guerre doit être menée par des professionnels.

Si c'est la télévision qui décide de la victoire et de la défaite, alors les professionnels ne sont pas les généraux. Ni même les politiques. La guerre doit être dirigée par un réalisateur de télévision ou de cinéma. L'idée peut sembler frivole. Elle ne l'est pas. Elle est diablement sérieuse.

Les généraux et les politiques — y compris Mr. Reagan — ont démontré qu'on pouvait remporter une victoire sur le champ de bataille sans la remporter sur le seul terrain qui compte : dans le cœur et l'esprit des électeurs. Réappliquer une méthode que nous savons infructueuse, voilà une idée frivole.

Qui, alors, doit mener cette guerre ?

David Hartman, patron de RepCo, le plus puissant agent d'Hollywood actuellement. S'il existe un homme capable d'assurer la production d'une guerre et de lui assigner un metteur en scène, cet homme est Hartman. Si quelqu'un est capable de monter ce projet, c'est lui. N'oublie pas que c'est l'impresario de Mr. Reagan, Lew Wasserman, qui, avec l'aide de MCA, a fait la carrière du président. Hartman et RepCo sont les Wasserman et MCA des années 90.

Quand tout vous semblera perdu, si vous n'avez pas d'autre option, faites la guerre. C'est la réponse classique aux problèmes intérieurs insolubles. C'est le contraire de l'affaire des otages qui a anéanti Carter — un autre événement médiatique. Ne vous fiez pas au hasard.

Trouvez quelqu'un qui ait assez de trempe, de style et de sens artistique pour créer une guerre que les Américains pourront aimer — à la télévision.

Alors, vous gagnerez.

« Ouais, cool », dit John Lincoln Beagle. Il était capable de pondre des dialogues extraordinaires, mais sur le papier seulement.

CHAPITRE 18

Beagle avait une loge pour le match de base-ball.

Il aurait préféré être ailleurs. Pour deux raisons. La première est qu'il était encore loin d'avoir résolu le problème — car Beagle considérait les films comme des problèmes. C'était bizarre... quand il attaquait un projet, il était toujours tout feu tout flamme. Mais ça ne durait pas. Il cessait vite de rigoler. Après l'euphorie, venait la gamberge : comment exploiter, découper, façonner, remanier le matériau brut pour en faire un film à succès ?

Sauf pour son tout premier film d'étudiant, qui avait jailli spontanément de ses tripes, il commençait toujours par une longue phase de recherches. Ça lui était absolument nécessaire — c'était pour lui la partie cruciale du boulot. Il se doutait vaguement que c'était peut-être un faux prétexte, une manière inconsciente de gagner du temps pour retarder le moment fatidique où, la caméra étant chargée et les acteurs en place, cent gonzes le regarderaient en attendant qu'il dise : « Action ! » pendant que cent autres — un peu moins, mais c'était tout comme — lorgneraient avec angoisse par-dessus son épaule en se demandant si leurs millions seraient bien dépensés, et où il faudrait qu'il connaisse sur le bout des doigts le rôle de chaque figurant, de chaque machiniste, avec la certitude que tout se déroulerait sans pépins, que tout serait bouclé, ficelé, monté dans les règles et se vendrait bien.

Il considérait son cerveau comme une machine à fabriquer des saucisses. Un truc surmonté d'un gros entonnoir. On met les ingrédients, on tourne la manivelle, on broie, on malaxe le tout et hop ! voilà la francfort qui sort. Ça, c'était quand il était optimiste. Parfois, c'était une autre image qui lui venait : une énorme gueule vorace qui engloutissait tout ce qu'il y avait de comestible, mastiquait bruyamment et expédiait la macédoine à travers un gosier gargouillant dans un gros bide ballonné qui, pour cause de dyspepsie, ne produisait que de la merde — une merde puante, répugnante, attrape-mouches, en forme de saucisse.

Un de ces jours, ça lui arriverait.

Et ça lui foutait les jetons. Mais il aimait sa peur, il adorait sa panique, espérant qu'elle était le ferment grâce auquel les ingrédients se mélangeraient toujours bien et qui ferait de lui un bon fabricant de saucisses, propres et inodores. Il savait qu'il n'y avait pas de miracle. L'échec les guettait tous. Spielberg avait eu son *1941*, Coppola son *Finian's Rainbow*. John Huston avait tourné *Victoire*, John Ford *This is Korea*.

Le sentiment de l'échec le rongeait constamment. Il se demandait si, le jour où il ferait vraiment un four, l'angoisse serait la même.

Il savait que le premier principe de tous les beaux-arts était le plagiat, et le premier principe de tous les arts commerciaux le vol. Aucun artiste, aucun artisan, aucun voleur ne travaille sans filet. Tout artiste est un musicien de jazz qui improvise de nouveaux riffs sur de vieux airs, parce que les vieux airs sont des points de repère, des références culturelles, le langage des gens de ce monde. Depuis qu'il avait vu le mémo, Beagle s'était abreuvé de films de guerre : documentaires, fictions, films étrangers, courts métrages, films de propagande, dessins animés, chutes, bandes d'actualités.

Et il n'était pas au point, voilà le problème. S'il avait dû tourner la moulinette maintenant, il n'en serait sorti que de la merde et ça lui filait un traczire monstre. Il lui fallait continuer à ingurgiter de la documentation jusqu'à ce que quelque chose, quelque catalyseur, une enzyme peut-être, entrât dans la masse qui bouillonnait en lui et déclenchât le processus chimique qui allait donner naissance à un suc non puant. À moins qu'il ne cherchât à se gaver pour se déconstiper par la force et contraindre sa tripe créatrice à sortir un produit bien fait, bien travaillé, coloré, lumineux et signifiant.

C'est pourquoi il aurait largement préféré se trouver actuellement dans son studio, devant ses dix écrans de télé HD, ses synthétiseurs et son superordinateur virtuel capable de transposer toutes les images sous forme numérique et de les conserver en mémoire.

La seconde raison était que le base-ball l'emmerdait prodigieusement. Il avait conscience du rôle primordial que ce sport jouait dans la mythologie américaine, il s'en était même servi dans certains films, mais la progression léthargique des parties, le schéma arythmique des actions — quand il y en avait — lui pompaient l'air.

Sa femme, Jacqueline Conroy[1], et leur fils Dylan Kennedy Beagle, âgé d'un an et huit mois, étaient avec lui. C'était une idée de Jacqueline. Elle trouvait que Beagle négligeait sa famille — exact — et qu'ils devaient sortir tous ensemble de temps en temps pour que Dylan apprît à connaître son papa.

Beagle avait appelé Hartman, qui leur avait procuré la loge réservée à Disney. Leur cuisinière leur avait mitonné une « collation typiquement américaine » : tranches de dinde avec fromage de chèvre, tomates séchées et mayonnaise maison sur pain au levain de Sacramento ; bouchées de porc frit et de bœuf en gelée ; salade de patates à l'ail ; eau gazeuse d'Idaho ; et quatre bouteilles de Coca-Cola made in Saint Louis[2].

Dylan n'aimait pas trop le base-ball non plus. Non qu'il eût un dégoût particulier pour ce jeu, mais l'idée qu'il puisse exister des gens qui jouaient *pour* lui et non *avec* lui était encore une abstraction incompréhensible. Plus grave, le rituel semblait exiger qu'il restât assis, sans broncher, les yeux ouverts.

Beagle avait espéré que Fernando Valenzuela serait sur le terrain, parce que c'était le seul nom qu'il connaissait. Mais Valenzuela avait dû se faire

1. C'est une série télévisée qui lança sa carrière d'actrice, non pour son rôle en lui-même mais grâce à un poster qui la représentait de dos, revolver en main, devant une voiture en flammes. La longueur de ses jambes, son déhanchement et la forme de son derrière moulé dans son uniforme de flic firent d'elle un symbole sexuel. *(N.d.A.)*

2. Il y a des amateurs de Coca-Cola qui, pour pallier l'absence de crus et de millésimes, prétendent déceler des différences selon le lieu où le breuvage est mis en bouteilles. Saint Louis est le fin du fin, ses bouteilles sont conservées dans des caves et servies dans les grandes occasions. *(N.d.A.)*

porter pâle ou se casser quelques os. À moins qu'il n'eût vieilli. En tout cas, il ne jouait pas. Les Dodgers rencontraient Cincinnati. Beagle fut ravi d'apprendre que Cincinnati existait encore.

Il assit Dylan à côté de lui. Il savait que sa femme matait en douce ses façons de faire avec le mioche : elle ne ratait jamais une occasion de lui en remontrer sur l'art et la manière de tenir un enfant. Il se demandait sincèrement si c'était son instinct maternel qui la rendait aussi chiante ou si elle était simplement une emmerdeuse-née. Il se mit en devoir d'expliquer les règles du jeu à son fils. Dylan fit une remarque qui ressemblait à : « Aaa reuvchb », puis tendit une mimine et attrapa un stylo dans la poche de son père. C'était un stylo à plume en platine armorié, à la fois décadent et hors de prix, qui lui avait été offert par un directeur de studio. Beagle avait oublié le nom du donateur, qui avait peut-être déjà été viré. Il se rappelait seulement que c'était un mec qui comptait sur les retours d'ascenseur. Une habitude déplorable, très pénible pour le récipiendaire. Il essaya de récupérer le stylo.

Il eut le capuchon. Dylan garda le reste.

Dylan avait une conception très masculine des objets. Ça devait être génétique. Personne ne lui avait jamais montré à quoi servait un marteau ni comment convertir la plupart des objets préhensibles en marteaux. La première fois qu'il avait eu un bâton à la main, il avait conçu l'épée. Quand il avait commencé à marcher et avait pu saisir de plus gros bâtons, il avait inventé la lance. Il était vraiment croquignol à regarder, quand il se baladait dans le jardin avec sa lance à bout de bras et faisait des cartons dans tous les coins. Il se battait en duel contre les buissons. C'étaient souvent les buissons qui gagnaient, accrochaient le bâton et déséquilibraient le jeune escrimeur. Mais il se relevait toujours, le cul à l'air, arrachait son arme de leurs griffes et reprenait le combat, plus vaillant qu'Errol Flynn. Papa Beagle était fier de son lardon.

Il n'aurait donc pas dû être surpris, ni même se sentir personnellement visé, quand son fils l'attaqua avec le stylo. Et fit mouche. Non seulement le sournois moutard faillit l'écorcher — et Beagle détestait les agressions physiques —, mais l'encre gicla sur sa chemise — et pas n'importe laquelle, une de ces limaces western au coloris unique qu'il affectionnait depuis quelque temps. Ce n'était pas pour le fric. 480 dollars ! Des cacahuètes pour John Lincoln Beagle. C'était pour quoi ? Pour la beauté de l'objet ? L'obligation de se promener toute la journée avec des taches d'encre et de se retaper les boutiques pour en racheter une ? Non. C'était pour le principe. Les-gosses-doivent-apprendre.

Le réflexe naturel était de lui retourner une baffe. Pas méchamment, juste à la manière de Papa Ours qui file une taloche de temps en temps à Bébé Ours pour lui rappeler qui est Papa Ours et qui est Bébé Ours.

Beagle avait travaillé sur un film d'animation, peu après la naissance de Dylan, une adaptation de *Boucles d'Or* vue du côté plantigrade. John Lincoln était alors convaincu que sa qualité de parent donnerait une dimension nouvelle à son talent et lui permettrait de refaire ce qu'avait fait Walt Disney pour les enfants d'Amérique — sans altérer son don pour le cinéma d'adultes. Avec Belinda Faith, sa collaboratrice chargée de l'animation, il avait storyboardé plusieurs séquences. Dans l'une d'elles, Papa Ours, importuné par Bébé Ours pendant qu'il fumait sa pipe, gratifiait son rejeton d'une mornifle monumentale qui l'envoyait dinguer à l'autre bout de la pièce, rouler dans la cuisine et passer par la fenêtre. C'était très marrant et Bébé Ours avait trouvé ça tout à fait normal.

Il y avait des tas de gens alentour. La pédagogie moderne, il le savait, déconseillait formellement les raclées en public, même si ça se pratiquait dans les dessins animés. Il y avait sa femme, qui n'attendait que ça pour lui faire une scène. Et enfin, et surtout, si Beagle ne recourut pas à la baffe, c'était parce qu'une partie de son cerveau encore fermement ancrée dans la réalité comprenait que son fils n'était pas un personnage de dessin animé et que ce n'était pas bien de frapper les gosses.

Le seul moyen qu'il lui restait de passer sa colère était de s'adresser à sa femme.

« Bon sang, Jackie ! Tu peux pas le tenir une minute, merde ?

— C'est plutôt à toi qu'il faudrait poser la question, répliqua Jackie, d'une voix extrêmement calme et d'autant plus péremptoire. Si tu n'es pas capable de garder ton enfant plus de cent vingt secondes sans aide, tu as vraiment un problème. »

Dylan était toujours à l'attaque, plume au poing. Beagle avait fort envie de fusiller sa femme du regard, mais il était obligé de garder un œil sur son fils qui, en cet instant, devait être considéré comme armé et dangereux. John Lincoln essaya de saisir le stylo au vol. Dylan, trop rapide pour lui, parvint à dessiner un magnifique zigzag noir sur son pantalon crème.

« La vache ! C'est de l'encre indélébile, Jackie ?

— Comment veux-tu que je le sache ? C'est ton stylo. »

L'irréfutable bien-fondé de la remarque de sa femme l'amena à une décision sans appel : il divorcerait dès qu'il aurait une semaine de libre. Il avait déjà divorcé dans le passé et il savait que ça ne se réglait pas en une journée. D'ailleurs, avait-il seulement une journée à lui ? Il était sur le plus grand projet de sa vie, il était sous pression et ce n'était pas le moment de venir lui casser les burettes.

Il cueillit le stylo. Une manœuvre hasardeuse qui lui valut quelques taches sur la paume et le poignet. Mais, bon Dieu, où était passé le capuchon, maintenant ? Sa femme rigolait doucement. Elle était aux anges, ravie de le voir empoté et vexé. Ça prouvait quelque chose. Il ne savait pas quoi, mais ça ne lui plaisait pas.

« Où est le capuchon ? Où est le capuchon du stylo ?

— Je n'en ai aucune idée, dit-elle, de plus en plus calme. Si tu le cherchais, tu le trouverais peut-être.

— Très bien, tu marques un point. Je m'incline. »

Il y avait un côté professeur Nimbus chez Beagle. Il vivait dans les films qu'il se projetait presque continuellement dans la tête. Il n'était pas fou, il était simplement très absorbé par son boulot. Résultat : il était distrait. Il paumait tout. Plus les objets étaient ordinaires, moins il les remarquait. Ça lui conférait un certain charme auprès des femmes. Au début — mais seulement au début — d'une liaison avec lui, elles avaient l'impression d'être avec un personnage suranné d'un vieux film ou d'un vieux roman anglais. À la longue, elles en avaient marre.

Plus que marre. Par exemple, avant de venir au stade, il avait demandé à Jackie où étaient les clés de la bagnole, puis les billets, puis ses godasses préférées (à quoi elle lui avait répondu : « Apprends à t'habiller tout seul, chéri »), puis le panier-repas et enfin les notes professionnelles qu'il comptait lire pendant le match.

« Je n'essaie pas de marquer des points », protesta-t-elle. C'était une contrevérité tellement énorme qu'elle ne pouvait pas y croire un instant, pensera-t-on. Eh bien, si, elle l'aurait soutenu mordicus. « J'essaie de t'aider. » Elle croyait ça aussi. « Tu devrais faire plus attention.

— Je devrais faire ! Je devrais faire ! Rien du tout. J'ai rien à faire ici, j'ai rien à faire avec *toi.* »

Dylan avait empoigné le panier-repas et l'avait renversé. Tout s'était répandu par terre. Le pied ! Il pouvait jouer avec les sandwichs, les bouteilles, les verres... La cuisinière avait mis des verres en cristal — c'était la moindre des choses : qui accepterait de boire du Coca-Cola, surtout mis en bouteille à Saint Louis, dans un gobelet en carton ?

Jackie restait parfaitement indifférente aux saccages de Dylan : il était temps que son mari se conduisît enfin en Être Humain, non en Metteur en Scène. C'était à son tour de se farcir l'Enfant. Son Fils. Le Fruit de ses Entrailles, qu'elle avait porté pour Lui.

Beagle voulut réagir, mais il avait à la main un stylo qui fuyait, sans capuchon. Cadeau d'un pauvre crétin qui espérait sans doute l'entendre dire, le jour où il signerait un contrat avec lui : « Vous m'avez offert ce stylo. C'est mon préféré et je l'ai gardé spécialement pour cet instant. » Débile, complètement débile. Mais important. Il avait appris ça de sa mère.

Il avait aussi appris, de la vie autant que de sa mère, que, partout où il poserait ce stylo, il roulerait, tomberait, continuerait à rouler et disparaîtrait dans une faille, puis dans les profondeurs de la terre pour finir entre les mains d'un maniaque du javelot, trop heureux de terroriser les foules avec un stylo hors de prix et décadent. Sans capuchon. Il ne pouvait pas le mettre dans sa poche sans capuchon, parce qu'il ne savait toujours pas si l'encre, qui ne manquerait pas de dégouliner et de former une tache en expansion permanente comme le Blob, était ou non indélébile.

Il supplia sa femme du regard. Pourquoi avait-il épousé une vedette de cinéma, une starlette dont le popotin avait autant de valeur sur le marché du poster que naguère les tifs blondasses de Farrah Fawcett ? Pourquoi n'avait-il pas choisi une gentille petite créature sans histoires, prévenante, facile à satisfaire, bonne mère, aimant son mari, prête à faire l'amour quand *il* le voulait et comme *il* le voulait ?

Dylan avait une patte sur un sandwich enrobé de papier huilé — la cuisinière avait un a priori contre les emballages en plastique — et l'autre sur un des précieux Coca — une bouteille à l'ancienne, avec cette fameuse forme féminine galbée et des lettres moulées dans le verre, véritable emblème de l'Americana. *What a soft drink !*

Beagle n'avait qu'une main. Il fit ce qu'il pouvait. De cette unique main disponible, la gauche, il attrapa son fils par la taille et le souleva. Dylan agrippait fermement le papier huilé, qui commençait à se déplier. Quand le môme fut suspendu en l'air, le sandwich roula par terre, libéré de son emballage. Le pain ne tombe pas toujours du côté beurré. Mais cette fois, oui. Dinde, fromage de chèvre, tomate, mayo, tout s'étala sur le sol salingue, graisseux et infecté de germes de la loge Disney du Dodger Stadium.

Dylan voulait le casse-croûte. Il se mit à brailler.

Excellent, pensa Jackie. Enfin son mari voyait ce qu'elle endurait à longueur de temps. Quoique pas tous les jours, il fallait être juste : seulement quand elle se trouvait sans nurse, c'est-à-dire entre le moment où elle en virait une et celui où elle dégotait une remplaçante, ce qui se produisait assez souvent et pouvait durer jusqu'à une semaine car elle voulait toujours ce qu'il y avait de mieux pour son fils.

Dylan avait le sens des proportions. Une bouteille de Coca était trop épaisse et trop massive pour faire une bonne épée ou une bonne lance. Elle appartenait plutôt à la catégorie des marteaux et gourdins. Il l'employa donc comme telle sur la tête de son père.

Manque de bol, il tapa à côté.

Beagle essaya de s'en saisir sans lâcher le stylo.

Jackie lorgna avec dégoût la bouffe répandue par terre en se demandant si son mari aurait la présence d'esprit de la ramasser avant que le petit ne la portât à sa bouche. Elle était prête à parier une robe à 7 800 dollars qu'il ne le ferait pas. S'il le faisait, elle paierait la robe elle-même... peut-être.

Dylan, furieux d'avoir raté son coup, balança la bouteille sur son père, qui baissa la tête — exercice difficile, vu qu'il tenait à la fois le gosse et le stylo —, marcha sur le sandwich et dérapa. Il avait assez d'amour paternel pour lâcher le stylo, serrer son fils et s'arranger pour tomber de manière à ne blesser que lui-même. Et il se fit mal. Très mal.

La bouteille atterrit sur la pelouse, où elle manqua de peu un joueur qui courait en touche pour une raison mystérieuse, sans doute très compréhensible par un amateur de base-ball, mais pas par Beagle. Le mec chercha des yeux l'origine du dangereux projectile. Plusieurs spectateurs désignèrent la loge Disney, au moment où Beagle se relevait.

« Putain d'enfoiré de bordel de sale connard de bourge ! Ta mère, elle nique en chaussettes, eh, gros tas de merde plein de fric ! Tu veux que je monte te l'enfoncer dans ton cul de mal baisé, ta bouteille, Face de Chiotte ? » demanda le damoiseau, dans ce langage imagé qu'on associe de plus en plus souvent au sport national américain. Il brandit la bouteille d'un air mauvais. Puis il la vit. « Ouaaah ! fit-il. Saint Louis ! Ouah ! Excuse, mec. Tu dois être un sentimental. Mes hommages à ton mioche, mec. Je me garde le coke. »

Beagle se tourna vers sa femme. « C'est ta... » — il ravala les adjectifs inspirés du base-ball qu'il lui préparait pour ne pas jurer devant son fils — « ... faute », dit-il. Sans métaphore.

« Ma faute ? Tu es incapable de veiller sur ton enfant une minute et c'est ma faute ! Non, mais regarde-toi. »

En d'autres temps, plus primitifs et moins hypocrites, il l'aurait tuée.

« C'est toi qui as voulu cette sortie en famille. Merci beaucoup. C'est un vrai plaisir. Ô bon Dieu, je prends une journée de libre pour emmener mon fils voir un truc dont il n'a rien à foutre et moi non plus. Encore une merveilleuse idée de ta mère ! Tu la féliciteras de ma part.

— J'ai fait ça pour t'aider. Pour te donner l'occasion de faire quelque chose de masculin qui te rapproche de ton fils. Qui est une personne très masculine. Tu ne t'occupes pas assez de lui. Si mes idées ne te plaisent pas, trouves-en d'autres ! Tu devrais penser un peu plus à ta famille. »

Pendant ce temps, Dylan, fermement maintenu par son paternel, gigotait pour se libérer. « C'est bon », dit Beagle, et il le posa par terre — c'est-à-dire dans les restes du sandwich écrasé dans la poussière par l'impact de sa chute — sous l'œil consterné de Jackie.

« Tu l'as fait exprès, dit-il. Tu l'as fait exprès pour que ça tourne au désastre.

— Je n'ai rien fait du tout. »

Ce qui était exact, elle n'avait rien fait. Elle s'était simplement gardée d'intervenir pour donner une leçon salutaire à son mari, qui en avait le plus grand besoin.

« Putain, mais tu te rends compte que...

— Surveille ton langage devant...

— Devant... ?

— Tu as un sale caractère. »

Dylan ramassa un bout de dinde, où adhéraient une espèce de cambouis de soda noirâtre, des bulles de gelée et diverses substances brunes et grises non identifiables. Le tout dégageait un discret parfum de détergent pour sol. Il l'approcha de sa bouche avec gourmandise.

« J'en étais sûre, dit Jackie en arrachant la saleté des mains de son fils. J'étais sûre que tu ne penserais même pas à nettoyer.

— À nettoyer ?

— Oui. Le sandwich. Je ne suis pas ton esclave. Qui va nettoyer ça ? »

Beagle, qui avait survécu de justesse à son gadin et à son affrontement avec le joueur de base-ball, avait maintenant un problème de ménage sur les bras.

« Ben... je...

— C'est parce que je suis une femme et toi un homme ? Je gagne ma vie, mon petit gars, je n'ai pas besoin de jouer les fatmas.

— Qu'est-ce qui se passe ?

— Il se passe que ton fils mange de la *merde* ramassée dans une tribune publique. Ça pourrait être aussi bien des *toilettes* publiques, ça ne serait pas plus sale, et tu t'en fous, tu restes là, les bras croisés.

— Jackie, ferme-la, tu veux ?

— Non.

— Évidemment, t'as jamais été capable de la fermer.

— Parle pour toi, espèce de... »

Et, le dialogue ayant dégénéré en scène de ménage classique, il se prolongea pendant quelques minutes sur un ton qui, en dépit de la notoriété, du prestige et du compte bancaire des protagonistes, ne différait en rien de l'acrimonie ordinaire du commun des pékins. Finalement, Jackie embarqua son rejeton, les clés de la bagnole et leva le camp, laissant là Beagle, qui n'avait justement aucune envie d'être là.

Il fut si soulagé de son départ qu'il décida de rester, plutôt que d'aller quelque part où il risquait de la rencontrer. Et puis, merde, un match était un match et on disait que c'était une bonne thérapie.

Erreur. C'était incompréhensible. Il déballa un sandwich que Dylan n'avait pas salopé, auquel il trouva un goût bizarre mais pas complètement répugnant. Il regarda autour de lui. Des milliers de gus suivaient le jeu, avec une attention d'intensité diverse, quoique incontestable. Le mec de la loge voisine semblait — Beagle chercha un mot — content. Ouais, content.

Il fumait un gros cigare. Sans complexes. Il écoutait le match à la radio, pour avoir le son et l'image. Il s'appelait Tubby Bayless. C'était un ancien des Stups qui s'était fait de l'argent de poche en dealant de la came confisquée et en taxant la thune des revendeurs. Il avait décroché le gros lot en investissant, au pif, dans des champs de canne à sucre hawaïens qu'un Japonais lui avait rachetés au prix fort.

« Je peux vous demander quelque chose ? dit Beagle.

— Vas-y, mon pote », répondit Tubby.

Ce que Beagle voulait lui demander, en réalité, c'était le secret du bonheur, mais il se dégonfla.

« Comment se fait-il que les gens aiment tellement le base-ball ? Qu'est-ce qui leur plaît ? Je suis metteur en scène. Je me décarcasse pour mettre de l'action dans mes films, toujours de l'action, jamais de temps mort. Vous comprenez ? De l'allant, du rythme. Et ça... » Il désigna le terrain. « Ça me dépasse. »

Tubby fit deux ronds de fumée. Il avait l'air philosophe, réfléchi. Peut-être une réincarnation de Bouddha envoyée là pour délivrer un message à Beagle.

« Aah, le base-ball, dit-il. Le base-ball n'est pas un sport d'action. C'est une question de potentiel et de possibilité. J'ai été flic. Quand on est flic, on passe beaucoup de temps à observer. Et on attend, sans faire de vagues, on attend que le mec en face soit mûr pour le coincer. T'es chasseur ?

— Non.

— Ça m'étonne pas, t'as pas le profil du tueur. Mais on sait jamais. » Tubby haussa les épaules. « N'importe, au moment de tuer, que ce soit du gibier ou en défonçant la porte d'un bougnoule, pétard au poing, t'as une décharge d'adrénaline. C'est ça, une décharge. Mais c'est pas le but. Comme quand tu fais l'amour, le but, c'est pas de gicler. Je suis philosophe, pas vrai ? Tu veux un cigare ?

— Euh, oui. »

N'étant pas fumeur, Beagle se dit que le tabac était peut-être le secret du bonheur, puisque le Bouddha et les Indiens aimaient ça.

Tubby en sortit un de sa poche et le lui passa par-dessus la rampe.

« Ce qui compte, c'est le potentiel. Le potentiel d'action. Est-ce qu'elle va coucher avec toi, est-ce qu'elle va faire sa mijaurée, ou se biturer, ou autre chose ? Tu avances, elle avance... »

Il faisait de curieux moulinets avec ses grosses pognes, comme pour mimer la danse nuptiale de deux rapaces.

Beagle dépiauta le cellophane du cigare. Terriblement phallique. Il admirait. Il n'avait pas d'allumette.

Tubby tira une grande allouf de cuisine de sa poche. « Je déteste le butane. » Il la gratta sur un ongle. Elle s'enflamma avec une odeur de soufre, une bonne vieille odeur de soufre. Il se pencha pour donner du feu à Beagle. « C'est pour ça que les hommes arrêtent de baiser avec leur bourgeoise. Parce que, ce qui compte, c'est pas de gicler. C'est pas la décharge. C'est le potentiel. L'anticipation. Le base-ball est un jeu de potentiel et d'anticipation. »

Beagle aspira une bouffée. Une saveur riche et un peu écœurante à la fois. Mais c'était le geste — tenir le cigare entre les doigts, inhaler la fumée, l'exhaler, la regarder dériver —, un geste chargé de souvenirs cinématographiques, qui était vraiment épanouissant. Il commença à se détendre. Un petit moment de camaraderie masculine.

« T'as pigé ? » dit Tubby en faisant un rond de fumée.

Beagle, un peu étourdi par le tabac, essaya de l'imiter. Sans trop de succès. « Non », répondit-il.

Tubby se lança alors dans une brumeuse explication sur les subtilités du base-ball, les renversements tactiques induits par les renversements du score, les choix du *pitcher*, les alternatives du *batter*.

« ... à 2-1, le *pitcher* est mal barré, parce qu'il est obligé de balancer une balle au quart de poil. Le contraire de tout à l'heure. Et le *batter* peut le voir venir, les doigts dans le nase. Il a changé les potentiels. T'as pigé, maintenant ?

— Ouais, dit Beagle. Maintenant, j'ai pigé. »

Et c'était vrai. Il acquiesça et commença à voir l'action dans l'inaction. Il tira une autre taffe, léger vertige, et soudain comprit quelque chose de fondamental sur la mise en scène de la réalité. Il était à New York à l'époque où les Mets avaient joué les *play-off* contre les Houston Astros. Il y avait eu une très longue partie, interminable, si longue que le cours normal de la vie en avait été chamboulé. Les New-Yorkais étaient tous devenus des supporters, du jour au lendemain. Ils suivaient le match par bribes, comme ils pouvaient, en allant au boulot, dans la rue, n'importe où. Ils s'arrêtaient dès qu'ils voyaient une télé, dans une vitrine, dans une limousine en stationnement, demandaient aux livreurs — les livreurs ont toujours une radio — ou au premier pante venu : « Quel est le score ? Qu'est-ce qui se passe ? » Les dernières nouvelles du front, comme en temps de guerre. « Quoi de neuf ? Quoi de neuf ? Ils ont marqué ? »

La réalité avait un rythme aussi lent que le baseball. Même l'immobilisme était de l'action. La véritable action était immobile. Parce que l'attente était une accumulation de puissance.

« T'as encore un de ces Coca de Saint Louis ? » demanda Tubby.

CHAPITRE 19

C'est comme *Pretty Woman*. Sauf que je joue Julia Roberts et Maggie Richard Gere. On commence à dix heures du matin. À midi, je suis K.-O. Elle se marre. Je ne l'avais jamais vue comme ça. Insouciante. Une vraie gamine. Elle raconte à tous les vendeurs que je suis sa poupée GI Joe. Un modèle spécial pour filles, qu'elle peut habiller comme elle veut. Et ça, je vous jure que ça me fait rougir. Je proteste, mais elle me fait tout un numéro en m'expliquant que ma virilité est trop évidente pour en souffrir et que je dois lui passer ces inoffensifs caprices parce qu'elle est restée une petite fille dans l'âme. C'est probablement des salades, mais pas trop dures à avaler. Si elle me disait qu'elle ne peut pas se montrer en public avec un mec mal fagoté et que, de toute manière, c'est *son* fric, là, ce serait franchement indigeste. Elle ne le dit pas. Alors, je m'écrase et je me laisse reluquer de la tête aux pieds par toutes sortes de vendeurs et de vendeuses, dont les accents bizarres évoquent des régions linguistiques encore inexplorées, qui prennent mes mesures et se creusent la cervelle pour déterminer ce qui me va le mieux, ce qui me met le plus en valeur.

Un camouflage et un M-16. Un costard bleu de chez Sears, fait pour durer dix ans, avec une limace blanche et des pompes de flic. Un falzar ample et confortable, pour planquer toute la journée dans une Ford. Voilà ce qu'il me faudrait.

Note 1 : je râle parce que je pense que c'est ce qu'on attend de moi. Note 2 : je suis flatté.

On mange un morceau dans un de ces bistrots où il faut réserver deux ou trois mois à l'avance. Sauf si vous êtes Magdalena Lazlo, Gena Rowlands ou David Hartman. Dans ce cas, vous n'avez qu'à vous pointer et on vous dégote une table fissa. Je prends un sandwich. À vue de nez, c'est du thon blanc, de la mayo, de la laitue et des tomates mais, sur la carte, ça s'appelle autrement et c'est beaucoup plus cher. On se tape une bouteille de flotte à huit dollars.

Après le casse-dalle, Maggie m'emmène chez Yamato for Men, dans Rodeo. Elle m'abandonne à Ito, un vendeur japonais dans le genre artiste, grand, mince et stylé. Il a signé quelques-unes des croûtes accrochées au mur, ainsi que de nombreuses sapes. Yamato de Tokyo a une philosophie : « Nous faisons de l'art. Chacun de nous. Pour moi, trouver le vêtement qui convient à un être humain est un acte de création aussi profondément émouvant, et parfois davantage, que de poser de la peinture sur une toile. » Tous les vendeurs de Yamato doivent avoir étudié la psychologie des couleurs et des tissus, et avoir produit des œuvres d'art dignes d'être exposées. Les prix ne sont pas indiqués.

Ito me place à côté d'un assortiment de vestes. Plusieurs d'entre elles sont taillées dans des matières dont je n'ai jamais entendu parler. Il a un jeu de cartes de couleurs et me demande de les classer dans l'ordre de mes préférences.

Je me retourne. Qui voilà ? Jack Cushing. Il est avec Tom Berenger. Ils regardent aussi des vestes, en compagnie de deux autres vendeurs, Hiro et Nikio. Hiro fait de la poterie, Nikio des sculptures en plastique. D'après Ito, c'est un support très agressif.

Nous nous apercevons au même instant, Jack et moi.

Une soixantaine d'heures se sont écoulées depuis que je l'ai cogné et déposé sur le trottoir à côté de sa tire. Il me mate. Je le mate. Il sourit. Un grand moment. Et s'avance vers moi. Main tendue. Je la serre.

« Désolé, vieux, dit-il. Pour l'autre nuit... je savais pas. Pour vous et Maggie.

— Pas de problème, je réponds galamment. Nous ne le savions pas non plus. Pas encore.

— Ça se passe comme ça, des fois, n'est-ce pas ? C'est souvent le meilleur révélateur.

— Quand la foudre frappe, elle frappe fort, je fais, poète.

— Vous aussi. » Nous nous sourions. Le plus dingue, c'est qu'il a l'air sincère. « Au fait, vous connaissez Tom ? »

Évidemment non. Il l'appelle et lui fait signe d'approcher.

« Il y a quelqu'un que je voudrais te présenter, dit-il à Berenger. Joe Broz... C'est bien ça ?

— C'est bien ça.

— Joe et Magdalena Lazlo sont... » Il cherche le terme exact.

« Amoureux, dis-je.

— C'est ce qu'on raconte, reprend Jack. Mais je n'aime pas rapporter les ragots. Joe travaille dans la surveillance rapprochée, explique-t-il à Berenger.

— Ravi de vous connaître, répond Berenger, qui s'en fout comme de l'an quarante.

— Réciproquement », dis-je. Et, ballot, j'ajoute : « Je vous ai beaucoup aimé dans *Platoon.* »

C'est incontestablement son meilleur film. À mon avis. On peut penser ce qu'on veut d'Oliver Stone, mais il sait tirer parti de ses acteurs.

« Merci », fait-il distraitement. Puis il m'observe. Enregistre mon âge. Ma coupe de cheveux, probablement. « Vous y étiez. Exact ?

— Affirmatif. J'y étais.

— Et décoré, je parie. Je me trompe ? »

C'est dément. Je suis un bleu dans ce milieu, et ça me surprend encore. Il y a à peine deux jours que ma liaison avec Maggie a commencé et ces gens connaissent déjà mon identité, mon statut professionnel, mon passé militaire et savent que je pourrais me balader avec des médailles sur la poitrine si j'en avais envie. Dans mon milieu, au bureau, un mec peut divorcer sans que personne s'en rende compte avant deux ou trois ans.

« Vous connaissez Stone ? Il faut que vous rencontriez Stone, continue Berenger. Il est toujours dans ses histoires de Viets. Alors, vous m'avez aimé dans *Platoon* ?

— Je vous ai trouvé génial.

— Vous y étiez. Vous pensez que c'était ressemblant ? Ça sonnait juste ? J'ai fait en sorte que ça le soit mais, évidemment, c'était un rôle de composition, j'ai besoin de l'avis des autres.

— Ouais, ça sonnait juste. Le Viêt-nam est différent pour chacun.

— J'aime jouer mes personnages avec une certaine distance. Ça leur donne plus de force. Ils sont plus extérieurs, vous voyez ce que je veux dire ?

— Eh, je fais, profitant de l'occase pour commencer à construire ma propre légende, votre personnage ne m'a pas semblé extérieur. Pas du tout.

— Non ?

— Non. Vous étiez le type avec lequel je me suis identifié.

— Ah, dit Ito, j'ai ce qu'il vous faut ! Voilà » — il me tend une veste — « un mélange : soixante pour cent soie, trente-trois pour cent viscose, sept pour cent laine. »

On rentre à la baraque avec tout un chargement de cartons. Surtout pour moi : chaussettes, slips et caleçons, cravates, pochettes, six paires de godasses, chapeaux, ceintures, chemises, tee-shirts, pulls. Il y a un arrivage à suivre, après retouches. Des CD, y compris K.D. Lang, Ray Charles et *Nashville Skyline* — de la country pour les gens qui n'aiment pas la country. Maggie se met à déballer les paquets, aussi jouasse qu'une gamine de quatre ans devant ses cadeaux d'anniversaire. En cinq minutes, le living est jonché de sacs, de boîtes, de papier de soie, de papier griffé et de plusieurs milliers de dollars de tissus et de cuir.

« Voyons de quoi tu as l'air avec ça, Joe... D'abord cette cravate-là, avec cette chemise... Hum, cette cravate-ci avec cette ceinture et cette chemise. Tiens la cravate sans la nouer et mets juste la ceinture sans la boucle... Oh, ce que tu fais... viril et farouche. Allons, souris. On s'amuse... Je veux te voir avec les slips. Ceux en soie. Ne rougis pas. Ne commence pas à jouer les homophobes. Il y a des tas d'hétéros qui portent des dessous en soie... Bon, bon, ça va, si tu ne veux pas te déguiser, moi oui. » Elle commence à retirer sa robe. « Ferme les yeux, espèce de voyeur. » Il est vrai que je me rince l'œil. Elle s'extirpe de son jean. « Tourne-toi. » Je m'exécute. Elle fredonne. « Ça va, tu peux te retourner, maintenant. » Demi-tour à droite, droite ! On dirait une fillette qui joue à s'habiller avec les vêtements de papa. Un caleçon, une chemise, une cravate, une ceinture, les cheveux rentrés dans un borsalino, et une paire de pompes de soirée Bally. Seulement voilà, elle n'est pas une fillette et, bien que le spectacle soit assez rigolard, rapport à la pointure démesurée des godasses et à la taille du caleçon, l'impression générale est furieusement sexy.

Elle se plante devant la glace et se dessine une moustache au crayon.

« Qu'est-ce qu'on raconte dans notre dos, d'après toi, Joe ?

— Si tu continues à me faire des cadeaux, on va dire que je me sers de toi. Il faut arrêter.

— Pourquoi ? Si tu étais riche, tu ne me ferais pas de cadeaux, toi ?

— C'est pas pareil et tu le sais très bien.

— Vraiment ? C'est quoi, l'argent, pour toi ? Un signe extérieur de vertu ? De masculinité ? D'intelligence ?

— Dans mon milieu...

— Joe, ton milieu n'existe plus. L'argent arrive par hasard. Comme les accidents de la route. Pourquoi crois-tu que nous soyons tous si excités ? Parce que nous savons que tout ça n'est qu'un accident. Le visage, le corps, mon allure sur l'écran... accidents ! Oh, je travaille. Cours d'art dramatique, professeurs d'art dramatique, exercices, cosmétiques, coiffeurs, maquilleuses, entretien. Mais quinze chirurgiens esthétiques ne pourraient pas fabriquer une seule Magdalena Lazlo. Tu peux leur demander de te faire les lèvres de Barbara Hershey, un des nez de Lee Grant, les seins de Melanie, le cul de Cher, et tu ne seras pas plus avancé. Toutes ces pauvres cloches qui se démènent dans des cours de théâtre minables ne pigeront jamais le truc qui fait qu'on me paie plus d'un million de dollars par film. C'est un accident. C'est comme gagner à la loterie ou recevoir une fortune en indemnités de la municipalité parce qu'un bus t'a roulé sur le pied. Alors, si j'ai envie de dépenser mon fric accidentel en fanfreluches pour habiller mon homme, je le ferai.

— Il y a un nom pour les types qui acceptent l'argent des femmes.

— Il y a un nom pour les femmes qui acceptent l'argent des hommes.

— C'est différent.

— Eh, Joe, t'as vingt dollars sur toi ?

— J'en ai une centaine.

— Donne-m'en juste vingt. »

Je sors mon larfeuille et je lui file un billet de vingt. Elle glisse la main dans la braguette du caleçon qu'elle a enfilé. Elle a gardé son propre slip en dessous. Elle plie soigneusement le talbin et le fourre sous l'élastique.

« Comment on appelle les femmes qui prennent l'argent des hommes, Joe ?

— Je ne comprends pas quel jeu tu joues.

— Comment on les appelle ?

— Des putes, Maggie. On les appelle des putes. C'est ce que tu voulais entendre ?

— C'est ce que je voulais entendre. J'ai pris ton fric, maintenant je peux dire que je suis ta pute. »

Je ne sais pas comment elle s'y prend, si ça vient d'une mimique, de sa pose, de son âme ou d'une subtile technique d'actrice, mais, en un instant, malgré sa dégaine de clown — avec son galurin et ses godasses trop grandes, son caleçon à petits cœurs, sa cravate Hopalong Cassidy de 1952 et sa moustache au crayon —, elle passe de la petite fille coquine à la cochonne lubrique.

Elle dandine du postère jusqu'à son sac à main, où elle pioche un billet de vingt.

« Prends », dit-elle.

Je prends.

« Maintenant, tu es mon gigolo. » Elle se marre. « C'est un mot rigolo, gigolo. » Puis elle ajoute d'une voix rauque : « Je suis ta pute et tu es mon gigolo. Les noms qu'on donne aux femmes qui prennent le fric des mecs sont toujours plus laids, c'est drôle, hein ? Alors, fini, les conneries sur le sexe de celui qui paie, d'accord ?

— J'essaierai. Mais le premier que j'entendrai dire que je me sers de toi...

— Tu lui casseras la figure pour lui montrer comme t'es fort. Joe, j'ai besoin de quelqu'un. Je crois que tu n'es pas un imbécile. Et que tu es loyal. Mets *Someone To Watch Over Me* sur la platine et danse avec moi.

— Maggie, je ne fais pas ça avec une arrière-pensée.

— De quoi tu as peur ? Qu'on dise que tu baises pour ton ascension sociale ? Dans cette ville, c'est un compliment. Et avec raison, parce que tout le monde baise, mais il n'y en a pas beaucoup qui le font assez bien pour monter très haut.

— T'en es sûre ?

— Joe, si tu ne veux pas mettre *Someone To Watch Over Me*, mets *Lay, Lady, Lay*.

— Trop sirupeux.

— Ouais, mais c'est de la country. »

Je branche la stéréo. Parce que c'est notre façon de nous dire que nous voulons parler, entre nous, pas pour les micros. C'est elle qui l'a demandé — Bob Dylan. C'est peut-être de la country. Une chanson qui parle de sauter une dame sur un grand lit en cuivre.

« Oh, et puis viens, dis-je, la gorge sèche comme du papier de verre, s'il te plaît, danse avec moi. »

CHAPITRE 20

« Il a raison. Trop sirupeux », dit David Hartman.

La bande continuait à tourner sur la table devant lui. La musique commença. Hartman n'était pas fou de Dylan. Quoiqu'il eût affirmé le contraire à l'époque où il essayait de piquer Jack Nicholson à un autre agent. De même qu'il s'était tapé tous les matchs des Lakers. Le fait de voir des géants noirs suer comme vache qui pisse en tamponnant d'autres géants noirs stimulait son racisme latent — qu'il avait surmonté en serrant les fesses pour les faire signer. Ces gars-là se faisaient des couilles en or avec la pub et les interviews. Ils jouaient pendant une moitié de l'année et s'entraînaient pendant l'autre, ce qui leur laissait peu de temps pour venir lui pomper l'air avec des caprices de star ; et, en termes de rentabilité, ils étaient nettement supérieurs aux acteurs. Hartman avait donc encore toutes les raisons d'afficher une passion dévorante pour le sport, alors qu'il ne voyait plus la nécessité d'en faire autant pour Dylan.

« Cette bande a été enregistrée il y a moins d'une heure », dit Sheehan pour épater le client.

Sheehan avait l'air beaucoup moins smart qu'il ne

l'aurait voulu. Trop de gens s'imaginent que la sécurité est un boulot de glandeurs qui se contentent d'engager des semi-analphabètes semi-alcooliques comme matons dans les supermarchés et torturent les employés avec des détecteurs de mensonges pour leur faire avouer qu'ils ont boulotté des biscuits à la cuiller sans les payer. Sheehan mettait un point d'honneur à porter des costards à 1 800 dollars pour cette seule raison. Il les appelait des costumes de pédégé et de chef d'État, tellement il les trouvait classieux.

Malheureusement, à 10 h 03 ce matin, à peu près l'heure à laquelle Maggie avait fait sa première apparition publique avec Joe Broz dans une boutique, une demi-douzaine de cireurs de pompes empressés avaient déjà colporté la nouvelle à Hartman. Bien qu'il fût en réunion et eût ordonné que personne ne le dérangeât, il connaissait apparemment la nouvelle quand il émergea, à 10 h 40. Il appela alors Taylor pour lui dire qu'il voulait un compte rendu complet mis à jour et refila la communication à sa secrétaire, Fiona, pour qu'elle leur fixât un rendez-vous le plus tôt possible — à savoir 20 heures, le soir même.

Taylor contacta Chicago, comme la direction l'avait exigé pour toute information concernant l'affaire Beagle. Le coup de fil s'adressait à C. H. Bunker en personne, lequel Bunker joignit Sheehan dans son bureau et lui dit : « Foncez à Los Angeles. Soyez présent à l'entretien. Assurez-vous que le client est très satisfait de nos services. Merci. » La voix de C. H. lui faisait toujours l'effet d'une sorte d'injonction surnaturelle, quelque chose comme la chambre d'écho de Darth Vader.

Sheehan appela Taylor. « Je veux une prestation aux petits oignons. Le doigt sur la couture du froc. Un boulot soigné. Rapport dactylographié ou calligraphié avec pleins et déliés. Superorganisation. Je veux tous les documents. Mais rien de superflu. » Sheehan avait été élevé chez les bonnes sœurs.

Il expédia ses autres affaires et avertit personnellement sa bourgeoise qu'il ne rentrerait pas pour dîner. Le premier vol possible était à 17 heures — 19 h 17, heure locale. Et en classe touriste. Duraille pour un gros qui aimait ses aises et mortel pour les fringues. Pas de place pour accrocher sa veste. Il la plia soigneusement et la fourra par-dessus ses autres affaires dans le râtelier à bagages. Manque de pot, quelque chose bougea et elle resta coincée entre un paquet de bouquins et un sac de fruits crevé pendant deux mille bornes. Il y avait des taches de raisin sur l'épaule et chaque mouvement de manche dégageait un parfum de banane. L'avion atterrit à l'heure dite à l'aéroport de L.A. mais, bien qu'il n'eût qu'un bagage à main, il ne parvint pas à accrocher un taxi avant 7 h 38. Pas le temps de se changer. C'était une journée chaude et humide. Le bahut n'était pas climatisé. Il arriva à temps, mais chiffonné. L'entrejambe de son falzar à 1 800 dollars était aussi fripé que la bobine d'une pochetronne centenaire.

Humiliation supplémentaire : le costard d'Hartman coûtait 3 600 dollars.

« On dirait que Maggie et Joe font équipe, dit Hartman. Comment en est-on arrivé là ? »

Mel Taylor avait rédigé un résumé sommaire, avec les numéros des bandes en regard des faits décrits.

« Miss Lazlo est rentrée au petit matin après la barmitzvah. Elle a été raccompagnée par Jack Cushing. »

Hartman acquiesça. Cushing était un client de RepCo.

Taylor prit la bande 1 et l'inséra dans le magnéto. « Ils ont commencé à devenir intimes », ajouta-t-il, et il appuya sur PLAY. Le son était excellent et attestait la qualité du matos. On pouvait entendre non seulement les mots, mais les halètements et les baisers passionnés. « Joseph Broz était déjà dans la maison. Il a dû apparaître à un moment ou un autre et ils l'ont vu. » Mel accéléra la bande. L'arrêta. « Ils ont tous deux ordonné à Broz de partir. Il a refusé. Il y a eu une rixe. Broz a gagné. »

Mel appuya sur PLAY. Ils entendirent des froissements et des gémissements.

« Ici, il y a un blanc », expliqua-t-il en passant de la bande 1 à la bande 2. « Deux blancs, en fait. Ils sont sortis. Devant. Ils sont revenus. Puis, nous supposons qu'ils sont allés sur la plage. Si vous écoutez bien, vous percevrez divers... bruits. Les analystes estiment que le son *chtink* correspond à la porte de devant et le *chtonk* à la porte de derrière. » Il mit la bande 3. « Ils sont rentrés dans la maison et sont devenus intimes. »

Les trois hommes firent de leur mieux pour paraître indifférents aux échos de la chair. Taylor avait le bambou. Il était assis de telle sorte que ça ne se voyait pas, mais ça la foutait mal et il était furax. Il se demandait s'il avait tourné voyeur. Pervers. Il avait le sentiment que Broz faisait plus que tringler la greluche, qu'il prenait du large, changeait de catégorie, comme si le plongeon dans la chatte dorée lui conférait l'invulnérabilité sociale de même que l'immersion dans le Styx avait conféré l'invulnérabilité physique à Achille.

Sheehan, qui était très blond, piqua un fard. Quand l'audition eut duré assez longtemps pour lever toute équivoque sur la nature de ce qu'on entendait, Taylor retira la bande pour ne pas avoir l'air de s'attarder lourdement. Il sauta la bande 4. « Toujours la même chose », expliqua-t-il, et enclencha la 5 : « Ceci a été enregistré dans la cuisine. Ils ont donné congé à la bonne, Mrs. Mulligan, en début de matinée. » Ils écoutèrent. « Après quoi, ils ont continué leurs... relations. » Taylor sortit les bandes 6 à 11, mais ne les passa pas, indiquant d'un geste expressif qu'elles étaient du même tonneau.

Hartman mit la 6 et rougit. L'érotisme se mêlait aux bruits domestiques. Mais il était beaucoup plus question de sexe que de ménage. Puis il écouta au hasard des extraits de la numéro 9. C'était également très stimulant. Sheehan, qui se tapait de longues heures sur la route, était devenu un auditeur assidu des téléphones roses. Ce qu'il entendait là supportait largement la comparaison, et l'idée que la partenaire féminine était une véritable star de ciné rajoutait du piquant. Les nanas qui roucoulaient à l'autre bout de la ligne avaient assurément des voix craquantes, mais il les soupçonnait toujours, malgré leurs inflexions lascives, de ressembler en réalité à Margaret Hamilton dans *Le Magicien d'Oz*, à Roseanne Barr ou, pis, à sa femme. Il décida de faire faire des copies des bandes de Magdalena Lazlo pour ses archives personnelles.

Hartman arrêta le magnéto et rassembla les cassettes.

« Ce sont les seuls exemplaires ? demanda-t-il.

— Oui », dit Taylor, menteur comme pas deux.

Il avait fait des copies pour lui. Ray Matusow aussi — ce qu'il ignorait — et d'autres techniciens idem, fort probablement.

« Je ne voudrais pas que des bandes de Magdalena Lazlo en train de faire l'amour circulent en ville », reprit Hartman.

Il savait qu'il y avait des copies. C'était pareil avec les films. Les techniciens des labos ciné faisaient toujours des copies personnelles des plus beaux lolos et des plus beaux barbus qu'ils voyaient sur les chutes, surtout quand c'était du lolo et du barbu de marque déposée. On ne pouvait pas s'y opposer. Il s'en foutait complètement, d'ailleurs, mais ça lui permettrait d'avoir barre sur U.Sec. Hartman assurait toujours ses arrières. Il lorgna la dernière cassette comme s'il s'attendait à voir la tronche de Joe en couverture, comme sur une pochette de disque.

« Ce Broz... ça lui arrive souvent ?

— Non.

— Les femmes lui tombent dans les bras, d'habitude ?

— Je ne pense pas, répondit Taylor. Ça n'a jamais été signalé. Je n'aurais pas cru ça de lui.

— C'est un homme à vous. Vous avez un dossier sur lui ? » dit Hartman. Taylor lui passa le dossier personnel de Joe. « Intéressant. Ancien marine. Quatre expéditions au Viêt-nam. Deux Purple Hearts avec palmes. Cité pour la Silver Star... Je me demande pourquoi il ne l'a pas eue. Deux Bronze Stars. Puis il est retourné au Viêt-nam en tant que civil...

— Je peux voir ça ? » demanda Sheehan en cueillant les papelards sous le nez d'Hartman. Il y avait dans le dossier certaines choses à ne pas mettre sous les yeux d'un étranger au service. Taylor avait perdu la boule. Sheehan aurait dû l'écarter du coup aussitôt après leur dernier entretien. Il parcourut la page en diagonale... Non, fausse alerte, Taylor n'était pas cinglé : le dossier avait été épuré. « Ah, oui, je vois », dit Sheehan, profondément rassuré. Il désigna un nom sur la page. « Apparemment, il travaillait dans une entreprise du bâtiment. » Pour masquer son soulagement, il ajouta : « Peut-être le virus jaune, comme on dit. Il paraît que les devises occidentales ont un certain effet sur les Indochinoises. À moins qu'il n'y soit retourné simplement parce qu'il y avait plus d'argent à gagner là-bas qu'ici pour un gars comme lui.

— Si je comprends bien, vous avez choisi de ne pas dire à ce Joe Broz que Maggie était sur écoute. Ça me semble une bonne décision. »

Taylor regarda Sheehan. Sa seule initiative non réglementaire venait d'être avalisée par le client.

Hartman était raisonnablement satisfait. Il avait réussi à éliminer tous les gens un peu trop curieux. Magdalena était la dernière récalcitrante et, à en croire ces enregistrements, elle avait désormais un autre centre d'intérêt, un nouveau godemiché pour amuser son corps et son esprit.

« Ah, les actrices », soupira-t-il. Maintenant, il serait aux prises avec des emmerdements classiques. La routine. « Chaque fois qu'il y a un nouveau mari ou un nouvel amant, elles changent de coiffure, de garde-robe et commencent à réclamer des rôles différents. Ils se prennent tous pour John Derek ou, pire, pour le nouveau Jon Peters. Attendez. Vous verrez. »

Ce serait une grave erreur de croire que, sous prétexte qu'il avait une vie sexuelle un peu tordue, Mel Taylor était un branleur. Loin de là. C'était un malin et, quand il bossait pour son pays ou pour sa compagnie, il était d'une efficacité redoutable.

« Vous ne nous suggérez tout de même pas d'interrompre la surveillance parce qu'ils ont sauté le pas ? » demanda-t-il. Les bandes l'avaient autant convaincu que les autres. La seule différence était qu'eux voulaient être convaincus et lui non. Il avait encore un atout dans son jeu et il voulait avoir une chance de le placer. Personne ne pouvait feindre la fornication avec un tel luxe de détails dans le bruitage. Sauf à devenir fou. Mais, bon sang de bon Dieu, Taylor voulait en avoir le cœur net.

« Hum, ils ne semblent plus très dangereux, dit Hartman. Mais enfin, si vous y tenez, continuez.

— Est-ce une question de prix ? demanda Sheehan.

— Non. Employez tous les moyens nécessaires pour faire un bon boulot. »

Ça lui était facile à dire : il avait déjà tout arrangé pour refiler la facture à quelqu'un d'autre.

Bien. L'atout de Taylor était la bonniche. Quand il s'était débarrassé de Maria — ce qui n'avait pas été coton, vu qu'elle avait une *green card* valable pour six ans —, il s'était démerdé pour que le bureau de placement envoie une clandestine. Miss Mulligan ne travaillait pas pour U.Sec. Mais ça ne tarderait pas. Si elle voulait rester en Amérique.

« Que faisons-nous si miss Lazlo recommence à poser des questions ? dit Taylor. Ou si Broz le fait pour elle ? »

Hartman gambergea un instant. C'était le moment de mettre les points sur les i.

« N'oubliez jamais que Magdalena Lazlo est une femme de grande valeur, répondit-il finalement. Outre ses qualités humaines — sensibilité, créativité et j'en passe —, elle fait gagner beaucoup d'argent à beaucoup de monde. Mieux vaut éviter le gâchis. Je vous conseillerais donc d'essayer de traiter le problème avec précaution. En ce qui concerne Mr. Broz, là, c'est votre affaire. Quoi qu'il en soit, il y a une règle absolue : ce que fait Mr. Beagle est infiniment plus important que leurs personnes. Ça doit rester secret à n'importe quel prix. Je pense que je peux difficilement être plus clair. »

Taylor se tourna vers Sheehan, qui demanda :

« Quand vous dites "à n'importe quel prix"... vous ne euh... vous ne parlez pas seulement d'argent.

— Je regrette que nous ne nous comprenions pas.

— C'est-à-dire, si nous parlons de... » Sheehan avait le cul entre deux chaises. C. H. Bunker lui avait recommandé de se plier à toutes les exigences du client. Et U.Sec ne craignait pas, en principe, de tremper dans des combines plus ou moins louches. Mais Sheehan — ainsi que Taylor, d'ailleurs — avait tendance à soupçonner Hartman de légèreté en raison du caractère frivole, selon lui, de ses activités. « Si nous parlons de mesures illégales ou, hum... coercitives, je ne sais pas quoi répondre... »

C'était exactement ce à quoi pensait Hartman. Mais il n'était pas question pour lui de le formuler explicitement, et encore moins par écrit, devant ces deux clowns.

« Il y a une règle absolue », répéta lentement Hartman, qui détestait pourtant se répéter. Il reprit mot pour mot : « Ce que fait Mr. Beagle est infiniment plus important que leurs personnes. Ça doit rester secret à n'importe quel prix. » Puis il ajouta : « Si ça vous pose des problèmes, résiliez le contrat tout de suite. Si vous ne comprenez pas, adressez-vous à C. H. Bunker. Si vous voulez avoir la certitude que vous êtes dans le camp de la justice, de la vérité et des valeurs américaines, appelez l'homme pour qui vous avez travaillé en 1979. »

Taylor ne pigea pas. Mais Sheehan se redressa. Encore un peu et il se mettait au garde-à-vous.

« Oui, monsieur, dit-il.

— Autre chose ? demanda le client.

— Non, monsieur. »

Hartman emporta les cassettes et le dossier de Joe Broz. Les deux autres l'accompagnèrent jusqu'à l'ascenseur et, juste avant que les portes ne se referment, il confia à Sheehan :

« Au fait, *il* a dit le plus grand bien de vous.

— Merci, monsieur », répondit Sheehan.

Il attendit, écouta les câbles ferrailler dans la cage et, quand il fut sûr que plusieurs étages le séparaient d'Hartman, dit à Taylor : « C'étaient pas vraiment les seules bandes, hein ?

— Je vous fournirai un jeu de copies. Qu'est-ce que vous faisiez en 1979 ?

— J'étais encore à la CIA, répondit Sheehan. Et, en 79, notre directeur était George Bush. »

CHAPITRE 21

Elle vient vers moi. Assez près pour que je puisse la prendre dans mes bras.

« D'accord, dit-elle, si vous voulez. Si vous supportez de me toucher.

— Je supporterai. »

Elle a l'air — comment ? — désolée. Elle se glisse dans mes bras et pose gentiment la tête sur mon épaule. Nous dansons.

« Soyez patient avec moi, dit-elle.

— Ouais.

— Vous croyez qu'ils ont marché ?

— Oui. J'en suis certain. Je le sens. »

C'est la vérité. Même si nous devons nous remémorer constamment que nous sommes sur écoute, l'impression est différente. Je ne suis plus le daim qui voit le tigre. *La stratégie du positionnement évite la Réalité et favorise l'Illusion.* Maintenant, quand le tigre me voit, il voit l'un des siens. Peut-être pas un autre grand félin, mais au moins un chacal.

Maggie se met à rire. La musique joue toujours. Nous murmurons.

« Qu'est-ce qu'il y a ?

— Mrs. Mulligan revient demain.

— Je sais.

— Rappelez-vous ce que nous devons faire.

— Oh, merde.

— C'était votre idée. Quand nous nous sommes assis sur la plage après votre empoignade avec ce pauvre chéri de Jack Cushing.

— Dites-moi un truc. Vous vous apprêtiez vraiment à coucher avec lui ou était-ce seulement pour me provoquer ?

— Je crois que nous devrions faire ça dans des chambres séparées.

— O.K. Allons-y. »

Je mets le cap sur l'escalier. Maggie marche à côté de moi. La musique est assez forte pour nous permettre de parler. À condition de murmurer.

Elle m'agrippe sur les marches.

« Joe, c'était votre idée. Cessez de vous torturer. Vous m'avez dit que tout cela avait pour seul but de vous laisser les coudées franches pour enquêter sur Beagle et Hartman. Je vous ai demandé si vous supporteriez de faire semblant d'être mon amant et vous m'avez répondu oui.

— Je sais, mais je pensais qu'il s'agirait simplement de pousser quelques *rhâââ* et *hmmm*, des trucs comme ça. Juste quelques minutes. Je n'imaginais pas qu'on se lancerait dans des... comment dire ? des scénarios aussi longs et intenses. Et salaces.

— Je vous avais prévenu : je refuse de reproduire la bande son d'un film porno de bas étage.

— Personne, dans toute l'histoire de la sexualité, n'a jamais eu besoin d'aussi longtemps pour feindre un orgasme. Ce qu'il y a de bien dans les faux orgasmes, c'est justement qu'ils viennent vite.

— Si je dois faire semblant d'être votre maîtresse pour le compte d'une bande de saligauds qui écoutent aux portes, dont David Hartman probablement, je veux leur en faire baver. Je veux qu'ils en crèvent de jalousie. Tous autant qu'ils sont. Ces voyeurs qui m'espionnent. Puisqu'ils aiment tant les scénarios, je leur en donnerai.

— C'est bon, j'ai compris, allons-y. »

Le raisonnement est très clair. Que va penser Mary Mulligan, après avoir été congédiée pour nous laisser seuls et après tout notre battage dans les boutiques de fringues, si elle trouve des draps propres à son retour ? Il faut que les draps soient tachés. Même si elle ne travaille pas pour eux, la rumeur sera dans toutes les chaumières en quelques heures. Maggie est une star. Et que font les bonnes, les chauffeurs, les plombiers, les électriciens, les toubibs, sinon jacasser sur les stars ? On racontera peut-être qu'elle est homo et veut le cacher, ou alors qu'elle monte tout un machin en épingle pour exciter la jalousie de Jack Cushing, ou encore qu'il y a gerbille sous roche — peu importe le bobard, tout le monde saura que nous avons fait semblant. Le bruit courra vite jusqu'à U.Sec., et donc jusqu'aux oreilles de David Hartman.

Elle va dans sa chambre, moi dans la mienne au fond du couloir. J'ai appris à faire ça en 1967, quand c'était une question de vie ou de mort. Pas à me branler, mais à peaufiner les détails. Ne rien montrer de ce qui ne doit pas être vu. S'assurer que tout ce qui est censé se voir se verra. C'est ce qui fait toute la différence entre dresser une embuscade et tomber dedans. Les Viets étaient passés maîtres en la matière, parce qu'ils n'avaient pas le choix. Je suis dans la même situation qu'eux. Ils n'avaient pas la puissance de feu, moi non plus ; ils n'avaient que leur jugeote, leur faculté d'imaginer et de soigner les détails, moi aussi.

Pourquoi suis-je gêné ? Ce n'est pas la première fois que je me masturbe. Quand on avait treize, quatorze berges, on faisait ça en groupe. Il y avait des compétitions pour savoir qui était le plus rapide, qui tirait le plus loin. Ça ne devrait pas m'embarrasser. Non, vraiment. Maggie fait plus ou moins la même chose dans sa piaule. Bien que les taches d'une femme soient moins reconnaissables que celles d'un homme, il y a toujours les odeurs. C'était pareil là-bas. Ils nous flairaient et on les flairait. Je sentais leur riz pourri, leur tabac et, quand ils fumaient de l'herbe, je vous jure que je le savais. Je repérais leur odeur corporelle et je pouvais faire la différence entre un pet américain et un pet de Viet. Je ne sais pas si Mary Mulligan regardera les draps ou fermera les yeux quand elle les balancera dans le linge sale. Je ne sais pas si elle les reniflera, mais peut-être qu'elle remarquera l'absence d'odeur. Voilà comment je vois les choses.

Maggie et moi allons traiter chacun notre propre drap, séparément, puis on fera l'échange.

Ça me rend marteau. Je suis amoureux d'elle. Je veux lui faire l'amour, avoir des rapports sexuels, passer à l'acte, consommer, baiser, appelez ça comme ça vous chante, c'est ce que je veux. On a flirté en public. On a dit des cochonneries pendant deux ou trois jours, en jouant des scènes que je paierais pour écouter. Je vis ici depuis des semaines. Et elle est là, sur le même palier. J'entends des pouffements, comme si elle était aussi gênée que moi, puis d'autres bruits, comme si elle se touchait — et prenait son pied. Je trique comme un malade. Et je me sens con, minable et con, d'utiliser ma pogne alors que Maggie est à quelques mètres.

Je repousse le drap, je saute du pieu et je fonce dans le couloir.

J'entre dans sa chambre, en pleine érection. Déterminé. Je vais la prendre et elle va aimer ça. Pourquoi ne se laisserait-elle pas emporter par le jeu, comme moi ? Qu'est-ce qui ne tourne pas rond chez elle ? Pourquoi se retient-elle ?

Je grimpe sur le lit et je l'attire contre moi. Elle fait la morte. Je l'embrasse. Un glaçon.

« Qu'est-ce que vous voulez ? murmure-t-elle. Me *sauter* de force et ne jamais plus me revoir ? Vous ne préférez pas vous dominer et conserver une chance de voir la chose se réaliser vraiment ? Alors, vous pourrez me sauter mille fois, et avec du répondant. Qu'est-ce que vous allez faire, Joe ?

— Je vais te sauter, Maggie ! » dis-je, assez fort pour être capté par les micros.

Si j'avais eu vingt ans, je l'aurais probablement tringlée. En pensant que c'était ce qu'il y avait de mieux à faire. En homme. En marine. Mais je n'ai pas vingt ans. Et elle est la plus belle femme que j'aie vue. Depuis mon retour du Viêt-nam. Il y a un téléviseur 70 cm dans le mur, avec télécommande sur le lit. Je l'allume. Je monte le son. C'est une chaîne pour cinéphiles. Il y a John Wayne en cow-boy.

« Merde, Maggie, dis-je. C'est gênant.

— Mais non. C'est une preuve de sagesse et de maîtrise de soi. Un bon guerrier ne se laisse pas mener par la queue. »

CHAPITRE 22

SHERIE CHEZ LES STARS

Notre très chère Maggie s'est trouvé un nouveau galant. Après une longue, longue période maigre. Bravo, Mag ! Pas un muscadin, cette fois. Non, un vrai dur et je parie qu'elle préfère ça. Je la comprends. C'est Joe Broz, un conseiller en sécurité de première classe. Un détective, comme on disait dans le temps. Il paraît qu'il a été décoré au Viêt-nam et qu'il est du genre à se battre pour l'amour de sa belle. Alors, un conseil, les gars, tenez-vous à carreau ; nous ne voudrions pas qu'il vous arrive des bricoles. Ce type ne plaisante pas. On vous aura prévenus...

Taylor veut me faire poireauter. Je regarde par la fenêtre. Le smog est particulièrement dense. Au quarante-troisième étage, on le surplombe. L'effet est assez bizarre. On voit quelques immeubles de bureaux en émerger. On dirait des îles flottantes modulaires dessinées par ordinateur plantées dans une mer brunâtre. Des avions survolent la brume, y piquent du nez et disparaissent.

Je me retourne. La secrétaire de Mel me lorgne avec des étoiles dans les mirettes. Elle s'appelle Bambi Ann Sligo. Elle ressemble un peu à la mère Thatcher : des tifs en paille de fer, dure à baiser. Tout le monde l'appelle Mrs. Sligo. Même Mel. Elle frise la cinquantaine, mais Cher aussi. Elle, elle appartient à une autre espèce de quadragénaires, celles qui sont entrées dans l'âge mûr à vingt-neuf balais et ont réussi à se faire le look de Barbara Bush dès trente-six.

Je lui souris.

« Oh, monsieur Broz », soupire-t-elle.

J'opine du bonnet, avec condescendance, comme une star devant les petites gens qui font leur succès.

« Salut, Bambi, ça gaze aujourd'hui ?

— Oh, monsieur Broz. » J'ai l'impression d'être sa vedette de ciné préférée. « J'ai dit à Mr. Taylor que vous étiez là. Il va venir tout de suite, je vous le promets.

— Merci, Bambi. » Grand sourire.

Elle rougit. Je m'assois et j'ouvre un des magazines. Pas *Police & Security News*, non : *Hollywood Reporter*. Bambi Ann fait semblant de classer des paperasses en me reluquant du coin de l'œil. Le charisme de ma cliente a-t-il déteint sur moi ? Mrs. Sligo me voit régulièrement depuis douze ans et c'est bien la première fois que je fais crépiter son compteur Geiger. Elle est dévorée de curiosité : à quoi ressemble un type dont le pénis a pénétré une vraie star de cinéma ?

Mr. Taylor en a enfin marre d'affecter d'être débordé et sonne Mrs. Sligo pour l'informer qu'il peut consacrer deux minutes à Joe. Elle me dit que je peux entrer. Je me lève. Elle me couve des yeux et je sens qu'elle meurt d'envie de me poser une question. Alors, je m'arrête devant son bureau et je lui dis :

« Qu'est-ce qu'il y a, Bambi ?

— C'est vrai ? » demande-t-elle.

L'article de Sherie est caché sous ses dossiers.

Je la regarde en face et je lui prends la main. « C'est vrai. Entièrement vrai. » Elle est à deux doigts de s'évanouir. Mais il y a encore autre chose qui la turlupine. « Allez-y, dis-je, je vous écoute.

— Est-ce que vous... » — elle hésite, détourne les yeux, se ressaisit et se jette à l'eau — « ... faites de la scientologie ?

— Non.

— Oh », dit-elle, comme si elle venait d'apprendre quelque chose d'important.

Je sais que Mel me déteste. Ce qui, quand on connaît tous les faits, est stupide. Je lui ai probablement *sauvé* la vie ; je ne la lui ai pas *gâchée*. Et je lui ai appris quelque chose sur la réalité telle qu'elle est vécue en temps de guerre. Il fait semblant de ne pas l'admettre, mais c'est comme ça et il le sait. Maintenant, la chose a pris un tour différent. Les enregistrements de Maggie et moi sont affichés sur sa tronche. Il pense que j'ai désormais quelque chose de plus que lui et ça le défrise. Il a une mentalité d'officier. Pour lui, un officier est un être supérieur, qui doit avoir un plus gros compte bancaire, une meilleure bouffe, un club réservé, une gnôle plus chère, une chatte plus bandante ; et la seule raison d'être des classes inférieures est de garantir aux classes supérieures qu'elles valent mieux qu'elles.

« Je veux un congé.

— Pourquoi ne pas démissionner carrément ? T'es une grosse pointure, maintenant. »

Je ne veux pas démissionner. Je veux que Maggie soit amoureuse de moi, mais je n'ai pas encore perdu le sens des réalités. Je sais que je joue un jeu. Je sais que les enregistrements sont du bidon. Je ne m'attends pas vraiment à devenir son conseiller et producteur exécutif, le nouveau Jon Peters.

« Je veux un congé, Mel.

— Ce n'est pas dans la politique de la maison. Sauf pour maladie ou maternité.

— La politique de la maison est d'accorder des congés pour garantir la discrétion. » En principe, elle les accorde — elle insiste même là-dessus — parce que ça sert les intérêts de U.Sec. Par exemple, quand ils ont envie que vous fassiez un sale boulot dont ils ne veulent pas assumer la responsabilité officiellement. J'ai été dans ce cas, j'ai pris des risques pour eux, alors j'estime que, quand je demande un congé pour raisons personnelles, j'y ai droit.

« C'est bon, Joe, je vais étudier la question. Pourquoi ne pas faire une demande par écrit ? Je consulterai Chicago et je te tiendrai au courant. » Il veut dire : *Je vais te faire lanterner, te forcer à remettre ça sur le tapis cinq ou six fois, je trouverai des prétextes à la con et finalement, quand je jugerai le moment opportun, je te dirai non.*

« J'aimerais régler ça tout de suite, Mel. J'ai des choses à faire.

— Je n'en doute pas. Mais ce n'est pas comme ça que ça marche. Il y a des procédures à suivre.

— Tu veux jouer au plus fin avec moi, Mel, c'est ça ?

— Je veux seulement faire les choses proprement. Par la voie hiérarchique. Et, tant que je commanderai dans ce bureau, ça se passera comme ça. »

Maintenant, j'ai des as dans mon jeu. Je pourrais les mettre sur la table et, probablement, remporter la mise. S'il veut la guerre, soit je gagne, soit nous perdons tous les deux. Mais comment un Jon Peters en herbe, amant-producteur en plaqué or, goupillerait-il son affaire ?

« Je vais te dire, mon petit Mel. Je sais d'où tu viens et ça mérite le respect. Sincèrement. Une entreprise doit être dirigée avec ordre. Comme une armée. Crois-moi, je n'ai aucune intention de foutre la pagaille. Je viens seulement de me rappeler que j'avais plein de vacances en retard. Au moins huit, neuf... dix semaines. Rien que sur les trois années écoulées. Peut-être plus. Et puis, j'ai au moins trois mois de congés maladie qui me reviennent.

— On est dans le privé, ici. On ne considère pas les congés maladie comme des vacances. Les congés maladie sont pour les malades et les blessés, par pour les feignants. *Voilà* la politique de la maison.

— Mel, je ne cherche pas la bagarre. J'essaie d'arrondir les angles. Je vais faire ma demande par écrit, comme tu le souhaites. Et je suis sûr que tu recevras une approbation dans les dix jours. Bien avant la fin de mes vacances...

— Qui a dit que tu pouvais prendre tes vacances maintenant ?

— J'y ai droit. Je les prends, dis-je sans m'énerver.

— T'es en mission. Tu restes en mission.

— J'en ai marre de cette mission. Merci, Mel.

— Je me fous pas mal que Magdalena Lazlo te taille des pipes. Ça ne te donne aucun passe-droit sur mon organigramme. N'oublie pas que je te connais. Je sais qui tu es.

— Mel, ce n'est pas gentil. » Je garde mon calme. « Tu as insulté la femme que j'aime. Tu as insulté une cliente de cette compagnie. Ce n'est pas bien. Je te l'ai dit, je ne veux pas d'engueulade et je ne souhaite pas en venir aux mains. » Ce qui est faux. J'adorerais ça. Mais les appareils enregistreurs de la compagnie sont peut-être en train de tourner et je sais que le petit magnéto que j'ai dans la poche fonctionne très bien. « Je te conseillerai donc d'accéder à ma requête. Entre-temps, je rédigerai une demande par écrit, conformément à tes désirs.

— Quel est ton problème, Don Juan ? T'as peur qu'elle te plaque dans deux semaines pour un meilleur baiseur ?

— Excuse-moi, Mel, mais essaierais-tu de me provoquer ? Cette grossièreté est inacceptable. Si j'enregistrais cette conversation, je crois que tu risquerais ta place. »

Il comprend tout de suite que je suis effectivement en train de l'enregistrer.

« Tu étais un emmerdeur au Viêt-nam. Tu es un emmerdeur ici. Tu t'imagines que tu peux faire ce que tu veux. Eh ben, non. Pas quand c'est moi le chef. C'est terminé.

— Mel, je t'offre un moyen raisonnable de régler cette question.

— Sors d'ici. »

Je me lève. Je m'appuie sur son bureau. Je le toise.

« Mel, tu as dépassé la mesure.

— Tu te roules dans la crotte et tu te pointes avec des roses. Arrête ton cinéma, Broz.

— C'est une affaire personnelle entre toi et moi », dis-je. *Vas-y, Mel, le magnéto tourne.*

« Je peux être aussi calme que toi.

— Bien. Prouve-le.

— Allez, tire-toi. J'ai du travail.

— Soigne bien ta paperasserie, Mel. »

Quand je sors, Bambi, qui jusqu'à aujourd'hui ne m'avait jamais adressé un mot plus personnel que « Bonjour... sale temps, hein ? », me dit : « Je suis désolé. Il n'aurait pas dû être aussi grossier. »

Je redescends. Question congé, je suis servi. Je prends la direction de Sunset Boulevard. C'est l'adresse de mon nouveau bureau. J'ai récupéré le bail d'un producteur qui a déposé le bilan et avait trois mois de loyer en retard. Les temps sont durs pour les indépendants. Maggie a détesté l'endroit au premier regard. Mais elle s'est ravisée quand je lui ai promis qu'elle pourrait le redécorer. Moi, il me plaît parce que, malgré les dimensions réduites de l'immeuble, il y a quatre sorties possibles. Difficile à surveiller. Il me fallait une taule séparée de la maison de Maggie. Nous continuons à faire semblant de ne pas avoir remarqué les micros chez elle, mais il est préférable d'avoir un local neutre, où Matusow n'a pas fourré son nez. Ici, je n'ai pas besoin de lui. Je peux me charger moi-même du balayage électronique, vu que je ne m'installe pas en qualité de détective privé, mais en tant que... comment dirais-je ? conseiller de Maggie ? amant ? producteur ? Nous allons prendre sa carrière en main nous-mêmes. Lui trouver les bons coups, les meilleurs réalisateurs, les meilleurs auteurs, les meilleurs partenaires. Comme des grands. Nous déjeunerons avec Hartman, à charge pour lui de transmettre nos projets aux studios. Quiconque acceptera de la financer aura un droit de regard prioritaire sur nos sujets. Si personne ne nous offre un montage acceptable, nous y allons seuls. C'est le conseil que je lui ai donné. Dans ce job, on ne peut pas rester les bras croisés en attendant qu'ils viennent vous trouver. Parce que, quand c'est eux qui vous contactent, c'est pour vous proposer un truc qui les arrange. C'est cousu de fil blanc. Tout le monde se fout de savoir ce qui est bon pour elle — à part elle... et moi, bien sûr. C'est ce que je lui ai dit et ça cadre tout à fait avec ce qu'elle pense.

Je sais maintenant que les nouvelles vont vite dans cette ville. Et qu'on ne s'y fait pas de cadeaux. Je ne suis donc pas surpris d'entendre le téléphone sonner, alors que je n'ai encore fait aucune annonce et que l'agence n'est même pas ouverte. Il n'y a pas un meuble. Le téléphone est posé par terre. Je suppose que c'est quelqu'un qui a un script à fourguer, une proposition pour Maggie ou qui veut se faire engager comme lecteur, un truc dans ce goût-là.

Ce qui me surprend, en revanche, c'est que le premier coup de fil que je reçois dans mon nouveau bureau vienne, d'une certaine façon, du Viêt-nam.

CHAPITRE 23

Beagle était assis tout seul dans le noir.

Devant lui, un écran tactile d'ordinateur. Avec ça, il pouvait lancer des images ou se passer des films entiers sur les dix, ou n'importe lequel des dix écrans de télé HD Musashi encastrés dans le pan de mur incurvé de sa salle de vidéo.

Les écrans étaient disposés sur deux rangées de cinq. Ils étaient plats, format 2,4 sur 1, et assez larges pour contenir dans la plénitude de leur cadre initial les vieux films en Todd-AO, Ultra-Panavision 70 et Cinémascope. Pour les cadres plus petits, les bords de l'écran formaient des bandes noires, qui se confondaient avec le revêtement noir du mur. L'écran central, dans la rangée supérieure, était plus grand que les autres.

Après avoir visionné des milliers de kilomètres de pellicule et de bande, il avait sélectionné ce qui lui semblait la quintessence de l'idée que l'Amérique se faisait d'elle-même en guerre. À partir de ces images choisies, il avait monté une composition à mi-chemin entre l'histoire et la mythologie. Une *Iliade* américaine high-tech sur dix écrans. Il allait à présent projeter ce florilège devant un unique spectateur, lui-même, en espérant que ça lui permettrait de comprendre quel genre de guerre il devrait mettre en scène pour plaire à son pays.

Écran central. *La Chute du drapeau espagnol.* Juste une image. Un leitmotiv. Une trompette retentit dans le lointain pour situer l'époque.

Une hampe contre le ciel. Deux mains entrent dans le cadre. Elles abaissent le drapeau espagnol et hissent la *Old Glory*.

C'était tout. Filmé en 1898, quand l'Amérique avait déclaré la guerre à l'Espagne. C'était le premier film de guerre commercial.

Puis, sur l'écran 1, dans le coin supérieur gauche, apparut le célèbre documentaire de Leni Riefenstahl de 1934, *Le Triomphe de la volonté.* Des centaines de milliers de représentants de la Race des Seigneurs défilent en uniforme, se tournent, saluent, se mettent au garde-à-vous, chantent. *Heil Hitler !* Le peuple allemand annonce qu'il s'est transformé en machine à gouverner le monde. Il va annexer, terroriser, envahir, conquérir, exterminer, incinérer — et voici l'image qu'il veut se donner pour le faire. Un peuple. Une volonté. C'est l'image qu'ils vont vendre au monde et à laquelle le monde croira encore longtemps après la mort d'Hitler et la défaite.

Sur l'écran 5, dans le coin supérieur droit, un autre film commence : *Le 7 décembre.* Calme et paisible Hawaï. Des formations d'avions japonais apparaissent en vrombissant dans le ciel silencieux.

L'attaque sournoise. Les Japonais attaquent les navires américains qui mouillent dans le port d'Honolulu. La flotte de guerre, fierté de l'Amérique, se change en fumée noire. Les zincs américains sont tous au sol. Alignés en bon ordre. Des cibles parfaites. Impuissants et sans défense, ils sont détruits. Torpilles. Navires en feu. Avions éclatés. Flammes. Marins à la débandade. Deux matelots ripostent à la mitrailleuse. Ils tirent vers le ciel. L'un tombe. L'autre continue à tirer.

En coulisse, de l'autre côté des écrans vidéo, dans un capharnaüm de matériels divers, d'étagères d'acier, de câbles enroulés, de fils électriques spaghettoïdes, de moniteurs en tout genre, Teddy Brody regardait aussi. Quand Beagle cherchait un film qui n'était pas encore chargé dans le Fujitsu et digitalisé, c'était Teddy, le documentaliste, qui farfouillait dans les râteliers pour dénicher la pelloche, la bande ou le disque correspondants et les mettait sur le projecteur, le magnétoscope ou le lecteur.

Il aimait beaucoup la séquence que Beagle avait montée. C'était tellement stimulant intellectuellement que Teddy en oubliait ses terribles frustrations — sa relégation au poste de documentaliste, alors qu'il voulait être metteur en scène, atteindre une position sociale qui lui permette de regarder ses parents de haut en leur criant : « Eh, vieux cons, regardez-moi, j'ai réussi, je n'ai plus besoin de votre amour et je vous emmerde. » Ce qui lui plaisait surtout, c'était l'idée que la base de la pyramide, la fondation, les trois pierres d'angle étaient des falsifications exemplaires.

La Chute du drapeau espagnol n'avait été filmée ni à Manille ni à La Havane, mais sur un toit de Manhattan.

Ce fut un formidable succès commercial, à telle enseigne que les producteurs, Blackton et Smith, avaient enchaîné avec *La Bataille de la baie de Santiago*, un truc plus élaboré, le triomphe de la flotte américaine sur les Espagnols, à Cuba. Celui-là avait été tourné dans une salle de bains. Les navires étaient des maquettes et la fumée des canons était de la fumée de cigarette projetée devant l'objectif par Mrs. Blackton.

Le colossal défilé que *Le Triomphe de la volonté* montra au monde eut vraiment lieu. Toutefois, il fut mis en scène pour la caméra. Ça ne semble peut-être pas si effarant aujourd'hui, quand la vie entière — personnelle, sportive, politique — est déterminée par le prime time. Mais, dans les années 30, la réalité était présumée réelle, les photographies honnêtes et personne ne s'était encore avisé de créer de toutes pièces une manifestation avec des centaines de milliers de participants pour en faire un événement cinématographique.

Le 7 décembre remporta l'Oscar du meilleur court métrage documentaire[1]. Ses images devinrent la référence de tous les films à venir. Des extraits en furent repris pour d'autres documentaires. Dans les films de fiction évoquant l'attaque de Pearl Harbor, les réalisateurs eurent toujours soin de calquer leur travail sur le document que constituait *Le 7 décembre*.

Mais la bataille montrée dans *Le 7 décembre* était du toc. Les navires étaient des miniatures. Ils s'enflammaient et partaient en fumée dans un bassin —

1. John Ford réalisa la version diffusée. Une précédente version, plus longue, de Gregg Toland, plus critique sur l'impréparation américaine, fut censurée jusqu'en 1991. *(N.d.A.)*

une version agrandie et améliorée de la baignoire de *La Bataille de la baie de Santiago*. Les marins qu'on voyait se calter et tirer sur les Japs couraient sur un plateau. La fumée était artificielle. Le bassin et le plateau se trouvaient à Hollywood, en Californie, une ville qui n'a jamais été torpillée ni bombardée.

Teddy Brody adorait ça. Il aimait Leni Riefenstahl, John Ford, Blackton et Smith — et Mrs. Blackton aussi. Il les aimait pour leur audace. La réalité leur faisait défaut, alors ils l'avaient fabriquée. Teddy avait passé beaucoup de temps dans des cercles académiques — B.A. à la Yale Drama School, M.F.A. à UCLA — où les faits étaient vérifiés, où l'imprécision était condamnée et le plagiat banni. Il se sentait ligoté par l'objectivité et pensait qu'on ne pouvait pas y échapper. En outre, son père avait été un baratineur tellement indécrottable que Teddy, pour s'en démarquer, veillait scrupuleusement à conserver la trace exacte de ce qui avait été dit, où, quand et par qui, afin de démonter le mécanisme du mensonge.

L'écran central s'éteignit. Fondu au noir.

Victoire à l'Ouest apparut à côté du *Triomphe de la volonté*. Les armées d'Hitler faisaient route vers la France en écrasant la Belgique et la Hollande sur l'écran 2.

Hitler croyait au pouvoir des films. Il détruisit des villes entières pour créer des images. Quand la Wehrmacht partit à la conquête du monde, chaque bataillon avait une caméra, chaque régiment avait sa propre *Propaganda Kompanie*. Hitler envahit l'Europe continentale assez rapidement et avec relativement peu de résistance. Cela s'explique en partie par le fait qu'il avait convaincu ses ennemis que le Reich de mille ans était invincible. Il combattit avec le pouvoir de l'esprit. Quand les soldats français se retrouvèrent face aux nazis, ils avaient déjà vu les rassemblements de masse à Nuremberg, ils avaient vu les effets de la Blitzkrieg en Pologne, et tout ça dans le même ciné, en vrac, avec les films de Charlot, de Maurice Chevalier et les bandes d'actualités qui leur donnaient les résultats des courses de vélos.

Un à un, Beagle emplit les écrans d'images de l'ennemi triomphant.

À gauche, les nazis marchaient sur Paris, déferlaient sur la Yougoslavie, la Grèce, l'Afrique du Nord, l'Ukraine et les États baltes. La Gestapo emballait des suspects et déportait les Juifs. Ils bombardaient des civils à Londres.

Wake Island, la chute de Singapour et des Philippines, défila sur les écrans 4, 5, 9 et 10 : les Japonais avançaient (lâchement) et les Américains reculaient (héroïquement). John Wayne observait la marche funèbre. Les vainqueurs entassaient brutalement les vaincus dans des camps de prisonniers où ils crevaient comme des chiens.

Sur l'écran central, c'était maintenant *Casablanca*. Pour Beagle, c'était un film crucial, catalyseur, c'était le moment du choix, celui où nous étions passés de l'isolement égoïste à l'engagement. Tout le monde allait au Café américain de Rick, les réfugiés — tchèques, allemands, juifs, roumains... —, les patriotes français, les Vichyssois, un Russe et les nazis. Et le sort de chacun dépendait de la décision de Rick.

Une fois que Rick eut pris sa décision, toutes les images changèrent.

écran 1	écran 2	central	écran 4	écran 5
Le Renard du désert	*La Bataille d'Angleterre*		*L'Empire du soleil*	*Le Pont de la rivière Kwaï*
écran 6	**écran 7**	**écran 8**	**écran 9**	**écran 10**
Les nazis attaquent	*Divide & Conquer*		*King Rat*	*Bataan*

devint :

écran 1	écran 2	central	écran 4	écran 5
La Bataille d'El Alamein	*Sahara*	*CASABLANCA*	*Destination Tokyo*	*Trente secondes au-dessus de Tokyo*
écran 6	**écran 7**	**écran 8**	**écran 9**	**écran 10**
The Rat Patrol	*Coulez le* Bismark	*Stage Door Canteen*	*Stilwell Road*	*Flying Tigers*

À la fin de *Sahara*, Bogart et six mecs, dont un Frenchie, un Rosbif et un Noir soudanais, avaient capturé toute une compagnie de nazis jusqu'alors réputés invincibles.

Sur la droite, les États-Unis commencèrent à riposter dans le Pacifique.

Après ça, l'Amérique était lancée. Plus moyen de l'arrêter. Mythe et réalité se mélangeaient sans vergogne. Les militaires fournissaient à Hollywood la pelloche, le matos, les soldats, le transport, la coopération. En échange, les cinéastes racontaient avec plaisir les histoires que Washington et ses hommes voulaient entendre, telles qu'ils voulaient les entendre.

Écran central : *La Bataille de San Pietro*. Avertissement en ouverture : « Toutes les scènes de ce film ont été tournées à portée de feu de l'artillerie ennemie. » Assez curieusement, c'était vrai. Tandis que, tout autour de l'écran central, des hommes couraient, sautaient, fonçaient, chargeaient, les soldats américains qui effectuaient leur percée en Italie *marchaient*.

Beagle se demanda si le film l'affectait autant parce que c'était le front sur lequel avait combattu son père. Peut-être pas San Pietro, mais l'Italie. C'était là qu'il avait été blessé. Chaque fois qu'il voyait des gars emportés sur les brancards, il cherchait le visage de papa. Il ne le trouvait jamais, même sur les images arrêtées et les agrandissements numériques. Mais il était sûr que son paternel avait eu la même gueule que les autres. Extraordinairement ordinaire. Mal rasé. La clope au bec. Crevant d'envie de boire un jus. Rêvant de légumes frais, d'oignons, d'un bain. Son père était mort. Il ne pouvait pas lui demander : « T'étais à San Pietro, p'pa ? C'est là que t'as décroché ta médaille ? Est-ce que t'étais plus patriote que moi ? C'était mieux, de ton temps ? Dis, est-ce que c'était aussi bien que ça en a l'air dans les films ? »

Les hommes marchaient au combat.

Le film avait été tourné sans son. Le réalisateur, le major John Huston, commentait en voix off : « Ils se heurtèrent à un feu roulant d'armes automatiques et de mortiers. Les patrouilles de volontaires tentèrent avec l'énergie du désespoir d'atteindre les lignes ennemies et de prendre les places fortes. Aucun de ces volontaires ne revint vivant. »

De tous les films que Beagle avait visionnés, celui-ci était le meilleur à ses yeux. Il commençait par des plans de champs désolés et d'arbres sans fruits. Il expliquait simplement et clairement la bataille, montrait le combat, disait ce qui s'était passé. « Seize tanks prirent cette route. Trois atteignirent les faubourgs de la ville. L'un fut pris, les deux autres détruits. » Il parlait des morts. « Les pertes furent lourdes. Après la bataille, le 143e d'infanterie dut réclamer un nouvel effectif de onze cents hommes. » Mais ils finirent par gagner. Les Allemands battirent en retraite. Les villageois et les fermiers italiens sortirent des grottes où ils s'étaient cachés. Huston montrait les visages des enfants et des vieilles femmes en disant : « Les terres conquises à San Pietro furent labourées et ensemencées. La récolte serait bonne cette année. Chacun pria son saint patron d'intercéder en faveur des libérateurs, qui poursuivaient leur route vers le nord. »

Il éteignit tous les écrans pour pouvoir entendre cette fin.

Bang ! Ils remettaient ça. Les zincs survolaient l'Allemagne et le Japon. De vrais comme le *Memphis Belle*, de faux comme le *Memphis Belle* — dans le film de fiction réalisé cinquante ans plus tard à partir du documentaire. *Midi en plein ciel, Victoire dans les airs* (Walt Disney), *Flying Leathernecks* (John Wayne), *Bombardier*, qui montrait que nous pouvions, nous, bombarder des villes sans problèmes de conscience — l'un des crimes nazis — parce que nos bombardements étaient précis. Quelle précision ? L'homme d'équipage dit : « Largues-en une sur la cheminée. » Bombardier : « Laquelle ? » Homme d'équipage : « Celle du milieu. » Bombardier : « Facile. »

L'écran central redevient noir. En dessous, sur l'écran 8, Donald Duck chante : « *Heil, heil*, deux claques pour le Führer. » Bugs Bunny et Daffy Duck font la guerre. Bing Crosby chante pour les souscriptions de guerre. Fred Astaire danse pour l'armée. Gene Kelly danse sur le front. Benny Goodman, Peggy Lee, Glenn Miller, Joe E. Brown, Bob Hope, des tas de filles avec des nichons et des guibolles aujourd'hui anonymes, Bette Midler dans *For the Boys* chantent et dansent et font la guerre, la bonne guerre.

Des batailles navales déferlent sur les écrans. Beaucoup d'extraits de *Victoire en mer*, la série télé documentaire constituée de plans réellement tournés pendant la guerre. Mais voilà que Charlton Heston et Henry Fonda rappliquent dans le cadre.

Écran central. Un gros morceau : *Le Jour le plus long*. Le jour J.

Maintenant, l'action pète sur tous les écrans. Davantage d'images en couleurs. Moins de noir et blanc. Plus spectaculaire, moins tristounet. *Les Douze Salopards, Les Héros de Telemark, Le Pont de Remagen, Opération Jupon, Stalag 17, La Grande Évasion, Les Canons de Navarone, Paris brûle-t-il ?, La Bataille du Pacifique*. Des tas de stars, comme si l'un des secrets de la guerre était leur présence parmi les simples bidasses.

À nouveau, Beagle éteignit tous les écrans et revint au central.

À nouveau, Teddy fut fasciné par l'excellence du choix.

La libération de Paris. La réalité. Pas de mise en scène. De la spontanéité. Un moment incroyable, plein de fleurs et de larmes de joie. Ivresse de la victoire, femmes embrassant les vainqueurs. C'étaient des images qui donnaient un sens à la guerre, de même que le sourire d'un nouveau-né efface les souffrances de la mère qui l'a mis au monde. C'était le Paris de nos rêves, l'Amérique de leurs espérances.

Fondu au noir.

Pause. Repos. La Corée. De méchantes collines pelées. La neige. Des GI emmaillotés dans de grosses capotes, capuches sur les yeux, casques d'acier. Mal rasés. Regards de chien battu. Des Américains vaincus. Des Américains battant en retraite. Peu de bons films sur celle-là. Peu de films tout court. Des documentaires. Des extraits de *MacArthur*. Rien sur l'écran central. Toutes les images étaient petites.

Coupez. Le Viêt-nam.

Bandes d'actualités. Pendant la Seconde Guerre mondiale, la plupart des images étaient tournées par les forces armées, qui les conservaient et les contrôlaient. Au Viêt-nam, elles furent tournées par des civils. Elles étaient immédiatement disponibles et non censurées. Beagle emplit tous les écrans de matériel brut.

Son de l'écran 2. Image d'un type tout ce qu'il y a de plus ordinaire. « La première fois que j'ai su que j'avais tué quelqu'un, j'ai eu une énorme sensation de puissance, dit-il. C'étaient des Jaunes, ils n'étaient pas comme vous et moi. » Il s'agissait d'un documentaire : *Frank, un ancien du Viêt-nam.* « Quand tu sors à l'aube... que tu te planques et que t'attends, t'es un chasseur. C'est incroyable, vraiment *incroyable* ce qu'on peut se sentir fort quand on tue cinq mecs... c'est comme une éjaculation. Tu te sens plus pisser, tu te dis : "C'est moi qui ai fait ça." J'étais puissant. Partout où j'allais, j'avais une arme... Je me rappelle, une fois, j'étais sur un pieu, avec une nana sur moi, et je tirais des balles au plafond. C'était le pied. Nulle part ailleurs tu peux avoir un tel sentiment de liberté... J'étais pas Frank Barber, j'étais John Wayne, j'étais Steve McQueen, j'étais Clint Eastwood. »

Révélation. Personne ne peut supporter autant de réalité.

Coupez. Fiction. *Né un 4 juillet, 84 Charlie MoPic, Les Jardins de pierre, Hamburger Hill, Platoon, Full Metal Jacket...* Rien sur l'écran central. Un trou noir. Il se laissa submerger par les images. Il y avait des réalisateurs qui touchaient leur bille, dans le lot. Stone, Kubrick, De Palma, Coppola, Scorsese, Cimino, les meilleurs. Il étudia ses impressions, ses sensations. Pas bon, tout ça. Des culs-de-jatte. Des menteurs. Des fourbes. Des enfants qui brûlent. De la drogue. Des drogués, des soldats frappadingues avec des flingues. La fiction était plus sordide que les actualités, mais l'histoire était la même. Des viols. Des salauds. Des embuscades, des mines, des tirs. Des huttes en feu.

Tous les idéaux avaient-ils tourné à la folie et à la désolation ? Les Américains étaient-ils devenus les nazis ? Occupation d'un pays étranger. Représailles contre les civils. Oradour, c'était My Lai. Les B 52 avaient fait à Hanoï la même chose que la Luftwaffe à Rotterdam et à Londres.

Ni progrès ni conquête. Rien que de la désolation. Des troupes défiant leurs officiers, tuant leurs officiers — qui n'étaient plus que des machines à massacrer, sans la moindre stratégie. Des bombes de plus en plus grosses pour des résultats de plus en plus minces.

Beagle arrêta tout, brusquement.

Il y avait d'autres images, mais il n'était pas prêt à les voir. Parce que tout cela menait à une conclusion inexorable ? Parce que, au sortir de cette pièce, il allait devoir affronter le monde et s'apercevoir que, cette fois — enfin —, il avait échoué ?

De l'autre côté du mur, Teddy Brody se carra dans son siège, épuisé. Il regardait ces saloperies depuis des mois maintenant et il aurait dû être immunisé. Il aurait dû surmonter le choc des images du Viêt-nam. Il était de la génération de l'après-Viêt-nam et avait grandi pendant la période de révisionnisme qui avait presque immédiatement suivi. Quand il avait eu vingt ans, on lui avait raconté que seuls les marginaux, les dingues, les drogués, les hippies, les rockers fumeurs de shit pouvaient s'être opposés à la guerre. Que tous ces mecs-là étaient de mèche avec la télé, qui trahissait nos nobles guerriers. Le retour à la réalité était dur à encaisser. Comment les Américains avaient-ils pu passer de John Wayne à *ça* ?

écran 1	écran 2	central	écran 4	écran 5
Apocalypse Now	*Friendly Fire*		*Who'll Stop The Rain ?*	*Voyage au bout de l'enfer*
écran 6	écran 7	écran 8	écran 9	écran 10
Coming Home	*Welcome Home Soldier Boys*		*The Boys in Company C*	*Les Visiteurs*

CHAPITRE 24

Je décroche. Steve Weston au bout du fil. Il dit qu'il a vu mon nom dans le journal. Je ne savais pas que tant de gens lisaient « Sherie ». Ça doit être comme quand on se met les doigts dans le nez : on ne le fait devant les autres que s'ils nous ont déjà vu le faire. J'entends un juke-box et des bruits de salle de bar derrière lui. Comme on est en semaine, ça me surprend.

La première chose qu'on remarque chez Steve, plus en le voyant qu'en l'entendant, c'est qu'il est noir. Mais ce n'est pas pour autant qu'on s'attend à le trouver dans un bar en plein milieu de la journée. Steve est rentré du Viêt-nam avec l'éthique suivante : « Je suis content que ce soit terminé. J'en suis sorti vivant et indemne, et j'ai l'intention de finir mes jours peinard et réglo. » Ils ne sont pas tous revenus avec cette mentalité. La conception la plus communément admise était plutôt : le monde est un chiotte et je vais chier dedans. Ou bien : je vais rafler tout ce que je peux parce que ça me revient de droit. Ou encore : je suis allé au casse-pipe pour vous, maintenant vous me devez une vie de héros et, si je ne l'ai pas... je boude.

J'ai du pot, de ce côté. J'ai toujours su que le monde était dur et moche. Que personne n'avait rien à foutre des héros. C'est toujours : « Qu'est-ce que tu as fait pour moi récemment ? » Et ça, je le sais grâce à ce que mon père ne m'a pas donné : il ne m'a pas donné d'illusions à perdre.

Donc, quand Steve est revenu, il s'est dégoté ce qu'il appelle une bonne épouse. Une femme qui va à l'église. Qui veut avoir des bébés légitimes, s'installer, entretenir la baraque et faire la tambouille. Il a trouvé un turbin stable. D'abord comme laveur de bagnoles — un boulot que des tas de mecs auraient jugé indigne d'eux. Puis il a fait toutes sortes de trucs, avec toujours une idée en tête : l'usine GM de Van Nuys. Ça lui a pris deux ans, mais il a fini par se faire embaucher. La paie est cool pour les O.S., 17 dollars de l'heure et même plus aujourd'hui. Une base de 35 000 dollars par an, avec congés payés, congés maladie, assurance maladie, retraite et tout le toutim. Un mec vraiment décidé peut faire monter la sauce jusqu'à 45 000, même 70 000 avec les heures sup.

« Je vois ça et je me dis : est-ce qu'y a plusieurs Joe Broz ? Puis, je me dis : Y en a qu'un et c'est celui-là parce que, le Joe Broz que je connais, il a plus de couilles que de cervelle. Et c'est pour ça qu'elle l'aime autant, pas vrai, l'ancien ? »

Quatre gosses, une grosse femme, quatre tires, rien que des Chevrolet, qu'est-ce qu'il peut bien maquiller dans un bar un mercredi avant la graille pour avoir l'air aussi jouasse et déprimé à la fois ?

« Qu'est-ce qui se passe, Steve ?

— Oh, ça gaze. T'inquiète. J'ai vu ça et j'ai voulu appeler. J'appelle d'abord ta boîte, ils me disent que t'es parti. Pour de bon. Ils me filent un numéro et c'est une super-meuf qui répond au téléphone. Je me demande comme ça : Est-ce que c'est cette Magdalena Lazlo à l'appareil ? Alors j'y dis : c'est vous ? Et c'est elle. J'y dis que je suis un vieux pote du Viêt-nam, tu vois. Et elle me dit que tu seras sûrement content de m'entendre parce que le Viêt-nam a été une expérience fondamentale dans ton vécu et elle me file ce numéro. Où t'es ?

— Dans mon nouveau bureau. Qu'est-ce qui ne va pas, Steve ?

— Mais rien, putain. Je suis O.K. T'es O.K. Toujours en train de tirer ton coup. Marine pour la vie. J'ai juste vu que ça roulait bien pour toi, alors je t'appelle.

— Comment va ta femme ?

— Elle se maintient. Pas aussi bien que la tienne, mais elle se maintient.

— Les gosses ? Comment vont les gosses ?

— Ça va. Un peu chiants des fois, mais ils sont là pour ça. Les emmerdements des mômes, ça occupe, ça distrait. Sont pas plus chiants que le prochain.

— Tu es où, en ce moment ?

— Un troquet pas mal. Ça s'appelle Ray's Sweetwater. Pas loin de ma crèche.

— À Baldwin Hills ? T'es là pour un bout de temps ?

— Ouais, possible. Possible.

— Si je venais boire un verre avec toi ?

— Tu peux, mais faudra leur dire que t'as la jaunisse. »

Il doit trouver ça très drôle, parce que je l'entends se marrer en raccrochant.

Je me pointe au Ray's Sweetwater. Il y fait frais et sombre, surtout après le grand soleil de Californie du Sud. Vous avez déjà vu cette scène au cinoche. Principalement dans les westerns. Un étranger entre dans le bar. Silence de mort. Regards meurtriers. Plan de coupe sur le plus méchant *hombre* de la salle. Le barman et une poignée de loquedus le matent. Va-t-il descendre l'étranger sur-le-champ ou l'amuser d'abord ? Évidemment, ils ignorent que je ne suis pas le tout-venant des Chinetoques, je suis David Carradine, un moine shaolin, et je distribue les coups de tatane plus vite que les coups de feu. Je suis Alan Ladd, mais les mecs m'appellent simplement Shane.

Soudain, une voix s'élève dans le fond de la salle, d'un box derrière le billard :

« Eh, foutez-lui la paix. C'est un nègre comme nous. Il s'est juste collé du sparadrap rose sur la gueule. »

Poilade plus ou moins générale. Un peu plus appuyée que ne le mériterait la vanne, mais ils sont bon public. Ils se détendent. J'ai été invité. Je passe pour noir. Je me dirige vers le fond de la salle. La musique n'est pas trop craignos. Démodée, plus rhythm and blues que rap. Elle vient d'un extravagant juke-box à lecteur laser.

Steve est à une table avec quatre autres types. Trois ont dans les cinquante balais, le quatrième est plus vieux, la soixantaine bien sonnée, cheveux presque blancs. Ils ont tous des bières et des amuse-gueules. Des cacahuètes et des lardons frits. Je m'assois. La conversation s'arrête. Je ne suis pas hostile, juste immobile. Une jeune serveuse gainée de Lycra rose et violet rapplique et fait saillir une hanche arrogante, que le sexagénaire pelote avec gourmandise. Elle lui dit qu'il est trop vieux, il lui répond qu'elle se goure de problème : il n'est pas trop vieux, il est trop bien monté. Je commande une bouteille de Bud et je remets une tournée générale. Je lui offre un bifton de vingt, elle l'enfouille.

« Rends-lui la monnaie, dit Steve. Commence pas à déconner.

— C'est un Blanc, dit le vioc aux autres. Pourquoi qu'on lui demande pas ?

— Eh, c'est pas pour ça qu'il sait. Il est peut-être con.

— Moi, je dis qu'on lui demande.

— Moi, je dis que je t'emmerde.

— Celui-là, avec les cheveux blancs et la grande gueule, c'est Marlon Mapes, fait Steve. Lui, c'est Red, lui Kenny, lui Shavers.

— On a un désaccord, explique Red. Et ces crétins, ils veulent rien savoir. T'es prêt à savoir, homme blanc ?

— C'est un pote à moi, dit Steve.

— Un pote blanc à toi, dit Kenny. Voilà la vérité.

— Y a des moments et des endroits, dit Steve, où ça fait rien que t'es blanc ou noir.

— Ça fait toujours, dit Red.

— Toujours, dit Shavers.

— Quand c'est que ça fait rien ? demande Marlon.

— Ça fait toujours, dit Red. C'est la règle de base.

— Ah, putain, ouais. Noir, blanc. Règle de base. T'as raison, t'as raison.

— Alors, Steve, quand c'est que ça fait rien ? »

Il ne peut pas se contenter de répondre : « Au Viêt-nam... ça faisait rien au Viêt-nam. » Parce que ça faisait. Ça comptait pendant les perms. Ça comptait pour le choix des musiques, le choix de la gnôle, le choix de la dope. Ça influait sur les promotions, sur les ordres qu'on recevait. Nous le savons tous deux.

Mais, parfois, il y avait égalité. Il y avait égalité en patrouille. Du moins pour Steve et moi. Il y avait égalité face au feu, égalité quand les Viets nous envoyaient une purée sans distinction raciale.

« Ça faisait rien quand j'ai morflé », répond Steve. Il faut qu'il soit bien murgé pour dire ça. Il se lève, sort sa chemise de son froc. Il a grossi. Ce n'est plus le jeune marine frais émoulu de Parris Island qui se tient là, avec le bide qui déborde de la ceinture et des cicatrices millésimées. « Il m'a porté sur son dos pendant que je pissais le sang. En pleine embuscade.

— Ouais, eh, c'était pour mettre ta graisse entre les balles et lui », dit Red.

Là, il cherche des crosses, parce qu'il s'agit d'un souvenir sacré. Chacun comprend ça et les autres lui disent de la fermer. Kenny s'interpose entre Red et Steve. La nana en Lycra radine avec les bibines et un gin-tonic.

« Je suis pas allé au Viêt-nam, dit Red. Moi et Muhammad Ali. Y a pas un Viet qui m'a tiré dessus. Les Blancs se sont servis des Noirs pour faire leur guerre. Chair à canon.

— Écrase, Red, dit Kenny. Moi, je suis allé au Nam, pauvre con. Si tu la fermes pas, je te bute moi-même.

— Tu peux pas comprendre ce que c'était », dit Steve.

J'interviens : « Laisse tomber, ça les regarde pas. C'est une vieille histoire. » Et je remplis mon verre. La bière n'a pas la même couleur dorée qu'à la télé. Elle est jaune, comme de la pisse. Ça doit tenir à l'éclairage.

« Ce qu'ils aimaient, les Viets, c'était isoler un mec, blessé, dans une zone de feu. Qui gueulait. Ça marchait mieux quand il gueulait. Alors, ses potes, ils essaient de venir l'aider. Et ils se font dégommer, un à un. T'as deux choix. Tu restes dans ton coin et t'écoutes ton pote gueuler sans rien faire et tu te sens comme une merde, parce que ton pote, il gueule et tu fais rien. Ou tu vas le chercher. Et tu sais quoi ? Non seulement tu crèves, mais tu te sens con en crevant.

— Et t'as pas envie de crever en te sentant con, commente Marlon. Ça ajoute l'insulte à la blessure. Hhm, hmm.

— Voilà comment c'était, continue Steve. C'est ça que tu dois comprendre. Je gueulais et ce mec... ce mec est venu me chercher et il m'a sorti de là. »

Ce qui fait taire tout le monde. Du moins pour un temps. La climatisation ronronne. Aaron Neville est sur le juke-box.

« Écoute voir, Joe. Tu t'appelles Joe, c'est ça ? reprend Red. Je veux que tu dises à ces messieurs, ici présents, la vérité. L'homme blanc a peur de l'homme noir. C'est un fait, exact ?

— Laisse-le débloquer.

— Vas-y, réponds-lui.

— Beaucoup de Blancs ont peur des Noirs, dis-je.

— Des *hommes* noirs, précise Red. L'homme blanc a peur de l'*homme* noir. Pas de la femme noire.

Il craint pas la viande brune de temps en temps, ça, c'est un *fait*.

— Personne a peur des femmes noires, dit Kenny. Y a que toi. T'as peur de ta mère et de ta femme, qui sont les plus noires que j'aie jamais vues. Et elles te bottent le cul.

— Je parle sérieusement, merde, fait Red. Alors, tu fermes ta grande gueule. C'est toujours pareil avec toi, Marlon. On te dit un truc et tu sors tout de suite des conneries, parce que t'as pas la concentration mentale d'esprit pour raisonner les questions. Tu vois ce que je veux dire. Pas de concentration mentale.

— Bon, alors, t'accouches ?

— Minute. Tu la fermes et t'attends. L'homme blanc fait tout pour supprimer l'homme noir. C'est l'indéniable vérité philosophique.

— Amen.

— Hhu... hum.

— La vérité », dit Marlon.

Ils me regardent.

« Une autre tournée ? dis-je.

— Te laisse pas intimider, dit Steve.

— Je suis pas intimidé, je suis un buveur de bière.

— Je te suis », dit Marlon.

Il fait signe à la serveuse. À la perspective de la rince gratos qui l'attend, il sèche d'un trait son gin-tonic.

« Où je veux en venir, c'est le sida.

— Dieu protège mon zob, dit Marlon.

— Vous mettez des capotes, les mecs ? dit Shavers. Mon cul, autant se faire reluire tout seul. J'aime mieux me cirer.

— Avec les pouffes que tu te tires, il te faudrait une capote-pyjama intégrale, dit Marlon.

— Vieux comme t'es, si t'y arrivais, tu mourrais de bonheur avant de mourir du sida, dit Shavers.

— Le problème avec les enfoirés comme vous, c'est que vous êtes trop vulgaires pour comprendre qu'y a une conjoncture politique.

— Personne oublie qu'y a une conjoncture politique, dit Steve. Y en a une économique aussi. On *veut* seulement l'oublier.

— Dans les années soixante, l'homme noir était en pleine ascension, dit Red. Et l'homme blanc pouvait pas supporter ça. L'Amérique pouvait pas le supporter. Alors, Visage Pâle a cherché un moyen de stopper l'homme noir. Il a mis la CIA sur le coup. Ça, c'est un fait public et vérifié. Même les médias blancs intox prévariqueux tenus par les Juifs reconnaissent que c'est un fait. Que la CIA est devenue, au nom de la Grande Amérique, le fournisseur numéro un de la planète en héroïne. Ils ramassent l'opium dans le Triangle d'Or et ils ont passé un marché avec les mafias italienne et juive pour dealer exclusivement dans le ghetto noir. Pour détruire l'homme noir.

— C'est la vérité.

— Je l'ai lu.

— Amen.

— Bon, dit Red. Homme blanc, est-ce que tu vas nier ça ?

— T'es avec la CIA ? » demande Shavers.

Tout le monde m'observe comme si Shavers venait de soulever un lièvre.

« Mon pote, ici, avec la CIA ? » fait Steve. Il me met la main sur l'épaule. Jusqu'à quel point est-il beurré ? Qu'est-ce qu'il va dire ? Il sait certaines choses que ces mecs ne doivent pas entendre. « Vous imaginez pas la moitié des trucs que ce gars-là a faits. Que je vous explique. On peut pas savoir ce qu'y a dans un bouquin rien qu'en regardant la couverture. Il a peut-être une gueule de péquenot, de Polac de merde, mais c'est un séducteur. Voilà ce qu'il est. Mon mec ici présent, que vous êtes tellement grossiers avec, il est le grand amour à Magdalena Lazlo. »

Chacun y va de son commentaire. Ils ne sont pas offensants, plutôt impressionnés. Sauf Red : « Écoutez, je suis en train de vous expliquer ma position philosophique et je voudrais pouvoir continuer quand vous aurez fini d'halluciner sur un beau... » Il me lorgne et décide de ne pas dire « cul ». Cette hésitation, qui n'est pas une politesse mais un gage d'acceptation dans le groupe, me permet de comprendre que l'endroit n'est pas dangereux. Ce sont juste cinq vieux, pas beaucoup plus vieux que moi peut-être, mais des vieux. Qui ne vont pas enfourcher le cheval de la négritude pour provoquer un incident où je laisserais des plumes. Cinq mecs qui n'ont rien d'autre à foutre que de glander au fond d'un bar en sifflant de la bibine de seconde zone, qui dégoisent pour passer le temps, non pour passer à l'acte, parce qu'ils ne savent pas où aller. Pas de mission. Pas de fonction. Pas de boulot.

« Ça a pas suffi. Alors, à la CIA, ils décident d'attaquer l'homme noir sur son point fort. Et ils inventent une maladie qui s'attrape par la queue. Syndrome Immunologique de Déficience Acquise. Ils la testent en Afrique. Puis ils l'importent en Amérique. Tu vois, l'homme noir jouit plus que l'homme blanc, il a une queue plus grosse, plus puissante et il peut s'en servir plus souvent. C'est pas vrai ? C'est pas vrai, homme blanc ?

— Je sais pas, dis-je. J'ai jamais eu une queue d'homme noir. Comment ça se fait que tu en saches autant sur les queues des Blancs ?

— Yaouiii. Il t'a eu.

— Ça te fera des pieds.

— Amen. »

Ils se marrent en se répétant la joyeuseté.

« Steve, dis-je à mi-voix, je peux te parler cinq minutes ? En privé. »

Il regarde alentour, repère un coin vide de l'autre côté du billard. Il cueille sa cannette par le goulot et lève le camp. Je le suis. Apparemment, il n'a pas besoin de s'excuser.

En m'éloignant, j'entends Red qui continue à philosopher : « D'accord, d'accord, c'est très drôle ce qu'il a dit. N'empêche, je vous cause de la réalité et vous êtes mirauds. La CIA a fait le sida. C'est la contre-attaque de la société cul-blanc-bordé-de-nouilles contre la liberté et la belle vie. Lisez les statistiques, putain. Oubliez les lopes, c'est un écran de fumée. Un écran de fumée pour masquer la vraie cible. La vraie cible, c'est vous. »

Je m'assois avec Steve. C'est un mec très fier et je le sens blessé. Je suis sûr qu'il est au chômedu, je vois ça gros comme une montagne. En racontant que je lui avais sauvé la vie, il a omis de préciser qu'il m'avait rendu la monnaie. Il est comme ça, Steve, il a le sens de l'honneur. Il ne chiale pas, il n'implore pas. Même quand il mordait la poussière, là-bas, sous les balles ennemies. Il aurait pu gueuler comme un putois, il ne l'a pas fait, il n'a imploré personne. S'il ne veut pas m'avouer qu'il se retrouve aujourd'hui sans une thune, avec une femme et quatre mômes à nourrir, ce n'est pas moi qui vais aborder le sujet. Je respecte son orgueil.

J'essaie donc de trouver un moyen de l'aider sans en avoir l'air. Et ça tombe bien parce que j'avais justement une idée derrière la tête.

« J'espère que tu pourras te libérer de ton boulot quelque temps, je lui dis. J'ai besoin d'aide. Il n'y a que deux types au monde en qui j'ai confiance. Et Joey est mort. » Steve connaissait Joey. Il sait qu'il est mort, il était là : Joey a claqué au Viêt-nam. « Bref, si tu peux te libérer de la chaîne, j'ai un job pour toi. Je peux pas sortir dix-sept dollars de l'heure, mais je peux aller jusqu'à quinze, si ça te va.

— Eh ben, t'as du pot, mec.

— Tant mieux.

— Ils dégraissent, chez General Motors. Les enfoirés. Attention, ils virent pas le patron et les cadres, faut pas se gourer, ils virent les nègres et les péquenots de la chaîne. Depuis combien de temps je construis des Chevrolet ? Depuis combien de temps je construis et j'achète américain ? Combien d'années, Joe ? Hein ? Les enfoirés.

— Je suis désolé, Steve.

— T'avais deviné, hein ? que je suis dans la merde. T'es mon pote. Ce qui est pas facile à dire pour un Blanc. Je demande pas la charité. Non, pas la charité. J'en veux pas, de ton job.

— Arrête, Steve. Reste assis. J'ai besoin d'aide. Reste assis, je vais t'expliquer. »

CHAPITRE 25

Beagle revint au montage préprogrammé. La suite était inévitable. Il y avait eu une seconde vague de films sur le Viêt-nam. Ils avaient non seulement créé mais imposé une révision de l'histoire. Et ils étaient allés, dans la fiction, là où Beagle devrait désormais emmener l'Amérique dans la réalité.

Il alluma l'écran central. *Uncommon Valor*.

Adieu *Platoon, The Losers, Les Jardins de pierre, A Rumor of War, Full Metal Jacket*, fini les autoflagellations morbides, fini le scepticisme.

Un par un, Beagle rechargea les écrans :

écran 1	écran 2	central	écran 4	écran 6
Missing in Action	*American Comman-dos*	*UNCOM-MON VALOR*	*Opera-tion Nam*	*Jungle Assault*
écran 6	écran 7	écran 8	écran 9	écran 10
First Blood II	*Strike Com-mando*	*RAMBO First Blood*	*Delta Force*	*The Hanoi Hilton*

Fini, la confusion morale. Fini le défaitisme. Dans les nouveaux films, les Viets étaient les méchants, aussi cruels que les nazis, aussi félons que les Japs. Les envahisseurs américains étaient devenus d'innocentes victimes. La réponse à l'immortelle question de Rambo : « Est-ce qu'on va gagner cette fois ? » était un retentissant : « Oui ! »

C'était comme ça. Il fallait que ce fût comme ça.

Noir total. Silence. Tous écrans éteints.

« Est-ce que je le tiens ? se demanda Beagle. Est-ce que je tiens mon putain de film, oui ou non ? »

Voilà. Le mythe central. L'Invincible Amérique. La Juste Amérique. Elle avait fini par dérouiller, l'Amérique. Elle était à genoux, et dans un sale état. Il était grand temps de resserrer les boulons.

Pour avoir potassé la question, Beagle était convaincu qu'il n'y avait ni mystérieux disparus ni prisonniers de guerre dans des camps secrets. Il savait aussi que *Uncommon Valor* était une fiction basée sur des événements réels eux-mêmes basés sur des fictions véhiculées par plusieurs vedettes d'Hollywood. Le colonel en retraite James "Bo" Gritz, des Forces spéciales, avait effectivement monté deux missions de sauvetage en 1982. Il avait été financé par William « Captain Kirk » Shatner, qui avait allongé 10 000 dollars en échange des droits d'adaptation cinématographiques, et Clint Eastwood, qui en avait mis 30 000 de mieux sur le tapis. Clint avait rencontré l'ex-acteur Ronald Reagan, alors président, pour l'inclure dans le coup. Le télégramme suivant fut envoyé à Gritz en Thaïlande :

CLINT ET MOI AVONS RENCONTRÉ PRÉSIDENT LE 27. PRÉSIDENT A DIT : SI VOUS ME

RAMENEZ UN SEUL PRISONNIER DE GUERRE U.S., JE DÉCLENCHE LA TROISIÈME GUERRE MONDIALE POUR RÉCUPÉRER LE RESTE.

Mais, malgré deux tentatives, Gritz n'a pas pu en retrouver un seul. Des années de recherches clandestines de la CIA n'ont pas donné de meilleurs résultats.

Il eût été facile, songeait Beagle, de mettre quelques prisonniers de guerre au Viêt-nam, au Laos ou ailleurs. Ce genre de magouillages se faisait tout le temps. Hitler n'avait-il pas sorti de son chapeau quelques macchabées polacs en uniforme allemand et accusé la Pologne de les avoir tués afin de faire passer son invasion pour un acte de légitime défense ? Il les avait même filmés. L'incident du golfe du Tonkin, qui avait fourni aux États-Unis un prétexte légal pour envoyer un demi-million d'hommes au Viêt-nam, n'avait-il pas été monté de toutes pièces ?

Si l'affaire se goupillait vite — on les trouve, on déclare la guerre aussi sec, on gagne, on les embarque et on n'en parle plus —, personne n'aurait le temps de chipoter.

Ça semblait être la solution. On plante quelques prisonniers au Viêt-nam et on fonce, pas avec un commando de demi-sels à la Chuck Norris ou un Rambo solitaire, mais avec l'US Army au complet, l'US Air Force, les Marines et la Navy. Pas de détail. Pas d'*évolution*, directement plein pot. Plus gros que le Jour J. Tous ensemble, ils investissent Hanoï, agrafent quelques cocos, les jugent pour crimes de guerre, les tuent, annoncent qu'on a gagné, et on défile. La grande parade. Ça marcherait. Liesse. Délire. Jours de gloire, couronnes de lauriers.

Alors, pourquoi Beagle n'était-il pas satisfait ? Qu'est-ce qui clochait ?

Katherine Przyszewski avait trente-huit ans. Elle était divorcée et mère célibataire. Sa fille avait seize ans, son fils dix. Hors du milieu cinématographique, loin d'Hollywood, très loin, quelque part dans le monde réel comme à Erie, Pennsylvanie, à Fort Smith, Arkansas ou à Eau Claire, Wisconsin, elle aurait été considérée comme une femme très séduisante. C'était une vraie rousse aux yeux bleus et à la peau claire. Mais, entre son boulot et ses enfants, elle n'avait pas le temps d'aller se trémousser quotidiennement dans un club de gym. Son job de secrétaire particulière de Beagle à CinéMutt payait bien pour le standing qui était le sien, et les séances tri-hebdomadaires de culture physique à domicile avec un prof attitré n'entraient pas dans ce standing-là, même en rêve. Le bide en planche à repasser et la fesse d'acier n'étaient donc pas pour elle. N'ayant jamais été liftée ni rectifiée au scalpel, elle avait de petites rides d'expression autour des yeux, et ses seins de taille moyenne, faits seulement de chair, tombaient quand elle était debout et s'aplatissaient quand elle se couchait sur le dos.

Beagle l'appréciait. Elle était compétente, calme et n'avait aucune velléité d'actrice — non plus que de productrice, de scénariste, de réalisatrice ou de quoi que ce fût en rapport avec la profession cinématographique. Pour elle, faire le café, réserver des places de restaurant, envoyer les fringues de son patron au pressing, faire réviser la voiture de son patron ou acheter des cadeaux pour la femme de son patron n'étaient pas des tâches dégradantes d'esclavage sexiste. Bref, elle lui simplifiait la vie, elle était satisfaite de lui, de son boulot, de sa paie.

Ils avaient couché ensemble de temps en temps. Elle n'était pas sûre d'être vraiment déçue que la chose n'eût pas tourné au grand amour, au mariage ou à la passion clandestine — peut-être parce que ses gosses et les impératifs d'une vie propre, saine, durement gagnée lui avaient pompé tant d'énergie qu'elle n'avait plus beaucoup d'appétit pour le sexe et la romance, ou simplement parce que ce n'était pas dans sa nature. En fait, le plus ennuyé des deux était probablement Beagle. Il pensait que l'humanité était répartie en lots : les gens sympas, sensibles et prévenants arrivaient dans des colis de type Kitty et les lots de type Jackie étaient presque toujours emballés dans des paquets de narcissisme, de compétitivité et d'autoglorification. Et, pour son malheur, il s'apercevait que, une fois le besoin assouvi et le désir passé, Kitty ne l'intéressait plus, il avait envie de quelqu'un de plus — merde — hollywoodien. Plus sexy, plus jazzy, mieux balancé, plus... — et c'était là ce qui le perturbait — plus semblable à sa femme.

Kitty s'entendait très bien avec son fils. C'était un gentil potache, animé d'un penchant naturel pour les sciences qui enchantait sa mère. Il ne se droguait pas et semblait avoir gobé en bloc la campagne « Dites NON », incluant le tabac et l'alcool, qu'on leur inculquait de nos jours à l'école. Dieu seul savait si ces préceptes rédempteurs résisteraient à la crise de l'adolescence.

Ça n'avait assurément pas été le cas pour sa fille Agnes, une pleurnicharde qui, en dépit de toute la pédagogie de sa mère, vivait dans un univers de poupées Barbie, s'imaginant que Ken allait débarquer un beau matin pour lui donner, *lui donner*, une Corvette rose uniquement parce qu'elle avait une plastique parfaite, de longs cheveux et des bottines à hauts talons en simili-cuir blanc.

Agnes séchait les cours, sortait avec le genre de loustics qui rendent les mères malades d'angoisse, fumait du shit et voulait devenir actrice. Kitty bataillait ferme, mais se faisait une raison en se disant que c'était juste une mauvaise passe et que, dans un monde hanté par le sida, les grossesses adolescentes, le crack et les rodéos automobiles, les écarts de conduite d'Agnes étaient relativement innocents.

Et puis, un beau jour, sa fille était arrivée à la maison avec des seins plus gros.

D'abord, Kitty avait cru à une illusion. Puis elle avait pensé que c'était une poussée de croissance. À moins que — horreur — la gosse ne fût enceinte... Elle essaya de lui en parler. Agnes fit ce que savent si bien faire les adolescentes : elle nia, nia et nia.

Enfin, Kitty surprit sa fille sous la douche. Elle jura que c'était par mégarde — et peut-être le croyait-elle vraiment. Elle vit les points de suture et la discrète incision par où Agnes avait reçu un implant mammaire.

Une chaude explication s'ensuivit.

Agnes révéla qu'elle avait fait ça pour hâter sa carrière d'actrice, convaincue que la taille de ses roberts était le seul obstacle qui se dressât encore entre elle et le statut de star, citant pour preuve les noms de toute une série d'actrices qui s'étaient fait replâtrer sur le billard.

Elle refusa d'avouer comment elle avait payé l'opération et c'était ce qui affolait le plus Kitty. Où une gamine de seize ans pouvait-elle trouver l'argent pour s'acheter des seins ? Ne disait-on pas qu'ils coûtaient entre 1 000 et 3 000 dollars *chacun* ? Quel docteur fou avait pu faire ça à une enfant sans consentement parental ?

Jamais Kitty ne s'était autant angoissée en tant que mère. Sa fille avait échappé à son contrôle et elle ne savait pas comment la récupérer. La battre ? La menacer de l'enfermer à la maison ? ou de la jeter dehors ? Tout cela n'aboutirait qu'à aggraver les choses et pousserait Agnes à faire pis encore qu'elle n'avait déjà fait pour payer l'opération.

D'où venait l'autorité parentale ? Naguère, elle était l'émanation d'une culture qui imposait le respect filial. Puis la télé, ou le rock'n'roll, ou le Dr Spock, ou autre chose, avaient piétiné tout ça. Maintenant, il n'y avait plus que des rapports de force et de dépendance. Comment pouvait-elle rendre Agnes dépendante ? Elle ne voyait qu'un seul moyen : se poser en intermédiaire indispensable dans la carrière d'actrice de sa fille.

Et elle était en situation de le faire. En situation idéale. Après tout, elle était la secrétaire particulière d'un des réalisateurs les plus influents de la profession. Mieux que ça : elle s'était frottée contre sa chair nue. Elle avait le *droit* de lui demander. Il serait obligé de l'aider. Pour sauver son enfant.

D'un autre côté, elle savait que John détestait se faire tirer la manche par les employés qui essayaient de lui imposer un acteur, un scénar, un ceci ou un cela pour convenances personnelles. Elle hésitait donc à l'aborder. Surtout en ce moment, où il semblait en pleine bourre. Alors, elle attendait, elle attendait. Ça tournait à l'obsession. Et, plus elle attendait, plus elle s'énervait et devenait acariâtre.

Il était un peu plus de 11 heures du matin — Kitty consulta la pendule de son bureau — quand John Lincoln sortit de sa salle vidéo.

Il tenait l'idée, mais gambergeait encore. C'était pourtant logique. Évident. Retourner au Viêt-nam et gagner. Qu'est-ce qui coinçait ? Il aurait voulu pouvoir en parler à quelqu'un. Et justement voilà quelqu'un, pile devant lui : un visage humain sur un corps humain.

« Tu regardes des fois des films de guerre ? » demanda-t-il à Kitty.

Kitty n'avait pas envie de parler de films de guerre. Elle ne voulait parler d'aucun des sujets que Beagle voulait aborder. Pour une fois, juste une fois, elle voulait lui soumettre des desiderata. Et elle ne savait pas comment s'y prendre.

Elle était exactement ce que cherchait Beagle dans l'immédiat : une Américaine moyenne typique.

« Qu'est-ce que tu penses de la guerre du Viêt-nam ? dit-il.

— John. Monsieur Beagle... »

Il la regarda de travers, balançant entre lard et cochon.

Elle se jeta à l'eau : « Je veux que tu engages ma fille dans ton prochain film. » C'était sorti d'un coup. Pas une prière. Une injonction. Elle avait dit ça comme une mère ordonnant à sa fille de ranger sa chambre, non comme une secrétaire s'adressant à son patron.

« Hein ?

— Pas obligatoirement un grand rôle. Juste un rôle.

— Kitty, euh... »

Sa bouche tremblait, elle avait peur de se mettre à chialer. Peut-être que si elle avait dit : « J'ai un problème et j'ai besoin de ton aide », il lui aurait répondu : « D'accord, on va voir ce qu'on peut faire. » Mais elle n'avait pas l'habitude de demander des faveurs. Et elle balisait : elle craignait de perdre toute autorité sur sa fille et avait honte d'avouer ce que la petite avait fait de son corps. Ça devait rester un secret de famille. Alors, elle avait foncé tête baissée. Elle avait exigé. « Je veux un rôle pour ma fille dans ton prochain film.

— Écoute, je ne sais pas ce qui te prend...

— Tu vas faire ça pour moi, oui ou non ?

— Il n'y a pas de rôles dans mon prochain film, répondit-il — ce qui était la pure vérité.

— Espèce de... » Elle n'arriva pas à proférer les mots qu'elle avait sur la langue — « sac de merde » —, mais son silence en restitua assez fidèlement l'idée.

« Je ne savais même pas que ta fille était actrice.

— Elle l'est. Et elle a un immense talent. » Elle n'avait aucune notion de ce que pouvait être un talent d'actrice, mais c'était sans importance puisque, vu l'opinion qu'elle avait de sa fille, elle était persuadée que celle-ci ferait une actrice exécrable, de toute manière.

« Je croyais qu'elle voulait être prothésiste dentaire.

— Eh bien, elle a changé. Elle est actrice et je veux que tu lui donnes un rôle.

— Je n'emploie pas d'acteurs. Uniquement des personnages réels.

— Eh bien, bon, engage-la comme personnage réel. »

Beagle, pris au débotté, ne trouva d'autre réponse que :

« Non.

— T'es qu'un... un... un sale égoïste. Je te déteste.

— Mais, putain, qu'est-ce que...

— Ah, ne parle pas de putain devant moi. Tu m'as traitée en putain, tu m'as baisée en long et en large et je ne t'ai jamais, jamais rien demandé jusqu'à cet instant et tu m'envoies sur les roses. Quel salaud ! Si tu ne donnes pas un rôle à ma fille, n'importe quoi, de la figuration, ou au moins un bout d'essai, rien qu'un bout d'essai...

— Ouais ?

— Je démissionne.

— Je te dis qu'il n'y a pas de rôle pour elle, imbécile. T'es bouchée ?

— Bon, je démissionne.

— Eh bien, démissionne. Tchao. »

Un peu sonné et remonté à la fois par la soudaineté de l'attaque, Beagle songea qu'il s'était peut-être gouré sur la dualité des lots en fonction de leur emballage, et que le fait d'être ordinaire n'améliorait en rien une femme. Une pensée triste et déprimante.

CHAPITRE 26

Ray Matusow rassembla les dernières bandes concernant la vie domestique de Katherine Przyszewski et de sa petite progéniture.

Ray commençait sa tournée le matin au bureau et sillonnait Los Angeles. Les Przyszewski portaient le numéro 4 sur sa liste de sept. Comme Taylor et Sheehan, il ne connaissait toujours pas la finalité de son boulot, seulement les noms des pékins qu'il devait couvrir. Hormis Joe et Maggie, ils bossaient tous directement pour John Beagle. Teddy Brody, documentaliste de jour. Luke, Przyszewski, documentaliste de nuit, sans lien de parenté avec Kitty, bien que Beagle l'eût engagé uniquement à cause de son patronyme, croyant faire plaisir à sa secrétaire. Carmine Cassella, projectionniste. Seth Simeon, accessoiriste et décorateur. Maxwell Nurmberg et Morris Rosenblum, les électronico-informatico-technico-vidéo-tripoteurs de génie qui avaient installé le complexe audiovisuel à dix écrans dans le studio de Beagle.

Beagle lui-même, ainsi que ses bureaux, sa baraque, son môme et sa femme Jacqueline Conroy, était pris en charge par quelqu'un d'autre, dont Ray ignorait l'identité. Il y en avait peut-être même un troisième qui filait les autres employés de CinéMutt, le studio et l'unité de recherches de Beagle.

Quand il eut tout rassemblé, il rentra chez lui. C'était la routine. Il vérifiait l'origine des bandes, les classait et les recopiait sur un duplicateur à grande vitesse. Ray considérait que deux précautions valaient toujours mieux qu'une. Il avait déjà vu des superviseurs égarer le matériel, des clients bousiller des enregistrements, et tout ce monde venait ensuite lui imputer la responsabilité de la gabegie. Le lendemain, il apporterait les originaux au bureau, les rangerait et recommencerait sa tournée.

Il fut fort emmerdé de constater que la dernière bande de la série Przyszewski semblait s'arrêter au milieu d'une conversation. Il connaissait approximativement le débit quotidien de la famille et avait prévu trois fois plus de bandes et de magnétos qu'il n'en fallait pour tout capter. Il réécouta et en entendit assez pour piger d'où venait l'embrouille : la Kitty avait rendu son tablier et passé toute la journée dans sa crèche. En outre, elle avait consacré le plus clair de son temps à tchatcher avec sa gamine, lui racontant qu'elle allait se trouver un nouveau job pour pouvoir consacrer plus de temps à sa carrière et que personne n'était mieux placé qu'une mère pour l'aider. En aucune façon Ray n'aurait pu prévoir ce retournement de situation. Il rajouterait des bandes pour les jours à venir et, d'ici là, rédigerait un rapport pour expliquer ce qui s'était passé.

Le lendemain matin, en se rendant au bureau avec les bandes de la veille et son rapport, il ne remarqua pas qu'il était filé. Il ne l'avait pas davantage remarqué les jours précédents.

CHAPITRE 27

Tous les films de guerre sont basés sur le même principe : le spectateur survit.

Jay Hyams, *War Movies*.

Le Retour était le titre du scénario de Beagle sur le Viêt-nam. Ça ne collait toujours pas.

Apocalypse rouge était un plan de bataille pour écraser les restes de l'URSS.

Dans son esprit, c'était éminemment cinématographique. Du vrai David Lean pour grand écran. *Le Docteur Jivago* et *Reds*. Le lent déferlement des armées massées sur les steppes blanches. Chars, roquettes, feux aériens, tirs d'artillerie, éclats de couleurs vives sur fond de neige. Si le cinéma de Coppola était de l'opéra italien, celui-là serait de l'opéra russe. Plus vaste, plus grandiose, infiniment plus profond.

Seulement, il y avait un os. Quoique désorganisés, les Ruskoffs possédaient toujours de solides pétards à mèche. La femme de Beagle et tous leurs amis étaient très branchés sur l'écologie et la prolifération atomique. Il n'avait pas envie de jouer les Docteur Folamour, d'être à l'origine du premier hiver nucléaire ou de mettre en branle la machine du Jugement dernier.

Il revint à ses écrans. Noir sur noir.

Les terroristes étaient peut-être une meilleure cible. Si les documentalistes avaient bien fait leur boulot, et ils étaient plutôt bons dans leur domaine, le matériel devait être classé par genres et immédiatement disponible. Il commença par des bandes d'actu. Il pianota au hasard, lançant des images en vrac sur tous les écrans. Les terroristes étaient surtout des Arabes. Il regarda le graphique CBS de l'explosion du jet de la Pan Am au-dessus de Lockerbie. Des images de l'*Achille Lauro*. Un zinc immobilisé au sol en Égypte avec des otages. D'innocents badauds morts dans un aéroport.

Films : contre-attaque par la Delta Force, par les Navy Seals, par des commandos, le FBI, Chuck Norris, Interpol, des anciens du Viêt-nam, Bruce Willis, des pin-up bioniques.

Teddy Brody, dans l'arrière-salle, se demandait où Linc voulait en venir. Il avait ingurgité des films de guerre jusqu'à plus soif, et maintenant *ça*. Teddy avait pris des notes et potassé une cinquantaine de bouquins sur la question. Celui qui l'avait le plus intéressé était *Les Films de bataille sur la Seconde Guerre mondiale — Anatomie d'un genre*, de Jeanine Basinger, parce qu'il décortiquait la recette de ces films. Et il s'était dit que, peut-être, en suivant cette recette, il arriverait à pondre un script qui, avec un peu de pot, correspondrait à ce que cherchait Beagle. S'il avait accepté de se farcir ce boulot à la gomme, c'était uniquement pour exploiter les occases, pour trouver un moyen de s'en sortir, de s'élever.

Mais maintenant... des terroristes ?

Eh, ça pouvait marcher avec la recette de Basinger. Le film de bataille mettait toujours en scène un petit escadron de bonshommes différents — reflétant le consensus politique de l'époque — qui arrivaient à surmonter leurs différences pour atteindre un objectif commun — patriotique, naturellement. Ça pouvait tout à fait marcher avec un commando contre des terroristes. Bien sûr ! C'était évident. Comment avait-il pu hésiter un instant ?

Beagle griffonna quelques mots sur un bloc-notes jaune : « *Scénario : Le président est enlevé par des terroristes.* »

C'était assez accrocheur. Beagle avait appris à ne pas brider son imagination avec des problèmes de coût et de faisabilité. Mais, là, il y allait tout de même un peu fort. Il faudrait obtenir la coopération d'un État étranger prêt à entrer en guerre contre les États-Unis en se sachant d'avance perdant dans le scénario, et ça, ce n'était pas du tout cuit. En revanche, la participation du président à son propre enlèvement était dans la poche : comment pourrait-il refuser ? Tout ce cirque avait pour seul but d'assurer sa réélection.

Ensuite, viendrait l'attente. Le drame de l'incertitude. Faire mousser le pays jusqu'à l'hystérie. Puis la demande de rançon. Nous plions-nous aux exigences des ravisseurs ou restons-nous intraitables par principe ? *Des millions pour la défense, pas un* cent *pour la rançon !* Les négociations. Qui traînent en longueur délibérément. Pendant que la Delta Force (ou les Navy Seals ou les girls bioniques de Vegas ou même le FBI) manœuvre dans l'ombre pour leur tomber sur le paletot et sauver Bush grâce à un parfait timing et une parfaite exécution...

Une exécution... Mais oui, bien sûr. Les terroristes exécutent Bush ! Dan Quayle devient président, déclare la guerre au terrorisme. Mais une vraie guerre, pas une simple profession de foi. On leur rentre dans le chou, on vitrifie des villes entières, on ratisse, on détruit. S'ils veulent se cacher en Libye, on envahit la Libye. La Syrie. Partout où ils essaient de se planquer.

Évidemment, le client ne marcherait pas. Bush voulait rester vivant. Il lui fallait pourtant un truc comme ça : un incident qui fît dégénérer l'affaire. Sinon ça tournait en eau de boudin. La Delta Force délivrait le président, et après ? Ça devenait un simple problème de police. Petit détachement militaire, enquêtes, arrestations et, des années plus tard — bien après la victoire ou la défaite électorales —, un procès. Probablement en Italie, où les terroristes en prendraient pour dix piges à tout casser et seraient extradés vers la Libye dix-huit mois plus tard en échange d'une cargaison de fioul et d'un paquet de devises. À moins que le public américain ne fût suffisamment outragé — c'est-à-dire suffisamment manipulé — pour vouloir entrer en guerre.

Et s'ils kidnappaient Bush et Quayle ? La Delta Force sauve Bush, les terroristes tuent Quayle.

Là, il y avait de l'idée.

Bush, accablé, fait parler son courroux et mène la nation — toutes les nations de l'Occident — dans une Sainte Croisade contre le terrorisme. Afin qu'aucune épouse, jamais plus, ne connût les tourments de Madylin (ou Marylin ? il vérifierait), que jamais plus aucun enfant (il était sûr que Quayle avait des enfants) ne fût sans père. Image : un orphelin, haut comme trois pommes, qui lutte seul, appelle à l'aide. Non. Mieux : une petite fille, cheveux bouclés, mignonne, pleurant dans son lit en attendant un papa qui ne reviendra jamais. Excellent, excellent.

Les terroristes seraient des musulmans. Les Puissances obscurantistes de l'Orient superstitieux et répressif contre l'Occident rationnel, moral et progressiste. Ça titillait la haine atavique. La Chrétienté contre l'Islam ! Bravo l'artiste. Le titre de travail serait : *Les Croisades*.

Excité, il appela Kitty sur l'interphone.

« Kitty !

— Je ne suis pas Kitty », répondit une voix féminine.

Il avait oublié. Kitty avait démissionné. C'était une nouvelle. Avait-elle un nom ?

« Oui, monsieur Beagle ? » reprit-elle.

Avait-elle un nom ? Qu'est-ce qu'il voulait lui demander, déjà ? Ah, oui : « On a un employé... un petit gars malin. Euh, un ancien de Yale. Un homo. Comment il s'appelle ?

— Je peux regarder dans les dossiers personnels. »

Elle était con ou quoi ? À moins que les dossiers personnels ne fussent classés selon les préférences sexuelles.

« Ils sont classés de cette manière ?

— De quelle manière ? »

Il raccrocha.

Il avait quelque chose d'autre à demander à Kitty. Il rappela la remplaçante.

« Vous voulez acheter une robe à ma femme ?

— Hein ?

— Une robe. Vous savez, ce que portent les femmes. Sur le corps.

— Je sais ce qu'est une robe.

— Bien.

— Quel genre de robe...

— Comment voulez-vous que je le sache ?

— Quelle taille ?

— Kitty sait tout ça », dit-il.

Il ignorait la taille de sa femme. Certes, les cadeaux ne remplaçaient pas la vie de famille, mais ça prouvait au moins qu'il pensait à eux. Et, malgré les dénégations de Jackie, elle était plus facile à amadouer quand il lui achetait des trucs.

« Vous avez des gosses ? demanda-t-il à la fausse Kitty.

— Non.

— Vous n'avez jamais élevé de gosses ?

— Non. Mais j'ai des neveux et des nièces.

— Bien. Trouvez un cadeau pour un enfant de vingt mois.

— Quel cadeau ?

— N'importe », répondit-il aussi poliment qu'il put.

Si sa mémoire ne le trompait pas, le petit gars de Yale était documentaliste. Il y avait une touche DOCU sur son interphone. Il l'enfonça.

Teddy entendit la sonnerie. Un appel. Une voix humaine allait lui parler. C'était un événement rare au boulot et Teddy, salivant par avance — tout en sachant que l'appel serait forcément décevant, comme toujours —, laissa sonner trois fois avant de décrocher et de lancer un jovial : « Allô ? Salle de documentation.

— Ici Beagle.

— Oui, monsieur.

— C'est vous qui avez fait Yale ? »

Teddy chercha l'erreur, répondit : « Oui » et s'empressa d'ajouter : « J'ai fait aussi l'école de cinéma d'UCLA.

— Vous devez être très calé. Heureux de vous compter parmi nous. Faudrait qu'on discute un de ces jours... »

Dieu tout-puissant, qu'est-ce qu'il veut ? Il me parle à moi. Ma chance au bout du fil.

« Voici ce que je veux. J'ai besoin d'une page sur la propagande.

— Quoi, au juste ? L'histoire de la propagande ? La nôtre ? La leur ? Définitions, controverses, grands exemples ? Guerre chaude ? Guerre froide ?

— Je veux une page sur l'essence de la propagande. Le fond des choses. Ce qu'il faut savoir pour devenir un génie de la propagande. Le zen de la propagande. Vous me donnerez les détails plus tard. Pigé ?

— Pigé, dit Teddy, qui ne pigeait pas du tout.

— Bien. Pour demain en fin de journée. Non, prenez votre temps. Dans deux jours, O.K. ?

— Sans problème. »

Sans problème, mon œil. Dans quelle galère s'embarquait-il ? Ne valait-il pas mieux dire la vérité, à savoir que deux jours suffisaient à peine à trouver les références, qu'il fallait compter une quinzaine ou un mois pour lire le tout, et en diagonale encore, puis rajouter une bonne semaine pour accoucher d'un compte rendu — surtout s'il fallait faire court, c'était toujours plus difficile de faire court. Ça la foutait mal de lancer des promesses qu'on ne pouvait pas tenir. Les gens n'aimaient pas ça. Les patrons préféraient les employés qui leur expliquaient franchement ce qu'ils pouvaient et ne pouvaient pas faire, et dans quel délai. Tu parles ! Les patrons détestent ça, ils veulent qu'on se mette en quatre pour eux et sans discuter. C'est ça qui les impressionne. Alors, tu la boucles et tu fais ce qu'on te dit. Même si tu dois te planter.

« Laissez tomber votre boulot de tous les jours. Demandez à Kitty de vous trouver un remplaçant.

— Kitty est partie.

— Exact.

— Euh, merci, monsieur Beagle. »

Mais Beagle avait déjà raccroché. Il tenait le bon bout et il le savait. *Les Croisades* l'excitait parce qu'il contenait une réponse plausible à la question : qui serait prêt à partir en guerre ? En principe, ce n'était pas son problème. Son job consistait à apporter un script, avec un ennemi idéal. C'était ensuite à Hartman, producteur, ou à Bush, producteur exécutif, de proposer le rôle à l'ennemi désigné. S'ils ne pouvaient pas réunir le casting souhaité, alors il procéderait à des réajustements. Ça se faisait couramment. *48 Heures* était à l'origine un scénario pour Stallone. Puis on l'avait refilé à Eddie Murphy et modifié en conséquence. Un bon réalisateur adaptait son matériel à ses stars. Et, dans une guerre, l'ennemi numéro un devait être considéré comme une star.

Cependant, puisque son matériel était ici la réalité, il était bon de laisser la réalité façonner le concept. Il fallait être à l'écoute de la réalité pour pouvoir la manipuler et Beagle était donc obligé de se poser des questions du genre : qui serait prêt à mourir pour faire réélire Bush ?

La guerre sainte, le djihad, était une tradition arabe. S'ils croyaient vraiment que mourir en martyr donnait un accès direct au paradis des haschischins, des narghilés et des houris, alors ils seraient tout à fait susceptibles — même enchantés — de mener une guerre perdue d'avance.

L'image du paradis, du jardin persan promis par l'Islam dans l'au-delà l'intriguait. Il en prit note pour un éventuel sujet de film. En fait, ce n'était pas une image très différente de celle que les gens se faisaient du Los Angeles idéal. De capiteux cocktails aux couleurs vives dans de grands verres, des baignoires moussantes, des plantes exotiques, des drogues à la pelle, surtout aphrodisiaques, des tas de femmes belles et soumises. Supposons maintenant que, sur place, la réalité du paradis devienne celle de L.A. : pollution, haine, crimes, embouteillages, gaz d'échappement, femmes éternellement irascibles et geignardes. À la fin, le héros s'évade, va retenter sa chance sur terre, fonce sur le champ de bataille et crie : « Pas la peine de vous transformer en martyrs, les mecs, le paradis, c'est exactement comme chez vous. »

Beagle ne marchait pas complètement à côté de ses pompes. Il comprenait qu'on lui demandait de monter une vraie guerre, avec de vrais morts. Cette idée lui conférait un sentiment de puissance qu'il n'avait encore jamais éprouvé, même sur un tournage avec une équipe au grand complet, des milliers de figurants, des effets spéciaux et des hélicoptères attendant son bon plaisir. C'était plus intense. Plus riche.

Il regarda le mur noir et envoya des films sur le terrorisme. *Black Sunday, Python Wolf, Terror Squad, Commando, Death Before Dishonor, Viper, Omega Syndrome, Invasion Force*. Le langage cinématographique était clair. Les Arabes étaient des terroristes. Les terroristes étaient méchants. Il n'y avait qu'un seul point de vue. C'était pratique. Ça permettait de faire l'économie des scènes d'exposition. Comme avec les nazis : vous prenez un mec, vous lui collez un monocle, un imper en cuir, vous le faites saluer bras tendu avec un mauvais rictus et le public sait tout de suite que c'est un méchant. Le metteur en scène peut passer directement à la poursuite.

Mais les extraits déçurent Beagle. Malgré le simplisme des situations, le terrorisme ne faisait pas de bons films. Rien à voir avec la Seconde Guerre mondiale ou même le Viêt-nam. C'était du sous-Chuck Norris à quatre-vingt-dix-huit pour cent. *Patriot Games* tenait le pompon — ce qui n'était guère prometteur sur le potentiel du genre.

CHAPITRE 28

Le boulot de président déborde du cadre de la logique et de la raison. Il appartient au royaume de la magie. Quand l'Homme est béni, trois fois béni, tout ce qu'Il fait est bien. C'est l'état de grâce. Quand Il est maudit, les cieux ne charrient que pluies et intempéries.

Il semblait, rétrospectivement, que le dérapage eût commencé avec Camelot — un surnom bien plus lourd de sens qu'on ne l'avait cru. La crânerie du moment — affirmant que nous étions entrés dans un nouvel âge et que les nouveaux chevaliers des actions et des valeurs l'emportaient sur la valeur et les actions des anciens — révélait une vérité si étrange que personne n'osait la prendre au sens littéral. Le mythe d'Arthur veut qu'il soit le Roi passé et à venir. Celui de l'Éternel Retour. Imaginez un peu qu'il revienne et recrée un royaume voué au merveilleux, à la générosité et à la vertu. Quelqu'un était Merlin. Qui diantre était Merlin ? Peu importait.

Ce qui importait, c'était que le roi devait à nouveau mourir, être à nouveau assassiné. Le cadavre — tel le corps dans quelque fabuleuse allégorie — tissait son propre linceul sur un écheveau d'illusions.

Chaque observateur avait une interprétation différente. Chacun jurait que toutes les autres interprétations — sur sa mort, sur ses meurtriers — étaient erronées.

Et il laissait planer une malédiction sur la couronne. Ravages et désolation étaient son legs. À moins que Merlin, divin nécromancien, n'eût jeté, de rage et de désespoir, un sort sur le trône.

Comment expliquer autrement le tragique Macbeth qui l'avait suivi ? Comment expliquer la chute de Richard Nixon, grand druide de la magouille, aussi brillant que vicelard ? Comment l'incompétence de deux rigolos, casseurs du dimanche, avait-elle pu l'éjecter de son piédestal et le traîner plus bas que terre, plus bas qu'aucun autre président dans l'histoire ? Puis Gerald Ford, un brave type apparemment qualifié, sans autre défaut qu'une propension au gadin, avait été jugé indigne d'être président pour cause de maladresse devant les caméras. Carter ensuite, qui bossait dur, qui cultivait la bonté comme un théologien, avait dégringolé jour après jour, au rythme du décompte des otages à la télévision.

La télévision : tel est le nom de la magie qui nous valut John F. Kennedy, dont on pourra penser ce qu'on voudra, et la malédiction qu'il laissa derrière lui. La preuve : le seul et unique personnage qui parvint à rompre cette malédiction fut un homme de télé, Ronald Reagan. Il n'en foutait pas une rame et ne connaissait pratiquement rien à ce que les présidents sont censés connaître — économie, politique étrangère, droit, histoire, culture. Mais il avait redonné du lustre à la Maison-Blanche, redevenue le rutilant palais d'un empire étincelant. Il transformait tout ce qu'il touchait en plaqué or et mettait du strass dans les chaumières.

Une malédiction ? Bush, qui avait consacré toute sa vie à son objectif, avait calqué tous ses choix sur les sondages, avait toujours fait, pensé, ressenti ce que l'opinion voulait qu'il fît, pensât, ressentît, craignait aujourd'hui d'avoir raté la dernière marche et de pédaler dans le vide. Aucune de ses initiatives n'aboutissait au résultat escompté. Tous les conseillers, chefs de cabinets, factotums, experts qui sillonnaient la Maison-Blanche avec des kilos de paperasses, montaient, descendaient, zigzaguaient, téléphonaient, envoyaient des rapports, râlaient, pontifiaient, réclamaient des limousines, des déjeuners, tous ceux-là n'étaient que des ringards, des mouches du coche qui patinaient dans le ketchup sans faire avancer d'un pouce la seule question importante : sa réélection.

Bush était à bord d'*Air Force One*. Baker l'accompagnait. Ils revenaient d'un forum à San Francisco avec la Pacific Rim Business Association. La plupart de ses représentants, même les plus haut placés, étaient ricains, mais c'était en fait une tête de pont pour les intérêts japonais. Son credo était le libre-échange, qui était également un des canons de la morale du Parti républicain et qui faisait instinctivement saliver le président. Le revers de la médaille était que les Japonais se servaient de cette rhétorique pour masquer des pratiques contradictoires, à la fois protectionnistes et rapaces.

Bill Magnoli, pédégé d'America's Exporters Inc., avait demandé quelques minutes pour présenter son cas au président.

Un million de voix exigeaient d'être entendues. Le roi souhaitait seulement survivre. Cependant, il devait prendre des décisions, pencher à droite ou à gauche, en avant ou en arrière. Sur quelle base pouvait-il choisir ? Le président — qui n'avait ni le temps d'éplucher lui-même les dossiers ni la force de s'élever au-dessus de la mêlée — écoutait les quelques voix qui parvenaient jusqu'à lui, c'est-à-dire celles des orateurs les plus démerdards à défaut d'être les plus intéressants.

Naguère sous capitaux américains, America's Exporters était aujourd'hui la propriété de la Musashi Trading Company, l'entreprise clé de ce qu'on appelle au Japon un *keiretsu*. Comme le savent tous les lecteurs des pages financières, un *keiretsu*[1] est une sorte de cartel, mais en plus gros, plus musclé, plus agressif, infiniment plus terrifiant.

Musashi avait racheté American Exporters pour son nom et la personnalité de son pédégé, Bill Magnoli, le mec le plus américain que les éclaireurs japs eussent jamais rencontré. En semaine comme le dimanche, Bill était une caricature vivante. Il roulait en Mustang, carburait au steak grillé et au banana-split, parlait football, pratiquait le golf, tronchait sa secrétaire deux fois par semaine, sa femme une fois, aimait Willard Scott, jouait au Loto et pensait que Las Vegas était une ville très, très chaude. Il avait deux mômes, l'un à la fac, l'autre en réhabilitation, et trimballait leurs photos dans son portefeuille.

1. C'est au Japonais ce que le pénis est à l'homme noir. Un truc à eux qui a la réputation d'être plus gros que celui des Blancs, plus puissant, plus irrésistible — la caractéristique raciale qui effraie le plus l'homme blanc et leur permettra d'asservir sexuellement la femme de la race blanche. *(N.d.A.)*

C'était un mec sans histoires, élastique, qui militait loyalement pour tout ce qui mettait du beurre dans ses épinards et de la benzine dans ses quatre bagnoles.

Quand Bill Magnoli prenait la parole au nom d'America's Exporters, il avait beaucoup de mal à se rappeler qu'il était en fait l'homme de paille d'Hiroshi Takagawa, dont le titre officiel chez Musashi était « vice-président chargé de l'amélioration des relations nippo-américaines » mais se traduisait en idéogrammes *kanji* par : « stratège délégué d'état-major pour la victoire en Amérique » — traduction non autorisée à laquelle il eût été inconvenant d'ajouter foi.

Le sujet de l'audience était l'équipement militaire, un des biais par lesquels l'Amérique a toujours soutenu l'industrie privée — qui, en retour, a toujours soutenu l'armée. Quelque fabricant de composants électroniques avec un politicard dans sa poche — lequel se présentait tantôt comme un parlementaire soucieux des intérêts de ses électeurs, dont un bon nombre vivait du silicone, tantôt comme un patriote jaloux de l'indépendance technologique de son pays en cas de guerre — avait mitonné un projet de loi obligeant le Pentagone à acheter exclusivement des composants made in America. Le parlementaire était sur le point de faire adopter sa bafouille, mais assortie d'un amendement autorisant le Pentagone à faire des exceptions en cas de... Un débat était en cours pour déterminer si la suite de la phrase serait : « en cas d'impérieuse nécessité, pour une période n'excédant pas un an », ou : « en cas d'absence d'alternative raisonnable ». De toute évidence, l'impact de la loi dépendrait de la clause choisie et de son application.

Magnoli s'était montré convaincant, vif et concis. Il pouvait, vu que le camarade Takagawa l'avait fait dresser tout spécialement par un conseiller en communication et avait confié la préparation du dossier à un cabinet américain de relations publiques.

La question n'était pas de savoir si Magnoli avait tort ou raison, s'il était ou non un agent d'une puissance étrangère, ni même si le président était en mesure de trancher. La question était : pourquoi Bill Magnoli avait-il obtenu une audience ?

« Bushie, comment se fait-il que tu aies parlé à ce Magnoli ? demanda Baker.

— Neil », dit le président, faisant allusion au sujet qui le préoccupait : son fils. « On a une idée de l'issue ? » Comprenez : *Baker savait-il si Neil serait inculpé ou non*[1] ?

« On s'en occupe.

— S'il n'était pas mon fils... », fit Bush en agitant l'index. Il ne voulait pas dire : *S'il n'était pas mon fils, je le collerais en prison pour faire un exemple*, mais : *S'il n'était pas mon fils, tout le monde s'en foutrait.* « C'est pas un amateur de publicité, au moins ? » *J'espère que le procureur ne va pas crier sur les toits qu'on lui a dit d'étouffer l'affaire.* « Toujours à chipoter. Ils ne perdent rien pour attendre.

1. Rappel des faits, à toutes fins utiles : 1983, Neil Bush (fils de G.B.) se lance dans le pétrole. Il investit 100 dollars. Ses deux associés allongent 160 000 dollars. 1985, Neil devient directeur de Silverado, qui prête à ses associés 132 millions de dollars. 1987, un des associés « oublie » un prêt de 100 000 dollars à Neil. 1988, Silverado fait faillite, laissant une ardoise d'environ 1 million de dollars. *(N.d.A.)*

— Tu sais qu'il roule pour les Japs, dit Baker, revenant à Magnoli.

— Bien sûr que je le sais. Pour qui tu me prends ? fit Bush. Ne réponds pas à cette question, humorisa-t-il[1] aussitôt.

— Son entreprise est entièrement contrôlée par Musashi.

— Je t'ai dit que je le savais. Tu veux savoir comment je le sais ?

— Ouais.

— Parce que Musashi, c'est mes copains. Ils me donnent un coup de main. Pas comme certains. Et ils m'ont demandé de consacrer quelques minutes de mon temps à Magnoli. Petit échange de politesses, dit Bush, ravi, comme il l'était parfois, d'être sur une affaire que Baker ignorait.

— Ils te donnent un coup de main ?

— Rapport à ce mémo, tu sais ? Je ne t'en ai pas parlé ?

— Non. Tu ne m'en as pas parlé. Tu n'es pas obligé. Seulement, j'aime être au courant de ce qui se passe, de temps en temps, vois-tu, parce que ça me donne le sentiment d'être important et parce que je suis ton plus fidèle allié.

— Tu te souviens du mémo ?

— Le mémo ?

— Le mémo d'Atwater, répondit Bush avec son fameux sourire en coin.

— Ah, le mémo.

— Tout juste.

1. Dans toute ma vie d'écrivain, je n'ai jamais eu un personnage qui « humorisait ». Toutefois, il me semble que Bush est tout à fait du genre à le faire. Alors, hommage à l'humoriseur. *(N.d.A.)*

— Il disait : montre-le à Hartman.

— Il ne disait pas exactement ça. Il disait au contraire de ne le montrer à personne, mais de confier éventuellement le boulot à Hartman si on donnait suite. »

Le président pointa l'index comme un revolver, visa Baker et dit :

« C'est *en développement.*

— En développement ?

— C'est comme ça qu'ils disent, à L.A. "En développement." Et ils ont mis une grosse pointure dessus. Jonathan Lincoln Beagle. Tu te souviens des *Cavaliers de l'Ouest* ? Ça, c'était du cinéma. La scène où Clint Eastwood fait un clin d'œil aux méchants, comme ça... » Le président cligna de l'œil comme Clint.

« Je croyais que tu l'avais déchiré, ce mémo.

— Je l'ai retrouvé. Je l'avais sur moi par hasard quand j'ai rencontré Hartman dans le comté d'Orange.

— Tu l'avais sur toi ? Tu ne l'as pas déchiré ?

— Il était dans ma poche.

— Comment a-t-il atterri dans ta poche ?

— Une secrétaire l'avait trouvé dans ma serviette.

— Et comment a-t-il atterri dans ta serviette ?

— Ça me plaît bien. Tu sais à qui ça me fait penser ? Maverick, Burt Maverick. Il y a un énorme enjeu sur la table, je regarde mes cartes en douce, sans m'affoler parce que ce n'est pas ce que j'ai en main qui compte. J'ai un as dans ma manche. »

Baker ne jugea pas utile de lui préciser que les personnages de la série télé s'appelaient Bret et Bart Maverick.

« Alors, tu as rencontré Hartman et tu lui as donné le mémo.

— Et il l'a mis en développement. Tu sais ce que ça veut dire ?

— Je sais. Qui paie Beagle ? Il y a quelqu'un qui le paie ? Qui d'autre est au courant ? Combien de personnes sont dans le coup ?

— Toute l'astuce est là. Personne. À part Hartman, moi, Beagle et maintenant toi. Mais, toi, tu l'as toujours plus ou moins été.

— Beagle sait ?

— Évidemment, comment il pourrait mettre en scène une guerre sans savoir qu'il met en scène une guerre ? Moi, je pourrais pas. Tu pourrais, toi ?

— Alors, ils font ça pour rien ?

— Non. C'est bien plus futé. Hartman a tout arrangé. Les Juifs sont comme ça, ils ont toujours des arrangements. C'est Musashi qui paie. Mais ils ne le savent pas.

— Génial..., fit Baker en s'efforçant de ne pas avoir l'air trop décomposé. Et... comment il a arrangé ça ?

— Il a laissé entendre à Musashi que, s'ils acceptaient de financer un projet de Beagle, le président, c'est-à-dire moi, saurait se montrer reconnaissant. Et je leur ai montré ma reconnaissance en écoutant ce type pendant sept minutes. Ce que j'appelle une reconnaissance raisonnable.

— Ils n'ont pas voulu savoir pourquoi tu leur serais reconnaissant de donner quelques millions de dollars à un metteur en scène de cinéma ? Je suppose qu'il s'agit de millions, tout marche à coups de millions, là-bas.

— Je ne connais pas le montant exact.

— Et ton impresario d'Hollywood et ton cinéaste, ils ne vont pas aller se vanter dans les dîners en ville ou auprès de leurs maîtresses pour les impressionner ? reprit Baker, masquant un début de panique.

— Tu te fais du souci pour la sécurité ?

— Eh bien, un peu. »

Baker aurait aimé avoir peur de l'avion. Ça lui aurait permis d'attribuer la désagréable sensation qui lui tordait l'estomac à l'angoisse de se trouver dans un cercueil d'aluminium tubulaire à six mille mètres d'altitude et non au fait que Bush fonçait bille en tête dans un nouveau Watergate en technicolor. L.A. ! Des cinéastes programmant la prochaine guerre ! Qu'est-ce que c'était que ce trafic ? Il y avait de la fesse là-dessous. Ce Hartman avait-il chargé quelque starlette nubile de tailler tout un plumier *authentic Hollywood-style* à Georgie pour lui faire perdre la boule ? Baker savait les ravages que la découverte de la sexualité orale pouvait provoquer chez les protestants d'un certain âge.

« On a une sécurité totale. Vingt-quatre heures sur vingt-quatre. Micros et tout ce qu'il faut.

— La CIA ? » demanda Baker. Un bouchon acide se formait dans son gosier. Il voyait déjà le tableau, ils n'y couperaient pas : un jour ou l'autre, un enfoiré de gauchiste démocrate du Sénat ou du Congrès finirait par mettre le grappin sur un trouillard des Services secrets, le ferait témoigner sous serment et cracher tous les secrets à la presse. Ça s'était déjà produit, ça se reproduirait.

« Non, répondit Bush, content de lui. Gates s'en occupe. Dans le privé.

— Ah, fit Baker, profondément soulagé.

— Tu oublies que j'ai été patron de la CIA. Je connais tous les trucs. Ou la plupart. Je n'ai jamais été moi-même directement sur le terrain, mais j'avais quelques opérationnels qui me racontaient ce qu'il en était et comment on goupillait les affaires en sous-main.

— Gates est un homme de confiance. »

Robert Gates l'était, en effet. C'était un type réglo, c'est-à-dire qu'il ne s'embarrassait pas de scrupules juridiques, savait la boucler devant le Congrès et s'essuyer les pieds sur les lampistes en cas de scandale. Il avait été soviétologue, chef des analystes du contre-espionnage, directeur exécutif, puis bras droit de William Casey, le numéro un de la CIA. Reagan l'avait désigné comme successeur de Casey, mais la nomination avait été retirée quand on avait appris que Gates avait omis de notifier au Congrès, comme la loi l'exigeait, le détournement par Ollie North des bénéfices des ventes d'armes à l'Iran au profit des *contras*. Il avait aussi la réputation de charcuter les statistiques et d'orienter les informations dans le sens de ses préférences politiques.

« Ça, c'est sûr, approuva Bush.

— Comment l'argent arrive à Bunker ?

— Là, je ne suis pas dans la combine.

— George, franchement, tu aurais dû m'en parler. Je suis secrétaire d'État.

— Bah, l'occasion s'est présentée et j'en ai profité.

— Je veux dire, si on doit déclarer la guerre à quelqu'un... » — sourire blême — « j'aimerais être au courant. » Quand il avait lu le mémo, il l'avait trouvé étrangement convaincant. À présent, il le trouvait étrange tout court.

« Ne fais pas l'innocent, Jimbo. Tu penses peut-être que tu es plus malin que moi, je sais que tu le penses. Mais tu aurais tort de me sous-estimer. J'ai été membre du Congrès, secrétaire général du Parti républicain, chef de la CIA, ambassadeur en Chine, ambassadeur à l'ONU. Tu connais beaucoup de gens qui ont fait un seul de ces trucs sans se mouiller un peu ?

— Toutes mes excuses, monsieur le président. Je m'incline. Tu as un don exceptionnel pour te mouiller jusqu'au cou. Laisse-moi te servir un verre.

— Merci, monsieur le secrétaire. Et sache, monsieur le secrétaire, que je domine parfaitement la situation. Il n'y a pas écrit "andouille" sur mon front et je n'ai pas l'intention de rester dans l'Histoire comme l'Idiot de la Maison-Blanche. Mais je ferai tout ce qu'il faut pour gagner. Maintenant, tu marches avec moi ou tu me laisses tomber ?

— On est à six mille mètres d'altitude, je ne vais pas te laisser tomber. »

Baker lui passa un Chivas. Il était déterminé à arrêter cette folie. Ne fût-ce que parce que Bush l'avait mis devant le fait accompli. Ce n'était pas la première fois. Georgie lui faisait le coup de temps en temps, histoire de lui rappeler qui était le maître. C'était normal. Rien à redire à ça. Sauf pour une affaire d'importance.

« J'ai un as dans mon jeu, glousse le président. J'adore. Exactement comme Burt Maverick. »

Baker leva son verre — sans allusion à Bret ou Bart — et trinqua.

« À la guerre ! dit Bush.

— Je voudrais juste savoir un truc, reprit Baker avant de boire. Contre qui allons-nous faire la guerre ?

— Je ne sais pas. C'est encore en développement. »

CHAPITRE 29

En ouvrant le bureau, je m'attends à ce que les gens me regardent avec mépris. Jasent dans mon dos. Eh bien, non. C'est ça, la grandeur de L.A. : tout le monde se fout de savoir comment vous êtes arrivé ; la seule chose qui compte, c'est que vous soyez arrivé. Je porte mes nouvelles fringues. Quand je conduis, maintenant, c'est en amant, non plus en chauffeur. Je commence à me montrer en public avec Maggie, dans les déjeuners — toujours pour affaires —, les sauteries — toujours pour affaires —, les entretiens — jamais pour affaires.

Le déjeuner le plus important est bien sûr avec Hartman. Il accepte que Maggie franchisse le pas et fonde son propre cabinet d'études, de « développement ». À condition que ce soit quelqu'un d'autre qui raque, évidemment. Nous discutons des financements possibles. Il pense à JVC / Victor et Musashi, éventuellement MGM, parce que la tendance chez eux est, paraît-il, aux « films de femmes ». Il garde aussi Paramount dans les tuyaux.

Naturellement, tout cela n'est qu'un prétexte. La vraie raison de ce rendez-vous, c'est moi. C'est-à-dire lui et moi. Un round d'observation entre nous deux. Il se montre aimable. Tant mieux. Il lâche quelques petites allusions aux marines, dans le jargon de la troupe.

Maggie glisse sa main sur la mienne. Gros plan sur le geste, il y a du signifiant là-dedans, ça veut dire : « *C'est mon homme.* » Gros plan sur le visage de Maggie. Gros plan sur Hartman, qui enregistre le message. Gros plan sur Joe, qui a du mal à masquer sa jubilation.

« Joe ne m'a apporté aucune idée que je n'avais déjà eue, explique Maggie. Mais je me sens plus forte avec lui. »

Contrechamp sur Hartman : il a l'air de gober.

Heureusement que je ne couche pas avec elle. Le célibat m'aide à garder les pieds sur terre. Si j'étais son mec, j'aurais la folie des grandeurs, je me prendrais pour son manager, son futur producteur, son parasite officiel. N'empêche, je la regarde comme si elle était une star de cinéma — ce qu'elle est — et comme si j'étais son amoureux transi — ce que je suis. Mais c'est elle — et c'est là qu'on reconnaît l'actrice — qui donne tout son réalisme à la scène. On s'y croirait. Elle rayonne comme si elle était comblée, dopée à l'hormone mâle. Encore un peu et je me laisserais moi-même prendre au jeu, alors que je sais de source sûre — mes propres oreilles et mes propres yeux — que ses nuits sont aussi insatisfaites que les miennes.

Pas d'erreur, elle sait jouer la comédie.

« Je veux ce qu'il y a de mieux pour Maggie, dit son agent.

— Moi aussi.

— Je vois ça. »

Le serveur s'amène avec une bouteille de pinard — le genre à cent dollars chez le marchand de vin, plus de deux cents sur la carte du resto.

Adolescent, quand je voyais un mec marcher vers moi dans la rue, je me demandais automatiquement : « Est-ce qu'il est plus fort ? Plus méchant ? Est-ce que je peux me le faire ? » Plus tard, avec l'âge, après le Viêt-nam, ça a changé. Je mate le mec et je me dis : « Est-ce qu'il peut tuer ? Est-ce qu'il a tué ? Est-ce qu'il tuera encore ? » C'est la seule question.

J'observe Hartman. Je ne pense pas qu'il ait tué. Même pas à la guerre, même pas de loin. Je ne sais pas pourquoi j'ai cette impression, mais la suite de mon enquête me prouvera que j'ai raison : ses états de service confirment qu'il n'est jamais allé au combat. Peut-il tuer ? Tuera-t-il ? J'ai idée qu'il aimerait ça. Pas pour donner la mort — eh oui, il y a des gus qui bichent devant la mort —, mais pour s'affirmer.

Les agents ont la réputation d'être impitoyables, implacables, sans cœur, d'être des « tueurs ». Mais au sens où on dit d'un tennisman qu'il est un tueur. Il manque quelque chose. Le sang. Même dans un bled comme L.A., où on perd vite la notion de la réalité, on fait encore la différence. Hartman adorerait pouvoir se regarder dans la glace en sachant secrètement qu'il est un tueur. Un vrai. Ouais, il adorerait.

Il lève son verre à notre santé.

« Aux amoureux », dit-il.

L'attaché de presse de Maggie fait circuler l'information sur le nouveau bureau. *Variety* m'interviewe par téléphone. *Hollywood Reporter* envoie un gars, *The Enquirer* dépêche un photographe et je reçois un appel d'*Entertainment Tonight*, qui veut obtenir un rendez-vous. Je promets de me libérer. En fait, le rendez-vous n'aura jamais lieu.

Je suis assailli de tous côtés. Les scripts pleuvent. Des lettres. Des synopsis. Je donne suite de temps en temps, ça mange pas de pain. Je vais avoir besoin d'un lecteur, d'une secrétaire et je ne sais quoi encore.

Il y a un restaurant pas trop chérot dans le quartier, avec deux sorties de repli, l'une par la porte des cuisines, l'autre par la fenêtre des gogues. C'est là que je vais casser la graine. Je suis seul à une table quand Bambi Ann Sligo, la secrétaire de Mel Taylor, déboule. C'est un peu loin des bureaux d'U.Sec. Il est possible qu'elle soit là par hasard, quoique certains prétendent qu'il n'y a jamais de hasards dans ce boulot. Je la salue et elle me rejoint dans mon box. Elle commande un hamburger et un caoua. J'en fais autant, en précisant toutefois que Maggie désapprouverait. Bambi — portrait craché de la Dame de Fer — roucoule : « Vous devriez écouter Maggie. C'est une star. » Je souris. « D'accord, j'y penserai. » Je lui demande des nouvelles de son turbin. Elle veut me dire quelque chose, je le sens, mais elle n'ose pas. Nous parlons de choses et d'autres, dont ni elle ni moi n'avons rien à foutre. Quand elle en a fini avec son burger, elle allume une clope. Je lui commande un autre jus et une tarte aux pêches. Elle hésite sur la tarte. Ça fait grossir. Je lui assure qu'elle est assez mince pour se le permettre.

L'heure tourne et Taylor est à cheval sur la ponctualité. Elle consulte son agenda, s'affole. Elle est à la bourre, il faut qu'elle dise ce qu'elle a sur le cœur.

« Mister Broz, miss Lazlo connaît toutes les autres stars, n'est-ce pas ? »

Ma courte expérience m'a appris que le monde des célébrités est tout petit.

« Oui. Plus ou moins.

— Est-ce qu'elle connaît... » — Bambi regarde ses couverts, chasse quelques miettes, replie soigneusement sa serviette — « John Travolta ? Et Tom Cruise ? »

Je n'en ai aucune idée, mais je serais étonné qu'elle ne les connaisse pas.

« Oui.

— Il paraît... » — elle prend sa serviette en papier, éponge le petit cercle de café qui macule sa soucoupe, essuie sa fourchette — « que la scientologie guérit... hum... » — elle repose la fourchette, essaie péniblement de me regarder — « l'homosexualité. La scientologie peut guérir ça. C'est vrai ?

— Je ne sais pas.

— Vous non, mais Maggie ? Puisqu'elle les connaît... Vous pourriez lui demander ? Ça vous choque pas si je l'appelle Maggie ?

— Non, non. Je lui demanderai. »

Je commence à voir l'intérêt de cette vie. Outre l'oseille. Vous passez votre temps à papoter pour soigner vos relations, à vous pomponner pour soigner votre look, à vous entraîner — je vais beaucoup au dojo — pour soigner votre forme et à bouquiner, si nous n'avez personne pour le faire à votre place.

En ce qui me concerne, c'est surtout de la poudre aux yeux, histoire de crédibiliser ma couverture d'amant-producteur. Mais c'est aussi une stratégie.

Chez U.Sec., quand on était sur une affaire d'espionnage industriel, on commençait toujours par chercher un ancien employé ou un employé aigri. C'est ce que je fais. J'appâte. S'il y a des aigris chez Beagle, qui ont quelque chose à vendre, maintenant au moins ils savent à qui s'adresser.

C'est une méthode lente et incertaine, qui requiert une grande patience.

Pendant que U.Sec. me surveille, Steve file Ray Matusow.

Ray suit un circuit. Il a huit arrêts réguliers. Mais le fait de connaître ses escales ne nous indique pas qui il enregistre. L'une de ces escales est un immeuble où il semble avoir installé une table d'écoute en sous-sol. Deux autres sont des complexes résidentiels extrêmement fliqués : impossible d'y entrer, impossible même de déterminer le bâtiment dans lequel vit le suspect. Une quatrième est un entrepôt dans Flower Street, avec apparemment un loft d'habitation, appartenant à Maxwell Nurmberg. D'après mes renseignements, il y a un mec de ce nom qui travaille à CinéMutt. Les trois autres sont des véhicules en stationnement. L'un d'eux, d'après la proximité, est pour Maggie et moi.

Détail intéressant : il commence son circuit à U.Sec et termine chez lui. Et il emporte tout dans ses pénates, pour la nuit.

Je m'assure que je ne suis pas suivi et je débarque chez Ray à l'improviste, un soir de semaine. Je repère les verrous. Je frappe. Il y a une vidéo-surveillance, mais il regarde par le trou de serrure.

Il ouvre.

« Joe, qu'est-ce que tu fous là ?

— Je voulais te parler. En privé.

— En privé ?

— Un truc rentable. » Je souris. « Pour toi et moi.

— Oh, très bien, entre. »

Il s'écarte pour me laisser passer. Sa femme, Myrna, est dans le living-room. Elle est mignonne comme un cœur, malgré ses deux maternités. Nous nous sommes déjà rencontrés, dans des cocktails de la compagnie.

« Jolie maison, lui dis-je.

— Merci.

— C'est vous qui avez tout fait ?

— Eh bien... » Elle rougit presque. C'est une gentille fille. Ray a du pot, de ce côté. Sa première femme était plutôt une chieuse.

« Vous avez vraiment le coup d'œil pour les couleurs et les tissus. Je ne suis pas un expert, mais ça se voit tout de suite.

— Vous voulez visiter ?

— Avec plaisir.

— Joe est venu pour affaires, dit Ray.

— Oh... Bien sûr. » Elle s'écrase.

Je reviens à la charge : « Non, vraiment, j'aimerais beaucoup visiter. C'est très chaleureux. Je vais vous avouer un truc, la maison de Maggie... » Myrna est tout ouïe. Je vais lui révéler les secrets d'une star ! Un témoignage sur la Vie Domestique d'une célébrité ! « La maison de Maggie est somptueuse, bien sûr, mais elle donne un peu l'impression d'avoir été décorée pour une émission de variétés, vous voyez ce que je veux dire ? Elle n'est pas aussi... hum... accueillante, douillette. »

Myrna ne se sent plus. Même Ray est content. Fier d'elle. L'intérieur de sa femme comparé à celui d'une star ! Maintenant, il ne peut plus l'empêcher de me faire visiter. Elle me parle des assortiments de couleurs. Je remarque que toutes les fenêtres sont reliées au système d'alarme et qu'il y a des détecteurs de mouvement. L'installation vaut plus cher que les biens qu'elle protège. Je suis certain qu'il y a un dispositif silencieux qui alerte le service d'intervention armée de U.Sec. Il y a peut-être aussi une alarme sonore. Les deux gamines partagent une piaule tout enrubannée de chichis roses. La chambre est une chambre, la cuisine est une cuisine et la salle à manger a une table. Ce qui m'intéresse, c'est la cave, le domaine de Ray.

« C'était un vrai capharnaüm, dit-elle. Tout était sens dessus dessous.

— Je m'y retrouvais très bien, proteste Ray.

— Ce n'était pas vraiment en désordre, d'accord, mais... négligé. Avoue que, depuis que je t'ai acheté ces étagères, tout est mieux rangé. Et puis, c'est modulable, tu peux rajouter des éléments.

— Magnifique », dis-je.

Nous remontons. Ray referme la cave à clé derrière nous. « C'est pour que les enfants ne viennent pas jouer dedans », explique-t-il. Nous nous asseyons à la table de la salle à manger. Myrna nous laisse.

« Alors, de quoi il s'agit ? »

Je lui réponds que, par l'intermédiaire de Maggie, je suis en mesure de racoler pas mal de clients, mais que, étant désormais hors course, je ne peux pas toucher de commissions. Ray est très calé en technique, mais pas beaucoup en combine. Il mord à l'hameçon. La plupart des techniciens n'ont que leur salaire, rien au noir.

« Combien ça me rapporterait ? » demande-t-il.

Je le laisse mariner un peu avant d'annoncer la couleur :

« Cinquante cinquante.

— C'est honnête. » Il n'en espérait pas tant. Si je lui avais dit : *Quatre-vingt-dix dix, à prendre ou à laisser*, il aurait pris. « Tout à fait honnête.

— Faut laisser le temps de venir, mais ça commencera à bouger dans quelques semaines, un mois au plus.

— Merci, Joe. Merci. Avec les gosses et tout, j'arrive à vivre, je dis pas, mais je cracherais pas sur une petite rallonge, tu sais ce que c'est.

— Bien sûr. »

On se serre la pince. Il me raccompagne à la porte. Le système d'alarme se déconnecte au moyen d'une clé, non d'un digicode. À mon avis, il a dû l'installer il y a une dizaine d'années.

Le lendemain, quand Ray s'introduit dans l'entrepôt, je rapplique avec Steve dans une camionnette de location. Nous nous garons de telle sorte que la porte ne puisse pas être vue de la rue. Steve, affublé de lunettes noires et d'une fausse moustache, attend au volant. En ressortant, Ray voit la camionnette qui lui barre le passage.

J'arrive par-derrière et je lui cloque un vieux coup de matraque sur la nuque. Je choure sa toquante, son morlingue, ses clés et je le traîne derrière une poubelle.

Je pique sa bagnole, vide le coffre et l'emmène à la ferraille. Puis, je mets le cap sur sa baraque dans une autre camionnette, de plombier, louée chez un accessoiriste de ciné. Il y a même les caisses à outils. Pratique : je m'en sers pour transporter un duplicateur à lecture rapide et un jeu de cassettes. Les gosses sont à l'école. Myrna est au boulot. J'estime avoir deux heures devant moi. J'entre grâce à la clé de Ray. Je déconnecte le système d'alarme, je déverrouille la lourde de la cave et je descends explorer ses trésors.

C'est un homme qui ne fait pas les choses à moitié. Je le bénis.

Steve est resté en planque devant l'entrepôt. Je l'ai chargé de maintenir Ray dans le cirage le plus longtemps possible. Il a refusé. « Je suis content que tu m'as filé du taf, j'en ai besoin et je ferai tout ce que tu veux, mais pas ça. Espionner, d'accord. J'ai une famille à nourrir. Je fais tout, mais cogner un mec, je peux pas. J'en ai assez buté comme ça, j'ai ma dose. » Alors, je lui ai simplement demandé d'ouvrir l'œil et d'appeler ici au cas où le bébé se réveillerait et ferait mine de rentrer au bercail.

« Tu fais le numéro, tu laisses sonner un coup, tu raccroches. Tu refais le numéro, tu laisses sonner deux coups, tu raccroches.

— Joe, il m'a dit, faut que tu me comprends. Je suis emmerdé avec mon môme. Je l'envoie à l'école et je le fais bosser et sa mère, elle lui serre la vis. Mais il commence à fricoter avec des loubs. "Je veux porter un feu, être un homme", qu'il dit. "Conneries", que je lui dis. Je peux pas lui dire un truc et faire autre chose, tu me comprends ?

— Je comprends. Mais n'oublie pas d'appeler. »

La surveillance de Magdalena Lazlo est classée sous le nom d'« Opération Chien qui aboie ». Il y a sept autres dossiers sous la même rubrique : Katherine Przyszewski, Luke Przyszewski, Maxwell Nurmberg, Morris Rosenblum, Theodore Brody, Carmine Cassella et Seth Simeon. Rien que ces noms, avec les adresses et les numéros de téléphone, valaient le déplacement. Si ce sont là les personnes qu'il doit surveiller, alors ce sont également celles que je dois avoir dans le collimateur.

Mais ce n'est qu'un début. Quand je découvre qu'il possède les copies des bandes — ce que j'espérais sans trop y compter —, je sens que j'ai touché le gros lot. Tout est là, enregistré : qui fait quoi, qui rigole, qui pleure la nuit, qui fornique, qui se défonce, qui intrigue, qui rumine, qui angoisse.

Ray a même un duplicateur à lecture rapide. Je branche le mien et je les fais tourner tous les deux en même temps.

Du nanan. Tout baigne, ou presque : je peux avoir oublié un système d'alarme vicieux et me faire surprendre par un voisin fouineur ou un retour prématuré de Myrna. Ça m'ennuierait beaucoup d'être obligé de cogner Myrna, qui ne manquerait pas de me reconnaître, pour maquiller l'effraction. Ou les gosses.

CHAPITRE 30

Taylor voulait que l'entretien eût lieu dans le Cube. Bien qu'ayant trouvé sa précédente expérience plutôt marrante, Hartman considérait, lui, que le Cube était du chiqué.

L'entretien eut donc lieu chez RepCo. Mike Ovitz et CAA avaient opté pour le modernisme — agents en costard gris et architecture signée I. M. Peï — avec la devise : « Nous sommes des hommes d'affaires en charge d'une corporation, non des Juifs bonimenteurs de bande dessinée avec des chaînes en or comme Sib Kibitz dans *Doonesbury*. » Hartman estimait avoir damé le pion à Ovitz avec sa théâtrale réplique du Harvard Club, une cathédrale pseudo-géorgienne du capitalisme où rien ne manquait, pas même l'historique hall d'entrée haut de trois étages avec ses fenêtres intérieures et son immense cheminée. La climatisation maintenait ledit hall, ainsi que toutes les pièces équipées de cheminées, à un degré de fraîcheur suffisant pour permettre des feux de bois pleins de cachet et de senteurs subtiles — chêne et essences rares —, y compris l'été.

« Il y a une semaine, comme vous le savez, Katherine Przyszewski, la secrétaire particulière de Beagle, a démissionné, dit Taylor. Avant-hier, Ray Matusow, qui est chargé des écoutes chez Przyszewski, a été agressé pendant sa tournée. Aujourd'hui, Katherine Przyszewski appelle Joe Broz pour lui demander du travail.

— Il y a un lien ? demanda Hartman.

— Justement. Y a-t-il un lien ?

— Eh bien ?

— Il n'y a pas de hasards.

— Qu'est-ce qu'elle sait ?

— Elle ne semble pas en savoir très long, intervint Sheehan, soucieux de rassurer le client.

— C'est difficile à évaluer », reprit Taylor. Il voulait maintenir la pression sur Joe Broz : tous les prétextes étaient bons pour le mouiller.

Sheehan persista : « Nous avons réécouté ses bandes, celles de son domicile et celles du bureau. Il est clair qu'elle ne sait pas grand-chose. Sur le projet.

— Elle peut en savoir plus qu'elle ne le croit.

— Par exemple ? fit Hartman.

— Je n'ai rien entendu de suspect, affirma Sheehan.

— Si. Cette remarque sur les personnages réels. » Taylor poussait le bouchon. Rien ne lui permettait de penser que la remarque en question fût significative. Ça pouvait être une simple excuse inventée par un metteur en scène agacé pour ne pas donner de rôle à une gamine. « Ça peut avoir un sens pour quelqu'un, c'est toujours possible... »

Hartman, la tronche en biais, demanda d'un air de rien : « Quelle remarque, au juste ?

— Beagle lui a dit qu'il n'employait que des personnages réels dans son prochain film.

— Ah !

— Il n'y a pas de hasards, continua Taylor. Matusow est responsable de la surveillance de neuf personnes. Deux jours après son agression, l'une d'elles, l'une des trois personnes les plus proches de Beagle, la classique ex-employée aigrie, appelle soudain le type que je considère comme le trublion numéro un. Je constate, c'est tout.

— Où était Broz au moment de l'agression ? »

Voilà la question que Taylor ne voulait pas s'entendre poser. Parce qu'il ne connaissait pas la réponse. Le mec chargé de filer Broz l'avait paumé. Mais il avait décidé que, si on le lui demandait, mieux valait avouer un échec que se priver d'une occasion d'en remettre une louche dans la casserole de Joe :

« Broz a échappé à notre surveillance, ce matin-là.

— Inutile de se compliquer la vie, dit Hartman. Débrouillez-vous pour qu'elle ne rencontre pas Broz. »

Propagande

La propagande qui ressemble à de la propagande est de la propagande de troisième ordre.

NOUS	EUX
sommes innocents	sont coupables
disons la vérité, informons	mentent, font de la propagande
nous défendons	sont les agresseurs
sommes respectueux de la loi	sont des criminels et des hors-la-loi
respectons nos engagements, nos traités et les lois internationales	sont des menteurs, des voleurs, des opportunistes qui bafouent les traités
sommes des gardiens de la paix. Nous faisons usage de la force dans des opérations de police pour protéger la loi et l'ordre	sont une bande de gangsters

défendons la justice et les droits civiques	**brutalisent, répriment, tyrannisent à la fois leur peuple et leurs voisins**
Nos chefs gouvernent avec l'assentiment du peuple	**Leurs chefs sont des usurpateurs sans soutien populaire, qui finiront par être destitués**

L'ennemi s'adonne à des tortures, des atrocités et des meurtres parce que c'est un sadique qui aime tuer.

Nous recourons à la violence chirurgicale et stratégique uniquement parce que nous y sommes forcés par l'ennemi.

La tuerie est justifiée dans la mesure où on n'y prend aucun plaisir et où elle est pratiquée proprement — de préférence à distance antiseptique. Le bombardement à outrance et les zones de feu à volonté au Viêt-nam étaient légitimes, le massacre face à face de My Lai était un crime de guerre.

L'expérience montre que rien ne vaut une histoire d'atrocités pour déchaîner les passions populaires.

Cette guerre est, à mes yeux, une guerre contre la barbarie.... Nous nous battons contre une nation qui, depuis des siècles, réduit en esclavage les populations des pays conquis ; qui déporte les femmes et les filles à des fins plus terribles encore ; qui, dans son désir fou de conquérir l'humanité et de la mettre à sa botte, n'a reculé devant aucune infamie, n'a respecté aucun traité... Ce que nous voulons par cette victoire, à laquelle nous allons contribuer, c'est assurer la paix du monde, fondée sur la liberté et la démocratie...

Sénateur Henry Cabot Lodge
au Sénat américain,
le 4 avril 1917.

La propagande en Amérique est infiniment plus fructueuse qu'on ne le pense généralement. Elle fonctionne sur le non-dit, l'impensable. Son invisibilité même est sa force : il est impossible de contre-attaquer l'inaction.

Si l'on veut faire passer sa guerre pour une guerre juste, l'artifice le plus fiable est la thèse de la légitime défense.

En règle générale, il faut feindre de prouver ce que les gens veulent croire par avance et justifier ce qu'ils sont déjà prêts à faire.

CHAPITRE 31

Pour Teddy Brody, la recherche de doc ne fut pas le plus dur. Compilation, épluchage, annotation et nuit blanche ne furent pas trop pénibles non plus. L'annulation de son rendez-vous avec Sam, qui était moniteur de gym au Best Bods Club l'été et moniteur de ski à Steamboat Springs l'hiver, ne le contraria que modérément. Quoique l'appel de la chair ne le laissât pas insensible — un cul chaud est un cul chaud —, ce n'était pas ce qu'il recherchait en priorité. Après tout, à l'âge du sida, des verrues génitales, de l'herpès, des capotes et de la masturbation mutuelle, un corps valait-il beaucoup mieux qu'un vidéo-clip ou qu'un rêve ?

Teddy avait pensé que la contraction de la doc serait la phase la plus trapue du boulot. Se limiter à une page, c'était une véritable castration pour un mec qui avait décroché tous ses diplômes avec mention. Surtout un ancien de Yale. Ça supposait non seulement des choix, mais des coupes sombres. Il fallait shunter, dire les choses simplement, sans broder, sans se justifier, bref : faire confiance au lecteur. Et ça, ça demandait une abnégation kierkegaardienne. Et puis, finalement, ça ne s'était pas révélé si difficile.

Ce qui avait vraiment été coton — mais, alors là, terrifiant, la prise de tête, le trac à en chier dans son froc —, c'était de faire des citations sans références. Dieu du ciel ! C'était le crime absolu. On avait vu des assistants de fac se faire virer pour avoir pompé trois phrases. On avait vu un candidat à la présidence — c'est-à-dire pourtant un type présumé menteur professionnel — obligé de renoncer à sa campagne pour avoir omis d'attribuer une citation à son auteur. Or Teddy savait que Beagle ne voulait pas de notes en bas de page. Il se foutait éperdument des sources. À CinéMutt, ça ne comptait pas. C'était de la bouillie pour les chats. Du pipi d'intellectuel. La citation de Lodge, datée, était une exception parce qu'elle était au cœur du sujet : elle montrait que nous utilisions les mêmes thèmes depuis trois ou quatre guerres et que ça marchait toujours.

Quand il remit sa thèse — brute, sans références, avec un mépris cynique pour tous les auteurs dont il avait piqué les idées —, il comprit qu'il venait d'entrer dans la cour des grands. Il n'avait plus besoin d'attendre son adoubement. Beagle, en lui confiant cette tâche, lui avait appris quelque chose d'essentiel dans son initiation. À présent, Brody avait tout pour réussir à Hollywood. *Enfin*, se dit-il, *enfin je sais plagier*.

Son sentiment de puissance fut tel que, au moment même où il rendit son papier sur la propagande, l'idée de son scénario se forma dans son esprit. Il sut exactement où il allait voler l'intrigue, la trame et les personnages, et comment il allait remanier le tout pour en faire un plat réchauffé ayant toutes les apparences de la fraîcheur. À peine arrivé chez lui, il s'assit à sa table de travail. Il torcha le premier jet en quelques heures. Le lendemain, il relut son brouillon, vérifia l'orthographe sur son ordinateur, procéda à quelques corrections et imprima le tout. Il l'emporta au boulot.

Beagle avait eu la nuit pour lire la fameuse page — aussi énigmatique que la stratégie de Sun Tsu, aussi sibylline qu'une prophétie du Yi-king. Teddy Brody attendit impatiemment son arrivée. Son destin dépendait de la réaction de Beagle : s'il avait apprécié, ce serait le moment. Le moment de dire : « *J'ai un script... vous voulez le lire ?* »

Beagle s'était réveillé en catastrophe à 5 heures du mat'. Avant les premières grisailles de l'aube. Les étoiles brillaient encore. Assis sur son pieu, il pensait que c'était l'inspiration qui l'avait arraché aux bras de Morphée. C'était son foie. Cela ne signifiait pas qu'il n'avait jamais de grandes idées aux petites heures, comme tout génie qui se respecte, mais, ce coup-là, ce n'était que son foie.

La nouvelle secrétaire — comment s'appelait-elle, bon sang ? — avait encore fait une bourde. Le genre de gaffe que Kitty n'aurait jamais commise. Par excès de zèle, elle avait couru acheter un cadeau pour Dylan. Et cette tarée était revenue avec un petit ballon de football américain et un petit casque. Il faut être juste : Beagle avait trouvé ça très bien. Mais Kitty aurait été moins pomme. Quand Jackie avait vu ça, elle était grimpée aux rideaux en jurant à John qu'elle aurait sa peau et clouerait son scalp sur la porte. Le foot était à l'origine de tous les péchés de la race masculine : les guerres, les massacres, les femmes battues, la soûlographie, les rots et la décadence du régime alimentaire national.

Assis dans le noir, Beagle venait d'avoir une illumination : il venait enfin de comprendre que c'était le football, non le base-ball ni les films, qui était son modèle. Il aurait dû s'en douter plus tôt. La sagesse populaire n'avait-elle pas pour adage que *le foot est le sport qui ressemble le plus à la guerre* ? Si on avait posé la question à Beagle, avant l'opportun dysfonctionnement hépatique qui avait interrompu son roupillon ce matin-là, il aurait répondu sans hésiter : « *Le sport qui ressemble le plus à la guerre est le golf. Le football peut être comparé tout au plus à un combat de catch habillé.* » Mais le génie de Beagle tenait en partie à ses facultés d'autocritique. Il était capable, quand il le fallait, de rabaisser son jugement au plus petit dénominateur commun. Vraiment le plus petit et le plus commun possible.

Si l'Amérique pensait que la guerre était comme le football, alors la guerre à grand spectacle de Beagle serait un genre de Super Bowl. À la différence du base-ball, qui privilégiait l'anticipation par rapport à l'action, le football n'avait même plus besoin de match pour exister. Les joueurs n'avaient rien à faire. Les supporters se chargeaient de tout. Le Super Bowl était une manifestation hyperbolique de ce phénomène : deux semaines d'hystérie collective, de commentaires enfiévrés, de matraquage médiatique — sans une seule passe, un seul tacle, un seul penalty, un seul point marqué.

Le match lui-même — cette ultime confrontation au sommet clôturant la saison — était toujours chiant comme la mort. Si on le regardait, c'était uniquement pour conserver un souvenir visuel de la dernière phase de l'événement, la phase jeu, tout à fait secondaire. On n'était d'ailleurs jamais déçu. Les mecs pouvaient jouer comme des pieds, c'était sans importance : on se préparait déjà à l'hystérie du prochain Super Bowl.

Beagle était désormais fixé : s'il parvenait à reproduire ce schéma, l'Amérique aimerait sa guerre.

Des héros et des méchants. Le héros était connu : George Herbert Walker Bush. Il lui faudrait des partenaires. Ce seraient... on verrait ça plus tard.

La première chose que fit Beagle en arrivant à CinéMutt fut de visionner des images de méchants. Hitler, Joe Staline, Hô Chi Minh, le Kaiser, Jack Palance, Erich von Stroheim. Il n'y avait qu'un seul mot pour stigmatiser le méchant : Hitler. On pouvait changer sa gueule, sa langue, ses déclarations, mais pas son nom. Il fallait toujours l'appeler Hitler.

Toutefois, attention : on était trop souvent enclin à surestimer l'importance du méchant. Bush avait mis une couche d'Hitler sur Noriega et ça avait foiré. Maggie Thatcher s'était tapé les Malouines *sans* méchant et sa « splendide petite guerre » avait splendidement fonctionné.

Qu'avait-elle dans sa corbeille ? Pearl Harbor !

Ce qui comptait, c'était moins le méchant que la méchanceté de l'acte, dont la plus parfaite expression était l'attaque sournoise. On touchait là au cœur de la mythologie américaine : monsieur Brave-Gars reçoit un coup vache en dessous de la ceinture et va au tapis. Monsieur Brave-Gars se relève et affronte monsieur Attaque-Sournoise au corps à corps. Là, monsieur Brave-Gars se révèle être John

Wayne, Superman... et monsieur Attaque-Sournoise maudit le jour de sa naissance.

Ce qu'il fallait à l'Amérique — ou à Bush, ou à Beagle —, c'était un envahisseur.

Problème. Gros problème. Qui allait envahir les États-Unis ? Le Mexique ? Le Canada ? Ridicule. Les fantômes de l'URSS ? Ils nous balanceraient leurs bombinettes, on leur balancerait les nôtres et c'en serait fini d'Hollywood. Le Japon ? Serait-il prêt à nous rejouer le coup ? Pouvait-on faire passer l'offensive économique pour une invasion ? Non. La guerre économique, c'était trop compliqué pour la télé, et puis surtout, il n'y avait pas d'images.

Il rumina son scénario vietnamien. Tant qu'il n'aurait pas compris ce qui clochait dans *Le Retour*, il tournerait en rond. Il se repassa quelques séquences sur le Viêt-nam et, en moins d'une minute, il repéra le hic : *la jungle*. Tout était là. Les Américains n'aimaient pas la guerre dans la jungle. Trop humide. Trop chaud. Qui dit chaleur humide dit maladie et sexe. Les Ricains aimaient se colleter avec les nazis. Ils aimaient le combat à l'allemande. Mécanisé. Discipliné. Propre et sec.

Certes, il y avait eu les Japs. Ils les avaient affrontés dans la jungle et avec d'assez bons résultats : on avait pu en tirer d'excellents films. John Wayne s'était surtout illustré dans le Pacifique. Et il remettait ça, sur l'écran 8, dans le seul film proguerre du Viêt-nam jamais tourné, *Les Bérets verts* — un John Wayne vieillissant, bedonnant, qui se croyait encore en pleine Seconde Guerre mondiale.

Voilà le truc.

Là était le nœud du problème. Le Viêt-nam n'avait pas besoin d'être, ne devait pas être le Viêt-nam. Retourner là-bas eût été une erreur. Il fallait s'en tenir à ce que la guerre du Viêt-nam était censée être au début : un remake de 1942-1945 — *La Seconde Guerre mondiale II, version vidéo.*

Il se rappela un film-anthologie — *Hollywood, les années de guerre* — qui pouvait lui servir. Il le rechercha et envoya les images, avec le commentaire : « Une guerre où chacun savait, sans l'ombre d'un doute, qui avait commencé, pourquoi nous nous battions, qui étaient les bons et qui étaient les méchants. En d'autres termes, une guerre qui aurait pu avoir été écrite à Hollywood. » Excellent, excellent, mais ce n'était pas encore ce qu'il cherchait... Ah, voilà : « Fini, les films des années 30, avec leurs bourgeois en goguette, leurs héroïnes bavardes, leurs mots d'auteur sur la banque, le gouvernement, le chômage. La guerre effaçait la critique sociale. Un nouveau consensus unissait l'Amérique d'Hollywood. Il était entendu une fois pour toutes que la nation était fondamentalement... sympa. Il n'y avait ni manifestations ni doléances dans la sympathique Amérique. » Et voilà le travail. Emballez, c'est pesé. Le client ne désirait rien d'autre. La guerre n'était qu'un moyen de parvenir à une fin, et la fin idéale était celle de la Seconde Guerre. Telle était l'Amérique que voulait Bush : les riches étaient respectés, les banquiers étaient de braves types, personne ne râlait, même les basanés étaient sympas, et les bonnes femmes fermaient leur gueule.

John Lincoln Beagle avait tranché : *Sde GMII-V* serait le prochain film produit par l'Amérique.

CHAPITRE 32

En 1967, la CIA lança au Viêt-nam une opération appelée Phœnix. Ce nom était une traduction grossière de *Phunng Hoang*, autre oiseau mythique. L'opération fut conduite par William Colby, qui devint par la suite chef de la CIA.

Entre autres phrases empruntées pour son compte rendu sur la propagande, Teddy Brody piqua celle-ci dans *Visages de l'ennemi* de Sam Keen : « Derrière toute autojustification propagandiste, on peut entendre la voix larmoyante de l'enfant : "C'est lui qui a commencé, j'ai fait que me défendre." » Ainsi avait-on légitimé Phœnix. C'étaient les autres qui avaient commencé. Et il se trouve que c'était vrai. Les Viet-congs avaient un programme de terrorisme très étendu et extrêmement efficace. Quiconque soutenait de près ou de loin l'administration — maire, percepteur, policier, postier, enseignant — était visé. La guérilla n'est pas une partie de rigolade et on ne fait pas d'omelette sans casser des œufs. Toutefois, même si leurs raisons politiques étaient fondées, rien ne permettait de distinguer leurs actes des formes les plus impitoyables du gangstérisme. Sauf leurs intentions. Ils imposaient leur loi dans l'ombre un peu comme la Mafia en Sicile ou les cartels de la drogue en Colombie. Ils avaient une jolie série d'atrocités à leur palmarès — depuis l'empalement de gamins et de vieillards en place publique jusqu'à l'étripage de femmes enceintes, dont on laissait les fœtus pourrir au soleil pour l'édification populaire.

Le gouvernement sud-vietnamien, la CIA et les autres organisations américaines s'employèrent à les imiter de leur mieux. La CIA finançait clandestinement plusieurs groupes contre-terroristes, constitués de Viets ou de Chinois recrutés parmi les assassins, les violeurs et autres criminels qui végétaient dans les prisons locales, comme dans *Les Douze Salopards*. Les SOG (Special Operations Groups), les Navy Seals, des commandos de tueurs, et les PRU (Provincial Reconnaissance Units) étaient tous affectés à ce type de missions.

La fonction de Phœnix était de fédérer tous les services secrets sud-vietnamiens sous la houlette américaine afin de torpiller systématiquement ce qu'on appelait la VCI — Viet Cong Infrastructure. Les Américains étaient très bien renseignés sur l'identité des Vietcongs et de leurs sympathisants. Phœnix permit de centraliser les informations. On placarda des avis de recherche avec récompenses, on créa des centres d'interrogatoire et on lâcha des chasseurs de primes dans la nature.

Les méthodes de Phœnix furent très controversées. Tous les mecs ramassés dans les rafles étaient présumés coupables. On incarcérait à tour de bras sur la foi de simples dénonciations anonymes, on torturait et on ne s'embarrassait pas de procès pour exécuter les suspects si on se sentait en verve. Les agents sud-vietnamiens se firent des couilles en or par le racket et le chantage.

Certains s'offrirent des vacances de rois grâce à Phœnix. Ils se prenaient pour Lawrence d'Arabie. Ils s'habillaient indigène, bouffaient indigène, dressaient des embuscades, se faufilaient dans les villages la nuit pour tuer en silence et s'adonnaient à des jeux de société extrêmement poilants qui consistaient, par exemple, à clouer des cartes de visite dans le troisième œil de leurs victimes ou à leur arracher le foie pour les empêcher d'accéder au paradis bouddhiste. En fait, c'était même mieux que dans *Lawrence d'Arabie* : les Indochinoises étaient beaucoup plus bandantes que les femmes voilées ; au lieu de grailler du bouc rance avec leurs doigts, nos guerriers occidentaux en mufti se tapaient des steaks et des glaces importés des États-Unis ou des gueuletons à la mode vietnamienne — une des meilleures cuisines du monde, associant les traditions française et asiatique ; l'alcool n'était pas prohibé ; les drogues étaient d'une qualité superbe ; et les dollars permettaient de tout acheter.

Et tout ça — pillages, corruption, torture, assassinats — fit que Phœnix fonctionna à merveille. Les Vietcongs furent sérieusement ébranlés. L'offensive du Têt, avec les pertes qu'elle entraîna, ajouta la cerise sur le gâteau. Ils ne s'en relevèrent jamais.

Taylor avait chargé deux gugusses d'intercepter Kitty. Ils attendaient devant chez elle. Ils connaissaient l'heure de son rendez-vous avec Joe Broz, ainsi que la durée du trajet, et savaient donc approximativement à quel moment elle sortirait. Ils avaient des photos d'elle pour l'identifier. Elle était drôlement choucarde sur les clichés : souriante, l'œil pétillant, voluptueuse. Ils avaient tous deux fait leurs classes dans l'opération Phœnix. Ils s'appelaient Charles « Chaz » Otis et Christian « Bo » Perkins. Il y aurait de nombreuses manières de les décrire, mais le plus simple est de dire que Bo était un sadique et Chaz un violeur.

CHAPITRE 33

Sde GMII-V, avait écrit Beagle.

Il était seul capable de se relire. Toute autre personne y aurait vu : *gribouillage II-*√ . Ce n'était qu'un projet, sans nom définitif. D'autres titres lui trottaient dans la tête :

Le Matin de l'Amérique
Le Siècle américain
Tempête américaine
L'Espoir du monde
Pax Americana
Héros de l'Amérique
La Réincarnation de John Wayne
Les 7 Réincarnations de John Wayne

Il les nota sous la rubrique *gribouillage II-*√ . Mais il se rendait compte qu'il ne pourrait pas trouver de titre définitif tant qu'il n'aurait pas déterminé l'ennemi.

Où ? Quelle guerre ?

On n'était pas en manque de guerres dans le monde. Il y en avait tant qu'on en voulait. Devait-il se greffer sur un conflit en cours ou en inventer un nouveau ? Il savait qu'il avait une liste quelque part. Il pivota vers son ordinateur annexe, appela une banque de données et tapa : « *Guerres en cours* ». Une liste alphabétique se déroula sur l'écran.

Afghanistan, Résistance
Amérique centrale
Angola, Guerre civile (guérilla)
Bangladesh, Guérilla
Birmanie, Guérilla
Bolivie, Guerre de la drogue
Cambodge, Viêt-nam contre guérillas
Conflit du Chili
Colombie, Guérilla
El Salvador, Guerre civile
Équateur
Éthiopie-Érythrée
Guatemala, Guérilla
Guerre sainte, Djihad
Guerre du Tchad
Inde-Pakistan, Guerre
Iran-Irak, Guerre
Irlande du Nord, Guerre terroriste
Kurdistan, Guerre d'indépendance
Liban
Liberia, Guerre civile
Maroc-Front Polisario
Mozambique, Guérilla
Nicaragua-Contra
Pérou, Sentier lumineux
Philippines, « Guerre communiste »
Soudan, Guerre civile
Sri Lanka, Guerre civile
Togo
Zoulou-ANC

Il n'avait pas arrêté les magnétoscopes. Quand il leva les yeux, le hasard d'une erreur de classement — ou le destin — lui montra Rommel. Le Boche préféré de l'Amérique. Pourquoi l'aimions-nous tant ? à cause du désert ? Il fait chaud dans le désert, mais c'est sec. Là, ça marche. Ce qui la fout mal, c'est la chaleur humide. À cause des tanks ? Ce sont des machines qui tuent et le but est de tuer des machines.

Qu'est-ce que ça donnait dans cet univers parallèle qu'était la réalité ? Vérification. La réalité disait oui. Le désert était le lieu idéal pour les attaques de blindés et les raids aériens. La série documentaire *Le Monde en guerre* avait été très claire là-dessus.

Vendu. *Sde GMII-V* serait une guerre dans le désert. Chaleur sèche, aviation, tanks.

Nous utilisons la violence uniquement parce que nous y sommes forcés par l'ennemi.

La tuerie est justifiée tant qu'on n'y prend aucun plaisir et qu'elle est pratiquée proprement — de préférence à distance antiseptique...

Oh ! Ça y était ! Génial ! Le pied ! Il se mit à pianoter sur sa console. *Bombardier*. 1943. Pat O'Brien s'efforce d'expliquer pourquoi les Américains doivent bombarder à haute altitude et non en piqué. Pour prouver sa théorie, il se livre à une démonstration et largue une bombe à six mille mètres dans un baril.

Plus tard, un des élèves bombardiers du centre de formation se dégonfle au-dessus de l'objectif. « Quand je regarde l'objectif, je vois des gens. Des femmes, des enfants. Ces lettres... » Elles sont de sa mère. « Elle dit que je me transforme en assassin. » Mais l'aumônier (pas O'Brien — il est chef bombardier, cette fois) le raisonne : « Les objectifs de l'ennemi sont partout. Mais les tiens sont clairement délimités. Pas des femmes et des enfants... C'est pourquoi les bombardiers américains s'entraînent à viser. » Le môme avale le morceau. Il a la conscience tranquille. Il peut larguer ses pruneaux. Et il le fait. Dans la scène cruciale, ils survolent une usine de munitions japonaise.

HOMME D'ÉQUIPAGE : Largues-en une sur la cheminée.

BOMBARDIER : Laquelle ?

HOMME D'ÉQUIPAGE : Celle du milieu.

BOMBARDIER : Facile.

Beagle utiliserait ça, c'était sûr. Il ne savait pas encore où il trouverait une cheminée dans le désert, mais il se servirait de cette scène. Notre guerre serait chirurgicale, nous enverrions nos bombes pile sur les cheminées de l'ennemi. Sans jamais toucher une femme, un enfant, un civil.

Ça le ramena au problème central. Qui allait attaquer l'Amérique ? Ou même un avant-poste américain. N'avions-nous pas quelques îles de type Malouines ? Porto Rico ? Les îles Vierges ? Une île du Pacifique ? Lamentable. Personne n'attaquerait l'Amérique.

Mais peut-être n'était-ce pas nécessaire. Ce serait un remake de la Seconde Guerre, ça, c'était déjà acquis. Dans la première version, Hitler nous avait roulés dans la farine. Au lieu de le contrer, on avait laissé faire, tels des benêts. Supposons qu'il remette ça. Hitler envahit la Pologne. Cette fois, on a retenu la leçon. On voit venir le coup. On contre ! Eh, pardi ! Bien sûr. Personne n'a besoin d'attaquer les États-Unis. Il suffit de trouver un Hitler et de l'envoyer envahir la Pologne.

Était-ce faisable ? Oui. Il le pensait. Il y avait une tripotée de petits Hitler en liberté et des Pologne en pagaille.

Était-ce suffisant ? Oui.

Beagle se leva, s'étira et sortit du studio, immensément satisfait de lui. Sans en avoir conscience, il marchait les pieds en dedans, en balançant les hanches — une démarche familière à tous ceux qui ont vu des westerns —, exactement comme Big John Wayne.

Agnes Przyszewski embrassa sa mère. Bien qu'elle eût appris la vie devant la télé, où quiconque quittait ou perdait son emploi en retrouvait un autre beaucoup mieux payé avant la fin des trente minutes de sitcom, elle commençait à se dire que sa petite maman avait fait un remarquable geste d'abnégation pour la soutenir. Et ce geste avait recréé entre elles un lien rompu depuis des années.

Elles choisirent ensemble les vêtements de Kitty pour l'entretien avec Joe Broz. « Je n'accepterai cet emploi que si ça me permet de t'aider », dit Mère Courage. Quand elle s'assit devant la glace de la salle de bains pour se coiffer, Agnes proposa de lui brosser les cheveux comme elle aimait le faire quand elle était gamine. Kitty fut à deux doigts de chialer.

Chaz et Bo étaient tout près de la maison. Dans une voiture volée. Avec de fausses plaques, qui avaient été également volées, mais dans un autre secteur du même parking longue durée de l'aéroport. Ils avaient décidé d'alpaguer la Przyszewski juste avant qu'elle ne montât dans sa bagnole, garée au coin de la rue. C'était la technique la plus rapide et la plus propre. Quand le client est déjà au volant, c'est toute une histoire pour le faire sortir.

Ils n'en étaient pas à leur coup d'essai. Ils avaient tout prévu. Dès que Kitty mettrait le nez dehors, ils rouleraient dans sa direction. Chaz conduirait et Bo, qui avait un beau petit brin de voix et un faux air de lopette, dirait : « Excusez-moi, mademoiselle, je crois que nous nous sommes perdus. Vous pouvez nous aider ? » Elle s'arrêterait. Il s'extirperait de la caisse, une main dissimulée sous un plan de la ville. Quand elle apercevrait le pétard, ce serait trop tard. Chaz, qui avait déjà toutes sortes de projets tordus la concernant, ouvrirait la portière et Bo l'enfournerait.

Quand ils en auraient fini avec elle, elle serait toujours en vie. Elle n'aurait aucun dommage corporel apparent. Mais elle perdrait probablement l'usage de la parole pour très, très longtemps.

Quand les voyants s'éteignirent dans le studio, Teddy ne se sentit plus pisser. Il espérait sincèrement que Beagle lui dirait quelque chose, n'importe quoi, sur son résumé. Il n'espérait pas, à proprement parler, l'entendre lui dire : « Quelque chose, n'importe quoi », il espérait un commentaire, des félicitations peut-être, qui lui permissent de demander : « S'il vous plaît, monsieur, voudriez-vous lire mon scénario ? »

Teddy se glissa entre deux écrans de contrôle et jeta un œil dans le studio, par une faille de l'armature. La pièce était vide. Il y avait encore des images sur les moniteurs vidéo, mais personne pour les regarder. Une feuille de papier traînait sur un coin de la console. Était-ce son essai sur la propagande ? Son cœur s'arrêta de battre.

Il décida d'entrer dans le studio. Il n'y avait jamais mis les pieds, sauf le jour de son engagement, lorsqu'on lui avait fait visiter CinéMutt afin de lui montrer comment ses humbles efforts d'arrière-salle fructifiaient dans l'antre du maître. Il n'était d'ailleurs jamais entré dans aucune pièce sans y avoir été invité depuis l'âge de six ans. Ou de sept ans. Ou huit ? Ou cinq ? Il ne savait plus. Il préférait oublier, refouler... Au moment où il posa la main sur la poignée de la porte, une phénoménale pétoche lui serra les boyaux et, plus spécifiquement, le sphincter. Quand il était môme, il avait surpris ses parents en train de s'envoyer en l'air. Ce n'est pas si rare dans la vie d'un gosse. Alors, pourquoi en était-il encore traumatisé ? Pourquoi ces larmes... cette rage l'avaient-elles tant troublé ? Il tourna la poignée. La porte s'ouvrit en silence. Personne... ni fantôme... ni tyran... ni rage... ni larmes... Juste une pièce vide, avec des écrans vidéo qui scintillaient dans la pénombre.

Il était dans la place. Et il savait, au fond de son cœur, qu'il avait le droit d'y être. C'était un bon garçon. Trop bon. Trop respectueux. Trop scrupuleux.

Dans ce monde, les outils de la réussite n'étaient ni la prévenance ni l'honnêteté. Dans ce monde, le pouvoir était le savoir, même le savoir volé, surtout le savoir volé. Il fallait dire aux gens ce qu'ils voulaient entendre et non la vérité, parce que la vérité n'intéressait personne. La vérité, c'était une maladie honteuse, qu'on regardait parfois dans sa glace, en se cachant. Ici, une attribution usurpée sur un générique valait mieux que l'anonymat — le tout était de s'assurer qu'on avait des avocats plus roublards que ceux du type qu'on avait plagié. Nom de Dieu, il était temps pour lui de devenir un homme. Sinon, autant retourner tout de suite d'où il venait, chez les ratés, à l'université.

Il avança à pas de loup sur la moquette. C'était bien son papier qui traînait sur la console. En brave potache, il s'était attendu à y trouver une note au stylo rouge. Mais non, rien. Il vit des griffonnages de Beagle — des titres.

Il y avait une bouteille de champ' dans la cuisine de CinéMutt. Beagle estimait qu'il méritait un toast. Il appela chez lui, pour parler à sa femme. Elle n'était pas là. Il alla dans le hall de réception et... et Kitty n'était pas là non plus. Merde, elle était pourtant géniale, Kitty. Enfin, avant d'avoir pété les plombs. Avec elle, il aurait pu fêter ça et elle se serait comportée impeccablement, elle aurait bu en son honneur, souriante et spontanée, sans avoir besoin de savoir ce qu'ils célébraient.

Alors, il appela David Hartman. Après tout, c'était la seule personne au courant de ce qu'il faisait.

Hartman répondit.

« Je suis debout comme un con, avec un verre de mousseux à la main, dit Beagle. Vous devriez être à côté de moi. Parce que je tiens mon projet. »

À l'autre bout du fil, Hartman ferma les yeux et poussa un soupir de soulagement. L'attente était le côté le plus chiant du boulot d'impresario. Tant que le poulain n'avait pas rendu sa copie, c'était l'incertitude. « Je vais ouvrir une bouteille aussi et on trinquera à distance », dit-il. Il revint au bout d'un instant et tous deux firent tinter leur verre sur leur téléphone respectif. En cherchant sur son agenda le nom d'un fâcheux à qui il pourrait poser un lapin pour rejoindre Beagle dans la journée, il repensa à Kitty. Cette histoire le chiffonnait.

« Linc, cette Przyszewski, votre secrétaire, elle vous était très utile ? »

Hartman n'était pas étouffé par les scrupules, mais il se disait qu'il y avait peut-être mieux à faire que de la mettre hors circuit. L'évincer purement et simplement, c'était se priver d'un poste d'écoute profitable.

« Elle était super.

— Vraiment ?

— Kitty ? Ouais. Jusqu'à ce qu'elle disjoncte.

— Qu'est-ce qui s'est passé ?

— Elle m'a demandé de filer un rôle à sa fille dans mon prochain film. Ça m'a gonflé, d'autant plus qu'il n'y a pas de rôle. C'est ce que je lui ai répondu et ça ne lui a pas plu.

— Vous aimeriez qu'elle revienne ?

— Bien sûr. Ça m'arrangerait. À condition qu'elle retrouve la raison.

— Voici ce que je vous propose. Appelez-la. Dites-lui que vous m'avez parlé de son cas et que RepCo est prêt à représenter sa fille. On donnera un agent à la petite. Kitty sera contente, vous serez content et on pourra se remettre au travail.

— Ça marche », dit Beagle.

Puis ils convinrent d'un rendez-vous.

Chaz vit Kitty ouvrir la porte. Il sourit et se tâta les balloches. Elles palpitaient déjà par anticipation. Bo, repérant le geste, se fendit la pêche. Chacun son truc. Lui, ce qui le faisait vraiment jouir, c'était de voir la peur et la douleur sur la gueule de ses patients.

Kitty sortit. Chaz démarra.

Dans la maison, le téléphone sonna. Agnes décrocha.

« Salut, Kitty est là ?

— Qui est à l'appareil ?

— Linc.

— Ça m'étonnerait qu'elle ait envie de vous parler, répondit Agnes en prenant de grands airs comme dans les séries télé de prime time.

— Ah, j'espérais pouvoir la persuader de revenir.

— Dommââge. Je ne crois pas qu'elle tienne à vous revoir. »

Dehors, Kitty arrivait devant sa voiture. Chaz et Bo s'arrêtèrent à l'endroit prévu pour le rapt.

« Vous êtes Agnes ? demanda Beagle.

— Oui.

— Vous connaissez RepCo ? »

Bien sûr, elle connaissait. Elle n'habitait pas L.A. pour des prunes. « Évidemment », répondit-elle.

Bo tenait ostensiblement son plan de la ville devant ses yeux et tirait une tronche désemparée.

« Eh bien, je suis un ami de Dave Hartman, le patron de RepCo, et je euh... je lui ai parlé de vous et il m'a dit que RepCo serait heureux de vous représenter, si ça vous intéressait. »

Bo baissa sa vitre.

« Excusez-moi, mademoiselle, dit-il à Kitty, nous sommes perdus. »

Kitty jeta un œil à sa montre. Avait-elle une minute à consacrer à deux égarés ? Mmoui, mais vite.

« Que cherchez-vous ? » fit-elle, bonne pomme.

Bo attendait qu'elle se rapproche pour sortir de la bagnole avec son feu caché sur le plan déplié. « Je vais vous montrer l'adresse », dit-il. Tout allait se jouer maintenant. En voyant le flingue, elle serait pétrifiée et il l'emballerait avant qu'elle n'eût le temps de dire ouf.

« Maman, maman, viens vite ! » brailla Agnes sur le pas de la porte.

Kitty hésita.

« Vite, maman, dépêche-toi.

— Excusez-moi », dit-elle à l'inconnu et, pensant que sa fille avait un ennui, elle se hâta vers la maison, laissant Chaz et Bo comme deux ronds de flan.

Après avoir entendu les arguments de Beagle, elle appela Mr. Broz pour annuler le rendez-vous. Si Mr. Broz fut déçu, il le cacha bien. Elle ne pouvait évidemment pas se douter que les plus déçus, dans l'histoire, étaient Chaz et Broz. Ils pensaient que ce n'était que partie remise. Mais, après la conversation que Beagle eut avec Hartman, puis Hartman avec Taylor, ils furent déchargés de l'affaire. Chaz en eut le cœur brisé.

CHAPITRE 34

« Mon père était un enfoiré, dis-je à Maggie. Qu'est-ce que ça change ?

— C'était juste pour faire la conversation, répond-elle.

— Alors, parlons de ce que vont devenir les Lakers sans Magic Johnson, sans Pat Riley, sans Kareem. Ça, c'est faire la conversation. Et *ton* père, il était comment ? Quand est-ce que tu as couché avec un mec pour la première fois ?

— Tu es en rogne. Tu es un homme coléreux sous tes airs... gentils.

— Je suis un type ordinaire, c'est tout. Il y a des tas de pères comme ça... qui travaillent en usine, qui bossent dur, picolent dur et apprennent à leurs fils que la vie est dure.

— Très bien, Joe, ne me parle pas de ton père. Comment était ta mère ? »

Je suis sans godasses et sans chemise.

« Faut que je me change, dis-je. Si je veux avoir le temps de courir avant d'aller à la réception. »

Là-dessus, je décarre et je monte dans ma chambre. J'ai toujours une chambre séparée, pour ranger mes fringues et... dormir. Officiellement, je couche avec elle, mais on a chacun son petit chez-soi. Une femme qui ouvre son lit à un mec ne lui ouvre pas forcément ses placards. Arrivé dans ma carrée, je déboucle ma putain de ceinture à trois cents dollars — je ne pigerai jamais comment une ceinture peut coûter trois cents sacs, surtout celle-là — et je défais mon falzar. Je me retourne. Elle est là. Elle me reluque.

« Que de cicatrices ! dit-elle.

— Qu'est-ce que tu me veux ?

— Tu vas courir ?

— Je vais courir. »

Je rafle un short de jogging dans ma commode. Pourquoi observe-t-elle ainsi le durcissement de ma queue ? Elle connaît parfaitement le pouvoir qu'elle a sur moi. Et pourtant, elle me regarde. Avec insistance. Elle mate le début d'érection.

« Ne sors pas d'ici, dis-je. Je vais... » J'ai envie de dire : *Je vais te baiser. Et, une fois que je m'y serai mis, ça ne s'arrêtera plus.* Mais je la ferme. Les micros écoutent.

« Je vais peut-être courir avec toi », fait-elle.

Et elle s'éclipse dans sa chambre.

J'enfile un tee-shirt et je pars. Je n'ai pas l'intention de l'attendre. J'ai juste envie de me tirer d'ici. L'enquête tourne en rond. Je croyais être sur un truc avec Kitty Przyszewski, mais elle m'a filé entre les pattes. Toute cette affaire est débile. Qui se soucie de ce que magouille John Lincoln Beagle ? Il prépare un film en lousdé, et alors ? Sa bourgeoise et son gosse le détestent. C'est la rumeur du moment. On raconte que mari et femme attendent chacun d'être en position de force pour divorcer. Si je rendais mon tablier à Maggie aujourd'hui pour retourner chez

U.Sec., ils m'enverraient probablement filer Beagle eux aussi, mais cette fois pour le compte de sa femme. La blague qui court actuellement sur Jacqueline Conroy est : « La garce applique à la lettre la règle d'or de Hollywood : mettre le bordel partout. » Il est vrai que tous les noms auxquels elle est associée — Patrick Swayze, Kevin Costner et Madonna[1] — indiquent une forte propension à la légèreté de mœurs. On ne peut pas faire trois pas en ville sans entendre murmurer que John Lincoln a couché avec sa secrétaire et que, le jour où il a voulu se farcir aussi sa fille, la secrétaire outragée a démissionné. Alors, Beagle l'a rappelée en lui promettant de donner un rôle à la gamine dans son prochain film pour rentrer en grâce.

Les rumeurs sur la vie sexuelle, fondées ou non, sont toujours très spécifiques et circulent vite. En revanche, personne ne dit un seul mot sur le fameux film.

Maggie a laissé sa porte ouverte. Je prends soin de ne pas mater en passant. Sa voix caresse mon dos : « Attends-moi, s'il te plaît. » Je ne veux pas. Franchement, je ne veux pas. Mais je m'arrête. Je ne veux pas me retourner, regarder et être changé en statue de sel. Je ne veux pas finir en enfer.

Je n'ai pas besoin de la décrire en détail. Vous l'avez vue à l'écran. Sinon, allez louer une cassette. Ses vibrations, comme ils disent, transcendent la pellicule : la courbe de son dos, la longueur de ses

1. Nous rappelons au lecteur, et aux avocats, que Jacqueline Conroy est un personnage fictif. Une insinuation laissant entendre qu'une personne célèbre a ou a eu des rapports sexuels fictifs avec une personne inexistante ne devrait pas, normalement, pouvoir être assimilée à de la calomnie. *(N.d.A.)*

jambes — rappelez-vous ce panoramique interminable sur ses jambes dans ce film de Burt Reynolds où elle joue une call-girl —, la forme de ses seins, même la texture de ses mamelons — ce gros plan dans *White Lady*, et ce sont vraiment les siens, elle n'a pas de doublure —, voilà ce que j'ai devant les yeux. Elle a un short. Mais rien en haut. Elle se laisse reluquer un bon moment, puis enfile un soutif et un tee-shirt.

Nous sortons. Je garde le silence. C'est parti. Au pas de gymnastique. Je n'ai pas l'intention de raccourcir ma foulée pour l'attendre. Elle court vite. Aussi vite que moi. Elle est légère, souple, et je suis un poids lourd. Mais je me dis que je l'aurai à l'usure. Je finirai par la semer. Au bout du premier kilomètre, je commence à mouiller mon maillot. Au bout du deuxième, je me sens en pleine forme. J'en oublie même Maggie. Je vois des images. Le Viêtnam n'était pas seulement une guerre, c'était l'Asie. Comme dans les films que je voyais quand j'étais môme. Exotique. Surtout pour un môme de la vallée de l'Ohio, qui ne connaissait d'autres étrangers que les immigrés des mines de charbon et des usines, noirs de crasse et buveurs de bière — ceux qui rentraient bourrés, cognaient leur famille et se réveillaient avec la gueule de bois, courbatus de partout à force de soulever, charger, pousser, piocher, enfourner, courber le dos, casser, porter, trancher, creuser, à force d'être des hommes, dans des baraques en bois, au toit goudronné, bâties sur la colline.

Il y avait quelques jolies filles. Pas comme les nanas qu'on voyait au cinoche. Quand on avait le fric pour les sortir, où les emmenait-on ? Boire un bock à la salle des fêtes ou dans le bar du coin ?

Même pas. À l'arrière d'une bagnole, en espérant qu'elles ne joueraient pas trop les saintes nitouches et surmonteraient la peur de tomber enceintes. Rots parfumés à la bière et au mauvais whisky. Mon père m'emmène voir une pute. J'ai treize ans. Ou douze, je ne sais plus. Je suis assez vieux pour faire ce qu'il faut. Assez jeune pour la trouver moche. Ça se passe à l'étage d'un rade appelé Swat Sullivan. Mon vieux est en bas. Il est de bon poil, il paie la tournée à ses potes et boit à la santé de son rejeton, qui est en train de se taper sa première morue. Mais il est trop fauché pour payer et la fille et la tournée. Quand elle descend pour ramasser la monnaie, tout est parti dans la poche du loufiat. Ça s'engueule ferme.

Les années de service furent une récréation. Les marines étaient des optimistes, comparés aux gars de mon bled. Au moins, pensait-on, au Viêt-nam on connaîtrait la gloire.

Marches forcées, sac au dos. Vingt-huit kilos. Avec des rangers et un M-16. Pas question de mollir. Faut crapahuter jusqu'au vertige. Les ampoules éclatent. Vous suez. Le sac vous écorche les épaules et le dos. Le fusil vous ankylose le bras. Et on aimait ça. Ah, bon Dieu, ça faisait du bien. On était des braves. De jeunes étalons. De vrais durs à la peau tannée. Et on courait, on courait, on courait.

C'était chouette, le Viêt-nam. Le dépaysement. Les belles femmes. Aussi belles que celles qu'on voyait au ciné dans l'Ohio. On les appelait pouffiasses, radasses, salopes, on les fourrait, on les tirait, on les violait, on les tuait. Elles nous tuaient. Mais quand même, quand même, en y regardant bien, c'étaient de belles femmes. Le type qui m'a remis les idées en place était Preston Griffith. Entre deux leçons de guerre et de tueries nocturnes, il m'a dit : « C'est des êtres humains, Joe. Tu crois que les blondinettes de ton patelin valent mieux que la femme que t'as en ce moment ? Tu te goures, mec. Réveille-toi et regarde ce que t'as. » Il aimait la bouffe, Griff. L'herbe. C'est le parfum du Viêt-nam. Il fumait de l'herbe pour bouffer. De l'opium pour dormir et pour survivre. Les rues étaient bondées de troufions, d'invalides et de putains. « Imagine un peu », disait Preston, assis au Café gascon, devant une fresque de d'Artagnan peinte par un artiste local, sans doute d'après un livre d'images, en sirotant un café filtre, « imagine un peu tout ça sans cette guerre à la con. Allons à Bangkok, à Rangoun. Ils nous retrouveront jamais ». Tu parles, qu'ils nous retrouveraient !

« C'est pas une guerre à la con, Griff, je proteste, en bon marine bien endoctriné. C'est justement la guerre qui fait tout le charme. La mort donne un sens à la vie. »

« Tu as déjà été amoureux ? » me demande Maggie, d'une voix venue d'ailleurs. Du présent. De la plage.

Je ne réponds pas. J'accélère. Elle tient la cadence.

« Eh bien ? » Elle a du mal à faire des phrases, elle s'essouffle.

« À part vous ?

— Tu m'aimes ? »

Je cours. Que répondre à ça ? Évidemment, je l'aime. Ça se voit. Elle me possède.

« Foutez-moi la paix.

— Excuse-moi. »

Elle commence à flancher. Elle ralentit. Pas moi. Je continue à pousser. Si elle ne peut pas suivre, tant pis pour elle. On regarde le temps passer, Griff et moi, dans le café, comme un couple de Français. On regarde le spectacle de la rue. Armés, bien sûr. Café filtre, baguettes de pain...

« Et Joey ? » il me dit.

Joe et Joey. On s'est enrôlés ensemble dans les marines. J'avais seize ans. Joey dix-sept. Presque dix-huit. On a menti. Ils n'ont pas vérifié. Il est mort. J'ai survécu.

« Fais pas chier, Griff.

— Quel est le problème, petit soldat ?

— Fais pas chier, je te dis.

— C'est pas moi qui l'ai tué.

— Bon, je me tire.

— Non, reste, Joe.

— Alors, ne parle pas de Joey.

— Pourquoi ?

— C'est ma famille.

— Dis pas de conneries. J'ai vu ton livret. T'as pas de famille, Joseph Broz. C'est pour ça qu'on t'aime.

— T'es en train de virer junkie, Griff. Enschnouffé.

— Viens, on va chez Mme Thieu. Y a des nouvelles vachement mignonnes. Elles arrivent tout droit du Cambodge.

— Quitter le Cambodge pour venir au Viêt-nam, faut qu'elles soient givrées.

— Faut être givré pour importer des Cambodgiennes alors qu'il y a tant de Vietnamiennes sur le marché, tu me diras. À première vue, elles se ressemblent toutes, mais il y a une petite différence. C'est pas comme si elle avait fait venir des blondes, mais je t'assure qu'il y a une différence. Pour un connaisseur, bien sûr.

— Je croyais que t'avais une copine. Cette journaliste.

— Tu sais, je crois que je pourrai plus me faire aux Occidentales. Elles en demandent trop. Avec les Orientales, t'as le petit père Confucius qui les place toujours en dessous de l'homme. Les Occidentales, elles contestent ça. Mais un mec, s'il a le choix entre une bonne femme qui le regarde comme son seigneur et maître et une blondasse qui essaie toujours d'avoir le dessus, faut qu'il soit con pour choisir la blondasse. Note bien, je préfère que ma sœur soit née à Boston pour atterrir chez mon beauf plutôt que d'être née à Da Nang pour atterrir chez Mme Thieu. Et si son mari est pas gêné qu'elle fonce sous la douche immédiatement après l'amour comme pour se purifier, ça le regarde, c'est pas mes oignons. Que Dieu les bénisse.

— On est en train de perdre, hein ?

— Putain, tu m'étonnes. Un peu qu'on perd. On se fait enfoncer jusqu'à l'os. Et tu le sais. Tu le savais déjà quand t'étais un bleu. Alors, à quoi ça sert ? Qu'est-ce que tu veux y foutre ? Tu veux continuer à tuer du monde ?

— C'est mon boulot. Si t'en as un autre à me proposer, je serai peut-être preneur.

— C'est un beau boulot, la guerre, Joe ?

— Ouais, le meilleur, Griff. »

Il jette quelques bons sur la table. Le serveur aurait préféré du vrai pognon. N'importe quoi, sauf des bons et de la monnaie vietnamienne. Mais il se tait.

« Viens, on va voir les Cambodgiennes de la mère Thieu. Elles seront contentes d'avoir du travail. Elles n'ont plus de toit. Leur baraque est un cratère de bombe. On en prendra deux à la fois. On en allongera quatre par terre et on se les échangera. Allez, viens. »

Je réfléchis. Et je réponds :

« Non.

— Tu vas voir Dao ?

— Ouais.

— Tu sais pas profiter des occasions, Joe. Quand tu rentreras aux États, et tu rentreras si tu survis parce qu'on perd et on va pas tarder à se calter, la queue entre les jambes, le jour où t'iras aux putes, ta légitime t'attendra avec un couteau ou appellera son avocat. Pas les Vietnamiennes. Elles comprennent, un homme est un homme, et tout ça.

— Je sais pas, Griff. Je pense que Dao serait triste si j'allais chez Mme Thieu au lieu de rentrer à la maison.

— À la maison, Joe, à la maison ? Tu te crois déjà chez toi, ici ? Tu t'installes au Viêt-nam, Joe ? Fais gaffe, mec, fais très gaffe. »

Pour moi, après quatre bornes, la machine se met en marche. Je tiendrai mes huit kilomètres aller-retour, facile. Je reviens sur mes pas. Au bout de six cents mètres, je croise Maggie, qui court toujours. Ça lui fera les pieds. Je l'invite à me suivre d'un signe de la main. Elle s'obstine un peu, mais elle a déjà largement dépassé sa distance habituelle, et elle fait demi-tour. Je ralentis pour la laisser venir à ma hauteur. Je ne suis plus en colère. Elle me faisait suer, j'ai sué, c'est fini. Nous courons en silence. Le rythme régulier de nos foulées remet de l'ordre dans nos idées, dans nos désirs, dans notre économie générale.

Maggie commence à peiner. Je ne parle pas, j'essaie de calquer ma cadence sur la sienne pour ne pas la semer. Comme si nous étions dans le même bataillon. Ça marche. Elle surmonte sa douleur et trouve son deuxième souffle. Peut-être qu'elle est en train d'apprendre quelque chose. Quelque chose qu'elle savait déjà.

Maggie est un mystère pour moi. Je ne lui pose pas de questions parce que je n'en ai pas à lui poser : j'ignore tout d'elle, sinon qu'elle existe.

La maison apparaît en point de mire. Le fait d'avoir l'objectif en vue semble la ralentir. Elle a envie de s'arrêter pour souffler, elle fléchit.

« Il n'y a pas de fin, lui dis-je. On ne s'arrêtera pas à la maison.

— D'accord », répond-elle, et elle s'accroche.

À l'approche du but, elle espère que je blaguais et qu'on va s'arrêter. Elle dodeline de la tête. Quand elle pense que c'est fini, sa foulée se désordonne, quand elle pense qu'il n'y a pas de fin, elle redevient régulière. Et, quand on s'arrête pour de bon, elle est euphorique. Elle me prend le bras et s'appuie sur moi pour terminer en marchant. Demain, elle ne pourra probablement plus marcher.

« Dis-moi, fait-elle. Je veux que tu me dises.

— Oui.

— Qui était-ce ?

— Elle s'appelait Dao Thi Thaï.

— S'appelait ?

— S'appelait.

— Je suis désolée, Joe. »

Je hausse les épaules.

« Qu'est-ce qui s'est passé, Joe ? Qu'est-ce qui lui est arrivé ?

— Un tir ami.
— Un tir ami ?
— Ennemi.
— Ennemi ? Quel ennemi ?
— Bonne question. Quel ennemi ?
— Ne sois pas sibyllin.
— Sibyllin ?
— Oui... parle-moi de façon que je comprenne. Après, je ne te poserai plus la question.
— On l'a tuée. À Hue. Dans notre appartement. Où on vivait ensemble.
— Qui ? Qui l'a tuée ?
— Ami ou ennemi, je sais pas. Quelle importance ? Feu ami, feu ennemi. Le résultat est le même. Son peuple était mon ennemi. Mon peuple était son ennemi. L'ennemi de mon amie est-il mon ennemi ? La balle ne lui était peut-être même pas destinée. Nous étions là pour tuer. Ils étaient là pour tuer.
— Tu l'aimais beaucoup, Joe ? »

Je franchis la grille et grimpe les marches. J'ai besoin d'une douche. Il faut que nous nous préparions pour la réception. « Oh, Maggie », dis-je. Il faut que je le lui dise pour achever l'histoire. « Maggie... elle était enceinte. »

La réception est une réception hollywoodienne. Ils ont investi un maximum sur les alcools et la bouffe. Il y a un voiturier, cinq barmans et cinq serveurs ambulants. Le voiturier, les barmans et les serveurs ont plus d'allure que moi, plus d'allure que 99,9 % des gens qu'on rencontre dans la vie réelle. Ils ont tous des dents impeccables. Ils sont plus beaux que la plupart des invités, mais une catégorie en dessous des plus belles invitées. Comme Maggie, Julia Roberts et Michelle Pfeiffer.

Jean-Claude Van Damme est là. Il fait le joli cœur devant Maggie — je suppose que c'est pour Maggie, pas pour moi — quand on nous présente. Elle entre dans son jeu, tout sourire, égale à elle-même. Elle semble considérer la vie entière comme un film, mais toujours avec une prévenance et une courtoisie infinies pour les personnages.

John Travolta est là aussi. Une de ses rares apparitions publiques, me dit-on. Il a laissé sa femme à la maison avec leur gosse. Il salue Maggie très chaleureusement et j'en profite pour aborder le sujet de la scientologie. Il se déclare tout disposé à répondre à mes questions.

« Voilà, j'aurais voulu vous demander quelque chose, dis-je. Est-ce que la scientologie peut guérir l'homosexualité ? »

Apparemment, ça jette un froid. John et Maggie me lancent des regards obliques. Il semblerait que j'aie gaffé. « Attention... — je me rattrape comme je peux — je n'ai pas dit que c'était une maladie. Supposons, par exemple, qu'un homosexuel, ou une homosexuelle, veuille arrêter. Est-ce que ça peut l'aider ? Non, je demande ça parce que Bambi Ann Sligo m'a posé la question, c'est tout. » C'est vrai, quoi ! si je laisse tomber le strass et les paillettes pour revenir à mon ancienne vie, j'ai intérêt à assurer mes arrières avec la secrétaire de Mel Taylor, car j'ai idée que Mel ne sera pas ravi de me revoir.

Travolta m'explique que la scientologie vous aide à devenir *clair*. Une fois que vous êtes *clair*, tout est différent sur le plan émotionnel et psychologique, et vous pouvez contrôler votre vie. Avec ça, je pense en savoir assez pour renseigner Bambi Ann.

David Hartman se pointe avec Sakuro Juzo et deux autres terreurs japonaises. Quelqu'un me dit que ce sont ses gardes du corps et qu'il ne se déplace plus sans eux. Un autre m'assure qu'ils sont entraînés pour tuer d'un seul geste. On présente Juzo à Van Damme. Je paierais cher pour les voir s'étriper.

Hartman me salue avec effusion. Mais ça ne signifie rien, il ne se comporterait pas autrement s'il avait chargé Sakuro de me décapiter. Je souris. Il me demande comment vont les affaires, si j'ai déjà un projet pour Maggie.

« Deux ou trois choses, je réponds.

— Lesquelles ?

— Je ne sais pas si je suis assez roublard pour ce travail. Maintenant que vous me posez la question, je commence à douter de moi-même. Est-ce notre premier rendez-vous d'affaires ? »

Il se marre. Maggie l'entend et s'approche.

« Qu'est-ce qui vous fait rire ?

— Il n'est pas si mauvais que je pensais, vous savez, dit-il. Il a une excellente façon de voir. Allez-y, je vous offre une séance d'exercice gratuit. Si j'aime votre projet, je vous aiderai à le développer, promis.

— D'accord. Alors, voilà. Le premier. Une grosse production. Historique. Je sais que plus personne n'aime les films en costumes, mais quand même... la Grande Catherine. Écoutez ça. Il y a une nouvelle biographie d'elle. Il paraît que c'est une approche très moderne du personnage. Et puis, imaginez une coproduction russo-américaine. Ils ont désespérément besoin de devises. Ça coûterait dans les combien, d'après vous, de louer l'armée russe pour quelques jours ? Ils ont les hommes, l'équipement et ils ont de la tenue. Je vois une superproduction pour un coût raisonnable. Le deuxième, c'est autre chose. J'ai un bouquin sur une actrice au chômage qui accepte un boulot de détective. À temps partiel. Au lieu de garer des voitures ou de travailler comme serveuse. Un film new-yorkais. Les droits sont disponibles. C'est bien écrit.

— Un film d'action ?

— Non. Psychologique. Le choc des cultures, vous voyez. Tootsie égaré dans un polar, quelque chose comme ça.

— Et ce film de guerre ? Vous abandonnez ?

— C'est-à-dire que c'est difficile de trouver un bon rôle de femme dans une histoire de guerre. »

Hartman regarde dans la salle, fait signe à quelqu'un et nous entraîne vers le bar. « Barry, vous connaissez Maggie, mais vous n'avez encore jamais rencontré Joe. Joe Broz. Nous lui apprenons à vendre un projet. Allez-y, exercez-vous sur Barry. Maggie et moi, on vous regarde et on critique. »

Maintenant, Maggie semble apprécier ma compagnie. Mais qu'est-ce que ça change ? De toute façon, c'est du flan. Je navigue sur pilote automatique. C'est peut-être pour ça que Barry aime mon accroche : j'ai l'air de m'en foutre. Je lui promets de lui envoyer un exemplaire du livre le lendemain.

Je carbure au bourbon. Lentement mais sûrement. Notre hôte a un gamin de onze ans. Avec sa cravate noire, il est vraiment trognon, le môme. Comme les barmans ne le servent pas, dès qu'un invité pose son verre, il le chope en douce et s'en verse une lichette dans son Coca-Cola. Plus il biberonne, plus il reluque les tétés des dames. Vers minuit, les yeux dans le beurre, il s'approche de Michelle Pfeiffer et lui dit, d'une voix qui n'a pas encore mué :

« Laissez-moi les toucher. Rien qu'une fois. »

Clint Eastwood vient au secours de la belle et éloigne le gosse d'un : « Allons, fiston. Les garçons de ton âge devraient jouer avec des armes à feu. »

Maggie regarde Clint.

« Je le déteste, dit-elle.

— Pourquoi ?

— Tu crois qu'on voudra encore me faire travailler quand j'aurai son âge ? »

CHAPITRE 35

À la fin de la sauterie, Hartman retourna à son bureau. Sakuro Juzo et les deux autres Japs firent le planton devant sa porte. Il était trois heures du matin. Ça ne l'empêcha pas de décrocher son téléphone pour appeler Mel Taylor chez lui. Il le réveilla.

« C'est pour une urgence ? demanda Taylor.

— Je veux savoir la vérité sur Joe Broz.

— Vous avez le dossier. Vous n'avez pas le dossier ?

— Vous me prenez vraiment pour un con ? Les années manquantes, ses activités civiles au Viêt-nam, je veux toute l'histoire.

— Vous l'aurez. Demain matin à la première heure, ça ira ?

— Parfait. »

Hartman raccrocha. Il aimait bien Joe. Il aimait le couple Joe-Maggie. Mais il aimait aussi les cravates en soie, la cuisine asiatique deux fois par an, la côte pacifique du Costa-Rica et les tailleurs londoniens. Il aimait que les agents de RepCo portassent des chaussettes noires, mais n'en avait encore jamais viré aucun pour en porter des bleues. Aimer ou ne pas aimer, là n'était pas la question.

CHAPITRE 36

« Je veux pas rentrer, dit Maggie, quand la joyeuse compagnie se débande.

— Bon, je te laisse la voiture, j'appelle un taxi pour moi.

— Eh, Joe, t'as vingt-cinq *cents* ?

— Maggie, ne commence pas...

— Offre-moi une tasse de java, Joe. Allez, Joe. »

La nuit est frisquette, pour L.A., et Maggie est sapée plutôt léger. Je lui passe ma veste. Je conduis. Elle allume la radio. Pirates of the Mississippi, K.D. Lang, Patsy Cline. « Qui est Bambi Ann Sligo ? » demande-t-elle. Je le lui dis. Elle se colle contre moi et pose la tête sur mon épaule. « Parle-moi de toi », continue-t-elle. La capote est baissée. Quand je suis rentré au pays après ma première période de service, j'étais avec Joey. Son père lui a dit qu'il était temps de s'établir, qu'il avait fait son devoir maintenant. Et Joey a dit qu'il allait rempiler. Comme moi. Avec moi. Il est épicier, son vieux, Pasquale. Il a quatre enfants : trois filles et Joey. Alors, faut comprendre : il y tient, à son fiston. Et, comme il a un peu d'oseille à gauche, il lui promet de lui acheter une décapotable pour l'inciter à rester à la maison. On se pointe chez le concessionnaire Chevrolet pour en essayer une, Joey, moi et sa frangine Annette. Pasquale me prend à part : « Dis à Joey de rester, me supplie-t-il. Toi, il t'écoutera. » Je lui devais beaucoup, à Pasquale. J'aurais dû faire ce qu'il me demandait. Mais je ne l'ai pas fait.

« Je suis tel que vous me voyez », je réponds. Je n'arrive toujours pas à la tutoyer, quand il n'y a ni micro ni oreille indiscrète. « Où on va ?

— À Venice. Il y a un restaurant ouvert la nuit à Pico. J'ai faim.

— Vous avez faim ? » Il y avait de la bouffe à revendre, à la sauterie, de la *nouvelle cuisine southwestern*. C'est la version hollywoodienne de la tambouille mexicaine, avec des haricots allégés et non pétants, parce qu'il n'y a rien de pire qu'une assemblée de stars congestionnées par la rétention de flatulences.

« Je ne peux pas manger, dans ces réceptions. Ou alors en cachette. S'ils te voient manger, ils commencent à se dire que tu te relâches, que tu vas grossir. Et ils ne t'appellent plus parce qu'ils n'osent pas te dire en face que tu as deux kilos à perdre avant le tournage.

— C'est idiot.

— Complètement idiot. Mais c'est souvent comme ça. Alors, j'évite de manger en public, pour qu'on croie que je vis d'amour et d'eau fraîche. »

À peine sommes-nous arrivés au resto qu'elle file aux toilettes. Je choisis une table isolée. C'est un de ces endroits comme on n'en trouve qu'à L.A., évoquant une Amérique imaginaire à mi-chemin entre Buddy Holly et le début de la guerre du Viêt-nam. Maggie se démaquille, se décoiffe et revient avec une queue-de-cheval. La serveuse la reconnaît tout de même, mais sans en faire un fromage — soit par habitude de rencontrer des célébrités, soit simplement par lassitude.

Maggie commande un paquet de crêpes, des saucisses — malgré ses a priori diététiques — et du café. Je me contente de deux œufs sur canapé. Il y a un groupe de musiciens au fond de la salle. Fringues noires, principalement en cuir.

« C'était un ivrogne », dis-je. Pourquoi ne pas lui parler de mon père, après tout, puisque ça l'intéresse ? « Quand il prenait une cuite, il me tapait dessus. Pas comme dans les films du samedi soir. Je ne finissais pas à l'hôpital avec les côtes cassées. Il me tapait dessus, c'est tout.

— Je suis désolée, Joe.

— Faut pas. Si vous faites des simagrées, je ne vous dirai rien.

— Désolée d'avoir été désolée.

— Je vais vous raconter une histoire. Je vais vous dire comment j'ai fini par avoir le dessus. Mais, d'abord, comprenez bien ceci : l'éducation à la dure, ça endurcit. C'est pas des mots en l'air. Avec un père comme ça, on apprend vite à ne pas avoir froid aux yeux. » Elle persiste à me regarder avec compassion. Ça me fout en rogne. « Vous ne pigez pas. » Elle ne pige pas.

« Allez, je t'écoute.

— Les mômes aiment se vanter des coups qu'ils reçoivent de leur vieux.

— Les hommes sont des crétins.

— Ouais, les hommes sont des crétins. C'est entendu. Pourquoi n'engageriez-vous pas une fille ?

C'est peut-être ce que vous devriez faire, au fond. Vous vous sentiriez mieux.

— Il était dur jusqu'à quel point, ton père ?

— Il a bossé presque toute sa vie dans une fonderie. Vous êtes déjà allée dans une fonderie ?

— Non.

— Ils font des moules. Ils versent dedans du métal en fusion. La plupart des moules sont en sable. Du simple sable mouillé. Comme sur la plage. Alors, il a passé sa vie à transporter des caisses de sable mouillé et des seaux de métal en fusion. Cinquante kilos, cent kilos, deux cents. À longueur de journée. Et c'est brûlant. Le métal bouillonne, gicle sur la peau. Et on ne peut pas lâcher le seau, parce qu'il est plein d'aluminium fondu, fumant et liquide comme votre café du matin, et que le copain tient l'autre bout. Voilà jusqu'à quel point il était dur, mon vieux.

— Très dur.

— Très dur. Un travail d'homme. Un bon travail pour un homme. Seulement, le problème, c'est qu'il buvait. Avec l'absentéisme, la paie était maigre et il en craquait la moitié au bar, si bien qu'on n'avait jamais un rond. C'était surtout quand il était bourré que je dérouillais. Il me cognait sans raison, pour passer le temps. Peut-être que ça l'aidait à dessoûler. Je ne dis pas ça pour me vanter. C'était comme ça. C'est toujours comme ça, jusqu'à ce que le gosse soit assez grand pour mettre les voiles et s'installer ailleurs, ou assez baraqué pour résister et dire : "Maintenant, y en a marre !" C'est la loi de la nature.

— Si tu avais un fils, tu l'élèverais comme ça ?

— Qu'est-ce que vous voulez dire ?

— Tu le battrais jusqu'à ce qu'il soit assez grand pour répliquer ? »

Là, il me faut le temps de la réflexion. Ça peut sembler bizarre, on pourrait penser que j'y ai déjà réfléchi cent fois. Eh bien, non, je ne m'étais jamais posé la question. Je ne me suis jamais dit, comme font les gosses : quand je serai grand, je traiterai pas mes enfants comme ça, je les obligerai pas à se coucher tôt, je les laisserai manger autant de bonbons qu'ils veulent, je serai toujours juste avec eux et je les punirai jamais sans raison. Non, je ne me suis jamais dit ça.

« Je me suis toujours juré de ne pas devenir un ivrogne comme mon père. Et j'ai tenu. Je pense que j'avais plus ou moins dans l'idée de me trouver une femme. Une mère. Pour un homme seul, c'est dur d'élever un môme. Surtout sans aucune autre présence féminine, du genre tante ou grand-mère. C'est une question de pot. De manque de pot en ce qui me concerne : il n'y a eu aucune femme pour prendre la place de ma mère. Alors, je crois que non... non, avec une femme, je n'aurais pas élevé mon gosse comme ça. On n'est pas obligé de cogner sur un garçon pour lui apprendre à devenir un homme. Il y a d'autres moyens. Peut-être pas aussi efficaces — je galèje —, mais il y a d'autres moyens. C'est sûr.

— Tu étais sur le point de me raconter comment tu avais fait pour t'en sortir, pour avoir le dessus.

— J'avais dans les quinze berges. Pas tout à fait. Mon vieux se pointe, beurré comme d'hab. C'est-à-dire sans un rond. On commence à s'engueuler. J'aurais mieux fait de la fermer parce que, même fin pété, il est plus balèze que moi. Largement. Il se met à me tataner. Je lui dis : “Arrête, maintenant y en a marre.” Il me balance un crochet du droit. J’esquive. Ça le rend fou. Il arme son bras, serre le poing. Je sais que ce coup-là va être terrible. Mais je ne me barre pas. J’avance sur lui et je prends sa pogne en plein *là*. » Je désigne mon front. « Et il se fait mal à la main. Bourré comme il l’est, je vous jure qu’il le sent passer. Il s’assoit et il me regarde. Regarde sa main. La palpe. C’est fini, il a trop mal pour continuer à me tabasser. C’est comme ça que je l’ai battu... Sans le battre. Je suis parti. Je ne suis plus jamais revenu. »

La serveuse fume une clope derrière le comptoir. Voyant que Maggie a fini son jus, elle se ramène avec une cafetière pour nous en remettre une rincée.

« Excusez-moi, vous auriez une autre cigarette ? lui demande Maggie.

— Sûr, ma belle. »

Elle lui en offre une et me passe une boîte d’allumettes. Je donne du feu à Maggie et rends les alloufs à la fille, qui s’en va sans un mot. Maggie m’observe à travers la fumée. J’ai l’impression qu’elle joue un jeu. Coquetterie féminine ou déformation professionnelle, peu importe. Ça ne me gêne pas.

« Tu m’aimes, Joe ?

— Oui. Je crois bien que oui.

— Alors, raccompagne-moi à la maison, dit-elle, et fais-moi l’amour. »

CHAPITRE 37

J'avais raison sur un point : une fois que ça a commencé, ça ne s'arrête plus.

Mrs. Mulligan se pointe à sept plombes, juste quelques heures après notre arrivée à la bicoque. On n'a pas encore fermé l'œil. Elle vaque à ses occupes, j'appelle mon bureau pour me décommander et je descends avec Maggie sur le coup de midi. Nous avons faim et soif. La mère Mulligan nous prépare ce qu'il faut : jus d'orange, thé, tartines. Nous trouve-t-elle changés ? Ouais, et pas qu'un peu. Ça saute aux yeux. Je ne doutais pas que ce serait à ce point-là. On sèche le jus de fruits, mais impossible de finir le thé et les tartoches. On a envie l'un de l'autre. Encore.

On est prêts à remonter. Ou à faire ça sur le divan. Ou sur la terrasse. Pas d'erreur : on a besoin d'être seuls.

« Mary, dit Maggie.

— Oui, m'dame, qu'est-ce qu'il y a pour votre service ?

— Vous devriez prendre deux jours de repos.

— Vous aussi, répond-elle. Des vrais gosses. Mais des gosses américains. Y a pas un Irlandais, même dans l'âge bête, qui se conduirait comme ça. Nous autres, on sait contrôler nos glandes. Ça doit tenir à l'eau que vous faites venir du Nord. Elle voyage trop, c'est pas bon. En Irlande, l'eau tombe du ciel, toute pure, comme Dieu nous l'envoie.

— Deux jours payés, précise Maggie.

— Bien sûr, payés. Vous voulez que je vous prépare un casse-croûte avant de partir ? Une salade que vous n'aurez qu'à sortir du frigo ou un truc à passer au four ?

— Ce serait parfait.

— Vous savez, il est pas si jeune. Il lui faut une nourriture qui tienne au corps pour rester en forme.

— Je l'aime, Mary.

— Oui, oui, je vois ça. Bon, ben, je crois que je vais me sauver, alors.

— Et pas trop de commérages sur nous, d'accord ?

— Oh, rien à craindre de ce côté, m'dame. Motus et bouche cousue. Bon, le temps de rassembler mes affaires et j'y vais. » Elle attrape son sac à main et son manteau — qu'elle ne porte pas, vu la chaleur, mais qu'elle trimbale partout avec elle — et se dirige vers la porte. Là, elle se retourne et revient sur ses pas. « M'dame Lazlo, y a quelque chose que je dois vous dire. Ils me cherchent des ennuis. Ils disent qu'ils sont de l'Immigration, mais je crois pas. Je suis une clandestine, voyez. Je sais pas si vous le saviez, mais je suis une clandestine. Ils disent qu'ils vont m'expulser. Mais combien vous croyez que ça me rapporterait de faire des ménages dans le comté de Cork, hein ? Pour tout vous avouer, je m'en fiche de l'eau irlandaise. La pluie, l'humidité, ça sert qu'à donner des rhumatismes. Je gagnerais même pas de quoi m'assurer le gîte et la table. Ils veulent que je leur dise des choses sur vous. Vous... et lui, là. Ils veulent savoir si vous êtes vraiment amoureux ou si vous manigancez quelque chose. Ils me font peur. C'est pas des enfants de chœur, à l'Immigration, vous savez, ils vous traitent comme des moins que rien. Mais je suis pas une rapporteuse. Dans mon pays, on n'est pas des délateurs. C'est comme ça, c'est tout.

— S'ils reviennent vous embêter, prévenez-moi, dit Maggie. Je vous trouverai un bon avocat. Et s'ils vous interrogent, dites-leur... ce que vous voyez.

— Que vous êtes amoureuse de ce gaillard ?

— Tout juste.

— Je leur dirai. Avec votre permission, m'dame.

— Faites donc, Mary, faites. »

Elle s'en va. Peu importe que Mel Taylor et U.Sec. soient toujours dans notre dos. On s'en balance, et en beauté ! On est dans un autre monde, maintenant. On fait l'amour. On parle. On va de temps en temps sur la plage mais, comme on a envie de se faire des choses qui ne se font pas en public, on préfère rester à la maison. On ne répond plus au téléphone, on ne voit plus personne. Pendant trois jours. On envisage de faire des films ensemble. Pour de bon. Je lui dis que mes projets sont bidon, que je suis un bourreur de mou. Elle me répond que tout le monde l'est, m'affirme que le bouquin que j'ai dégotté est excellent et qu'il y a moyen d'en tirer un bon scénario. Si j'ai la force de sortir du lit avant Pâques ou la Trinité pour montrer ma frime au bureau, il faudra que je cherche les coordonnées de l'agent littéraire pour prendre une option. Le film sur Catherine est plus trapu. Ce serait une grosse machine. Le script nécessiterait donc un auteur de renom, donc très cher, donc payé avec l'Argent des Autres, et ça ne se goupille pas si facilement. Je lui en dis un peu plus long sur moi, sur mon départ du foyer paternel, à quinze ans. Pasquale, le père de Joey, m'a recueilli chez lui. Il m'a donné un toit, pour un an, un an et demi, jusqu'à ce que je m'enrôle dans les marines avec son fils. Joey était plus vieux que moi. Maggie m'interroge évidemment sur Annette, la sœur de Joey : ai-je couché avec elle ? Bof, on a flirté, sans plus. À l'époque, une fille était encore censée arriver vierge au mariage. C'était avant la pilule. Toutes les noces se ressemblaient : une jeune mariée radieuse et potelée au bras d'un mec sur son trente et un, empoté, qui avait l'air de se demander ce qu'il foutait là. Et puis, c'était la frangine de mon pote. Si je l'avais sautée, Joey m'aurait fait la gueule, on se serait cognés. Je ne voulais pas de ça. J'aimais Joey comme un frère, Pasquale comme un père — parce qu'il était plus paternel envers moi que l'autre con qui s'abîmait les poings sur mon crâne.

« Alors, qu'est-ce vous faisiez ? »

Maggie veut tout savoir. Je suis gêné, parce qu'elle a deviné juste, bien sûr.

« Mais... on flirtait, quoi ! »

Elle insiste. Elle veut des détails. Avec la main ? Oui. Avec sa bouche ? Mmoui, une fois. C'était comment ? Pourquoi seulement une fois ?

« Parce que ça n'a pas très bien marché, voilà pourquoi. »

Et moi ? Est-ce que je lui rendais la pareille avec ma bouche ?

« Écoute, j'avais quinze berges. Je savais même pas que ça se faisait. »

Elle trouve ça marrant. Elle se serre contre moi et m'embrasse en disant : « Je t'aime, Joe Broz. » J'ai l'impression d'être dans une autre dimension. Mais elle remet ça :

« Allez, dis-moi tout, tu ne l'as jamais pénétrée ? Tu n'as même pas essayé ?

— Naaan, je te dis, c'était la sœur de Joey, elle avait peur d'être enceinte, Pasquale m'aurait jeté dehors et je me serais retrouvé à la rue.

— Je ne te crois pas.

— Elle était catholique pratiquante et voulait rester vierge.

— Oh, oh... » Elle glousse. « Tu l'as prise par-derrière.

— Mais non.

— Ne me mens pas, Joe Broz, je t'aime, tu ne peux pas me mentir.

— Bon, O.K., j'avoue. »

Pourquoi suis-je gêné ? Parce que je ne l'avais jamais dit à personne ?

Je l'aime.

J'ai peut-être un avenir ici. Peut-être que la mascarade est devenue réalité, que le prochain rôle de Magdalena Lazlo sera la Grande Catherine et le mien Potemkine. Je m'extirpe enfin du pageot et me laisse habiller par mon impératrice. Allons-nous oublier John Lincoln Beagle et son secret ? Il est trop tôt pour répondre. Nous sommes encore trop préoccupés l'un par l'autre pour réfléchir posément à la question.

Je vais vous dire quelque chose sur nos rapports. La première fois qu'on a couché ensemble, j'ai voulu prendre une capote dans le tiroir de la table de nuit. Je savais que c'était là qu'elle les rangeait, parce que j'ai passé sa baraque au peigne fin. Elle m'arrête d'un geste. Nous n'avons jamais parlé de HIV, de sida ou d'analyses sanguines. Et je suis à peu près certain qu'elle n'utilise aucune forme de contraception, en tout cas ni pilule ni diaphragme. Donc, si on fait ça sans capote, il y aura peut-être un bébé, ou quelqu'un qui mourra.

« Tu m'aimes, Joe ?

— Oui.

— Il y aura peut-être un bébé ou peut-être que quelqu'un mourra. »

Voilà ce que je tenais à vous dire sur mes rapports avec Maggie.

Quand je me pointe enfin au bureau, il y a un chapelet de messages et une pile de courrier qui m'attendent. Il faudra que j'engage quelqu'un pour m'aider. Je n'ai même pas le temps de ramasser le courrier, le téléphone sonne. Et ce môme — pas vraiment un môme, il a entre vingt-cinq et vingt-sept balais — m'annonce :

« 'jour. Je m'appelle Teddy Brody. Un ami à moi m'a dit que vous cherchiez quelqu'un. Quelqu'un comme moi, d'après ce que j'ai compris. J'ai fait la Yale Drama School et l'UCLA Film School. Je travaille actuellement dans l'unité de recherches de John Lincoln Beagle.

— Ouais, Teddy, je serais ravi de vous rencontrer. »

CHAPITRE 38

La proposition d'Atwater avait ceci de bizarre qu'elle paraissait tantôt extrêmement convaincante, tantôt complètement farfelue — un peu comme une maîtresse légèrement cochonne avec qui on ne souhaite pas être vu, mais à qui on succombe dès qu'elle apparaît. Quand on ne lui en parlait pas, le président — encore surpris d'avoir survécu à son premier entretien avec Hartman — espérait vaguement que le projet serait enterré. Maintenant qu'on allait lui présenter ledit projet achevé, il s'attendait à un habillage semblable à l'habillage d'une prostituée pour un bal : une robe rouge destinée à voiler des appas trop voyants mais qui, en fait, les met en valeur et en accentue la lubricité.

James Addison Baker III était contre — bien que ce fût lui qui eût transmis le mémo. L'avis défavorable de son éminence grise eût dû servir d'avertissement au président. Baker avait le nez creux quand il s'agissait de flairer un coup fourré. « Pourquoi Jimmy a toujours raison ? » disait souvent Bush en parlant de son « petit frère » Baker. Le président avait une si haute opinion du compagnon empyjamifié de ses roupillons à bord d'*Air Force One* qu'il croyait suffisant d'annoncer au monde que tel ou tel problème avait été confié à Baker pour que le monde fût définitivement rassuré.

Bien que Baker eût clairement laissé entendre son opposition au projet, il n'était pas encore monté au créneau. Il était convaincu que cette gueuse d'idée n'était pas Galatée et que ni Hartman ni Beagle n'étaient Pygmalion. Mais il était né coiffé et avait appris à ne pas dilapider son capital en combats inutiles. Or Bushie était son capital et, quand Bushie avait quelque chose en tête, mieux valait ne pas le contredire trop ouvertement, sous peine de s'entendre rétorquer des amabilités du genre : « Si vous êtes si malin, comment se fait-il que ce soit moi le président et pas vous ? »

Pour Hartman et Beagle, en revanche, il n'y avait aucune ambiguïté : ils voulaient que l'idée voie le jour. La motivation de Beagle était celle de l'artiste, qui voulait porter son œuvre sur les fonts baptismaux, quel qu'en fût le prix en argent ou en vies humaines. Pour Hartman, c'était la joie de mener à terme le plus gros contrat cinématographique de l'histoire. C'était même plus que ça : c'était l'irrépressible désir d'entrer dans le cercle des riches et des puissants de ce monde.

Beagle était certain de pouvoir mitonner une guerre magnifique. Un grand metteur en scène était avant tout un type capable de dépenser dix, vingt ou soixante millions de dollars, sans sortir un rond de sa poche, pour raconter une histoire — sur un mec qui trompe sa femme ou qui se déguise en chauve-souris ou enseigne les bonnes manières ou fait le chauffeur pour une vieille dame. Le problème, c'était « l'accroche ». Et, là-dessus, il en connaissait un rayon. Il savait que le succès ou l'échec d'un entretien avec un commanditaire ne dépendaient pas des détails du projet. Les détails, on pouvait toujours les changer, les aménager, les truquer. Ça ne dépendait pas non plus du devis, des marges bénéficiaires. Ça ne dépendait même pas du Concept. C'était une illusion de croire que le concept était la clé du marché. Souvent les producteurs, séduits par un projet, s'imaginaient acheter un concept mais, en réalité, il s'agissait de tout autre chose. Pour un grand metteur en scène, accrocher un financier, c'était comme bombarder l'Étoile de la Mort pour Luke Skywalker : il fallait finasser sur les trajectoires, zigzaguer, trouver d'obscurs et secrets méandres qui menaient à une ouverture idéale pour leur envoyer la bastos en plein dans le cerveau.

Hartman partageait cet avis.

Et il était confiant : Beagle avait fait du bon boulot. D'accord, le scénario n'en était encore qu'à l'état d'ébauche, mais on y voyait déjà se dessiner les grandes lignes d'une guerre superbe, parfaite, tout à fait en accord avec les goûts et les attentes du public. Son plan résisterait même à l'analyse des colonels. Pour le reste — sécurité, financement, presse —, tout était à peu près réglé. Seulement voilà, les gens ne se déterminaient pas en fonction de la qualité des arguments, mais en fonction de leurs désirs : ils estimaient qu'un argument était bon quand il allait dans le sens de ce qu'ils voulaient faire.

Dès que Beagle eut achevé son premier jet, Hartman en référa au président. Il est extrêmement difficile pour un président des États-Unis de faire quoi que ce soit en privé, a fortiori en secret. L'emploi du temps, le protocole, l'ordonnancement des intermédiaires et le réseau des fâcheux en tous genres, courtiers, huissiers, gardes du corps, sont aussi incontournables et casse-burettes qu'à la cour du Roi-Soleil ou de l'empereur Ming. La seule différence est que les ragots d'antichambre des courtisans d'antan sont aujourd'hui remplacés par des transmissions à micro-ondes et des satellites qui rapportent au monde entier ce que Sa Majesté Présidentielle a eu pour son breakfast, avec qui il a parlé, de quel sujet et pendant combien de temps ; l'état de ses boyaux et leur fonctionnement sont devenus des informations de portée internationale.

Bien sûr, les comptes rendus officiels et les bulletins quotidiens ne reflètent pas nécessairement la réalité de ce qui a été dit. La seule liberté du président est donc de maquiller ses actes, en procédant comme pour la fameuse « lettre volée » : agir au grand jour pour mieux se cacher. Ainsi, il était impossible de dissimuler au public que le président allait rencontrer David Hartman et John Lincoln Beagle. Toute l'astuce consistait à faire passer la chose pour une banale entrevue, strictement conviviale. Le lieu de rendez-vous choisi fut la maison de Bob Hope à Palm Springs. Motif officiel du déplacement : une partie de golf récréative.

Hartman n'avait pas encore découvert le subtil dédale qui menait au cerveau de George Bush et lui permettrait de remporter le marché à coup sûr. Il se tourna vers Sun Tsu. Ses aphorismes étaient parfois des chandelles illuminant le champ de bataille, parfois semblables à des cryptogrammes ramassés dans la poubelle d'une voyante. Incertain, Hartman se rendit à l'entretien avec une édition miniature de

L'Art de la guerre dans la poche, six centimètres sur trois, en guise de talisman.

Bush rentra heureux comme un pacha de sa partie de golf. Il adorait les jeux de plein air. C'était un atout pour Hartman et Beagle. Mais il était encore tôt — trop tôt pour que Bush fût sous Halcion. Ça compliquait les choses. D'autant qu'il fallait compter avec Baker, froid comme un bloc de glace. Au premier regard, Hartman comprit que le secrétaire d'État n'était pas là pour faire tapisserie. Tant mieux, il avait besoin d'un opposant, d'un homme à affronter, à feinter, à vaincre. Un ennemi inconsistant ne peut pas être battu, dixit Sun Tsu. Pour élaborer une stratégie, il faut que l'ennemi prenne position.

Quel angle d'attaque Baker choisirait-il ? Le plus évident ? À savoir : vous venez de Hollywood, vous êtes des rigolos, vous ne pouvez rien comprendre aux affaires d'État, au monde réel. Hartman sourit. Il avait bien relu son Sun Tsu. Sa phrase favorite était : *La guerre n'est que mensonges*. Répondrait-il de front aux objections ? Seul un imbécile fait front. Le rusé manœuvre de telle sorte que la bataille devient inutile. Il ne s'agissait pas de sauter sur sa chaise en disant : « *Mais nous sommes des gens sérieux ! Prenez-nous au sérieux !* » Se défendre ainsi eût été donner raison à l'adversaire. Il ne fallait pas se défendre. Laisser Baker taper dans le vide.

Il y avait un précepte de Sun Tsu parfaitement adapté à la situation. La parade absolue. Il venait seulement de s'en souvenir. Comment n'y avait-il pas pensé plus tôt ? Il méritait une claque du maître zen, c'était la toute première phrase : *Les affaires militaires sont de la plus haute importance pour un pays, car la vie et la mort, la survie ou l'anéantissement en dépendent.*

« Monsieur le président, commença David Hartman, les grands chefs de l'Amérique — Dwight Eisenhower, Harry Truman, Jack Kennedy et vous-même, monsieur — ont été façonnés par la guerre. La guerre victorieuse. Et nous voici face à un problème. D'où sortiront les chefs de demain ? » Je démarre fort, hein, Baker ? se dit-il. Ça t'en bouche un coin, pas vrai ? « De la génération du Viêt-nam ? Je ne miserais pas un dollar sur nos gars qui ont combattu là-bas. Qui sont morts là-bas. En sont revenus blessés. Comprenez-moi bien, j'ai le plus grand respect pour eux. Mais qu'ont-ils connu ? La défaite. Ils ont l'expérience de la défaite. C'est un coup terrible pour le moral. Quand un conflit se présentera, que diront-ils ? Ils diront : "Plus jamais ça. Souvenez-vous du Viêt-nam. Renonçons à la guerre. Nous perdrons. Autant nous incliner tout de suite." Ils le disent déjà. Les faux-culs du Congrès, passez-moi l'expression, vous ont fait le coup pour la Grenade, le Panama, la Libye, le Liban. Ce n'était qu'un seul cri, un chœur de perdants. "Nous ne voulons pas connaître un nouveau Viêt-nam." Je ne dis pas que ces gens sont lâches par nature. Ils réagissent conformément à leur expérience...

— Hum... je ne suis pas vraiment sûr que l'Amérique soit à court de leaders », objecta Baker.

Ô mister Baker, songea Hartman, j'ai investi toutes les collines autour de vos flancs et vous n'avez même pas vu mes troupes.

« Vous êtes du Texas, reprit-il en s'adressant aux deux hommes. Si l'un de vos fils tombait de cheval, que lui diriez-vous ? Vous lui diriez de se remettre en selle illico. Et s'il vous répondait : "Non, papa, fini, l'équitation. Je crois que je vais plutôt apprendre la danse classique", vous exigeriez que ce gosse remonte immédiatement sur ce cheval. J'en suis convaincu. L'Amérique a besoin de vous, monsieur le président. Vous devez l'aider à remonter sur le cheval. Le pied à l'étrier, et en avant, calme et droit. »

Un peu gros, peut-être, comme métaphore ? Non, on n'en faisait jamais trop.

Et maintenant, accrochez-vous, mister Baker. Je vais dévoiler mes batteries.

« J'ai lu le mémo de Lee, nous l'avons tous lu. Je vais vous avouer quelque chose : si tout cela ne concernait qu'une élection, je ne le ferais pas. Je m'explique. Je ne risquerais pas la peau d'un seul de nos petits gars en territoire étranger pour la réélection de qui que ce soit. Et vous non plus, monsieur le président, j'en suis convaincu. Je connais vos états de service, vous vous êtes battu, vous savez ce que ça signifie et vous êtes un homme d'honneur. »

Oh, le vicieux, songea Baker, le Juif déploie la grosse artillerie[1].

« Mais là n'est pas la question », continua Hartman. S'il lut les pensées de Baker, il ne parut pas s'en formaliser. « L'Amérique a besoin d'une guerre pour renouer avec le sentiment de la victoire. La prochaine génération de chefs doit faire ses preuves au combat. Elle doit gagner pour repartir du bon pied, retrouver la confiance et la fierté. Si vous vous asseyez à une table de poker et que tous les autres

1. Baker peut-il penser en ces termes ? Le *New Republic* rapporte qu'il aurait dit : « J'emmerde les Juifs, ils n'ont pas voté pour nous. » Sa porte-parole, Margaret Tutwiler, l'a démenti. *(N.d.A.)*

joueurs savent que vous êtes un dégonflé, ils vous blufferont tant qu'ils voudront et vous vous retrouverez en slip. Les hommes qui ont résisté à l'Union soviétique, la plus dangereuse puissance militaire de l'histoire, une force de frappe nucléaire, étaient des hommes qui avaient connu la victoire. Qu'adviendra-t-il si, après vous, un nouveau Jimmy Carter sort des urnes ? Nous aurons une Amérique qui courbera l'échine devant n'importe qui — un ayatollah, un dealer sud-américain, un Kadha. Il serait désastreux, monsieur le président, que la prochaine génération succombe à la mollesse de l'apaisement. Vous devez nous sauver, monsieur le président.

— Plus glissant qu'un boyau de daim sur une poignée de porte », dit Baker, qui aimait sortir des expressions texanes de temps en temps, pour se donner des airs populaires, tout en conservant une contenance très digne. À moins que Hartman et Beagle ne se plantassent lamentablement dans la suite de leur présentation, il savait d'ores et déjà qu'ils allaient emporter le morceau. Encore quelques atours et parures, et bientôt la catin de Lee Atwater serait prête pour le bal. Mais assisterait-on à une brillante démonstration de realpolitik allant dans le sens de l'histoire ou à une resucée de délire napoléonien à la petite semaine ?

CHAPITRE 39

Le moment était venu de montrer la marchandise. Hartman passa la parole à Beagle, qui présenta l'histoire de façon très simple, comme il l'eût fait devant un producteur tiraillé par les quatre démons de la vie de producteur : le valium, la cocaïne, la térébrante certitude de perdre sa place s'il ne prenait pas une décision rapidement et l'intime conviction que toute décision, quelle qu'elle fût, lui coûterait sa place de toute manière.

L'histoire était la suivante :

« Nous commençons par une INVASION. Soudaine. Inattendue. Non provoquée. Des tanks franchissent une frontière sans défense. Sans justification morale, au mépris du droit international. Les envahisseurs sont des brutes. Ils commettent des ATROCITÉS sur des femmes et des enfants, s'adonnent au pillage. Leur chef est un autre HITLER. Un nouveau Hitler.

» Ces dernières années, plusieurs personnages ont reçu l'étiquette Hitler. Mais ils n'ont sévi que dans leur propre pays. Ce gars-là est différent, il cherche des CONQUÊTES. Cette invasion n'est qu'un début.

» En d'autres temps, nous aurions été lents à comprendre ce qui se passait, nous aurions dit : “Ça ne nous regarde pas.” Nous aurions attendu, les bras croisés, qu'ils bombardent Pearl Harbour. Mais ces temps-là sont révolus. Parce que nous avons un CHEF qui *a retenu les leçons de l'histoire*. Si nous avions arrêté Hitler en Tchécoslovaquie et le Japon en Mandchourie, il n'y aurait pas eu de Seconde Guerre mondiale. Donc, fini de rigoler, les gars. Cette fois : PAS DE COMPROMIS.

» Nous réunissons les ALLIÉS. L'Angleterre, la France, nous et la Russie — tous ensemble ! Pour la défense de la Démocratie, du Droit et de l'Intégrité des Frontières Nationales. Nous représentons le Gouvernement en Exil du pays envahi. Cette fois, même les Allemands et les Japonais sont de notre côté. Et tous les petits pays. Les Nations unies. On a le cœur serré en voyant tous ces drapeaux hissés contre le Tyran.

» Le monde entier comprend que le pays conquis est traité en Opprimé. Peu importe que nous soyons beaucoup plus forts que le nouveau Hitler, puisque nous nous battons pour un Opprimé. *Nous nous battons pour un opprimé.*

» La phase suivante est la FIÈVRE D'AVANT-MATCH.

» Nous massons nos forces. Et celles des alliés. Vous me direz ce que vous en pensez, mais à mon avis, si l'affaire est bien menée, il y a très peu de pays au monde capables de nous résister plus longtemps que le Panama ou la Grenade. Les risques sont minimes. Nos pertes doivent être si faibles qu'elles paraîtront dérisoires en regard des accidents de la route pendant un paisible week-end. Les

Américains ne verront pas la noria des linceuls sur leurs écrans de télé, c'est impératif et nous y veillerons. Pendant ce temps, pendant la mobilisation, MATRAQUAGE MÉDIATIQUE sur la force de frappe et la dangerosité de l'ennemi, sur le dévouement et l'héroïsme nécessaires à l'écrasement du fanatique tueur adverse, impitoyable et surarmé.

» Notre modèle pour cette guerre est le SUPER BOWL. Le Super Bowl est toujours précédé d'une très longue période de fièvre. Sans compter les play-offs, cette fièvre dure au moins deux semaines. C'est-à-dire 336 heures d'anticipation pour un match de soixante minutes. Et ça marche.

» Vient le Grand Jeu. NOUS FONÇONS. NOUS LES BATTONS. Comme dans un match de football d'une heure. Nous RENTRONS. C'est fini. Grande PARADE VICTORIEUSE. »

Hartman, pour préparer le terrain, demanda à Beagle, comme si la question venait juste de lui traverser l'esprit :

« Attendez, attendez, soyons réalistes. Pouvons-nous réunir tous les éléments : Hitler, la Pologne, les Alliés, la certitude de la victoire ? »

Beagle observa le président droit dans les yeux et se garda de répondre : « Oui ! » du tac au tac. Il était essentiel de ne rien affirmer à l'emporte-pièce, sous peine de passer pour un cow-boy va-t-en-guerre sans cervelle, un Ollie North fanfaronnant devant la presse. « Il y a des faits incontournables. Les États-Unis peuvent se permettre de mener une guerre sans se discréditer politiquement. C'est un fait. Nous pouvons soutenir un combat pratiquement sans pertes. C'est un fait. Le tout est de savoir s'y prendre. Ce que je dis là n'a rien d'original, c'est une simple question d'organisation, d'efficacité. Une fois que nous avons compris ça, nous comprenons que mon rôle est moins radical qu'il n'y paraît. À la lumière de ces considérations, je pense pouvoir dire que la réponse est oui. Un oui définitif. »

Le champ de bataille devrait se situer au Moyen-Orient ou en Afrique du Nord, expliqua Beagle. Ce point étant arrêté, il y avait plusieurs Hitler possibles : Kadha, Hafez El Assad, Saddam Hussein, Rafsandjani ou encore — éventualité à considérer — un nouvel ayatollah.

Pour les Pologne potentielles, on avait le choix. La Libye pouvait envahir le Tchad à nouveau, le Soudan, l'Algérie ou même l'Égypte. L'Algérie pouvait envahir le Maroc, l'Irak attaquer l'Arabie saoudite, le Koweit ou la Syrie. L'Iran pouvait franchir le Golfe et menacer les Émirats arabes unis, Oman, le Koweit, voire l'Arabie saoudite. Et la Syrie pouvait toujours marcher sur la Jordanie.

« Nous entrons ici dans un domaine, dit Hartman en s'adressant au président, qui requiert un as de la diplomatie. Quelqu'un qui connaisse personnellement les chefs d'États.

— Maggie Thatcher sera avec nous, fit le président, réfléchissant à voix haute. Mitterrand... ça peut se négocier. Gorby, pour tout vous dire, je pense qu'il a plus besoin de nous que nous de lui. Mon gros avantage, voyez, c'est que j'ai travaillé à l'ONU.

— Si je peux me permettre, intervint Baker, comment comptez-vous convaincre un de ces chefs d'États de jouer Hitler dans votre film ? Ils ont probablement entendu dire que l'Allemagne avait perdu et que Hitler était mort dans un bunker. En fait, vous leur proposez un marché de dupes et ils ne tarderont pas à s'en apercevoir.

— Nous considérons Hitler comme un méchant, répondit Beagle. Au Moyen-Orient, des tas de gens le considèrent comme un héros. Ils admirent la force. Ils croient aux martyrs. Et il y a la question juive. Deuxièmement : c'est une chance extraordinaire de jouer un rôle de premier plan sur la scène internationale. Troisièmement : affronter les États-Unis, même en perdant, c'est s'assurer un statut de héros dans le monde arabe. Vu de notre côté, ça ressemble en effet à un marché de dupes, du genre "à tous les coups on perd". Vu du leur, c'est tout le contraire, à tous les coups ils gagnent. Du moins, c'est ce que nous devrons leur faire croire.

— C'est là que vous avez de la chance de m'avoir comme président, dit Bush. Sans blague, combien de présidents auraient assez d'expérience, de contacts et de jugement pour régler cette affaire ? C'est une affaire très compliquée que vous nous avez préparée là. Comme toutes les guerres, je pense. Mais ici particulièrement. Il faut mettre énormément de monde dans le coup : les alliés, l'ennemi, probablement la CIA et même l'ONU. Aucun autre président en Amérique, je dis bien aucun, n'a fait ses classes à l'ONU. Ou en Chine, d'ailleurs. Vous me suivez ? »

Décidément, le projet de ces petits gars de Hollywood lui plaisait beaucoup. De plus en plus. Ça lui donnait du grain à moudre. Et George était un homme d'action. Or, bizarrement, depuis qu'il était président, et quoiqu'il s'agitât beaucoup, il se sentait désœuvré. Cela s'expliquait en partie par le fait qu'il avait été élu justement pour ne pas en faire trop, ou plus exactement pour prolonger le mandat de

Reagan, qui avait consisté à *défaire*. Mais l'inaction lui était moins aisée qu'à son prédécesseur, pour plusieurs raisons : ils avaient déjà défait tout ce qu'il y avait à défaire, et avec une telle propension au laisser-défaire que certaines choses étaient aujourd'hui à refaire — mais ça, Bush ne pouvait pas s'y résoudre, parce que c'était contraire à l'idée qu'il avait de sa mission : il était là pour défaire, non pour faire quoi que ce fût. Le problème, c'était qu'il dormait moins que Reagan, beaucoup moins, et que, par conséquent, l'absence de toute activité constructive, ou destructive, commençait à peser lourdement sur ses épaules.

« Je me suis fait des amis. J'ai de bons amis partout parce que, vous savez, les gens sont des gens, même les étrangers. Et j'aime bien les gens. Il y a quelque chose que je veux vous dire, parce que personne ne semble le comprendre : j'aime bien Ron. C'est un type épatant. Et il n'a pas son pareil pour raconter les histoires. On prétend souvent qu'il ne s'intéressait à rien, qu'il n'écoutait pas ce qu'on lui disait. C'est faux. Il suffisait de lui raconter des blagues. Il adorait les blagues. Et Barbara aime beaucoup Nancy. Vraiment. Elles sont très copines. On les invitera à dîner si l'occasion se présente, vous verrez. Donc, je disais, j'ai des amis. Vous me parlez d'une guerre au Moyen-Orient, eh bien, j'ai des amis là-bas, ça nous facilitera considérablement les choses. Je n'ai qu'à décrocher le téléphone et Hosni Moubarak — le pauvre, il a des problèmes actuellement, en Égypte — me répondra, quelle que soit l'heure au Caire en ce moment. Il y en a un parmi vous qui aurait une de ces montres avec les différents fuseaux horaires ? Et vous savez pourquoi il me répondra ? Pas parce que je suis le président des États-Unis, non, parce qu'il sait que George Bush est son ami. Barb lui envoie des cartes de vœux chaque Noël. Je sais qu'il n'est pas chrétien, mais ça n'a rien à voir. Noël, c'est une date qui marque, vous comprenez. Tiens, ce serait une bonne idée de déclencher cette guerre pour Noël. Les congés de fin d'année, c'est excellent pour ça. Les hommes de la troupe — et les femmes, n'oublions pas les femmes, elles font du bon boulot — loin de chez eux, qui reçoivent des lettres. Les gosses assis autour de la table, avec la chaise vide du papa, ou de la maman. Quelqu'un leur explique que papa fait la guerre pour assurer la sécurité du monde, pour leur avenir.

— Je sens que ça va être grandiose, dit Hartman. Vous allez graver votre nom dans l'histoire. Seigneur ! ils sont tous là à raconter que le Siècle américain est fini. Eh bien, on va leur montrer ce qu'il en est, à ces gagne-petit. On va montrer au monde entier que le Siècle américain a encore de longues, longues années devant lui. Ah, bon sang, j'ai l'impression que ça ne fait que commencer. »

James Baker considéra George Bush. Si le président appuyait sur le bouton déclencheur de sa guerre vidéo, son secrétaire d'État devrait prendre une décision : soit porter l'étendard, soit se faire oublier pour laisser clairement entendre au reste du monde qu'il n'était pour rien dans cette gabegie, pas plus que dans le choix de Dan Quayle. « Et si les médias réagissaient comme pour le Viêt-nam ? demanda-t-il.

— Il faut une guerre courte, répondit Hartman. J'ai plusieurs théories sur le pouvoir de la presse et sa manipulation, mais la règle de base est celle-ci : la presse écrit ce qu'on lui dit. Donc, si vous leur dites ce que vous voulez entendre, ils l'écriront. Ce n'est pas une question de censure, c'est une question de sources. Si vous agissez suffisamment vite, vous êtes leur seule source.

» Je suis absolument convaincu que, si la guerre du Viêt-nam avait duré un mois, le gouvernement aurait bénéficié du soutien total des médias. Je ne voudrais pas sembler frivole, mais songez au Super Bowl. Imaginez qu'il n'y ait pas de quatrième quart-temps. Qu'il n'y ait pas de fin annoncée. Personne ne sait quand le match se terminera. Ils jouent toute la journée, puis toute la nuit, puis le lendemain, la nuit suivante, le surlendemain, toute la semaine. Il y a de plus en plus de joueurs blessés, dans les deux camps. Une équipe mène au score, puis l'autre. Il n'y a pas de limite de temps. Ils continuent à s'éreinter dans la boue. On fait entrer les remplaçants. Puis les remplaçants des remplaçants. Les entraîneurs vont chercher des gars dans la rue, des gars qui ne savent pas jouer, et les enrôlent de force. Ils sont blessés à leur tour. Bientôt l'Amérique se lasse du spectacle, elle ne veut plus entendre parler du Super Bowl.

» Même les reporters sportifs, qui sont payés pour entretenir l'intérêt, en ont marre. Ils en ont tellement marre qu'ils finissent par poser des questions : le jeu en valait-il la chandelle ? Fallait-il envoyer tant de jeunes gens se faire estropier ? Le moment n'est-il pas venu de mettre un terme à cette folie ? Pourquoi jouons-nous ? Faut-il interdire le football ? Ils ne pensent pas à mal. Ils disent ça par ennui, parce qu'ils n'ont rien d'autre à dire.

» Ce ne sont pas les critiques qui ont tué le Viêtnam. C'était un film ennuyeux. Trop long. Les spectateurs partaient avant la fin. La Seconde Guerre mondiale, là oui, ça, c'était un grand film, une belle histoire, bien interprétée, bien menée. Tout le monde voulait rester jusqu'à la fin. »

Le président avait une idée derrière la tête. Il se leva et se mit à marcher de long en large. « Écoutez, les gars, je vais vous révéler un secret. Je ne devrais pas. Je devrais l'emporter dans la tombe. Mais, au point où on en est, si on doit être pendus, on le sera tous les quatre ensemble, alors qu'est-ce que ça change ? Je ne pense pas qu'ils nous pendront, d'ailleurs, s'ils comprennent nos motivations profondes. C'est une question d'hégémonie. Nous avons enfin la chance de relever l'Amérique du malaise vietnamien, il faut la saisir. Il est temps de montrer au monde que nous ne sommes pas les géants boiteux ou fatigués qu'on prétend, que nous ne sommes pas des tigres de papier. Et j'ai trouvé notre homme. Notre Hitler sera... Saddam Hussein ! C'est un ami à moi. Voilà mon casting. » Il se tourna, tout frétillant, vers Beagle. « Ne m'en veuillez pas si j'ai l'air de marcher sur vos plates-bandes, John. Vos amis vous appellent John, n'est-ce pas ? Ou Linc ?

— John, c'est parfait, monsieur le président.

— Appelez-moi George. Et, si on devient copains, vous pourrez m'appeler Bushie. Pas vrai, Jimmy ? » Quand le président était content, sa bonhomie ressortait. Mais il revint à ses moutons. « Ce que j'essaie de vous dire, c'est que j'ai traité avec tous ces gens. Je sais avec qui on peut faire affaire et avec qui on ne peut pas. J'ai l'expérience des hommes. Il y a quelques secrets d'État que je ne peux pas vous communiquer mais, croyez-moi sur parole, je sais de quoi je parle, Saddam Hussein est l'homme qu'il nous faut pour le rôle de Hitler.

» Ce qu'il y a de bien avec Saddam, c'est qu'il joue toujours le jeu à fond, comme on le lui demande. Quand il dit “tope là”, vous pouvez lui faire confiance, il ira jusqu'au bout. Et il sait se taire devant les journalistes. Pas comme ces salopards d'Iraniens, qui nous ont mouillés tant qu'ils ont pu. Et attendez, quand Saddam a découvert qu'on aidait l'Iran contre l'Irak, vous croyez qu'il nous aurait dénoncés ? Rien du tout. Il nous a contactés tout de suite et vous savez ce qu'il a dit ? “Eh, les gars, filez des armes à l'Iran si vous voulez, mais rajoutez-moi des colis. Donnant donnant, vous me devez bien ça.” Bref, vous m'avez compris, c'est un type avec qui on peut traiter. On peut lui dire : “Pourquoi ne pas envahir un petit territoire quelque part ? Vous seriez un héros du calibre de Hitler pour le monde arabe.” Alors, nous aurons notre guerre, et que le meilleur gagne. Il aime la bagarre.

— Je vois déjà les images », dit Beagle, de plus en plus enthousiaste et de plus en plus relax. Il se sentait en phase avec son nouveau pote, le président. « Mauvaise vidéo, mais haute technologie. Bombardements nocturnes à infrarouges. C'est absolument essentiel en termes d'image. C'est le clou de la production. Vous savez évidemment que j'ai eu accès à la vidéothèque du Pentagone, même pour les archives secrètes et je vous en remercie, ça m'a aidé, ça m'a beaucoup aidé. Eh bien, ils ont des bombes vraiment super, à guidage laser informatisé, qu'ils peuvent larguer sur une pièce de vingt-cinq *cents*, à ce qu'ils disent. Alors voilà, je veux un plan sur une de ces bombes tombant dans la cheminée de Saddam. En plein dedans. Et *boum*, le bâtiment explose. De l'intérieur. Pile dans la cheminée.

» Et, grâce à ça, toute l'Amérique comprendra que c'est de la chirurgie, pas du massacre. Ce sont des cibles que nous visons, des cibles militaires, pas des femmes et des enfants. Ce n'est pas le Viêt-nam. Frappes chirurgicales. Et on montrera ça sur tous les écrans de télé du pays et dans le monde entier, par satellite, pour que le monde entier sache que c'est de la chirurgie et rien d'autre.

— Ce que je voudrais voir, dit Bush, c'est un pilote de chasse héroïque, et vous savez que je m'y connais, j'ai fait ma part, inutile de vous le rappeler, c'est assez connu. Un chasseur-bombardier en rase-mottes, sous les radars ennemis. Vous savez qu'ils ont des caméras montées sur le nez des avions de chasse ? Pour les bombardiers, évidemment, la caméra est dans le ventre de l'appareil. C'est ce qui nous permet de vérifier qu'ils ne trichent pas sur leur score. Attention, je ne dis pas qu'ils trichent. Un jeune gars qui a le cran de voler à grande vitesse en territoire ennemi, un gars comme ça, un as, quoi ! l'Étoffe des Héros, ça ne triche pas. Non, non. Jamais de la vie. Seulement, dans le feu du combat, ils peuvent se tromper, ils n'ont pas toujours le temps de regarder en arrière pour voir s'ils ont fait mouche, enfin bref, c'est toujours bon d'avoir un enregistrement.

— Mais bien sûr qu'on peut montrer ça, George. C'est excellent, j'adore les images de chasseurs et de bombardiers. Toute l'astuce, pour que ça semble réel — je veux dire vraiment réel, à vous donner la chair de poule —, c'est la mauvaise qualité des images. Quand on regarde des vieilles bandes de la Seconde Guerre mondiale, toutes rayées, vous savez, on comprend tout de suite que ce n'est pas du toc, que c'est vécu. »

Cependant, Baker n'était toujours pas convaincu. Il y avait un truc qui le chiffonnait encore. Un os. Un gros os.

« Mais dites-moi, fit-il, comment allez-vous payer tout ça ? Il me semble que c'est une question à creuser. Il faudra bien la financer, cette guerre.

— Monsieur le secrétaire, monsieur le président », dit David Hartman. Parce qu'il l'avait creusée, la question. Et à fond. « En la circonstance qui nous occupe, les États-Unis sont le Studio. Quand une *major company* fait un film pour, mettons, quarante millions de dollars, elle ne les sort pas de sa poche. Ce serait de la folie. Prenons pour exemple *Catwoman*, le troisième Batman. Pour commencer, quinze pour cent reviennent au studio. Frais de fonctionnement, si vous voulez. Puis, il y a les intérêts. Je vous passe les détails, mais le problème consiste en fait à trouver trente et un ou trente-deux millions.

» Si je veux, je peux couvrir ça avec les ventes à l'étranger, le câble, les cassettes. Avant le début du tournage. Angleterre, deux millions, Allemagne, six millions, France, trois millions, Italie, deux millions, Scandinavie, un million, Espagne, encore un petit million. Ça fait quinze. Il m'en faut encore seize, dix-sept. J'en ramasse trois en Amérique du Sud, huit au Japon et il me reste toujours l'Afrique, l'Asie, l'Australie, les droits dérivés et les télés hertziennes.

» Vous voyez où je veux en venir ? Seuls les États-Unis peuvent produire ce film. Qui va payer ? Ça dépend de la guerre. Le président nous propose Saddam Hussein. Supposons qu'il envahisse l'Arabie saoudite.

» Disons que cette guerre coûtera dans les cinquante milliards de dollars. En frais de fonctionnement pour une grande part. Nous avons une armée prête, des réserves, l'équipement, les généraux et leurs officiers, les munitions, les tanks, des milliards de dollars de matériel que nous payons déjà de toute manière, que nous les utilisions ou non. Nous dirons donc, pour aller vite, que quinze pour cent du coût de la guerre passent en frais généraux. Pour la facture, on gonflera un peu la note, qu'on chiffrera à vingt pour cent, dix milliards de dollars. Maintenant, il nous faut en trouver quarante autres. Combien pensez-vous que les Saoudiens paieront pour la libération de leur pays ? Cinquante pour cent de leurs revenus pétroliers des dix prochaines années ? Nous ne leur en demanderons même pas tant. Quinze milliards environ. Plus le carburant pour les avions, les tanks et les navires. Faisons un peu de prospective. Imaginez la quantité d'armement qu'ils seront disposés à acheter après cette guerre. “Nous ne voulons plus être envahis. Multiplions notre aviation par deux !” Avions, pièces détachées, instructeurs.

» Là-dessus, nous prenons cinq milliards au Koweit, aux Émirats, au Qatar. Cinq milliards chacun ! Il ne nous reste plus qu'à en trouver dix.

» Le jour où Saddam marche sur Riad, le prix du pétrole passe de trois dollars et demi le baril à vingt-cinq, trente-cinq, cinquante ! L'index Nikkei chute de deux mille points en un jour. M. le secrétaire Baker décroche son téléphone et dit : “Monsieur le Premier ministre, que va devenir votre pays si le prix du pétrole se maintient au-dessus de trente dollars le baril ? Mon armée est prête à agir et à faire le ménage pour ramener le prix à un niveau raisonnable, au-dessous de dix dollars en tout cas. Cela arrangerait-il le Japon ? Ça vaut bien cinq petits milliards, non ? ”

» “Monsieur Kohl, combien de personnes accepteront de rouler en Mercedes et en BMW si l'essence à la pompe coûte un dollar le litre en Amérique, quatre dollars en Europe ? Que va devenir le miracle économique allemand ? ”

» J'affirme, conclut Hartman, que cette guerre sera payée avant même que le premier coup de feu ne soit tiré.

— Corrigez-moi si je me trompe, dit le président, mais je crois que je commence à voir le tableau. D'après le scénario de John Lincoln — c'est le mot exact, n'est-ce pas, scénario ? —, il s'agit de l'invasion de la Pologne et, dans ce contexte, l'Arabie saoudite est l'équivalent de la France. Voire de la France et de l'Angleterre confondues. Je ne veux pas perdre le contrôle de la situation, si vous voyez ce que je veux dire. Donc, il me semble que notre Hitler devrait envahir un État plus petit et *menacer* la France. Qui serait, en l'espèce, l'Arabie saoudite, laquelle serait la prochaine étape. Si Saddam est notre homme, ça marche très bien. Mais même si nous choisissons l'Iran comme agresseur. Contre n'importe lequel des petits pays de la région — Qatar, Koweit, Émirats. N'importe lequel ferait l'affaire, n'est-ce pas ?

— Admirable, monsieur le président. Vous m'avez parfaitement compris. C'est tout à fait ça. Disons que c'est l'Irak. Il prend le Koweit. Tout indique

que la prochaine étape est l'Arabie saoudite. De même que, quand les Allemands ont pris la Pologne, tout le monde savait que la prochaine étape serait la France. Et ainsi, nous avons tout en main pour faire monter le suspense. Excellent, monsieur, excellent. »

Baker avait gardé le silence pendant que le président parlait. Pour penser à faire la guerre avec l'argent des autres, il fallait non seulement avoir des couilles en acier, mais joliment formées et drôlement bien astiquées. Chapeau !

« Vous êtes un sacré roublard de Juif hollywoodien, dit-il à David Hartman. Vous pouvez tous m'appeler Bubba. »

CHAPITRE 40

Une surveillance n'est jamais infaillible. Surtout quand elle est passive et se veut discrète. Il n'est donc guère surprenant que U.Sec., sans être particulièrement blâmable, soit passé complètement à côté du premier appel de Teddy Brody à Joe Broz.

C'était un de ces défauts de la cuirasse. Le bureau de Joe n'était pas sur écoute, pour des raisons fort compréhensibles qui furent d'ailleurs rapportées en haut lieu. Tout le monde pensait qu'il suffisait de surveiller l'autre bout de la chaîne. Ça avait très bien marché avec la femme Przyszewski, et l'appartement de Teddy était soigneusement quadrillé, ainsi que les locaux de CinéMutt. Seulement voilà, manquant à tout savoir-vivre, il avait appelé pendant les heures de bureau et, par excès de timidité sans doute, s'était servi d'un téléphone public, hors périmètre. En un mot, ils l'avaient raté.

Teddy fut agréablement surpris par l'empressement de Mr. Broz à le rencontrer.

Évidemment, il ne se doutait pas un instant qu'il venait de mordre à un hameçon tendu spécialement pour lui par Joe. Dommage, parce qu'il en eût été sincèrement flatté. Il était à un âge de la vie où on ne déteste pas la flatterie. L'eût-il su, le duduche eût appelé depuis longtemps déjà. Il avait besoin d'être caressé dans le sens du poil.

Il ne désirait que deux choses dans la vie. Faire un film et trouver un amant. Par amant il n'entendait pas un chaud lapin, un torride éphèbe à peloter au cinéma, à embrasser dans les coins et à besogner au lit, avec qui il vivrait, ferait la cuisine, la lessive et partagerait ses factures. Quoique ça y ressemblât beaucoup. Ce qu'il voulait, c'était quelqu'un qui l'aimât assez pour lui jurer fidélité, l'accompagner chez le toubib et à la clinique pour se faire examiner ensemble afin qu'ils pussent se prouver réciproquement leur séronégativité, leur propreté, leur pureté et se donner l'un à l'autre dans un total abandon physique et moral, échanger leurs fluides sans fâcheux caoutchouc, sans protection aucune, librement, comme le voulait la nature, avec ses goûts, ses odeurs, ses moiteurs ! Ah, l'amour ! La misère sexuelle empoisonnait ses nuits. Il en aurait bouffé son pucier, le pauvre vieux. Il se réveillait en sursaut dans le noir, tout chialant, les lèvres tremblantes, pitoyable comme un moutard criant : « Maman ! »

Il était né trop tard. Trop tôt. Trop quelque chose. Pendant des siècles, l'humanité avait connu la sexualité sans la mort. Il avait un cauchemar récurrent. Un joli petit visage, choucard comme tout, avec des mirettes pétillantes, de longs cheveux blonds et une mignonne bouche en cul-de-poule qui lui faisait des papouilles. Et quand il jouissait, quand il éjaculait dans cette bouche, des dents le raclaient et crevaient la peau de son pénis, mêlant sperme, salive et sang. Et le charmant visage se métamorphosait en trogne hideuse, qui le regardait en ricanant comme une affreuse goule dans un film d'horreur de série B. C'était une vision tellement convenue, tellement cliché qu'elle en devenait ridicule, mais il n'arrivait pas à la chasser de son esprit.

Ce qu'il voulait, c'était un grand amour. Oh, pas pour la vie. Juste pour un temps.

S'il en était loin, il n'était pas beaucoup plus avancé en ce qui concernait sa carrière de metteur en scène. Le flop total. Son boulot chez Beagle ne menait à rien. Aucun contact, aucune relation, aucune perspective, rien. Il n'avait même pas réussi à faire lire son synopsis. Il végétait dans cette foutue arrière-salle, crapahutant d'appareil en appareil, d'étagère en étagère. Pour rien.

Puis voilà qu'un de ses potes, Don Burkholtz, pas vraiment un pote d'ailleurs, plutôt une connaissance, un ancien de Yale comme lui, l'avait appelé. Burkholtz, qui bossait chez ICM, roulait en Lexus décapotable, possédait un apparte en indivision près de Malibu et un autre à Aspen, non loin de chez Don et Melanie, lui dit : « Tu as sûrement entendu parler du mec Joe Broz, l'enflure qui se tape Maggie Lazlo — c'est toujours les mêmes qui ont du pot —, eh bien, il paraît qu'il s'est nommé président du bureau d'études personnel de Maggie Lazlo. On raconte qu'il cherche un assistant, genre secrétaire, lecteur, adaptateur, enfin tu vois le topo. Il veut un ancien de Yale. Un mec cool. Apparemment, il n'a pas fait d'études, ça le complexe et il est très impressionné par le pipeau universitaire. Il ne connaît même rien au ciné. Alors, il cherche quelqu'un ayant une connaissance encyclopédique du cinéma. Un mec comme toi, en fait. Donc, je me suis dit que, si tu en as marre de faire le larbin à CinéMutt, tu pourrais peut-être lui filer un coup de bigophone, à ce quidam. »

Un mec comme Teddy, en effet. Exactement le profil de Teddy. À l'origine de cette coïncidence, il y avait une conversation téléphonique dans laquelle il se plaignait de son sort à un ami, conversation enregistrée par Ray Matusow et recopiée par Joe Broz, qui, depuis, faisait savoir à tous les anciens de Yale qu'il rencontrait dans les milieux snobinards où il avait désormais ses entrées qu'il cherchait un assistant sortant de cette prestigieuse université et présentant toutes les caractéristiques de Teddy. Le boulot n'existait pas, évidemment, puisque le soi-disant bureau d'études n'était qu'un miroir aux couillons destiné à faire sortir un chacal du bois, afin de lui tirer les vers du nez pour essayer de démêler le mystère John Lincoln Beagle. Du moins, c'était ainsi que la chose avait été conçue au départ. Mais parfois les raconteurs d'histoires — tel ce personnage de Mark Twain qui, après avoir répandu le bruit qu'il y avait de l'or en enfer, se met à suivre tous les benêts qui l'ont cru —, dans l'aveuglement émerveillé qui accompagne un nouvel émoi érotique, finissent par croire à leur propre bobard.

Anita Hesper Barrow, lieutenant-colonel en retraite des services de décryptage de l'US Air Force, à présent attachée à la Section des Transcriptions et Analyses d'U.Sec., capta une conversation ultérieure entre Teddy et son ami Sam, celui qui était moniteur de gym l'été et moniteur de ski l'hiver, évoquant les perspectives nouvelles que lui ouvrait son entrevue prochaine avec le galant de la mère Lazlo. Elle envoya recta la transcription au chef de section, qui la passa à Mel Taylor, lequel en référa à Chicago mais fit chou blanc du côté de David Hartman, impossible à joindre, vu que monsieur était en conférence avec le président des États-Unis.

Quoique très impressionné, Taylor fit face. S'il avait eu l'esprit moins militaire, il aurait peut-être perdu les pédales. Mais il connaissait la musique et savait que, en l'absence de l'officier responsable, la première chose à faire était d'assurer ses arrières conformément aux instructions du manuel. Ce qu'il fit. Il renforça la surveillance sur Brody, bien qu'il fût déjà informé de l'heure exacte prévue pour le rendez-vous : le lendemain à midi.

Ça tombait mal. La compagnie était à la bourre. En raison d'une rumeur de grève de la Guilde des scénaristes, les producteurs avaient chargé U.Sec. de fliquer les meneurs. Mission : essayer de découvrir jusqu'où le syndicat était prêt à aller, quelles étaient les dissensions internes, s'il y en avait, et quels dirigeants avaient des problèmes personnels ou financiers. Autrement dit, le grand jeu — écoutes téléphoniques, pose de micros, enquêtes de voisinage, espionnage bancaire, etc., toute la panoplie.

Les seuls gars disponibles étaient Chaz Otis et Bo Perkins. Ce n'était pas trop grave. S'il y avait ordre d'intercepter — et ce serait probablement le cas, compte tenu de ce qui s'était passé avec la Przyszewski —, c'étaient ces deux-là que Taylor mettrait sur le coup, de toute façon. S'il fallait la jouer fine, en revanche, ils n'étaient pas de premier choix, c'était certain. Surtout qu'il n'y avait personne pour les seconder, ce qui affolait tout de même un peu l'ami Taylor. Par précaution, il demanda donc du renfort — une manière de dégager sa responsabilité en cas d'embrouille et d'imputer la faute éventuelle aux lenteurs de la hiérarchie.

Le projet entrait dans une nouvelle phase. Il avait même un titre de travail — *Héros de l'Amérique* — et un nom de code — *PVI, Projet Vidéo Interservices.*

Beagle insista pour choisir les généraux. Si ça devait être la *Sde GMII-Version vidéo*, il avait besoin de mecs qui crevaient l'écran, comme George Marshall et Dwight David Eisenhower.

L'idée de réunir les alliés excitait le président. Il savait qu'il pouvait mettre les Japonais dans sa poche. Même les Chinois. C'était exaltant. Et les Nations unies. Seul George Bush était capable d'un pareil tour de force.

Il y tenait vraiment, à cette guerre. Ce serait bon pour le pays. Ça prouverait aux Américains et aux niaquoués de tous horizons que l'Amérique était de retour, nom de Dieu ! Et l'histoire retiendrait que George Bush avait dignement assumé son mandat. Il n'y avait qu'un bémol, un bémol tout hollywoodien : sans une star d'envergure — en l'occurrence un Hitler de choc, avec une vraie armée —, l'affiche ne serait pas vendeuse.

Évidemment, il y avait aussi la question de la sécurité. Jusque-là, ils n'étaient que quatre dans la confidence. Le pseudo-Hitler serait le cinquième. Y en aurait-il d'autres ? Il fallait souhaiter que non. Parce que, si cette histoire éclatait au grand jour, le Watergate serait de la roupie de sansonnet en comparaison.

Après le départ de Hartman et Beagle, le président sauta sur son téléphone. Il avait une ligne spéciale avec brouilleur. Il appela le Conseil de Sécurité nationale et parla à Robert Gates : « Tu veux me rendre un service, Bob ? Appelle ce vieux C.H. Bunker et fais-lui comprendre que son enquête sur ce gars de Hollywood intéresse la sécurité de l'État et que ça doit rester top secret. Une question de vie ou de mort. C'est pas vrai, bien sûr, mais dis-le-lui quand même. Ce gars ramasse un maximum de fonds pour le parti. Et demande-lui comment va sa petite-fille Martha. Elle a les oreillons. Dis-lui que Barbara pense à elle et qu'il ne faut pas s'en faire, ça forme le caractère. Merci, Bob. »

Une limousine emmena Hartman et Beagle. Hartman était aux anges et son metteur en scène aurait dû l'être aussi. Mais Beagle regardait la nuit déserte par la fenêtre. Une larme coulait sur sa joue.

« Qu'est-ce qui ne va pas, John ? »

Beagle se tourna vers lui, les yeux mouillés. Il était tellement triste qu'il en était ridicule, lui qui avait joué Goofy à Disney World et qu'aucun directeur de casting n'aurait distribué dans un rôle sérieux, mais sa détresse semblait si sincère que Hartman compatit.

« Qu'est-ce qui ne va pas, John ?

— Jackie entame une procédure de divorce. » Il leva la main comme pour dire : *Attends, attends, ce n'est qu'un début.* « Il n'y a pas de quoi en chier une pendule, d'accord, mais... c'était pas un mariage-mariage, merde ! Elle était la belle et j'étais le génie couronné de lauriers. Elle voulait que je fasse un film pour elle. Mais... bon, elle est belle, je dis pas, mais comme actrice ? C'est une salope. Ça n'a rien à voir avec le talent, je sais, il y a des salopes qui savent jouer. C'est connu. Mais c'est pas ça. Ce qu'il y a, c'est... vous savez ce qu'il y a, David ? » Il essuya ses larmes du revers de la main. Ce faisant, il accrocha une goutte de morve qu'il étendit sur sa joue sans s'en apercevoir. Ou, s'il s'en aperçut, il s'en foutait. Hartman lui passa un mouchoir. Beagle sécha ses yeux. « Elle va prendre le gosse, David, elle va prendre mon garçon. Ça va tourner au vinaigre. Ses avocats contre les miens. On va se chier dessus réciproquement devant le tribunal, la télé, dans les journaux. Et vous croyez que c'est bon pour le gosse, ça ? Putain de merde. Est-ce qu'elle l'aime ? Est-ce que c'est une bonne mère ? Est-ce que je l'aime plus qu'elle ? Est-ce que je vaux mieux qu'elle ? Oh, putain, comme je voudrais pouvoir dire : "Oui ! C'est une merde. Une mauvaise mère. Moi, je suis un bon père." Je ferais n'importe quoi pour lui retirer la garde. Oh, putain, ce qu'il va me manquer. Oh, ce qu'il va me manquer.

» À quoi ça rime, David ? Le mariage, la famille, c'étaient des conneries ? Comme si j'avais le temps de m'occuper de ça en ce moment ! Ce méga-reality show ultra-top-secret me prend tous mes instants — et c'est normal. Voilà le drame : c'est normal. Je dois m'y consacrer à fond. Je suis né pour ça, j'ai travaillé toute ma vie pour ça. Pour être le plus grand. Et ça me coûte mon fils.

— Écoutez, vous avez fait la plus grosse partie de votre boulot. C'est la pause, maintenant. Pour vous, en tout cas. Jusqu'à ce qu'on sache dans quelle direction on va. *PVI, Projet Vidéo Interservices*. Ça me plaît. *Héros de l'Amérique*. Vous avez un don pour les titres, John. Vraiment. Vous pouvez prendre un peu de repos. Au moins une semaine. Le temps de régler cette affaire. Si vous voulez.

— Je ne sais pas si je veux. Je la déteste, David. Qu'est-ce qui doit passer d'abord : ma haine pour elle ou mon amour pour lui ?

— C'est toujours comme ça, les divorces, quand il y a des enfants. Toujours la même équation : enfants moins conjoint divisés par patrimoine plus revenus égalent emmerdements au carré.

— Eh, c'est une très jolie métaphore, ça, David. Surtout venant de vous.

— Qu'est-ce que ça veut dire ? Que les agents sont incapables d'avoir du style ?

— Je vais prendre la semaine. M'éloigner un peu du bureau. Si j'y arrive.

— Bonne idée.

— Mais si je dois rester avec ma femme pendant une semaine...

— Ouais ?

— Avec qui je vais pouvoir baiser ? »

Le lendemain, Hartman se leva tôt et se rendit au dojo. Il s'entraîna près de deux heures. Sur le coup de neuf, il s'offrit un sauna et un massage. En sortant de là, il se sentit propre et léger. Zen.

Mais, en arrivant à son bureau, il vit un message de Mel Taylor l'informant que Theodore Brody, un documentaliste de CinéMutt, allait rencontrer Joe Broz pour un emploi à midi. Dans deux heures. Il attrapa son téléphone.

« Qu'est-ce qui se passe ? »

Taylor n'eut pas besoin de dessin, il fut tout de suite au parfum :

« Nous ne l'avons appris qu'hier. J'ai essayé de vous contacter...

— Vous savez où j'étais ?

— Oui, monsieur, justement, je n'ai pas voulu vous interrompre.

— Crétin. »

Taylor avait été officier. Une expérience payante : il pouvait se faire traiter de tous les noms sans se départir de son calme. Il continua son rapport : « J'ai deux hommes en planque devant l'appartement de Brody. Nous prendrons les mesures qui s'imposeront.

— Vous avez deux hommes devant son appartement, mais Brody y est-il seulement, dans son appartement ? Et qu'est-ce qu'il sait, d'abord ? Est-ce que ça dure depuis longtemps ? C'est leur première rencontre ? Allez, vite, je vous écoute.

— Oui, monsieur. Nous avons vu Brody entrer dans l'immeuble. Il n'en est pas ressorti. Je viens de parler avec mes hommes en poste, il y a une vingtaine de minutes. J'ignore ce qu'il sait. Il m'est difficile d'en juger, puisque je ne sais pas moi-même de quoi il retourne. Ce n'est pas un reproche. C'est un fait. Selon toute apparence, ils n'ont eu qu'un seul contact. Brody a appelé Broz pour lui demander un job. Broz lui a dit de passer à son bureau. À mon humble avis, si Broz va à la pêche aux renseignements, nous devrions le laisser faire et le prendre la main dans le sac.

— Ah oui ? Et s'il communique avec une tierce personne entre-temps ? Maggie, par exemple. Supposez qu'elle appelle ses copines. Ou son attaché de presse. Le risque progresse géométriquement. Ça fera des vagues à n'en plus finir. Agissez en douceur. Anticipez. Faites ce qu'il faut. C'est un ordre.

— Excusez-moi, monsieur... je dois vous demander de patienter un instant...

— Quoi ? » s'écria Hartman.

Personne ne s'avisait de faire patienter Hartman. C'était Hartman qui faisait patienter les autres. Qui était ce nain ?

Ce nain avait un gros problème. C'était C.H. Bunker sur l'autre ligne, la seule personne au monde dont il dût prendre les appels en priorité, même en coupant la parole au type le plus puissant de Hollywood. Mais ça ne l'enchantait pas.

« Taylor, Tay... lor... mon... gar... çon, fit Bunker avec une diction appuyée, grasseyante et étirée à l'infini. Cette mission a des implications trrrès complexes. Des di... men... sions que vous n'imaginez même pas. Vous pouvez... huhum... écoutez-moi bien, vous pouvez, hum, en cas de né... ces... si... té, lâcher les chiens de guerre. Me suis-je bien... fait... comprendre, Tay... lor ?

— Oui, monsieur, parfaitement.

— Pas... de... quar... tiers. »

Bunker raccrocha. « Nom de Dieu de nom de Dieu », se dit Taylor. Il en resta comme deux ronds de flan, craignant d'avoir trop bien compris. Voilà qu'on jouait à 007, maintenant. On venait tout simplement de lui remettre un Permis de Tuer. Et sur le territoire des États-Unis. Pas au Nicaragua ou au Chili, où on faisait faire le boulot par les truands du coin. Pas en Asie. Non, ici, chez les — comment dire autrement ? —, chez les Blancs. Pour une histoire hollywoodienne ? Oh, purée de pois, qu'est-ce qui se passait ?

À peine eut-il reposé le combiné qu'un autre poste sonna. L'interphone clignotait.

« Quoi encore, Bambi ?

— Mr. Hartman vous rappelle.

— Vous l'aviez coupé ?

— Non, monsieur. Il avait raccroché. »

Taylor prit la communication : « Oui, monsieur. Excusez-moi, monsieur. Où en étions-nous, monsieur ?

— Vous êtes sûr qu'il est dans cet appartement ?

— Je vais vérifier, monsieur. Tout de suite.

— Vous avez un moyen de vérifier ?

— Oui.

— Si vous vous plantez, vous êtes viré. Vous ne travaillerez plus jamais dans cette ville. Vous ne travaillerez plus nulle part. Vous savez qui je suis ?

— Oui, monsieur, je pense », dit Taylor, qui commençait à en avoir gros sur la patate et ne put s'empêcher d'ajouter, en entendant le déclic de fin de communication : « Vous êtes un connard, monsieur. » Un moyen de vérifier ? Pauvre type. Il composa le numéro de Teddy Brody : si ce jeune emmerdeur était chez lui, il y avait de fortes chances qu'il réponde.

Le téléphone sonna, sonna, sonna. Merde. Pourvu que Brody soit en train de prendre une douche, de se raser, de couler un bronze. Oui, monsieur, ce sont des choses qui se font avant un entretien professionnel, on se vide les boyaux, parfaitement ! Et ça sonnait, et ça sonnait, et Taylor sentait venir la crise cardiaque.

Enfin, une réponse : « Salut, salut. Ici Teddy Brody. »

Taylor poussa un profond soupir. Oufff. Soulagé. Il allait raccrocher quand un vieux doute le saisit. Il approcha l'écouteur de son oreille et entendit : « ... laissez un message après le bip sonore. Merci. Je vous rappellerai. »

L'imprimante de Teddy avait fait des siennes. Il n'était pas du genre à laisser traîner les choses jusqu'à la dernière minute. Loin de là. Il avait imprimé ses documents la veille. Et tout avait semblé se dérouler à merveille.

Puis, ce matin, juste après s'être douché et rasé, il avait entrepris de classer et relier les papelards, histoire de présenter un travail propre à Joe Broz. Rien ne manquait : son C.V., son essai et ses notes sur les films de guerre — estimant qu'il était désormais un des plus grands experts mondiaux en films de guerre —, son mémoire d'une page sur la propagande, ses lettres de recommandation et son projet de scénario, spécialement réadapté pour offrir un rôle vedette à Magdalena Lazlo. Il avait passé toute la semaine à peaufiner son synopsis pour le réduire à trois pages claires et nettes. Il l'avait tout juste fini la veille et c'était la raison pour laquelle il l'avait imprimé si tard. En principe, il était tout à fait dans les temps. Mais voilà que, en faisant le tri, il s'aperçut que tous les documents, à partir de la page 4, étaient traversés d'un grand espace blanc de haut en bas.

Il ne paniqua pas. Pas encore. Il changea la cartouche d'encre, alluma son ordinateur, ouvrit un dossier et lança l'impression. Pour une page seulement. En guise de test. Le papier sortit silencieusement de l'imprimante laser à 1 289,95 $. Peu importait ce que chacun de ces dollars représentait en termes de hardware, software, usinage, études et recherches, le résultat tangible et incontournable était que, au moment où Teddy en avait le plus besoin, ils partaient en couille. Le problème demeurait : un rictus blanc et moqueur barrait de haut en bas ses phrases composées avec toute l'application et le savoir-faire d'un ancien de Yale et de l'UCLA. Il était, comme dit le poète, dans la merde.

Il se plongea dans les pages jaunes de l'annuaire. Avec un peu de pot, il pourrait peut-être trouver un imprimeur ouvert dans le quartier. Mais serait-il équipé pour lire ses disquettes ? Alors, il se rappela que Sam, le fameux Sam à qui il avait posé un lapin et qui habitait dans une rue voisine, lui avait dit posséder un ordinateur et une imprimante. Si Sam était chez lui, si sa bécane était un Mac — Teddy pria Sainte Mère Compatibilité — et si son imprimante... Il ne fit ni une ni deux. Il appela. Oui, Sam était chez lui. Oui, Sam serait ravi de lui prêter son ordinateur. Maintenant. Tout de suite. Bien sûr, sans problème. C'était un LC II avec une HP Laser Jet, pas toute neuve, mais enfin en bon état de marche.

Il attrapa sa boîte de disquettes, ses reliures et fourra le tout dans son sac à dos. Le plus simple, pour se rendre chez Sam, était de passer par l'entrée de service, où on entreposait les poubelles. Et c'est ainsi que, sans se douter que deux frappes l'attendaient devant la grande porte, il sortit par-derrière.

La surveillance n'est jamais infaillible et la première loi de Newton sur le mouvement, aussi appelée loi d'inertie, établissant que tout corps en mouvement tend à se maintenir en mouvement, s'applique également ici : toute opération qui commence en foirant tend à se maintenir foireuse.

CHAPITRE 41

Sam était amoureux de Teddy. Il ne savait pas comment le lui dire. Enfin, il pensait avoir trouvé un moyen, mais n'était pas encore prêt. Il le serait bientôt, mais l'incertitude le rongeait : comment réagirait Teddy ? Sam se considérait comme un beau mec, un beau blond bien foutu mais un peu con. C'était de l'autodénigrement, il le savait. Un problème typiquement californien. On avait même créé une commission pour étudier la question. Il avait beau se raisonner, ses complexes lui empoisonnaient la vie. Il connaissait des crétins moches comme des culs et très contents d'eux qui accumulaient les succès, ou des mecs canons, balancés comme des dieux, avec des jobs en or, qui se faisaient un fric monstrueux et savaient tout juste écrire leur nom. Il aurait bien voulu avoir une meilleure opinion de lui. Mais ça ne se commande pas, ces choses-là. C'était comme une carence en vitamines. Ou une maladie — comme l'alcoolisme, à ce qu'on disait. Oui, tiens, c'était peut-être une maladie. Eh quoi, tout le monde savait qu'en prenant certaines drogues on acquiert de l'assurance. Si ça pouvait se guérir avec des drogues, c'était donc une maladie. Par définition.

Le problème avec Teddy, c'est que c'était un intello. Toujours un bouquin à la main. Au club de gym, sur la bicyclette d'entraînement, au sauna, il était toujours en train de feuilleter quelque chose. Sam se rendait compte qu'il devait lire davantage. Mais quoi ? *Premiere* ? *Blueboy* ? *Cosmopolitan* ? *The New Yorker* ? Il s'était lancé dans la lecture du *Los Angeles Sunday Times*. Ça paraissait une fois par semaine et il lui fallait une semaine pour le lire entièrement. Deux, plutôt. Si bien qu'il était toujours en retard de plusieurs numéros. Il était complètement largué. Les gens qui écrivaient là-dedans venaient d'une *autre planète*, c'était sûr. Mais où se cachait-elle, cette foutue planète, et pourquoi lui, Sam, n'y était-il jamais allé ? Il aimait *Spin*. Et *E.C. Rocker*. Et ce n'était pas facile à trouver dans cette ville de snobs.

Et voilà Teddy qui s'asseyait devant l'ordinateur et le faisait fonctionner, comme ça, direct, sans poser de questions. Un simple coup d'œil au clavier et il avait tout de suite compris comment ça marchait. Heureusement, d'ailleurs, parce que Sam n'aurait pas su lui expliquer. L'ordinateur, l'imprimante, toute l'installation lui avaient été offerts par un... enfin, un ami, quoi ! C'étaient des choses qui se faisaient — on connaît la vie — mais qu'on n'avait pas forcément envie d'avouer. En tout cas pas à Teddy. Parce que, blondinet ou non, il n'était pas ce qu'on croyait, Sam. Bon, d'accord, il lui arrivait d'accepter des cadeaux, et après ? Ce n'était pas interdit, il ne fallait en tirer aucune conclusion. Il n'était pas pédé et ce n'était pas une lope, il n'était ni une folle ni une allumeuse, il était juste un mec qui aimait les mecs, et quel mal y avait-il ? C'était déjà assez difficile comme ça.

Il demanda à Teddy s'il buvait du café. Teddy répondit oui. Alors, il moulut quelques grains — oh, rien d'extraordinaire, pur Colombie, torréfaction moyenne. Ils le prenaient tous deux avec du lait, sans sucre. Un point commun.

L'imprimante turbinait. Teddy vérifiait toutes les pages, une à une, et les embrochait dans les drôles de petites reliures qu'il avait apportées.

Sam avait envie de lui dire : « Appelle-moi pour me raconter comment s'est passée l'entrevue et viens me retrouver après le boulot, même si tu finis tard. »

Teddy fut soulagé et reconnaissant. Au vrai, Sam aurait eu quelque raison de lui faire la gueule après l'annulation de leur rendez-vous, mais il ne semblait pas trop déçu. C'était de l'histoire ancienne. Tant mieux, parce que, à la réflexion, ce n'était pas son type. Pas un mec pour lui. Trop beau gosse, trop bien foutu. Avec sans doute des tas d'hommes qui lui couraient après. Des hommes riches, puissants, branchés — le genre à faire des scènes et c'était trop de stress pour le pauvre Teddy. Non, non. Pas de ça. Peut-être que, avec le temps, ils pourraient devenir... amis. Simples camarades. Mais y avait-il une seule personne dans cette putain de ville, dans ce putain de bizness, dans cette putain de vie, qui croyait encore à l'amitié ?

Qui sait ? Avec un peu de chance, si l'affaire se faisait avec ce Joe Broz, s'il arrivait à réaliser un ou deux films et à devenir quelqu'un, alors, un jour peut-être, une liaison avec un type comme Sam serait envisageable.

La loi d'inertie, qui est différente de la loi de Murphy — plus spécifique et plus orientée —, continuait à se vérifier. Le téléphone de la bagnole d'Otis et Perkins était en panne.

Par chance, la panne était connue d'avance et ils avaient donc pour instruction d'appeler le bureau dès que le sujet se manifesterait, ou toutes les heures, afin de n'être pas complètement laissés à eux-mêmes. D'après leur dernier appel, quarante minutes plus tôt, Brody était dans l'appartement. Or, maintenant, il n'y était plus. Si le gosse était parti, de deux choses l'une : soit Otis et Perkins l'avaient pris en filature, soit ils l'avaient raté. Et Taylor n'avait aucun moyen de le savoir avant — il regarda sa montre : les aiguilles n'avaient pas bougé, pourquoi ne tournaient-elles pas plus vite ? pourquoi le temps s'était-il arrêté ? c'était insupportable — avant vingt minutes. Et le client poireautait, et Taylor était censé le rappeler *dès qu'il y aurait du nouveau*. Même si tout se passait bien, chaque minute d'attente infligée à Hartman — avec les poussées d'acidité gastrique qui s'ensuivaient — serait retenue contre Taylor. Hartman était comme ça. Il ne voulait que des réponses justes, et tout de suite.

Les minutes continuaient à s'égrener avec une lenteur infernale et Taylor était de plus en plus convaincu que Brody avait mis les voiles. Ces deux zouaves l'avaient laissé filé. Qu'est-ce qu'ils foutaient, bon sang ? Des mots croisés ? Ils cassaient une graine au Dôme ? Et Taylor ne pouvait même pas décrocher son téléphone pour les engueuler. Il devait attendre qu'ils voulussent bien le contacter pour comprendre ce qui avait foiré.

O.K., se dit Taylor, je suis un officier. J'ai bravé le feu de l'ennemi. Je ne panique pas. Je réfléchis. J'adapte. J'ajuste. Il se redressa, prit un bloc-notes et gambergea, stylo en main. Où était Brody ? Position inconnue. Vérifier. Comment ? Que savait-on ? Que Brody avait rendez-vous avec Joe Broz à midi. Temps et lieu connus. Puisque nous ignorons son itinéraire, nous devons l'intercepter devant l'objectif, juste avant la jonction.

Maintenant, Taylor avait un plan. En trois points. Premièrement, sonder l'appartement. Monter. Frapper à la porte. Pas de réponse — Taylor était sûr qu'il n'y aurait pas de réponse. Effraction. Sans bavure. Si le sujet était là, lui défoncer la gueule et maquiller la chose en cambriolage musclé. S'il n'était pas là, appeler le bureau. Inutile de chercher où il était, puisqu'ils n'avaient pas le moindre indice. Pas de temps à perdre. Simultanément, envoyer quelqu'un intercepter Brody au point de jonction. Problème : pour cela, il lui faudrait des renforts et il n'en avait pas. Les seuls hommes disponibles capables d'intervenir en force étaient Otis, Perkins et, au besoin, lui-même. Or, il ne pouvait pas quitter son poste tant que les deux zèbres ne l'auraient pas contacté. Il devait rester le cul sur sa chaise en regardant sa carrière se déliter au rythme du décompte des secondes. Et troisièmement. Le plus duraille. Appeler le client. Lui annoncer que ça tournait mal.

Maggie était en pleine forme. Elle rentrait de sa séance de gym et, n'ayant rien de particulier à faire, décida de passer chez Joe. Dans la rue, il y avait un gosse qui vendait des roses rabougries et des bouquets minables dans un seau en plastique. Elle en acheta pour son amant.

Elle aimait le bureau de Joe. Un des grands plaisirs de son enfance — tout le monde n'a pas eu une jeunesse malheureuse — était de jouer à la ménagère. Elle avait fini par en faire son métier, sauf qu'aujourd'hui elle jouait à la dame, à Hollywood. Elle aimait sa maison. Elle aimait sa poupée Joe. Elle aimait le sexe. Elle aimait la musique country. Elle aimait Joe, tout simplement.

Il avait l'air d'un authentique producteur dans le costard Fierouggi qu'elle avait choisi pour lui, avec sa chemise Unger & Unger, ses mocassins Partigiano — et ces maudites chaussettes de sport blanches qui, elle devait bien l'avouer, faisaient malgré tout partie de son charme —, les pieds sur la table et un script à la main. Quand elle entra, il reposa le script et la regarda comme toute femme veut être regardée, rêve d'être regardée : avec une admiration extatique digne d'une illustration de roman à l'eau de rose. Elle lui donna les fleurs. Il la prit dans ses bras. La vie est un film. Il la renversa sur le bureau et ils firent l'amour. On pourrait penser qu'ils gardèrent un œil sur la montre afin de ne pas se laisser surprendre par l'heure et être dûment rhabillés avant midi pour recevoir le petit Brody. Mais non. Ils s'en foutaient éperdument.

L'impression était terminée. Teddy remercia Sam. Moment de gêne. Un de ces moments où la vie semble si mal synchronisée. L'étincelle était là, mais chaque fois qu'elle brillait dans les yeux de l'un, l'autre regardait ailleurs. Ils se désiraient, et parce qu'ils voulaient bien plus qu'une simple partie de jambes en l'air, ils avaient le trac. La peur de la bâche. Puis Teddy s'en alla. Il avait tout imprimé et tout relié. Du travail propre.

Quand Chaz et Bo appelèrent enfin, Taylor envoya Perkins, le plus futé des deux, au bureau de Joe Broz. Ses instructions étaient : « Fais en sorte que Brody ne voie pas Broz. S'il a des papiers sur lui, prends-les. » Il chargea Otis de l'effraction de l'appartement. Après avoir averti le client — il savait qu'il allait se faire remonter les bretelles et espérait que ça ne durerait pas trop longtemps —, il se rendrait lui-même devant le bureau de Broz. Il en était plus proche que Perkins. Si Brody arrivait avant Perkins, Taylor procéderait personnellement à l'interception.

Hartman écouta Taylor jusqu'au bout. Il n'était pas joice. Il fit observer qu'on ignorait toujours si le gosse savait quelque chose. Et quelles étaient ses intentions. Si U.Sec. avait prévenu Hartman un jour ou seulement deux heures plus tôt, l'affaire se serait réglée le plus simplement du monde : on aurait offert un autre boulot à ce gamin pour l'occuper ailleurs. C'était probablement tout ce qu'il voulait : une meilleure situation, qui lui permît de gravir plus rapidement les échelons. Il ne cherchait pas à monnayer les secrets de John Lincoln Beagle, allons ! En tout cas, il n'en avait pas l'air. Et maintenant, qu'allaient-ils faire ? Recourir à la violence ?

Hartman se garda de préciser que ça lui était complètement indifférent, que ses pensées intimes ressemblaient plutôt à : *du moment que ça résout le problème, vous pouvez lui faire avaler son extrait de naissance, j'en ai rien à cirer*, parce que c'eût été lâcher du mou à cet abruti.

Il expliqua donc à Taylor que c'était un abruti — ce qui ne surprit pas Taylor — et insista sur l'importance capitale de cette affaire et l'impérieuse nécessité de la mener à bien — ce qui n'était pas non plus une nouveauté. Tous les clients disaient la même chose, mais ils ne bénéficiaient pas tous d'un soutien présidentiel, comme cet empaffé de Hollywood. Alors, Taylor sauta dans sa bagnole et fonça vers chez Joe Broz.

Peut-être qu'un minutage légèrement différent eût changé la suite des événements. Ou peut-être pas. Peut-être que, une fois la machine mise en branle, on ne peut plus l'arrêter. Elle trouve toujours un passage. Si une route est bloquée, elle en prend une autre. Si elles sont toutes bloquées, elle défonce le barrage. Aucune voie n'est impénétrable au « saigneur ».

Otis et Perkins s'étaient garés de manière à avoir à la fois l'immeuble et la voiture de Brody dans le collimateur. C'est pourquoi ils étaient tellement certains que le gosse était toujours chez lui. Taylor, pressé par l'impatience du client et sa propre anxiété, n'avait voulu entendre aucune excuse, aucune explication. Il avait simplement dit : « Foncez. Exécution. Un dans l'appartement, l'autre devant chez Broz. Arrêtez-le. »

On peut difficilement l'accuser d'avoir commis une erreur. Cependant, si Otis et Perkins avaient attendu, ils auraient vu — depuis leur poste d'observation — Teddy Brody trottiner vers sa Subaru Justy. Il s'arrêta et se demanda s'il avait oublié quelque chose en haut. Si cela avait été le cas, il se serait retrouvé nez à nez avec Chaz Otis. Mais il n'avait rien oublié. Alors, il grimpa dans sa caisse et roula à petite allure vers le bureau de Joe.

Le bureau de Joe était empreint d'une douce odeur de satisfaction et résonnait de gloussements langoureux.

« Je vais regarder par la fenêtre, dit Joe.

— Pourquoi ?

— Je veux savoir combien de personnes ont pu observer la scène.

— Ça t'inquiète ?

— Y a pas mal de gens qui aimeraient acheter la vidéo.

— Quelle vidéo ?

— Jane Fonda a ses cassettes d'aérobic. J'ai pensé qu'on pourrait aussi commercialiser notre gymnastique.

— Tu as pensé ça ?

— Ouais.

— Vraiment ?

— Ouais.

— Dois-je me sentir insultée ?

— Oh, non, non, non. C'est parce que tu fais ça tellement bien. Mieux que n'importe qui.

— Que n'importe qui au monde ?

— En dehors du Sud-Est asiatique.

— Le Sud-Est asiatique ?

— Si tu voyais ce que j'ai vu à Bangkok...

— Pourquoi ? Pour faire pareil sur la cassette ?

— Nom de Dieu, fit-il en regardant dans la rue.
— Qu'est-ce qu'il y a ?
— Approche. »

Elle s'approcha de la fenêtre. Joe lui montra du doigt une Buick en stationnement de l'autre côté de la rue, avec une vitre baissée, celle du conducteur. Mel Taylor était parfaitement reconnaissable.

« Qui est-ce ?
— Mel Taylor. Le patron d'Universal Security à L.A. Il surveille personnellement notre porte.
— C'est mauvais signe ?
— Bonne question. Ils sauront que Teddy Brody est entré ici. Qu'est-ce que ça leur apprendra ? Je vois pas. Je sais pas.
— Donc, ce n'est pas grave ?
— C'est pas bon, mais c'est pas dramatique.
— Tu sais ce que j'ai fait aujourd'hui ? J'ai demandé à John d'appeler Bambi Ann Sligo.
— Qui ?
— Travolta.
— Pour lui dire que la scientologie guérissait les homos ?
— Hum, hum.
— C'est gentil.
— C'est parce qu'elle a un nom que j'adore. Vraiment. J'imagine la tête qu'elle a dû faire en recevant un coup de fil de John Travolta.
— Et John était d'accord ? »

Il balaya la rue du regard. Il n'y avait pas énormément de piétons.

« Pourquoi crois-tu qu'elle veut savoir ça ? demanda Maggie.
— Un fils ou un mari. Elle a vu quelque chose par le trou de la serrure et elle veut nettoyer ses

placards. Ça fait désordre. C'est une femme très méticuleuse, Bambi Ann. »

Il y avait un parking sur la gauche. Il aperçut un grand type dégingandé qui en revenait, cheveux courts, l'air sérieux. Le sac à dos — qu'il portait en bandoulière et non sur les épaules comme les randonneurs — correspondait tout à fait à l'idée que Joe se faisait de Teddy Brody. Il avait deviné juste : Taylor l'observait aussi, ça confirmait.

Rien d'autre à signaler. Joe était sans inquiétude. Il était trop tard pour changer le cours des choses, de toute manière.

Maggie s'appuya contre lui. Tout humide. Une sensation agréable, qui réveillait le désir. Il trouvait ça érotique parce qu'ils en étaient encore au début de leur liaison. Avec le temps, ça devient légèrement repoussant, au contraire — les adultes n'aiment pas se sentir mouillés et poisseux —, et puis, quand ça sèche, ça gêne, on est mal à l'aise, on ne sait plus où se mettre. C'est moins embarrassant que des taches de vin rouge, mais tout de même.

« Voilà notre homme », dit-il.

Quand Brody eut traversé la rue, Joe ouvrit la fenêtre pour avoir un meilleur angle de vision. Maggie rajusta sa mise, se couvrit les seins. Puis, juste au moment où Brody s'apprêtait à entrer dans l'immeuble, Joe repéra quelque chose du coin de l'œil. Une portière de voiture qui s'ouvrait.

Il y avait du mouvement. Bo Perkins mit le nez dehors et emboîta le pas à Teddy Brody, qu'il suivit à l'intérieur.

« Reste ici, dit Joe à Maggie. N'ouvre à personne. »

Il sortit en courant.

Bo était juste derrière Teddy. Il l'avait catalogué comme pédé au premier coup d'œil. Ça lui plaisait. Il aimait casser du pédé. C'était mieux qu'avec les mecs normaux, c'était plus — comment dire ? —, plus gratifiant.

Le hall était vide. Génial. Escalier à gauche, ascenseur à droite. Au fond, une porte. Où lui régler son compte ? Fallait se magner. C'était risqué. Cogner tout de suite, vite, et se calter. Pas question de lanterner. Celui qui hésite est perdu. Il y avait beaucoup de bon sens dans les vieilles maximes. Quand Teddy leva le doigt vers le bouton de l'ascenseur, Bo le frappa dans les reins. Teddy n'atteignit jamais le bouton. Il se retourna, tordu de douleur. Moitié parce qu'il l'avait catalogué comme pédé, moitié parce que ça lui donnait un sentiment de puissance, Bo attrapa le gosse par le col et lui colla un coup de genou sous la ceinture, histoire de bien lui écraser les testicules et sa quéquette de tantouze. Le chérubin marcherait bizarrement pendant très, très longtemps... s'il survivait. Mais Teddy avait eu le malheur de le regarder dans les yeux, et largement le temps de mémoriser sa frime très reconnaissable. Parfois, sous le choc, les mecs oublient, parfois au contraire la douleur fixe les souvenirs. Perkins décida qu'il ne survivrait pas. Il recula d'un pas et, avec une remarquable efficacité, brisa la nuque de Teddy Brody d'un seul coup.

Tout s'était passé très vite. Quand Joe arriva sur les lieux, Perkins filait déjà dans sa bagnole. Il n'avait pas oublié le sac à dos. Joe inspecta le corps qui gisait sur le sol. Mort. Il sortit.

Taylor était toujours là. De l'autre côté de la rue. Joe et lui se regardèrent.

CHAPITRE 42

Il n'y a personne d'autre dans le hall. Je m'agenouille pour fouiller le corps. Je trouve l'adresse de Teddy dans son portefeuille, que je remets à sa place.

Je remonte. J'annonce à Maggie que le gosse est mort.

« Tu savais qu'il allait se passer quelque chose.

— C'est une question ?

— Oui.

— Oui. » Je le savais effectivement.

« Pourquoi ? Comment le savais-tu ? »

Comment avais-je compris, en voyant Perkins, qu'il n'était pas là par hasard ni pour rendre visite au dentiste du rez-de-chaussée ? Et que son boulot ne se limitait pas à suivre Brody ? « Je le savais, c'est tout. »

J'appelle Steve.

Maggie me mitraille de questions : « Qui était-ce ? Ils lui ont tiré dessus ? Qui as-tu vu ? Je ne comprends pas. »

Steve répond.

« Faut que je te voie, je lui dis. Chez Maggie.

— O.K., sergent.

— Je veux que tu la protèges.

— Pourquoi ? Contre quoi ? me demande Maggie.

— Précise un peu, dit Steve.

— Je peux rien affirmer. Il est possible qu'on cherche à l'atteindre...

— Joe, dis-moi ce qui se passe.

— Y a de l'embrouille, mon frère ?

— T'as un flingue, Steve ?

— Ho, je t'ai déjà dit, je fais tout ce que je dois faire, mais je veux plus buter personne. Les flingues, ça règle rien. »

J'entends des sirènes. Quelqu'un a trouvé Teddy Brody et l'a intitulé cadavre.

« Steve...

— T'inquiète, l'ancien, je serai là. Eh, ça t'ennuie si j'amène mon fils ?

— Non, tu peux. J'ai un peu d'artillerie dans la maison.

— Il aime ces conneries. Tu seras surpris quand tu le verras.

— Pourquoi ?

— C'est le genre retour vers le futur. Tu lui mets un treillis et tu te crois revenu en 68. »

Maggie continue à poser des questions. Trop de questions. Je lui promets d'y répondre plus tard. Pour l'instant, il s'agit de se tirer d'ici avant l'arrivée de la police, qui nous obligerait à faire des dépositions.

Bon Dieu, j'en ai ras la glotte de devoir allumer l'autoradio chaque fois que je veux avoir une conversation. Je démarre. Il faut que j'aille nous garer un peu plus loin pour pouvoir traficoter sous le tableau de bord. Je sais où est le truc. Je me contorsionne et parviens à extirper le petit mouchard. Je le jette sur le trottoir et le piétine comme un cafard. Puis, je fonce sur l'autoroute et reconduis Maggie chez elle.

Comment puis-je lui expliquer qui est Bo Perkins et comment je le connais ?

Il y a encore tant de choses que nous ignorons l'un de l'autre. Je ne lui ai pas demandé de me raconter sa vie. Je m'en fous. Elle m'a un peu interrogé sur la mienne. Surtout pour lui prouver que je suis régul avec elle, je pense, que je joue franc jeu. Pour *communiquer*. Je ne vis pas beaucoup dans le passé. Je n'éprouve pas le besoin de dire aux gens que j'ai fait ceci ou cela, que telle injustice m'a arraché des larmes quand j'avais neuf ans ou que j'ai été traumatisé au bal du lycée parce que, lorsque la plus belle fille de la soirée m'a invité à danser, j'ai lâché un vent. On peut être à la fois soldat et honorable. Ça ne fait aucun doute. L'histoire l'atteste. La plupart des religions l'admettent. La Guerre Juste est une notion chrétienne fondamentale. Il y a des aumôniers de toutes les chapelles à l'armée. Vous savez pourquoi l'Islam s'étend du Maroc à Jakarta ? Le Djihad. Les Upanishads, les livres sacrés des Hindous, sont des épopées guerrières. Les ninjas sont des disciples de Bouddha. Tuer n'est pas un vice. Il ne faut pas tout mélanger. Tuer sans morale et sans honneur, ça, c'est de la dégénérescence.

Et Bo Perkins est un dégénéré.

« Je t'ai dit qui était le gars qui observait de l'autre côté de la rue. Il n'était pas là pour vérifier si le gosse allait venir. Il était là pour s'assurer qu'il serait intercepté.

— Comment le sais-tu ? Comment sais-tu qu'ils l'ont tué pour l'empêcher de... Ce n'est pas possible. Si c'est vrai, je suis responsable.

— Non. Le responsable, c'est le mec qui l'a tué.

— Qui était-ce ? Joe, qui était-ce ?

— Il s'appelle Bo Perkins. Le gars qui suivait Brody et qui avait disparu quand je suis arrivé. D'habitude, il opère avec un équipier.

— D'où le connais-tu ?

— Il travaille pour U.Sec. On a fait... des boulots ensemble.

— Quel genre de boulots, Joe ? Quel genre de boulots était-ce pour que tu saches d'avance qu'il allait... faire ce qu'il a fait ?

— Je vais te déposer à la maison. Steve et son fils veilleront sur toi. C'est un type bien. Son fils, je ne sais pas. Assure-toi que l'alarme est branchée et que tout est bien fermé. Je vais faire un saut dans l'appartement de Brody. Je verrai si je peux découvrir quelque chose. Il avait un sac à dos en entrant dans l'immeuble. Il ne l'avait plus quand je l'ai trouvé. Mais il avait encore ses clés et son portefeuille. Je suppose qu'ils cherchaient donc quelque chose en particulier. »

Ça me fait du bien de voir que Steve est là à nous attendre quand nous arrivons. Il me présente son fils. Un gars à la hauteur. J'ai l'impression de revoir mon pote tel qu'il était à sa grande époque. Un marine de dix-huit berges, maigre et revêche. Et, là, je me rends compte qu'il se traîne un sacré coup de vieux, le Steve. Idem pour ma pomme.

Comme je tire ma révérence, Maggie me retient par la manche.

« Joe, est-ce qu'ils l'ont vraiment tué pour l'empêcher de nous parler ?

— Tout ira bien, Maggie.

— Je ne comprends pas, je ne comprends pas, dit-elle. Tout ça pour un simple film ! »

Je n'ai pas besoin de clé pour entrer chez Teddy Brody. Les serrures ont été défoncées. Un travail de sagouin.

L'ordinateur a disparu. Il ne reste que le clavier et l'imprimante. Voici comment je vois la chose : Teddy Brody sait ce que maquille John Lincoln Beagle. Il le note par écrit. Il veut me l'apporter. Du moins, c'est ce que croient les autres. Ils le tuent. Ils nettoient l'appartement. Je dois reconnaître que Mel Taylor semble avoir une longueur d'avance sur moi. Dès que je progresse, il me coupe la priorité. À ce stade de l'enquête, je nage en plein potage. Je trouve qu'ils y vont un peu fort pour un simple film, comme dit Maggie.

Je vérifie néanmoins, en espérant qu'ils ont oublié quelque chose. Tôt ou tard, les flics vont se pointer ici. Comme je n'ai pas de gants sur moi, je prends des serviettes en papier dans la cuisine pour procéder à la fouille. Je cherche des notes, des imprimés, des brouillons. Je fourrage d'abord dans le bureau, puis dans la corbeille. Les gars de Taylor sont déjà passés par là.

Je trouve un paquet de papiers dans la poubelle de la cuisine. Il y a un C.V., un scénar et autres proses. Je comprends pourquoi il les a jetés : un problème d'imprimante.

Je vais voir le téléphone. J'essaie la touche « bis » pour savoir quelle est la dernière personne qu'il a appelée. Ça sonne deux coups. « Bonjour, bureau de Mr. Taylor », dit Bambi Ann Sligo. Évidemment. Ce n'est pas le dernier appel de Teddy, mais celui des petits copains de Taylor. Pas très professionnels, les mecs. Ils auraient dû composer un autre numéro après.

Je réprime une envie de répondre : « Salut, Bambi Ann. Vous avez parlé à John Travolta ? Au fait, est-ce que Bo Perkins est là ? N'allez pas dans l'ascenseur avec lui. Votre âge ne vous met pas à l'abri. Il a déjà violé une mémé vietnamienne borgne et édentée. Et comment va son pote Chaz Otis ? » Si je ne vivais pas depuis deux mois dans un monde truffé de micros, j'aurais probablement dit quelque chose. Mais je suis suffisamment habitué à marcher sur des œufs maintenant pour comprendre que l'apparte de Brody est une zone à risque : tout ce que je raconterai au téléphone sera sur le bureau de Taylor demain.

Il y a un bruit derrière moi.

Je suis dans l'appartement d'un mort avec les serrures fracturées. Qui est là ? Les hommes de Taylor ? Les flics ? Un voisin qui va me reluquer en détail pour donner mon signalement au poste ?

Je me retourne. La porte est ouverte. Un vrai Apollon se tient sur le seuil. S'il était sa sœur, mon cœur danserait le boogie-woogie. Il a un bouquet dans une main et dans l'autre une boîte, environ huit centimètres sur huit par quinze.

« Que se passe-t-il ? Qui êtes-vous ? Où est Teddy ? Qui a défoncé cette porte ? »

Putains de micros. Qu'est-ce que je vais pouvoir lui dire ? « Police. » Je sors mon larfeuille, que j'ouvre d'un coup de pouce. S'il peut voir quelque chose à cette distance, c'est qu'il a un œil d'aigle capable de discerner une souris à deux cents mètres d'altitude.

« On nous a signalé une effraction. » Je m'approche de lui en rangeant le portefeuille. « N'entrez pas, il faut laisser les lieux en l'état. » Je sors sur le palier en refermant la porte derrière moi. « Qui êtes-vous ? dis-je.

— Je suis un ami.

— De qui ?

— De Teddy, Teddy Brody. Il habite ici.

— Pour qui sont les fleurs ? Pour lui ?

— Ça vous regarde ?

— Écoute, fiston, allons bavarder quelque part.

— Pourquoi ?

— Je veux te parler, c'est tout. Ne t'inquiète pas, c'est pas pour te chercher des histoires. Il y a un café dans les parages ?

— Ouais, au coin de la rue.

— Viens, on prend ma voiture. »

Il me suit jusqu'à la Cadillac.

« Belle bagnole, pour un flic, dit-il.

— J'ai un ami riche. » Il me regarde différemment, tout à coup. Un ami... Ça semble le faire gamberger. « Monte. »

Une fois qu'il est installé, portières fermées et verrouillées, je lui demande son nom.

« Sam Carmody.

— Tu étais très proche de Teddy ? »

Il a toujours son bouquet à la main. Avec une carte.

« J'aurais bien voulu.

— Ah hum. Écoute, j'ai de mauvaises nouvelles pour toi. Très mauvaises.

— Quoi ?

— Il est mort.

— Oh. Oooh, merde.

— Désolé.

— Comment ?

— Une agression. Quelqu'un l'a tapé trop fort.

— Quelle ville de merde... Je peux plus supporter cette ville ! L.A. L.A. L.A. ! Et lalala et lalalère ! » Il jette les fleurs et la carte sur le plancher, et regarde la boîte. « Qu'est-ce que je vais faire de ça ?

— Qu'est-ce que c'est ?

— Les disquettes de Teddy. Je les lui rapportais. C'était un prétexte pour venir le voir. Il est passé chez moi ce matin. Son imprimante déconnait. Il voulait se servir de la mienne. Je le regardais et... je pensais... vous savez, des fois vous regardez quelqu'un et vous vous dites que... peut-être... *peut-être*... vous aurez une chance de... de... »

Les disquettes de Teddy Brody. O.K., merci mon Dieu.

« Je suis désolé, Sam. Je peux faire quelque chose pour toi ? Te reconduire chez toi, à ta voiture ?

— Non. Non. Je voulais... Et puis, qu'est-ce que ça peut vous foutre ?

— Je suis désolé.

— Mon cul. » Il ouvre la portière. « Qu'est-ce que je vais faire de ces disquettes ?

— Je m'en charge. Il y a peut-être un parent ou quelqu'un qui les voudra. Ça fait partie de ses affaires, tu comprends...

— Ouais, bien sûr. »

Il sort. Beau gosse. S'il était sa sœur ou déguisé en fille, votre cœur aussi danserait le boogie-woogie. Je suis tellement distrait par les disquettes que je ne songe même pas à ramasser la carte. Maggie le fera plus tard. Aucun rapport avec l'affaire Beagle-Hartman : c'est un petit poème, soit composé par Sam soit recopié, une de ces ritournelles gays, peut-être, un signe d'appartenance culturelle. Il dit :

HIV négatif, on m'apprend la nouvelle.
Et toi, l'es-tu, dis-moi ? Pour un gars comme moi
C'est un événement à fêter avec toi
Si un gars comme toi promet d'être fidèle.

CHAPITRE 43

Perkins n'était pas absolument sûr d'avoir tué le gosse. « Je pense qu'il a canné. Mais je peux pas le garantir. Peut-être qu'il est seulement sonné. Peut se réveiller avec la bite molle et le cou raide. » Taylor jugea préférable de vérifier. Si l'interception n'avait pas été mortelle, il ne serait pas obligé d'annoncer à Hartman que Brody avait été — personne n'aimait le mot « assassiné » dans ces circonstances — tué ? éliminé ? supprimé ? mis sur la touche ? rectifié ? buté ? dessoudé ? Taylor devait mener son enquête discrètement et avec la plus extrême circonspection afin qu'on ne puisse pas remonter à U.Sec. Résultat : il était presque 13 heures quand il obtint confirmation du décès.

Il en informa le client à 13 heures pile. Hartman écouta et raccrocha sans rien dire. À 13 h 01, il appela C.H. Bunker à Chicago.

Jadis, Bunker voulait traverser la vie avec une valise à la main. Il aimait recevoir des ordres de mission à l'improviste, s'arracher au confort de son lit et à la douceur de sa compagne pour foncer dans la nuit vers un nouveau gibier. Pendant des décennies, il avait rêvé du jet privé qu'il avait fini par acquérir, il avait rêvé d'une existence pleine d'action et d'imprévus. C'était en partie pour cela qu'il avait créé un empire multinational de services de sécurité. Mais il avait vieilli. Il avait atteint un âge habité de bruissements caractéristiques : articulations grinçantes, respiration sifflante, gémissements en tout genre accompagnant des gestes aussi simples que le laçage d'une godasse ou l'enfilage d'une manche de chemise. Maintenant il préférait sa grande propriété au bord du lac Michigan, avec sa salle à manger ancienne, sa bibliothèque et la salle de jeu de ses petits-enfants, avec tous les domestiques qui la sillonnaient, connaissaient ses petites manies, ses rythmes de vie, anticipaient ses désirs. Il n'aimait plus voyager — surtout pas avec précipitation.

Même en postulant que son jet privé, toujours prêt à décoller à sa demande, lui faisait gagner un temps considérable par rapport aux vols commerciaux, le fait que le vieil homme arriva à Los Angeles à 15 heures tapantes indiquait clairement deux choses : David Hartman et l'opération « Chien qui aboie » étaient de la plus haute importance — alerte rouge, tout le monde sur le pont — et quelqu'un risquait sa place pour avoir créé une situation contraignant Papy Bunker à quitter ses pénates.

Sheehan voyageait avec lui. Taylor vint les accueillir avec une limousine munie d'un bar et d'une télévision. Bunker prit un scotch pur malt avec beaucoup d'eau, comme si un simple petit arrière-goût d'alcool avait suffi à dégeler ses cellules et à lui alléger les souffrances de la vie. Il était assis à l'arrière. Taylor lui faisait face. Il y avait un téléphone dans l'avion, mais Bunker n'aimait pas discuter des sujets sensibles par la voie des ondes, même quand ses propres experts lui affirmaient que la liaison était sûre. Taylor lui brossa donc le tableau de la situation dans la bagnole — une grosse bagnole blindée avec vitres pare-balles.

Taylor avait proposé que la rencontre eût lieu dans le Cube — dont les clients semblaient apprécier le prestigieux inconfort en dépit ou peut-être à cause de son prix délirant. Bizarrement, Hartman avait refusé, ce qui contrariait beaucoup Taylor : le Cube étant une source de profit, c'eût été un bon point en sa faveur — le client n'est peut-être pas content mais, en attendant, on lui prend du fric tout en lui bourrant le mou — et il sentait qu'il avait besoin de beaucoup de bons points pour sauver son matricule.

« Bornez-vous aux faits, Taylor. Ni explication ni excuse. »

Taylor raconta l'histoire sans fioritures, mais de son point de vue, à savoir : dès qu'on lui avait donné l'ordre d'intercepter, il avait mis tout en œuvre pour arrêter Brody. Comme personne ne lui avait dit : « Interceptez, mais seulement si vous pouvez le faire en douceur avec des hommes de tact », il avait employé les grands moyens pour accomplir sa mission telle qu'il l'avait comprise.

Bunker demanda si Joe Broz avait vu Perkins. Il semblait que non. Avait-il vu Taylor ? Oui.

« J'ai bien aimé les enregistrements de Joseph et Magdalena Lazlo », dit le vieux. Il s'exprimait lentement, comme à son habitude, avec une certaine solennité et d'une voix profonde de baryton. « Il y en a d'autres ?

— Oui, répondit Taylor.

— Hum... Vous devriez pensez à ajouter... des caméras. » Il passait du coq-à-l'âne sans changer de ton. « Il y avait un sac à dos avec des documents ? »

Taylor, qui avait tout préparé, lui tendit les papiers. Bunker ne bougea pas. Ce fut Sheehan, assis à côté de lui, qui les prit.

« Peut-on, au vu de ces documents, avoir une idée de ce que fait John Lincoln Beagle ?

— Non, monsieur. »

Sheehan vérifia, comme s'il avait été capable de repérer d'un seul coup d'œil quelque détail oublié par Taylor, et secoua la tête.

« Il y en a d'autres », reprit Taylor. Il avait encore une liasse d'environ quatre cents pages. « Tout ce que contenait l'ordinateur de Brody. »

À nouveau, ce fut Sheehan qui se chargea des paperasses, auxquelles Bunker n'accorda même pas un regard.

« Avez-vous deviné la nature du projet ?

— Non, monsieur. Mais je n'ai pas encore eu le temps de tout lire.

— Hum. »

Sheehan avait suivi des cours de lecture rapide, ce qui avait considérablement accru sa productivité. Taylor n'avait pas ce talent. Ça ne lui aurait d'ailleurs servi à rien. Brody pouvait fort bien avoir dissimulé des informations significatives dans une nouvelle, une lettre d'amour ou un rébus.

« Le fait de ne pas savoir de quoi il s'agit complique grandement la tâche, monsieur », dit Taylor.

Sheehan, parcourant une des lettres personnelles de Teddy, eut une grimace de dégoût.

« Un pédé, annonça-t-il.

— Hummm », fit Bunker, sans s'adresser à personne en particulier, peut-être pour le plaisir de faire résonner son organe légendaire. Quel baryton ! Dommage que John Huston fût mort avant C.H. Bunker. Aucun autre n'eût été capable d'incarner le vieux à l'écran avec ce qu'il fallait d'assurance, de goguenardise, d'autosatisfaction et d'autorité mêlées. Nicholson, peut-être, quand il aurait pris de la bouteille, à condition qu'il ne prît pas de poids en même temps, ce qui était peu probable.

Bunker avait promis d'être là à trois heures et demie. Hartman tenait à lui rappeler qui il était et voulait exprimer son mécontentement. Comme si les trois mille kilomètres de vol infligés au vieux ne suffisaient pas, il avait décidé de le faire poireauter trente minutes.

Trente minutes, c'était exactement la durée de sa séance d'exercice avec Sakuro Juzo qui devait débuter à trois heures dans la salle de gym de RepCo. Ça tombait très bien. Ainsi, il pourrait envoyer Sakuro et ses séides monter la garde devant son bureau, en guise de comité d'accueil. Il n'y avait pas mieux pour refroidir une atmosphère. C'étaient des mecs qui avaient du « ki[1] », et on avait vu plus d'un costaud se dégonfler rien qu'en les regardant.

Quand la fine équipe d'U.Sec. arriva, Sakuro était à son poste, implacable et insondable. Frank Sheehan aborda Fiona, la secrétaire de David Hartman.

1. Mot japonais synonyme du chinois « chi », comme dans « tai chi », exprimant la force intérieure. Le but des arts martiaux est de développer le ki. *(N.d.A.)*

Fiona, qui se targuait d'avoir été éduquée dans le même monde que Lady Di et Fergie — et avait l'accent pour le prouver, ce qui faisait d'elle l'une des secrétaires les mieux payées de la côte Ouest —, leur dit :

« Veuillez vous asseoâââr. Mr. Hartmââân sera là dans un instant.

— Combien de temps exactement ? demanda Frank.

— Franchement, je l'ignore.

— Ma p'tite dame, fit C.H. Bunker, auriez-vous l'obligeance de me dire s'il y a du feu dans la cheminée ?

— Dans le grand hall ?

— Oui, dans le grand hall.

— Certes, monsieur. Il y a toujours du feu dans le grand hall.

— Alors, vous direz à l'honorable Mr. Hartman que je l'attends là. Huhum... qu'il ne se presse pas, surtout. »

C'était une pièce confortable, cousine de sa propre bibliothèque. Beaucoup plus vaste et semi-publique, mais avec un côté le-monde-nous-appartient-et-on-s'y-sent-bien qui lui seyait. Après tout, l'original avait été construit pour des hommes de Harvard dans les ploutocratiques années 20.

Sheehan savait que C.H. aimait s'asseoir au coin du feu. Il poussa un fauteuil de cuir à haut dossier juste devant la cheminée pour permettre à Bunker, qui s'y laissa tomber avec plaisir, de sentir la chaleur. Puis il lui passa un cigare et un volume de Dickens, qu'il avait emportés pour lui dans sa serviette. Le vieux n'aimait pas s'encombrer, et c'était Sheehan qui se coltinait ses affaires. À la vue du cigare, un larbin se précipita pour informer l'impudent qu'on était en Californie, territoire non fumeur. Mais Bunker ressemblait tellement à John Huston dans le rôle de Dieu que le gars s'écrasa, sortit une boîte d'allumettes de sa poche, en gratta une et en présenta la flamme devant l'extrémité du havane.

« Vous m'apporterez un petit whisky-soda, s'il vous plaît, dit Bunker. Merci. »

En haut, Hartman savait ce qu'il *pensait* de la situation, mais ne la *sentait* pas. Sa première réaction avait été négative. Un fiasco. Mais, d'un autre côté — et c'était un sentiment qui grandissait en lui depuis plusieurs heures —, il trouvait que l'opération avait quelque chose de gratifiant. Un homme avait été tué pour préserver *ses* secrets — à lui, David Hartman. Ça, c'était le pouvoir. Malgré le caractère un peu excessif et inutile de l'événement, il en retirait une impression d'*absolu*. C'était enivrant. Non : l'ivresse impliquait la confusion, une perte de lucidité. Or, tout au contraire, quand il pratiquait le kendo avec son gourou, il atteignait à une forme d'extralucidité. Et là, pour la première fois, il avait vraiment senti son ki. Il avait déjà *cru* le sentir en d'autres occasions, mais il comprenait rétrospectivement qu'il s'était laissé abuser par des faux-semblants. Maintenant, enfin, il s'était élevé à des hauteurs où peu d'hommes parviennent.

Cette révélation lui ouvrait une porte par laquelle il entrevoyait ce qu'il allait devenir : un faiseur de guerre, un façonneur de destinées humaines. Les sentiers du pouvoir serpentaient dans d'étranges forêts — dans son cas, à travers les broussailles hollywoodiennes du maquignonnage, des droits ancillaires et des dix pour cent mégotés — avant de déboucher sur les clairières des cimes, au-delà des nuages, où l'air est pur, où seuls peuvent se hisser les plus forts pour contempler le monde. Sensation mystique. Le pouvoir des dieux appartient à qui peut gravir l'Olympe.

Curieusement, cette exaltation panoramique le plongeait dans un abîme de perplexité : il ne savait plus ce qu'il attendait de la rencontre. Venant de lui, c'était surprenant car, en principe, il savait toujours ce qu'il voulait. C'était une des clés de son succès. Une tête allait tomber ? Très bien, ça prouvait qu'il pouvait faire tomber des têtes. Mais après ? Qu'espérait-il ? L'assurance qu'on ne commettrait plus d'erreur ? Ou simplement la satisfaction d'avoir connu le goût du sang ?

Bunker, en revanche, savait exactement ce qu'il voulait. Il voulait connaître les tenants et aboutissants du projet. Gates, là-bas au Conseil de sécurité nationale, ne lui avait donné aucun indice. Il lui avait seulement fait comprendre que ce drôle de bonhomme — cet impresario de Hollywood — avait carte blanche. Bunker avait la certitude d'être gagnant à l'arrivée. Pour le moment, il se laissait bercer par la prose à tiroirs de Dickens. Quand il lisait Dickens, il avait toujours l'impression d'avoir tout le temps devant lui. Une impression trompeuse.

Frank Sheehan aussi savait ce qu'il voulait.

Il était certain que quelqu'un allait dérouiller. Son objectif était de limiter les dégâts — c'est-à-dire les limiter à une seule personne en s'assurant que ladite personne ne serait pas lui-même. Ça ne devait pas être trop difficile. Il se fit servir un Martini avec une olive et consulta les documents imprimés à partir de l'ordinateur de Teddy Brody. Mel méritait des félicitations pour le zèle avec lequel il se les était procurés, mais ce ne serait pas suffisant pour lui éviter de porter le chapeau. Tant mieux pour Sheehan. Puisqu'il fallait que quelqu'un passât à la casserole, autant que ce fût lui.

Taylor, à son tour, savait ce qu'il voulait.

Il voulait sauver sa place. Ce qui le ramenait une fois de plus à Joe Broz. S'il réussissait à démontrer que Broz représentait un danger — ce qui n'était pas coton, vu que Taylor ignorait la nature du secret à protéger —, alors tous les moyens, même les plus extrêmes, comme le meurtre de Teddy Brody, étaient justifiés. À l'inverse, si Broz était présumé inoffensif, la gaffe était colossale. Ce n'était pas une question de morale — d'accord, la mort de ce môme était malencontreuse, mais enfin il y avait des gens qui crevaient tous les jours, il y avait les accidents de la circulation, les guerres, les bavures policières, les maladies sexuellement transmissibles, les méfaits de la suralimentation —, c'était une question d'efficacité et de prix de revient. Ça coûtait cher de couvrir un meurtre, quoique, en y songeant, les éliminations physiques ne provoquent presque jamais de retours de manivelle. C'étaient les grosses magouilles qui faisaient des vagues, depuis le Watergate jusqu'aux contras : les effractions, les transferts de fonds, les tickets de caisse, les parjures, les distraits qui négligeaient de détruire des mémos ou enregistraient leurs propres conversations confidentielles en oubliant qu'ils avaient posé des micros.

Taylor attendait, Taylor transpirait, Taylor gambergeait.

Sheehan tomba sur plusieurs lettres relatant ce que Brody pensait des travaux actuels de John

Lincoln Beagle. Il les passa à C.H. Bunker, qui parut contrarié d'être dérangé mais les parcourut néanmoins.

Cela fait, le vieux les jeta au feu. Le courant d'air chaud les renvoya dans la pièce. Taylor les ramassa et les lut. Elles ne parlaient que de sujets de films et de séries télé. C'était à n'y rien comprendre. On ne lui avait tout de même pas ordonné de tuer un homme pour l'empêcher de piquer une idée de scénario !

Fiona Alice Victoria Richmond, naguère demoiselle de Knightsbridge, avant que papa ne fît faillite et que maman ne se couvrît d'opprobre, savait, par sa naissance, que la longueur d'une attente infligée à un pékin ne dépendait pas de la longueur du travail en cours mais du rang, de la qualité et de l'attitude du poireau. Elle fit donc part immédiatement à Hartman de la réaction finaude de Bunker.

Résultat : le larbin informa C.H. que « Mr. Hartman était prêt à le recevoir » au bout de quinze minutes, au lieu des trente prévues. Bunker se leva et tendit son cigare au garçon comme un généreux pourboire, ce qui, si l'on suppose que la moitié d'un cigare à 10 dollars vaut 5 dollars, était le cas.

CHAPITRE 44

En arrivant à la baraque, je n'ai qu'une idée en tête : cloquer ces disquettes dans un ordinateur pour les lire. Steve n'est pas content d'être de garde. Son fils est ravi de porter un flingue. Je les envoie à la cuisine, pour que Mrs. Mulligan leur file quelque chose à becqueter. Maggie veut me parler. Putains de micros. Elle n'a toutefois pas envie d'écouter de la musique country. Ni du Bartok, ni du Bach, ni du Dylan, ni du Guns n' Roses, ni du Miles Davis. Elle veut me parler de ses *sentiments*. Moi, je veux charger l'ordinateur et voir ce qu'on a glané, pour comprendre peut-être enfin ce qui se passe.

Elle n'a pas l'habitude de marcher sur des cadavres.

On va dans son bureau.

J'entre la disquette marquée 1. C'est la première d'une série de vingt-six. Je commence à les charger. Maggie insiste pour me parler.

Je me lève, je la prends dans mes bras et je lui dis : « Ne t'en fais pas, chérie, je te protégerai, je vais m'occuper de toi. » Enfin, les salades qu'un mec est censé dire quand une faible femme tremble et pleure dans ses bras. Mais il faut que je me concentre sur ces disquettes. Un homme a été tué pour elles. Maintenant je vais savoir ce qu'elles contiennent. Quand je le saurai, j'aurai ce que je cherchais. Avec ça, j'espère, nous tiendrons Hartman et Beagle et nous contrôlerons le jeu.

Il me faut une quinzaine de minutes pour les entrer toutes. Il y a une disquette supplémentaire. Quand je l'insère, un message apparaît sur l'écran, indiquant qu'elle est illisible sur Apple. Je suppose que c'est du DOS. Je passe sur un autre logiciel. Peau de balle. L'ordinateur ne reconnaît toujours pas la disquette. Je la mets de côté. Naturellement, je suis persuadé que c'est *la* disquette, celle qui contient l'information magique, la clé, la vérité, le truc que tout le monde cherche. Maggie me dira plus tard que Hitchcock l'aurait appelée le MacGuffin.

En attendant, je regarde ce qu'on a.

J'installe une chaise pour que Maggie puisse s'asseoir à côté de moi. Comme ça, je peux lui tenir la main et *la rassurer*.

« Qu'est-ce qu'on va faire, Joe ? »

Brody possède plusieurs jeux informatiques, qui ne m'intéressent pas, et toutes sortes de programmes — agenda, carnet d'adresses, tableur, gestion, calcul d'impôts. Puis viennent les documents : adaptations cinématographiques, nouvelles, scénarios, lettres. Il va me falloir des jours pour tout lire.

« Qu'est-ce qu'on peut faire pour ce garçon ? Prévenir la police ? »

Je choisis de commencer par les lettres.

« Sois patiente. Fais-moi confiance, chérie. Je vais trouver un moyen de nous sortir de ce merdier. »

Je déroule les lettres les unes après les autres. La lecture rapide n'est pas mon fort. J'essaie de lire en diagonale, en quête de mots clés, quand enfin l'adjectif « secret » suivi de trois points d'exclamation me saute aux yeux.

Chère maman,

... notre travail est évidemment secret ! ! ! *Tagada-tsoin-tsoin !* Nous avons tous prêté serment de ne pas en souffler mot à des gens de l'Extérieur. Une nouvelle forme de xénophobie : les CinéMuttiers contre le reste du monde. Mais je dois t'avouer, chère mère, qu'ici à Hollywood — le nouveau mot branché est LaLaLa — ce n'est pas inhabituel. Chez CAA, ce sont des obsédés du secret. CAA... CIA. Chez RepCo, ça tourne au délire. Quiconque est soupçonné de « bavardage » est viré sur-le-champ. Illico presto, sans appel ! Expulsé de sa Porsche de société avec téléphone et abandonné en plein midi dans Sunset Boulevard. Alors, tu t'en doutes, les ragots vont bon train. Chacun se prend pour le confident de la reine. On papote, on papote, on papote.

Il faut croire que notre équipe est plus loyale que les autres, car je n'ai entendu aucun potin sur ce que tourne notre Beagle national. Ou sur ce qu'il va tourner, plutôt. Car, depuis que je suis ici, il n'a rien tourné du tout. Rien de rien, nothing, nada, nib, pas le moindre centimètre de pellicule. J'en pleurerais de frustration s'il ne m'avait déjà vidé de toutes mes larmes depuis longtemps.

Il fait des projets. Mais lesquels ? Il visionne à longueur de journée des bandes d'actualités, des films de guerre, de dévastation, de destruction, de feu, de flammes, de pyrotechnie mortelle.

Je pense, d'après le montage qu'il ne cesse de ciseler et de peaufiner (et pour lequel, humble esclave, je m'échine dans les boyaux de sa médiathèque dernier cri, courant de magnétoscope en vidéodisque et d'étagère en râtelier), qu'il envisage de réaliser une grande épopée ou (concession au paupérisme culturel de cette triste fin de siècle) une grande série télévisée. Je suppute (car j'en suis réduit aux supputations) qu'il cherche à réaliser une saga, un feuilleton-fleuve sur la guerre, toutes les guerres américaines du XXe siècle. Peut-être en englobant les générations : les fils des fils des fils de chienne. J'emploie le mot chienne non par pudibonderie (pour ne pas dire fils de p...) mais parce qu'il n'est question ici que de chiens de guerre. N'y vois surtout aucune allusion vulgaire, chère petite maman.

J'ai découvert par hasard un bout de papier. Ma pièce à conviction, en quelque sorte. Il y avait, en haut, un en-tête illisible, écrit à la main, qui ressemblait à : *scribouillage-II-2-V*. Je n'ai pas pu déchiffrer. Mais, en dessous, il y avait une liste. À mon avis, il s'agit de titres provisoires :

Le Matin de l'Amérique
Le Siècle américain
Tempête américaine
Pax Americana
L'Espoir du monde
Héros de l'Amérique
La Réincarnation de John Wayne
Les 7 Réincarnations de John Wayne

Quant à mes perspectives d'avenir, elles restent très floues.

Ne le *lui* dis pas. Mens. Fais-*lui* croire que je suis heureux et prospère. Ça lui donnera des cauchemars. Je plaisante ? Pas sûr.

« Pauvre gosse, dit Maggie. Le pauvre gosse.

— Merde », dis-je.

C'est tout ?

« Prends-moi dans tes bras, Joe. Oublie ça. Serre-moi fort. »

Je ne veux pas. Je veux faire mon boulot. Je veux lire tout ce que Teddy Brody a écrit. Je veux trouver quelqu'un capable de déchiffrer la disquette non identifiable. Mais je la prends dans mes bras et je la serre. Elle enfouit sa tête contre ma poitrine et pleure. Maggie n'a pas l'habitude des vrais cadavres. Au cinéma, on fait semblant de mourir.

« Je crois que je vais devenir hystérique, dit-elle.

— Tout ira bien.

— C'est horrible. Horrible. Pour... oh, j'ai failli dire un truc idiot. Pour essayer d'en rire.

— Quoi ?

— Une blague. Une blague idiote.

— Dis.

— Se faire tuer pour un film, ça peut se comprendre. Mais pour une série télé !... Ce n'est pas drôle.

— Non.

— Ça ne me fait pas rire non plus. C'est trop triste. »

Soudain, tout devient clair. C'est évident : on n'assassine pas les gens pour un film. Ou une série télé. Il ne s'agit donc pas d'un film. Je me goure depuis le début. Je me suis complètement planté.

« Maggie, écoute-moi. On est dépassés. Il faut corriger le tir. Je veux que tu appelles David Hartman.

— Hein ? Quoi ?

— Fais-moi confiance. Appelle-le. Il faut en finir. Maintenant. Appelle-le et demande à le voir le plus tôt possible. »

Les micros écoutent. Nous sommes surveillés. Demain matin, Ray Matusow viendra récolter les bandes et, dans l'après-midi, Mel Taylor en aura la transcription sur son bureau. Puis Hartman en sera informé, si c'est intéressant. Ou émoustillant.

Maggie compose le numéro. Je prends l'écouteur.

« Fiona, c'est Maggie. Il faut que je voie David.

— Oh, ma chérie, tu n'as pas idée de son emploi du temps.

— C'est urgent. Trouve un moyen, Fio. Il faut que je le voie aujourd'hui.

— Crois-moâââ, c'est impossible.

— Alors, demain ?

— Il quitte le pays pour une semaine. Ce ne sera pas possible.

— Qui doit-il voir ? » insiste Maggie, tablant sur la préséance. Son rang dans la hiérarchie hollywoodienne lui donne certains passe-droits. « Allons, Fio, qui doit-il voir aujourd'hui ? Aide-moi et je te dirai ce que Fergie a vraiment fait lors de cette fameuse soirée à New York, le mois dernier.

— Oh, je t'assure qu'on m'a déjà tout raconté, Maggie, jusqu'à la couleur de sa petite culotte. Mais, comme tu es un amour, je vais te le dire. En ce moment, il est avec Sakuro et tu sais qu'il ne faut pas le déranger pendant son kendo. Ensuite, il a rendez-vous avec C.H. Bunker.

— Qui est C.H. Bunker ?

— Je ne sais pas, mais c'est un homme très important. »

Je fais signe à Maggie d'interrompre la conversation.

« Merci, Fio, dit-elle.

— De rien. Je suis vraiment désolée de ne pas pouvoir faire davantage pour toi. Il sera de retour dans une semaine. »

CHAPITRE 45

Taylor se mit en devoir d'expliquer ce qui s'était passé, point par point.

« Voilà un récit qui me navre, dit Hartman. Je pensais que vous alliez me dire que le responsable avait déjà été renvoyé et remplacé.

— J'ai soigneusement revu le fil des événements, intervint Sheehan, et je peux vous assurer qu'il n'y a eu aucun témoin. Rien ne permet de relier la personne impliquée — inutile d'ennuyer le client avec le nom du type chargé de l'élimination — à l'incident. Il n'y aura aucune répercussion. Rien ne remontera à la surface. Je peux vous le garantir.

— Excusez-moi, fit Hartman, mais vous me forcez à vous parler comme à un enfant. Deux et deux font quatre. Vous croyez que Joe Broz et Maggie Lazlo vont trouver tout naturel d'avoir un cadavre devant leur porte ? Vous sous-estimez les gens de Hollywood. Vous pensez qu'une femme comme Maggie a seulement eu de la chance. Un joli minois photogénique. Ou peut-être une allumeuse qui a couché pour réussir. Croyez-moi, pour atteindre le sommet, il faut être intelligent, rusé et volontaire. Même quand on est une femme, jeune et belle.

» Ça m'amène à Joe Broz. J'ai lu son dossier. Le vrai. Merci beaucoup. C'est un sacré loustic, n'est-ce pas, messieurs ? Au lieu de régler le problème, vous l'avez multiplié par deux au moins.

— Compte tenu de la mission, dit Taylor, des ressources, de la situation... »

Hartman ne le laissa pas finir.

« J'appartiens à une profession où les ressources et la situation ne sont pas des excuses. Un film marche ou ne marche pas. Après un four, tout le monde s'assoit autour d'une table et en discute. Ils analysent, ils écrivent même des livres pour expliquer les raisons de l'échec. Pour quel résultat ? Zéro. Est-ce que ça leur donne la recette du succès pour la prochaine fois ? Y a-t-il une recette ? Non. Vous avez vu les trois derniers films d'Eddie Murphy ? Sur le papier, il était *impossible* qu'ils aient du succès. Eh bien, ils en ont eu. Vous me suivez ? Donnez-moi un gars qui marche dans la merde et sent la rose. Je n'ai que faire d'un type qui sait tenir une rose mais sent la merde. »

Tous les regards convergèrent vers Taylor. Les condamnés à mort attirent toujours les regards.

« Dont acte, dit C.H. Il me semble que, si je dois nommer un nouveau responsable pour éviter que le problème ne se reproduise, nous avons certains points à discuter. Maintenant. » Il se tourna vers Taylor. « Mel..., dit-il d'une voix douce en lui désignant la porte, ceci ne vous concerne pas. »

Taylor se leva. Rideau. Fin de carrière. Il se dirigea vers la porte.

« Attendez une minute, fit-il.

— Mel... », insista Bunker. Traduction : *Disparais en silence. Ton heure est venue.*

« Je veux, je tiens à dire quelque chose.

— Taylor », lança Sheehan. Traduction : *Écrase et casse-toi.*

Mel était un bon soldat. Il lui était donc difficile de tenir tête. Mais il fit front :

« Monsieur, j'ai une déclaration à faire. Commençons par le commencement. John Lincoln Beagle ne travaille pas sur un film. On ne lâche pas les chiens de guerre pour un film. Universal Security agit souvent pour le compte des États-Unis d'Amérique. J'espère que ce qui s'est passé aujourd'hui avait pour but de protéger des intérêts vitaux pour notre pays. Si tel n'est pas le cas, celui qui m'a donné mes ordres est dans l'erreur.

» Second point. Supposition erronée. Si vous pensez que cet incident crée un problème avec Broz et Lazlo, pardonnez-moi mais votre supposition est erronée. Il faut remonter avant, bien avant. Nous surveillons plus de vingt personnes. Depuis des mois. Grâce à l'électronique et à nos méthodes de travail, nous avons pu limiter les effectifs, mais nous avons tout de même une trentaine de personnes impliquées à plein temps dans cette opération. Malgré ça, il n'y a eu que quatre bips sur le radar. Quatre. Un premier avec Maggie Lazlo avant qu'elle ne contacte Broz. Cette histoire avec sa bonne. Deux autres directement liés à Broz : Kitty Przyszewski et Teddy Brody. Et un quatrième d'origine inconnue : l'agression de Ray Matusow.

» Ne connaissant pas les détails de l'opération, qui n'est pas un film, c'est sûr, je ne sais pas qui est l'adversaire. J'ignore si ce sont les Soviets, les Japs ou le Djihad islamique. Mais je peux vous dire que Broz n'est pas un innocent badaud dont nous aurions éveillé la curiosité par hasard. Au contraire, il est dans le coup. Vous pouvez me virer aujourd'hui et me remplacer mais, même si vous ressuscitez Brody, Joe Broz sera toujours dans le coup. Excusez mon langage, monsieur, mais c'est lui qui fout la merde.

» Plutôt que de me virer, vous devriez chercher quand et comment l'éliminer. La question n'est pas de savoir si vous devez le faire. Elle est de savoir si vous le ferez à temps. »

Hartman était intrigué, moitié parce que les arguments de Taylor se tenaient, moitié parce qu'il trouvait saumâtre de s'entendre proposer un second meurtre, même si le nombre des intermédiaires le mettait à l'abri de toute tracasserie policière. D'autant plus que Maggie Lazlo et Joe Broz formaient un couple prestigieux et relativement influent.

Bunker laissa Taylor s'exprimer jusqu'au bout.

« Que suggérez-vous, Mel ? »

Taylor poussa un soupir de soulagement. Il avait sauvé sa peau. Maintenant, c'était à son tour de distribuer les cartes. Devait-il se rasseoir ou rester debout ? La jouer à la coule ou en force ? En sous-fifre ou en patron ?

« Vous connaissez les enjeux et les risques, dit-il à Hartman. Vous êtes le seul dans cette pièce à tout savoir. Il y a plusieurs options. Nous pouvons renforcer la surveillance et le verrouillage. Nous l'avons fait très efficacement jusqu'ici. Broz ne sait rien. Nous le surveillons comme le lait sur le feu. Nous pouvons continuer, si vous le désirez.

» Mais je vous avouerai que la surveillance est un art. Ce n'est pas une science exacte. Il y a toujours des fissures. Le KGB commet des erreurs, la CIA commet des erreurs. Vous pouvez donc choisir une option plus interventionniste. Je ne sais pas quelles sont leurs ressources à tous les deux, mais je pense que, si vous leur coupez les vivres, ils nous laisseront tranquilles. On peut leur créer toutes sortes d'embêtements financiers, ou autres, qui les occuperont ailleurs.

» En définitive, si le risque de fuite en aval est important, toute mesure défensive est justifiée et... »

Sakuro Juzo, devant la porte du bureau de David Hartman, fusilla du regard Maggie Lazlo et Joe Broz.

« Je ne peux pââân, vraiment pââân, dit Fiona à Maggie.

— Je t'en prie, dis-lui que je suis là et que c'est urgent.

— Maggie...

— Voulez-vous, s'il vous plaît, annoncer à C.H. Bunker que Joseph Broz est là ? » demanda Joe.

C'était différent. Elle ne pouvait pas interrompre son patron, mais elle pouvait faire passer un message à un visiteur.

« Fort bien », répondit-elle. Elle appuya sur le bouton de l'interphone. « C'est pour Mr. Bunker. Joe Broz est ici. »

« Qu'il entre », dit C.H.

Hartman eut du mal à interpréter l'expression du visage du vieil homme. Il avait l'air... de se divertir.

« Bien, Fiona. Faites entrer. »

Joe Broz entra avec Maggie. Elle semblait en plein désarroi.

« Merci, C.H., dit-il.

— Eh bien, Joe. Ça me fait plaisir de vous voir. » Bunker se leva, par courtoisie pour Maggie, et s'inclina. Les autres se levèrent aussi, pour ne pas être en reste, mais avec un temps de retard qui les déclassait lamentablement par rapport au vieux Bunker. « Ainsi que la délicieuse Mlle Lazlo. Je n'ai plus beaucoup d'années à vivre mais je les donnerais toutes pour une seule journée à la place de Joe », dit-il d'un ton exempt de toute grivoiserie. « Une chaise pour Mlle Lazlo. »

Maggie s'accrocha à Joe.

« Je resterai debout, fit-elle.

— Alors, pardonnez à mon grand âge », répondit-il en se rasseyant.

Sheehan et Hartman l'imitèrent. Taylor ne bougea pas.

« C.H., vous me connaissez. Vous savez que je n'ai jamais divulgué un secret, dit Joe.

— Oui, en effet.

— Bien. » Joe se tourna vers l'impresario. « À nous, mister Hartman. On ne va pas tourner autour du pot. Il est évident que John Lincoln Beagle travaille sur un truc secret. Je le sais. Maggie le sait. Vous savez que nous le savons, et depuis longtemps, depuis que Bennie lui a dit de la fermer et que sa bonne a disparu.

» Maintenant, écoutez-moi bien : on s'en fout. Nous sommes amoureux. Elle a une grande carrière devant elle. Moi aussi, peut-être. Alors, les histoires de John Lincoln Beagle, on s'en tape ! J'ai autre chose à faire : avec tous les scripts qui s'accumulent dans mon bureau, je n'ai même pas le temps d'embrasser Maggie autant que je le voudrais.

» Un gosse vient me voir. Pour un boulot. Il m'intéresse parce qu'il a fait des études — Yale, UCLA — et que moi j'ai quitté l'école à quatorze ans. Mes universités, c'était la marine. Je regarde par la fenêtre et qu'est-ce que je vois ? » Il montra Taylor du doigt. « Cet enfoiré qui m'observe. Puis Bo Perkins débarque... » Il s'adressa à Bunker. « C.H., c'est pas mes affaires, mais qu'est-ce que Bo Perkins vient faire là-dedans ? Qui est ce jeune Brody ? Un guérillero du Nicaragua ? Du Sentier lumineux ? Un fanatique islamiste ?

» Bo tue le gosse. Dans mon immeuble.

» Je connais la musique, les gars. Un plus un égalent gros emmerdes. Vous avez dû penser que j'en avais après les secrets de John Lincoln Beagle. Je suis ici pour vous dire qu'il n'en est rien. Vous voulez me détourner de quelque chose, je ne sais pas de quoi, eh bien, rassurez-vous, c'est fait. Je suis hors du coup et j'y resterai.

— Mon œil, dit Taylor.

— Ça vous va, C.H. ?

— Hmm, fit Bunker.

— Autre chose, continua Joe. La semaine dernière, j'ai apporté quelques affaires personnelles chez Maggie. Avec un peu de matériel que j'avais chez moi. Et... Maggie, excuse-moi, je ne voulais pas t'en parler pour ne pas t'inquiéter avant d'avoir compris ce qui se tramait... et vous avez mis des micros dans sa maison.

— Quoi ? » s'écria Maggie, catastrophée, horrifiée, furieuse. Des inconnus écoutant ses ébats amoureux ! Les bruits qu'elle faisait en pissant, en chiant, ses soliloques devant la glace quand elle se maquillait, se trouvait trop vieille ! Les bruits qu'elle faisait en dormant et qu'elle ignorait elle-même ! « Des micros dans notre maison ? Qui a fait ça ? Qui ?

— Taylor, ici présent, dit Joe. Hartman. C'est probablement Ray Matusow qui les a posés.

— Vous avez écouté des enregistrements de moi ? » Son visage passait par toutes les expressions de l'affliction, de la douleur et de la honte. Elle les toisa l'un après l'autre et se concentra sur Taylor. « Ça vous a plu ? Pervers ! Ordure. » Furieuse, elle avança sur lui. « Ça vous excite ? Vous vous branlez en m'écoutant faire l'amour ? »

Maggie leva la main pour gifler Taylor. Il vit venir la baffe. Par réflexe, il lui attrapa le bras. Elle leva son autre main et il se mit à lui tordre le bras pour la forcer à céder.

Joe sortit son 9 mm automatique de son étui de ceinture, arma le percuteur, avança d'un pas et pointa le canon à la face de Taylor.

De l'autre côté de la porte, Sakuro Juzo, déjà alerté par les vociférations, entendit le déclic du flingue. Il entra dans la pièce, un *shuriken* à la main. Joe ne désarma pas.

« Vas-y, Taylor, dit-il. Fais-lui mal.

— Vaut mieux pas, Mel, dit Bunker, imperturbable, calme et lent. Après tout, vous l'avez mérité. Violer l'intimité d'une dame comme elle. Ce n'est pas une fille des rues. »

Taylor lâcha Maggie.

Maggie le gifla. Une giroflée monstre, qui retentit haut et fort et fit pivoter la tête de Taylor. Il lui fallut un énorme effort de volonté et le canon d'un 9 mm sous le nez pour ne pas répliquer.

« Broz, tu es un homme mort, dit-il.

— En leur nom..., fit Bunker avec un geste vague à la ronde, je vous présente des excuses.

— Qui d'autre a écouté ? s'exclama Maggie, pleine d'orgueil blessé. David ? » Elle regarda Hartman. Puis Sheehan, qui était tout rouge et en sueur. « Vous, espèce de collégien catholique pudibond ! J'espère que ça vous a appris quelque chose. »

Sheehan rougit encore plus, comme si ça lui avait effectivement appris quelque chose.

« Je vais retirer les micros, dit Joe. Vous avez violé l'intimité de Mlle Lazlo. Considérez-la désormais comme mon épouse. Si tu essaies encore de nous espionner, j'en ferai une affaire personnelle, Taylor. Et vous aussi », ajouta-t-il pour la gouverne de Hartman. Il se tourna vers le vieux. « D'accord comme ça, C.H. ? Allons, C.H., vous avez une dette envers moi. J'ai ramené Griff. Je l'ai ramené à la maison, pas vrai ?

— Oui. Il n'est pas resté longtemps, mais ce n'est pas votre faute. Vous avez fait ce que vous pouviez », répondit Bunker, avec une tristesse soudaine. Puis, courtoisement : « Vous avez une femme magnifique et de grandes espérances. Allez, fils, profitez-en. Flambez... ça ne durera pas tout le temps.

— David ? dit Joe.

— Je n'ai pas vraiment de secrets. John Lincoln ne veut pas être dérangé, mais...

— Rien à craindre, David. Je ne marcherai pas sur vos plates-bandes. Marché conclu ? »

L'impresario contourna son bureau. Il avait un dossier à la main, qu'il observa d'un air songeur, sérieux, amical. « Voici le dossier qu'ils m'ont remis sur vous. » Il s'adressait à Joe, mais donna les papiers à Maggie. Puis il regarda Broz. « Marché conclu. »

Joe acquiesça, rangea son flingue dans son étui, passa un bras autour de Maggie et ils se retirèrent.

Le lendemain matin, Hartman s'envola vers Tokyo. Voyage professionnel. Il y resta deux jours. Il continua vers l'est. Escale à New Delhi. Des producteurs indiens voulaient le charger de les représenter en Amérique. Il continua encore vers l'est. Vers Bagdad.

CHAPITRE 46

Pour Linc, les choses furent plus faciles qu'il ne l'avait craint.

Jackie se montra sympa. Comme s'ils n'étaient pas mariés. Elle l'aidait même à s'occuper de Dylan, sans lui tendre de pièges, sans provoquer de catastrophes. Elle semblait comprendre, voire accepter l'idée qu'un homme fût moins doué qu'une femme pour tolérer et anticiper les enfantillages d'un marmot. En d'autres termes, elle le laissait jouer avec Dylan comme il voulait, sans le diriger, et prenait le relais quand il en avait marre.

Le deuxième jour, Linc décida de faire la tortore. Il essaya de choisir quelques bonnes recettes. Il avait tous les livres qu'il lui fallait, soigneusement alignés sur des rayonnages dans leur cuisine campagnarde, qui venait d'être refaite pour 42 950 dollars, sans compter les casseroles en cuivre et le carrelage peint à la main autour de la cheminée. Cent quarante-huit volumes au total, remplis d'images qui vous mettaient l'eau à la bouche et d'instructions légèrement incompréhensibles. De toute façon, quoi qu'il fît, il était certain d'avance que Jackie détesterait et y trouverait motif à engueulade. Il commença à sentir des démangeaisons un peu partout. Sur la tête, d'abord, puis sur les cuisses et sur tout le corps. C'était un symptôme de SMMO — syndrome de monomanie obsessionnelle —, il en était convaincu. Il avait lu un article là-dessus le mois dernier et il y avait reconnu le mal dont il souffrait depuis son enfance. C'était à cause du SMMO — chimique, électrique peut-être, ou glandulaire, mais pas psychosomatique au sens freudien ou jungien, non, non — qu'il avait toujours eu des problèmes avec les objets qui lui échappaient des mains, avec les profs qui voulaient lui apprendre des trucs qu'il savait déjà ou qu'eux-mêmes ne connaissaient pas, avec le rangement des placards, des dossiers, du courrier, avec les emmerdeurs qui voulaient lui parler de football alors qu'il n'en avait rien à foutre.

Il repoussa les livres de cuisine.

La plupart des hommes savent faire entre deux et six choses et ils y reviennent toujours, sauf dans les périodes de cour intense où ils parviennent à exécuter des recettes compliquées du premier coup pour plaire à la dame. Beagle savait mélanger de la mayonnaise avec du curry et du thon en boîte, faire une omelette aux croûtons, griller de la viande, voire des filets de poisson, et maîtrisait depuis peu la technique de cuisson du riz. Il était également capable de verser de la vinaigrette toute prête sur une salade ou de la sauce en conserve sur des pâtes, en y ajoutant même une petite touche personnelle.

Il demanda à Jackie si un peu de poisson grillé avec du riz et une salade lui convenaient pour le dîner. Il s'attendait à toutes sortes de réponses aimables et circonstanciées, du style : « Je t'ai dit la semaine dernière que je faisais un régime sans riz, tu te moques de moi ? » « Aurais-tu oublié que ton fils est allergique à cette sauce en boîte que tu achètes toujours pour le poisson ? » « Je t'ai dit que nous allions dîner ce soir avec Francis et sa femme, mais tu ne m'écoutes jamais. » « Essaie de ne pas tout brûler pour une fois. » « Évite de montrer au marchand que tu n'y connais rien parce qu'il va encore te refiler du poisson pourri. » Mais elle ne dit rien de tout cela.

Elle réagit comme s'il lui avait fait une proposition raisonnable. Elle ne l'envoya pas sur les roses. « Si on allait faire les courses ensemble ? répondit-elle. Ce serait sympa. »

Beagle fut d'accord. Ils prirent leur Saab turbo — leur voiture de campagne —, embarquèrent le sac porte-bébé et la poussette, installèrent Dylan sur son petit siège et partirent ensemble pour le marché. Ils achetèrent des produits frais, des herbes, des épices, du mahimahi — qu'on appelait autrefois dauphin mais qui, paraît-il, n'en est pas et se vend plus cher avec un nom exotique — et un chardonnay local, un peu jeune mais qui venait bien et qui, si l'on est objectif, était supérieur au français[1]. Il n'y eut pas de bagarre. Dylan fut mignon comme une hépatite virale — genre Denis la Malice, mais ils sont tellement adorables à cet âge, quand c'est votre gosse et que ça ne dure qu'un après-midi. D'accord, il renversa quelques bouteilles de vin, mais elles ne se cassèrent pas. Il piqua une pêche sur un étal et la

1. Un point de vue qui n'engage que Beagle, précise l'auteur après consultation. *(N.d.T.)*

bazarda, mais elle fut juste un peu talée, elle n'éclata pas et il n'y eut aucun blessé. Il se cogna contre le bac à homards, mais sans dommage là non plus et, de toute manière, les homards ne vivraient pas assez longtemps pour se plaindre à leur syndicat. Quand il commença à geindre, ce dont il ne se priva pas, ils lui filèrent un biberon et le ficelèrent dans le sac à dos, où il s'endormit, arrimé à Beagle. N'était-il pas trognon, le cher ange ? Jackie arrêta Beagle devant une glace, pour qu'il regarde son fils, la tête penchée de côté dans un angle impossible pour un adulte, complètement serein et confiant, avec une gougoutte qui lui pendait du nez et un petit filet de bave dégoulinant sur l'épaule de papa. De quoi vous faire fondre le cœur.

À la maison, Maria, la cuisinière-gouvernante, leur servit une légère collation et rangea les marchandises pour que Beagle puisse les cuisiner plus tard. Elle aurait voulu donner à manger à Dylan dans la cuisine — c'était plus facile à nettoyer —, mais les parents insistèrent pour l'avoir avec eux dans la salle à manger. Quand John Lincoln en eut marre d'expliquer à Dylan pourquoi il ne fallait pas jeter de la nourriture sur des adultes, Jackie vint à son secours et s'occupa du problème.

L'après-midi, ils se promenèrent dans les vignes pour admirer leur domaine.

John Lincoln prépara le dîner, en prévoyant des portions séparées pour Dylan et sa nounou, qui mangèrent dans la cuisine. Linc n'était pas prêt pour une seconde expérience de repas en commun. Demain, il referait un essai. Manger deux fois par jour avec le môme, c'était un peu trop tirer sur la corde sensible.

Le dîner fut un succès. Jackie sembla apprécier, mangea presque toute sa part et ne critiqua rien, pas même le choix du vin. Une légère brise se leva après le coucher du soleil, et ils se baladèrent sans parler. C'était plus sûr : le silence était ce qu'ils avaient de mieux à se dire.

Jackie avait une herbe de première bourre, de la sensimilla, une marchandise exotique avec des filaments bleus, de la superqualité à 18 dollars le gramme — une seule taffe et on voyait la vie en mauve. Ils en fumèrent quelques bouffées et... le pied ! Ils éteignirent les lumières... allumèrent une bougie... un peu de musique cool et il... il tendit la main... la toucha... elle ne broncha pas... ne l'envoya pas se faire voir ailleurs... et, sacré nom d'une pipe, John Lincoln Beagle eut des rapports sexuels avec son épouse. Pas un numéro de trapèze volant avec zigouigouis sophistiqués à la Dr. Ruth, peut-être, mais pardon ! Elle se laissa même embrasser.

CHAPITRE 47

Quel pied de pouvoir faire l'amour sans country music dans les tympans ! La fenêtre ouverte. Rien que le bruit des vagues et de nos corps.

Après la confrontation avec Hartman, je me mets à rechercher les micros. Le lendemain, je fais venir un gars de Fleischer's Audio Security pour vérifier mon boulot et il en détecte deux que j'avais manqués. J'investis aussi dans un Micron 28-40 qui diffuse des micro-ondes et des interférences radio. C'est un excellent système pour brouiller les écoutes à distance, mais je vous le déconseille si vous avez un voisin irascible avec une antenne satellite.

Cette nuit, nous sommes seuls pour la première fois depuis notre rencontre. Un soulagement indescriptible. C'est comme quitter le Viêt-nam pour Tokyo, Bangkok, Sydney ou Oahu. Parce que la merde, au Viêt-nam, c'était qu'il n'y avait pas de champ de bataille défini, si bien que ça ne s'arrêtait jamais. Pas de répit. Vous êtes dans un bar, un bordel, et quelqu'un balance une bombe ou une grenade. Au camp, idem : s'il y a des Viets dans le camp, des mama-sans qui font la lessive ou des boys pour les officiers, même s'ils sont de notre bord, ce sont toujours des Viets.

Évidemment, Maggie lit le dossier que lui a passé Hartman. Elle me demande si c'est vrai.

Qu'y a-t-il de vrai dans un bout de papier ? Va-t-elle cesser de m'aimer pour ça ? Tout est-il fini à cause d'un dossier ?

Elle veut seulement savoir si c'est vrai.

Bien sûr, c'est vrai. Je suis allé au Viêt-nam pour tuer des gens. Des ennemis des États-Unis d'Amérique, mon pays. Une armée adverse, qui se bat à sa manière. Au début, j'ai un uniforme.

C'est dur. La guerre est censée être dure. Vous avez peur. C'est le moment de savoir si vous êtes un homme et quel genre d'homme. Il y a les insectes, les serpents, l'humidité, les mycoses et l'odeur de la crasse. L'odeur de la merde, de l'urine, de la sueur et de la trouille. Je suis devenu sergent et ça m'a plu. C'était comme une révélation. J'étais né pour ça. Pas pour porter le drapeau des États-Unis — ça, au fond, je m'en foutais. Si j'étais né dans un autre pays, ç'aurait été pareil. Le plaisir de la victoire aurait été le même. Ça vaut pour toutes les guerres. J'ai gagné la plupart de mes batailles, j'ai tué plus de monde chez eux qu'eux chez nous, je ramenais mes gars, presque toujours, les lieutenants me respectaient, l'ennemi me respectait, me craignait.

Puis, un jour, ça tourne mal. Je m'engueule avec un officier et la seule solution qui me reste est de quitter les marines. Pour moi, les marines, c'était ma famille, c'était toute ma vie. Alors, c'est dur à encaisser, mais, vu les circonstances, je dois m'estimer heureux. Ça aurait pu mal finir. C'est Griff, Preston Griffith, qui m'aide à m'en sortir. Si les autres me laissent partir, il a un job pour moi. Je peux rester au Viêt-nam. Continuer à me battre.

Seulement, c'est un combat d'un autre genre. Façon Viêt-cong. Ça s'appelle *Phunng Hoang*, Phoenix. On se fringue comme des Viets, on bouffe comme des Viets. Ils disent que le jour nous appartient et que la nuit appartient aux Viets. Nous devons voler la nuit aux Viets. Nous sommes des assassins.

Alors, je dis à Maggie que oui, c'est vrai.

Elle ne me quitte pas. Elle ne tourne pas les talons en se voilant la face. Elle presse son corps contre le mien. Un rayon de lune filtre par la fenêtre et elle s'endort.

Je me mets à la recherche de quelqu'un qui puisse me rencarder sur la disquette mystérieuse.

Nous nous partageons les dossiers que nous pouvons lire. Toutes les lettres et notes de Brody disent que Beagle travaille sur un film ou une série de guerre. Ce n'est pas très nouveau, c'est ce que tout le monde raconte en ville. Après deux jours de lecture, nous n'avons rien découvert de plus que ce que nous avait déjà appris la lettre de Teddy à sa mère, sinon qu'il a rédigé un rapport pour Beagle sur la propagande. Il y en a plusieurs versions, chacune plus courte que la précédente.

Évidemment, il ne pouvait pas se douter qu'on allait le tuer pour l'empêcher de me parler. Nous, les hommes d'Universal Security, postulons toujours qu'un employé viré ou démissionnaire se déballonnera devant son nouvel employeur et lui racontera tout ce qu'il sait, même — ou surtout — s'il s'agit de secrets industriels ou d'informations confidentielles.

Même si Teddy avait vu son agresseur à temps, il n'aurait pas compris. Il ne pouvait pas savoir. Bo Perkins vient de Phoenix. Il y a des gens à qui le pouvoir tourne la tête. Je ne m'exclus pas du lot. Je ne me prends pas pour un saint. Mais il y a une différence entre aimer la guerre — l'affrontement, le danger, le risque, la poussée d'adrénaline, le sentiment de puissance — et aimer la douleur et la mort. À Phoenix, il était possible de blesser, de torturer, de tuer par plaisir. C'était possible. Pour certains, c'était une grande tentation.

Le Monde des Ténèbres, Darth Vader, une autre galaxie dans la nuit des temps...

Mais ça, c'est du cinoche, un conte pour enfants. Vous n'imaginez pas à quel point les ténèbres sont noires.

Bo a plongé dedans... et n'a jamais refait surface.

Ce que Teddy ne pouvait pas savoir non plus, parce que très peu de gens le savent, c'est qu'U.Sec. travaille parfois pour le gouvernement. En sous-main. Secrètement. Il y a certaines saloperies que la CIA ne peut pas faire sans en référer au Congrès. La loi lui interdit, ainsi qu'aux autres services secrets américains — et il y en a pas mal —, de commettre des meurtres, par exemple. Alors, il n'est pas impossible, quoique je n'aie jamais été assez haut placé pour être mis au parfum, qu'U.Sec. soit ou ait été une couverture pour la CIA.

En tout cas, une chose est certaine, Maggie l'a dit : on ne tue pas pour un film.

Et on ne charge surtout pas Bo Perkins du boulot sans avoir obtenu au préalable le feu vert d'une autorité supérieure.

En posant les quelques informations dont on dispose, on arrive à une équation très simple. Une soustraction toute bête :

John Lincoln Beagle travaille sur un film de guerre.
– On n'assassine pas pour un film.

= John Lincoln Beagle travaille sur une guerre.

Sur le moment, je n'y crois pas. Ce n'est qu'une hypothèse de travail. Ce serait de la folie pure. Beagle fait d'excellents films, mais... non, c'est trop délirant. Pourtant, l'équation demeure.

Ajoutez à ça les frais de l'opération. Le personnel, l'électronique, les transcriptions. Une surveillance pareille coûte une fortune.

À ce stade, mon idée est que Beagle travaille sur la propagande de guerre. Ce qui explique le mémo du gosse. Mais pourquoi tous ces mystères ? Il n'y a pas de quoi en faire un fromage. Au Viêt-nam, on a créé des stations de télé pour diffuser de la propagande. Quand on s'est aperçu que les Vietnamiens n'avaient pas de téléviseurs, on leur en a donné. La propagande, ça fait partie de la guerre. C'est de la routine, à moins qu'il ne s'agisse d'une propagande pour une guerre future dont Beagle connaîtrait l'existence par avance. Autrement dit, on aurait d'ores et déjà décidé en haut lieu que nous allions entrer en guerre et on aurait engagé Beagle comme consultant médiatique pour ne pas se planter comme au Viêtnam.

Une déduction inquiétante qui, aussi longtemps que nous n'en saurons pas plus, nous fait plus de tort que de bien. Hartman et Bunker, qui sont plus malins que moi, auront vite pigé que j'ai pigé. Et, tôt ou tard, nous deviendrons gênants. David Hartman a fait comprendre à Maggie, dès le début, qu'elle ne devait pas s'en mêler. Or elle veut s'en mêler. Mais que pouvons-nous faire ?

« Dis-moi, Maggie, pourquoi ? Qu'est-ce que tu veux ?

— Un peu de pouvoir. David peut mettre fin à ma carrière d'un seul coup. Ou en douceur, ça lui sera plus facile : le jour où une petite jeune aura plus de succès que moi, il me laissera tomber sans état d'âme. Tout le monde s'en fiche. Il n'y a pas une seule personne au monde qui se soucie de moi ou de ma carrière. À part toi, maintenant. Mais tu n'es ni David Hartman, ni Ray Stark, ni Mike Ovitz, ni Michael Eisner, ni David Geffen. Ce n'est pas pour m'apitoyer sur mon sort, c'est un fait économique.

» Jusqu'ici, j'ai eu de la chance. Je le sais. Mais je sais aussi que tout peut s'écrouler. Si je peux posséder quelque chose qui me donne un ascendant sur Hartman, je le veux. Voilà ma vérité. Tu vas cesser de m'aimer pour ça ?

— Non. »

Notre dernier espoir est la disquette. Trois pouces et demi. Plastique noir. Tout à fait semblable à n'importe quelle disquette Mac ou DOS. Pas d'étiquette.

CHAPITRE 48

C.H. Bunker arriva à peu près à la même conclusion que Joseph Broz.

Son arithmétique était légèrement différente. Mais le résultat était le même.

John Lincoln Beagle travaille 14 heures par jour et 7 jours sur 7 sur un film de guerre.

– Gates n'emploie pas U.Sec. pour un film.

= John Lincoln Beagle travaille sur une guerre ou du moins, restons raisonnables, quelque chose qui y ressemble.

Il envisagea longtemps de virer Mel Taylor. Il aimait la logique de David Hartman. Dans le monde tel que le concevait Bunker, il existait des qualités bien plus mystérieuses que le QI, l'éducation et la logique. Il y avait des gagnants et des perdants. Un jour, les mesureurs des gens — les psychologues, les sociologues, les graphologues — s'apercevraient qu'ils étaient à côté de la plaque. Alors, ils inventeraient des mots compliqués pour désigner les gagnants et les perdants, de nouvelles méthodes d'évaluation, sans comprendre que les bonnes unités de mesure existaient déjà et que tout le monde, sauf eux, les connaissait : l'argent et le pouvoir.

Mais le plus dur n'était pas de reconnaître les gagnants et les perdants d'aujourd'hui, c'était de deviner ce qu'ils deviendraient demain. Ou plutôt ce que serait demain, car le monde changeait, constamment, et les caractéristiques qui faisaient de vous un gagnant aujourd'hui pouvaient faire de vous un perdant dans le monde du lendemain.

Et, en fin de compte, ce fut là-dessus qu'il paria.

Il se trouve que Bunker savait pourquoi Taylor haïssait Broz. Griff lui avait tout raconté — c'était l'une de ses histoires préférées. Joe avait gagné beaucoup d'estime auprès de C.H. en ramenant Griff à la maison. Qui aurait pu penser que Preston Griffith était si faible ? Un junkie traîne-savates, voilà ce qu'il était devenu. Enfin, pas exactement. Griff était devenu un junkie cynique, charmant et rusé. Avec un solide bagage, trop peu d'illusions et une propension à utiliser l'opium et ses dérivés pour soulager ses douleurs.

Putain de Viêt-nam. S'ils devaient refaire la guerre, qu'ils la fassent proprement, au moins ! Aucun de ceux qui étaient revenus de ce merdier n'avait connu *une bonne guerre*. Sauf peut-être Joe Broz. Et encore ! Joe ne l'avouerait jamais, mais il lui avait fallu plusieurs années pour s'en remettre.

Ceux de la génération de C.H. étaient revenus de la guerre en héros. Héros de l'Amérique, sauveurs du monde, prêts à diriger le monde pour son bien, et ils avaient fait du sacré bon boulot. Si Griff était rentré tel qu'ils s'attendaient tous à le voir, il aurait fait un gendre du tonnerre. Le meilleur. Il aurait été son héritier. Il lui aurait donné des petits-fils. Eh, pardi, C.H. savait de source sûre que Griff avait tout ce qu'il fallait pour planter des petits-fils : il y avait un petit bâtard qui se baladait dans la nature, il en avait entendu parler avant le départ de Griff pour le Viêt-nam. On avait étouffé l'affaire. La fille de C.H. en avait pleuré pendant un mois. Des histoires d'étudiants. Griff s'était arrangé avec la fille avant son embarquement. Mais l'état dans lequel il était revenu...

La prochaine fois qu'ils feront une guerre, qu'ils la fassent proprement !

Il garda Taylor.

Il savait que Taylor ne changerait pas. Ni en bien ni en mal. Mais Bunker pensait que le petit monde qui tournait autour de ce fameux secret, lui, changerait. Et quand il aurait changé, les défauts de Taylor deviendraient des qualités. Taylor était buté et rancunier, et il haïssait trop Joe Broz pour se laisser rouler par lui.

C.H. aimait bien Joe. Il avait une dette envers lui. Mais il le soupçonnait de leur jeter de la poudre aux yeux. Il fallait avoir des couilles et de la cervelle pour entrer dans le bureau comme il l'avait fait. Chapeau. Un innocent n'aurait pas agi autrement. S'il était réglo, alors bon vent, grand bien lui fasse, qu'il s'en paie une bonne tranche avec cette maîtresse-femme carrossée en majesté. Du premier choix, incontestablement.

C.H. décida de confier provisoirement la direction du bureau de L.A. à Sheehan, avec Taylor sous ses ordres. Une sérieuse baffe pour Taylor, mais il fallait ça : un petit coup d'aiguillon lui ferait du bien.

Il dit à Mel : « Laissez Broz fureter. C'est un excellent limier. S'il trouve quelque chose, laissez-le le déterrer. Alors, prenez-le-lui. *Ensuite*, faites-le taire. »

D'après son passeport, David Hartman était épiscopalien. Une petite tromperie qui rassura tout le monde quand il entra en Irak. Personne, apparemment, parmi les douaniers ou les intimes des dirigeants, ne lisait le magazine *Premiere* ou « Sherie », car personne ne lui dit : « Eh, j'ai lu un article sur la barmitzvah monstre de votre fils. Comment se fait-il qu'il fête sa bar-mitzvah si vous êtes épiscopalien ? Hein ? »

Si James Baker avait rencontré Hussein, ou si George Bush avait pris contact, David Hartman ne serait pas passé inaperçu. Mais les médias internationaux « sérieux » ne prêtèrent aucune attention à son arrivée à Bagdad.

Hartman avait une lettre de recommandation de la Maison-Blanche disant, dans un arabe fleuri, que le porteur transmettait les salutations du président et agissait au nom de celui-ci. Hartman détruisit la lettre aussitôt après sa rencontre avec Hussein. Contrairement au mémo d'Atwater, qui était toujours dans son coffre.

Bien que Saddam fût prudent par nature et profondément soupçonneux, l'offre ne parut ni le choquer ni le perturber. Il posa certaines conditions, évidemment. Et, ayant quelques besoins pressants, il voulait obtenir certaines choses *immédiatement* des États-Unis — en gage de bonne volonté, au nom d'Allah, un geste concret pour conclure le marché.

Hartman répondit que ça lui semblait raisonnable.

Il eût été discourtois de refuser la visite de Bagdad que son hôte lui proposa et il resta donc pour la nuit. Le lendemain, il partit pour Rome, où il rencontra quelques vieilles connaissances liées au monde de la finance et du cinéma. Elles appartenaient à cet inextricable réseau de relations personnelles qui gouverne l'Italie. Hartman leur expliqua qu'il cherchait une banque capable de manipuler de grosses sommes avec une grande discrétion, de préférence un établissement possédant une succursale en Amérique afin que les fonds puissent être garantis par les États-Unis. Ses amis en connaissaient plusieurs.

Hartman aurait aimé pouvoir rester. Rome est si merveilleuse. La mère de toutes les cités. Et elle a tant légué à la civilisation. L'empire. La richesse. La corruption. L'opportunisme. Quand il était là, ainsi qu'en quelques autres endroits, les pierres des siècles, amas de ruines et de gloire, lui rappelaient que Hollywood n'avait rien inventé. Ça le rassurait de voir que toute cette folie avait préexisté ailleurs, avec une exubérante splendeur, et ne s'était pas effondrée en quelques minutes mais avait perduré au fil des générations, toujours plus grandiose.

De là, il se rendit à Genève. Un autre rendez-vous bancaire. À la fin de l'entretien, le banquier lui serra la main en disant : « Évitez seulement d'engager Fawn Hall[1] comme secrétaire et tout ira bien. » Il

1. Ollie North avait ouvert un compte numéroté secret en Suisse (il avait dû voir ça au cinéma ou le lire dans un thriller) afin de transférer des fonds pour les contrats. Il reçut 10 millions de dollars du sultan de Brunei et chargea Fawn de les transférer sur ce compte. Elle se trompa de deux chiffres et la somme atterrit sur le compte d'un autre. L'argent manqua d'août à décembre 1986. *(N.d.A.)*

pouffa chaleureusement. Les banquiers suisses sont très jaloux de préserver leur image, de sorte que, selon leurs critères, un pouffement équivaut à une irrépressible hilarité.

CHAPITRE 49

La finalité de la guerre est un meilleur état de paix. Il est par conséquent essentiel de conduire la guerre en ayant constamment à l'esprit la paix que l'on désire.

Une victoire bien comprise implique que l'état de la paix et l'état du peuple sont meilleurs après la guerre qu'avant. Une telle victoire n'est possible que si le résultat peut être rapidement atteint ou si un long effort est économiquement proportionné aux ressources nationales. La fin doit être adaptée aux moyens.

B.H. Liddell Hart, *Strategy*.

Il s'avère que la disquette est écrite en Unix. Il s'agit, me dit-on, d'un système extrêmement complexe et ingénieux permettant une édition sur écrans multiples simultanément. Probablement dix écrans. Un truc comparable à EditDroid, le système de Lucasfilm, mais en beaucoup plus puissant. La disquette ne contient pas le logiciel en soi ; c'est seulement la transcription textuelle des commandes. Un gadget intéressant pour les gens de cinéma parce qu'il offre un moyen de retrouver des extraits de film avec une indication exacte de leur durée. Apparemment, Teddy n'avait aucune raison particulière de posséder ce truc-là. Ou de ne pas le posséder. Ça indique simplement que quelqu'un, quelque part, réalise un montage de films de guerre avec un matériel sophistiqué. En se procurant tous ces films, on peut avoir une idée de ce à quoi ressemble ce montage. En partie, du moins.

Ça ne nous avance à rien. Ce qui me ramène à la blague concernant le dojo du sergent Kim et RDT.

Kim ouvre juste après le Viêt-nam. À l'époque, il y a des fondus d'arts martiaux un peu partout. Des types un peu frappés, en passe de disjoncter, ou complètement cinglés. Étant donné la réputation militaire de Kim, ces types convergent vers son dojo. Les Coréens sont des bosseurs, qui ont le sens du commerce. Ils devinent ce que veulent les clients et ils le leur donnent.

La plupart des civils, la plupart des gens normaux qui veulent apprendre les arts martiaux hésitent à venir s'entraîner avec un ancien combattant rouleur de mécaniques qui risque de s'oublier et de les casser comme des Niaquoués. En même temps, Kim tient à conserver le plus large marché possible. Par exemple, il a ouvert une boutique où il vend des équipements, il ne rate jamais une occasion de dire à ses élèves qu'ils progresseraient plus vite s'ils mangeaient de la bouffe coréenne, en leur recommandant l'épicerie de son neveu, juste à côté, et, chaque fois qu'il entend dire qu'un dojo concurrent a trouvé un nouveau moyen d'attirer la clientèle, il se met à la page. C'est ainsi qu'il a lancé son cours de self-defense pour dames. Donc, afin de garder les allumés qui considèrent les arts martiaux comme une forme de guerre à main nue plutôt que comme un futur sport olympique, sans effaroucher les autres clients, il a installé une salle spéciale à l'étage.

Que je m'explique. RDT est une sorte de mot de passe. Il n'en a peut-être pas l'air, comme ça, mais il a de l'humour, le Kim. RDT veut dire République des Tueurs. Il faut être un tueur pour être membre. Avoir tué quelqu'un. De préférence au corps à corps.

C'est moins brutal qu'il n'y paraît. Quoique ce ne soit pas pour enfants de chœur. Avoir tué à la guerre, ça compte. C'est d'ailleurs là que la plupart d'entre nous l'ont fait. C'est un club de tueurs, pas d'assassins.

Ça, évidemment, c'est ce que me dit Kim quand il me plante sur le tapis face à Hawk. Ici, il y a des gars, sans attache avec U.Sec. et RepCo, qui sont prêts à tout. C'est ici, à RDT, que je peux recruter du renfort. J'avais prévu que ça tournerait à l'aigre un jour ou l'autre et j'ai déjà sélectionné quelques mecs qui, je pense, me seront très utiles. Il y a Hawk, dont j'ai déjà parlé ; Paul Dressler, un comptable et ancien Béret vert, actuellement aux prises avec un divorce, si bien qu'il est perpétuellement en pétard et très désireux de faire régner la justice par la force, ou, à défaut, l'injustice ; Dennis O'Leary, un technicien vidéo borgne qui trouve moins de boulot qu'il ne le souhaiterait parce qu'il a fait du barouf un jour à propos de deux places de ciné réservées à des amis de David Geffen ; Bruno, le plombier, et Jorge, l'épicier. Si la situation l'exige, je peux en trouver d'autres. Viennent s'ajouter au nombre Steve, son fils, et peut-être même Kim en personne, dans l'hypothèse où les circonstances nous amèneraient à affronter Sakuro Juzo et ses ninjas. Derrière le faisan alcoolique et grincheux se cache le meilleur soldat que j'aie jamais connu — Viêt-congs et armée nord-vietnamienne compris.

Steve et son fils voyagent avec nous. Hawk et O'Leary, qui viennent de se faire virer d'un film indépendant, voyagent séparément et nous rejoignent dans la maison de campagne de Maggie, à Napa, non loin du vignoble de John Lincoln Beagle où, comme tout Hollywood le sait, il essaie de se réconcilier avec Jacqueline Conroy dans l'espoir de reconstruire une vie familiale et de garder son fils.

Maggie possède des hectares et des hectares de vignes à flanc de coteaux. Ça me fixe un peu mieux les idées sur l'étendue de sa fortune et sur la fortune en général du monde dans lequel je suis entré. La chambre de maître, au premier étage, a une immense fenêtre. La pleine lune illumine la pièce. Au milieu de la nuit, je lui dis :

« Tu as un père ou un frangin quelque part ?

— Pourquoi ?

— Vu ce qu'on fait et la manière dont on le fait, tu vas te retrouver avec un petit ventre rond dans pas longtemps. Alors, je m'attends à voir débarquer quelqu'un, genre papa ou grand frère, avec un fusil pour me forcer à t'épouser.

— C'est le seul moyen de te décider ?

— Comme ça, je n'aurai pas l'air de t'épouser pour ton argent.

— Hum, charmante attention », dit-elle en se serrant contre moi.

Un peu plus tard, je m'extirpe de ses bras et du pageot. Je descends et je me rends à l'autre bout de la maison, où se trouvent les chambres d'amis. Hawk et O'Leary m'attendent. Ils sont en tenue de camouflage kaki. Nous noircissons nos frimes et nous sortons.

CHAPITRE 50

Deux mecs étaient assis dans une camionnette, au bord de la route. L'un d'eux ouvrit une Thermos, se servit un café et déballa un sandwich au jambon, fourré de moutarde Grey Poupon parce que sa femme croyait aux pubs télé. L'autre sortit de la bagnole pour pisser dans les buissons.

Ils appartenaient au bureau de Sacramento d'Universal Security et ils l'avaient mauvaise parce que quelqu'un avait repéré et neutralisé tous les micros de la maison de Magdalena Lazlo. Pas moyen de savoir ce qui se goupillait à l'intérieur. Ils en étaient réduits aux suppositions égrillardes : une femme seule avec tous ces mecs, blancs et noirs, ça laissait songeur... Mais ils n'y croyaient pas, ils se disaient ça pour passer le temps en attendant la relève. Ils étaient de service de minuit à huit heures.

Ils pouvaient voir l'allée et la route qui y menait, dans les deux sens. Personne ne pourrait entrer ni sortir sans se faire repérer. Ils étaient équipés d'appareils de vision nocturne mais, avec le clair de lune, ils n'en avaient pas besoin.

Un homme et une femme étaient assis dans une voiture, au bord de la route. Leurs conjoints respectifs étaient certains qu'ils fricotaient ensemble. Chaque fois qu'elle allait planquer avec un mec, n'importe lequel, la femme dudit mec était persuadée que ça forniquait ferme dans la bagnole. Ce qui était faux.

Ils avaient la baraque de John Lincoln Beagle en point de mire. Ils étaient équipés d'appareils de vision nocturne mais n'en avaient pas besoin. La lune était si claire qu'elle projetait des ombres et permettait même de distinguer les couleurs.

Un troisième véhicule faisait inlassablement la navette entre les deux précédents, distants de treize kilomètres, moitié dans un souci de coordination, moitié parce que Mel Taylor était convaincu que Broz allait passer à l'action et voulait être présent. Il était renseigné sur Hawk, Steve Weston et son fils, et savait qu'un quatrième larron, blanc, était également sur les lieux. Il ne savait pas encore le nom de celui-là, mais ça ne tarderait pas. Il ignorait ce qu'ils maquillaient au juste mais, ça aussi, il le saurait bientôt. Si Broz tentait quelque chose, Taylor avait plusieurs parades.

CHAPITRE 51

La première pierre de la Maison-Blanche fut posée le 13 octobre 1792. La construction du premier édifice public de la nouvelle capitale du nouveau pays fut achevée en 1800. L'architecture était censée refléter l'esprit de la grande expérience dans laquelle se lançait le pays. Les inspirateurs de la nation nouvelle tenaient absolument à éviter les pièges de la monarchie et le bâtiment ne devait donc pas ressembler à un palais. Ils voulaient cependant quelque chose de noble et d'élégant qui exprimât dignement leurs idéaux.

En dépit des ravages du temps, du feu et de la fumée, des ajouts et des reconstructions, de la faillibilité et de l'inconséquence de ses occupants, la Maison-Blanche reste un élégant témoignage des aspirations qui motivèrent le siècle de la révolution et du rationalisme.

Le taxi qui amenait discrètement David Hartman de l'aéroport international Dulles offrit à son passager diverses perspectives sur la Maison-Blanche avant d'atteindre la grille d'entrée. Hartman les avait toutes déjà vues, nous les avons tous vues, d'innombrables fois, au cinéma, à la télévision, aux actualités, dans les journaux, les magazines, les dessins animés. Pourtant, elles lui firent de l'effet. Il ne savait pas si c'était pour des raisons purement esthétiques ou parce qu'il allait entrer dans le siège de l'Empire en tant qu'acteur.

Ce jour-là, comme souvent, le président avait un emploi du temps très serré. Des rendez-vous à la pelle, pas très importants en eux-mêmes, mais il y avait surcharge. Ils casèrent David un peu avant 9 heures. L'agenda présidentiel indiquait : « Min. du Com. & David Hartman. » Les comptes rendus rapporteraient que le sujet de la discussion avait été le rôle de l'industrie du divertissement dans la balance commerciale, second produit d'exportation après l'aviation. Aucun de ces comptes rendus ne préciserait que le ministre du Commerce était reparti presque aussitôt, alors que Hartman était resté.

Quand il fut seul avec le président, Hartman exposa les desiderata de Saddam Hussein. Celui-ci voulait un accès aux armes et à la technologie militaire occidentales. Il voulait du fric. Tout de suite, même avant d'avoir conclu le marché. Selon Hartman, ces exigences ne compromettaient pas le projet. Il ne s'agissait pas d'une grosse somme. Du moins pas encore. Quelques milliards de dollars. Et elle n'apparaîtrait pas dans le budget.

Voilà qui rassura Bush. Le débat budgétaire donnait toujours lieu à des embrouilles mortifiantes. Personne n'y connaissait rien, mais tout le monde voulait mettre son grain de sel, crier au scandale pour se faire les cordes vocales, et ça finissait chaque fois en eau de boudin.

L'argent parviendrait à Saddam sous forme de prêt. « Nous n'avons même pas besoin de financer le prêt », dit Hartman. Il avait déjà sélectionné plusieurs banquiers suisses et italiens qui seraient enchantés de s'en charger. « Il nous suffit d'apporter notre garantie. » David empocherait un petit bénéfice au passage des deux côtés. Il venait de se découvrir une passion pour la haute finance. « Je vous suggère le ministère de l'Agriculture. Garantissez l'emprunt au titre des crédits agricoles. Ça donnera l'impression que l'argent reviendra à nos fermiers, ce qui n'est pas d'ailleurs totalement faux, puisque l'Irak aura besoin de beurre autant que de fusils. C'est assez flou pour être jugé globalement positif. »

Puis il en vint aux plus gros morceaux. Saddam exigeait l'assurance qu'il s'en sortirait personnellement indemne, que son pays conserverait au minimum ses frontières actuelles et qu'on lui laisserait une puissance militaire suffisante pour défendre ultérieurement son territoire et réprimer toute tentative de rébellion des minorités dissidentes. En fait, Saddam avait comparé la répression des Kurdes à la répression des Noirs en Amérique. Il avait dit ça d'un ton badin, comme un sous-entendu susceptible d'engendrer la camaraderie, une bonne blague entre chefs d'États. C'était une corrélation malheureuse, mais fort compréhensible venant de lui, car les Irakiens considèrent la police, l'armée et la Garde Nationale comme les différentes facettes d'une même force, non comme des entités séparées telles que les voient les Américains. Toutefois, Hartman jugea la remarque hors de propos et s'abstint de la rapporter.

Enfin, il y avait quelques points annexes. Un : le prix du pétrole devait monter — pas forcément du jour au lendemain, mais de façon certaine. Deux : Saddam voulait un accès direct aux médias — aux médias mondiaux, c'est-à-dire américains — pendant le déroulement du conflit. Il voulait passer à la télé en prime time pour livrer un message au peuple américain, au peuple arabe, au monde.

Hartman avait déjà consulté Beagle sur ce dernier point, au moyen d'une ligne téléphonique brouillée, depuis les bureaux d'U.Sec. à Rome.

L'idée avait emballé Beagle. « C'est capraesque ! » avait-il dit. Frank Capra avait été chargé de la propagande américaine pendant la Seconde Guerre mondiale. Pour présenter les Japonais et les Allemands comme des monstres, il s'était servi de leurs propres images. L'un et l'autre peuples étaient très fiers de leur Blitzkrieg et de leur sentiment de supériorité raciale. Ils s'étaient donné beaucoup de mal, surtout les Allemands, pour faire passer cet orgueil dans leurs films. Et ils avaient si bien réussi que Capra n'eut qu'à retourner contre eux leurs propres instruments de propagande.

« Accordez-le-lui, dit Hartman au président. Saddam est encore plus mauvais que Michael Dukakis devant une caméra. Il est d'un autre siècle. Croyez-moi. Plus il utilisera la télévision, plus il s'enfoncera. Beagle est ravi. Il imagine déjà Saddam se pavanant devant ses troupes d'élite au milieu des ruines fumantes d'un pays conquis. »

Dans les collines californiennes, Magdalena Lazlo se réveilla aux premières lueurs de l'aube, avec un espace vide à côté d'elle. Elle tendit le bras, sachant qu'il n'était pas là, et posa la main sur l'oreiller où il avait appuyé sa tête. Un geste sentimental. C'était si bon de se languir d'un homme.

Elle se leva, les bras croisés comme pour conserver son souvenir contre son cœur, enfila un peignoir et descendit vers la cuisine. Dans l'escalier, elle entendit des bruits. Elle en eut froid dans le dos et sa sensation de bien-être — cette impression de tenir encore son amant-protecteur contre sa poitrine — la quitta aussi vite qu'un fantôme surpris par la lumière du jour. Mais, l'instant d'après, elle perçut l'odeur du café. Et d'autres odeurs. Le bacon dans la poêle, le pain grillé. Puis la voix basse et les rires d'un Noir.

Elle s'approcha silencieusement, de manière à voir sans être vue. Elle ne comprit pas tout de suite pourquoi elle faisait ça. Elle avait simplement envie de voir un père avec son fils. Elle s'interrogea sur son état et toucha son ventre. Comme elle avait été sexuellement très active, elle avait de temps en temps recouru à la contraception. Mais pas toujours. Elle ne tombait pas facilement enceinte. Ça ne lui était même jamais arrivé. Même pas avec son mari. Était-ce pour ça qu'il lui était si facile de dire : « Oui, entre », qu'elle n'avait jamais peur de la grossesse ni de ses conséquences — interruption de carrière, vergetures, seins tombants, ventre mou, bourrelets, culotte de cheval et responsabilité, sans parler des vingt ou trente années de sacerdoce parental qui s'ensuivaient ? Elle aurait dû avoir peur — elle rejeta ses cheveux en arrière du bout des doigts — de l'autre danger. La maladie. Il fallait être folle pour ne pas en avoir peur. Défi ou aveuglement volontaire ? À moins que ce ne fût cette autre partie d'elle-même, celle qui disait : « Il y aura une naissance ou une mort » et y prenait plaisir, comme si, sans le risque, le jeu n'en valait plus la chandelle.

Elle avait donné un nom à son double. De même que certains hommes donnent des surnoms à leur pénis et pour des raisons identiques, parce que c'est souvent lui qui les mène et qu'ils en retirent de la fierté, même lorsqu'il les mène dans des endroits stupides et dangereux. Elle appelait ce double Marie-Madeleine et Maggie aimait laisser Marie prendre le dessus devant la caméra, la sainte putain, effrontée, méchante, vulnérable, dangereuse. Surtout dangereuse pour elle-même. C'était sa façon de marcher sur la corde raide qui faisait toute la magie de son jeu. Non pas la technique, non pas les pommettes, non pas le décolleté. L'audace d'être laide, vulgaire, pathétique, idiote, effrayée, dominatrice, vicieuse, salope, obscène, imperturbable, sainte, l'audace de soutenir l'insoutenable.

Martin Joseph Weston, dix-huit ans, regarda vers la porte et la vit, le peignoir serré à la taille, les cheveux en désordre et pieds nus. Il dut se pincer pour ne pas siffler et sortir un vanne qui aurait passé pour un compliment dans les rues de L.A. mais qui, ici, dans ce monde tout neuf pour lui, aurait sûrement sonné faux. Elle lui sourit — un sourire timide, comme si elle les dérangeait dans sa propre maison et s'inquiétait de ce qu'ils allaient penser d'elle. Alors, il tomba amoureux, le palpitant remonté sous la luette.

Steve faillit se rouler de rire en voyant la tronche de son fiston. Mais il savait qu'il ne fallait pas titiller la susceptibilité d'un jeune mâle pendant la puberté, surtout devant son père et une déesse. Il se contenta de dire : « 'jour, miss Lazlo, comment que vous aimez vos œufs ? »

Elle les salua tous deux et les pria de l'appeler Maggie. Elle ne voulait ni œufs ni bacon mais, s'il restait du café, elle en prendrait bien une tasse avec une tranche de pain de seigle grillé. Steve lui versa du caoua, qu'elle prit noir comme la plupart des femmes dont la silhouette est le capital, et enfila du pain dans le toaster.

Maggie s'assit à table à côté de Martin. Il avait déjà devant lui des œufs brouillés, un gros morceau de bacon canadien et du pain grillé. Mais comment claper en sa présence ? Sûr qu'il aurait l'air d'un bouledogue dès qu'il activerait ses mâchoires.

« Vous lui ressembliez quand vous vous êtes enrôlé chez les marines ? demanda Maggie à Steve.

— Portrait craché.

— Vous étiez beau gars.

— Je veux ! Toutes les poupées me couraient après. C'était pas pareil que maintenant. Quand une fille avait le ballon, fallait la marier. Ça faisait réfléchir. Deux minutes. Et y avait pas leur sida.

— Allons, *p'pa.* »

Steve fit glisser ses œufs de la poêle sur son assiette, à côté du lard, sortit une autre assiette pour Maggie, distribua les toasts et les beurra. Dans le frigo, un drôle de pot de confiote au gingembre attira son regard. Il le cueillit, se servit un jus et s'installa à table.

« Vous étiez au Viêt-nam avec Joe.

— Hu... hum.

— Vous voulez m'en parler ?

— Qu'est-ce que vous voulez savoir ?

— Il y a cet homme, Taylor. Il déteste Joe. Vous savez pourquoi ?

— Joe vous l'a pas dit ?

— Je ne lui ai pas demandé.
— C'est que... s'il vous l'a pas dit...
— Je ne le lui ai pas demandé. » Elle l'implora du regard avec une insistance complice. « J'aime Joe. S'il vous plaît. »

Au petit jour, deux types du bureau de Sacramento d'Universal Security étaient assis dans une camionnette. L'un prit une Thermos et se versa un caoua. L'autre sortit pour pisser dans les buissons. Il ne s'était rien passé de toute la nuit. C'est pénible de surveiller le rien. Mais c'est moins dur que de creuser des tranchées.

Au petit jour, Joe, Dennis et Hawk surveillaient la maison de trois endroits différents. Joe, à l'est, et Dennis, à l'ouest, étaient cachés dans les vignes. Hawk, au sud, était tapi dans l'ombre d'un abricotier.

Dylan, qui se réveillait habituellement à l'aube, se mit debout dans son berceau et brailla pour attirer l'attention. La nurse vint le prendre. De son poste d'observation, Joe la vit passer devant la fenêtre éclairée avec le gosse dans ses bras.

C'étaient les premiers levés. La nounou donna un biberon à Dylan. Puis elle lâcha les chiens.

« Quand Joe a eu ses galons de sergent, il a pris les commandes, dit Steve. Et, avec lui aux commandes, tout tournait beaucoup mieux. Y avait moins de morts. Plus du tout, même. Les gars tombaient plus dans les pièges et les embuscades. On la lui faisait pas, au sergent Joe Broz. À croire qu'il avait un sixième sens. Mais c'était pas ça. Y m'a expliqué. Comment y faisait. Lui et Joey. Joey, c'était son grand pote, un copain d'enfance. Ils étaient comme les deux doigts de la main, Joe et Joey. Il avait un tas de méthodes pour repérer les coups fourrés : le terrain, les attentes de l'ennemi et tout ça. Et ça marchait.

» Le tout, c'était de faire gaffe et de pas bâcler le boulot. Faire un détour, se tailler un chemin dans les broussailles et éviter la piste. Porter son casque et son gilet pare-balles même si on crevait de chaud. Et quand on creusait, creuser profond. Camouflage. Mettre des feuilles dans le casque et noircir sa figure, surtout les Blancs.

» Vous avez vu le film *Les Chiens de guerre* ? Chris Walken, il a une devise : "Tout le monde rentre au bercail." Bon, on n'était pas aussi forts que ça. Mais on n'était pas mauvais. Après un bout de temps, Joe Broz, y est devenu une vraie vedette. Ouais. L'était fier. Vachement fier. Y veillait bien sur ses gars. Avec lui, fallait se soigner les pieds, se fringuer dans les règles et assurer ses arrières avant d'écrire à sa maman au pays.

» V'là ce nouveau lieutenant qui débarque. Gelb. Un Juif d'Atlanta. Je me le rappelle parce que je suis de Géorgie, moi aussi. Mais, bon, il est cool. Y pige tout de suite que Joe a la situation en main et qu'y vaut mieux le laisser faire.

» Le régiment est basé au nord, près de la zone démilitarisée, une région montagneuse, voyez. Et y a ces officiers qui se pointent. Je les ai encore jamais vus, je sais pas pourquoi y sont là. Un capitaine des marines, le capitaine Tartabull. Et un capitaine de l'armée, le capitaine Taylor. Lui, y est là en observateur. La marine veut montrer à l'armée comment qu'il faut s'y prendre, vous comprenez. Des conneries. Nous, on le connaît pas, ce Tartabull. Personne l'a jamais vu. Mais y se met à crâner et à jouer les grands chefs. Ah, l'enfoiré, je vous dis pas.

» C'te bordel qu'y nous a foutu !

» On est vingt-sept, en comptant les trois officiers. On va dans la ZA, la zone d'atterrissage, dans deux CH-46. O.K. Tout le monde est O.K. C'est calme, dans la ZA. On descend des hélicos. En courant. Joe insiste pour qu'on coure. Direct sous le couvert des arbres. On forme un périmètre. Un, deux, trois gars sur les côtés.

» Les deux pitaines, Tartabull et Taylor, y sortent sans se presser, pour frimer, voyez. Du genre : "Regarde-moi, mec, c'est pas les Viets qui me font peur." Et v'là le Tartabull qui nous dit comme ça qu'on va aller dans c'te vallée, là, juste devant nous, et de là dans l'autre vallée, pour déloger l'ennemi, parce que ça va saigner, on va faire des morts, on va ramener des oreilles pour faire un score.

» Vous devinez la suite. Ça fait pas un pli. On a tous deviné ce qui nous attend. Le sergent Joe Broz y dit : "Excusez-moi, mon capitaine. C'est un coin à embuscade. N'allez pas par là.

» — C'est là que nous allons, qu'il lui dit, le pitaine. C'est un ordre.

» — C'est une erreur, mon capitaine. On devrait prendre par la gauche... le flanc gauche.

» — Sergent ! Vous avez peur de descendre dans cette vallée ?

» — Oui, mon capitaine. Parce que c'est ce que l'ennemi attend de nous. Il espère qu'on sera assez idiots pour passer par là.

» — Sergent, vous êtes relevé.” Et il appelle le lieutenant. “Menez vos hommes, lieutenant.” Le lieute va causer au capitaine dans un coin. On n'entend pas ce qu'y dit, mais on se doute bien qu'il lui parle de Joe, de son expérience, de tout ça. Tartabull se fout en pétard, parce qu'on discute ses ordres devant un capitaine de l'armée. Y s'en tape d'avoir tort et de nous envoyer à la mort, c'est pas ça qui va l'arrêter. »

Joe avait pressenti qu'il y aurait des chiens. Il y en a toujours à la campagne. Il avait semé des odeurs artificielles pour éloigner les cabots des hommes : chienne en chaleur — ce qu'il y avait de mieux pour les mâles — et renard — au cas où les chiens seraient des femelles. Les hommes, qui ne pouvaient pas sentir ces subtils arômes — et qui, s'ils l'avaient pu, ne les auraient peut-être pas appréciés autant que les chiens —, n'avaient qu'une confiance modérée dans le produit. Ils se figèrent quand les clébards sortirent.

Les clébards en question, deux petits braques nommés Ford et Nixon, déboulèrent au galop, visiblement excités par les odeurs. Ils cavalèrent en cercle pour repérer la bonne piste à suivre. Ils n'avaient pas l'air dangereux par eux-mêmes, mais, s'ils débusquaient les intrus, ça promettait de tourner en béchamel. Trois mecs armés violant la propriété d'une richissime célébrité du cinéma ! En moins de deux, on verrait débarquer la flicaille avec gyrophares, sirènes, limiers et hélicoptères comme dans un film délirant à la John Landis, type *Blues Brothers*. Des quatre coins de la Californie, des bagnoles de police convergeraient à toute berzingue vers le vignoble Beagle.

Tout à coup, Ford et Nixon collèrent leur museau noir sur le sol. Tête baissée, queue droite, ils se mirent à gambader comme des foldingues en suivant une ligne invisible, qui passait entre Joe et Hawk, à bonne distance de l'un et de l'autre.

Les deux odeurs, renard et chienne, menaient à un tas d'os encore enveloppés de bidoche, destiné à les occuper au cas où ils en auraient marre de suivre une piste qui ne débouchait sur rien. Dans la viande, il y avait un de ces sédatifs qu'on donne aux chiens pour les endormir dans les minichenils des avions.

Joe attendit que le reste de la maisonnée se réveillât.

Taylor interrogea le couple d'automobilistes posté devant la maison de Beagle. Il leur demanda s'ils avaient vu quelque chose. Ils répondirent non.

« Sûr qu'y avait une embuscade. On a perdu cinq gars en une minute.

» Ils étaient planqués. On était cloués sur place. Ils sont dans des bunkers camouflés, avec des mitrailleuses et des mortiers. Même une attaque de B 52 les aurait pas fait sortir de leur trou. On est coincés. Ça faisait une paie qu'ils préparaient ce coup-là, en priant toutes les nuits : “Mon Dieu, envoyez-nous un marine assez con pour foutre les pieds dans la Vallée de la Mort.”

» Le capitaine, ce Tartabull, il essaie d'appeler des renforts aériens. N'importe quoi, des hélicos, des

B 52, ce qu'y peut avoir. Que dalle. Y a rien de disponible.

» On est en demi-cercle. Y a ce versant à pic sur notre flanc droit. Enfin, c'était notre flanc droit. Maintenant, c'est l'arrière. Notre flanc droit, maintenant, c'est ce qui était à l'origine notre destination. Vous me suivez ? On a quatre gars, là, Joe, Joey et deux autres. Je suis au centre avec trois autres pantes et Taylor. Il a des couilles, Taylor, pardonnez. C'est pas un trouillard. Il fait ce qu'y peut. Le lieutenant, il est sur sa gauche, ce qui était notre arrière, l'issue, s'il y a une issue. Tartabull, il est derrière un arbre abattu et des rochers, près du versant. On a déjà quinze ou seize gars au tapis.

» Eux, y sont peut-être cinquante ou soixante. Si ça continue comme ça, on peut faire nos prières, on est cuits.

» Vous avez jamais été au combat. Je sais pas comment vous expliquer ce que c'est. Je sais pas. Faut imaginer le boucan. Ça éclate de partout. Les explosions, les coups de feu, les cris. Un boucan d'enfer.

» Tartabull gueule dans sa radio. Il a réussi à établir le contact et ils vont nous envoyer quelque chose. Je sais pas comment, mais Joe l'entend. Et y sait que le capitaine débloque. Il se goure dans les coordonnées. Sur le moment, je peux pas savoir, c'est Joe qui me l'a dit après. Il donne des indications fausses à l'aviation. Ce connard y demande un bombardement pile au-dessus de nous. »

La nurse sortit Dylan. Ils appelèrent les chiens. En vain. Dylan fut déçu. Le problème de la nurse était moins de retrouver les chiens que de distraire le mouflet.

Peu après, Beagle et Jackie se réveillèrent. Ils firent signe à Dylan de la fenêtre. Il leva sa petite mimine, qu'il ouvrit et ferma en guise de salut. Roucoulement attendri des parents. Puis il repéra un gros caillou, le ramassa et le balança sur sa nounou.

C'était Hawk qui avait le meilleur point de vue sur le devant de la baraque et la route. Quand il aperçut la bagnole U.Sec. qui remontait l'allée, il murmura dans son micro-bracelet et les deux autres reçurent le message dans leurs oreillettes. Bien que provenant d'une manufacture différente, c'était à peu près le même matériel de communication que celui utilisé par les services secrets.

« Joe rampe jusqu'au capitaine en gueulant : "Vous vous trompez ! vous vous trompez ! " Le capitaine l'écoute pas, il continue à brailler les mêmes coordonnées dans sa radio. Les blessés hurlent ce que hurlent les blessés : y veulent un toubib, de la morphine, leurs mamans. Y hurlent en tirant dans tous les sens.

» Joe atteint enfin le Tartabull. Il lui gueule sous le nez. Fausses coordonnées. Passez-moi cette radio. Il le traite de connard et tout. L'autre se met à gueuler aussi. Alors Joe, il pointe son M-16 sur le capitaine.

» C'est dingue parce que, du coup, même qu'y a tous ces cris et tout ce merdier, tout le monde regarde Joe et le capitaine. Même moi et Taylor, qui est juste à côté de moi. Joe tient la pétoire. Le capitaine tient la radio. Il s'y accroche. Le lieutenant, il est là avec eux. Le capitaine sort un .45 et y vise Joe. On entend quelque chose dans la radio. Les Viets, ils arrêtent pas, ils continuent à canarder. V'là que Joey est touché. Joe, il se tourne vers lui, puis de nouveau vers le capitaine. Il lui dit quelque chose. Le capitaine lui répond.

» Joe tire. Il le tue. »

L'homme d'U.Sec. resta à peine dix minutes. Il avait sans doute dit à Beagle qu'il venait vérifier si la maison n'était pas sur écoute, pensa Joe, alors qu'en réalité il passait récupérer les bandes du jour.

Les trois guetteurs attendirent patiemment. Vers 9 heures, Jackie et Beagle descendirent à l'écurie. Jackie était une cavalière de première et, visiblement très fière de son assiette, elle frimait un maximum. Beagle, en revanche, tenait à peine sur sa selle. Raide comme un manche, il serrait les fesses même au pas et bougeait toujours à contretemps.

Ils se dirigèrent vers la plantation d'abricotiers. Hawk essaya de se faire tout petit. Les canassons le flairèrent et se mirent à hennir. Mais les cavaliers interprétèrent ça comme un ébrouement matinal naturel, éperonnèrent gentiment et passèrent leur chemin.

Ensuite, ce fut la cuisinière qui sortit. Pour le marché.

Environ une demi-heure plus tard, la nurse colla Dylan dans une poussette et l'emmena sur la route.

Sauf erreur, la maison était maintenant vide.

« Joe prend la radio. Il crie de nouvelles coordonnées. Taylor, il lui gueule dessus. Le lieutenant est touché. Le con, y était à découvert.

» Joe balance des grenades fumigènes, violettes ou jaunes, je sais plus.

» Deux ou trois minutes après, quelque chose comme ça, les F-4 arrivent en fonçant dans le ciel. Ils larguent du napalm. À cent ou deux cents mètres de nous. On sent le chaud. C'est un mur de flammes. À cent mètres près, on était cuits. Rôtis. Grillés. De la friture de marines.

» On en profite pour se calter.

» Joe porte Joey. Je le rejoins. Joey est mort. Je lui dis. Et, tout d'un coup, je suis touché. Joe commence à chialer. Je l'avais jamais vu comme ça. Il chiale. Je suis à genoux. J'ai salement morflé, je suis dans le coltar. Alors Joe, y lâche son pote, y me ramasse et y me sort de là.

» Je sais pas trop ce qui s'est passé après. J'étais trop nase. Mais, résultat, on n'était plus que dix. Dix sur les vingt-sept du début. Le lieutenant y s'en est tiré. À ce qu'on m'a dit, c'est Joe qui est allé le rechercher. Paraît qu'y pourra plus marcher. Plus jamais. C'est peut-être vrai. Je sais pas. Taylor y s'en est tiré. »

De retour à son motel, un Super 8, Taylor fixa son brouilleur sur le téléphone et attendit que David Hartman l'appelât du bureau de Washington. En poireautant, il songea au Viêt-nam. Il n'aimait pas ces souvenirs-là. Ça ne s'était pas passé comme il l'avait souhaité, pas du tout.

Il était dans les meilleurs de sa classe, en fin d'école militaire. Très bien placé. Mais la théorie n'a jamais voulu dire grand-chose à l'armée. Les mieux notés finissent souvent en ronds-de-cuir d'état-major, en brasseurs de paperasses — des planqués qui ne dépassent jamais le grade de colonel. Et Taylor avait fait beaucoup de sport : football américain, boxe, golf. C'était le golf qui lui avait posé le plus de problèmes : tantôt il avait les mains enflées et les bras douloureux à force de donner et de bloquer des punchs, tantôt il avait la cervelle en papillotes et les reins en marmelade à force de se rétamer sur le terrain de foot. Mais, chez les Taylor, on était officier depuis des générations. Ses aînés lui avaient tous dit que la boxe et le foot étaient excellents pour se faire respecter et obtenir une affectation. Toutefois, aucun général ne l'affronterait sur le ring et aucun n'avait envie de se faire plaquer à la dure avec la tête d'un subalterne dans le cul. S'il voulait nouer des relations avec le gratin du mess pour activer le piston, il lui fallait jouer au golf et apprendre à tenir l'alcool.

Coup de bol : il y avait une guerre.

Une guéguerre, plutôt. Contre un petit pays de merde. On était loin du grand match OTAN contre Pacte de Varsovie — avec bidasses par millions, batailles rangées de blindés dans les plaines d'Europe centrale, raids aériens et feux d'artifice — dont rêvaient depuis longtemps les militaires des deux camps, mais enfin c'était une guerre. Le haut commandement, attentif aux aspirations de ses hommes et comprenant que tout jeune officier ambitieux voulait avoir une chance de se frotter au combat — le meilleur moyen de prendre du galon —, avait mis au point un système de rotation rapide. Chacun pourrait recevoir le baptême du feu, porter le badge du combattant et récolter une ou deux médailles.

C'était une réponse bureaucratique à un problème de fonctionnement interne, une manière de faire tourner la machine en épongeant le sureffectif. L'organisation n'envisagea jamais sérieusement les effets secondaires induits par ce système, à savoir : primo, l'impéritie des officiers enverrait les hommes au casse-pipe ; deusio, les officiers, sachant leur temps limité, privilégieraient les résultats à court terme au détriment du long travail de sape nécessaire à la victoire ; troisio, on perdrait la guerre.

Taylor était pistonné. Son père était tombé au champ d'honneur en Corée et il avait un tonton colonel encore en service actif. Il fut directement affecté à Saïgon. Pour un jeune officier, c'était le paradis sur terre. Taylor avait le vent en poupe. Intelligent, prévenant, sociable, toujours tiré à quatre épingles dans un uniforme impeccablement repassé, il obtint rapidement ses ficelles de capitaine. Son ambition et ses glandes le poussaient au combat. À la moindre occasion, il tirait la jambe de ses supérieurs pour être muté sur le terrain. Les chefs comprenaient ça : tous les jeunes gradés voulaient se battre. C'était le piment qui donnait du goût à la sauce.

On lui permit enfin de voir de l'action. En tant que simple observateur, mais dans le gras de la mêlée.

C'était une drôle de guerre. Personne ne s'était demandé ce qu'il y avait à gagner. Il n'y avait pas d'objectif. En principe, dans une guerre, on aligne des mecs en uniforme, on leur colle des casques et on les envoie au front pour essayer de passer de l'autre côté. Or, on ne savait pas où était le front.

Nous n'étions pas là pour marcher sur une capitale ennemie, arrêter les méchants, sauver les bons et leur apprendre la démocratie. Nous n'étions même pas là pour réprimer une insurrection. Mais, puisqu'on avait du personnel, il fallait l'occuper et distribuer des bons points pour l'intéresser au jeu. Alors, on avait eu l'idée de les noter d'après leur score, c'est-à-dire au nombre de cadavres — une idée qui se tenait très bien, d'ailleurs, dans la mesure où elle cadrait parfaitement avec la théorie de Westmoreland sur la guerre d'usure.

Le général de Taylor avait eu sous les yeux les scores des marines et il en était resté baba. Un rendement pareil, ça ne s'était jamais vu dans l'armée de terre. Comme Taylor n'arrêtait pas de le seriner, c'était l'occasion. « Vous voulez de l'action ? lui dit-il. En voilà. Votre mission est de découvrir comment ils se débrouillent pour faire aussi bien. » Clin d'œil. « Sauf si c'est du bluff, évidemment. »

Son homologue dans les marines, qui n'était pas tombé de la dernière pluie et savait l'importance des statistiques dans les rivalités internes, avait également sous la main un capitaine serineur. Il lui dit : *« Ramenez-lui un maximum de cadavres. »*

Un gars nommé Tartabull. Un crétin fini.

Le souvenir de cette fameuse journée taraudait Taylor. Une question le minait, toujours la même : *Qu'est-ce que j'aurais dû faire ?* M'approcher calmement de Tartabull et lui faire comprendre son erreur ? Évidemment, il ne m'aurait pas écouté. Ducon la joie. Merde, il faisait pas le poids, j'étais dans l'équipe de boxe. Un crochet du droit et il se couchait. J'aurais sauvé deux escadrons... Et je serais passé en cour martiale.

J'aurais dû m'interposer quand cet enfoiré de sergent Joe Broz a ramené sa fraise. Le remettre à sa place. Puis j'aurais dit à Tartabull qu'il avait perdu et je l'aurais aidé à s'en sortir.

« Taylor voit Joe tuer le capitaine. Tout de suite, y veut faire un rapport. Tuer un capitaine, c'est grave. Même au Viêt-nam.

» Mais le lieutenant, Gelb qu'y s'appelait, lieutenant Nathan Gelb, y cite Joe pour une médaille. Sans dire que Joe a refroidi Tartabull. Il dit seulement qu'y a donné les bonnes coordonnées, qu'y a pris le relais après la mort du capitaine et la blessure du lieutenant. Qu'y a transporté des gars à l'abri. Qu'y est même retourné chercher le corps de Joey. Il a pas fait ça en croyant que Joey était vivant. Ça arrive, des fois, on porte un mort et on le sait pas. Mais je sais que Joe y savait que Joey était mort. Sinon, il l'aurait pas lâché pour me ramasser. Voyez ce que je veux dire ? »

Taylor rédigea son rapport. Comment pouvait-il savoir que Gelb en avait également rédigé un ? Qu'il avait cité Broz pour une médaille ? D'après certains bruits qui avaient couru, le blanc-bec était même tellement content d'avoir sauvé sa peau qu'il avait, à l'origine, proposé Joe Broz pour la Médaille d'Honneur du Congrès. Il s'y entendait pour travestir la vérité, l'enflé. La Silver Star ! Le rapport de Gelb ne disait pas un mot du meurtre de Tartabull. Par la suite, quand Taylor alla le trouver à l'hôpital pour lui demander de se justifier, Gelb lui répondit que le geste de Joe n'était pas assimilable à un meurtre, vu que Tartabull se serait suicidé au napalm cinq minutes plus tard.

La parole de Taylor aurait dû prévaloir. Il avait un rang supérieur, il était de l'armée régulière, il allait à l'église le dimanche, pas le samedi. Enfin et surtout, il existait un principe sacro-saint : les soldats ne tuent pas leurs officiers, quels que soient les torts de ceux-ci. C'est une règle de base pour la survie des armées.

Mais il avait négligé un aspect fondamental du problème : les médias.

Son général le lui expliqua. La cour martiale pour le sergent Joe Broz, un héros qui avait sauvé dix hommes d'un napalmage par nos propres forces aériennes, c'était impensable. Son propre lieutenant venant témoigner en sa faveur dans un fauteuil roulant, en uniforme, avec ses décorations ! Sa mère, en larmes, arrivée spécialement d'Atlanta, clamant à toutes les télévisions de l'Amérique que Joe Broz avait eu raison, qu'il avait sauvé la vie de son fils et rendu neuf autres garçons à leurs mamans ! « Voyez-vous, mon petit, l'Amérique n'aime pas cette guerre et nous ne pouvons pas nous permettre ce procès-là. »

Taylor était certain de son bon droit. Et puis, il y avait son nom sur un rapport disant qu'il avait vu un engagé tuer un officier. Si cet engagé n'était pas poursuivi, le rapport de Taylor devenait gênant. Première mission de combat et déjà un faux pas. Bravo. Il lui fallait absolument cette cour martiale et il poussait à la roue.

La marine trouva un moyen de planquer Broz en douce. Un de ses amis de la CIA le réclamait. Alors, son régiment le laissa partir. Sans blâme, sans dégradation. Simple démobilisation.

Du coup, c'était l'armée qui avait un problème. Un problème nommé Mel Taylor. Il n'obtint jamais son commandement. Fini, l'avancement rapide. Fini, l'avancement tout court. Il lui fallut quelque temps pour comprendre ce qui se passait. Personne ne lui avait rien dit, pas même un mot de compassion. Mais c'était comme ça. Alors, il sut qu'il ne deviendrait jamais général. Il ne deviendrait même pas colonel. Il ne dépasserait jamais le grade de major.

Tout ça à cause de Joe Broz, qui avait enfreint la loi première de l'armée, la loi première de la morale et s'en était tiré, les doigts dans le nez.

Le téléphone sonna. C'était Hartman, de Washington. Taylor brancha le brouilleur et rapporta ce qu'il savait : tout était calme dans la maison de Beagle ; les enregistrements arriveraient par avion de Sacramento à L.A. tous les jours à 10 heures et demie ; Broz avait réuni quelques hommes autour de lui, à des fins encore inconnues ; il n'y avait pas d'audiosurveillance, mais toutes les routes étaient contrôlées.

« De plus, ajouta Taylor, j'ai un atout dans ma manche.

— Annoncez la couleur.

— Noire. »

« Et vous savez pas la meilleure ? continua Steve. Joe, il m'a dit comme ça que Taylor y avait raison. On peut pas avoir d'armée si les officiers se font buter, qu'il m'a dit. C'est la fin de l'armée. Sûr, faut que les pontes y gardent que les officiers compétents et virent les connards. Mais, même qu'ils les virent pas, si un gars tue son officier, y doit passer à la casserole. C'est ce que dit Joe. »

Steve se marrait. Un bon gros rire des campagnes, à se taper sur les genoux.

Son fils grimaça. Il était gêné pour son père. Le vieux avait beau faire, il restait désespérément péquenot. Ses vingt années à L.A. ne l'avaient pas décrotté. Il n'aurait jamais dû quitter les plantations de coton.

Vingt années de travail à la chaîne chez General Motors. Encore un truc qu'il ne lui pardonnait pas. Oh, bien sûr, le vieux était syndiqué. Tu parles d'une affaire. Quand la GM avait dégraissé, il s'était fait jeter comme une couenne.

Mais, en même temps, il lui enviait sa guerre. Des M-16, oh, *la défonce* ! Buter des officiers blancs. La baston dans la jungle. Une vie d'homme, quoi. Quand tu reviens de là, mec, y a pas un loubard qui t'emmerde, pas avec un M-16 dans les pattes et quelques grenades-souvenirs.

Les gens n'étaient pas méfiants, à la campagne. Une fenêtre du rez-de-jardin était restée ouverte. Joe balança son équipement à l'intérieur et suivit le mouvement.

Hawk et Dennis restèrent dehors pour faire le guet, prêts à donner l'alarme dès qu'ils verraient quelqu'un approcher.

Dans la baraque, Joe s'immobilisa. Il écouta. Attendit. Il sortit un micro directionnel de son sac, le brancha sur un amplificateur et de là sur un casque, une sorte de baladeur high-tech. Avec ça, il pouvait entendre des sons inaudibles pour l'oreille humaine, amplifiés vingt fois. Il promena le micro en cercle. Rien. Personne. Il ne capta que de petits bruits de pattes furtifs. Des souris dans le mur ou des écureuils sur le toit.

La pièce où il se trouvait était un cabinet de lecture, très féminin, avec un fauteuil devant la fenêtre et une quantité de livres et de magazines.

Il prit le CMS-3 dans son kit.

Il y avait un micro dans le lustre.

Le cabinet de lecture donnait sur la salle de séjour. Là aussi, il y avait des micros. Tant mieux. Joe n'aurait pas besoin d'en installer lui-même, il lui suffirait de parasiter ceux-là en se branchant en amont ou en aval du poste d'enregistrement d'U.Sec. Le tout était de savoir où était l'installation. Elle devait être assez bien cachée pour que personne ne tombe dessus par hasard et assez facilement accessible pour le relevé et le renouvellement des bandes. Probablement à la cave ou au grenier.

CHAPITRE 52

En plein milieu de mon bricolage, j'entends des murmures dans mon oreillette : Hawk et Dennis m'avertissent tous deux que la nurse est de retour avec le fils de Beagle.

Je décide de rester pour finir ce que j'ai commencé. Au Viêt-nam, j'ai réussi à m'introduire dans des paillotes en pleine nuit, à tuer tout le monde à l'intérieur et à repartir sans réveiller une âme.

Il y a cinq magnétophones séparés. Heureusement, ils sont étiquetés. Chambre, salle de séjour, salle à manger, cabinet de lecture, chambre 2. L'un d'eux se met en marche brièvement. La salle de séjour. La nurse passe avec Dylan en lui expliquant qu'il va avoir un bon biberon et faire un grand dodo. Elle a l'air de savoir de quoi elle parle.

Je me branche sur trois des lignes. Je pose des émetteurs. La maison de Maggie est suffisamment proche pour servir de poste d'écoute. Dès que c'est fait, je reprends le micro directionnel. J'entends Dylan téter son biberon et la nurse lui murmurer quelque chose. Puis elle se met à ronfler légèrement : elle semble partie pour un petit roupillon tranquille.

Je me tire sans problème. Les deux autres me

rejoignent et nous rentrons. Il y a neuf bornes à vol d'oiseau, quatorze par la route et à peu près autant à travers champs pour quelqu'un qui ne veut pas se faire repérer. Nous franchissons la route bordant la propriété de Maggie après un tournant qui nous dissimule aux regards des guetteurs d'U.Sec.

Je renvoie Dennis à L.A. Il a des trucs à faire là-bas et je n'ai pas besoin de lui pour le moment. Hawk, Steve et Martin restent avec moi. J'ai l'intention de garder constamment mon casque sur les oreilles. Je ne me ferai remplacer par personne. Sauf Maggie. Mes trois gars ne savent ni ce que je fais ni ce que je veux. En tout cas, je ne le leur ai pas dit. S'ils ont deviné, c'est très bien. S'ils n'ont pas deviné, c'est encore mieux. Leur boulot consiste à patrouiller sur le périmètre pour s'assurer que les hommes de Taylor n'entrent pas. Pour protéger Maggie. Nous avons suffisamment d'artillerie pour contrer toute action non militaire. Quoique je ne m'attende à aucune offensive. Pour l'instant, me semble-t-il, la balle est dans mon camp.

CHAPITRE 53

Écouter les gens, dans l'ensemble, c'est chiant.

La surveillance est chiante. L'attente en embuscade est chiante. Moi, ça ne m'emmerde pas. Je suis très doué pour compter les mouches, quand il ne se passe rien. C'est ce qui fait de moi un bon soldat, un bon détective. Chaque fois que j'ai besoin d'une pause, Maggie écoute à ma place.

John Lincoln Beagle et Jacqueline Conroy ont l'air de bien s'entendre. Elle est vraiment cool avec lui. Les potins qui courent sur eux à L.A. semblent tout à fait erronés. Quand je dis ça à Maggie, elle rigole doucement.

« Elle lui joue la comédie, me répond-elle.

— Je ne pense pas.

— C'est une actrice nulle. Si un jour je dois jouer une actrice nulle, je ferai ce que fait Jacqueline Conroy en ce moment. »

Je trouve que Maggie est mauvaise langue.

Je suis conforté dans ma certitude, cette nuit, en les entendant faire l'amour. Maggie veut écouter aussi. Je connecte un second casque. Nous nous mettons au lit et nous écoutons ensemble. Ils font ça deux fois. Maggie est convaincue d'avoir raison.

Martin est très impressionné par Hawk. Surtout quand il le compare à son père. Les fringues, l'attitude, le style. Il est aussi très impressionné par Maggie et ce monde de rupins blancs. Ce ne sont pas vraiment mes oignons, mais, quand je compte sur mes doigts le nombre de mecs en qui je peux avoir confiance, je ne vais guère au-delà de Steve.

Le lendemain, Jackie et Linc commencent à s'envoyer des vannes.

Il joue avec le môme, lui montre des trucs, et ça a l'air de lui plaire. À petites doses, avec l'aide de Nounou. L'éducation des enfants n'est pas mon fort. Je pense que c'est un truc de femmes. Elles ont plus de patience et une autre façon d'aimer. Je sais que ce sont des idées ringardes, mais j'ai été élevé par mon père et c'était nul. Même s'il avait fait un effort, ça n'aurait rien donné. Parce qu'un père, ça ne sent pas ces choses-là, c'est tout. Il n'avait pas le feeling. La patience. Ou autre chose, qui n'appartient qu'aux femmes.

Linc est émerveillé par la coordination et les facultés de communication de son fils, bien qu'il ne sache dire que « ça » et « oups » et pousse une gueulante à faire péter les micros quand il n'obtient pas ce qu'il veut. C'est une heureuse surprise pour papa, qui se dit qu'il pourrait bien l'employer dans une de ses pubs. Jackie en profite pour l'épingler : il ne serait pas surpris s'il passait plus de temps à la maison. Avec son fils unique. Avec sa femme. Une chanson assez connue dans les ménages. Mais peut-être qu'elle a raison. Je ne sais pas combien de temps un homme est censé passer à la maison. Si Maggie tombe enceinte et que nous avons un enfant, allons-nous chanter cet air-là aussi ?

Puis l'orage se dissipe. C'est de nouveau l'entente cordiale. Pas comme s'ils venaient de se marier, mais pas non plus comme s'ils allaient divorcer demain.

Au dîner, Linc fait part de sa satisfaction à Jackie. Ils ont eu raison de tenter cette réconciliation, ça marche et il l'en remercie.

« J'aime mon fils, dit-il. Et je t'ai aimée. On s'est perdus et je le regrette. C'est en partie ma faute, je sais. On peut repartir du bon pied. Recommencer à s'aimer. Je le sens.

— Je suis contente de t'entendre dire ça. C'est important pour moi aussi. Je tiens à ce que ça se passe bien entre nous. »

S'ensuit un silence. Je perçois quelques bruits. D'abord, j'ai du mal à deviner ce qu'ils font, puis je comprends qu'ils sont en train de fumer un joint. Jackie glousse. Linc pousse des soupirs de bien-être. Ils quittent la pièce. Je les repique dans la chambre. Jackie l'incite à tirer encore quelques taffes. « Je vais te faire le grand jeu. Je vais te mettre sur orbite. » Un peu plus tard, elle dit : « Personne ne te connaît aussi bien que moi, John Lincoln, personne ne peut te faire l'amour comme moi. » Je n'ai pas de vidéo, mais je pense qu'elle le ligote, lui fait des papouilles et le masse avec des onguents. Comme elle précise qu'elle va en avoir pour très longtemps, je demande à Maggie de prendre le relais et je descends refaire du café. Quand je remonte, avec deux tasses et un peu de brandy pour corser le jus, Maggie me dit :

« Ça me fait tout drôle de les écouter comme les autres nous ont écoutés.

— Tiens donc.

— Ouais, on a commis des erreurs.

— Ah bon ?

— On faisait trop attention. Ça, c'est beaucoup plus... incohérent. Et ennuyeux. Nos bandes à nous sont plus excitantes. Je parie qu'il y a tout un marché clandestin pour ça.

— Ça t'inquiète ?

— Si elles étaient vraies, oui.

— Et, comme ça, non ?

— C'est mon métier. Je montre des parties de mon corps. Je joue l'orgasme. C'est ça, être une actrice. Le truc, c'est de...

— De quoi ?

— Je ne sais pas. J'ai accepté toutes sortes de rôles. Mais j'aurais toujours voulu jouer cette scène de Jane Fonda, tu sais, dans *Klute*, quand elle regarde sa montre par-dessus l'épaule du mec.

— Non, c'est vrai ?

— Si ça l'était, ça te troublerait ?

— Oui. »

Donc, Jackie gratifie John Lincoln d'un de ces numéros comme vous les imaginez quand vos rêves vous transportent dans un bordel de Bangkok. Et, à l'instant suprême, Beagle pousse un cri. Un genre de hululement. Très impressionnant. Puis c'est un long silence. Beagle doit flotter quelque part au-dessus du septième ciel. « Génial », commente-t-il en redescendant sur terre.

Soudain, il dit :

« Qu'est-ce que tu fais ?

— Le ménage. Si ça ne t'a pas suffi, va te faire cuire un œuf, John Lincoln Beagle. »

Une scène difficile à visualiser. Mais toutes les suppositions sont permises.

« Hein ?

— Je divorce. »

Maggie rigole en douce. Un rire qui signifie : *Je te l'avais dit.*

« Quoi ?

— Faut te faire un dessin ?

— Qu... pourquoi ?... Je croyais... Dylan... et ce que tu viens de... de me faire.

— Je voulais te montrer ce que tu perdais.

— Jackie...

— Va te faire foutre, John Lincoln.

— Qu'est-ce que j'ai fait de mal ?

— Ce que tu as fait de mal ? Ce que tu as fait de mal ? Où tu étais, ces six derniers mois, hein ?

— Je travaillais.

— Sur quoi ?

— Sur un film.

— Quel film ?

— Tu sais que je peux pas te le dire.

— Eh bien, moi, c'est pareil. Je peux pas être ta femme et tu peux pas garder ton fils.

— On ne pourrait pas reparler de ça demain ?

— Demain, tu parleras tout seul. Je ne serai plus là. Et ton fils non plus. Et si tu essaies de nous retenir, je porterai plainte pour coups et blessures.

— Allons, ne dis pas n'importe quoi.

— Tchao.

— Attends.

— Quoi ?

— Qu'est-ce que je peux faire pour me rattraper ?

— Je ne sais pas sur quoi tu travailles, mais est-ce qu'il y a un rôle pour moi ?

— Non, mais...
— Évidemment.
— Jackie...
— C'est bon, tu n'es pas obligé de me prendre dans ton film-surprise. Mais est-ce qu'il t'arrive de penser à quelqu'un d'autre qu'à toi-même ? Est-ce que tu as seulement eu l'idée de décrocher ton téléphone pour rappeler à ton ami Hartman que j'existais ? Si tu veux engager encore une de tes pétasses dans ton film, ça m'est égal, tu n'as jamais su diriger les femmes. Mais figure-toi qu'il y a d'autres gens qui s'intéressent à moi.
— Je travaille sur...
— Va te faire foutre.
— Il faut que tu comprennes...
— Et dis-toi bien que si tu veux voir ton fils...
— ... que je travaille en fait...
— ... tu as intérêt à être très, très sympa...
— ... sur le réel. Je prépare une histoire...
— ... et très généreux.
— ... vraie. Une histoire vraie.
— Une histoire vraie. Magnifique.
— Oui ! Une guerre. Une vraie guerre.
— Comme le divorce. »

Beagle compose un numéro de téléphone. « Je vais te le prouver.
— Allô ?
— Kitty..., dit Beagle.
— Tu sais quelle heure il est ?
— Je veux que tu mesures bien..., continue Jackie.
— Peu importe l'heure, dit Beagle. Il faut que tu ailles au bureau.
— Maintenant ?
— Maintenant.

— Je veux que tu mesures bien ce que tu perds.

— Il est 11 heures passées, dit Kitty. 11 h 11.

— Vas-y tout de suite. Dans le tiroir...

— Et je veux que tu saches que, ce que tu perds, ton successeur l'aura.

— Attends, fait Beagle. Je vais te le prouver. J'ai un mémo secret. Attends seulement... Kitty ?

— Oui ?

— Adieu, dit Jackie.

— Dans le tiroir du haut. Mon tiroir personnel.

— Ton tiroir personnel...

— Oui. Avec la correspondance. Les lettres de ma mère.

— Les lettres de ta mère ?

— Oui. Tu trouveras un mémo. Il y a écrit PVYS en en-tête. Je veux que tu ailles au bureau et que tu le faxes ici.

— Maintenant ?

— Oui, maintenant.

— Bien, monsieur. »

Elle raccroche.

Beagle appelle Jackie. Il court dans la baraque en appelant Jackie. Je passe d'un canal à l'autre. Je le perds, puis je le retrouve.

Finalement, il revient dans la chambre. Il refait le numéro de téléphone.

« Allô ? dit Kitty.

— Elle est partie.

— Qui ?

— Jackie.

— Oh.

— Elle avait chargé la voiture. Ineke et Dylan étaient déjà dedans. Je suppose. Et ils sont partis.

— Ineke ?
— La nurse.
— Oh.
— Alors, laisse tomber le fax.
— Entendu. »

CHAPITRE 54

Katherine Przyszewski poussa un cri quand l'homme au masque de carnaval pointa le flingue sur elle. « Ne criez pas, dit-il. Nous ne vous ferons aucun mal. » C'était la voix d'un Blanc, ce qui la rassura. « C'est pour la caméra invisible », reprit-il et il sembla sourire derrière son masque de Ronald Reagan. Elle remarqua qu'il était bien sapé : veste impeccable, pantalon parfaitement repassé, et très propre. Même ses ongles étaient propres.

Ils étaient trois. Deux des masques représentaient des présidents. Le troisième, Dan Quayle.

La montre digitale de son bureau indiquait 11 : 11 A.M.

« Montrez-moi le bureau de Beagle, dit-il. S'il vous plaît. »

Elle se sentit terriblement déloyale, mais elle avait un canon sous le nez et des enfants à nourrir, alors elle obtempéra. L'un des autres les accompagna, ouvrit les tiroirs et trouva le classeur de la correspondance. Kitty vit qu'il avait des gants. Il alla directement à la lettre « M », sélectionna le dossier « Maman » et en sortit une unique feuille, qu'il passa à l'homme aux ongles propres.

« Merci », dit-il.

Ils retournèrent dans le bureau de Kitty.

« Vous voyez, personne n'a été blessé, commenta l'homme aux ongles propres. Faites comme si c'était une séquence de “Vidéo-gag”. Vous pouvez appeler la police si vous voulez. Mais ne criez pas. Ça pourrait créer un incident.

— D'accord », répondit-elle.

Elle appela la police après leur départ, pour signaler le hold-up. Elle se sentait un peu tarte, au téléphone : en fait de hold-up, ils n'avaient piqué qu'une feuille de papier dans un dossier marqué « Maman ». Un inspecteur rappliqua aussi sec, parce que c'était CinéMutt et que les flics sont toujours prêts quand il s'agit de fouiner dans le monde du show-biz. Ce n'était pas un poulet de première fraîcheur, la cinquantaine, mais il avait une bonne gueule. Elle lui expliqua que le dossier devait avoir une certaine importance, parce que Beagle l'avait appelée en pleine nuit pour le lui demander.

Le courant passait bien entre eux. Soit parce qu'il la trouvait séduisante, soit parce qu'il comprenait qu'elle avait été traumatisée, il lui proposa d'aller boire un bon bol de soupe quelque part. Comme c'était l'heure du déjeuner et qu'elle était toute seule, elle accepta.

C'était un snack-bar modeste. L'escale typique d'un flic pendant sa ronde. Il avait une sorte de sagesse pleine de tolérance dans le regard, alors elle décida de s'ouvrir à lui d'un truc qui la chiffonnait :

« Chaque fois que je regarde l'heure, quand il se passe quelque chose... Je sais que c'est idiot... je veux dire, ça n'a pas de sens, mais il se trouve qu'il est toujours onze heures onze. Un, un, un, un. Comme s'il y avait là un message.

— Il y en a un, dit l'inspecteur.

— Un message ?

— Mais êtes-vous prête à l'entendre ?

— Bien sûr. Je pense.

— Ça va vous sembler bizarre.

— Je vous écoute.

— Ce sont des aliens...

— Des aliens ?

— Oui. Ils ont construit les pyramides. Et ces formes curieuses qu'on ne peut voir que du ciel au Pérou. On en a de nombreuses preuves.

— Oui. J'ai vu ça à la télé.

— Toutes sortes de preuves. Des trucs impossibles à expliquer.

— C'est ce qu'ils disaient.

— Je pourrai vous passer des livres là-dessus, si vous voulez. *Les Chars des dieux*, par exemple, ou *Nous ne sommes pas les premiers*.

— Donnez-moi seulement les titres. Je me les procurerai moi-même. Par le bureau. On a tout ce qu'il faut pour nos recherches. Livres, vidéo...

— Certains aliens sont restés sur terre quand les autres sont partis. Et ils ont eu des enfants.

— Vous y croyez vraiment ?

— Oui. Oui, j'y crois, affirma le représentant de l'ordre.

— Et qu'est-ce... qu'est-ce qu'ils sont devenus ?

— Pour survivre, ils ont dû se mélanger avec les humains. Avec le temps, ils ont perdu presque tout le savoir des étoiles. Mais ils sont restés différents. Ils le sont toujours. Alors, pour permettre à leurs enfants, et à eux-mêmes, de se reconnaître entre eux, ils ont un signe.

— Lequel ?

— Le signe est 11 : 11.

— Vous aussi ? Ça vous arrive à vous aussi ?

— Onze-onze », fit l'inspecteur.

Ils sont vraiment marteaux, à L.A., se dit Kitty, avec leurs salades New Age. Allons donc, des *aliens* ! C'était une personne sensée. Avec les pieds sur terre. Pourtant, cette idée comblait un vide. Ça expliquait tant de choses, notamment pourquoi elle avait si souvent l'impression d'être meilleure que les autres, elle qui s'était toujours sentie différente. L'inspecteur lui confia qu'ils étaient tout un groupe, toute une organisation avec un lieu de rendez-vous, un genre d'église, mais pas vraiment une église. Il lui donna sa carte. Elle n'avait qu'à l'appeler et il l'emmènerait à la prochaine réunion. Le mot la séduisit : une *réunion*.

Toute contente, elle téléphona à Beagle pour lui annoncer la nouvelle — le vol, pas le coup du onze-onze. Elle fut très étonnée de sa réaction. Il sembla catastrophé, même après qu'elle lui eut rapporté la blague du voleur, qui avait dit de prendre la chose comme une séquence de « Vidéo-gag ».

Un homme moins orgueilleux que Beagle aurait peut-être réfléchi à deux fois avant d'avouer qu'il avait conservé une copie du mémo et que cette copie avait été volée, en espérant que l'incident ne ferait pas de vagues. Mais, pour avoir le statut de grand metteur en scène — ou de metteur en scène tout court dans une major company —, il faut montrer qu'on est capable de commettre d'énormes bourdes — de claquer des centaines de milliers de dollars, voire un million ou deux, ou même, si on a vraiment la classe, de foutre en l'air toute une production de quarante millions — et de dire : « Bon, vous avez autre chose à me proposer ? »

Beagle appela aussitôt Hartman.

Hartman ne perdit pas de temps en engueulades. John Lincoln était son metteur en scène et il avait encore besoin de lui. Hartman appela Sheehan.

Sheehan était d'un naturel plus cool que Taylor. Il lui répondit avec beaucoup d'aplomb :

« C'est une excellente nouvelle, monsieur. Maintenant, l'ennemi s'est découvert et nous prête le flanc. L'opération n'est pas terminée, mais tout semble se dérouler à merveille.

— Vous saviez que ça allait se produire ?

— Nous connaissons notre boulot, monsieur, fit Sheehan en se rengorgeant, conscient de sa valeur et très fier de lui. Nous sommes très forts, même Mel Taylor, sous ses airs de malotru. »

CHAPITRE 55

Je ne suis pas devin. Je ne savais pas ce que j'apprendrais en écoutant Beagle. Mais je me doutais que ça me ramènerait peut-être à L.A. Et je savais maintenant que j'avais un avantage sur Taylor : je recevais les informations en direct, alors que lui devait attendre les enregistrements, ce qui me donnait entre douze et vingt-quatre heures d'avance sur lui. Surtout si j'arrivais à déjouer la surveillance.

La rapidité est l'essence de la guerre : profitez de l'impréparation de l'ennemi, empruntez des voies inattendues et attaquez des points non protégés.

Sun Tsu.

Je confie la garde de Maggie à Steve, Martin et Hawk. Je coupe à travers champs sur un vélo tout-terrain, je traverse la propriété de Maggie, puis celle du voisin et je fonce sur la petite route parallèle à notre allée. De cette façon, j'évite les deux plantons en camionnette et je ne risque pas de croiser la bagnole qui fait la navette entre eux et la maison de Beagle.

Une fois sur la route, j'ai encore une quinzaine de bornes à me taper jusqu'à un petit terrain d'aviation local. Là, il y a une cabine téléphonique. J'appelle Dennis, je lui donne l'heure approximative de mon arrivée et il prévient les deux autres, Paul Dressler et Kim Tae Woo, un cousin du sergent Kim. Dennis me rejoint à l'aéroport. Il a des masques et des vestes.

À 11 h 10, nous sommes à CinéMutt. Tae Woo s'approche du gardien et lui parle en coréen. Le mec ne pige rien. Alors, Dressler se pointe et se met à lui parler aussi. Le garde prie Woo de patienter un instant et se tourne vers Paul, qui lui demande où est le bureau de Kitty. Le garde le lui dit. Tae Woo lui attrape le cou par-derrière, à deux mains, et lui appuie dessus latéralement jusqu'à ce qu'il tombe dans les vapes. Rapide et efficace. Ils traînent le mec sous son bureau. Tae Woo lui pique sa casquette, la met et s'assoit à sa place. J'entre avec Dennis. Paul nous suit. On porte tous les trois des masques et on fait irruption dans le bureau de Kitty. Tout baigne. À 11 h 20, on a fini.

À midi, on est à l'aéroport. Je suis certain d'avoir goupillé l'affaire comme un chef : Taylor n'a pas eu le temps de réagir. Mais il réagira. Alors, je les emmène, en prévision. Avec les trois gars que j'ai déjà, on sera sept contre la bande à Taylor — Otis et Perkins, peut-être, ou les ninjas de Hartman. Je pense que ça suffira.

À 4 h 30, nous sommes à huit cents kilomètres de là. De retour à Napa. Inutile de nous planquer. Nous rentrons à la maison en taxi. À notre arrivée, je trouve Steve affalé sur le sol de la cuisine. Face contre terre. Il y a du sang sur le carrelage. Apparemment, il a reçu une balle dans le dos. Martin et Hawk ont disparu. Maggie aussi.

CHAPITRE 56

Steve est mort. Quand Martin revient, il lâche ses sacs d'épicerie, qui se répandent par terre. Dennis les ramasse. Des petits pois, du lard fumé, des travers de porc et d'autres trucs. Steve voulait préparer un gueuleton sudiste pour tout le monde. Il avait envoyé son fils faire les courses. Pour Martin, c'était la honte : quand son vieux parlait petits pois et galette de maïs, Hawk discutait des mérites comparés des vins californiens et français, de la nouvelle cuisine et des grands restaurants de la côte. Il refusait de croire que Hawk avait fait le coup. Il préférait croire que c'était l'un de nous, les Blancs ou le Coréen. Mais, avec la disparition de Maggie, le doute n'était pas permis.

« Je vais le tuer, dit-il.

— D'accord, je fais.

— Tu sais ce qu'il a dit ?

— Hawk ?

— Non. Mon père. Il est vraiment mort ?

— Oui. Depuis une demi-heure environ, je pense.

— T'es toubib ?

— Non... mais je pense.

— C'est ce qu'ils appellent la plaie d'entrée ?

— Ouais. Dans le dos. Si on le retourne, tu verras la plaie de sortie, plus grosse.

— Je t'ai dit ce qu'il avait dit ?

— Non.

— Ne te fie jamais à un nègre qui se fait appeler Hawk[1] et s'habille comme un maquereau. »

Le téléphone sonne. Je décroche. C'est une femme. Elle veut parler à Maggie. Quand je lui réponds que Maggie n'est pas là, elle me demande si je suis Joe Broz. Je lui dis oui. Elle se présente comme la secrétaire de Barbra Streisand et veut savoir si Maggie a reçu la cassette de *The Prince of Tides*. « On en parle pour plusieurs nominations aux Oscars, m'explique-t-elle. En un sens, voter pour elle, c'est voter pour les femmes de la profession. Je sais que ça compte pour Maggie. » Je lui donne raison, je lui confirme que nous avons reçu la cassette et je raccroche.

« Tu vas m'aider ? dit Martin.

— Quoi ?

— À buter c't enculé. Tu vas m'aider, oui ou non ? Il était ton ami, non ? Tu t'en fous ?

— Tu veux vraiment l'avoir ?

— Putain, oui !

— Tu peux le faire ? Quand le moment viendra, tu seras capable de le faire ?

— Y a intérêt. Je vais le buter, c't enculé. »

Nouvelle sonnerie de téléphone.

J'attrape le gosse. « Écoute-moi, Martin. Tu réponds. Je suis pas là.

— Quoi ? »

1. Faucon. Se dit aussi d'un nationaliste belliqueux, notamment pendant la guerre du Viêt-nam. *(N.d.T.)*

Ça sonne.

« Écoute-moi bien. Je suis pas là. Si c'est un mec nommé Taylor, je ne suis jamais rentré. Tu sais pas où je suis. Tu peux lui demander où est Hawk. Dis-lui que tu vas tuer Hawk... »

Ça sonne.

« ... si tu veux. Essaie de découvrir où il est. Si tu peux. Pigé ? »

Il acquiesce et décroche. Je vais écouter sur l'autre poste, dans la pièce d'à côté. Quand j'arrive, j'entends Taylor répondre :

« Je sais qu'il est là. Dis-lui que mes hommes l'ont vu rentrer.

— Je t'emmerde. Je veux Hawk. Dis-moi où il est.

— Passe-moi Broz.

— Je te dis qu'il est pas là, connard.

— Dis-lui que, s'il refuse de me parler, je confie Maggie Lazlo à Bo Perkins et Chaz. Ils lui préparent une petite fête dont elle ne se remettra jamais. »

Je dois me retenir pour ne pas intervenir dans la communication et lui dire que je le tuerai s'il fait ça. Mais ça ne servirait à rien. Il le sait. Son problème, c'est qu'il ne peut pas abattre ses cartes tant que je ne m'assois pas à la table. Et, comme il a une main gagnante, je n'ai aucune intention de m'y asseoir. Ce qu'il veut, c'est me proposer un marché : le mémo contre Maggie. Et on repartira contents, chacun de son côté.

Martin hésite. Il n'a pas besoin de connaître Bo et Chaz pour comprendre. Il en pince pour elle et il est tenté de répondre à la menace. Mais il est plus futé qu'il n'en a l'air. Il ne dévie pas :

« Je lui dirais si je pouvais, mais il est pas là.

— Sans blague ! Qui c'est qui est arrivé en bagnole ?

— D'autres mecs.

— Quels autres mecs ?

— Je sais pas. Y en a un qui s'appelle Dennis. Je connais pas les deux autres.

— Où est Broz ?

— Qui t'es ?

— Dis à Broz que je lui laisse une heure, pas une minute de plus, pour m'appeler.

— Où ? »

Taylor lui donne un numéro. Martin prend note.

« Et si je le vois pas d'ici là ? Si j'ai pas de nouvelles ?

— Une heure ! Ou elle sera transformée en viande froide. Comme l'autre conne à Hué. Dao Thi Thai. Sauf qu'on s'amusera avec elle avant.

— Fais travailler ta cervelle, mec. Si je le vois pas avant une heure, qu'est-ce tu fais ? Tu la tues, et après ? Qu'est-ce que t'y gagnes ? Joe Broz viendra te buter tout comme je viendrai buter Hawk. T'es du genre con, mec.

— Ta gueule, *môme*. Surveille tes paroles, *môme*. Et pour ce qui est de buter Hawk, *môme*, tu peux toujours essayer. Fais ce que je te dis.

— Eh, où tu vas, là ? Personne me dit ce que je dois faire. Tu te crois où ? Je suis pas de ton monde, pauvre mec. Va dire à Hawk que Martin Joseph Weston arrive et qu'il va crever.

— Fais pas chier, petit, passe-moi Broz.

— T'es sourd ou t'es con ? Il est pas là. »

Taylor raccroche.

J'avise le numéro de téléphone. Je le reconnais. Il est dans la maison de John Lincoln Beagle.

« Il faut que tu fasses ce que je te dis, Martin. Si tu m'écoutes, tu l'auras. Si tu te précipites, c'est lui qui t'aura.

— C'est mes oignons, je m'en charge. J'ai pas besoin de tes...

— T'as un flingue ? Du fric ? Des renforts ? Un plan ? Qu'est-ce que tu vas faire de ton père ? Si tu appelles les flics, tu seras obligé de leur dire qui tu es, où tu es, de tout leur expliquer. Et si tu butes Hawk, ils sauront que c'est toi. Tu as besoin de nous, nous avons besoin de toi. J'ai besoin de toi pour sauver Maggie. J'ai besoin de toi pour liquider Hawk, quand le moment sera venu.

— D'accord. »

On a cinq revolvers 9 mm, une carabine et un fusil.

« Dressler, je veux que tu ailles acheter une autre carabine. Un truc pour tirer de loin. Avec lunette. Longue portée, vision nocturne si tu trouves. Et un fusil à pompe. Si tu peux te procurer une mitraillette, genre Mac-10 ou Uzi, n'importe, prends. Trouve-nous quatre gilets pare-balles. Dennis, tu as été chez Beagle, c'est une mission pour toi. Vas-y en éclaireur. Emmène Tae Woo et Martin. Essaie de voir combien d'hommes a Taylor, leurs positions, leur armement. Essaie de deviner où ils gardent Maggie. Martin, ne fais rien pour l'instant. Ouvre l'œil. Et les oreilles. Imagine que tu es dans les marines et que Dennis est ton officier. Taylor veut nous attirer sur son territoire. C'est une embuscade. »

Le téléphone sonne.

Je fonce vers l'autre poste, je me positionne de façon que Martin et moi puissions nous voir et, à mon signal, nous décrochons ensemble.

« Allô, dit-il.

— Passe-le-moi, môme, répond Taylor.
— Je t'ai dit qu'il était pas là.
— Dommage. Je voulais lui faire entendre quelque chose... » Silence, puis... Maggie pousse un cri.
Je fais signe à Martin de raccrocher. Il me regarde. J'insiste. *Raccroche*. Nous reposons le combiné simultanément. Il m'observe comme si j'étais d'une autre espèce que lui et me dit : « T'es un glaçon. Il y a quelque chose de mort en toi. »
Peut-être qu'il a raison. Peut-être que je suis déjà passé par là. Steve aurait compris.
« Il va falloir qu'on garde ton père vingt-quatre ou quarante-huit heures. Tu pourras supporter ça, Martin ?
— Il est mort. » Le gosse a du cran. « Qu'est-ce que ça peut lui foutre ?
— Rien. »
À nouveau le téléphone. J'ai bien envie de le laisser sonner ou de le couper. Mais ça prouverait à Taylor que je suis là et que je ne veux pas répondre. Alors, il pourrait menacer de lui couper un doigt ou un sein, ou de lui arracher un œil si je ne me bouge pas le cul en vitesse. N'importe quoi pour me forcer à foncer. Et ce serait notre mort à tous les deux.
Cette fois, Martin craque. Il ne veut pas recommencer le même manège. Il secoue la tête.
« Je croyais que t'avais des couilles ? » je lui dis.
Nous décrochons ensemble.
« Allô ? »
C'est une voix de femme, à présent. Elle murmure :
« Joe est là ? Joe Broz ?
— Non.
— Ô mon Dieu », dit-elle, comme si elle s'apprêtait à raccrocher.

Je prends la communication :

« Attendez. Bambi Ann ?

— Joe ?

— Ouais.

— N'y allez pas, Joe. Ils vont vous tuer. Et elle aussi. Je ne sais pas ce que vous avez fait et je m'en fiche.

— Où êtes-vous ?

— Dans une cabine publique, à l'extérieur du bureau.

— O.K. Je ne voudrais pas vous attirer d'ennuis.

— Ne les laissez pas lui faire de mal, Joe.

— J'essaie, Bambi Ann.

— Vous savez ce qu'elle a fait pour moi, n'est-ce pas ?

— Oui.

— Elle a demandé à John Travolta de m'appeler. Moi, personnellement. Pour me conseiller sur la scientologie.

— Comment savez-vous qu'ils vont la tuer ?

— J'ai écouté. J'écoute toujours sur l'interphone. Pour avoir l'air très efficace. Comme Radar O'Reilly dans *MASH*.

— Oh.

— C'est vrai. Je leur apporte ce qu'ils veulent avant qu'ils ne le demandent. Ils me trouvent formidable.

— Et vous l'êtes.

— Mais pas comme ils le croient.

— C'est encore mieux.

— Vous êtes sincère ?

— Bien sûr. Vous les battez à leur propre jeu.

— Je n'y avais pas pensé.

— Dites-moi ce que vous savez, je fais, pour la ramener au sujet.

— Je n'ai jamais trahi la compagnie.

— Je sais. Vous êtes très loyale.

— Oui.

— C'est très bien.

— Je fais ça pour elle. Pour Maggie.

— Je comprends.

— Taylor va la tuer... vous tuer tous les deux. Je crois. Lui et ce Mr. Hartman, ils en ont discuté. C'est à cause du mémo. Vous n'auriez jamais dû prendre le mémo, Joe.

— C'est elle qui voulait. Maggie. Je l'ai fait pour Maggie.

— Oh.

— Continuez.

— C'est tout ce que je sais.

— Où en ont-ils discuté ?

— Au téléphone. Avec Mr. Sheehan.

— Une triangulaire ?

— Oui.

— Ligne brouillée ?

— C'est moi qui commande le brouillage.

— Où était Hartman ?

— Il était dans son bureau, je pense.

— Il va y rester ? Ou il veut être présent à la tuerie ?

— Il veut être présent. Il insiste.

— O.K. Vous voulez m'aider encore ?

— Si je peux.

— Pour sauver la vie de Maggie.

— Oui.

— Si j'ai besoin de vous, je vous appellerai au bureau et je dirai que je suis votre oncle... vous avez un oncle ?

— Arnold.

— Oncle Arnold. Vous serez trop occupée pour me parler et vous me rappellerez après, d'accord ?

— D'accord.

— Je peux vous appeler chez vous ?

— Oui.

— Merci.

— Il y a autre chose. Mr. Bunker a téléphoné... à ce sujet.

— Qu'est-ce qu'il veut ?

— Il a fait savoir qu'il fallait absolument se procurer une copie du mémo.

— À qui ?

— À Mr. Sheehan, qui doit le répéter à Mr. Taylor. Ah, au fait, c'est pour ça que Mr. Hartman veut être présent. Il veut être sûr de récupérer le mémo.

— Est-ce qu'ils savent — Taylor, Sheehan, Bunker —, est-ce qu'ils savent ce qu'il y a dans le mémo ?

— Il semble que non.

— Merci, Bambi Ann, merci.

— Bonne chance. Sauvez-la », dit-elle.

CHAPITRE 57

J'attends le sergent Kim devant le dojo. Il est évident maintenant que je suis moins malin que je ne pensais. Taylor m'a fait filer et savait que j'avais recruté Hawk. Et si Hawk travaille pour lui depuis le début, Taylor n'ignore plus rien de RDT.

Kim conduit une Lincoln Town Car. Je le suis. Vingt minutes de route. Il habite un quartier complètement colonisé par les Asiatiques depuis dix ans. Il se gare dans l'allée de sa maison, descend de voiture et revient m'attendre sur le trottoir.

Il m'invite chez lui. Je sais que sa femme est morte. Une jeune fille d'une vingtaine d'années nous salue avec obséquiosité sur le pas de la porte, à la mode confucianiste. Kim lui parle en coréen. Il ne me présente pas. Nous allons nous asseoir dans le living-room et elle nous apporte une bouteille de scotch pas dégueulasse. Il ne me dit toujours rien d'elle, je ne sais pas si c'est sa fille, une parente, une bonne, une femme qu'il a fait venir de Corée par correspondance. Je lui raconte ce qui s'est passé. Elle nous sert des cheeseburgers. Ils sont excellents, épais et juteux, avec du cheddar et des rondelles de cornichons.

« Je déteste le ketchup, dit Kim. T'aimes le ketchup ? J'en ai, si t'en veux.

— Ça ira.

— Cheeseburgers cordon-bleu. Tu veux la recette ?

— Pas la peine, merci.

— Hartman, il a toujours Sakuro Juzo avec lui ?

— Généralement.

— Ahh... Tu veux une bière ? Un soda ?

— Comme toi.

— Hartman l'empereur. Juzo le dragon. Taylor le général ennemi. Magdalena est le trésor. Le mémo est le MacGuffin. C'est Hitchhock qui appelle ça comme ça. T'aimes les thrillers ? Hitchhock, c'est mon préféré. C'est comme un match.

— Ouais », dis-je. Sauf que je suis amoureux d'elle. « Ouais. Comme un match. »

CHAPITRE 58

À midi, le lendemain, un petit livreur vietnamien apporte des fleurs à Bambi Ann Sligo. Dans les fleurs, il y a un billet pour Frank Sheehan.

Cher Frank,
Maggie contre le mémo.
Chez elle. 14 heures.
Seulement Taylor et elle.

Bambi Ann est autorisée à prolonger sa pause déjeuner pour voir son oncle Arnold. Elle n'aime pas son oncle Arnold, mais elle compte hériter d'un petit quelque chose à sa mort. Je lui demande pourquoi elle ne l'aime pas et elle me répond que ça ne me regarde pas. Elle me dit qu'il y a eu plusieurs appels dans les deux sens. Hartman revient de Napa à L.A. immédiatement. C'est ce que j'avais espéré. Ils n'amèneront pas Maggie avant la nuit, parce qu'ils ne veulent pas la déplacer deux fois et chercher un autre endroit où la garder.

« Ils sont très remontés contre vous. Parce qu'ils ne savent pas comment vous joindre.

— Comment va-t-elle ?

— Je pense qu'elle va bien.

— Tant mieux. » C'est tout ce que je trouve à dire.

« C'est une femme merveilleuse.

— J'ai encore quelque chose à vous demander. Est-ce qu'U.Sec. a surveillé RepCo ? Et le domicile de Hartman ?

— Je crois que oui.

— Vous pouvez me procurer une copie ? »

Dennis, Kim Tae Woo et Martin me retrouvent chez Maggie à 11 heures et demie du soir. J'apporte tout ce que j'ai comme équipement. Ils commencent à quadriller le terrain comme pour soutenir un siège, vérifient les angles aveugles, les postes d'observation et les points de mire. Je demande à Mrs. Mulligan de nous préparer du café et des sandwichs. Dès que je suis sûr qu'elle a appelé U.Sec. pour leur dire combien nous sommes et quel est notre armement, je la renvoie et je débranche les téléphones. Je me demande de quel côté elle est vraiment dans son double jeu.

Aussitôt après son départ, je me tire avec Kim Tae Woo.

J'ai décidé de laisser deux gars derrière. Taylor va envoyer quelqu'un surveiller la baraque. C'est ce que je ferais, à sa place. Tout le monde le ferait. Il va y avoir de l'action. Je laisse Martin, parce que c'est le moins expérimenté du lot. L'autre doit être blanc afin qu'un éventuel guetteur, l'apercevant de loin par une fenêtre, puisse croire que c'est moi.

Le journal a annoncé un temps couvert. C'est exact : le ciel est chargé, la nuit est noire et nous

nous faufilons facilement jusqu'à la plage. De là, il y a un kilomètre et demi de trotte jusqu'à l'autoroute de la côte. Une bagnole est arrêtée sur le bas-côté. Le chauffeur change une roue. C'est un copain du sergent Kim et il nous attend. Il finit rapidement. Nous partons.

Les noms, adresses et numéros de téléphone du personnel de sécurité figurent tous dans les dossiers que m'a filés Bambi Ann. Elle m'a grandement simplifié les choses. Sans elle, nous aurions été obligés de tenter une interception en pleine rue, à découvert. Fort de ses renseignements, Paul Dressler a pu choper le gazier chargé de la surveillance de minuit à 8 heures avant qu'il ne parte au boulot. Quand nous arrivons à RepCo, Paul est assis à la place du veilleur de nuit, devant les écrans vidéo. C'est lui qui commande la porte d'entrée. Il nous ouvre.

« Hartman est toujours là ?

— Oui.

— Il y a quelqu'un d'autre dans la place ?

— Kim est déjà ici. »

Je regarde autour de moi. Kim, vêtu de noir, émerge de l'ombre.

« Il y a un autre agent, dit Paul. Je crois qu'il est en communication avec le Japon. Son téléphone est resté allumé toute la nuit. Et Hartman a ses gardes du corps avec lui.

— Combien ?

— Juzo et deux autres. Il me semble. J'ai pas pu m'en assurer.

— Reste ici », dis-je.

Ça nous met à trois contre quatre. Mais nous avons l'effet de surprise pour nous.

Nous enquillons le couloir en silence jusqu'à l'ascenseur. Il y a plusieurs possibilités. Nous pouvons monter, et risquer de signaler notre arrivée ; nous pouvons prendre l'escalier, et risquer de les rater s'ils descendent au même moment par l'ascenseur ; nous pouvons les attendre en bas et dresser notre embuscade ici même. Je fais signe aux deux autres de s'arrêter. J'observe, je tends l'oreille, je veux me rendre compte, essayer de sentir quelque chose. Je ne vois plus le sergent Kim. Il s'est à nouveau fondu dans l'ombre. Un vrai numéro d'illusionniste. Kim Tae Woo se tient à gauche de la porte de l'ascenseur, calibre au poing. Je suis à droite. Il ne bronche pas. Une statue. Je ne l'entends même pas respirer.

L'ascenseur fait un bruit : il se met en marche. Il descend. Je souris à Tae Woo. Voilà qui simplifie le problème. Il nous suffit d'attendre gentiment que David Hartman et ses ninjas viennent se jeter dans la gueule de nos flingues. Le bruit se rapproche. Ils arrivent. La cabine s'immobilise avec un son mat. La porte commence à s'ouvrir...

Je sens un canon dans mes reins. Une main venue de derrière me prend mon feu.

Tae Woo a un ninja dans le dos, lui aussi, en uniforme noir, qui lui dit : « Lâche ton arme. »

La porte s'ouvre complètement.

« Bien joué », dit Hartman. Sakuro Juzo est derrière lui. Il tient une épée. « Taylor est un idiot. Mais Sakuro m'a assuré que vous viendriez. Un cerveau de stratège. Il dit que vous avez lu Sun Tsu mais que vous ne l'avez compris que comme un Occidental. J'espère que vous avez apporté le mémo.

— Non, je réponds. Je ne l'ai pas. »

Il soupire et sort de l'ascenseur, suivi de Sakuro. Il me frôle. J'ai toujours un flingue dans les reins. Le couloir donne sur le grand hall. Ils s'y rendent. Nous leur emboîtons le pas. Le plafond est si haut qu'il disparaît dans les ténèbres. Il y a du feu dans la cheminée, comme toujours. Et une bouteille de champe dans un seau à glace.

« C'est une bouteille à cinq cents dollars, dit Hartman. J'ai parié avec Sakuro que vous ne viendriez pas. Non que j'aie douté de lui, mais je ne voulais pas avoir l'air de la lui offrir en guise de récompense. Ou de pourboire. C'eût été discourtois. Cet homme est un génie. »

Sakuro et Hartman ont l'air très contents d'eux.

« Je veux le mémo. Ou je vous jure que... Bah, je vous ai et j'ai Maggie. Sakuro est convaincu que l'un de vous deux finira par craquer pour abréger les souffrances de l'autre. »

Soudain, une voix s'élève de l'obscurité. Dans une langue que je ne comprends pas. Asiatique, semble-t-il. C'est le sergent Kim. Je ne sais pas ce qu'il baragouine, mais son intonation est nettement moqueuse. Le vanne doit être assez salé parce qu'il provoque une réaction chez Sakuro Juzo, ce qui ne doit pas être coton, compte tenu du self-control requis pour atteindre le top-niveau dans les arts martiaux.

Le Jap réplique.

Puis Kim.

Puis Sakuro à nouveau. Il dit quelque chose à ses deux ninjas, qui font place aussitôt. Et il se tourne vers Hartman.

« Je vais livrer un petit combat personnel, explique-t-il. Je vais gagner. Ce sera sans conséquences.

— Bien sûr, dit Hartman.

— Place ! » nous lance Sakuro.

Puisqu'il nous a vaincus, il peut nous traiter comme des inférieurs. Nous obéissons, nous dégageons les chaises et les tables et nous nous écartons. L'espace est libre. Le sergent Kim fait son entrée.

Selon toute apparence, voilà un match que Kim va perdre. Il ressemble à ce qu'il est : un vieux soldat qui s'est plus intéressé au pognon qu'à la bagarre depuis vingt ans et qui force beaucoup trop sur la bouteille. Et il y a pire. Bien pire. Il n'a aucune chance : il va se battre à mains nues, alors que le Jap a une épée — une arme de samouraï, dont il est l'un des grands maîtres vivants. Ce n'est pas une question de pouvoir mystique ou de ki. Songez seulement aux sports professionnels. Imaginez-vous sur un ring face à un champion poids moyen. Imaginez-vous sur un terrain de foot américain face aux Lions de Detroit. Ou simplement sur un court de tennis contre un joueur du top 5. Même si vous êtes doué, le jeu ira beaucoup trop vite pour vous. Avec des coups et des feintes que vous ne verrez jamais venir.

Ils se toisent. Kim se marre. Sakuro ricane légèrement. Bien qu'ils paraissent immobiles, ils manœuvrent. Je ne vois rien, mais je sais qu'ils sont déjà en train de se battre. Brusquement, Kim saute sur le côté. Une roulade et hop ! hop ! le voilà sur la droite de Sakuro... qui a anticipé, a déjà pivoté et esquivé l'attaque avant qu'elle ne soit portée. Tous les regards sont fixés sur eux. J'en profite pour jeter un œil à mon ninja, pour voir s'il m'a oublié.

Non. Il ne m'a pas oublié. Et je suis un con, parce qu'il a pigé mon manège et maintenant il redouble d'attention. Une dernière lueur d'espoir vient de s'éteindre.

Sakuro, en un geste d'une incroyable rapidité — que je n'aurais même pas vu sans le scintillant reflet de sa lame —, frappe et tranche la main de Kim.

Le temps s'arrête. Sakuro s'arrête. Il contemple son œuvre. La main tombée à terre.

Un flot rouge jaillit du moignon de Kim. Il avance, lève son bras à hauteur d'œil et aveugle Sakuro avec son sang qui gicle. Il bondit sur lui en lui aspergeant la gueule et, de sa main valide, lui balance une de ses mandales à l'ancienne en plein cou. Et le tue.

Je dégaine le flingue de mon étui de cheville et je descends mon ninja.

Paul déboule dans la pièce, arme au poing, et braque l'autre ninja.

Kim fourre son bras dans la cheminée et cautérise sa plaie sur une bûche incandescente. Il doit être sous le choc parce qu'il ne crie pas.

Je braque Hartman.

Kim fonce vers le seau à champagne, sort la bouteille, la lance à Tae Woo et colle sa chair grésillante dans la glace. Puis il devient très, très pâle et tourne de l'œil.

David Hartman tombe à genoux et vomit.

« Il est mort ? Mort ? »

Je m'approche de Sakuro. Je vérifie. Il est mort.

Paul force le ninja survivant à se coucher sur le dos, pattes écartées. Ce sont des mecs dangereux, même vaincus. Mais je n'ai pas le cœur à l'achever.

« Vous avez tué Sakuro Juzo. Vous êtes fous, complètement fous, braille Hartman. Vous venez de tuer un placement de douze, vingt millions de dollars. Il allait... il allait... il allait de... de... devenir une pompe à fric. Une pompe à fric. Jouets. Clubs. Films. Vêtements. Une ligne de vêtements. Tout. Il devait tourner son premier film dans deux semaines. Deux semaines. T'es cinglé, Broz. Cinglé. »

Je lui allonge une baffe pour le calmer. Fin de l'hystérie.

« Il est mort. Il comprend ça. »

Tae Woo ramasse la main de son oncle avec précaution, cherche un linge propre — il repère un napperon sur une table — et l'enveloppe soigneusement. Puis il débouche la bouteille, berce la tête de Kim sur ses genoux et lui donne un peu de champe pour l'aider à refaire surface.

« Allez, David, dis-je. Nous allons vous échanger contre Maggie. Puis je vous remettrai le mémo. Mon unique exemplaire. Ensuite, on fera comme si rien ne s'était passé. U.Sec. se chargera des corps. Ils savent faire. Et on sera copains. Vous aiderez Maggie dans sa carrière. Je garderai vos secrets pour moi. À jamais. Si vous ne respectez pas le marché, je survivrai et je viendrai vous tuer. Parce que je suis comme ça. Je tue. »

CHAPITRE 59

Par où commencer ? Maintenant que nous arrivons à la fin...

Tout a commencé pour moi par une nuit particulièrement sombre. J'habite au fond d'un cul-de-sac. Une route crottée sans nom ni panneau d'aucune sorte, dans un coin semi-rural de l'État de New York. Il pleuvait. Bruine continue. Temps couvert. À New York City, où je vis d'habitude, il ne fait jamais sombre. Mais, à la campagne, quand la lune et les étoiles sont cachées par les nuages, la nuit est noire comme de l'encre.

Je travaillais.

J'ai un atelier. C'est une bâtisse de bois brun en forêt, à cinq cents mètres environ de ma maison. Elle est pratiquement invisible, sauf en plein hiver lorsque les arbres sont dénudés et que la neige sur le toit dessine des lignes trop géométriques pour être naturelles. Aussi fus-je saisi d'une trouille monstre en entendant un coup frappé à ma porte. J'ai une famille, mais ils ne viennent jamais jusqu'ici. Il y a une pancarte disant : « Interdit aux femmes et aux individus de moins d'un mètre vingt. » C'est une petite plaisanterie à usage interne, signifiant : ne pas déranger l'écrivain qui s'efforce de gagner le pain quotidien. Ils respectent le pacte. S'ils veulent vraiment me parler, ils appellent. Oh, bien sûr, les gosses passent quelquefois, mais pas à la nuit tombée. Personne ne vient frapper à ma porte.

J'ouvris. Il y avait là un homme que je n'avais jamais vu.

« Vous êtes Larry Beinhart ? dit-il.

— Oui.

— Joe Broz. Je vous ai téléphoné, il y a quelque temps. »

Je remarquai qu'il portait un cartable. Je jetai un œil par-dessus son épaule. Vers ma maison. Où se trouvait ma famille.

« Je les ai pas dérangés, fit-il. Je voudrais vous parler.

— Vous n'avez rien à vendre, au moins ?

— Juste une histoire. Vous êtes du métier. Et assez bon dans votre genre. Vous vous souvenez pas de moi ? Je vous ai appelé un jour au sujet d'un de vos bouquins.

— Ah, oui », répondis-je, bien que j'aie tendance à oublier les noms des gens qui me font des offres ou me proposent des affaires qui ne se réalisent jamais. Je les confonds dans la grande cohorte des Madame Truc et Monsieur Machin, marchands de vent. « Entrez », dis-je, parce que je ne savais quoi dire d'autre. Franchement, j'étais un peu irrité. À l'époque, j'avais écrit trois romans à énigme, avec un personnage de « série ». Bien qu'ils aient connu — comment voulez-vous empêcher un auteur de dire ça ? — *un beau succès d'estime*, ils n'avaient pas suscité l'engouement populaire que j'escomptais. J'étais à la recherche d'une formule pour un grand succès commercial. Ce qui n'allait pas dans mes livres, me semblait-il quand je les comparais à ceux qui marchaient, c'était leur décalage. Ils n'étaient pas assez ciblés. Je pris deux résolutions : renoncer aux séries et me recentrer. Être moins humoristique. Moins cynique. Moins réfléchi. Moins intelligent. Que voulez-vous ? l'ego est toujours enclin à atténuer ses torts au nom d'un pathétique : *je suis trop bien pour eux.*

Quoi qu'il en fût, j'avais décidé d'écrire un livre sur la région où je vis actuellement, un comté de faible urbanisation avec une unique petite ville à forte majorité blanche et américaine depuis plusieurs générations. Afin d'être en phase avec la culture du terroir, du moins dans son aspect criminologique, je proposai mes services à l'hebdomadaire local, convaincu, d'après les tarifs pratiqués, qu'ils étaient prêts à engager n'importe qui. Je devins journaliste. Sans préjuger de la qualité de mon travail, l'industrie du crime m'accueillit à bras ouverts. Je fais référence ici, en priorité, à la branche légale de l'industrie du crime, celle des forces de l'ordre, de loin la plus stable et la plus lucrative. Je me mis d'arrache-pied à la tâche pour essayer de me familiariser avec le problème, voler des personnages et découvrir le ferment d'une histoire qui me permettrait de transformer une rubrique de trois pages en un roman susceptible de payer mes traites, l'assurance-maladie et le reste.

Ça venait lentement. Très lentement. Plus c'était lent, plus je me décarcassais. Et ma famille, comme on peut s'y attendre de la part d'une famille constituée à cinquante pour cent de membres de moins de quatre ans, tendait à accaparer mon temps. Jamais, dans la vie de bohème qui avait été la mienne auparavant, je n'avais imaginé que les minutes me seraient un jour aussi précieuses.

Donc, non, je n'avais pas vraiment envie de parler à ce type. Mais je le laissai entrer. Il s'assit dans l'abominable rocking-chair vert que ma femme m'a acheté pour 5 dollars dans une braderie où elle a également acquis un portrait à l'huile d'un des derniers papes pour 3 dollars. « Une seconde », fis-je en décrochant le téléphone. « J'appelais juste pour savoir comment vous alliez, toi et les gosses », dis-je à ma femme. Je ne lui ai pas dit : *J'appelais juste pour savoir si vous étiez encore vivants et m'assurer que cet inquiétant particulier n'avait pas fait quelque truc bizarre en pleine nuit au fond des bois.* Apparemment, tout le monde se portait comme un charme.

Ce fut alors qu'il sortit une bouteille de son sac. Du whisky.

« J'ai une histoire pour vous, commença-t-il.

— J'en ai déjà deux toutes prêtes pour le journal, répondis-je. Et un livre en préparation. »

Il avait même ses propres gobelets en papier. Il m'en offrit un. Je refusai. Je ne suis pas un buveur et je ne comprends pas ce besoin. Cela me pose d'ailleurs de gros problèmes dans mon travail, vu que je me suis spécialisé dans un genre où on picole sec.

« Vous devriez m'écouter. C'est une bonne histoire, insista-t-il.

— Une histoire courte ? » demandai-je en essayant de sourire pour détendre l'atmosphère.

Il avala une gorgée et, avec la faconde qu'on peut attendre d'un conteur buveur de whisky, attaqua son récit en ces termes :

« Je suis un authentique héros américain. Vraiment. Voilà ce que je suis. D'abord, considérez que je suis fondamentalement un petit mec. Je parle pas de ma stature physique, je veux pas dire par là que je suis mal foutu. Je veux dire que je suis un type ordinaire... »

Un numéro sorti tout droit d'O'Neil ou Saroyan. Un vrai baratin de comptoir. Étant donné que je ne bois pas, je n'ai jamais pu rester très longtemps dans un bar, ce qui m'a toujours donné le sentiment de passer à côté d'une abondante source d'inspiration.

« ... Donc, me voilà, un type ordinaire. J'ai pas l'intention de changer le monde. Pas l'intention de devenir une grosse pointure. J'ai pas de compte à régler. Je suis juste un mec qui a un boulot à faire et qui essaie de le faire de son mieux. Enfin, mon boulot, lui, il est peut-être pas ordinaire, ça, c'est vrai. Je suis un privé. Une fouine. Un détective. L'étoffe dont sont faits les rêves. Les livres, la télé, le cinoche. Autrement dit, mon histoire est... commercialisable. Vous me suivez ? »

J'écoutai donc. Je vous passe les détails, mais il m'a tenu la jambe pendant trois jours. En toute franchise, je dois avouer que, si je l'ai écouté jusqu'au bout, c'était en partie parce qu'il m'intimidait. Il était physiquement très imposant. Il y a des types comme ça : vous leur touchez le bras et vous vous apercevez qu'il y a un tronc d'arbre dedans. Un jour, tandis que je travaillais comme machiniste sur *Lords of Flatbush* — à soulever et transporter des décors à longueur de journée, si bien que j'étais relativement costaud moi-même, à l'époque —, Sylvester Stallone m'écarta de son chemin avec une brusquerie involontaire et j'eus soudain l'impression de me trouver face à un individu d'une autre espèce. Joe était un peu comme ça, en moins sculptural. Bref, j'avais trop peur de cet alcoolique tout en muscles, armé — il portait un revolver à la ceinture, un autre dans son cartable — et qui buvait sans discontinuer, pour le jeter dehors. *Je ne plaisante pas.*

Il me raconta l'histoire que vous avez lue jusqu'ici. Il me la raconta à la première personne. De son point de vue. Je dois dire qu'il était très pointilleux, ou semblait l'être, et faisait toujours la part entre ce qu'il savait, ce qu'il imaginait et ce qu'il supposait, en se justifiant. Il avait un sens de l'observation très « professionnel ». Incidemment, il était beaucoup trop détaillé pour moi sur les armes, le matériel, les arts martiaux et je m'égarais un peu. Il s'en rendit bientôt compte — ivre ou à jeun, il avait la comprenette rapide — et simplifia son discours sur ces sujets.

Vu la durée de son séjour, il fut inévitablement amené à rencontrer ma famille. Quiconque a des enfants en bas âge sera tenté, comme je l'ai été, de juger les gens d'après leur attitude avec ces enfants ou la réaction de ceux-ci à leur égard. On raconte souvent que la réaction d'un chien est un excellent révélateur du caractère d'une personne. Personnellement, je n'ai jamais connu de canidé doué d'un sens profond de la nature humaine. Ma fille, en revanche, qui avait trois ans à l'époque, a toujours eu ce talent — et je me fie à ses impressions. Anna le trouva à sa convenance. Mon fils, qui venait de fêter son premier anniversaire et commençait à peine à marcher, en était à un stade plus végétatif, moins affirmé sur le plan de la personnalité. Joe joua avec lui dans un esprit d'affectueuse tolérance, sans manifester aucun de ces signes d'agacement qui ont amené les parents américains traumatisés par les médias à penser qu'un adulte sur sept est un molesteur d'enfants et que chaque molesteur moleste au moins quatre cents enfants au cours de sa vie.

Et puis, il les observait avec une sorte de regret mélancolique. « Vous avez réussi votre vie, me disait-il. Vous avez du pot de pouvoir regarder vos enfants grandir. » Je suis assez d'accord avec lui sur ce point, quoique j'aimerais parfois avoir les moyens de me payer une nurse.

Il voulait que je l'enregistre, mais je ne suis pas vraiment équipé pour ça et nous nous sommes rapidement retrouvés à court de bandes. Les magasins étaient fermés depuis longtemps. Je pris donc des notes — ce qui me semblait un bon exercice — et, le lendemain, allai acheter des bandes.

Alors, ce furent les piles qui flanchèrent. Mon magnétophone fonctionne avec des AAAA et, comme par hasard, tous les magasins de la ville avaient épuisé leur stock de AAAA. Je continuai donc à prendre des notes. Et à poser des questions. L'une de mes premières fut : Pourquoi moi ? Pourquoi ici et non à L.A. ?

« Laissez-moi poursuivre mon histoire, dit-il, et vous aurez la réponse. »

CHAPITRE 60

Nous allons chez Maggie et je la récupère.

Vous voulez peut-être savoir pourquoi elle a crié. Un fil de fer sous les ongles. Pas de lésion définitive et, comme l'a remarqué Maggie elle-même, pas de cicatrices visibles. Comme au cinéma, les bons s'en sortent.

Je donne le mémo à David.

Steve Weston. Nous rapportons le corps à L.A. Il est important pour la famille que le corps soit retrouvé, rapport à sa retraite et à la Sécurité sociale. Quand les flics découvrent le cadavre, ils mettent ça sur le compte de la drogue. Normal : individu noir, sexe masculin, blessure par balle. La routine. Maggie m'accompagne à l'enterrement.

J'ai deux promesses à tenir. L'une à Steve. L'autre à son fils. J'y viendrai dans une minute.

Vous m'avez demandé si j'avais fait une copie du mémo avant de le donner à Hartman. Réponse : oui. Mais je ne l'ai pas.

J'appelle C.H. Bunker. Il aime les secrets, il y croit. Ses deux histoires de guerre préférées sont la bataille de Midway et l'offensive du Têt. Je lui offre la copie en échange d'un armistice. Je lui répète : « Je n'ai jamais divulgué les secrets. »

Et c'est vrai. Je n'en ai trahi aucun. Aucun. Jusqu'aujourd'hui. Et, même maintenant, je ne vous dis pas tout.

C.H. me serre la main droite et me prend le mémo de la gauche. « Tope là, fils », dit-il.

Maintenant, devinez quel est le premier film que Hartman nous propose. *American Ninja*. Le film que devait tourner Sakuro Juzo et auquel il a renoncé pour cause de décès. Ils font une réadaptation rapide et donnent à Maggie le rôle principal, le rôle de Sakuro. Il y a plusieurs suites en prévision. D'un haut niveau culturel. À la James Bond. Vous connaissez la blague de Roger Moore ? Il disait que son texte n'avait qu'une seule phrase, toujours la même : « Mon nom est Bond, James Bond. » Maggie dit que son texte à elle est deux fois plus riche. Elle a deux phrases : « Oui, ce sont des ninjas américains » et : « Apprenez à craindre les femmes. » Mais qui dit James Bond dit grosse production. Un cachet énorme plus un joli pourcentage sur les bénefs. Entre dix et douze semaines de tournage. Toronto, Japon, Mexique. En attendant, on s'offre quelques petites vacances, histoire de nous faire oublier un peu.

Deux semaines plus tard, on est sur le tournage.

C'est la première fois que j'assiste à la réalisation d'un grand film. C'est presque aussi dément qu'une guerre. Je comprends qu'on puisse sauter le pas. Atwater, Hartman et Beagle ont dû le comprendre aussi. Tous les ans, il y a des morts dans le ciné : des cascadeurs, des pilotes d'hélicoptères, des cadreurs, parfois même un acteur ou deux.

Maggie et moi, on nage dans le bonheur. On plaisante. Un jour, elle m'explique qu'elle essaie de me piéger pour se retrouver enceinte et avoir un « mariage au fusil ». Le lendemain, elle me met en garde, me rappelle qu'elle est une actrice et que les actrices sont des créatures émotives, traditionnellement volages et naturellement portées sur le drame.

On est au Mexique. En plein mois de juillet. Ça chauffe. Mais on est au bord de l'eau, sur la côte du Pacifique, et on se paie du bon temps.

On traîne beaucoup avec Catherine Held, la doublure de Maggie, et Tommy Tommassino, le chef décorateur, son fiancé. Ils sont amoureux. Nous sommes amoureux. Tommy a fait le Viêt-nam. On décide de partir tous ensemble dès la fin du tournage, prévue pour le premier ou le 2 août. Pour se mettre au vert une quinzaine de jours. Faire la fête. Nager. Comme monsieur et madame Tout-le-Monde.

Donc, tout baigne dans l'huile. De temps en temps, je repère quelques mecs louches, mais je reste prudent dans mes jugements parce que je ne suis pas assez rencardé sur le Mexique pour être affirmatif. Surtout que c'est grand et varié, le Mexique. Les gens changent d'une région à l'autre. On est à Oaxaca, dans une station balnéaire proche de Puerto Angel, à environ 450 kilomètres d'Acapulco.

Il nous reste à tourner une séquence de nuit sur la plage. Le dernier plan est dans la boîte trente minutes avant le lever du soleil.

L'équipe ouvre une caisse de bière. La tequila coule à flots. Les joints circulent. C'est la grande bamboula. On allume des feux sur la plage. Maggie est stone. Plus que stone, elle est sur un petit nuage. Ça lui fait du bien. Elle a bossé dur. Tout le monde a bossé dur. Et puis, quoi ! c'est le Mexique.

Je reste sobre. Comme doit l'être un chauffeur. Comme si j'étais encore de service. Parce que quelque chose me dit que je le suis encore. Le monde m'envoie des signaux.

Je vous avais dit que je vous raconterais une nuit d'amour avec Maggie. Juste une seule. Parce que c'est... cinématographique. Qui sait ? Peut-être que quelqu'un aura envie de faire un film sur cette histoire — pas sur la guerre, sur *notre* histoire, à Maggie et à moi. Je ne sais pas ce que ça donnerait. Je sais pas si le public comprendrait. Enfin, je vous raconte toujours. Nous quittons la fête pour rentrer à l'hôtel. Maggie me dit de me déshabiller pendant qu'elle s'éclipse dans la salle de bains. Elle en ressort avec pour tout vêtement une paire de bottes et un chapeau de cow-boy. Elle me tend une boîte.

« Un cadeau pour toi », dit-elle.

Je déballe : deux colts Peacemaker originaux et un ceinturon qui doit bien avoir cent ans d'âge, en cuir ciré parfaitement entretenu.

« Ils sont magnifiques.

— Ils sont chargés », précise-t-elle.

Elle me demande de mettre le ceinturon. Je me couche. Et me voilà sur le dos à poil, en plein Mexique, avec une paire de colts du Far West à six coups. Magdalena Lazlo, en bottes et en chapeau, me chevauche avec furie, en amoureuse. Il y a de la musique sur la platine laser. On monte le son.

La porte s'ouvre.

Je ne sais pas pourquoi, mais je m'y attendais. Mon 9 mm est sous l'oreiller, difficile à saisir. Pas de panique, j'ai déjà un Peacemaker à la main. Je me redresse. J'arme le percuteur, tout naturellement, comme si je faisais ça tous les jours.

Bo Perkins entre.

Je tiens Maggie contre ma poitrine. Elle a encore les jambes autour de moi. Il y a une ligne droite qui va du bout de mon canon au centre du front de Perkins, ce que certains appellent le troisième œil. Je tire. La balle se loge exactement où je l'avais prévu. Le bruit est assourdissant. La détonation résonne dans la pièce.

Ça se passe le jeudi 2 août, au matin.

Sur le moment, je ne comprends pas ce que ça signifie. Plus tard dans la journée, j'entends les nouvelles. Saddam Hussein a envahi le Koweit. George Bush est à Aspen avec Maggie Thatcher. Dans l'après-midi ou dans la soirée, je ne sais plus, il fait une déclaration : « Nous n'avons arrêté aucune décision, mais nous les envisageons toutes. »

Hartman n'avait pas voulu courir le risque de nous laisser en vie. Les types louches que j'avais vus avaient des gueules de mercenaires, style escadrons de la mort au Salvador. Aucun visage connu, évidemment, ils n'avaient pas commis cette erreur. Probablement des mecs qui avaient travaillé avec Bo et Chaz autrefois. Je ne comprends pas pourquoi Bo n'a pas attendu un renfort. Il aurait dû attendre. Il aurait dû savoir qu'il ne pourrait m'avoir tout seul.

Vous voulez connaître mes pensées, mes suppositions, mes réflexions ? Ou vous voulez savoir ce qui s'est passé ? Les faits, sans commentaires.

CHAPITRE 61

Nous en étions au troisième jour, en début de soirée. Je voulais en terminer.

« J'ai quelques questions, dis-je, mais elles attendront. Finissez d'abord.

— Tommy et Catherine nous accompagnent. J'ai essayé de les persuader de rester à l'écart. Deux fois. Ils ont insisté. Alors, j'ai accepté leur aide. Une heure après la visite surprise de Bo, on est partis. On traverse le pays, direction Veracruz. On descend dans un hôtel bon marché. Il y a des tas de petits hôtels au Mexique. Comme je parle espagnol, je fais un tour sur les quais pour me mettre en quête d'un bateau. Je pense que c'est le meilleur moyen de nous tirer. Catherine va acheter à bouffer. Elle se défend assez bien en espagnol et elle est beaucoup moins reconnaissable que Maggie.

» Je me suis gouré. Sur toute la ligne. »

Il s'interrompit. Il me regarda.

« Dites-moi à quel moment je me suis gouré. Comment j'aurais dû faire ? Vous pouvez me le dire ?

— Non. »

Il but une autre gorgée. Au goulot. Il avait la tête comme un roc. Il me passa la bouteille et je me sentis obligé de l'accompagner. L'alcool n'est pas du tout mon fort. J'ai mal au crâne avant d'être soûl, envie de vomir avant d'être gai. Je suis sensible à d'autres produits. Une question de métabolisme, je suppose.

« Qu'est-ce que vous vouliez que je fasse, merde ?

— Que s'est-il passé ? demandai-je.

— On est lundi. Le 6 août. Je trouve un bateau. Je maquille bien mon affaire. Je mégote sur la qualité, le prix, la fiabilité. Je la joue en touriste, pas en clandestin qui s'apprête à se barrer du Mexique avec trois copains. »

Joe m'observa, les yeux injectés de sang.

« Oh, putain... Je rentre à l'hôtel... Ils sont morts, tous les deux. Déchiquetés. Tommy et Maggie. »

Il but encore un coup. « Qu'est-ce que je peux vous dire après ça ?

— Qu'avez-vous fait ?

— J'ai attendu Catherine. Je lui devais bien ça. Je la prends par le bras et je l'emmène sur le bateau. Le lendemain, je capte une radio du Texas et j'écoute les infos. La veille au soir, après le meurtre de Maggie, vous pouvez vérifier, le président a tenu une conférence de presse. Ils ont probablement cru qu'ils m'avaient eu, que c'était moi, et non Tommy, qui étais avec Maggie. À partir de maintenant, j'en suis réduit aux suppositions. Mais voici comment je vois les choses.

» Bush donne le feu vert. Pourquoi le 2 août ? J'en sais rien et je m'en fous. C'est comme ça. Alors, il demande à Hartman s'il est sûr, absolument sûr que personne n'est au courant, à part eux trois... ou quatre ou cinq, je sais pas combien ils sont dans la combine. Et Hartman lui dit : “Deux précautions valent mieux qu'une. Avant de foncer, laissez-moi régler encore un détail que j'ai voulu laisser en suspens jusqu'au dernier moment."

» Mais peut-être que je sous-estime Hartman. Peut-être qu'il est vraiment machiavélique et qu'il préparait son coup depuis trois mois, en se disant : bon, la situation m'échappe pour l'instant, concluons une trêve, calmons le jeu. Je mets Maggie sur le film et, quand le tournage sera fini, alors je la supprimerai. Mort mystérieuse, dernier film de la star, il y a de quoi doubler ou tripler les entrées. Avec Sakuro qui meurt juste avant elle, on peut faire mousser là-dessus une malédiction des ninjas, un truc comme ça. Des années de recettes assurées.

» Ou alors, le trac. La réalité lui fait peur tout à coup. Nous représentons un trop grand risque pour lui. Il balise. Il appelle Sheehan ou Bunker...

— Pas Taylor ? demandai-je, pensant que Taylor avait finalement été viré.

— Mais non, putain, puisque Taylor est mort.

— Je ne pouvais pas deviner.

— Je vous l'ai dit ! fit-il, agacé.

— Non, je vous assure que vous ne m'en avez rien dit.

— Je vous ai pas dit que j'avais prévenu Taylor que je le tuerais s'il touchait à Maggie ?

— Oui, ça, vous me l'avez dit.

— Alors, vous voyez bien.

— Tout le monde ne met pas ses menaces à exécution. »

Il se leva et marcha de long en large. Il regarda par la fenêtre. Vers les bois. Les feuillages étaient touffus et vert foncé.

« Il fait toujours aussi bon, ici ?

— Oui », répondis-je. C'est vrai. La bâtisse n'est qu'une vieille caisse de bois, construite vers 1916, je crois, mais elle a un haut plafond, de larges auvents et elle est ombragée par de grands arbres.

« Vous avez de la chance.

— Oui.

— Vous croyez au karma ?

— Je ne sais pas.

— Le châtiment ? Le destin ? Si j'avais laissé Taylor s'en tirer...

— Eh bien ?

— Est-ce que Maggie serait vivante ?

— J'ai une idée pour vous, dis-je. Une idée saugrenue. Si vous voulez l'entendre...

— Bien sûr.

— Peut-être pourriez-vous essayer de tirer un trait sur tout ça. J'ai du mal à me rendre compte. Je n'ai jamais fait ce que vous avez fait. Il y a un monastère zen au bout de la route, sur le mont Tremper. Ils pourront peut-être vous aider à supporter votre souffrance. Si je suis à côté de la plaque...

— Non, non. Ça se tient. »

Je restai assis en silence. J'attendais. Je ne savais pas quoi dire. Je le répète, il m'effrayait. Mon boulot de journaliste local m'a amené à visiter la prison. J'ai parlé à des taulards et je connais quelques flics qui disent avoir tué des gens. Mais je n'avais jamais rencontré personne qui fût ce qu'était — ou prétendait être — Joe Broz. Sincèrement, tout ce que je désirais, c'était éviter de commettre un impair et le voir repartir en paix — et en laissant ma famille en paix. Personnellement, je ne suis pas un homme violent.

Si je pouvais l'aider à surmonter sa douleur et à trouver le chemin de l'oubli, tant mieux, je serais content de moi. Je ne donne pas dans le spiritualisme, d'habitude, mais il me semble que, quand on est dans cet état, la seule issue est l'expérience mystique, la dévotion au Christ, à Bouddha ou autre.

Je suis peut-être trop romantique. Il doit y avoir des tas de gens qui tuent et vivent heureux ensuite, mangent, boivent, aiment leur épouse, leurs enfants, leur maîtresse et leurs amis. Joe m'avait d'ailleurs fait comprendre qu'il était de ceux-là.

C'est beaucoup plus tard que j'ai décidé d'écrire ce livre. J'ai d'abord essayé de mieux comprendre la guerre. Parmi les ouvrages que j'ai lus, il y avait *Le Visage de la bataille, essai sur Azincourt, Waterloo et la Somme*, de John Keegan. En tombant sur le passage suivant, j'ai éprouvé... non pas un choc, mais une sorte de soulagement. C'était la preuve que ce que j'avais rencontré existait :

> *« Bien sûr, ça ne m'a jamais gêné de tuer des gens », me confiait un jour un officier d'infanterie grisonnant en me rapportant les exploits qui lui avaient valu trois fois la Military Cross pendant la Seconde Guerre mondiale. Noir sur blanc, c'est un propos horrifiant ; mais, de vive voix, son intonation laissait entendre que non seulement il comprenait le trouble légitime que provoquait cet aveu, mais reconnaissait aussi que l'acte de tuer eût dû le troubler lui-même ; que son impassibilité devant le meurtre et son absence de remords ultérieurs étaient le signe d'un défaut de son caractère, ou pis, de la nature humaine en général. C'étaient là des sujets dont il était prêt à*

débattre, et nous le fîmes plus d'une fois. Il était peut-être un personnage insolite, mais non hors du commun. La fiction le connaît très bien. Mainte littérature romantique a pour thème l'homme violent, présenté aussi comme l'homme sage, maître de soi, plein de compassion et de Weltanschauung. *Cet homme existe assurément aussi dans la vie réelle et autant dans l'armée qu'ailleurs, ainsi que les mémoires de nombreux soldats de métier — quoique rarement de généraux victorieux — l'attestent.*

« Qu'est devenu Martin ? demandai-je.

— On a retrouvé Hawk. Par l'intermédiaire du dojo. Je vais planquer avec Martin à l'endroit où il a été vu. On le file quelque temps. Ça se passe avant le tournage. Le vrai nom de Hawk est Howard Furness Dudley. Le lendemain, tard dans la nuit, il va dans un centre commercial. Il se gare devant un drugstore. Il entre. On se met en position. Quand il ressort, il se retrouve face à Martin. Je suis juste derrière. Je laisse à Howard le temps de bien voir Martin. Faut qu'il comprenne. J'attends que Martin soit prêt à tirer. Et je tire.

— Vous ?

— Le gosse avait besoin de se prouver qu'il était capable de faire ce qu'il avait dit. Mais, d'un autre côté, j'étais certain que Steve n'aurait pas voulu ça. C'est ce que j'ai expliqué à Martin. Pour moi, tuer un homme de plus, c'est pas grave. Mais ça peut être grave pour Martin de tuer son premier. C'est ce qu'aurait pensé Steve. Et puis, j'ai aidé sa famille à quitter L.A. Ça m'a coûté un paquet de fric.

— Votre fric ou celui de Maggie ?

— Le mien. Vous savez, j'étais célibataire, j'avais pas de gros besoins, je me suis fait pas mal de blé à U.Sec. et j'en ai mis à gauche. Non, non, c'était mon fric. J'avais une dette envers Steve. Donc, le 6 août... On est le combien, aujourd'hui ?

— Le 12.

— Il y a six jours, ils tuent Maggie et un mec qu'ils prennent pour moi. Ils appellent les États-Unis. Deux mots : *c'est fait*. À la conférence de presse suivante, le ton a changé. Vous l'avez entendue ? Elle a dû passer aux infos du soir, ici.

— Non.

— Les journalistes ont interrogé Bush sur la guerre. L'option militaire, comme ils disent. Il a répondu que toutes les options étaient à envisager. Tu parles. Il peut y aller, maintenant qu'il n'y a plus personne pour dire que c'est un film. Ils lui ont demandé ce qu'il allait faire. “Attendre. Observer. Et apprendre. C'est inacceptable. Inacceptable. Cette agression contre le Koweit.” Ce sont ses termes exacts. Tels que je les ai entendus à la radio. Sur le bateau, Catherine a beaucoup pleuré. Pour Tommy et pour Maggie aussi.

— Et vous, vous avez pleuré ?

— Je bois.

— Vous avez dit que vous ne deviendriez jamais alcoolique comme votre père.

— Je ne l'ai jamais été. Mais il y a un temps pour tout.

— Je suppose.

— Là maintenant, par exemple, je suis soûl. Ça se voit ?

— Pas vraiment. Mais je ne sais pas si je vous ai déjà vu à jeun.

— Non. Je crois que non.

— Vous ne m'avez toujours pas dit pourquoi vous êtes venu ici.

— Il y a des milliers de kilomètres de côte le long du golfe du Mexique, de Brownsville aux Keys. J'avais le choix. Le bateau me débarque à Matagorda.

— C'est où, ça ?

— Au Texas. Je vole une bagnole. Je pousse jusqu'à Corpus Christi. On descend dans un petit motel. Je me gare derrière. Je passe un ou deux coups de fil. Il y a un vol pour Atlanta à la première heure. On saute dedans. Je dis à Catherine de retourner à L.A. et de reprendre le boulot comme s'il ne s'était rien passé. On s'assoit séparément dans l'avion, comme si on se connaissait pas. Bonne précaution parce que, en arrivant à Atlanta, je repère un mec qui me regarde d'un drôle d'air, comme s'il cherchait quelqu'un qui me ressemble.

» Je fonce aux toilettes. Je change de veste, je mets un chapeau. Je me fourre des mouchoirs en papier dans les joues comme Brando dans *Le Parrain*. Je retourne aussi sec à l'embarquement. Le premier vol que je vois est pour Newark. Parfait. Je le prends. Il va à l'opposé de L.A., c'est tout ce qu'il me faut. Mais, là, j'ai un autre problème. Un abcès dentaire. Ça me fait un mal de chien. Je me bourre d'aspirine et je picole. Mais je sens que ça va mal tourner si je me fais pas soigner rapidement.

» Je demande à mon voisin s'il connaît un bon dentiste à New York. Ou Newark. N'importe. Il me file l'adresse du sien. Un nommé Bruce Milner. Il me conseille de me recommander de lui, de dire que c'est pour une urgence et Bruce me prendra.

» J'appelle le Milner en question. Il me case entre deux rendez-vous. Pendant que je poireaute dans la salle d'attente, vous arrivez. Vous lui montrez la nouvelle édition de votre dernier bouquin, l'édition anglaise de *Foreign Exchange*, c'est ça ? Je me souviens de vous, je vous avais déjà contacté pour une éventuelle option sur un autre livre. Et vous commencez à raconter à Milner que vous bossez pour un journal. Dans la chronique judiciaire. Alors, quand Milner m'examine, je l'interroge sur vous. Je découvre qu'il a une maison de campagne près de chez vous. Je me dis que ce serait peut-être pas une mauvaise idée de disparaître quelques jours. Et j'ai envie de raconter mon histoire à quelqu'un. Je n'ai jamais trahi un secret. Mais, eux, ils ont trahi leur parole, pas vrai ?

— Oui. En effet.

— Taylor et Howard "Hawk" Dudley, c'est les premières personnes que j'aie jamais tuées.

— Quoi ?

— Je veux dire pour raisons personnelles. Pas en tant que soldat. Dans l'armée secrète, j'étais encore un soldat.

— Et le ninja.

— Vous voyez, après Taylor et Dudley, la page était tournée. La guerre devait être la fin de mes emmerdements. Ou au moins une trêve. Je me suis gouré. C'est là que je me suis gouré. Finissez la bouteille avec moi. Encore deux gorgées et ça fera un cadavre de plus. » C'était sa deuxième de la journée.

« Non, merci.

— Ça se voit pas, hein ?

— Non.

— Vous voulez savoir à quel point je suis bourré ?

— Oui », dis-je. Je veillais à être toujours très aimable avec Joe. Il m'avait parfaitement convaincu qu'il était dangereux.

« Je vais vous avouer un truc... Un jour, j'ai... j'ai menti à Maggie. Je lui ai dit que mon père s'était cassé la main en me cognant dessus. Je lui ai dit ça comme... si c'était la fin de l'histoire. Non. Ce n'est pas la fin... Ce qu'il y a eu, c'est... c'est qu'il était trop pété pour ressentir la douleur. Deux fois trop pété. Il se fout en rogne. Il fonce sur moi. Sur le palier. Il fonce sur moi. Il... il me rate et... il remet ça. Derrière moi, il y a l'escalier, voyez. Je fais un écart. Il plonge. Dans l'escalier.

» Son cou... Dieu protège les idiots et les ivrognes, mais pas cette fois-là. Il se casse le cou. C'était le premier. Le premier homme que j'aie tué. »

Il y a un lit dans un coin de la pièce. Joe s'en approcha lentement et s'y laissa tomber. Il s'évanouit. Bien qu'on fût en été, je lui mis une couverture. Puis je regagnai la maison pour essayer d'expliquer à ma femme pourquoi je la laissais s'occuper seule des enfants. Je lui promis que le fou serait reparti le lendemain.

Il se leva de bonne heure. Ce qui me surprit. Il avait vraiment une santé de fer. Il me demanda si je courais. Je lui répondis que oui, de temps en temps. Il voulut savoir sur quelle distance. Trois ou quatre kilomètres, parfois cinq, lui dis-je. Était-il possible de courir jusqu'au sommet de la montagne qui surplombait la maison ? Oui, s'il prenait Camelot Road, une sale route, il arriverait sur Meade Mountain Road, qui le mènerait à une autre sale route, laquelle montait au sommet d'Overlook Mountain. L'avais-je déjà fait ? Je lui confiai que j'y avais déjà songé mais qu'il fallait compter six ou sept kilomètres d'ascension. Avec la descente, ça faisait treize bons kilomètres, avec dix mètres de plat au maximum.

Il me proposa d'y aller. Je me laissai persuader. Il faisait très chaud et nous fûmes bientôt en nage. Je pouvais sentir les humeurs empoisonnées du whisky suinter de ses pores. À mi-chemin, il s'éclipsa dans les bois pour vomir. « Ça va mieux », dit-il et il reprit la cadence.

Je n'avais jamais couru aussi loin. Ça n'a l'air de rien, mais sa présence à mes côtés me donna des ailes, un peu comme s'il m'avait fait un cadeau. Après cet exercice, j'eus le sentiment d'être devenu plus fort. Je continue à faire cette trotte de temps à autre, et c'est royal.

De retour au pied de la montagne, il exécuta des flexions et des pompes. Je lui offris une douche et autres commodités.

« La bagnole que j'ai là, dit-il, elle est volée. Je pense qu'on devrait aller la planquer quelque part, puis je vous demanderai de me conduire à la gare routière.

— Vous êtes un type exigeant, dis-je.

— Ouais. »

Ce qui fut fait.

« Vous croyez mon histoire ? me demanda-t-il à la gare routière.

— C'est une bonne histoire. Une des meilleures.

— Réfléchissez-y.

— Où allez-vous maintenant ?

— J'ai fait une promesse. Je l'avais prévenu. J'y vais.

— Je ne sais pas si je dois vous souhaiter bonne chance.

— Je l'aimais, me dit-il. Je ne lui survivrai pas longtemps, de toute manière. Je l'aimais à en crever. »

Une semaine plus tard, je reçus un colis. Il contenait deux choses. Une boîte de disquettes et un épais manuscrit étiqueté : *Le plus grand crime du monde — Un scénario original d'Ed Pandar*. Toutes les disquettes sauf une étaient compatibles avec mon Macintosh. Elles appartenaient à un nommé Teddy Brody.

Je n'envisageais toujours pas d'écrire l'étrange histoire que m'avait racontée Joe Broz. Comme je l'ai dit, je m'efforçais d'avoir un style moins politique, d'arrondir les angles, d'écrire un bon vieux polar des familles situé dans la petite ou la moyenne bourgeoisie. Avec des avocats. Ça se vend bien, les avocats. Scott Turow, John Grisham.

Puis quatre événements survinrent.

Un : en regardant la guerre à la télévision, j'eus l'impression de voir une adaptation de ce que Teddy Brody avait appelé *scribouillage II-V* et que je déchiffrai par : Sde GMII-Vidéo. Une impression étrange, compte tenu de ce que Joe Broz m'avait raconté auparavant.

Pourtant, je ne bougeai toujours pas.

Deux : j'avais donné la disquette Unix à des amis de Tea-town Video à Manhattan. J'avais pratiquement oublié son existence quand l'ingénieur-chef m'appela, quelque trois mois plus tard. Il avait un descriptif du système multi-écrans de John Lincoln

Beagle. Ce fut pour moi comme une pierre de Rosette, qui me permit de déchiffrer son processus mental et le fonctionnement de sa guerre en images.

Trois : le scandale de la BNI éclata. On apprenait comment des fonds avaient été transférés à Saddam Hussein par l'intermédiaire d'une succursale bancaire italienne d'Atlanta. Exactement comme dans le scénario d'Ed Pandar.

Quatre : j'eus besoin d'argent. Et je n'avais toujours pas réussi à ficeler mon imitation de Turow.

Je décidai donc de rédiger l'histoire de Joe Broz.

Il m'avait tout raconté à la première personne, de son point de vue. J'ai transcrit son récit à partir des bandes et des notes, en le remaniant légèrement. En ce qui concerne Beagle, Hartman, Bush, Baker et Atwater, j'ai extrapolé, imaginant ce qu'ils avaient pu et dû faire si l'histoire de Joe était vraie. Le mémo est tel qu'il me l'a récité en affirmant l'avoir mémorisé mot pour mot. Un texte lourd de significations, en tout cas, et très persuasif. Bien sûr, les disquettes m'ont beaucoup aidé pour les passages relatifs à Teddy Brody et aux travaux de Beagle. Les noms de l'impresario, du metteur en scène, de la star et des autres personnages du même ordre sont fictifs. J'ai conservé le vrai prénom de Joe Broz et, comme il était d'ascendance croate, je lui ai donné le véritable nom du maréchal Tito, le chef patriote de la Seconde Guerre mondiale qui a préservé l'unité de la Yougoslavie pendant trente-cinq ans.

En d'autres termes, ceci est une œuvre de fiction.

Conspiration

La méthode scientifique est devenue le critère de presque toutes les pensées contemporaines, même les pensées ordinaires de l'homme de la rue, sans connaissance particulière. Si elle est devenue aussi omniprésente, aussi incontournable, c'est parce qu'elle marche. Même là où on ne l'attend pas. Une télépathe célèbre me confia un jour qu'il ne suffisait pas de penser à elle pour établir le contact : « Si vous voulez être sûr d'entrer en communication avec moi, dit-elle, essayez le téléphone. »

La méthode scientifique commence par l'observation objective des phénomènes. Non pas ce qui aurait dû ou pu se produire, ou que nous aurions espéré voir se produire, mais les faits réels, tels que nous pouvons les observer et les vérifier. Puis nous élaborons une hypothèse pour expliquer pourquoi et comment c'est arrivé.

Nous pouvons inventer de nombreuses explications pour un phénomène. Comment déterminer celle qui va nous servir ?

Incidemment, et c'est une distinction subtile, la science ne dit pas quelle théorie est vraie, elle détermine celle que nous allons utiliser, comme si elle était vraie, parce que, dans le contexte où nous l'utilisons, elle fonctionne.

La meilleure façon de procéder consiste à créer un modèle expérimental reproductible — ce qui est généralement impossible avec des événements humains et historiques. Mais il y a d'autres critères de choix. Si plusieurs théories se présentent, laquelle s'accorde le mieux avec l'ensemble des faits connus ? Laquelle cadre le mieux dans le tableau des données démontrables de l'univers ? Et laquelle est la plus simple ?

Nous en avons un exemple célèbre avec la question : le Soleil tourne-t-il autour de la Terre ou la Terre autour du Soleil ? Il est possible — il fut possible, ça ne l'est peut-être plus aujourd'hui — de construire un modèle de l'univers dans lequel c'est le Soleil qui tourne autour de la Terre, ainsi qu'il y paraît de notre point de vue si l'on accepte l'idée que la Terre est ronde. Le problème est que, si l'on tient compte de certains autres phénomènes observables, tels que les lunes de Jupiter, ce modèle devient très ardu, peu commode à utiliser et interfère avec d'autres concepts féconds, comme la gravité, l'inertie, etc.

L'invasion et la conquête du Koweit par Hussein sont des phénomènes observables, de même que l'envoi de troupes et d'armements par les États-Unis et leurs alliés, la guerre qui s'ensuivit, la libération du territoire, etc.

Mais il est permis de considérer la version officielle des événements comme une simple hypothèse, une théorie non prouvée, à l'image de la version officielle de l'assassinat de John Kennedy, contestée par nombre d'analystes. Cette version, en effet — selon laquelle Saddam a décidé un beau matin d'annexer le Koweit et où nous avons décidé de le contrer pour ne pas créer un nouveau Munich, c'est-à-dire un apaisement provisoire entraînant des conséquences désastreuses pour le monde —, laisse dans l'ombre une flopée de lunes de Jupiter inexpliquées.

Voici une liste non exhaustive de trente-neuf anomalies. Il y en a beaucoup d'autres. Les amateurs de conspirations pourront parcourir cette liste en détail. En revanche, si, comme moi-même, vous vous êtes endormi pendant la projection de *JFK* d'Oliver Stone, vous pouvez sauter ce passage et admettre simplement que la guerre, telle qu'on l'a présentée, n'avait pas de sens.

1. Pourquoi cette guerre n'intéressait-elle que George Bush ? Le Département d'État ne la demandait pas. Le Pentagone y était plutôt opposé. Il n'y avait aucun belliciste au Congrès comme il y en avait eu, par exemple, pour la Corée ou le Viêt-nam. Même les Arabes y étaient initialement opposés.

2. Pourquoi l'Irak était-il un pays ami un jour et ne l'était-il plus le lendemain ?

3. Pourquoi les États-Unis ont-ils choisi de prendre complètement le parti du Koweit contre l'Irak ? Ça ne peut pas être uniquement parce que l'Irak était l'agresseur ; après tout, et Reagan et Bush ont soutenu l'Irak — à des degrés divers et le plus souvent dans l'ombre — lorsque Saddam a envahi l'Iran. Il y avait de bonnes raisons d'envisager d'autres options.

4. Pourquoi Bush a-t-il été subitement horrifié par les atteintes irakiennes aux droits de l'homme, alors qu'il ne l'était pas quelques mois plus tôt et que ces atteintes n'étaient pas pires que celles de maints

autres pays considérés comme amis ou simplement dédaignés par les États-Unis ?

5. Pourquoi les États-Unis ont-ils armé et financé l'Irak ?

6. Pourquoi l'avons-nous fait par l'intermédiaire de prêts agricoles financés par une banque obscure ?

7. Pourquoi le ministère de la Justice a-t-il essayé d'entraver l'enquête sur ces manipulations financières ?

8. Pourquoi les Koweitiens ont-ils été « encouragés à rester fermes dans leurs négociations avec l'Irak [?]. Dans le même temps, on faisait croire aux Irakiens que les États-Unis resteraient neutres en cas d'invasion du Koweit. Lorsque l'ambassadrice April Glaspie a dit à Saddam que Washington n'avait "aucune opinion sur les conflits arabo-arabes, comme votre querelle frontalière avec le Koweit", elle ne faisait que répéter la politique officielle[1] ».

9. Par quel hasard les otages potentiels se trouvaient-ils fort à propos hors de la ville le jour où Saddam envahit le Koweit ? April Glaspie quitta Bagdad deux jours avant le début de l'invasion. L'ambassadeur d'Union Soviétique partit le même jour. Harold « Hooky » Walker, l'ambassadeur de Grande-Bretagne, était en vacances. Le chef des services de renseignements israéliens était à Tel-Aviv.

10. L'histoire selon laquelle le président se serait inspiré de Churchill après avoir lu un livre sonne-t-elle juste ? A-t-on jamais entendu dire que le président eût déjà lu un autre livre dans sa vie ou pris une quelconque décision politique pour des raisons littéraires ?

1. Smith, *George Bush' War. (N.d.A.)*

11. Comment se fait-il que l'Union soviétique ait emboîté le pas aussi rapidement ?

12. Le financement. Depuis quand les États-Unis demandent-ils à leurs alliés de payer leurs frais militaires ? Dans toute notre histoire, ce fut toujours le contraire.

13. Pourquoi Saddam a-t-il pris des otages et s'est-il montré à la télévision avec des otages, excitant ainsi la colère de l'Occident ? « Le meilleur allié de Bush fut Saddam Hussein en personne, qui semblait posséder un talent infaillible pour donner à l'Américain moyen des raisons de le haïr[1]. »

14. Saddam menaça d'utiliser les otages comme boucliers humains. Une tactique qui aurait pu être très efficace. Bush aurait-il donné l'ordre de tuer des Américains pour détruire des installations militaires ? Les pilotes américains auraient-ils accepté d'exécuter ces ordres ? En prenant l'infamante responsabilité de cette menace et en renonçant aux avantages réels qu'elle lui procurait, Saddam a fait preuve d'une inconséquence sidérante. Pourquoi ?

15. Saddam a relâché les otages avant même que l'Occident ne lui dise que cette libération ne mettrait pas fin à la guerre.

16. Le général Schwarzkopf n'était pas particulièrement aimé de la hiérarchie militaire. On lui a probablement confié le commandement en chef parce qu'il était « un combattant d'arrière-garde sans ambitions politiques. [...] Tout le monde savait que Schwarzkopf prendrait sa retraite à la première occasion ». La

1. Cette citation et toutes les suivantes dans la présente liste sont tirées de *Triumph Without Victory : The Unreported History of the Persian Gulf War*, ouvrage collectif de la rédaction de *U.S. News & World Report. (N.d.A.)*

conduite d'une guerre est le tremplin idéal — voyez où ont rebondi Andrew Jackson, Ulysses S. Grant et Dwight David Eisenhower. Qui a choisi Norman le mal-aimé ? Était-il le mieux placé, était-il seulement compétent ? Ou était-il, comme la suite le prouva, le plus télégénique du lot ?

17. Pourquoi la plupart des chefs arabes, avant la guerre du Golfe — d'après le général Schwarzkopf et d'autres —, nous ont-ils dit de ne pas nous inquiéter au sujet de Saddam, qu'il n'attaquerait jamais un ami arabe ?

18. Comment se fait-il que l'état-major, qui n'avait jamais envisagé une menace irakienne, se soit mis tout à coup à dresser des plans sur la comète juste quelques mois avant l'invasion ?

19. Pourquoi Saddam a-t-il pris la totalité du Koweit ? S'il s'était contenté de prendre le champ pétrolifère de Rumaila — qui aurait résolu ses problèmes financiers — et d'occuper la parcelle de territoire qui lui donnait accès au Golfe, il « aurait probablement pu conserver ses biens mal acquis à faible coût au lieu de s'attirer les foudres internationales ».

20. Pourquoi Saddam s'est-il arrêté après avoir pris le Koweit ?

21. Pourquoi a-t-il laissé les forces américaines arriver tranquillement, au moment où elles étaient le plus vulnérables ?

22. Le déploiement des forces américaines dans le Golfe fut présenté, à l'origine, comme une nécessité pour défendre l'Arabie saoudite contre une attaque irakienne. Mais les Saoudiens, eux, ne se sentaient pas menacés par Saddam et, en dépit du système très sophistiqué de surveillance tous azimuts élaboré par Washington, rien ne prouve qu'ils l'aient été.

23. Pourquoi Saddam, au lieu de répliquer réellement, a-t-il mis ses troupes d'élite, la Garde républicaine, à l'abri et pourquoi a-t-il planqué de même le gros de son aviation ?

24. Pourquoi les troupes frontalières irakiennes étaient-elles « presque sans exception... mal entraînées et mal dirigées, constituées pour l'essentiel des hommes les moins éduqués des campagnes et des villes [?]. Environ 70 % des forces frontalières de Saddam, créées pour la guerre, étaient chiites, 20 % kurdes... Les "divisions de rebut" de Saddam ».

25. Pourquoi nous sommes-nous arrêtés quand nous aurions pu entrer dans Bagdad ?

26. Pourquoi les Kurdes n'ont-ils reçu aucun soutien des alliés ? En août, le chef kurde Jalal Talabani est venu à Washington. Bien qu'il soit évident qu'une révolte kurde aurait affaibli l'Irak et ponctionné des troupes sur le front du Golfe, personne ne voulut lui parler. « Nous étions interpellés par les violations des droits du peuple kurde, expliqua plus tard un conseiller de Bush. Mais nous ne voulions pas nous impliquer dans l'éventuelle création d'une nouvelle nation kurde. »

27. Pourquoi Schwarzkopf autorisa-t-il Saddam à utiliser des hélicoptères pour réprimer les rébellions chiite et kurde ?

28. Pourquoi avoir essayé d'imposer Robert Gates à la tête de la CIA alors que : 1) son nom avait dû être une première fois rayé de la liste ; 2) sa nomination avait déclenché une véritable révolte au sein des analystes de la CIA, un rejet interne sans précédent ; 3) il était connu pour avoir commis d'énormes bévues et s'être lamentablement trompé sur d'importants évé-

nements politiques contemporains ? Peut-être était-ce pour le récompenser d'un service que nous ignorons.

29. Pourquoi la presse a-t-elle été si bien manipulée cette fois-ci, alors qu'il avait été impossible de la contenir à la Grenade, au Panamá et au Viêt-nam ?

30. « La taille de l'armée irakienne sur le théâtre des opérations était nettement moindre que ne le prétendait le Pentagone. À la veille de la guerre, l'Irak devait avoir au maximum 300 000 soldats sur les lieux — alors que le général Schwarzkopf en comptait 623 000 et le Pentagone 540 000. »

31. « Les pertes irakiennes furent sans doute nettement inférieures aux 100 000 annoncées dans les estimations des services de renseignements militaires. En fait, le nombre des soldats irakiens tués au combat n'a pas dû dépasser 80 000. »

32. Le Pentagone disposait d'un jeu de guerre vidéo sur ordinateur, qui fonctionnait pendant l'invasion irakienne. « Son nom de code était Internal Look... "C'était quelque chose comme *La Quatrième Dimension*", raconte le major John Feeley... "Je pianotais sur la console, puis je me tournais pour prendre connaissance de l'évolution réelle de la situation. Parfois, je m'emmêlais. Je me demandais : bon, où on en est, là ? C'est l'ordinateur ou c'est la réalité ? " »

33. Le Pentagone, Powell, Scowcroft, Gates et John Sununu s'opposèrent à l'intervention des Nations unies, estimant qu'elle gênerait le président. Bush et Baker étaient pour. Baker trouva le moyen de s'en attribuer tout le mérite, comme toujours lorsque quelque chose marche bien ou semble bien marcher.

34. Que sont devenues les menaces de Saddam de lâcher des terroristes sur l'Occident ?

35. Que sont devenues les menaces de Saddam d'utiliser des armes biologiques et chimiques ? Reconnaissons que les masques à gaz faisaient vraiment un bel effet devant les caméras.

36. À quoi rimait le numéro des Scuds et des Patriots ? Ils eurent un énorme impact politique et un très faible impact militaire.

37. Pourquoi a-t-on donné carte blanche à Saddam pour réprimer les révoltes chiite et kurde que Bush avait soutenues ?

38. Bob Woodward, dans *The Commanders*, rapporte cette scène : « À la Maison-Blanche, Bush, Quayle, Scowcroft et Sununu se réunirent dans le petit cabinet privé adjacent au Bureau ovale pour regarder la télévision. Quand les bruits de bombardement se firent entendre derrière les voix des journalistes encore dans leurs chambres d'hôtel à Bagdad, Bush, visiblement soulagé, dit : "Ils sont pile à l'heure." »

39. Le plus gros. Comment se fait-il, si Saddam est un nouvel Hitler, que nous l'ayons laissé au pouvoir ?

Il y a quelques autres points dignes d'être signalés, qui ne cadrent pas dans le format ci-dessus ou peuvent sembler hors sujet dans l'histoire ici racontée.

Premièrement, il y a les marchés. Afin de mettre le monde au pas, les États-Unis ont passé des tas de marchés. Je ne me prononce pas sur leur bien-fondé, je fais simplement remarquer que leur style s'apparente davantage à celui d'un producteur de cinéma qu'à celui d'un président républicain conservateur. L'Égypte reçut une remise de dette militaire de 7 milliards de dollars. La Colombie, cible principale de la guerre antidrogue, fut tranquillement autorisée à dénoncer les conventions l'obligeant à extrader les grands trafiquants de drogue vers les États-Unis, seule tactique efficace de cette guerre et unique mesure colombienne jusque-là susceptible d'inquiéter sérieusement les gros poissons des cartels de la cocaïne. La Malaisie, membre du Conseil de sécurité des Nations unies à l'époque, obtint un élargissement des quotas d'importation de textile. La Syrie fut rayée de la liste des nations terroristes du Département d'État et reçut des milliards d'aide de l'Arabie saoudite. La Turquie, qui cherchait désespérément un moyen d'entrer dans la Communauté européenne en dépit d'une économie tiers-mondiste, récolta également un peu de liquide dans l'affaire, décrochant notamment l'autorisation depuis longtemps désirée de revendre des F-16 américains à l'Égypte pour des millions de dollars.

Deuxièmement, il y a cet étrange arrière-goût hollywoodien de série télé qui accompagna toute la guerre, comme si nous avions véritablement assisté, sans le savoir, à un remake vidéo de la Seconde Guerre mondiale, *Sde GM.II-V*, concocté par un réalisateur de cinéma ou de télévision. Un article particulièrement révélateur de *The Nation* (5/11/92), intitulé « Pentagone-média présente... La guerre du Golfe en télévision totale », disait :

> Avec la guerre du Golfe, le gouvernement Bush semble avoir voulu s'offrir, et nous offrir, une compagnie de production étrangère capable d'organiser un événement à grand spectacle susceptible d'être diffusé sur les écrans américains à bas prix — si l'on peut dire.
>
> Avec son million ou plus de figurants en uniforme, ses vastes décors... ses attractions construites en dur... éblouissants graphismes dans le style *Guerre des Étoiles*, thème musical et logos, ainsi que de fulgurantes images en ouverture de prime time (feux d'artifice disneyens sur Bagdad)...

Stephen R. Graubard, dans *Mr. Bush's War : Adventures in the Politics of Illusion*, écrit :

> La guerre commença par des photographies aériennes du bombardement de Bagdad ; elle se termina par l'image d'un soldat noir américain assurant à un prisonnier irakien qu'il était en sécurité ; tout finissait bien. *La guerre fut une histoire fabriquée pour la télévision du début à la fin.*

James Dunnigan et Austin Bay, dans *From Shield to Storm*, en donnent une vision assez semblable :

> Sous un angle purement audiovisuel, Saddam représentait une cible idéale pour les foudres de guerre... L'opération Tempête du désert fut aussi un éblouissant programme de *télévision internationale*... captivant et rehaussé par la couverture en direct des attaques sur Bagdad... la première authentique « guerre vidéo ».

Toutes ces choses prennent un sens si nous croyons à l'autre version, à savoir :

Que Lee Atwater a écrit un mémo. Il n'avait pas dû être le seul à méditer sur la bonne fortune de Maggie Thatcher après la guerre des Malouines. Dans une certaine mesure, ce livre pourrait être dédié à Dan Quayle, qui déclara devant la caméra : « J'ai rappelé à Mrs. Thatcher qu'elle avait été, à un certain moment, au plus bas dans les sondages et avait rebondi. Et je lui ai demandé : "Vous auriez un conseil à me donner ?" Eh bien, oui, elle en avait un. Maintenant, je n'ai plus qu'à trouver un moyen d'envahir les Malouines. » On sait d'ailleurs qu'ils essayèrent de s'inspirer de sa méthode, avec la Grenade, le Panamá, mais sans succès.

Que le scénario était au point. Que les menaces de Saddam furent savamment orchestrées — par une intelligence médiatique occidentale — pour exciter et entretenir la fureur guerrière de l'Occident, mais toujours soigneusement maintenues en deçà du degré d'hystérie qui eût contraint les puissances occidentales à le détrôner, à l'incarcérer, voire à l'exécuter.

L'argument massue, qui sent vraiment Hollywood à plein nez, est le financement de la guerre. Il reprend exactement le montage budgétaire d'un film. Jamais une guerre n'a été financée de la sorte. Aucune guerre américaine, en tout cas. En fait, dans l'histoire du vingtième siècle, c'est toujours l'inverse qui s'est produit : les États-Unis ont toujours soutenu économiquement leurs alliés pour les inciter à continuer le combat. Il est difficile d'imaginer une telle créativité financière à Washington.

La version officielle de la guerre ne tient que grâce à notre intime conviction qu'*un président des États-Unis est incapable de faire ce qui a été insinué ici. Jamais un président ne demanderait à un metteur en scène de lui dicter ce qu'il doit dire et faire. Les présidents ne fabriquent pas des incidents de toutes pièces pour déclencher une guerre. Un président ne déterminerait pas sa politique, en jouant avec la vie et la mort, pour assurer sa réélection. Nos dirigeants sont des hommes qui placent l'honneur au-dessus de l'intérêt personnel.*

DU MÊME AUTEUR

Aux Éditions Gallimard

Dans la collection La Noire

LE BIBLIOTHÉCAIRE, 2005, Folio Policier nº 466.

REALITY SHOW, 1995, Folio Policier, nº 313.

COLLECTION FOLIO POLICIER

Dernières parutions

370.	Chuck Palahniuk	*Choke*
371.	Dan Simmons	*Revanche*
372.	Charles Williams	*La mare aux diams*
373.	Don Winslow	*Au plus bas des Hautes Solitudes*
374.	Lalie Walker	*Pour toutes les fois*
375.	Didier Daeninckx	*La route du Rom*
376.	Yasmina Khadra	*La part du mort*
377.	Boston Teran	*Satan dans le désert*
378.	Giorgio Todde	*L'état des âmes*
379.	Patrick Pécherot	*Tiuraï*
380.	Henri Joseph	*Le paradis des dinosaures*
381.	Jean-Bernard Pouy	*La chasse au tatou dans la pampa argentine*
382.	Jean-Patrick Manchette	*La Princesse du sang*
383.	Dashiell Hammett	*L'introuvable*
384.	Georges Simenon	*Touriste de bananes*
385.	Georges Simenon	*Les noces de Poitiers*
386.	Carlene Thompson	*Présumée coupable*
387.	John Farris	*Terreur*
388.	Manchette-Bastid	*Laissez bronzer les cadavres !*
389.	Graham Hurley	*Coups sur coups*
390.	Thierry Jonquet	*Comedia*
391.	George P. Pelecanos	*Le chien qui vendait des chaussures*
392.	Ian Rankin	*La mort dans l'âme*
393.	Ken Bruen	*R&B. Le gros coup*
394.	Philip McLaren	*Tueur d'aborigènes*
395.	Eddie Little	*Encore un jour au paradis*
396.	Jean Amila	*Jusqu'à plus soif*
397.	Georges Simenon	*L'évadé*
398.	Georges Simenon	*Les sept minutes*
399.	Leif Davidsen	*La femme de Bratislava*
400.	Batya Gour	*Meurtre sur la route de Bethléem*

401. Lamaison-Sophocle — *Œdipe roi*
402. Chantal Pelletier — *Éros et Thalasso*
403. Didier Daeninckx — *Je tue il...*
404. Thierry Jonquet — *Du passé faisons table rase*
405. Patrick Pécherot — *Les brouillards de la Butte*
406. Romain Slocombe — *Un été japonais*
407. Joe R. Lansdale — *Les marécages*
408. William Lashner — *Vice de forme*
409. Gunnar Staalesen — *La femme dans le frigo*
410. Franz-Olivier Giesbert — *L'abatteur*
411. James Crumley — *Le dernier baiser*
412. Chuck Palahniuk — *Berceuse*
413. Christine Adamo — *Requiem pour un poisson*
414. James Crumley — *Fausse piste*
415. Cesare Battisti — *Les habits d'ombre*
416. Cesare Battisti — *Buena onda*
417. Ken Bruen — *Delirium tremens*
418. Jo Nesbø — *Les cafards*
419. Batya Gour — *Meurtre au Kibboutz*
420. Jean-Claude Izzo — *La trilogie Fabio Montale*
421. Douglas Kennedy — *Cul-de-sac*
422. Franco Mimmi — *Notre agent en Judée*
423. Caryl Férey — *Plutôt crever*
424. Carlene Thompson — *Si elle devait mourir*
425. Laurent Martin — *L'ivresse des dieux*
426. Georges Simenon — *Quartier nègre*
427. Jean Vautrin — *À bulletins rouges*
428. René Fregni — *Lettre à mes tueurs*
429. Lalie Walker — *Portées disparues*
430. John Farris — *Pouvoir*
431. Graham Hurley — *Les anges brisés de Somerstown*
432. Christopher Moore — *Le lézard lubrique de Melancholy Cove*
433. Dan Simmons — *Une balle dans la tête*
434. Franz Bartelt — *Le jardin du Bossu*
435. Reiner Sowa — *L'ombre de la Napola*
436. Giorgio Todde — *La peur et la chair*
437. Boston Teran — *Discovery Bay*
438. Bernhard Schlink — *Le nœud gordien*
439. Joseph Bialot — *Route Story*
440. Martina Cole — *Sans visage*

441. Thomas Sanchez	*American Zazou*
442. Georges Simenon	*Les clients d'Avrenos*
443. Georges Simenon	*La maison des sept jeunes filles*
444. J.-P. Manchette & B.-J. Sussman	*L'homme au boulet rouge*
445. Gerald Petievich	*La sentinelle*
446. Didier Daeninckx	*Nazis dans le métro*
447. Batya Gour	*Le meurtre du samedi matin*
448. Gunnar Staalesen	*La nuit, tous les loups sont gris*
449. Matilde Asensi	*Le salon d'ambre*
450. Jo Nesbø	*Rouge-gorge*
451. Olen Steinhauer	*Cher camarade*
452. Pete Dexter	*Deadwood*
454. Keith Ablow	*Psychopathe*
455. Batya Gour	*Meurtre à l'université*
456. Adrian McKinty	*À l'automne, je serai peut-être mort*
457. Chuck Palahniuk	*Monstres invisibles*
458. Bernard Mathieu	*Otelo*
459. James Crumley	*Folie douce*
460. Henry Porter	*Empire State*
461. James Hadley Chase	*Pas d'orchidées pour Miss Blandish*
462. James Hadley Chase	*La chair de l'orchidée*
463. James Hadley Chase	*Eva*
464. Arkadi et Gueorgui Vaïner	*38, rue Petrovka*
465. Ken Bruen	*Toxic Blues*
466. Larry Beinhart	*Le bibliothécaire*
467. Caryl Férey	*La jambe gauche de Joe Strummer*
468. Jim Thompson	*Deuil dans le coton*
469. Jim Thompson	*Monsieur Zéro*
470. Jim Thompson	*Éliminatoires*
471. Jim Thompson	*Un chouette petit lot*
472. Lalie Walker	*N'oublie pas*
473. Joe R. Lansdale	*Juillet de sang*
474. Batya Gour	*Meurtre au Philharmonique*
475. Carlene Thompson	*Les secrets sont éternels*
476. Harry Crews	*Le Roi du K.O.*
477. Georges Simenon	*Malempin*
478. Georges Simenon	*Les rescapés du Télémaque*

Composition Nord Compo
Impression Novoprint
à Barcelone, le 04 avril 2008
Dépôt légal : avril 2008
1er dépôt légal dans la collection: octobre 2003

ISBN 978-2-07-030389-2./Imprimé en Espagne.

159815